Wie ein Lauffeuer verbreitet sich die Nachricht in der kleinen Stadt Brewster in Rhode Island: Auf der Säuglingsstation ist ein Baby verschwunden, und im Bettchen liegt eine Schlange. Dann wird ein Toter gefunden, ermordet und grausam skalpiert. Und wo kommen die Kojoten her, die nachts durch die Stadt streifen? Haben die seltsamen Hippies etwas damit zu tun? Betreiben sie einen Hexen- und Satanskult? Als auch noch eine Katze erhängt aufgefunden wird, gerät ganz Brewster in Panik.

Stephen Dobyns ist preisgekrönter Poet und Thrillerautor. Er lebt mit seiner Frau in Westerly, Rhode Island. Zuletzt erschienen seine Psychothriller »Die Kirche der toten Mädchen« und »Der Junge im Pool«.

Stephen Dobyns

DAS FEST DER SCHLANGEN

Thriller

Aus dem Englischen
von Rainer Schmidt

btb

Die amerikanische Originalausgabe erschien 2013
unter dem Titel »The Burn Place« bei blue raider press,
New York, a member of the Penguin Group (USA) Inc.

FSC
www.fsc.org
MIX
Papier aus verantwortungsvollen Quellen
FSC® C083411

Verlagsgruppe Random House FSC® N001967
Das für dieses Buch verwendete FSC®-zertifizierte
Papier *Lux Cream* liefert Stora Enso, Finnland.

1. Auflage
Genehmigte Taschenbuchausgabe Januar 2015,
btb Verlag in der Verlagsgruppe Random House GmbH, München

Umschlaggestaltung: semper smile, München
Umschlagmotiv: © Shutterstock / Ultrashock, © Shutterstock /
Eky Studio
Druck und Einband: CPI – Clausen & Bosse, Leck
SL · Herstellung: sc
Printed in Germany
ISBN 978-3-442-74836-5

www.btb-verlag.de
www.facebook.com/btbverlag
Besuchen Sie auch unseren LiteraturBlog www.transatlantik.de

EINS

Schwester Spandex war spät dran, und als sie losrannte, quietschten die Gummisohlen ihrer Clogs auf dem Boden des Korridors zur Entbindungsstation. Es war halb drei an einem Donnerstagmorgen, und wenn Tabby Roberts – die sie nur mit »Tabitha« ansprach, da sie die Oberschwester noch nie hatte leiden können – jemals erfahren sollte, dass sie die beiden Babys allein gelassen hatte, wäre sie grandios gefickt, was sie zum Lachen brachte, denn genau deshalb war sie spät dran: Sie war grandios gefickt worden hinten in 217, wo am Nachmittag die arme Farbige gestorben war. Da hatte Dr. Balfour sie hineingeschoben, und sie hatte sich schieben lassen – in ein abgezogenes Bett ohne Laken und Kissen. Schließlich hatte sie hart daran gearbeitet, Dr. Balfour zu motivieren, und nachdem sie ihn erst so weit gebracht hatte, dass er seinen Reißverschluss aufmachte, wollte sie nicht mehr an der Umgebung herummäkeln. Sie hätte sich auch auf der Toilette von ihm ficken lassen, wenn er das gewollt hätte, wie Dr. Stone im letzten Monat, doch dann hatte Dr. Stone eine Stelle im Providence Hospital angenommen, und so war dabei nicht mehr herausgekommen als ein paar tränenreiche Telefonate, ihre Tränen, was aber nichts genutzt hatte, denn Dr. Stone war geblieben, wo er war.

Schwester Spandex war eine füllige Frau Mitte dreißig, aber man durfte sie nicht dick nennen; füllig, so nannte sie sich selbst, schwerknochig. Im Hosenbund ihres Krankenhausanzugs war Spandex, und sie trug ein rosa und lila geblümtes Top aus Spandex und Polyester mit V-Ausschnitt. Der Anzug war nicht weit wie bei den meisten Mädchen, denn sie hatte ihn von ihrer Mutter auf der neuen Singer, die sie ihr vor zwei Jahren im Internet zu Weihnachten gekauft hatte, ein bisschen umarbeiten lassen, weshalb manche Mädchen sie Schwester Spandex nannten, was Alice Alessio, wie sie in Wirklichkeit hieß, nicht leiden konnte.

Die Zimmer, an denen sie vorbeilief, waren großenteils leer. Nur zwei waren mit Müttern belegt, da im Oktober wenig los war, und erst in einer Woche wäre Vollmond, der immer für Motivation und Wirbel sorgte. Heute Nacht waren nur zwei Neugeborene im Säuglingszimmer, und deshalb begriff sie nicht, weshalb Dr. Balfour nicht eins von den Zimmern hier statt in der Kardiologie hatte benutzen können. Aber er hatte gesagt, er müsse in der Kardiologie sein, weil er der Stationsarzt sei und keinen Ärger bekommen wolle, was er sich vorher hätte überlegen sollen. Jedenfalls war sie jetzt diejenige, die Ärger kriegen würde, wenn Tabby Roberts, dieses Biest, je erfahren sollte, dass sie sich in der Kardiologie hatte flachlegen lassen. Sie würde ihren Job verlieren.

Die Deckenlampen summten, und ein Aufzug klingelte. Von fern kamen blubbernde und brummende Geräusche, hier und da ein Stöhnen, ein nächtliches Gemurmel und eine Durchsage an Dr. Schmitt, der in die Notaufnahme kommen sollte – und alles war miteinander verbunden durch das Quietschen der weißen Clogs, in denen Schwester Spandex zur Entbindungsstation rannte. Eine der Lampen war aus, und sie würde die Hausmeisterei anrufen müssen, was immer bedeutete, dass man ein halbes Dutzend Mal anrief, bevor die irgendwas machten, während sie höchstwahrscheinlich nur da unten hockten und kifften und Rap-Musik hörten. Also war es im Säuglingszimmer halb dunkel, als ob die beiden Babys diese stille Dunkelheit brauchten, was aber nicht der Fall war, denn Schlafen war das, was Babys am zweitbesten konnten, gleich nach dem Nuckeln an den Titten ihrer Mommy.

Acht Betten standen da, kleine Kinderbettchen mit Plexiglaswänden auf Edelstahlschränkchen, und in ihren vier Jahren auf der Entbindungsstation hatte Schwester Spandex sie nur einmal voll belegt gesehen, und das war während der Touristensaison gewesen, als Auswärtige ihre Gören fern von zu Hause geworfen hatten statt in Hartford oder Springfield. Im Laufe des Jahres hatten sie nie mehr als fünf Neugeborene auf einmal, denn dies war ein kleines Fünfzig-Betten-Krankenhaus in einer Kleinstadt, und die meisten Mädchen nahmen die Pille, diese Schlampen. Schwester Spandex – die jeden Sonntag in die Kirche ging, oder doch fast jeden Sonntag – dachte, wenn sie in der Kardiologie wirklich geschwängert worden war, hatte Dr. Balfour eine Überraschung zu erwarten. Er würde Wachs in ihren Händen sein, sagte sie sich, aber dann sah sie etwas, das nicht in Ordnung war, und sie blieb stehen, als wäre sie gegen eine Wand gelaufen. Nicht der kleine Petrocelli, mit dem war alles okay, er war eingewickelt wie ein Indianerbaby. Es war der andere Junge, der Summers-Junge, der sich irgendwie ausgewickelt hatte. Seine kleine gelbe Decke mit den Entchen und Hühnchen und Häschen war auf ihn geraten, und er strampelte und zappelte, denn anscheinend erstickte er, starb vielleicht schon und wand sich noch, um sich zu befreien.

Schwester Spandex hatte keine Gelegenheit, sich zu sagen, so etwas Merkwürdiges hätte sie noch nie gesehen, weil sie inzwischen an dem Bettchen angekommen war und die Decke wegriss, aber es war nicht das Summers-Baby, es war überhaupt kein Baby. Es war eine Schlange, eine Riesenschlange mit roten und gelben Streifen, doch die Farben sah sie kaum, als die Schlange sich zu ihr aufrichtete und sie anscheinend packen und zerquetschen und gefügig machen wollte, weshalb Schwester Spandex zurücktaumelte und erst ein, dann noch ein leeres Bettchen zur Seite stieß und dabei schrill und schrecklich schrie, wie sie noch nie geschrien hatte, als wäre es der Schrei einer anderen, der aus dem Mund einer anderen kam, aber sie schrie immer weiter, während die Schlange sich krümmte und wand, schrie weiter, als wolle sie Glas zersplittern lassen, als dumpfe, quietschende Schritte durch den Korridor kamen, schrie weiter, als andere Schwestern und Pfleger und Ärzte und sogar Patientinnen ins Säuglingszimmer stürzten, schrie weiter, bis jemand sie packte und ihr eine ordentliche Ohrfeige verpasste.

Jetzt ziehen wir uns wie mit einer Luftbildkamera von dem Krankenhaus zurück, das Morgan Memorial Hospital heißt und in der Stadt Brewster steht. Der Himmel ist beinahe klar, und der Dreiviertelmond zeigt uns die Stadt in einem milchigen Licht. Ein steifer Wind aus Nordwest füllt die wenigen Wolken mit Energie, reißt das Herbstlaub von den Bäumen und lässt es wirbeln. Die Temperatur ist bereits auf den Gefrierpunkt gefallen, und wer seine Tomaten nicht abgedeckt hat, wird sie verlieren. Aber ist das nicht oft eine Erleichterung? Wenn der Garten bis auf Mangold und Winterkürbis hinüber ist, hat man eine Sache weniger, um die man sich kümmern muss.

Beim Aufsteigen über dem buckligen Dach des Krankenhauses mit seinen Kompressoren, den Heiz- und Kühlaggregaten und dem Aufzug sehen wir die beiden Flügel, die Nebengebäude, die Parkplätze und die zweigeschossige Verwaltung mit Labors und Arztbüros. Ein Rettungswagen steht mit laufendem Motor vor dem Eingang der Notaufnahme, die Heizung ist aufgedreht, und zwei Männer schlafen auf den Vordersitzen. Der Fahrer, Seymour Hodges, wird unruhig, als seine Albträume wieder anfangen. Gleich wird er wieder rufen und Warnungen hinausschreien, und dann wird sein Sanitäter, Jimmy Mooney, der das alles schon gehört hat und keine Geduld mehr dafür aufbringt, ihn hart auf die Brust schlagen und brüllen: »Hör auf mit dem Scheiß, Seymour!« Seymour wird grunzend protestieren und wieder in Schweigen versinken.

Im Mondlicht streichen die Schatten der Ahornbäume, die als Ersatz für die absterbenden Ulmen gepflanzt worden sind, über der Karosserie des Rettungswagens hin und her wie räuberische Spinnweben. Das wehende Laub sieht aus wie flatternde Fledermäuse, und dunkle Umrisse wieseln vorüber wie Kobolde. Jedenfalls findet Jimmy Mooney, dass es so aussieht, und für ihn ist Halloween immer noch ein bedeutsamer Feiertag. Diese gespenstischen Ahornbäume säumen die Cottage Street, an der das Krankenhaus liegt, nicht ganz am Stadtrand, aber dort, wo vor siebzig Jahren der Stadtrand war.

Wir steigen höher und sehen, wie die Stadt sich entlang der Water Street – offiziell Route 1A – weiter ausbreitet und an den fünf Meilen der Straße zwischen Route 1 und Hannaquit, das an der Küste liegt, eine Wölbung bekommt: wie eine Anakonda mit einem Schwein im Bauch. Noch höher, und wir sehen den Schatten von Block Island fünf Meilen vor der Küste, während im Süden die Spitze von Montauk auf Long Island liegt. Im Norden leuchten die Lichter von Providence, doch im Nordwesten, in Richtung West Kingston und Hope Valley, liegen große Blöcke aus Dunkelheit: Burlingame State Park, der Great Swamp, Trustom Pond National Wildlife Refuge, die Narragansett Indian Reservation, Watchaug Pond und andere Seen. Durch Burlingame oder den Great Swamp kann man meilenweit wandern, ohne eine Menschenseele zu sehen – das heißt, wenn man nicht im Morast versinkt, bis nichts mehr da ist bis auf eine Hand, die zum Abschied winkt.

Auf der Nordseite des Sumpfes, hinter den Bahngleisen, steht ein Obelisk zum Gedenken an die Große Sumpfschlacht vom 19. Dezember 1675, zu Beginn von King Philips Krieg.

King Philip war der Häuptling der Narragansett, und mehr als tausend Indianer wurden damals getötet, hauptsächlich Frauen, Kinder und alte Leute, die in ihren Wigwams verbrannten. Zweihundert Kolonialsoldaten kamen ebenfalls zu Tode, aber damit waren die Indianer als Macht in Neuengland erledigt. Die meisten Gefangenen wurden als Sklaven nach Jamaica verkauft, wo sie Zuckerrohr schneiden mussten.

Ein paar Sommercamps sind an den Ufern des Worden Pond verstreut, und seit Jahrzehnten jagen die Betreuer den Kindern mit nächtlichen Geschichten von den Indianern Angst und Schrecken ein: Noch immer höre man ihre Schreie tief im Wald, Jungen würden von flackernden Lichtern in den Sumpf gelockt, und drei Pfadfinder seien einmal davonspaziert, und man habe sie nie wiedergesehen. Manchmal ist in diesen Geschichten auch die Rede von einem Wolf, der zwischen den Bäumen umherhuscht und eine Hand in der Schnauze trägt. Eine Jungenhand. Das ist natürlich albernes Zeug.

Ein paar kleine Straßen schlängeln sich an den Rändern des Great Swamp entlang, die Hälfte endet an den Bahngleisen und geht dann auf der anderen Seite weiter. Morgens um halb drei ist es dunkel in den Häusern, die vereinzelt an diesen Straßen stehen; bei den meisten hängt allerdings außen eine Lampe, die Räuber verscheuchen soll, sowohl zweibeinige als auch vierbeinige. Aber dass drinnen kein Licht brennt, bedeutet nicht, dass alles schläft. Nehmen wir die Farm am Westrand des Sumpfes. Barton Wilcox und seine Frau Bernice – die überall nur Bernie heißt – haben hier dreißig Merinoschafe und einen Haufen anderer Tiere: Gänse, Hühner, Katzen und zwei Bouvier-Hunde. In den sechziger Jahren haben Bernie und Barton in einer Kommune im Big Sur gelebt, doch nach fünf Jahren sind sie nach Rhode Island zurückgezogen, woher sie kamen. Bernie ging zur Schwesternschule, und Barton fing ein Englischstudium an. Vor zwanzig Jahren starben Bartons Eltern bei einem Autounfall, und er erbte genug Geld, um seine Lehrerstelle an den Nagel zu hängen und die Farm zu kaufen. Bernie hat einen Teilzeitjob im Morgan Memorial Hospital. Daneben sind sie Weber, verarbeiten die Wolle ihrer eigenen Schafe und betätigen sich als Bio-Farmer. Barton ist vierundsechzig, aber er trägt immer noch einen Pferdeschwanz, auch wenn der inzwischen grau und sein Schädel oben kahl ist. Bernie läuft gern in den farbenfrohen Bauernröcken herum, die sie selbst macht. Sie ist ein paar Jahre jünger als ihr Mann, groß und stämmig, jedoch eher muskulös als fett. Sie und Barton verkaufen Eier und Gemüse, und im Frühjahr beliefern sie die Griechen mit Osterlämmern.

Bei ihnen wohnt ihre Enkelin Antigone, die zehn Jahre alt ist. Wo ihre Mutter ist, kann man nie wissen – vielleicht im Big Sur, vielleicht in Berkeley oder Boulder, in Madison oder Ann Arbor. Sie nennt sich einen freien Geist, ihre Eltern nennen sie verantwortungslos. Manchmal denkt Bernie, wenn sie ihr den Namen Joan gegeben hätten, statt sie Blossom zu taufen, wäre sie vielleicht vernünftiger geworden und könnte Elternpflichten übernehmen, statt nur Mutter zu sein. In den Sommermonaten verkauft Blossom auf Open-Air-Rockkonzerten T-Shirts, Kerzen, Räucherstäbchen, Protest-Buttons, Haschpfeifen, Drehpapier, Bongs und solche Sachen. Mit dreiunddreißig ist sie immer noch ein Groupie und bezeichnet sich als New Age Traveler. Barton und Bernie haben Antigone infolgedessen fast seit ihrer Geburt bei sich, was sie als Glück und Segen betrachten. Deshalb ist es schwierig, sich kritisch mit den Einzelheiten ihrer Geburt zu befassen. Man weiß nicht, wer der Vater war. Blossom behauptet, sie wisse es nicht, und vielleicht stimmt das, doch die hohen Wangenknochen und das schwarze Haar des Mädchens lassen auf hispanisches oder indianisches Blut schließen. Sie ist groß für ihr Alter und dünn wie eine Bohnenstange. Sie hat lange, schlanke Finger und kann den Webstuhl fast genauso gut bedienen wie ihre Großeltern.

Sie geht in Brewster in die fünfte Klasse. Dort nennt man sie Tig, was okay ist. Ein paar Jungen nennen sie The Tigster, was nicht okay ist, aber sie wird nicht wütend oder beschimpft sie. Sie schaut sie einfach nicht an und spricht nicht mit ihnen, was genauso ist, als wären sie gar nicht da.

Antigone ist diejenige, die um diese Zeit noch wach ist, und sie lauscht dem Kläffen der Kojoten hinter der Steinmauer, die ihre zwei Hektar große Weide umgibt. Sie versucht sie zu zählen und herauszufinden, wie groß das Rudel ist. Hin und wieder wird das Gekläffe vom kurzen Bellen eines der über vierzig Kilo schweren Bouviers unterbrochen, entweder von Gray oder von Rags, zwei Hunde, die sie schon ihr ganzes Leben lang kennt, wie ihr scheint, und die sie auf einem Wägelchen auf der Farm herumgezogen haben, als sie klein war. Solange die Hunde an der Mauer entlangstreifen, wird kein Kojote herüberkommen. Tig fragt sich nur, wie viele Kojoten da draußen sind. Barton hat gesagt, er habe kürzlich bei Tagesanbruch ein Rudel von ungefähr zehn Stück draußen auf der Straße gesehen, und Tig schätzt, dass es ungefähr so viele auch sind, die sie da kläffen hört, als ob sie über die Schafe diskutierten: wie gut sie schmecken und was man da machen kann. Solche Gedanken würden Tig normalerweise nicht am Einschlafen hindern, aber jetzt liegt Barton fest, weil er ein neues Kniegelenk bekommen hat, und sie ist sicher, dass die Kojoten das wissen, denn noch heute Abend hat sie gesehen, wie zwei von ihnen über die Weide streiften, verfolgt von Gray. Die Kojoten wissen, dass Barton festliegt, sie wissen, dass die Hunde alt werden, und als Tig das Kläffen hinter der Mauer hört, denkt sie, dass die Kojoten deshalb so aufgeregt sind. Wenn sie so kläffen, hört es sich an, als ob sie Pläne schmieden.

Entstanden ist die Stadt Brewster aus Brewster Corners, einer Poststation an der Boston Post Road zwischen Stonington und

Providence, in den dreißiger Jahren des achtzehnten Jahrhunderts erbaut von Wrestling Brewster, einem Urenkel von Elder William Brewster, einem Prediger, der auf der *Mayflower* herüberkam. Wrestling Brewster stammte von Elder Brewsters gleichnamigem Sohn ab, der 1640 aus der Kolonie Massachusetts Bay hinausgeflogen war, weil er die Geistlichkeit kritisiert hatte. So war Streitsucht vielleicht ein unvermeidlicher Teil seiner Natur. Als Wrestling Brewster die Poststation eröffnete, war Hannaquit ein winziges Fischerdorf, das man den Narragansetts während King Philips Krieg abgerungen hatte. Bald entstanden in der Nähe der Poststation ein paar Häuser und eine Schmiede und dann auch eine Getreidehandlung und eine Kirche.

Zu Anfang des neunzehnten Jahrhunderts begann die Ausdehnung zum Meer hin. Weitere Häuser wurden gebaut, aus Brewster Corners wurde schlicht Brewster, und es blieb, wo es war, überschattet von Wakefield im Norden und Westerly im Süden. Im Jahr 1907 schluckte Brewster dann in einem Anfall von Ehrgeiz das Küstendorf Hannaquit, ohne den Brückenkopf an der Poststraße aufzugeben, die mittlerweile Route 1 hieß. Von da an bis 1950 wuchs Brewster schubweise durch Fischerei und Landwirtschaft – hauptsächlich Kartoffelanbau –, aber auch ein Steinbruch kam dazu, eine Strickerei und eine kleine Konservenfabrik am Fluss. Seit der Mitte des Jahrhunderts bleibt die Zahl der Einwohner ziemlich stabil bei siebentausend, und sie verdoppelt sich nach dem Memorial Day, wenn die Sommergäste kommen. Als die Stadt ins einundzwanzigste Jahrhundert eintritt, gibt es noch ein einziges Muschelfischerboot, das mit den Booten aus Stonington konkurriert, die Kartoffelfarmen produzieren Fertigrasen, der Steinbruch, aus dem die Granitblöcke zum Bau der Stadt stammten, liefert nur noch Schotter, die Strickerei steht seit fünfzig Jahren leer und wird bald einstürzen, die Konservenfabrik wurde abgerissen und ist bei fast allen in Vergessenheit geraten – außer bei Mrs. Loy im Ocean Breezes, dem Altenheim in der Oak Street, denn sie hat vor mehr als achtzig Jahren bei der Arbeit in der Fabrik zwei Finger verloren, und noch immer fuchtelt sie mit der verstümmelten Hand vor dem Pflegepersonal herum und krächzt: »Sehen Sie diese Hand? Die Fische haben noch gebissen.« Alle haben die Nase voll von ihr.

Wir sehen das Ocean Breezes vier Straßen weit östlich des Krankenhauses, als wir uns über die Stadt erheben: ein Pensionsgasthof aus dem neunzehnten Jahrhundert, der durch Abriss und Ausbau, Erweiterungen und Renovierungen in eine Seniorenresidenz umgewandelt wurde, wie man so etwas heute nennt. Fast nirgendwo brennt dort Licht, auch wenn zwanzig schlaflose alte Leute an die Decke starren und sich staunend oder bestürzt fragen, wo sie sich befinden. So ist es immer, wenn ihre Zahl sich verringert. Früh am Abend ist die achtzigjährige Florence Pritchard dahingeschieden, und das hat die Übrigen in eine morbide Wachsamkeit versetzt – oder doch wenigstens diejenigen, für die Wachsamkeit noch eine Option ist.

Margaret Hanna hat Dienst, aber es ist schwer zu sagen, ob sie wach ist oder schläft, wie sie so am Computer im Erdgeschoss vor ihrer Facebook-Seite nickt. Nein, sie döst und erlebt noch einmal einen Augenblick im Sommer am Strand: Teilweise von einem Handtuch bedeckt, hat sie eine Hand in Marty McGuires Shorts geschoben. Sie wacht auf und ermahnt sich, einen Blick zu Herman Flynn hineinzuwerfen, dem ehemaligen Eigentümer des Möbelhauses Flynn, der vielleicht die Nacht nicht überstehen wird, der arme Mann. Doch dann geht's wieder zurück zu Martys Shorts.

Viel ist nicht los um halb drei morgens. Die 24-Stunden-CitGo-Tankstelle ist offen, aber Shirley O'Rourke schläft hinter der Kasse. Auf dem Polizeirevier döst der diensthabende Officer, Joey Manzetti, an seinem Computer. Doch selbst bei Tage neigt Brewster zur Verschlafenheit, zumindest in den Monaten, in denen die Sommerhäuser verschlossen sind. Etliche Einheimische fahren zur Arbeit nach Providence, andere nach Wakefield und wieder andere zur Universität nach Kingston.

Heutzutage arbeiten relativ viele zu Hause und sind nur per Computer mit ihrem Job verbunden, und ein paar kleine Fabriken gibt es auch noch: Crenner Millwork Corp. machen Fenster, Türen und Schränke von hoher Qualität, die sie überall in Neuengland und New York vertreiben. Jack Crenner beschäftigt in guten Zeiten fünfzig Leute. Mercurio Inc. stellen Schallschutzmaterialien her und sind auch als Bauunternehmen tätig. Duke Power Inc. bauen, überholen und reparieren Elektromotoren – mit dynamischem Auswuchten, Vibrationsanalyse, laserunterstützter Ausrichtung und dergleichen, und sie unterhalten einen 24-Stunden-Notdienst. Herb Fiore hat heute Abend Bereitschaft, aber im Augenblick schläft er auf einem Feldbett im Hinterzimmer. Donner's Metalworks ist Zulieferer für Heizungskessel und Klimaanlagen, Jersey Jackets & Caps sind auf Sportkleidung spezialisiert, Mitchel auf Plastikextruder und Hochdrucklaminate. Es gibt sogar eine kleine Fabrik für Whirlpools, Saunen und Badewannen. Ja, man findet eine ganze Reihe von Unternehmen in Brewster, auch wenn sie alle nicht besonders gut gehen.

In der Stadtmitte ist alles geschlossen. Die beiden Restaurants bieten nur bis neun Uhr warme Küche, am Wochenende bis zehn. Die Apotheke, CVS Pharmacy, schließt um zehn, die Bars schließen um Mitternacht. Die einzige Menschenseele weit und breit ist Ronnie McBride, der zusammengerollt im Eingang von Crandall Investments liegt und schläft, was mindestens fünfmal pro Woche vorkommt, seit seine Frau vor zwei Jahren an Krebs gestorben ist. Ein Streifenpolizist weckt ihn um halb drei, wenn er auf seiner Runde hier vorbeifährt. Heute Nacht wäre das Harry Pasquale, aber heute Nacht wird Harry anderswo beschäftigt sein.

Seit die größeren Geschäfte – McGafferty's Department Store, Mills Men's Shop und der ganze Rest – zugemacht haben, geht es mit der Innenstadt von Brewster stetig bergab, denn die Ladenketten siedeln sich in den Einkaufsmeilen am Rand der Route 1 an. Etwa alle sechs Monate wird ein neues Geschäft eröffnet, macht jedoch meist nach weniger als einem Jahr wieder zu. Zwei Kommissionsläden, zwei Frisiersalons, ein Sonnenstudio, eine Kunstgalerie, ein Coffeeshop namens Brewster Brew, ein Lokalblatt namens *Brewster Times & Advertiser*, ein Frühstückscafé namens Betty's Breakfast, eine Karateschule (ich habe vergessen, wie sie heißt), Geschenk- und Souvenirläden in wechselnder Zahl, die Bibliothek, Rudy's Pizza – und das ist es auch so ungefähr. Vier Kirchen und, ach ja, vier Bars, eine Bowling-Bahn und das Brewster Inn, ein Vierzig-Zimmer-Motel, in dem die Hälfte der Zimmer bis zum 1. Mai komplett eingemottet werden. Bis vor fünf Jahren hieß es noch Brewster Motel, doch dann entschied die Eigentümerin, Melody Baker, sie könne die Preise um zehn Prozent anheben, wenn sie den Namen in Brewster Inn änderte. Jetzt hat sie vor, ihn in Brewster Arms zu ändern. Der Nachteil eines Namenswechsels besteht darin, dass sie die Zierverkleidungen mit einer frischen Schicht weißer Farbe anstreichen muss, weil das dringend nötig ist. Ein frisches Geranienbeet würde auch nicht schaden.

Heute Nacht hat sie drei Gäste, wobei zwei der Zimmer allerdings für den ganzen Monat gebucht sind. Einer der Gäste ist übrigens erst vor einer halben Stunde gekommen, mit dem Auto aus Boston. Sein Name ist Ernest Hartmann – er mag es nicht, wenn man ihn Ernie nennt –, und er ist Versicherungsdetektiv, aber jetzt hat er in seinem Büro erzählt, er mache Urlaub. In Wahrheit macht er fast niemals Urlaub, ein Umstand, der bei seiner Ehescheidung vor sechs Jahren eine große Rolle gespielt hat. In Boston hat er jedoch vor Kurzem einen Mann befragt, der erfolglos seine eigene Boutique niedergebrannt hatte, um auf diese Weise mit einem kleinen Schuldenberg fertigzuwerden. Von Hartmann zur Rede gestellt, erzählte der Mann ihm von ein paar Leuten in Brewster – Kidnapper oder Sektenanhänger oder Neopaganisten, das wurde nicht ganz klar, aber der Bruder des Mannes wusste darüber Bescheid, und er meinte, wenn Hartmann sich dafür interessierte – und das sollte er –, dann könnte er mit der Staatsfeuerwehr übereinstimmend erklären, es habe sich bei dem Brand um ein zufällig entstandenes Feuer gehandelt. Er hatte Hartmann eine Messingmünze mit einem fünfzackigen Stern in einem Kreis auf der einen Seite und einer auf den Hinterbeinen stehenden Ziege auf der anderen Seite gegeben. Ein paar buchstabenähnliche Zeichen waren darauf auch zu sehen, obwohl Hartmann sicher war, dass sie keiner westlichen Sprache entstammten. Einen Namen hatte der Mann ihm außerdem genannt, und wenn es ihm gelänge, aus diesem Tipp Profit zu schlagen, könnte er möglicherweise die Versetzung nach Los Angeles bekommen, wo seine beiden Kinder, neunjährige Zwillingsmädchen, mit seiner Ex-Frau wohnten. So fragwürdig seine derzeitige Mission auch sein mochte, sie konnte sich doch lohnen, wenn er dadurch mehr Zeit mit seinen Töchtern verbringen könnte.

Trotzdem war Hartmann kurz davor gewesen, die Reise doch nicht zu unternehmen, aber am Mittwochabend war er Tommy Meadows über den Weg gelaufen, einem staatlichen Gesundheitsinspektor, der ihm erzählte, er habe ebenfalls eine Frage im Zusammenhang mit Brewster, und wenn Hartmann dort einen Blick in ein paar dunkle Ecken werfen wolle, werde er, Tommy Meadows, dafür sorgen, dass es sich rentiere. Hartmann war einverstanden. Nur würde es ihn nicht wundern, wenn das Ganze auf einen blauen Dunst hinausliefe. Tatsächlich war er erst gegen Mitternacht losgefahren und auf der Fahrt hier herunter schon dreimal kurz davor gewesen, wieder umzukehren.

Hartmann stellte seine Reisetasche auf den Tisch neben den Fernseher. Er war ein pummeliger Mann von Ende dreißig und trug gern Hawaiihemden unter einem blauen Blazer. Was er reichlich hatte, waren Haare, einen dichten, dunkelbraunen Schopf, den er nach hinten kämmte und der ihn um fünf Zentimeter größer machte. Seine Haare sahen jetzt noch aus wie mit sechzehn. Im Haarbereich hatte er Glück, wie er sich gern sagte.

Er packte Rasierzeug und Schlafanzug aus und stellte ein Foto der Zwillinge auf den Nachttisch: zwei hübsche Blondschöpfe, die sogar auf dem Foto aussahen, als hätten sie Mühe stillzustehen. Wenn sie in die Pubertät kämen, würden sie heiligen Schrecken verbreiten, und Hartmann war davon überzeugt, dass er mit fünfundvierzig Großvater sein würde, wenn er nicht in ihrer Nähe wohnte. Bevor seine Frau ausgezogen war, hatte er in den meisten Nächten zwei- oder dreimal nach ihnen geschaut, nur weil es ihm solche Freude machte, ihr blondes Haar zerzaust auf den Kissen zu sehen. Heutzutage konnte er von Glück sagen, wenn er Gelegenheit zum Telefonieren fand, erst recht, wenn sie sich dann auch meldeten. Nein, er musste an die Westküste, und was immer diese Kultanhänger oder Irren hier trieben – solange es illegal und halbwegs sensationell war, würde es ihm vielleicht ein Ticket nach L.A. verschaffen.

Hartmann griff noch einmal in die Tasche und nahm saubere Unterwäsche und Socken für morgen heraus, und eine schwarze halbautomatische Neun-Millimeter-Pistole machte leise *klunk*, als er sie neben dem Foto auf den Nachttisch legte. Eine dreizehnschüssige Browning Hi-Power, die seinem Vater gehört hatte, der gestorben war, bevor seine Enkeltöchter zur Welt gekommen waren. Hartmann hatte nur auf dem Schießstand damit geschossen, schleppte sie jedoch seit fünfzehn Jahren mit sich herum. Noch nie hatte er sie auch nur vorzeigen müssen, aber er dachte immer, es könnte vielleicht nötig werden, auch wenn er sie oft zu Hause ließ. Er wusste nicht genau, warum er sie heute Nacht mitgenommen hatte. Hastig gepackt wahrscheinlich.

An der Pistole war nichts Hübsches, sie war nur ein solider Klotz aus verkratztem und verschrammtem schwarzem Metall mit schwarzen Plastikgriffschalen. Sie war funktional und nüchtern, ein Rausschmeißer, kein Tänzer. Er schaute sie an und entschied, dass er sie nicht neben dem Foto seiner Töchter liegen haben wollte, also legte er sie auf den Nachttisch auf der anderen Seite des Bettes. Die Pistole kam schließlich aus einer Welt, mit der die Zwillinge nichts zu tun haben sollten, wie er fand.

Wenn Sie Hartmann für einen prinzipiell anständigen Menschen halten, haben Sie wahrscheinlich recht, und möglicherweise führte diese Eigenschaft ihn auf eine Bahn, die andere eher gemieden hätten. Zu oft erwies er Leuten, die es nicht verdienten, Gefälligkeiten und Wohltaten. Als er jetzt das Foto der Zwillinge anschaute, während er die Decke unters Kinn zog und sich anschickte, das Licht auszuknipsen, spürte er, wie es ihm die Kehle zusammenschnürte. Sie waren so verdammt niedlich!

Höchstwahrscheinlich waren Sie schon in einer Stadt wie Brewster. Sie ist nicht arm, dank den Steuern, die von den Sommergästen gezahlt werden. Die Schulen sind gut, und das neue Polizeirevier in der Water Street sieht größer und heller aus als nötig, denn die Cops haben kaum mehr zu tun, als die verrammelten Sommerhäuser im Auge zu behalten, auf der Route 1 betrunkene Autofahrer anzuhalten und bei gelegentlichen Fällen von häuslicher Gewalt einzuschreiten. Es kommt vor, dass eine der Bars – speziell Tony's – am Wochenende eine gute Schlägerei zu bieten hat. Und sonst? In einer alten Villa in der

Water Street befindet sich ein Bestattungsinstitut. Es gibt die übliche Handvoll Ärzte, Anwälte und Dentisten und natürlich das Krankenhaus, das zwar klein ist, aber gut läuft.

Ach ja, im Zentrum, in den oberen drei Geschossen des viergeschossigen Metcalf Buildings – Brewsters höchstes Gebäude – hat »The You Within You – Das Du in Dir« die ehemaligen Ausstellungsräume der Möbelfirma Bates Home Furniture bezogen. Dabei handelt es sich um ein ganzheitlich-alternatives Gesundheitsunternehmen. Neben Yoga-Kursen – Kundalini, Vinyasa, Svarupa und beheiztem Baptiste-Power-Yoga – gibt es hier Kurse in Tai-Chi und Meditation, Chant- und Gong-Meditation, Kristallkugel-Meditation und sogar Bauchtanz. Auch Reiki, Reflexzonentherapie, Polarity-Therapie, Magnettherapie, Massagen und so weiter werden angeboten. »Placebo-Haus« nennt es Dr. Balfour im Krankenhaus. »You-You« sagen alle anderen. Als alternatives Gesundheitszentrum besteht es aus einem Labyrinth großer und kleiner Räume mit diversen Lehrern, Jüngern, Gurus, Kundigen, Masseuren, Masseurinnen und Spezialisten für das Aerobische und das Anaerobische. Man kann einen Yoga-Platz mieten, und den ganzen Tag und die halbe Nacht hindurch vibrieren die alten Ausstellungsräume von Leuten, die hopsen und springen, stretchen und kämpferische Posen einnehmen. Es wird viel über Energy Flow und Qi gesprochen, und man hört Wörter wie Moxibustion, Kampo, Bagua und Zang-Fu-Organe. Das ist nicht spöttisch gemeint. Das You-You ist Brewsters größtes Business und wird demnächst ein Ladengeschäft eröffnen. Dort bekommt man dann Lotionen, Tränke und Pillen und einen ganzen Katalog von Dingen, die man anziehen, essen, riechen oder sich auf den Körper reiben kann.

Zwei Drittel der Einwohner sind in Brewster geboren und zur Schule gegangen, sie arbeiten hier und werden wahrscheinlich hier sterben – »Lebenslängliche« könnte man sie nennen.

Sie haben nicht unbedingt die Nase gestrichen voll voneinander, aber jeder kennt die Geheimnisse des Nachbarn oder glaubt sie zumindest zu kennen, und das Tratschen haben sie zu einer hohen Kunst entwickelt. Wenn man zwei von ihnen im Supermarkt belauschen wollte, würde es sich ungefähr so anhören: Kundin 1: Sonny hat jetzt wieder Aufwind. Kundin: Tammy in Warwick? Kundin 1: Das Baby hat einen Virus. Kundin 2: Kann man es ihm verdenken, ich meine, wenn man bedenkt? Kundin 1: Pop hat beim Frühstück das Gleiche gesagt. Kundin 2: Auf Bewährung kann man nicht unbegrenzt »Der Wolf ist da!« schreien. Kundin 1: Hat seinen eigenen Briefkasten umgefahren.

Füllt man die Leerstellen aus, hat man einen Roman. Hält man es kurz, ist es ein Stück von Beckett.

Was das letzte Drittel betrifft – manche sind in Rente, manche arbeiten hier, andere pendeln, manche gehen angeln, manchen gefällt einfach das Wasser, manche verstecken sich, manche brauchen eine Luftveränderung, und manche sind damit beschäftigt, sich selbst zu entdecken. All das gilt zu einem großen Teil auch für die Lebenslänglichen. Die meisten dürften Ihnen ganz normal erscheinen, einfache, alltägliche Leute, aber regelmäßig kommen Huren und Strichjungen aus Providence herunter. Eine der Huren sagt: »Als Kind bin ich in Straßen wie denen hier auf und ab gegangen und hab mich gefragt, was wohl in den Häusern abgeht. Seit ich in der Branche arbeite, weiß ich es.«

Brewster hat ein halbes Dutzend Selbsthilfegruppen. Anonyme Alkoholiker, Anonyme Drogenabhängige, Anonyme Esssüchtige – und sie alle haben ihre Geschichten. Eine Gruppe für Anonyme Spielsüchtige wurde gegründet, nachdem das Foxwoods eröffnet wurde. Das Casino ist eine halbstündige Autofahrt entfernt, und ein paar Leute aus der Stadt arbeiten dort. Man muss sich die gesellschaftlichen Auswirkungen im

Umkreis von fünfzig Meilen um ein Spielcasino einmal ansehen, das sprunghafte Ansteigen von Diebstählen, Ehescheidungen, Selbstmorden, Verkehrsunfällen, Insolvenzen und so weiter. Bei den Anonymen Alkoholikern findet man viele Köche, bei den Spielern viele Rechtsanwälte, und bei den Drogenabhängigen sind Ärzte und Krankenschwestern. Jeder Beruf hat seine eigene Art der Selbstmedikation. R. James Huntington war ein Anwalt in Brewster, der Samstagabends zu den Treffen der Anonymen Spieler im Keller von St. John kam. Das Spielen gewöhnte er sich ab, doch das half nichts. Eines Abends im September ging er hinaus, und nach nicht einmal drei Schritten zog er eine Pistole aus der Tasche und pustete sich das Hirn weg. Father Pete musste vor der Sonntagsmesse das Buntglasfenster an der Nordseite des Kirchenschiffs mit dem Schlauch abspritzen, und ein paar klebrige Stückchen entgingen ihm trotzdem. Huntington hatte drei Treuhandfonds seiner Klienten ausgeräumt. Er spielte nicht mehr, aber er hatte eine Million Dollar Schulden.

Diese Zwölf-Schritte-Programme bei den Anonymen Alkoholikern und anderswo können einem eine Kostprobe von dem geben, was in diesen neuenglischen Kleinstädten im »Winterschlaf« so vorgeht. Schwester Rabiata, eine Domina aus Narragansett mit Kunden in Brewster, verbringt nach einem arbeitsreichen Abend in Brewster zwei Stunden bei ihrer Physiotherapeutin und lässt ihr Karpaltunnelsyndrom behandeln. Und sie schaut einen Kunden nicht mal an, wenn er nicht auf dem College gewesen ist.

Aber morgens um halb drei liegt sogar Schwester Rabiata zu Hause im Bett. Katzen streifen umher, auch Kojoten und ein paar Marder. Eulen warten zwischen den Ästen, und in manchen Nächten hört man ein Karnickel schreien. Wir schweben über der Stadt und sehen Straße um Straße mit dunklen Häusern. Große viktorianische Villen in der Oak, der Spruce und der Water Street, kleinere Häuser dort, wo die Mühle gestanden hat, und wenn wir uns dem Stadtrand nähern, finden wir Ranchbungalows und Cape-Cod-Häuser. Trotz der nächtlichen Stunde sieht man hier und da hinter einem Fenster das Flackern eines Fernsehers, oder – seltsam – jemand liest am Kamin ein Buch. In einer Stadt mit siebentausend Einwohnern ist die Hälfte sexuell aktiv, und ein paar sind – einzeln, zu zweit oder sogar zu dritt – auch um diese Zeit damit beschäftigt. Die Paare halten sich meist an feste Zeiten, doch für Singles wie Schwester Spandex heißt es: Nimm, was du kriegen kannst. Was andere spätnächtliche Ablenkungen angeht – Kreuzworträtsel, Kartenspiele, Puzzles, Brettspiele, Solitaire am Computer –, sind vielleicht fünfzig Schlaflose immer noch dabei. Schauen wir durch das Küchenfenster dieses zweistöckigen Hauses in der Mason Street. Ginger und Howard Phelps spielen die fünftausendste Partie Gin Rommée. Ginger hat 2600 Partien gewonnen, Howard 2400, aber Howard hat das Gefühl, er holt auf. Warme Milch mit Honig und Gingers Pecan-Cranberry-Brot – in manchen Nächten brauchen sie drei Stunden, um einzuschlafen.

Ein paar sind noch auf, weil sie lange arbeiten. Larry Rodman ist erst vor zehn Minuten in sein kleines, weißes, holzverkleidetes Haus in der Millman Street zurückgekommen, und in diesem Augenblick nimmt er eine kalte Pizza aus dem Kühlschrank. Larry ist fünfundvierzig und wiegt immer noch das Gleiche wie damals nach der Brewster Highschool: achtundsechzig Kilo. Er könnte den ganzen Tag Pizza mit doppelt Öl und doppelt Käse essen, ohne ein Gramm zuzunehmen. In der Hinsicht hat er Glück. Er wohnt im Haus seiner Eltern, das er geerbt hat. Sein Vater ist 2000 gestorben, seine Mutter 2005, und jetzt gehört es Larry. Allerdings musste er seinen älteren Bruder und seine Schwester auszahlen, die in Südkalifornien wohnen. Für die kam es nicht in Frage, in das »Höllenwetter« zurückzuziehen.

Während die Pizza aufgebacken wird – im Backofen, nicht in der Mikrowelle –, nimmt Larry drei Kekstöpfe aus Steingut von ihrem Bord herunter und stellt sie auf den Küchentisch. Dann wühlt er einen Ring aus der Tasche und hält ihn ins Licht: einen Damenring aus vierzehnkarätigem Gold. Das bedeutet, der mittlere Topf. Der linke ist für achtzehn Karat, der rechte für zwölf. Alles unter zwölf Karat ignoriert er. Bevor er die Töpfe wieder zurückstellt, schüttelt er sie kurz und freut sich an dem Gewicht. Ein vierter Topf für Verlobungsringe steht noch auf dem Bord. So einen gibt es heute Nacht nicht. Aber diese Töpfe und der Schmuck, den sie enthalten, sind einer der Vorzüge der Arbeit im Ofenpalast.

Was andere wach hält, ist das, was ein Freund immer »Schon-vier-Uhr-früh-o-mein-Gott« nannte. Da steht Vicki Lefebvre in einem weißen Kolonialhaus in der Market Street am Fenster und nagt an ihren Fingerknöcheln. Nina, ihre sechzehnjährige Tochter, ist seit zwei Nächten nicht nach Hause gekommen. Sie hat angerufen, um zu sagen, dass sie bei einer Schulfreundin übernachtet, doch dann hat die Schulfreundin selbst angerufen und wissen wollen, wo Nina ist. Also hat Nina gelogen. In letzter Zeit ist sie ein paarmal die ganze Nacht weg gewesen oder erst um drei oder vier Uhr morgens nach Hause gekommen. Aber es ist das erste Mal, dass sie zwei Nächte wegbleibt. Vickis Ex-Mann wohnt in Groton, und Vicki hat gute Lust, ihn anzurufen und aus dem Bett zu holen, damit er diese Qual mit ihr teilt, doch sie weiß, sie würde nur seine Mailbox erreichen, wie sie auch nur die Mailbox ihrer Tochter erreicht. Wo Nina in diesen Nächten hingeht, ist ein Geheimnis, aber wenn sie nach Hause kommt, hat sie Schlamm an den Schuhen, und einmal hingen Kletten am Ärmel ihrer Wolljacke. Wenn Vicki fragt, wo sie war, sagt Nina »Nirgendwo« oder »Bei einer Freundin« oder »Geht dich nichts an«. Und wenn Vicki sagt: »Alles, was du tust, geht mich etwas an«, antwortet Nina: »Von mir aus.« Das wäre an sich schon besorgniserregend, nur hat Vicki sie vor zwei Tagen mit drei anderen im Coffeeshop gesehen, im Brewster Brew, und die drei anderen, ein Mann und zwei Frauen, waren in den Zwanzigern und Dreißigern. Einer hatte ganz klar graue Haare. Sie lachten, als ob sie schon ein Leben lang miteinander bekannt wären, auch Nina. Lehrer waren es nicht; Vicki hat keine Ahnung, wer diese Leute waren. Auf ihre Nachfrage hat ihre Tochter zunächst abgestritten, dass sie da war, und dann hat sie gesagt: »Niemand, das war niemand.« Also steht Vicki jetzt am Fenster, nagt an ihren Fingerknöcheln und sieht zu, wie die Äste sich hin und her bewegen. Sie weiß, dass sie etwas unternehmen muss, aber wenn sie versucht, Nina unter Hausarrest zu stellen, wird die nur lachen. Und was soll Vicki dann tun?

Angst ist sicher das älteste Gefühl von allen. Nicht Liebe, nicht Stolz, nicht Habgier. Das Gefühl, das einen antreibt wegzurennen, ist älter als der Drang, jemanden zu umarmen. Nehmen wir zum Beispiel Schreie: Schreie der Aufregung, des Glücks, der sexuellen Erregung, des Erfolgs, des Schreckens. Als Schwester Spandex im Säuglingszimmer des Krankenhauses schrie, haben sich diejenigen, die davon aus dem Schlaf gerissen wurden, nicht gefragt: »Hm, was für ein Schrei war das?« Sie wussten es schon. Und ihre Körper reagierten schneller als ihr Verstand. Wir sagen, ihnen gefror das Blut in den Adern, aber Worte werden dem Schrecken nicht gerecht, der die Leute da aus dem Schlaf riss. Jamie Shepherd, der mit zwei gebrochenen Beinen im Bett lag, wollte aufspringen und losrennen. Mabel Flynn, siebenundneunzig Jahre alt und beinahe ohne Vitalfunktionen, verspürte einen Adrenalinstoß, der sie durch den Flur hätte kriechen lassen, wenn sie nicht mit einem Dutzend Apparate verkabelt gewesen wäre.

Wie bei einem Stein, den man ins Wasser wirft, verbreiteten sich die Wellen, die der Schrei hervorrief, nach außen. Es begann mit dem Schrecken derer, die in den Nachbarzimmern aus dem Schlaf gerissen wurden, ging weiter mit dem Schrecken, der sich durch den Flur bewegte, und dem Schrecken im oberen und unteren Stockwerk. Langsamer zog er weiter durch die schlafende Stadt, und Telefone begannen zu klingeln, erst bei der Polizei, dann aufwärts durch die Hierarchie des Krankenhauses, bei Schwestern, Oberschwestern, Ärzten, Stationsärzten, beim Rettungsdienstleiter, beim Personalchef, beim medizinischen Direktor, bis hinauf zur Klinikchefin. Von der Pflegehelferin bis zum Kuratoriumsmitglied, überall klingelte, summte, zwitscherte das Telefon in der Nacht. Alle hatten Freunde, und viele hatten das Bedürfnis, sie anzurufen – bald nicht nur Freunde, sondern auch Reporter, Lehrer, Psychologen, Sozialarbeiter und Wichtigtuer. Und die Welle wanderte über Brewster in die Welt hinaus, als die Leute erfuhren, dass im Krankenhaus ein Baby gestohlen und durch eine Schlange ersetzt worden war.

Es gibt also einen Unterschied zwischen denen, die vor halb drei, und denen, die danach wach sind. Doch unter denen, die vor halb drei wach sind, wollen wir uns Carl Krause anschauen. Sehen Sie den Craftsman-Bungalow an der Ecke Newport und Hope Street? Den mit grauen Holzschindeln verkleideten? Sehen Sie die beiden kleinen beleuchteten Fenster im Giebel vorn über der Veranda? Da ist Carl jetzt nach einem Streit mit seiner Frau Harriet. Das heißt, er hat getobt, und sie hat sich zurückgehalten. Aber statt zu schlafen, liegt er voll bekleidet auf seinem Bett und hat sogar seine Stiefel an. Er ist ein kräftiger Mann mit widerspenstigem schwarzem Haar, und er ist unrasiert. Vor Jahren ist das ganze Zimmer von Harriets erstem Ehemann mit Kiefernholz verkleidet worden, und Carl liegt sehr still da und starrt die Astknoten an. Er will sie dabei ertappen, dass sie sich bewegen; er weiß, dass sie es tun. Wenn er den Kopf zur Seite dreht, kann er es aus dem Augenwinkel sehen. Sie bewegen sich nicht viel, aber doch genug, um Besorgnis zu erregen. Und sie verändern ihre Form. Die beiden über seinem Kopf, die aussehen wie zwei Augen in der oberen Hälfte eines Gesichts, die haben gezwinkert, das hat Carl gesehen. Und er hat gesehen, wie sich ihre Brauen bewegt haben. Glauben Sie, dass die Augen das Fenster der Seele sind? Diese Seelen sind dunkel und niederträchtig. Carl weiß, sie meinen es nicht gut mit ihm. Klar, man könnte sagen, jeder Astknoten sieht aus wie ein Auge, aber kann man auch sagen, dass sie Gesichter und Köpfe haben, sogar Ohren? Und es sind nicht unbedingt Menschengesichter, nicht mal Tiergesichter – jedenfalls nicht von Tieren, die Carl schon gesehen hat. Vielleicht von Reptilien oder Schlangen. Und manche Augen sehen aus wie die Augen von Toten. Selbst wenn sie sich bewegen, sehen sie aus wie die Augen von Toten.

Man könnte annehmen, Carl habe getrunken, aber er ist so trocken wie ein Stein im Death Valley. Nicht, dass Trinken kein Problem gewesen wäre, genau wie der Zorn, der dafür verantwortlich ist, dass er jetzt oben ist und nicht unten. Harriet ist unten, und seine Stiefgören sind unten, und der Hund und die Katze sind unten, und er ist allein oben, nüchtern und ruhig. Sein einziges Problem sind die Astknoten, die raffinierten, die da über die Decke kriechen, Neuigkeiten sammeln, Pläne schmieden. Und wem verraten sie seine Geheimnisse? Das möchte er gern wissen. Vor wem muss er auf der Hut sein? Deshalb bewegt Carl nicht mal den kleinen Finger. Er stellt sich tot, um sie auszutricksen, und liegt da wie eine Leiche im Sarg, die nach oben starrt. Aber so dazuliegen, ist anstrengend. Es ist harte Arbeit, und er fängt an zu schwitzen, und der Druck nimmt zu. Er kann es fühlen, als ob da etwas in seinem Bauch auszubrechen versucht. Bald gibt es eine Explosion, und dann, Leute, seht euch vor.

ZWEI

Das Telefon auf Woody Potters Nachttisch fing um 2 Uhr 53 an zu klingeln, sein Handy setzte zwei Sekunden später ein, und so wusste er schon, bevor er technisch gesehen wach war, dass es eine große Sache sein musste. In einer Mischung aus Vorfreude und Grauen tastete er blindlings umher und hoffte, den Lärm abzustellen, bevor Susie gestört wurde, aber er griff daneben und stieß sein Handy auf den Boden, wo es unter das Bett rutschte. Erst dann fiel ihm ein, dass Susie nicht neben ihm lag und vielleicht nie wieder neben ihm liegen würde. Inzwischen hatte er jedoch den Hörer am Ohr, lag auf dem Bauch und versuchte, das Handy zu finden, während aufgeregte Stimmen seine Frauenprobleme gottlob in den Hintergrund treten ließen.

Hank Alvarez, der diensthabende Staatspolizist in Alton Barracks, war am Handy, und Fred Bonaldo, der kommissarische Polizeichef von Brewster, rief auf der Festnetzleitung an. Woody wusste, dass es ein Fehler war, sich ein Telefon an jedes Ohr zu drücken und beiden zuzuhören, einem atonalen Duett über Schlangen, verschwundene Babys, eskalierende Hysterie und eine kriminaltechnische Einheit, die unterwegs sei. Gern hätte er ihnen gesagt, er sei in einer toten Zone des Schlafentzugs unterwegs, in einem Nebel der Ahnungslosigkeit. Stattdessen sagte er nur, er werde unverzüglich zum Krankenhaus fahren, und eigentlich war das alles, was sie von ihm hören wollten.

Woody schwenkte die Füße auf den Boden, stützte die Ellenbogen auf die Knie und blieb sitzen, das Kinn in die Hände gelegt. Obwohl er schon vor elf ins Bett gegangen war, hatte er sich noch eine Stunde lang hin und her gewälzt. Ajax, sein Golden Retriever, kam im Dunkeln angetappt und leckte ihm die Zehen. Schlimmer als jede Horrorshow, die sich im Morgan Memorial abspielen konnte, war die Leere auf der anderen Hälfte des Queensize-Bettes, eine Leere, die mit der zunehmenden Leere in ihm selbst vergleichbar war. Das Loch war so groß, dass sein ganzes Leben hineinzukippen drohte, und am liebsten hätte er sich wieder hingelegt und den Kopf unter das Kissen geschoben. Er schüttelte sich, schnappte Jeans und Stiefel, und lief vier Minuten später durch die Hintertür hinaus zu seinem Toyota Tundra. Ajax und die Katze standen oben auf der Küchentreppe und starrten ihn an, als wollten sie fragen: »Wasnlos? Wasnlos?«

Woody Potter war einer von fünf Detectives der State Police für den Bereich Washington County, und über das, was ihn erwartete, wusste er nur, dass Fred Bonaldo glaubte, damit nicht allein fertigzuwerden. Brewster hatte dreißig Vollzeitpolizisten und fünfzehn Teilzeitcops, die nur vom 1. Mai bis zum 1. Oktober Dienst taten. Wenn Chief Bonaldo mehr Personal benötigte, rief er bei der State Police an. Angenommen, der Chief brauchte ein Spezialeinsatzkommando, würde er stattdessen vielleicht in Westerly oder South Kingstown anrufen, und Bonaldo würde wahrscheinlich nach einem Spezialeinsatzkommando schreien, wenn ein Vierjähriger auch nur einen Schneeball auf einen Streifenwagen warf. *Bin ich da nicht unfair?*, dachte Woody. Und war das nicht etwas, worüber Susie sich immer beklagt hatte? Seine negative Haltung? Während er auf der dunklen Straße in Richtung Brewster fuhr, sah er das Fragezeichen über sich schweben, wie ein Barsch einen Angelhaken beäugt. »Scheiß drauf!«, sagte Woody so laut, dass er einen

Satz machte, als gehörte die Stimme jemandem, der auf dem schmalen Sitz hinter ihm hockte.

Er war neununddreißig und an der Schwelle zu seiner zweiten Ehe. Ein Jahr nach seinem Abschluss an der Tolman Highschool war er rechtzeitig zum ersten Irak-Krieg zur Army gegangen: sechs Monate lähmende Langeweile und ein paar Augenblicke des Grauens. Als Nächstes dann vier Jahre an der University of Rhode Island und ein Examen in Politikwissenschaft mit Kriminologie und Strafrecht als Nebenfächern, die Fortsetzung eines schweren Alkoholproblems und Cheryl, seine erste Frau. Ein Jahr später nahm er ein Jurastudium an der Roger Williams Lawrence School auf. Er hielt neun Monate durch und brachte seine Trinkerei unter Kontrolle, während seine Ehe aus der Kurve flog. Er hatte immer gedacht, das wäre Cheryls Problem gewesen. »Es macht keinen Spaß mehr mit dir«, hatte sie gesagt. Sie liebte Partys, und er hatte die Partys satt. Inzwischen dachte er, dass es wahrscheinlich sein Problem gewesen war. Er war ungeduldig und wortkarg, wenn ihn etwas störte. Jedenfalls hatten sie sich scheiden lassen. Cheryl war in Oregon, und wahrscheinlich würden sie einander nie wiedersehen.

Schon bevor die Scheidung rechtskräftig wurde, hatte Woody sich zu einem sechsundzwanzigwöchigen Ausbildungsprogramm an der Akademie der State Police in Foster eingeschrieben. In den ersten einundzwanzig Wochen hatte er an fünf Tagen der Woche in der Akademie wohnen müssen. Es war wie die militärische Grundausbildung – in mancher Hinsicht schlimmer, in anderer besser, weil er freitagabends nach Hause fahren konnte. Inzwischen war er seit elf Jahren Trooper: ein Polizist bei der State Police. Was zwischen der Abschlussprüfung an der Akademie und dem Punkt lag, an dem er sich heute Morgen befand, war einerseits die beruhigende Präzision der Trooperdisziplin und andererseits eine Reihe von vermasselten sexuellen Beziehungen, sein Jähzorn oder – wie man ihm sagte – ein Aggressionsbewältigungsproblem sowie eine Frage, die er wiederholte wie den Refrain eines Liedes: »Was zum Henker glaubst du, was du tust?« War er glücklich? Er nahm es an. Er dachte nie darüber nach. War er deprimiert? Na, alles war prima gewesen, bis Susie abgehauen war, also war es vielleicht doch nicht so prima gewesen. Und sonst? Die paar Augenblicke des Grauens im Irak sprangen manchmal in seiner Erinnerung herauf, und dann sah er nur blitzende Lichter und Explosionen und, ach ja, fliegende Körperteile. Als er letzte Woche bei einem Therapeuten gewesen war – weil er immer noch hoffte, seine Beziehung zu retten –, hatte Dr. Nardone gefragt: »Wo sehen Sie sich in zehn Jahren?« Fast hätte er geantwortet: »Im Knast«, aber dann hatte er sich auf die Zunge gebissen. *Wo war denn das hergekommen?*, fragte er sich.

Was hatte er als Trooper gelernt? Ein absolut ausdrucksloses Gesicht zu machen, Zuversicht und Optimismus auszustrahlen, mit dem Schlimmsten zu rechnen, in langweiligen Situationen wachsam zu bleiben, fünfmal die Woche ins Fitness-Studio zu gehen, maßvoll zu lügen und die Finger von der Flasche zu lassen. Es gefiel ihm. Ihm gefielen der gelegentliche Adrenalinstoß und die Routine, er mochte die Klarheit und die Truppe, mit der er zusammenarbeitete, Männer und Frauen. Es gefiel ihm, mit Leuten zusammen zu sein, denen er vertrauen konnte. Das war, mehr oder weniger, Woody Potter. Alles in allem ein ziemlich guter Kerl, auch wenn es noch Raum für Verbesserungen gab, wie er selbst als Erster zugeben würde. Ach ja, groß war er und muskulös und hatte kurzes dunkles Haar – eher Fransen als Frisur –, dunkle Augen, ein vorstehendes Kinn und eine sieben Zentimeter lange Schrapnellnarbe links am Hals. Einen halben Zentimeter tiefer, und er wäre tot gewesen.

Von Woodys kleinem Cape-Haus in Carolina bis zum Morgan Memorial waren es acht Meilen: ein gutes Stück durch den Wald auf der Route 2, eine kurze Pause an der Ampel auf der Route 1, und dann noch drei Meilen auf der Water Street, eine Fahrt, die durch die Dunkelheit führte und an einem Drei-Manegen-Zirkus endete, da Streifenwagen und Noteinsatzfahrzeuge aus einem halben Dutzend Städten es für angebracht gehalten hatten, hier einen Besuch abzustatten. Alle standen mit blitzenden Lichtern und schnatternden Funkgeräten um den Eingang der Notaufnahme herum. Zwei Kranken- und ein Rettungswagen waren auch da, und etliche der anwesenden Polizisten hatten dienstfrei. Ob sie helfen wollten? Nein, sie waren gekommen, um sich den Spaß anzugucken.

In der Notaufnahme waren noch mehr, aber der einzige Patient war ein dicker Cop aus South Kingstown, der wegen eines verstauchten Knöchels behandelt wurde. Er war umgeknickt, als er eilig hineinstürmte, um die Schlange zu sehen. In einem Beobachtungszimmer lag Alice Alessio, die Schwester, die auf der Entbindungsstation Dienst gehabt hatte. Ihr hysterischer Anfall, erfuhr Woody, klinge vermutlich langsam ab. Nach kurzer Zeit nannte er sie Schwester Spandex wie alle anderen. Ein paar sagten auch Alice Spandex, und als Woody den Namen das erste Mal hörte, dachte er, sie wäre aus Osteuropa.

Die beiden Mütter auf der Entbindungsstation – eine davon war die junge Summers, deren Baby verschwunden war – hatte man auf eine andere Etage verlegt. Der kommissarische Polizeichef Bonaldo wollte die Entbindungsstation komplett räumen. »Das große Problem«, sagte er zu Woody, »sind die Schlangen. Wir haben eine gefunden, die sich durch das Schwesternzimmer schlängelte. Ich meine, Alice Spandex kann sich nicht erinnern, wie viele sie gesehen hat. Sie sagt, fünf, vielleicht zehn. Aber sie denkt nicht klar.«

Das ist wirklich ein Zirkus hier, dachte Woody. »Sind sie giftig?«

Bonaldo war ein Mann mittleren Alters mit beginnender Glatze und einem roten, aufgedunsenen Gesicht. Er war groß, etwas über eins achtzig, aber Woody war größer. Bonaldos randlose Brille saß schief auf der Nase, und sein blaues Hemd steckte nur halb in der Hose. »Scheiß Kornnattern – ungefähr die freundlichsten Schlangen, die man finden kann, und die, die wir gefunden haben, sah aus, als wäre sie bekifft. Fast eins achtzig. Und hübsch. Sieht aus wie eine Halloween-Zuckerstange. Aber wie viele sind da draußen noch unterwegs? Schwestern, Patienten, Ärzte – die sehen überall im Krankenhaus Schlangen. Das ist wie ein hysterischer Reflex.«

Bonaldo sagte das alles in einem einzigen langen Atemzug, und Woody hatte das Gefühl, dem Chief machte das alles zu viel Spaß. Er fand, Bonaldo übte das Amt des Polizeichefs kommissarisch so aus, als »spielte« er Polizeichef. Tatsächlich war der Mann Immobilienmakler und tat der Stadt einen Gefallen. Streitigkeiten im Department und Freunde im Rathaus hatten ihm den Job besorgt, aber dazu später mehr.

»Und das Baby?«

Sie standen vor der Aufnahmetheke. Die Frau, die dahinter arbeitete, tat, als höre sie nicht zu.

»Da fragen Sie mich was. Wie vom Erdboden verschwunden.«

Zum ersten Mal, und von da an noch oft, kam Woody der Verdacht, dass die Schlange oder die Schlangen Vorrang vor dem Baby hatten. Bonaldo hätte es bestritten, aber es war nicht das verschwundene Baby, das ihn veranlasste, mit den Händen zu fuchteln und die Augen zu verdrehen, und das Baby brachte auch seine Polizeikollegen nicht dazu herumzurennen, in Schränke und unter Betten zu schauen und mit höchst erregtem Schrecken zu reagieren, wenn einer nach dem anderen sich einbildete, er habe aus dem Augenwinkel etwas Buntes vorbeihuschen sehen. Woody hatte eine ziemlich aktive Neigung zu Schreckreaktionen aus dem Irak mitgebracht – Susie näherte sich ihm niemals von hinten, ohne sich rechtzeitig bemerkbar zu machen –, doch verglichen mit den Leuten hier kam er sich wie ein blutiger Anfänger vor. Andererseits hatte er Schlangen immer schon gemocht.

»Und wer leitet die Ermittlungen?«

»Ich, nehme ich an.« Das schien Bonaldo verlegen zu machen. »Hier ist auch noch ein dienstfreier Captain aus South Kingstown, der eine große Hilfe ist, und ein Lieutenant aus Westerly, aber es ist mein Zuständigkeitsbereich. Habe ich schon gesagt, dass einer vom FBI unterwegs ist, aus Providence oder aus Boston? Entführung, wissen Sie, das ist deren Metier. Und jetzt sind Sie auch hier, Corporal. Sie sind die State Police. Darum habe ich Sie angerufen.«

»Toll«, sagte Woody ohne Begeisterung. Er spürte, dass hier eine Menge beiseite geräumt werden musste, bevor er wirklich auf das Baby kommen konnte. Überall waren Cops, in der Notaufnahme, oben und unten, und es kamen immer noch mehr. Die meisten kannte er, und mit einigen war er gut befreundet: Basketballkumpel, Anglerkameraden. Es war wie ein Kongress, über den die Boulevardpresse berichten würde. Rhode Island hatte mehr Ähnlichkeit mit einer großen Kleinstadt als mit einem Staat; es hatte ein Drittel der Größe von San Diego County, wo seine Schwester wohnte, und ein Drittel der Einwohnerzahl. Bald würden Cops aus Woonsocket aufkreuzen, das fünfzig Meilen weit weg an der Grenze nach Massachusetts lag, so weit, wie man sich von Brewster entfernen konnte, ohne Rhode Island zu verlassen. Und die kriminaltechnische Einheit kam aus North Scituate, das ebenfalls fast fünfzig Meilen weit entfernt war.

»Was sagt Miss Spandex?«

Bonaldo gab ein Grunzen von sich, das ein Lachen sein konnte, und klärte Woody über ihren Namen auf. Schließlich sagte er: »Übrigens war ich mit ihrer Mutter auf der Highschool. Eine scharfe Braut, das können Sie mir glauben.« Er knackte mit den Fingerknöcheln, um seine Worte zu unterstreichen.

Woody erfuhr, dass Bonaldo praktisch nur mit Alice gesprochen hatte, um die fundamentalen Details in Erfahrung zu bringen - männlicher Säugling verschwunden, Schlangen im Bettchen -, denn es sei schwer, mit ihr zu reden. »Das macht die Hysterie.« Andere Schwestern versuchten, sie zu beruhigen. South Kingstown hatte versucht, mit ihr zu sprechen, und Westerly ebenfalls, aber sie hatten nur erfahren, dass es hier vielleicht wirklich eine ganze Menge Schlangen gab. »Wie im Zoo«, sagte Bonaldo.

Bei den Techniken zur Aggressionsbewältigung, die Woody lernen sollte, hatte eine darin bestanden, drei Arten von Geduld zu üben. Eine davon war die Geduld, mit der man freiwillig Leiden akzeptierte. Damit versuchte er es jetzt, nicht ohne einen Hauch von Ironie. Die Alternative bestand darin, loszubrüllen.

»Und die Mutter?«

»Oh, sie packt es ganz gut, wissen Sie. Wenn man bedenkt.«

»Vielleicht rede ich mal als Erstes mit der Schwester.«

»Das Problem«, sagte Bonaldo, »ist, dass dieses Spandex-Mädchen im Dienst sein sollte und nicht war. Ich meine, sie war nicht auf der Etage. Die Babys waren allein, ich weiß nicht, wie lange. Es waren die Tage … Sie wissen schon, ihre Periode. Sie sagt, sie hatte grässliche Krämpfe. Hat meine Frau auch. War auf der Toilette und hat sich gekrümmt.«

»Wie lange?«

»Lange genug.«

Das Zimmer, in dem Alice Alessio war, lag der Aufnahmetheke gegenüber. Ein Polizist aus Brewster - George Morelli - stand mit verschränkten Armen vor der Tür. Mit seinem rasierten Schädel, dem Schnauzbart und der wütend gerunzelten Stirn sah er aus wie ein türkischer Haremswächter, den man in eine blaue Uniform gesteckt hatte.

Als Woody das Zimmer betreten wollte, sah er, wie zwei Männer und eine Frau von der kriminaltechnischen Einheit ihre Ausrüstung durch den Eingang hereinschleppten. Woody kannte sie gut, und sie nickten einander zu. Der Corporal, Frank Montesano, kam herüber, während ein Detective aus Brewster die anderen zum Aufzug führte.

»Haben Sie hier einen Zirkus, Detective?«, fragte Montesano.

»Das ist nicht mein Zirkus, will ich hoffen.«

»Warum ein Baby klauen?« Montesano war kompakt wie ein Hydrant und um die vierzig.

»Wer weiß? Um es zu verkaufen, um Lösegeld zu erpressen, um es einzutauschen – was weiß ich?« Woody hatte über diese Frage noch nicht ausführlich nachgedacht. Die verdammten Schlangen kamen ihm immer wieder in die Quere.

»Ich nehme an, das Krankenhaus verwendet kein Lo-Jack-System.« Als er Woodys verständnisloses Gesicht sah, fügte er hinzu: »Das ist ein kleiner Sender, den man dem Baby um das Fußgelenk schnallt. Bringt jemand das Kind aus einem bestimmten Bereich hinaus, gehen alle Türen und Aufzüge zu, und ein Alarm klingelt. So was gibt's auch mit GPS. Viele Krankenhäuser benutzen sie.«

»Tja, Morgan Memorial nicht.«

Als Montesano zur Entbindungsstation hinaufgefahren war, fragte Woody sich: *Warum war das Baby geraubt worden?* Polizisten liefen hin und her durch die Notaufnahme, erledigten echte oder erfundene Aufgaben und waren froh, einmal aus der Routine ausbrechen zu können. Langeweile, dachte Woody, war für Polizisten genauso gefährlich wie das Eingehen von Risiken. Aber der Zwischenfall im Morgan Memorial war nichts, womit Bonaldo allein fertigwerden konnte. Hier mussten Aussagen zu Protokoll genommen und Beweismaterial gesammelt werden, man musste das Krankenhaus und die nähere Umgebung absuchen, bei der Verlegung der Patienten in andere Stockwerke behilflich sein und nach Schlangen suchen. Ein logistischer Albtraum. Praktisch gesehen war das ganze Krankenhaus ein Tatort. Es konnte Tage dauern, alles in Ordnung zu bringen. Dabei hatte Woody nichts gegen die Arbeit. Was ihn störte, war Durcheinander, und davon hatte er hier eine Menge vorgefunden. Aber ganz gleich, wie schlimm es jetzt schon war, es würde noch schlimmer werden, wenn die Nachricht sich in der Welt verbreitete. Inzwischen trafen die medizinischen und administrativen Führungskräfte des Krankenhauses ein, darunter auch die Chefin, Dr. Joyce Fuller, die keine Medizinerin war, sondern Diplome in Betriebswirtschaft und Klinikverwaltung innehatte. Außerdem hatte jemand unter den ortsansässigen Psychologen und Therapeuten herumtelefoniert, die bei der allgemeinen Hysterie helfend eingreifen sollten. Viele Patienten mussten beruhigt werden und etliche Mitarbeiter ebenfalls. Obwohl das Krankenhaus nur fünfzig Betten hatte, beschäftigte es rund zweihundert Personen. Woody schätzte, dass inzwischen alle erfahren hatten, was passiert war, und jeder von ihnen würde mindestens fünf Freunde und Verwandte anrufen.

Um alles noch komplizierter zu machen, hielt ein Krankenwagen mit einem echten Notfall vor dem Eingang. Sanitäter und Fahrer holten einen älteren Mann durch die Hecktür heraus, einen Bewohner des Altenheims Ocean Breezes, der an Brustschmerzen litt. Mehrere Cops warfen dem alten Knaben gereizte Blicke zu, als wäre er ein unbefugter Störenfried, den man woandershin bringen sollte. Woody kannte die Besatzung des Krankenwagens: Seymour Hodges und Jimmy Mooney. Hodges war vor ungefähr vier Monaten aus dem Irak zurückgekommen, und Woody hatte mit ihm darüber reden wollen, wenn auch nicht so dringend, dass er ihn tatsächlich angerufen hätte. Jetzt richtete er seine Aufmerksamkeit auf Schwester Spandex.

Alice Alessio lag auf dem Rücken, presste die Hände an die Wangen und schien sich auf die Deckenbeleuchtung zu konzentrieren. Sie war wie erstarrt, aber alle paar Augenblicke begann sie so heftig zu zittern, dass das Bett ratterte, und dann wimmerte sie. Die ältere Schwester, die am Bett saß, strich ihr über die Stirn und machte beruhigende Geräusche an ihrem Ohr. Die Schwester war Bernie Wilcox, und sie arbeitete seit dreißig Jahren in diesem Beruf. Wenn sie nicht auf einer Teilzeitstelle bestanden hätte, wäre sie inzwischen Oberschwester oder Pflegedienstleiterin gewesen, und zwar nicht in einer Kuhkaffklinik wie dem Morgan Memorial, sondern irgendwo in Providence oder in Boston. Das sagte nicht sie, das sagten andere Leute. Alle, mit denen sie zusammenarbeitete, meinten, sie hätte jeden Job haben können, den sie haben wollte. So gut war sie. Vor Jahren hatte sie auch ein paar solche Jobs gehabt, aber heute liebte sie ihren Webstuhl und ihre dreißig Schafe genauso wie die Arbeit als Krankenschwester. Deshalb teilte sie ihre Zeit auf.

Woody Potter war Bernie noch nie begegnet, doch ihr ruhiges Einfühlungsvermögen fiel ihm gleich auf. Wenn er nicht so viel um die Ohren gehabt hätte, wäre ihm vielleicht in den Sinn gekommen, dass dieses ruhige Einfühlungsvermögen ein professionelles Hilfsmittel war, das die Arbeit reibungsloser vonstatten gehen ließ. Das bedeutete nicht, dass Bernie alles andere als ruhig und einfühlsam war, aber für Schwester Spandex hatte sie wenig übrig. Sie wollte nur verhindern, dass Schwester Spandex kreischend durch das Krankenhaus rannte, denn Szenen zu machen und Anfälle zu bekommen, war Schwester Spandex' Hauptbeschäftigung. Das, und sich flachlegen zu lassen.

Woody wusste das alles nicht, kannte jedoch den Namen »Schwester Spandex« und sah, dass ihre Pflegerinnenkleidung mit diversen Abnähern und Änderungen versehen worden war, um ihre Figur zu betonen. Mit ihren ungefähr fünfunddreißig Jahren war sie auf dem Scheitelpunkt zwischen überreifer Traube und abgefallenem Pfirsich. Fallobst, sagte man wohl. Dann war da das Make-up. Eyeliner und Lidschatten waren auf ihren Wangen verteilt, wie der Mississippi sich über den Mittelwesten verteilt.

Woody blieb am Fußende des Bettes stehen und bemühte sich, Bernies ruhiges Einfühlungsvermögen zu imitieren. Das fiel ihm nicht leicht - nicht, weil er kein Einfühlungsvermögen besaß, sondern weil Ausdruckslosigkeit und diverse Varianten der Wut die einzigen mimischen Möglichkeiten waren, die er gut beherrschte. Oder, wie Susie neulich geschrien hatte: »Du siehst nur glücklich aus, wenn du mit dem Hund spielst!«

Er beugte sich vor. »Sie haben einen furchtbaren Schock erlitten.«

Obwohl er, wie er fand, einen melodiösen Flüsterton angeschlagen hatte, reagierte Alice Alessio mit lautem Heulen. Bernie sah ihn vorwurfsvoll an. Alice warf sich auf dem Bett hin und her, und Bernie musste nach ihrem Arm greifen, damit sie nicht herausfiel. Woody senkte den Kopf und faltete die Hände vor sich, wodurch er ein bisschen priesterhaft aussah. Hysterie konnte er nicht leiden, weil er ihren Sinn nicht einsah. Was ihm im Leben gefiel, war eine ungerührte Liebenswürdigkeit mit einem Hauch von ironischem Humor, ein entspanntes Geplänkel unter Männern, bei dem er seine Gefühle nicht zu erklären brauchte. Männer mochten sich Sorgen machen, sie mochten fluchen oder weinen, aber sie wurden nicht hysterisch. Was hatte die Aufregung für einen Sinn? Empfindsamkeit auf der einen Seite, Drecksäcke auf der anderen - man wanderte wirklich auf einem schmalen Grat durchs Leben.

Nach einigen Augenblicken fand Schwester Spandex zu einer Art von nervöser Wachsamkeit, und Woody konnte sie fragen, was passiert war, worauf sie beinahe wieder von Neuem anfing.

Mit viel Stocken und Stammeln gelang es ihr, die nötigen Worte für ihre Geschichte zu finden. Sie sei bis gegen 2 Uhr 15 im Säuglingszimmer gewesen, die meiste Zeit an ihrem Tisch, aber auch immer wieder bei den Babys, doch es sei ihr schrecklich schwergefallen, weil sie von Krämpfen zerrissen worden sei. Sie hätte jemanden rufen sollen, das wusste sie, aber stattdessen sei sie den Flur hinunter zur Toilette gelaufen, wo die Krämpfe sie erneut überfallen hätten. »So schlimm, dass ich mit den Zähnen geklappert habe«, berichtete sie. Nach fünf Minuten, vielleicht waren es auch zehn, sei sie wieder ins Säuglingszimmer zurückgekehrt – zurückgetaumelt, um die Wahrheit zu sagen –, und sofort habe sie gesehen, dass in Baby Summers' Bettchen etwas nicht stimmte. Er habe unter seiner kleinen Decke gezappelt, als bekomme er keine Luft und wolle sich befreien. Sie sei zum Bettchen gestürzt und habe die Decke weggerissen, und da… An dieser Stelle fing sie wieder an zu heulen.

Woody wartete. Das war auch so etwas, das er nicht gern tat: Frauen über ihre Periode zu befragen. Seine Verlegenheit war ihm immer anzumerken, und vielleicht wurde er sogar rot. Er erinnerte sich, wie die Mädchen auf der Highschool einfach aufstehen und ungehindert das Klassenzimmer verlassen konnten. Manchmal hatte er genau gewusst, dass eine nur hinausging, um einen Joint oder eine Zigarette zu rauchen. Er hatte es immer unfair gefunden.

Als Alice sich etwas beruhigt hatte, erkundigte Woody sich nach den Schlangen. Konnte sie schätzen, wie viele es gewesen waren? Wie viele hatte sie gesehen? Ihre Unterlippe zitterte. Zuerst waren es zehn, dann sank die Zahl. Zehn mehr als anderthalb Meter lange Schlangen hätten schließlich kaum in das Bettchen gepasst. Schon bei fünfen wäre es schwierig gewesen. Vielleicht vier, vielleicht drei. Vielleicht nur eine? Nein, es mussten mehr gewesen sein. Mehr als eine, aber weniger als zwei? Sie fing wieder an zu weinen.

Während sie ihre Geschichte erzählte, blickte Schwester Spandex zu Woody auf, blickte weg, zog die Stirn kraus, schaute zur Decke, rieb sich die Nase, biss sich auf die Lippe, wischte sich über die Augen, schniefte, rang die Hände und sah kurz zu Bernie Wilcox hinüber. Woody war sicher, dass sie log. Es stand ihr wie mit Blockbuchstaben auf die Stirn geschrieben. Also stellte er noch ein paar Fragen. Wann war sie auf der Toilette gewesen? Hatte sie etwas gehört? Nein, na ja, vielleicht habe sie Schritte gehört, aber sicher sei sie nicht. Hatte sie jemanden gesehen? Eine andere Schwester? Jemanden vom Personal? Nein, niemanden. Sei sie sicher, dass sie nur fünf Minuten weg gewesen war? Oder waren es vielleicht doch ein bisschen mehr?

Als ersichtlich wurde, dass Woody an ihrer Aussage zweifelte, fing Alice wieder an zu weinen und von den Schlangen zu reden – wie sie sich aufgebäumt hatten und wie sie dachte, sie hätten das Baby gefressen. Dann begann sie am ganzen Körper zu zittern.

Woody gab vorläufig auf. Sie konnte das Baby auch selbst geraubt haben. Sie hatte eine erstklassige Gelegenheit gehabt, und es war klar, dass sie in irgendeinem Punkt log.

Als er hinausging, folgte Bernie Wilcox ihm. Er war keine drei Schritte weit gegangen, da packte sie seinen Arm und hielt ihn auf. »Die Schlampe hat nicht ihre Tage. Ihre Periode war vor zwei Wochen, und sie hat uns allen davon erzählt, wie immer.«

Woody drehte sich überrascht um, und Bernie zwinkerte ihm zu.

In den nächsten paar Stunden sprach Woody mit der Krankenhauschefin, mit Ärzten, Schwestern, Hauswirtschaftspersonal und Leuten, die zum Zeitpunkt des Geschehens im Haus gewesen waren. Auch andere Polizisten sprachen mit diesen Leuten, und Woody beteiligte sich mit ein paar Fragen. In allen Fällen erzählten ihm die Betreffenden nichts, was er nicht schon wusste, oder nichts, was er gebrauchen konnte. Dazu kam bei allen die Angst, irgendetwas könnte dazu führen, dass sie ihren Job riskierten. Sie waren vorsichtig, sie erklärten, nichts zu wissen, und sie warfen besorgte Blicke auf den Fernseh-Übertragungswagen aus Providence, der jetzt draußen parkte. Sie versprachen zu tun, »was immer nötig« sei, um das Baby zurückzubringen. Ihr Zögern war verständlich, aber es gefiel Woody nicht.

Bürgermeister Grantland Hobart, der sein Amt hauptsächlich ehrenhalber ausführte, nahm Woody beiseite. »Besteht die Chance, die Sache aus der Presse rauszuhalten?« Er war Immobilienunternehmer, und wenn Brewster als Stadt bekannt würde, in der scheußliche Dinge passierten, konnte ihn das ein Vermögen kosten. Woody deutete mit dem Kopf auf den Übertragungswagen.

Der Bürgermeister zupfte an seiner Unterlippe. »Das hatte ich befürchtet.«

Woody fiel auf, dass niemand seine Sorge um das verschwundene Baby zum Ausdruck brachte. Oh, ein paar sagten: »Wie schrecklich, wie schrecklich«, aber das war reine Formsache, und man musste es erledigen, bevor man sich wieder dem Thema der eigenen Unschuld zuwandte. Genauer gesagt, ging es nicht um Schuld oder Unschuld – die Leute achteten darauf, dass ihr Lebenslauf sauber blieb. Woody fragte sich, ob er allzu zynisch war, aber er war müde, und vom langen Herumstehen tat ihm der Rücken weh.

Tatsache war, dass ein nicht mal vierundzwanzig Stunden altes männliches Baby verschwunden war. Zwischen den Sorgen um ihre Jobs und den verdammten Schlangen war es, als sei der Kleine gleich zweimal verschwunden: einmal in Wirklichkeit und einmal aus den Geschichten der Leute. Herrgott, das Baby hatte noch nicht mal einen Namen. Die Mutter hatte sich nicht zwischen Brad, Clint und Sean entscheiden können.

Filmstarnamen. Genauso war Woodys Vater hin und her gerissen gewesen zwischen Woody, Dylan und Elvis. Gab es denn kein Gesetz, das Kinder vor blöden Namen beschützte? »Ist das die Abkürzung von Woodrow oder von Woodward?«, fragten die Leute ihn. Weder noch. Einfach Woody. So stand es auf seiner Geburtsurkunde. Wenigstens stand da nicht Elvis.

Wichtig war das Baby. Die Schlangen waren nur Zierrat. Aber Woody fühlte sich versucht, jemanden, irgendjemanden, beim Arm zu packen und zu schreien: »Interessiert ihr euch denn einen Scheißdreck für das gottverdammte Baby?«

So etwas Ähnliches hatte Susie auch gesagt, nur dass sie noch das Wort »haben« hinzugefügt hatte. »Willst du denn kein gottverdammtes Baby haben?« Aber er war berufstätig, und sie war berufstätig. Sie waren nie gleichzeitig zu Hause, da waren sein Jähzorn und die immer wieder hinausgeschobene Heirat, und dann war sie gegangen. Außerdem gab es noch andere Probleme, »Aspekte«, wie sie es nannte.

Oben im ersten Stock war alles ruhig. Im Säuglingszimmer hatte man Scheinwerfer aufgestellt. Frank Montesano war mit seinem Pulverpinsel auf der Suche nach Fingerabdrücken und markierte die Stellen, an denen er welche gefunden hatte, mit kleinen roten Pfeilen. Sie waren überall, an Wänden, Bettchen, Schränken. Janie Forsyth war mit ihrer Kamera beschäftigt. Lou Rossetti kroch mit der Nase zwei Handbreit über den Fliesen wie ein Krebs seitwärts über den Boden, bewaffnet mit Pinzetten, Probenröhrchen, durchsichtigen Plastikbeuteln und dem ganzen Rest. Sie bewegten sich geschmeidig um Betten, Stühle, Tische, Waschbecken und Rollwagen herum wie Tänzer in Zeitlupe, und sie trugen Untersuchungshandschuhe aus blauem Latex und Plastiküberzieher über den Schuhen. Die »Asservate«, wie man es nannte, würden ins staatliche kriminaltechnische Labor am pharmakologischen Institut der University of Rhode Island gebracht werden.

Woody blieb in der Tür stehen und ließ die Hände in den Hosentaschen. An den Wänden hingen Aquarelle mit Schweinchen und Entchen und Hündchen und Kätzchen – eine Menagerie von überwältigender Niedlichkeit, die für Eltern und Mitarbeiter gedacht war, denn die Säuglinge würden kaum etwas erkennen.

Montesano und seine Crew sahen nicht zu ihm herüber. Woody wusste, sie konnten bis in den frühen Morgen hinein beschäftigt bleiben, ohne zu merken, wie die Zeit verging. Das war wie in der Schule: Manche Kinder konnten stundenlang zu Hause mit Schiffsmodellen und Autos herumbasteln, während andere lieber mit vibrierenden Muskeln durch die Welt rannten. Woody gehörte zur zweiten Gruppe.

»Noch mehr Schlangen?«, fragte Montesano, der sich immer noch auf die Fingerabdrücke konzentrierte.

»Scheiße«, sagte Rossetti. »Ich wette zehn Dollar, da war nicht mehr als eine.«

Woody warf einen Blick auf die Säuglingsbetten und fragte sich, was er empfinden würde, wenn in einem davon sein Sohn oder seine Tochter gelegen hätte. »Und ich wette, da hast du recht.«

»Ich habe ein bisschen interessanten Schlamm«, sagte Rossetti. »Die müssen den Boden hier mindestens sechsmal am Tag wischen, und deshalb handelt es sich um interessanten neuen Schlamm.«

»Ich hab was übrig für guten Schlamm«, sagte Woody.

»Was macht Susie?«, fragte Montesano. Er blickte immer noch nicht auf.

»Oh, der geht's prima, prima. Alles wie immer.« *Wieso lüge ich?*, fragte Woody sich beschämt. Aber es war zu spät, um noch hinzuzufügen: »Übrigens, sie hat mich verlassen.« Vielleicht konnte er Montesano ein bisschen erzählen, wenn sie unter sich wären.

»Wäre schön, wenn Sie beide mal wieder zum Abendessen zu uns kämen.«

»Na klar«, sagte Woody. »Das wäre toll.«

»Ja«, sagte Montesano. »Ist schon zu lange her. Vielleicht lade ich auch Rossetti ein, wenn er schwört, mit Messer und Gabel zu essen. Ich hab ihn schon *Suppe* mit den Fingern essen sehen.«

Die Männer lachten. Dann sah Woody, wie Janie Forsyth ihn fragend anschaute, und ihm fiel ein, dass sie mit Susies Schwester befreundet war. Das hieß, Janie wusste schon Bescheid.

Jill Franklin parkte ihren Tercel eine Straße weit vom Krankenhaus entfernt. Es war nach sechs, und bald würde die Sonne über dem Meer aufgehen. Sie nahm Kameratasche und Notizbuch, stieg aus und achtete darauf, die Wagentür nicht zuzuschlagen. Die Rasenflächen in der Nähe waren von weißem Reif gesprenkelt, die Laubfärbung hatte ihren Höhepunkt überschritten, und die Blätter waren gelblich oder braun. Jill wollte nicht sein, wo sie war, aber ihr Chefredakteur hatte sie angerufen, und wenn sie ihren Job behalten wollte, blieb ihr keine Wahl. Er hatte ihr eine Zimmernummer und ein paar Anweisungen gegeben und hinzugefügt: »Vergessen Sie nicht, ich will Kunst.«

Jill war dreißig und alleinerziehende Mutter. Zum Glück wohnten ihre Eltern nur zwei Meilen weit von ihrer Wohnung in Wakefield entfernt, und deshalb hatte sie Luke dort abliefern können. Er war sechs. Jill hatte in den Schulen der Umgebung Vertretungsunterricht gegeben, bevor sich zu Beginn des Sommers der Job bei der *Brewster Times & Advertiser* aufgetan hatte. Kein perfekter Job, jedoch besser als Vertretungsunterricht. Jill war nicht sehr groß, aber athletisch und hatte auf der Highschool und auf dem College Hockey gespielt. Jetzt arbeitete sie manchmal als Coach, und sie spielte immer noch jedes

Mädchen in der Mannschaft an die Wand. Doch sie hatte genug vom Sport, genug von Schulen, und sie hoffte, der Job bei der *Brewster Times & Advertiser* würde ihr den Weg zu einer größeren Zeitung eröffnen, vielleicht zum *Providence Journal.* Eigentlich würde ihr alles gefallen, was mit Schreiben zu tun hätte.

Jill hatte glattes blondes Haar und einen schräg geschnittenen Bubikopf, von dem sie glaubte, er mache ihr rundes Gesicht schmaler. Ihre etwas stumpfe Nase, sagte ihr Vater gern, sah aus wie die von Sokrates, und sie hatte hübsche Lippen und Zähne. Sie verbrachte nicht viel Zeit vor dem Spiegel. »Es ist, wie es ist«, sagte sie immer. Aber sie war stolz auf ihre sportlichen Fähigkeiten und hatte nichts gegen ihre kräftigen Waden, die nicht nur vom Laufen, sondern vom Laufen auf dem Spielfeld kamen, vom Stoppen, Drehen, Hakenschlagen. Meistens trug sie sowieso Jeans, auch jetzt: Jeans, einen dunklen Pullover, eine schwarze Lederjacke und Laufschuhe. Im letzten Augenblick entschied sie, die Jacke im Auto zu lassen.

Sie ging direkt zum Haupteingang, mit schnellen Schritten, als hätte sie ein Ziel im Sinn, das ebenso dringend auf sie wartete, wie sie es erreichen wollte. Sie rauschte an dem Polizisten im Eingang vorbei, und ihr kurzes Kopfnicken sagte: Wenn ich es nicht so eilig hätte, würde ich gern auf ein Schwätzchen stehen bleiben. »Niemals unsicher aussehen«, hatte ihr Boss ihr eingeschärft. Vor ihr an der Information saß eine freiwillige Helferin, eine ältere Frau, die lächelnd aufblickte.

Jill lächelte zurück und wackelte mit dem erhobenen Zeigefinger hin und her. »Ich komme zu spät, ich komme zu spät.« Sie wandte sich nach rechts und zur Treppe.

Es gefiel ihr, zwei Treppen hinaufzulaufen, ohne außer Atem zu geraten. Ihre Eitelkeit brauchte einen Trost, wenn man bedachte, dass sie sich auf eine Weise benahm, die sie nicht mochte. *Sieh es nur ein*, sagte sie sich, *ich benehme mich schlecht.* Sie öffnete die Tür zum Korridor und bog nach links. Mehrere

Zimmer wurden geputzt, eine Schwester und ein Arzt besprachen ein Krankenblatt, und ein Mann im Rollstuhl starrte zur Decke. Jill rauschte an ihnen vorbei und bog am Ende des Korridors nach rechts. Das Zimmer, zu dem sie wollte - 314 - lag auf halber Strecke. Vor der Tür stand ein Polizist. Jill ging eilig weiter und betrat Zimmer 316. Ein älterer Mann lag im Bett und schlief. Auf dem ausschwenkbaren Tisch stand ein Tablett mit einem unberührten Frühstück. Jill nahm es, verließ das Zimmer und wandte sich nach rechts.

Der Polizist vor Zimmer 314 wirkte schlecht gelaunt und schläfrig. Jill lächelte wieder. »Ich bringe Ihnen ein Frühstück, sobald ich das hier hineingebracht habe. Sie sehen aus, als könnten Sie eine Tasse Kaffee brauchen.« Als sie an ihm vorbeiging, sah sie, dass er versuchte zurückzulächeln: Ein rudimentäres Anfängerlächeln verzog sein Gesicht. Vielleicht konnte sie ihm nachher wirklich eine Tasse Kaffee bringen.

Peggy Summers lag im Bett und starrte sie mit unfreundlichem Gesicht an - nicht misstrauisch, nur abweisend. Sie war sechzehn oder siebzehn und hatte strähniges blondes Haar und ein schmales Gesicht. Ihr Mund stand ein wenig offen, und die beiden mittleren Schneidezähne sahen aus wie die eines Kaninchens. Sie hatte einen weißen Plastiklöffel in den Händen, den sie mit lautem Knacken in kleine Stücke zerbrach.

»Möchten Sie was essen?«, fragte Jill fröhlich. »Kaffee, Eier, French Toast - sieht alles schrecklich gut aus.«

Der unfreundliche Ausdruck blieb unverändert. »Ich will bloß hier raus, verdammt.«

Jill stellte das Tablett auf den Tisch und versuchte ihre Überraschung zu verbergen. »Ich weiß, Sie haben einen furchtbaren Schock erlitten. Es muss schrecklich für Sie sein.«

»Wieso schrecklich? Können Sie mir das sagen?«

Ihrem Tonfall zum Trotz fragte Jill sich, ob Peggy überhaupt wusste, dass ihr Kind geraubt worden war. Wenn nicht, wollte

Jill auf keinen Fall diejenige sein, die es ihr sagte. »Na ja, Ihr Baby …«

»Kennen Sie den Film *Rosemary's Baby*?«, unterbrach Peggy sie. »So war das. Wissen Sie, was ich meine?«

Jill hatte angefangen, ihre Kamera auszupacken, aber jetzt hielt sie inne. »Ich glaube nicht, nein.«

»Ein Teufelsbaby. Ich bin froh, dass es weg ist.«

Bevor Jill antworten konnte, kam ein Mann herein, gefolgt von dem Polizisten, der vor der Tür gestanden hatte. Der Mann war Woody Potter, aber Jill sah ihn jetzt zum ersten Mal. Trotzdem, und trotz seiner Stiefel und Jeans, vermutete sie, dass er ein Cop war.

»Wer sind Sie?«, fragte Woody.

Jill wollte etwas vom Frühstück erzählen, antwortete jedoch: »Ich heiße Jill Franklin, und ich arbeite bei der *Brewster Times & Advertiser*.«

Woodys Zorn war eine Erleichterung, ein Hauch von frischer Luft. Er wurde rot im Gesicht. »Raus hier! Haben Sie keine Selbstachtung? Dem armen Mädchen wird das Baby geraubt, und Sie schleichen hier herein und wollen sie ausfragen? Was sind Sie für ein Mensch?«

DREI

Der Junge fuhr im Zickzack auf der Water Street durch das Zentrum von Brewster. Frühmorgens war hier kein Verkehr. Im Sommer war das anders, da war die Straße voll von Autos und Motorrädern auf dem Weg zum Strand. Aber jetzt, Ende Oktober an einem Donnerstagmorgen um sieben Uhr, hatte er die Straße für sich allein - oder doch fast für sich allein, denn vor dem Brewster Brew parkte ein Lieferwagen in der zweiten Reihe. Der Junge hieß Hercel McGarty Jr., und er war, wie er sich sagte, der einzige Hercel in Brewster, der einzige Hercel in Washington County und wahrscheinlich der einzige Hercel in Rhode Island. Das gefiel ihm. Sein Vater hieß auch Hercel. Sein Vater war aus Oklahoma, und er sagte, in Oklahoma hießen viele Jungen Hercel, es sei da so verbreitet wie Joe-Bob. Oder doch fast. Sein Vater wusste nicht, woher der Name kam, es sei die Abkürzung von Hercules, nahm er an, aber Hercel Jr. sollte wohl lieber nicht rumlaufen und damit angeben. Das sei ein Geheimnis zwischen ihnen beiden. Hercules, der stärkste Mann der Welt. Nur war sein Vater jetzt wieder in Oklahoma und hatte seinen Namen mitgenommen. Hercel würde ihn erst in den Sommerferien wiedersehen. Nicht mal zu Weihnachten würde er ihn sehen. Stattdessen saß Hercel bei seinem Stiefvater fest, bei Carl Krause oder Mr. Krause, wie er sich nennen ließ. Hercel hatte Angst vor ihm, obwohl sein Dad gesagt hatte, er solle niemals vor irgendjemandem Angst haben. Natürlich hatte er noch seine Mutter, aber Hercel vermutete, dass sie inzwischen ebenfalls Angst vor Mr. Krause hatte, auch wenn sie es nicht zugab.

Hercel war zehn und ging in die fünfte Klasse, doch jetzt hatte er noch eine wichtige Angelegenheit zu erledigen, bevor er mit seinem Rad hinüber zur Bailey Elementary School an der Ecke Gaspee und Bucklin fuhr: eine ernsthafte Angelegenheit, und es ging um Schlangen. Hercel war groß für sein Alter, blauäugig, dünn und blond. »Du siehst aus wie ein kleiner Hinterwäldler«, hatte Mr. Krause zu ihm gesagt. Hercel wusste nicht, ob das stimmte oder nicht, da er aussah wie sein Dad, und sein Dad aussah wie er. Wenn sie also wie Hinterwäldler aussahen, dann sahen sie zusammen so aus, und das sollte Hercel recht sein, obwohl er nicht genau wusste, wie Hinterwäldler eigentlich aussahen. Mr. Krause würde er danach nicht fragen, denn Mr. Krause hatte es nicht gern, wenn man ihm Fragen stellte. Im Gegenteil, er würde wütend werden.

Warum seine Mutter Mr. Krause geheiratet hatte, war eins von diesen Rätseln. Oft, wenn Hercel dachte, er hätte was kapiert, machten Erwachsene irgendwas komplett Bescheuertes. Dass seine Mom Mr. Krause geheiratet hatte, war so was. Waren sie nicht prima ohne ihn zurechtgekommen? Natürlich war es schwer für sie gewesen, für ihn und Lucy zu sorgen, nachdem sein Dad weggegangen war. Lucy war seine Schwester, und sie war fünf. Es war schwer gewesen, für sie beide zu sorgen und den Job bei CVS zu behalten, aber Mr. Krause zu heiraten, kam Hercel doch vor wie eine etwas übereilte Entscheidung. Schließlich verdiente Hercel auch ein bisschen Geld damit, Sachen auszuliefern, Pfandflaschen zu sammeln und Laub zu harken. »Das nennst du Geld?«, hatte Mr. Krause gesagt. »Ist doch nur Scheißdreck.«

Hercels Fahrrad war ein 24er »Pacific Cycle Highlander«-Mountainbike. Es war knallgrün, und man konnte damit mühelos über den Bordstein fliegen, fast ohne einen Rums. Sein Dad hatte es ihm für dreißig Dollar bei der Polizeiversteigerung gekauft, und da war es fast neu gewesen. Es hatte achtzehn Gänge und eine Vortex-Federgabel, und sein Dad sagte, das sei wichtig, aber Mr. Krause hatte es schon mehr als einmal »Schrotthaufen« genannt. Peinlich war nur, dass Hercel das Rad zwar schon seit über einem Jahr hatte, jedoch immer noch nicht freihändig fahren konnte. Mit einer Hand ging es okay, aber nicht freihändig, außer vielleicht drei Meter weit, und das galt nicht. Weil er keinen Helm hatte, war das nur gut so – das fanden zumindest manche Leute, Leute wie seine Mom. Doch Hercels Mittel, sagte er sich, waren beschränkt, und als er sich zwischen einem Helm und einem Schloss entscheiden musste, hatte er das Schloss gekauft. Vielleicht würde er einen Helm zu Weihnachten kriegen, wer weiß. Mr. Krause sagte, er habe als Junge nie einen Helm getragen, Helme seien »was für Memmen«, aber Hercel wusste, der Mann war kein gutes Vorbild. Bis jetzt hatte Hercel – toi toi toi – nie einen ernsthaften Unfall gehabt, und dabei war er schon oft zum Strand und raus nach Burlingame und rüber nach Charlestown gefahren, und er hatte auch dauernd vor, zu Tigs Farm rauszufahren, um sich ihre Schafe und die beiden großen Hunde anzusehen.

Als er also jetzt morgens um sieben, die Büchertasche auf dem Rücken, die »Red Sox«-Mütze tief ins Gesicht gezogen, die Water Street hinunterfuhr, nahm Hercel die linke Hand vom Lenker und, sobald er sich sicher fühlte, langsam auch die rechte. Eins, zwei, drei – doch dann geriet das Rad ins Wackeln, er packte den Lenker, das Rad schlenkerte hin und her, ein Auto hupte, aber eigentlich war alles okay, und er fuhr gleich wieder geradeaus. Es war ihm nur peinlich, das war alles. Das Dumme war, das Rad fing an zu wackeln, wenn er nervös wurde; vielleicht fing er an zu zittern, das Rad merkte es und zitterte dann auch. Wenn er also die Hände vom Lenker nehmen könnte, ohne nervös zu werden und sich Sorgen zu machen um das, was passieren könnte, dann würde es wohl klappen. Er war ein Angsthase, war es nicht so? Er hatte Angst, hinzufallen und sich wehzutun, und das machte ihn wütend auf sich selbst.

Doch nun war er beim Polizeirevier und sprang den Bordstein hinauf zur Eingangstreppe. Sollte er das Rad abschließen? Vielleicht war es besser. Schließlich war es hier voll von Gaunern. Bei diesem Gedanken fiel ihm ein, warum er gekommen war, und das machte ihn wütend. Diese verdammten Gauner! Er rannte die Treppe hinauf.

Der Vorraum war leer bis auf einen Polizisten hinter der Theke, der die Zeitung las. »Ich möchte ein Verbrechen melden«, sagte Hercel.

Der Polizist ließ seine Zeitung sinken, sagte aber nichts. Er sah müde aus, als wäre er die ganze Nacht auf gewesen.

»Jemand ist in unseren Keller eingebrochen und hat mein Haustier geklaut. Das Schloss wurde aufgeknackt.«

»Ach ja?« Der Polizist fing an, sich zu amüsieren.

»Ja. Meine Schlange ist geklaut worden, eine Kornnatter, eine richtig schöne.«

Vicki Lefebvre wachte an diesem Morgen auf der Couch auf. Die zwei Schals und der Wintermantel, mit denen sie sich zugedeckt hatte, waren auf den Boden gerutscht, und sie fror, obwohl die Sonne schon durch das Fenster schien. Sie brauchte einen Moment, um sich zu orientieren. Es war sieben Uhr.

Hastig rappelte sie sich auf. War Nina zu Hause? Sie stürmte die Treppe hinauf zu Ninas Zimmer und befürchtete das Schlimmste. Aber ihre Tochter schlief. Das braune Haar lag wirr auf dem Kissen, und die dichten Ponyfransen reichten fast bis an die Augenbrauen, ganz wie bei ihrer Lieblingssängerin Adele, deren Poster überall an den Wänden hingen.

»Wann bist du nach Hause gekommen?«, schrie Vicki.

Nina öffnete die Augen und sah ihre Mutter an. In diesem Moment hätte Vicki klar sein müssen, dass etwas nicht stimmte, denn Ninas Gesicht blieb ausdruckslos. Normalerweise strahlten ihre Gefühle aus allen Knopflöchern.

»Wo warst du? Weißt du, dass ich krank vor Sorge war? Du bist zwei Nächte weggeblieben. Du hast mich angelogen. Ich rufe jetzt sofort deinen Dad an, wart's nur ab! Vielleicht wird der noch mit dir fertig.« Das alles wurde lauthals schreiend vorgetragen, während ihre Tochter aufstand und zum Badezimmer ging. Sie hatte in ihren Kleidern geschlafen, in Jeans und Pullover. An den Hosenaufschlägen war Schlamm, und ihre Füße waren schmutzig.

»Sieh dir die Sauerei an, die du mit deinen schmutzigen Sachen angerichtet hast! Wo hast du gesteckt? Ich verlange eine Antwort, junge Dame. Warst du bei einem Jungen? Wenn du dir ein Kind machen lässt – ich werde die Göre nicht großziehen! Ich bestehe darauf, dass du mir sagst, wo du gewesen bist. Schau mal auf die Uhr! Jetzt kommst du zu spät zur Schule!«

Nina verschwand im Bad und schloss die Tür hinter sich ab. Einen Augenblick später hörte Vicki das Rauschen der Dusche. Sie war den Tränen nahe. »Das lasse ich mir nicht gefallen!« Im nächsten Augenblick kam es ihr albern vor, die geschlossene Tür anzuschreien, und sie kehrte ins Zimmer ihrer Tochter zurück. Sie wollte Nina nicht anschreien. Sie wollte ihr sagen, wie froh sie sei, dass Nina wohlbehalten und unversehrt war. Sie wollte ihr sogar sagen, dass sie sie liebe. Die Schuhe des Mädchens waren ebenfalls schlammig. Kleidungsstücke lagen auf dem Boden verstreut, der kleine Schreibtisch war von Papieren überhäuft, aber auch von Socken, Make-up-Tiegeln, schmutzigen Gläsern und Müsli-Schalen. Vicki stellte das Geschirr zusammen.

Als Nina aus dem Bad kam, kehrte sie nicht in ihr Zimmer

zurück, sondern ging die Treppe hinunter. Sie rannte nicht, bewegte sich in gemessenem Tempo.

Vicki lief ihr nach, balancierte das Geschirr vor sich und musste aufpassen, damit sie es nicht fallen ließ. »Willst du dich nicht umziehen? Deine Sachen sind völlig verdreckt. Was ist überhaupt los mit dir? Ich verlange, dass du nach der Schule sofort nach Hause kommst. Wenn du das je wieder tust, rufe ich die Polizei. Du hast Hausarrest, junge Dame. Bis auf Weiteres!«

An der Tür hob Nina den Rucksack mit ihren Schulbüchern auf. Sie schaute zu ihrer Mutter hinauf, die auf halber Höhe auf der Treppe stehen geblieben war. Vicki war zu wütend, um an irgendetwas anderes als an ihren Zorn und an die Liste von Ninas Verstößen zu denken. Später erinnerte sie sich an den Blick des Mädchens und daran, wie traurig sie ausgesehen hatte, und sie dachte daran, dass ihre Tochter immer zurückgeschrien und sich nie etwas hatte gefallen lassen. Aber diesmal nicht. Diesmal warf sie sich den Rucksack über die Schulter, ging hinaus und machte sogar die Tür hinter sich zu.

Ernest Hartmann tat der Rücken weh. Die Schuld gab er dem Queensize-Bed im Brewster Inn, einem miserablen Bett mit einer Kuhle in der Mitte, die jahrelange wilde Sexspiele dort hinterlassen hatten. Sein Rücken war hineingerutscht wie ein Burger in ein Brötchen und davon verbogen worden. Jetzt ging er gebeugt, denn wenn er sich aufrichtete, schoss ein Stromschlag von einer Million Volt durch seinen Iliosakralbereich oder dessen Nachbarschaft. Das absolut Letzte, was er haben wollte, war eine Rücken-OP, bei der ein Chirurg sich mit dem Messer an ihm zu schaffen machte. Aber er hatte sich den Rücken schon öfter verknackst, und jedes Mal wurde es schlimmer. Eines Tages würde sein Iliosakralgelenk, oder was immer da war, zu Knetgummi werden.

Um sieben Uhr, nachdem er schon ein paar Stunden wachgelegen hatte, kroch er vorsichtig aus dem Bett und schleppte sich unter die Dusche. Das an sich brachte ihn schon fast um. Aber das heiße Wasser tat gut, und trotz der Schmerzen schaffte er es, sich anzuziehen. Die Alternative hätte darin bestanden, im Bett liegenzubleiben wie ein Klotz, bis das Zimmermädchen ihn fände. Er zog Jeans an, ein blaues Hawaiihemd mit einer Kette von weißen Hibiscusblüten auf der Brust und einen dunkelblauen Blazer. Dann ging er zur Tür.

Hartmann faltete sich in sein blaues Ford-Focus-Coupé – Mazda im Fummel, nannte er den Wagen – und blieb schwer atmend sitzen. Wenn er sich etwas Größeres hätte leisten können, einen Ford Escape zum Beispiel, hätte er ein- und aussteigen können, ohne sich den Rücken zu verrenken, aber das nötige Geld hatte er nicht, auch wenn er jetzt mit Rückenschmerzen dafür bezahlte. Er verließ den Parkplatz des Motels und fuhr zur CVS-Apotheke, um sich Aspirin, Ibuprofen und Naproxen zu kaufen. Er würde abwechselnd alle drei Sorten schlucken, bis es ihm besser ginge. Dann fuhr er weiter zum Brewster Brew, um eine Dosis Koffein zu sich zu nehmen. Dazu vielleicht einen Pumpernickel-Rosinen-Bagel mit Creamcheese.

Der Coffeeshop lag in der Mitte des Häuserblocks. In seinem früheren Leben war er Henry's Shoes gewesen, aber als Brewster Brew machte er mehr Geld, als Mr. Henry in seinen letzten paar Jahren hier verdient hatte, und die Eigentümerin, Jean Sawyer, zahlte außerdem weniger Miete.

Als Hartmann eintrat, plauderte Jean mit Florie Ligetti an der Theke, und die beiden Frauen waren sosehr ins Gespräch vertieft, dass sie ihn nicht bemerkten. Florie, dachte Hartmann, war ein bisschen zu dünn und hatte einen flachen Arsch von der Sorte, die er nicht leiden konnte: platt wie ein Brett. Jean war mehr nach seinem Geschmack: rundlich und weiblich. Beide Frauen waren ungefähr in seinem Alter. Nicht, dass Hartmann interessiert gewesen wäre; er sah sich hier nur die Auslagen an. Mit seinem Rücken würde jede Art von Sex ihn ins Grab bringen, und zwar *muy pronto*. Auf zwei Regalborden hinter der Theke standen altmodische Kaffeemaschinen, und darüber hing das Aquarell eines Gentlemans mit weißer Perücke, der ein bisschen aussah wie George Washington, aber deprimierter. Darunter stand: »Wrestling Brewster, unser Gründer«.

Hartmann klopfte mit einer Münze ans Glas, und die Frauen schauten ihn ausdruckslos an, als fragten sie sich, was er hier wollte. »Könnte ich einen schwarzen Kaffee und einen Bagel kriegen – Pumpernickel-Rosinen, wenn Sie haben?«

Die Frau hinter der Theke nahm eine Tasse aus dem Regal und fing an zu lächeln, als wache sie soeben auf. »Haben Sie das mit den Schlangen nicht gehört?«

Bei der bloßen Frage tat Hartmann der Rücken schon wieder weh. Er beschloss, sie nicht zu beantworten. »Und Creamcheese, fettarm.«

»Das Krankenhaus ist voll davon. Ein Baby ist geraubt worden. Entführt. Peggy Summers' Baby, die Ärmste. Hoffentlich verlangen sie kein Lösegeld, denn Peggy hat keinen Penny. Die Stadt ist voll von Polizei, und im Krankenhaus wimmelt es davon. Meine Mom war heute Morgen zur Grippeimpfung da, und sie haben sie nicht reingelassen. Sahne, sagten Sie?«

»Schwarz.« Hartmann war sicher, dass er sich nicht in ein durchgeknalltes Gespräch verwickeln lassen wollte, aber dann fragte er doch. »Woher sind die Schlangen gekommen?«

»Das weiß niemand. Ist ein Rätsel. Die ganze Sache ist ein Rätsel. Das Fernsehen war hier, und alle möglichen Leute. Das wird die Stadt bekannt machen. Bestimmt kommt es auf CNN, bei diesem Wolf Biter, oder wie der heißt.«

»Blitzer«, sagte Hartmann. »Ist das Bild da oben echt, das Bild von Brewster?«

»Das Aquarell? Ach was. Ich hab einen Wettbewerb veranstaltet, wer das beste altmodische Bild von dem Kerl malen könnte, nach dem sie diese Stadt genannt haben. Der Gewinner kriegte fünf Pfund Kaffee seiner Wahl. Ein Junge von der Highschool hat gewonnen. Sieht aus wie George Washington, finden Sie nicht?«

»Hieß er wirklich so? Wrestling?«

»Ganz recht. Wrestling Brewster. Er hat sein Leben lang mit dem Teufel gerungen.«

»Sieht nicht aus, als ob er gewonnen hätte«, stellte Hartmann fest.

»Er ist von einem Rudel Wölfe gefressen worden. Damals gab's hier noch Wölfe.«

Während dieser Unterhaltung schenkte die Frau ihm seinen Kaffee ein und legte den Bagel in den Toastofen. »Den Bagel bringe ich Ihnen in einer Sekunde. Da ist eine Zeitung, aber von den Schlangen steht noch nichts drin. Ist ja auch gerade erst passiert.«

Hartmann ging behutsam zum Tisch. Jeder falsche Schritt ließ einen gezackten Blitz durch sein Kreuz fahren. Wie hatte er das nur hingekriegt? Vielleicht hatte er schlecht geträumt, von den Zwillingen und den Straßengangs in L.A., wo sie wohnten, oder von dem starken Straßenverkehr dort. Er trank seinen Kaffee in kleinen Schlucken und schaute hinaus auf die Straße. Im Laufe einer Minute fuhren drei Streifenwagen in die eine Richtung und zwei in die andere vorbei. Vielleicht war an dieser Schlangengeschichte doch was dran. Er war nicht sicher, wie er das fand. Wenn die Person, mit der er sich hier treffen sollte, ihre Angelegenheit geheim halten wollte, dann würde eine Stadt voller Polizisten vielleicht abschreckend wirken.

Die Frau brachte ihm seinen Bagel. »Sie gehen wie auf rohen Eiern. Das muss am Wetter liegen. Meine Mom sagt, sie spürt es in den Knochen, wenn schlechtes Wetter kommt.«

Hartmann drehte sich mühsam um. »Das war das Bett im Motel. Ich habe falsch drin gelegen, das ist alles.«

»Ich selber gehe ja nie in Motels. Die waschen die Bettwäsche, aber nicht die Decken. Da dringen auch Körperflüssigkeiten ein. Wie auch immer, Sie sollten nach oben gehen. Die haben jede Menge Möglichkeiten, das in Ordnung zu bringen.«

»Wie bitte?«

»Zum ›You-You‹. Die kümmern sich drum.«

Hartmann vermutete, dass er wegen der Schmerzen nicht gut hören konnte. »Ich kann Ihnen nicht folgen.«

»Sie sind nicht aus der Gegend? Das ›You Within You‹. Die haben den ganzen Tag Kurse. Ist ein alternativer Laden. Sie haben eine Menge verschiedene Massageleute. Wie in einem Supermarkt – ich meine, man sucht sich einfach aus, was einem am besten gefällt. ›You-You‹, verstehen Sie?«

»Verstehe. Vielleicht versuche ich's da mal.« Schaden kann es ja nicht, dachte er.

»Ich habe Freunde, die schwören drauf. Ich selbst, ich hab ja ein Kreuz wie ein Pferd.«

Einen Augenblick später unterhielt die Frau sich wieder mit ihrer Freundin. Hartmann hatte schon Massagen bekommen, aber seit Längerem nicht mehr. Er hatte nichts dagegen, doch ein Fan war er auch nicht. Sie waren intim und gleichzeitig förmlich. Nicht wie beim Zahnarzt – da war es nur förmlich. Er wusste, er sollte es wie einen Besuch beim Zahnarzt betrachten, aber eine Massage hatte ein unbestimmt erotisches Element, das sehr unzahnärztlich war. Andererseits, sein Rücken brachte ihn um, und er hatte ein paar Stunden Zeit. Alles war besser, als den ganzen Tag Schmerzen zu haben.

Hartmann hatte keine Ahnung von den verschiedenen Typen der Massage. Als er die Treppe zum You-You-Empfang hinaufgegangen war und der junge Mann ihn fragte, was für eine Massage er haben wollte, sagte er: »Ich weiß nicht. So was wie eine Fitness-Massage. Ich hab mir den Rücken gezerrt.«

»Ich glaube, solche Massagen haben wir nicht. Ist das Schwedisch?«

Als Versicherungsdetektiv war Hartmann schon mit vielen unangenehmen Leuten zusammengekommen, und er hatte gelernt, ohne Feindseligkeit mit ihnen umzugehen – zumindest, ohne seine Gefühle zu zeigen. An diesem jungen Burschen hier war nichts auszusetzen, außer dass er zu einer Welt gehörte, von der Hartmann nichts wusste, und dass er Hartmann als Angehörigen einer Welt betrachtete, der er entronnen war. Er war dünn, dreißig, fit auf eine mönchhafte Art. Aus einem anderen Raum kam das Grunzen und Stampfen einer Trainingsgruppe.

Hartmann rieb sich den Hinterkopf und grinste. »Ich nehme alles, solange es mir danach besser geht. Was Konservatives. Vergessen Sie die heißen Steine.« Er hatte einen Flyer bemerkt, auf dem für die Steinmassage geworben wurde, aber auch für Shiatsu, Reflexzonen-, Hilot- und ayurvedische Massage. Auf anderen Flyern war von Yoga-Kursen und diversen anderen Angeboten die Rede, die ihm nichts sagten, etwa von Myofaszialer Triggerpunkttherapie, sowie von solchen, die ihm etwas sagten, ohne dass er sie verstand, beispielsweise Aromatherapie. Hartmann hatte keine Vorurteile, aber leichtgläubig war er auch nicht. Seine Devise war »abwarten und Tee trinken«.

»Dann machen wir die schwedische. Ich will sehen, wer frei ist.« Der junge Mann klickte auf seinem iPhone herum.

Zehn Minuten später war Hartmann nackt bis auf die Unterhose und ein Handtuch um seine Hüften. Seine Kleidung lag zusammengefaltet auf einem Stuhl, und er wartete in einem kleinen, in verschiedenen Pastellfarben gestrichenen Raum mit Postern von friedlichen Landschaften, die überwiegend Frühling und frühen Morgen vermuten ließen. Nichts Schwarz-Weißes, nichts Düsteres wie Ansel Adams.

Der junge Mann, der hereinkam, sah aus wie der junge

Mann am Empfang, nur war er blond. »Hi. Ich bin Gabe. Darf ich Sie Ernie nennen?«

»Nein«, sagte Hartmann. »Ich bevorzuge Ernest, wenn überhaupt.«

»Und, sind Sie ernst?« Gabe lachte. Um den Hals trug er eine Goldkette. Ein rundes rotes Medaillon mit einer Schlange, die ihren Schwanz im Maul hielt, lag auf seinem roten T-Shirt. »Ich nehme an, Sie sind Jungfrau?«

Hartmann hatte die Schlange angeschaut. »Wie bitte?«

»Sie sind zum ersten Mal bei ›You-You‹?«

»Ja.«

»Soll ich mich auf den Rücken konzentrieren, oder wollen Sie das volle Programm?«

Inzwischen lag Hartmann bäuchlings auf der Massagebank, hatte den Kopf auf die hufeisenförmige Stütze gelegt und starrte auf den Fliesenboden. »Was mich plagt, ist der Rücken.«

»Sie scheinen mir ziemlich verspannt zu sein.«

»Vielleicht, weil ich Jungfrau bin.«

Sie lachten beide.

»Nur den Rücken«, sagte Hartmann dann. »Vielleicht auch die Schultern, wenn noch Zeit ist.«

Gabe legte Hartmann die Hände ins Kreuz. Hartmann zuckte zusammen.

»Nicht so empfindlich. Entspannen Sie sich. Sie haben schöne Haare. Sagen Ihnen die Mädels das?«

»Schon länger nicht mehr.«

»Machen Sie was damit?«

Hartmann zuckte wieder zusammen. Der Rücken fühlte sich schlimmer an, nicht besser. »Ich wasche und bürste sie. Der Rest ist genetisch.«

»Wie alt sind Sie – in den Vierzigern? Sie haben nichts Graues.«

Wieso erkundigt er sich nach meinen Haaren?, dachte Hartmann. Er beschloss, das Thema zu wechseln. »Was ist das für eine rote Schlange, die Sie da um den Hals tragen?«

»Der Ouroboros. Die Schlange mit dem Schwanz im Maul. Das ist ein Symbol der Zyklizität und der ewigen Wiederkehr.« Gabe fing an, sich warmzureden. »Alles wiederholt sich. Was wir jetzt tun, haben wir schon unzählige Male getan, und wir werden es in der Zukunft noch unzählige Male wieder tun. Wenn die Materie endlich und die Zeit unendlich ist, dann müssen die Ereignisse sich wiederholen. Das ist nur logisch. Man kann nie wissen, wie oft ich Sie schon massiert habe. Mehr als einmal, das steht fest.«

»Solange Sie die Preise nicht erhöhen.« Er hätte sich denken sollen, dachte Hartmann, dass die Schlange so etwas bedeutete. Wie man auf solche Ideen kam, konnte er sich nicht vorstellen.

»Der Ouroboros ist eins unserer ältesten Symbole. Viele Leute glauben, als die ersten Wanderer Afrika vor 70 000 Jahren verließen, nahmen sie dieses Symbol mit. Sehen Sie, das ist ja keine europäische Schlange. Sie ist riesig. Sie ist afrikanisch.«

Gabe hatte aufgehört, Hartmanns Rücken zu bearbeiten. Jetzt fing er wieder an, und wieder zuckte Hartmann zusammen. »Entspannen Sie sich«, wiederholte Gabe. »Lassen Sie sich von der Strömung tragen. Sie wissen, was das bedeutet? Konzentrieren Sie sich darauf. Betrachten Sie es als die Mitte einer Zielscheibe.«

Nach einer Weile fragte Hartmann: »Und was macht diese Schlange für Sie?« Die Hände des Mannes waren warm, und sie kneteten Hartmanns Kreuz mit langen, festen Strichen.

»Sie erinnert mich an Anfang und Ende. Woher ich komme, wohin ich gehe. Sie erinnert mich daran, dass alles, was ich für real halte, in Wahrheit eine Illusion ist, eine Illusion, die sich im Laufe der Zeit wieder und wieder ereignet – genau wie in dem Film *Matrix*, nur anders. Haben Sie sich je gefragt, wo wir wären, wenn die Schlange im Garten Eden nicht gewesen wäre?«

»Darüber habe ich nie viel nachgedacht.«

»Wir wären immer noch im Garten, aber wir wüssten nichts. Wir wären ahnungslos. Nein, wir wären dumm. Haben Sie sich mal gefragt, wie es wäre, ganz ohne Wissen?«

»Keine Zeitungen.«

Gabe drückte fest zu, und Hartmann grunzte. »Sie sind ein Witzbold, was.« Das war keine Frage.

Hartmann entschuldigte sich. »Das war nicht respektlos gemeint. Wir alle müssen an etwas glauben, oder?«

»Es ist nicht so, dass ich einfach an Schlangen glaube. Ich respektiere sie.«

»Aber Sie glauben an den Ouroboros.« Hartmann fragte sich, ob Gabe von der Sache im Krankenhaus wusste.

»Ich *glaube* nicht an irgendeine Riesenschlange mit dem Schwanz im Maul. Das ist ein Symbol. Ich glaube an das, was es symbolisiert. Sind Sie katholisch?«

»Ich bin katholisch erzogen.« Hartmann war seit zwanzig Jahren nur noch zu Hochzeiten und Beerdigungen in der Kirche gewesen.

»Ich auch, doch dann habe ich mich weiterbewegt.«

Hartmann merkte, dass es seinem Rücken besser ging.

»Im Augenblick«, sagte Gabe, »bin ich Pantheist. Alles ist Teil des höchsten Wesens – Sie, diese Bank, Ihre Schuhe, ich, alles. Alles ist Energie, und es wiederholt und wiederholt sich. Scheinbar ist vieles durcheinander, aber in Wahrheit ist es nur eins.«

»Wie der Ouroboros.«

»Genau.«

»Solange es Sie glücklich macht.« Hartmann behielt einen unverbindlichen Ton bei. Ihm wollte nicht einleuchten, warum die Leute alles so kompliziert machten. Selbst wenn man versuchte, die Dinge einfach zu halten, wurden sie ja von ganz allein kompliziert. Warum also musste man sie von vornherein kompliziert machen? Dann hatte man doch nur Chaos.

Zehn Minuten später waren Hartmanns fünfzig Minuten um. Gabe gab ihm einen Klaps auf den Hintern. »So. Das sollte für eine Weile genügen.«

Hartmann stieg von der Massagebank. Er fühlte sich entschieden besser. Bezahlt hatte er vorn am Empfang, aber er fragte sich, ob er Gabe ein Trinkgeld geben sollte. Er langte nach seiner Hose, um die Brieftasche herauszuholen. Etwas fiel aus der Tasche, landete klingelnd auf dem Boden und rollte davon. Die Messingmünze, die der Mann in Boston ihm gegeben hatte, mit dem fünfzackigen Stern auf der einen und der auf den Hinterbeinen stehenden Ziege auf der anderen Seite.

Gabe schob die Hand unter einen Stuhl, hob die Münze auf und sah sie an. »Wow. Wo haben Sie die denn her? Cool. Ist das Ihr Glücksbringer?«

»Die hat mir gestern jemand gegeben.« Hartmann streckte die Hand danach aus.

Gabe schaute die Münze noch einen Moment an und gab sie dann zurück. »Und da sind so komische Buchstaben drauf. Als ob sie uralt wären. Das ist wirklich schräg. Wissen Sie, was es bedeutet?«

Hartmann steckte die Münze ein und zog sich weiter an. »Ich habe keine Ahnung. Irgendwas Mystisches höchstwahrscheinlich.«

»Die Ziege, die auf den Hinterbeinen steht, ist der gehörnte Gott. Daraus wurde später der Teufel. Das ist ein Bild Satans.«

Hartmann band sich die Schuhe zu. Er hatte genug von solchen Themen und wollte an seine Arbeit gehen. »Und wahrscheinlich kommt sie auch aus Afrika. Richtig?«

Gabe überhörte die Ironie. »Höchstwahrscheinlich. Das ganze Zeug ist richtig alt. Pan war ein gehörnter Gott und ist einer der ältesten Götter, die wir kennen – der Gott der Wälder und der Bäume. Wenn wir auf Holz klopfen, bitten wir Pan um Schutz. Das tun wir seit zehntausend Jahren, mindestens.«

Hartmann beschloss, das Trinkgeld zu vergessen. Er streckte die Hand aus. »Danke für die harte Arbeit, Gabe. Sie haben mir unendlich gut getan.«

An diesem Morgen wurde dem Fall ein zweiter Detective der State Police zugewiesen – Bobby Anderson, ein Afroamerikaner. »Hey, ich bin der symbolische Schwarze hier«, sagte er manchmal, wenn er jemanden befragte. Das war entwaffnend und bewirkte, dass sein Gegenüber – wenn es ein Weißer war – ihm offener begegnete, nur um zu zeigen, er habe nichts gegen Schwarze. Weißer Schuldscheiß. »Kannst du behaupten, du wärst der symbolische Weiße?«, fragte er Woody manchmal. »Du bist kein Symbol für irgendwas, du bist die beschissene *Realität*!« Und wenn Woody ihn einlud, mit ihm auf seinem Boot zum Angeln zu fahren, sagte Bobby: »Angeln! Ich steh auf Brathuhn und Wassermelone. Fische guck ich nicht an, außer Katzenwels. Kannst du mir einen Katzenwels versprechen? Scheiße, du weißt doch, dass Schwarze nicht schwimmen können.«

»Hör schon auf«, sagte Woody dann. »Du warst sechs Jahre bei der Marineeinheit. Du bist ausgebildeter Taucher, Herrgott noch mal.«

Woody betrachtete Bobby Anderson als seinen besten Freund, aber er wusste nicht, was Bobby hinter der Maske seiner Sprüche verbarg. Er wusste, dahinter steckte ein aufmerksamer Beobachter, doch den Grund für die Sprücheklopferei kannte er nicht – besser gesagt, er sah, wie es bei der Arbeit an einem Fall funktionierte, nur begriff er nicht, wieso Bobby es unter Freunden nicht bleiben ließ. Es erweckte den Eindruck unbeschwerter Kameradschaft, war jedoch tatsächlich ein Mittel zur Distanzierung, das Bobby versteckt hielt, während die Person, mit der er redete, immer offener wurde. Vielleicht war es nicht mehr als eine schlechte Angewohnheit, vielleicht wollte er auch eine Barriere aufrecht erhalten. Aber warum das der Fall sein sollte, das wusste Woody nicht.

Bobby war es, der an diesem Morgen den Anruf von Chief Bonaldo entgegennahm und sich von dem Jungen berichten ließ, der den Diebstahl seiner Schlange angezeigt hatte. Vermutlich hätte Bonaldo auch seine eigenen Leute zu dem Jungen nach Hause schicken können, aber er wollte die Verantwortung ein bisschen streuen und so das Risiko verringern, dass er etwas vermasselte und dafür kritisiert wurde. Bobby sagte, er sei in einer Viertelstunde da.

Bobby fuhr seinen eigenen Wagen, einen anthrazitschwarzes Nissan 370Z Coupé mit Heckspoiler. Er trug einen mittelgrauen Sharkskin-Anzug, ein graphitgraues Hemd und eine rote Seidenkrawatte. Er sah gut aus, und er wusste, dass er gut aussah. Für ihn war es unvorstellbar, als Undercover-Cop zu arbeiten. Sein ganzer Lebenssinn bestand darin, sichtbar zu sein. Wenn einigen Staatspolizisten diese auffällige Präsentation nicht gefiel, wussten sie doch auch, dass er in seinem Job besser war als die meisten. Er war ein sehr dunkelhäutiger Schwarzer mit einem rasierten Schädel und Zähnen, die so weiß waren, dass es aussah, als wären sie von innen beleuchtet.

Als Bobby herunterschaltete und vor Carl Krauses Bungalow anhielt, fragte Chief Bonaldo sich, ob er vielleicht einen Fehler gemacht hatte. Es hatte ein beiläufiger Besuch sein sollen. Wozu die ganze Straße aufbringen? Denn Bonaldo sah, dass Bobbys rumpelnder Auspuff und das leichte Quietschen der Reifen die Gardinen in den Häusern der Nachbarschaft in Bewegung setzten.

Hercel McGarty Jr. war nicht zur Schule gegangen, nachdem er den mutmaßlichen Diebstahl seiner Kornnatter gemeldet hatte, und er wusste sofort, dass hier jemand Wichtiges gekommen war, und sofort wünschte er sich, einmal in diesem Wagen mitfahren zu dürfen. Schon drinzusitzen wäre cool.

Bobby war ausgestiegen und kam auf Bonaldo zu, bevor der kommissarische Polizeichef sich gesammelt hatte. Schon jetzt fühlte er sich gehetzt.

»Chief Bonaldo? Detective Anderson. Nennen Sie mich Bobby.« Er streckte die Hand aus. »Hey, Kleiner, gehört das grüne Mountainbike dir? Nicht schlecht.«

Hercel machte sich ein bisschen größer und grinste.

Es ist ein sonniger Morgen gegen Ende Oktober. Die Ahornblätter fallen paarweise herunter. Der Rentner auf der anderen Straßenseite harkt seinen Rasen. Ein gelber Lieferwagen, dessen Fahrer nach einer Adresse sucht, fährt langsam vorbei. Zwei kläffende Hunde im Nachbarhaus geben bekannt, dass ihnen die Gruppe auf dem Gehweg nicht gefällt. Sie verbringen den ganzen Tag damit, aus dem Fenster zu schauen und auf eine Gelegenheit zu warten, sich zu empören. Ein Nachbar fährt mit seinem kleinen SUV vorbei, erkennt Bonaldo, will hupen und lässt es dann bleiben.

Bobby ist voller Energie. Er tappt mit dem Fuß, tritt von einem Bein aufs andere, bewegt die Hände, schaut sich um. Er sieht aus wie ein Junggeselle mit einer vollen Tanzkarte, dessen Weg mit gebrochenen Herzen gepflastert ist. In Wirklichkeit ist er seit zehn Jahren verheiratet und hat zwei Töchter. Seine Frau Shawna ist Radiologin im South County Hospital in Wakefield, und seine Töchter Rainey und Bessie gehen in die neunte und elfte Klasse der South Kingstown Highschool.

Dann ist da Fred Bonaldo. Über ihn haben wir noch nicht viel gesagt. Er ist zehn Zentimeter größer als Bobby und fast zweimal so schwer. Wenn Sie annehmen, sein rotes Gesicht könnte etwas mit einem Cholesterinproblem zu tun haben, liegen Sie richtig. Er ist ein Nachkomme italienischer Einwanderer, die gegen Ende des neunzehnten Jahrhunderts nach Washington County gekommen sind, um in den Granitsteinbrüchen zu arbeiten. Der Granit aus dieser Gegend wurde von Boston bis

Washington, D.C., zum Bauen verwendet. Der Großvater arbeitete im Steinbruch, der Vater hatte einen Lebensmittelladen, und der Sohn hat sich nach seinem Militärdienst mit Immobilien beschäftigt, aber auch mit anderen Dingen, zum Beispiel mit Uniformen. Fred Bonaldo liebt Uniformen.

Als Jungpfadfinder ist er auf den Geschmack gekommen, als Pfadfinder hat er ihn weiterentwickelt, und auf der Highschool beim Zivilschutz hat er ihn gemästet. In der Army war er zwei Jahre bei der Militärpolizei. Später war er Mitglied des Freiwilligen Rettungsdienstes und der Freiwilligen Feuerwehr, die auf Paraden in Uniform auftraten – Memorial Day, 4. Juli, Labor Day, Columbus Day, Thanksgiving. Paraden liebt Fred Bonaldo fast ebenso sehr wie Uniformen. Als Freimaurer-Meister, Schottischer Ritus, Meister des Neunten Bogens im dreizehnten Grad, kann er an noch mehr Paraden teilnehmen und sich dabei mit einer großen Zahl von Insignien schmücken, mit Hohen Hüten und Maurerschurzen, die in jahrelangen Diensten zusammengekommen sind. Einfach gesagt: Es ist sicher schwer, sich in Bonaldos Leidenschaft für Uniformen hineinzuversetzen, aber sie lassen sein Herz schneller schlagen. Er redet sich ein, die Arbeit sei das, was ihm gefällt, doch in Wirklichkeit ist es das, was er zur Arbeit trägt. »Du trägst keine Kleider, du trägst Kostüme«, hat sein Vater gesagt, als Freddie sieben war und mit einem Cape aus einer alten Wolldecke Superman spielte. Und damit hatte er recht.

Brewsters früherer Polizeichef, John MacDonald, ist letzten März an einem Schlaganfall gestorben, und Fred Bonaldo hat seine freimaurerischen und nicht-freimaurerischen Kontakte im Stadtrat und beim Police Department genutzt, um sich selbst ins Spiel zu bringen. Seine Zeit bei der Militärpolizei, seine Ausbildung als Freiwilliger Sanitäter und Feuerwehrmann, die beiden Kurse in Öffentlicher Sicherheit, die er an der Uni absolviert hatte, ja, sogar seine Mitgliedschaft bei den Freimaurern – das alles, da war er sicher, qualifizierte ihn für die Position des Polizeichefs. Die Vergütung war schlecht, Bewerber gab es wenige, und Bonaldo wurde gegen den Protest vieler im Department zum kommissarischen Polizeichef ernannt. Seine Frau Laura fand ebenfalls, er habe verdient, Chief zu sein, und sie hat ihre Freundinnen und Kundinnen – sie hat eine Baby-Boutique – aufgeboten, um für seine Ernennung zu werben. Trotzdem haben die Proteste nicht nachgelassen, und Fred ist nach wie vor kommissarischer Polizeichef, bis die ganze Sache geklärt ist – das heißt, bis er entweder zum verantwortlichen Polizeichef ernannt wird oder rausgeworfen werden kann, ohne einen bestimmten Teil der Bevölkerung zu verärgern, denn das wäre eine große Gruppe von Leuten, die einander seit der Grundschule kennen.

Worauf es in diesem Moment ankommt, ist dies: Fred Bonaldo weiß, dass die Geschichte mit der Schlange und dem verschwundenen Säugling für ihn Triumph oder Untergang bedeutet, und er hat furchtbare Angst. Er hofft, Bobby Anderson und Woody werden ihm helfen, denn die meisten Cops im Department würden ihn gern in die Grube fahren sehen.

So steht der kommissarische Polizeichef Bonaldo mit Bobby und Hercel vor dem Haus, steckt die Hände in die Taschen und zieht sie wieder heraus. Als er sich umdreht, spiegelt sich die Sonne in seinen Brillengläsern, betont erst seine dunkelbraunen Augen überdeutlich und verwandelt sie dann in blitzende Silbermedaillen. Er kennt Carl Krause, weiß, wie viel Ärger der Mann machen kann, und wünscht, er stände vor irgendeinem anderen Haus, nur nicht vor diesem.

Was Hercel Jr. angeht, der ist froh, nicht in der Schule zu sein, und froh, dass seine Schlange gestohlen wurde und nicht wieder einfach nur abgehauen ist, denn Abhauen ist das, was Kornnattern am besten können. Am zweitbesten können sie sich in fremde Häuser schleichen. Das hat bereits ein gewisses Maß an Unannehmlichkeiten verursacht, was angesichts der totalen Harmlosigkeit dieser Schlange natürlich albern ist. Aber wie eine Frau gesagt hat: Wenn sie unter die Spüle greift, um das Viss herauszuholen, erwartet sie dort eines nicht, nämlich eine große Schlange. Sein Stiefvater, Mr. Krause, hasst die Schlange auch, doch die Nachbarn hasst er noch mehr, und Hercel könnte wetten, dass sein Stiefvater die Schlange sogar schon mal freigelassen hat, um den Leuten Angst einzujagen. Tatsächlich hatte Hercel auch heute Morgen, als er gesehen hat, dass die Schlange weg war, seinen Stiefvater im Verdacht, sie freigelassen zu haben, aber dann hat er das aufgebrochene Schloss an der Kellertür gesehen. Dass sein Stiefvater überhaupt Lust hat, Leuten Angst einzujagen, schreibt Hercel dessen Bösartigkeit zu.

»So, Hercel«, sagte Bobby. »Wie nennen die Leute dich? Hast du einen Spitznamen?«

»Sie nennen mich Hercel. Mein Dad sagt, das ist eine Abkürzung von Hercules. Also ist es schon ein Spitzname. Mein Dad heißt auch Hercel. Er wohnt in Oklahoma. Er meint, ich bin wahrscheinlich der einzige Hercel in Washington County.«

Bobby sah Hercel nachdenklich an. Er hatte das Gefühl, soeben ziemlich viel über den Jungen erfahren zu haben. »Das stimmt wahrscheinlich. Und du magst also Schlangen, ja?«

»Nicht mehr so sehr wie früher. Sie können auch lästig sein.«

Bonaldo machte »Hrrumph«, um anzudeuten, er könne eine Menge über die Lästigkeit von Schlangen sagen, wenn man ihn danach fragte.

Bobby forderte den Jungen auf, ihm zu erzählen, was er heute Morgen gesehen hatte, und Hercel führte ihn durch die Einfahrt. Die Hunde nebenan setzten ihr lautes Gekläffe fort. Der Bungalow stand auf einem leicht abschüssigen Grundstück, sodass die Kellertür mit dem Garten auf einer Ebene lag. Auf der Zementstufe vor der Tür lagen Holzsplitter, und Spuren rund um das Schloss herum zeigten, dass die Tür mit einem

Stemmeisen aufgebrochen worden war. Es war ein einfaches Schloss, und man hatte nicht viel Gewalt anwenden müssen.

»Suchen Sie jetzt nach Fingerabdrücken?«, fragte Hercel.

»Im Moment noch nicht.« Bobby hatte überhaupt nicht daran gedacht. »Zeig mir, wo du die Schlange hältst.«

»Sie wollen da rein?«, fragte Hercel.

»Wenn das dazu nötig ist.«

Hercel zögerte. Mr. Krause konnte es nicht ausstehen, wenn Leute ins Haus kamen. Das machte ihn wütend und misstrauisch, und es war nicht gut, wenn er wütend wurde. Aber vielleicht war Mr. Krause nicht da, oder er war oben im ersten Stock und würde nichts hören.

»Na los, Junge«, sagte Bonaldo, »wir haben nicht den ganzen Tag Zeit.«

Hercel führte sie in den Keller.

Auf einem Tisch an der Wand stand ein Käfig, eins fünfzig mal eins zwanzig mal eins zwanzig, und darin waren Äste, eine flache Wasserschale und Zedernholzspäne. Der aufklappbare Deckel war mit einem Riegel gesichert. Das Drahtgitter war an ein paar Stellen geflickt, vermutlich da, wo die Schlange früher schon herausgekommen war. Auf dem Tisch lagen außerdem sechs Ziegelsteine, mit denen Hercel den Deckel beschwerte. Auf einem anderen Tisch sah Bobby einen kleineren Käfig mit einem Dutzend Mäuse.

»Fütterst du die Schlange mit diesen Mäusen?«

»Eigentlich nicht.«

Bobby hob den Deckel des Schlangenkäfigs hoch. »Was heißt ›eigentlich nicht‹?«

»Ich züchte die Mäuse, und dann bringe ich sie in die Tierhandlung und tausche sie gegen andere Mäuse. Fremde Mäuse.«

»Woher weißt du, dass der Mann dir nicht deine eigenen Mäuse zurückgibt?«

»Es ist eine Frau, und ich glaube nicht, dass sie das tun würde.«

»Aber sicher bist du nicht?«

»Ziemlich sicher.«

»Wollen Sie keine Fotos machen oder so was?«, fragte Bonaldo.

»Ich rufe nachher die Spurensicherung an.«

Man hörte Schritte auf der Treppe, und eine Stimme schrie: »Hände hoch oder ich schieße!«

Bobby sah einen nervös wirkenden Mann, der mit einer Schrotflinte auf ihn zielte. Er hatte immer schon vermutet, wenn er als Trooper ums Leben käme, wäre es in einer Situation wie dieser, nicht auf den Highway. Er holte tief Luft. »Mein Name ist Robert Anderson, und ich bin Detective der State Police. Das ist Fred Bonaldo, der Polizeichef von Brewster. Die Schlange Ihres Sohnes wurde gestohlen, und er zeigt uns die Räumlichkeiten. Ich wusste nicht, dass Sie zu Hause sind. Legen Sie doch das Gewehr weg, dann kann ich Ihnen meinen Ausweis zeigen.« Bobby sprach sehr ruhig, aber ihm war nicht ruhig zumute. Der Mann auf der Treppe war an die eins neunzig groß und massig. Er hatte zerzaustes Haar, trug ein fleckiges T-Shirt und Jeans und sah nicht aus, als wäre er bei Sinnen.

»Erzählen Sie keinen Scheiß. Erwarten Sie, dass ich glaube, der Polizeichef und ein Detective der State Police suchten die verschwundene Schlange eines kleinen Jungen? Lassen Sie die Hände oben.«

Hercel zupfte an der Tasche von Bobbys Sharkskin-Jackett. »Das ist nicht mein Dad, das ist Mr. Krause. Er hat meine Mom geheiratet.«

VIER

Dr. Joyce Fuller stieß mit einem Bleistift auf ein gelbes Post-it-Blöckchen, das am unteren Rand den Aufdruck *Einen schönen Tag!* trug. Sie stieß immer wieder zu, bis die Punkte zu einem schwarzen Fleck wurden, und stieß weiter, bis der Bleistift abbrach. Sie war eine attraktive Frau von der nahtlosen Sorte und sah aus, als wäre sie aus standardisierten Einzelteilen zusammengesetzt, als ob Haare, Make-up, Hände, Füße und der aerodynamisch modellierte Körper die Nacht in separaten Schachteln verbrächten, statt zusammen in einem Bett. Sie war dreiundvierzig Jahre alt und leitete das Morgan Memorial Hospital seit zwei Jahren. Jetzt war ihre Karriere zu Ende.

Bis zum heutigen Morgen hatte sie ihre Sache gut gemacht. Das Krankenhaus hatte einen unzureichenden Etat, und sie hatte gespart, wo sie konnte. Leider hatte zu ihrem Sparprogramm auch die Entscheidung gehört, kein Säuglingsschutzsystem zu erwerben, bei dem am Knöchel des Neugeborenen kleine Marken befestigt wurden, die Alarm auslösten, wenn das Kind von der Station entfernt wurde. Die Kliniken in Providence und Boston hatten so etwas, aber in Brewster gab es im Vergleich zu den großen Städten nur einen Bruchteil der Entbindungen, nämlich ungefähr achtzig im Jahr. Das war zu wenig, um die Kosten zu rechtfertigen. Kriminalität gab es am Ort fast gar nicht, außer in den Sommermonaten, und andere Posten waren notwendiger erschienen. Doch das war gestern gewesen. Inzwischen war das Undenkbare passiert. Jetzt war es halb neun am Donnerstagmorgen, und sie hatte eben eine Firma angerufen, die solche Systeme verkaufte: Nachdem das Kind in den Brunnen gefallen war, deckte sie ihn zu, würden die Leute sagen. Und sie hätten recht.

Natürlich würde sie zurücktreten, aber vielleicht könnte sie ihren Rücktritt auch nur anbieten. So oder so würde das Kuratorium sie loswerden wollen. Ohne Zweifel würde ihre bloße Anwesenheit die Leute veranlassen, sich für andere Krankenhäuser zu entscheiden. Eine werdende Mutter wäre nicht ganz bei Sinnen, wenn sie nach dem, was passiert war, ihr Kind in Brewster zur Welt bringen wollte, auch wenn das Morgan Memorial mit dem neuen Sicherheitssystem und verschärften Überwachungsmaßnahmen das sicherste Krankenhaus im ganzen Staat sein würde.

Joyce Fuller hatte zehn Jahre auf Colleges und Universitäten verbracht und Diplome in Betriebswirtschaft und Krankenhausverwaltung erworben. Sie hätte auch ein Medizinerexamen ablegen können, aber sie hatte ein Krankenhaus führen wollen, statt zum Betrieb zu gehören. Was konnte sie mit diesen Diplomen jetzt noch anfangen? Kein anderes Haus würde sie mit dieser Tragödie in ihrer Akte noch einstellen. Vielleicht käme ein Job in einem Pharmaunternehmen oder einer Firma für medizinischen Bedarf infrage, und sie könnte sogar unterrichten. Doch das alles wollte sie nicht.

Normalerweise waren um die fragliche Zeit zwei Schwestern auf der Säuglingsstation, aber eine hatte sich gestern am späten Nachmittag krank gemeldet, und damit blieb Alice Alessio übrig. Das Labor- und Hauswirtschaftspersonal kam um vier zum Dienst, zusätzliche medizinische Mitarbeiter kamen etwas später. Alice wäre also nur vier Stunden allein gewesen. Tatsächlich hatte Tabby Roberts, die Oberschwester, sie gestern Nachmittag angerufen, sie auf dieses Problem aufmerksam gemacht und um Rat gebeten. Statt sie anzuweisen, jemand anderen aufzutreiben, hatte Dr. Fuller einfach gesagt: »Das geht sicher in Ordnung.«

Sie überlegte sogar – und sie wusste, dass so etwas unverzeihlich war –, ob es möglich wäre, den Auftrag für ein Säuglingsschutzsystem um eine Woche vorzudatieren, damit es so aussähe, als hätte sie versucht, ein Problem zu lösen, bevor es zu spät war. Fast hätte sie am Telefon etwas in dieser Richtung zu dem Verkäufer gesagt und ihm versprochen, sein System zu kaufen und kein anderes, aber dann hatte sie sich auf die Zunge gebissen. Besser dumm als dumm und kriminell.

Womöglich, hatte Reggie Adams, der Kuratoriumsvorsitzende, gemeint, werde die Sache vor Gericht kommen. Das hinge nur von Peggy Summers ab. Reggie hatte gesagt, er werde sich unverzüglich mit den Anwälten des Krankenhauses in Verbindung setzen. Also, erkannte Dr. Fuller, würde sie nicht nur ihren Job verlieren, sondern vielleicht auch noch verklagt werden.

Was hatte der Detective von der State Police sie gefragt? Wer sonst noch Bescheid gewusst habe? Anfangs hatte sie angenommen, nur drei oder vier Leute hätten gewusst, dass Alice allein sein würde. Aber diese wenigen konnten es anderen erzählt und die wiederum konnten es noch weiter verbreitet haben. »Mit anderen Worten«, hatte Woody Potter gemeint, »es könnten fünfzig Leute sein.« Natürlich hatte sie da ihre Zweifel, doch der Detective hatte klargemacht, was er meinte.

Immerhin würde sie ihren Job noch für einen oder zwei Monate behalten. Reggie hatte erklärt, wenn man sich jetzt von ihr trennte, komme das einem Schuldeingeständnis des Krankenhauses gleich. »Aber es *ist* doch meine Schuld«, hatte Joyce gesagt. Ja, doch wenn sie das zugäben, würden sie eine Klage geradezu herausfordern. »Wir würden um Ärger bitten«, hatte Reggie gesagt.

Also saß sie da, stach mit einem Bleistift auf einen Zettelblock ein und wartete darauf, dass noch jemand kam und sie – wie es mehrere bereits getan hatten – mit einem Gesichtsausdruck von Enttäuschung bis zur Wut anblickte, während sie sich bemühte, die Wogen zu glätten und die Sache bis zu einem gewissen Grad zu erklären. Wäre es nicht besser, sich eine Kugel in den Kopf zu jagen? Ihr Vater, ein alter Soldat, hätte da keinen Zweifel gehabt. Strick oder Auspuffgase oder Tabletten wären für ihn nicht infrage gekommen. Er hätte seine Dienstpistole benutzt, die ihm, das hatte er ihr oft genug erzählt, im Pazifik gute Dienste geleistet hatte. Aber jetzt war er – zum Glück oder leider – nicht mehr da, und die Pistole war verkauft. Also blieben ihr Strick, Auspuffgase oder Tabletten als einzige Optionen. Sie konnte auch an den Strand fahren und in die Brandung hinauswaten. Sie sah sich ins Wasser gehen wie in einem Film, und stellte sich vor, wie kalt es sein würde, wenn sie immer tiefer hineinging, bis ihr Kopf untergetaucht war. Was für eine plumpe Melodramatik. Konnte sie denn nichts mehr tun? Gab es keine geringere Buße als den Tod?

Als Erstes würde sie mit Alice sprechen und herausfinden, wo sie sich in der fatalen Zeit aufgehalten hatte, denn den Unfug mit Alices Periode glaubte sie nicht. Was hatte sie getrieben? Und ließ der Spitzname Schwester Spandex nicht auf ein ganzes Spektrum von fragwürdigen Aktivitäten schließen? Hier genauer hinzuschauen, wäre sicher besser, als gar nichts zu tun.

Jimmy Mooney und Seymour Hodges waren, von kurzen Nickerchen im Krankenwagen abgesehen, seit achtundzwanzig Stunden auf den Beinen, was für Jimmy bedeutete, dass er praktisch gar nicht geschlafen hatte, weil Seymour im Schlaf dauernd schrie. Wenn Jimmy fragte: »Wieso schreist du denn so, verdammt?«, antwortete Seymour nur: »Leck mich« oder »Willst du gar nicht wissen«. Zweimal hatte er geschrien: »Runter! Runter!« und zweimal auch: »Er brennt! Er brennt!« Mit Sicherheit wusste Jimmy nur, dass es nichts Schönes war, weshalb Seymour schrie. Aber eigentlich hörte Jimmy ganz gern mal die eine oder andere fiese Geschichte, und deshalb fragte er immer wieder: »Wieso schreist du so, Alter?« Und Seymour sagte dann: »Das ist abgefucktes Zeug, Mann. Tod und Verdammnis.« Jimmy war dann froh, dass er doch nicht zur Nationalgarde gegangen war.

Am Abend hatte Jimmy noch einen Toten im Altenheim Ocean Breezes abgeholt und zu Digger Brantley gebracht, der in dritter Generation das Bestattungsinstitut Brantley am Hannaquit-Ende der Water Street betrieb. Er hieß natürlich nicht wirklich Digger, aber wie er wirklich hieß, wusste Jimmy nicht mehr. Diggers Taufname war Hamilton, und wer gut mit ihm bekannt war, nannte ihn Ham.

Verstorbene für Digger abzuholen, war Jimmys zweiter Job. Er nannte sich Überführungsfahrer, auch wenn nur wenige in der Stadt wussten, was er damit genau meinte. Manchmal benutzte er den Krankenwagen und manchmal Diggers weißen Chevy-Kastenwagen: Er schob den Toten in einen schwarzen Leichensack und fuhr los. Manchmal wurde er auch gerufen, um einen Toten zum staatlichen Leichenschauhaus nach Providence zu bringen, oder die Rechtsmedizin rief ihn an, damit er einen dort abholte und nach Brewster brachte. Meistens übernahm Seymour das Fahren, und Jimmy bezahlte ihn mit dem Geld, das er von Digger bekam.

Jimmy erledigte auch noch andere Arbeiten für Digger. Er war Sargträger, fuhr den Leichenwagen, öffnete und schloss den trauernden Witwen die Türen und half Larry im Ofenpalast. Das alles tat er nicht so sehr, weil es ihm Spaß machte oder weil die Bezahlung so gut war, sondern wegen seines möglichen Fortkommens. Digger war Mitte vierzig und hatte keine Kinder. Aber er und seine Frau Jenny waren allzu große Turteltäubchen, wenn man Jimmy fragte. Wie er zu Seymour sagte: »Wenn alte Leute ficken, wird mir ganz flau. Wie wenn du dir vorstellst, dass deine Eltern ficken. Graues Fleisch, verstehst du?«

Jimmy hatte Digger erzählt, er suche einen ernsthafteren Job und habe sich deshalb zu einem zweijährigen Kurs in restaurativer Wiederherstellung an einem College in Massachusetts angemeldet. Digger sagte, wenn Jimmy die Prüfung bestehe, werde er ihn als Einbalsamierungspraktikanten einstellen. Jimmy war dreiundzwanzig, und er wurde nicht jünger. Er wollte aufsteigen und die Toten irgendwann nicht mehr transportieren, sondern unter die Erde bringen – oder auch ins Feuer, wenn das verlangt wurde.

Jetzt gerade war Jimmy dabei, Seymour von der Frau zu erzählen, bei deren Einbalsamierung er zwei Tage zuvor geholfen hatte. »Herzinfarkt mit vierzig, was sagst du dazu? Die Arterien waren so verstopft von allem möglichen Scheiß, dass Digger die kleinen Nadeln benutzen musste, mit denen sie den Saft in tote Babys pumpen. Er meinte, das sei, als würde man Zahnpasta durch eine Injektionsspritze drücken. Im Bestattungsinstitut findest du alle Arten von Toten.«

Seymour antwortete nicht. Stattdessen sagte er: »Hast du die Kojoten letzte Nacht gehört?«

»Wann?«

»Scheiße, Mann, als wir am Krankenhaus geparkt haben, sind die rund um den Wagen gerannt, haben gekläfft und mit den Zähnen geklickt. Ich wusste nicht, wieso, bis ich von dem gestohlenen Baby gehört habe. Hinter dem waren sie her. Die wollten ihre Zähne in das Baby schlagen. Das mögen sie gern. Weiches Zeug.«

»Du erzählst Scheiße. Ich hab keine Kojoten gehört.« Seymour zog sich das Kicherkraut rein, wann immer er Gelegenheit dazu hatte, und deshalb dachte Jimmy, der Mann wäre bekifft. An den meisten Tagen stank der ganze Wagen danach, und Jimmy musste die Klimaanlage auf Hochtouren pusten lassen, um nicht durch bloßes Passivrauchen high zu werden. Jimmy selber rauchte nie. Es machte ihn paranoid.

»Du hast geschlafen. Sie waren hier, bis die Cops aufgekreuzt sind. Das war auch kein lautes Kläffen. Eher so was wie ein Flüstern.«

»Du warst bekifft.«

»Nein, Mann. Ich war vielleicht bekifft, aber diese Kojoten sind immer da. Jedes Mal, wenn wir eine Leiche holen, höre ich sie. Ich meine, nachts. Da hängen sie rum und suchen nach Fleisch.«

Wenn man Jimmy fragte, war das Blödsinn. Seymour kriegte selten was mit, aber wenn, dann war es immer irgendwas Schräges. Zum Beispiel sagte er: »Hey, hast du die Krähe mit der Zigarre im Schnabel gesehen?« Nicht, dass Jimmy in der Stadt noch keine Kojoten gesehen hätte, nur war das meistens in der Nähe von Burlingame oder vom Great Swamp. Kürzlich war er spät nachts um eine Kurve gekommen, und da war eine ganze Meute auf der Straße gewesen. Sie waren auseinandergestoben, als er Gas gegeben hatte, aber nicht sofort. Vorher hatten sie ihn noch angestarrt, mit roten Augen im Scheinwerferlicht.

»Nachts im Irak haben immer Hunde gebellt«, sagte Seymour. »Du warst auf Patrouille und hast sie machen hören. Da wusstest du, die fressen die Leichen. Oder 'ne Bombe ging hoch, und Körperteile waren überall verstreut, und diese Köter kläfften. Eine Explosion war so was wie 'ne Essensglocke für die.«

Nach seiner Massage kehrte Ernest Hartmann zum Brewster Brew zurück. Er wartete auf einen Anruf, und das konnte er genauso gut dort wie anderswo tun. Er kaufte sich den *Globe*, bestellte sich noch eine Tasse Kaffee und einen Bagel und setzte sich hin, um zu warten. Jetzt nach dem Ende der Baseball-Saison war der *Globe* nicht mehr so interessant. Es gab noch ein bisschen Fachsimpelei, und ein paar der Jungs mussten operiert werden, aber das war schon so gut wie alles. Hartmann hatte auf der Highschool in Worcester gespielt, und infolgedessen fühlte er sich den Jungs in der Oberliga ein bisschen näher.

»Wie war die Massage?«, fragte Jean und stellte ihm noch einen Pumpernickel-Rosinen-Bagel hin.

Hartmann drehte sich versuchsweise auf dem Stuhl hin und her. »Scheint geholfen zu haben, so ziemlich jedenfalls. Ich hatte zuerst meine Zweifel.«

»Weshalb?«

»Der Typ war ein bisschen sonderbar. Er hatte ein Medaillon mit einer Schlange, die sich in den Schwanz biss. Irgendwas Religiöses. Er hat mich gefragt, wo wir ohne die Schlange im Garten Eden wären. Bei all dem Kneten und Quetschen konnte ich nicht richtig folgen, doch er glaubte, wir wären schlechter dran.«

»Mir kommen die Leute ganz nett vor. Sie sind oft hier, aber große Kaffeetrinker sind sie nicht. Ich musste Chai bestellen.«

»Was ist das? Eine Art Tee?«

»Süßer Tee. Mit Gewürzen.«

Hartmann verzog das Gesicht. »Die meisten Leute sind nett, bis man an der Oberfläche kratzt. Dann stellt man fest, dass nur ein paar von ihnen nett sind.«

Ein junges Paar kam herein, und Jean ging hinüber, um ihre Bestellung aufzunehmen, auch wenn sie lieber mit dem Mann im Hawaiihemd über Schlangen geredet hätte. So dachte sie an ihn: der Mann im Hawaiihemd. Schlangen waren ein großes Thema bei den Kunden heute Morgen. Sie betrachtete ihre Gäste als Kunden – ihre Kaffeekunden. Tatsächlich hatte sie befürchtet, dass frei herumkriechende Schlangen sie verscheuchen würden, bis ein Polizist ihr erzählt hatte, es handle sich nur um eine. Was die Frage anging, wo wir uns befänden, wenn es die Schlange im Garten Eden nicht gegeben hätte, so wusste sie immerhin, wo Frankie, ihr Mann, dann wäre. Er würde sich die Eier lecken.

Bis zum Mittag hatte Jean mehr zu tun als sonst. Das lag an dem Baby. Die Leute wollten darüber reden. Sie wollten einen öffentlichen Ort aufsuchen und ihre Ansichten austauschen. Zum Beispiel, dass die Leiterin des Krankenhauses ganz sicher gefeuert werden würde. Und ein paar andere Leute auch. Die Geschichte war im Fernsehen gekommen, sogar in Boston. Eine Freundin in Dorchester hatte angerufen, um zu fragen, wie es Jean gefiel, im Zentrum des Universums zu wohnen. »Du sitzt wirklich auf dem heißen Stuhl da unten«, hatte die Freundin gesagt, und Jean hatte geantwortet, so schlimm sei es nicht.

Aber warum ein Baby stehlen? Vielleicht hatte irgendeine arme Mutter eine Fehlgeburt gehabt und ihr Kind verloren, und in einer Kurzschlussreaktion hatte sie entschieden, eins zu rauben. Angesichts der Abtreibungskliniken war eine Adoption nicht so einfach. Die jungen Schlampen ließen sich ein Kind machen und es dann herausschaben. Die Fetzen wurden zu Forschungszwecken in ein Labor geschickt. Davon hatte Jean in einer Illustrierten gelesen. Und jemand behauptete, es gebe einen lukrativen Markt für geraubte Babys, vor allem für weiße und vor allem für Jungen mit blauen Augen. Obwohl, um die Wahrheit zu sagen, wäre ein Kind von Peggy nicht gerade College-Material. Schon die Highschool könnte da zu viel sein. Ein Mann sagte, manche Leute *fräßen* Babys sogar, weil sie so weich und mollig seien. Jean war total empört gewesen, und als sie seinen Chai verschüttet hatte und ein paar Tropfen davon auf seinen Schoß kleckerten, war das kein Versehen gewesen. Das hatte er auch gewusst, denn er hatte ihr einen finsteren Blick zugeworfen. Aber sie hatte den Blick sofort erwidert. Oh, anscheinend konnte man mit gestohlenen Babys eine Menge anfangen, und nichts davon war hübsch.

Danach hatte Jean aufgehört, mit Fremden über das entführte Kind zu reden, denn wer dazu etwas Scheußliches zu sagen hatte, tat es mit großem Genuss.

Als der Mann im Hawaiihemd einen Anruf bekam, war es fünf vor zwölf. Jean wusste die genaue Zeit, weil sie gerade auf die Uhr geschaut hatte. Ginger Phelps kam für eine Stunde, damit Jean nach Hause flitzen konnte, um einen Happen zu essen und die Katzen zu füttern, und Jean hatte auf die Uhr geschaut, weil sie wissen wollte, wie lange sie darauf noch warten musste. Ginger arbeitete halbtags in der Bibliothek weiter unten in der Straße, aber da musste sie erst um ein Uhr anfangen.

Das Handy des Mannes klingelte, und er meldete sich. Jean war neugierig seinetwegen, denn er war nicht von hier, und sie dachte, er wäre vielleicht ein Reporter, der eine Story über die Schlange und das gestohlene Baby schrieb und deshalb so tat, als wüsste er nichts darüber. Wenn er einen Artikel für eine große Zeitung wie den *Boston Globe* schrieb, würde er hoffentlich etwas Nettes über das Brewster Brew sagen.

Meistens sagte der Mann im Hawaiihemd jedoch nur: »Ja… okay«, aber dann sagte er – und Jean war hundertprozentig sicher –: »Warum so weit da draußen?« Dann sagte er wieder dauernd: »Ja… okay«, und schließlich: »Warum muss es so spät sein?« Ein paarmal kam noch: »Ja… okay«, und dann sagte er: »Das hätte ich früher wissen sollen. Jetzt sitze ich den ganzen Nachmittag hier fest.« Er sah zu Jean herüber und verdrehte die Augen. Danach senkte er die Stimme, und Jean konnte nichts mehr verstehen. Er beendete das Gespräch, und Jean beobachtete sein Gesicht. Zuerst sah er besorgt aus, dann unsicher, und dann nagte er an der Unterlippe. Als er merkte, dass Jean ihn beobachtete, sagte er: »Meine Frau«, aber sie wusste, dass er log. Er nahm seine Zeitung und ging, und sie sah ihn nicht wieder.

Bobby Anderson hatte große, eckige Fingernägel, die sehr hell, beinahe zitronenfarben waren. Er betrachtete sie nachdenklich, während er bis fünf zählte. Ihm gegenüber am Tisch im Vernehmungsraum saß Carl Krause, dessen Hände mit Handschellen auf den Rücken gefesselt waren. Bobby musste sich beherrschen, um Carl keine Ohrfeige zu geben; er hatte wegen einer ähnlichen Sache schon ein bisschen Ärger.

Bobby war stinksauer, weil Carl ihm mit der Schrotflinte einen Schrecken eingejagt hatte. Als Carl dann nicht geschossen hatte, konnte Bobby natürlich mit ihm diskutieren – besser gesagt, ihn anschreien. Zum Beispiel, ob Carl vielleicht wisse, wie tief er in der Scheiße sitzen würde, wenn er auf einen State Trooper und auf einen Polizeichef geschossen hätte, selbst wenn es nur ein kommissarischer Polizeichef sei? Gar nicht zu reden von Hercel, der wahrscheinlich auch verletzt worden wäre? Jeder Cop in Neuengland würde angebraust kommen wie zehn Güterzüge auf einmal. Sie würden ihm bei lebendigem Leib das Fell über die Ohren ziehen. Und wenn er Widerstand leistete? Sie würden gezielt auf ihn schießen. Und diese Jungs seien erstklassige Schützen. Sie würden ihn durchlöchern, wie eine Maus ein Stück Käse durchlöchert, bis von Carl nicht mehr genug da wäre, um es in eine nasse Socke zu stopfen. Das alles hatte Bobby aus voller Lunge kundgetan, während Carl sich die Sache noch einmal überlegte. Während Bobby schrie, hatte er sich langsam auf ihn zu bewegt, und als Carl einen nachdenklichen Moment lang den Kopf senkte, hatte Bobby die Flinte an sich gerissen und ihm damit eins auf den Schädel gegeben.

»So hart hätten Sie nicht zuschlagen müssen«, hatte Chief Bonaldo gesagt.

»Einen Scheiß hätte ich.« Bobby hatte einen Blick auf den Jungen geworfen und gesehen, dass Hercel ihm zustimmte, was eine Menge über sein Verhältnis zu seinem Stiefvater aussagte.

Das war weniger als eine Stunde her, und jetzt saß Carl ihm gegenüber am Tisch. Sein fleckiges T-Shirt war zerrissen, und er hatte eine rote Schramme an der Wange. Für einen relativ jungen Mann - Carl war Ende dreißig - hatte er ein stark zerfurchtes Gesicht, aber es waren weniger Altersfalten als Kerben, die dunkler wirkten, weil er unrasiert war, und die man bekam, wenn man beim Schlafen falsch auf dem Kopfkissen gelegen hatte - nur, dass sie bei Carl permanent vorhanden waren. Und er hatte etwas Kaltes an sich. Er sah aus, als wünschte er sich den Augenblick, in dem er entschieden hatte, Bobby und Chief Bonaldo nicht umzubringen, noch einmal zurück, weil er sie jetzt, wenn er die Chance hätte, abknallen würde.

Das Dumme war, dass Bobby nicht wusste, wie er Carl länger als vierundzwanzig Stunden einsperren konnte. Schön, er hatte gedroht, ihnen die Rübe wegzuschießen, aber ein Anwalt könnte einwenden, Carl habe die Waffen sinken lassen, als er erkannt hatte, dass die beiden Männer Gesetzeshüter waren. Wenn er Carl einbuchtete, würde die Sache niemals vor Gericht kommen. Bobby würde nur die Zeit aller möglichen Leute verschwenden. Andererseits hatte Carl ihn umbringen wollen. Bobby hatte schon oft erlebt, dass wütende Männer und sogar wütende Frauen ihn mit Mordlust im Blick anstarrten. Doch bei Carl war es anders. Er starrte Bobby lächelnd an, und Bobby wusste, dass Carl glaubte, der Tag würde kommen, an dem er sich revanchieren konnte.

»Warum zwingen Sie Ihren Sohn, Sie Mr. Krause zu nennen?«

»Er ist nicht mein Sohn, er ist mein Stiefsohn.«

»Das ist keine Antwort auf meine Frage.«

»Es ist eine Frage des Respekts.«

»Schlagen Sie ihn?«

»Da fragen Sie besser ihn.«

»Er hat Angst vor Ihnen.« Dann dämmerte Bobby, dass Hercel gar keine Angst um sich selbst, sondern um jemand anderen hatte, vielleicht seine Mutter oder seine Schwester. Vielleicht hatte er auch Angst, er dürfte seinen Vater in Oklahoma nicht mehr besuchen.

»Kein Junge hat es gern, erzogen zu werden.«

Carl redete mit ihm wie mit einem Trottel, und das gefiel Bobby nicht. »Jemand ist letzte Nacht in Ihren Keller eingebrochen und hat diese Schlange gestohlen. Ich weiß nicht, wann das passiert ist. Vermutlich, nachdem Hercel schlafen gegangen war.«

»Ich war oben im ersten Stock. Ich habe nichts gehört.«

»Wer wusste, dass die Schlange im Keller war?«

»Die halbe Nachbarschaft. Sie ist dauernd ausgebrochen.«

»Kennen Sie Peggy Summers?«

»Kann man nicht sagen, aber ich weiß, wer sie ist. Eine Schlampe.«

»Woher wissen Sie das?«

»Die Leute reden.«

»Sagen die Leute auch, wer der Vater ihres Kindes ist?«

»Wenn, dann habe ich es nicht gehört.«

»Was ist mit Alice Alessio?«

»Da klingelt nichts.«

»Schwester Spandex?«

»Auch nicht. Ist das ein richtiger Name, oder wollen Sie mich reinlegen?«

»Ich würde Sie doch nicht reinlegen, Carl.«

Bobby wusste, dass Carl bei einem Klempner in der Stadt gearbeitet hatte und entlassen worden war. Er hatte auch bei einer Baufirma gearbeitet, die ihn ebenfalls gefeuert hatte. Der Klempner behauptete, Carl habe eine problematische Einstellung, und die Baufirma gab an, Carl habe einen Mann geschlagen. Bobby konnte sich vorstellen, dass es davor schon öfter Probleme gegeben hatte, ein ganzes Leben voller Probleme. Er hatte nachgesehen, ob Carl ein Vorstrafenregister hatte, aber da gab es nur ein paar Bußgelder wegen zu schnellen Fahrens. Bobby hatte auch gehört, dass Carl charmant sein konnte, doch wenn das stimmte, hatte er es noch nicht erlebt. Jetzt arbeitete Carl auf eigene Rechnung als Handwerker und Hausmeister, hauptsächlich außerhalb der Saison in den Häusern unten am Strand, aber auch für ein paar Firmen in der Stadt. Er trank nicht, und angesichts seines Jähzorns war das nur gut so.

Carl verlagerte sein Gewicht auf dem Stuhl. Wahrscheinlich taten die Handschellen ihm weh - Bobby hatte sie eng zusammengeschlossen –, doch er beschwerte sich nicht. »Sperren Sie mich jetzt ein, oder lassen Sie mich gehen?«

Bobby nahm an, dass Carl die Antwort schon kannte. Es gefiel ihm nicht, wie Carl leise und selbstgewiss lächelte - als kenne er ein Geheimnis, das Bobby niemals erraten würde. Wie es ihm manchmal passierte, fragte Bobby sich, ob Carl sich auch so benehmen würde, wenn Bobby nicht schwarz wäre. Eigentlich war es kein richtiger Gedanke, aber er wanderte durch sein Gehirn. Das war ihm zuwider.

»Erzählen Sie mir, Carl, wo waren Sie gestern Abend?«

»Nirgendwo. Ich war die ganze Zeit zu Hause.«

»Können Sie das beweisen?«

»Fragen Sie meine Frau.«

»Seit wann sind Sie verheiratet?«

»Seit anderthalb Jahren ungefähr. Was hat das mit irgendwas zu tun?«

»Da sind Sie ja sozusagen jungvermählt. Wundert mich, dass Ihre Frau Sie im ersten Stock schlafen lässt.«

»Wer hat Ihnen das erzählt?«

Etwas um Carls Augen spannte sich. Er war wütend, aber er wollte es sich nicht anmerken lassen; er wollte sich überhaupt nichts anmerken lassen. Bobby beantwortete die Frage nicht, und Carl stellte sie nicht noch einmal. Er wusste genau, wer es Bobby erzählt hatte. Das war beunruhigend. Bobby mochte Hercel und wollte nicht, dass ihm etwa passierte. Genau genommen hätte er, selbst wenn ihm der Jungen unsympathisch gewesen wäre, nicht gewollt, dass ihm etwas passierte.

»Woher stammen Sie, Carl?«

»Was geht das Sie an?«

»Sagen Sie es mir doch einfach.«

»Aus Oswego, nordöstlich von Syracuse.«

»Ich kenne Oswego«, sagte Bobby. »Warum sind Sie da weg?«

»Es hat mich gejuckt.«

»Haben Sie Verwandte da?«

»Nein.«

»Leben Ihre Eltern noch?«

»Nein. Wollen Sie meine Biografie schreiben oder was?«

Bobby hegte die leise Hoffnung, Carl würde explodieren, damit er ihn anschreien könnte, wie er im Keller geschrien hatte. Aber Carl spielte nicht mit. Er hielt die Tür zu sich geschlossen. Trotzdem nahm Bobby sich vor, Kontakt zu den Behörden in Oswego aufzunehmen. Er wäre überrascht, wenn jemand wie Carl im Leben so weit gekommen wäre, ohne ernstzunehmende Spuren zu hinterlassen, zum Beispiel durch Gewalttätigkeit.

»Okay, Carl, ich lasse Sie laufen. Möchten Sie nach Hause gefahren werden?«

»Ich gehe zu Fuß.«

»Ich fahre Sie gern.«

»Ich habe gesagt, ich gehe zu Fuß.«

Bobby ging um ihn herum und schloss die Handschellen auf. Dabei hatte er eine Sekunde lang das Gefühl, Carl würde sich auf ihn stürzen. Er wich einen halben Schritt zurück und bremste sich dann. *Mein Gott, ich werde paranoid.* Aber er konnte sich nicht einreden, dass er sich geirrt hatte.

Carl stand auf und rieb sich die Handgelenke. Sein Lächeln

war immer noch da, und es war breiter geworden. Das Verlangen danach, den Mann zu schlagen, brachte Bobby fast zum Lachen. Er hatte versucht, Carl so weit zu reizen, dass dem der Kragen platzte, und jetzt platzte ihm selbst fast der Kragen.

»Okay, Carl, aber ich bin nicht davon überzeugt, dass ich Sie gehen lassen sollte. Ich werde Sie im Auge behalten, also machen Sie keine Dummheiten.« Gern hätte er ihn davor gewarnt, seine Wut an seinen Stiefkindern oder seiner Frau auszulassen. Aber es hatte keine Anzeigen wegen Kindesmisshandlung gegeben, keine Anrufe wegen häuslicher Gewalt, und deshalb sagte Bobby nichts. Als er seinen Satz zu Ende gebracht hatte, war Carl sowieso schon fast zur Tür hinaus.

Der kommissarische Polizeichef Bonaldo hatte einen Sohn – tatsächlich hatte er fünf Kinder, zwei Mädchen und drei Jungen –, doch was uns hier interessiert, ist der Jüngste. Er war zehn Jahre alt und trug den Namen seines Urgroßvaters, der aus dem Dorf Bonaldo in Nordost-Italien nach Brewster gekommen war, aus dem sonnenverbrannten, pfannkuchenflachen Bauernland am Südrand der Dolomiten. Der Urgroßvater hatte Baldassare Bonaldo geheißen, und diesem Namen hatte Fred die Ehre geben wollen. Aber weil er vernünftig genug war, einem Baby keinen Namen wie Baldassare aufzubürden, war das Kind auf den Spitznamen des Urgroßvaters getauft worden: Baldo. Baldo Bonaldo.

Baldo ähnelte seinem Vater, rundlich und schwerfällig und mit dem gleichen roten, aufgedunsenen Gesicht, allerdings war er mehr als drei Handbreit kleiner, trug keine Brille und hatte noch alle seine Haare. Er liebte seinen Vater, und manchmal war er stolz, weil er aussah wie eine verkleinerte Version des kommissarischen Polizeichefs, aber manchmal empfand er es auch als unangenehmes Schicksal. Wenn Baldo wissen wollte, wie er mit fünfundvierzig aussehen würde, sah er die Antwort vor sich, wie sie im Takt ihrer Argumente, Beschwerden und Wünsche mit den Händen fuchtelte. Der Vater war ein Gestikulierer, und der Sohn war auch einer.

Baldo war ein intelligenter Junge, wenn auch schüchtern, und mit seiner Figur fühlte er sich nicht wohl. Seine beiden älteren Brüder waren athletisch und fit, doch Fred Bonaldo war nie athletisch und fit gewesen, und Baldo wusste, dass es seine Bestimmung war, ihm auf diesem Weg zu folgen – in ein Leben voller Diäten und Ausschweifungen. Nur stimmte ihn das nicht düster, denn er hatte den Humor seiner Mutter geerbt. Unglücklicherweise führte seine Lebhaftigkeit zu einer Vorliebe für Streiche, und diese wiederum führten zu Problemen. Es machte ihm Spaß, sein Taschengeld zu sparen und dann Dinge aus Katalogen zu bestellen, auch wenn er die Folgen vielleicht bedauerte.

Die Detonationen seiner ferngesteuerten Furzmaschine hatten seine Kameraden aus der fünften Klasse ernstlich verärgert, der Furzspray war noch schlimmer gewesen, und die furzende Türglocke hatte seinen Vater veranlasst, ihn die Straße hinunterzujagen. Da waren der Weihnachtsmann, der furzte, wenn man an seinem Finger zog, und das grüne Plastikmonster, das einen ansprang, wenn man die Klobrille hochklappte. Das sprechende Hundehalsband, die riesige funkgesteuerte Ameise, die animierte zustoßende Schlange und der dreidimensionale Streifenbarsch, der scheinbar durch die Windschutzscheibe krachte – das war es für Baldo, worum es ging im Leben, und es bewirkte, dass die andern im Umgang mit ihm eine gewisse Vorsicht an den Tag legten. Ein bisschen Juckpulver in der Hose hatte den Klassentyrannen der Fünften, Butchy Dunn, wütend gemacht, aber der unschuldig aussehende rote Lolli, der ihn unkontrolliert furzen ließ, hatte echte Angst geweckt. Das Problem war, dass Baldo wie die meisten schüchternen Menschen gern gemocht werden wollte, doch angesichts seiner Leidenschaft für Streiche war es schwierig, sich mit ihm abzugeben. Man brauchte Mut.

Der Junge, den Baldo am liebsten zum Freund gehabt hätte, war Hercel McGarty Jr., der von allen in der Fünften den größten Ernst und den wenigsten Humor zeigte. Solche Streiche spielt das Leben. Die Maus möchte mit der Katze zusammen sein. Hercel hatte nichts gegen Baldo, er sah nur nicht, was er für einen Sinn hatte, aber so ging es Hercel mit vielen Dingen. Es wäre unzutreffend, wenn man sagen wollte, er habe keinen Humor, doch ein Furzkissen, selbst eins von der elektronischen Sorte, interessierte ihn nicht. Er sah keinen Sinn darin, und das galt ebenso für eine Torte im Gesicht. Natürlich hatte er Phantasie, nur schob er die beiseite. Phantasie störte bei der Konzentration, und auch darin sah er keinen Sinn.

Im September hatte Baldo mit Hercel in der Pause gesprochen und ihm erzählt, er wolle gern Vampir werden, aber er werde warten, bis er erwachsen sei, denn er wolle kein kindergroßer Vampir sein. In Hercels Augen war das eine seltsame Ambition. Baldo sagte, er wisse schon, dass Vampire unbeliebt seien; sie hätten Mundgeruch, könnten nachts nicht schlafen und hätten schlechte Angewohnheiten. Doch ihm gefiel, dass Vampire nicht schüchtern waren. »Wer hat schon mal von einem schüchternen Vampir gehört?«, fragte er. Hercel sah ihn an und ging weg.

Baldo gefiel Hercels Gleichmut. Es war nicht das Wort, das er benutzte, aber es war das, was er meinte, wenn er sagte, Hercel sei cool. Er war neugierig in Bezug auf Hercel, wohingegen Hercel überhaupt nicht neugierig war. Andererseits hatte Hercel gute Manieren. Selbst wenn Baldo ihm auf die Nerven ging, schlug er ihn nicht zu Boden. Sein Vater, Hercel Sen., hatte ihm eingeschärft, niemals jemanden zu schlagen, der schwächer war als er, schon gar nicht ins Gesicht.

Baldo fand auch, dass Hercel etwas Komisches an sich hatte.

Er wusste, »komisch« war nicht der richtige Ausdruck, nur fiel ihm kein besserer ein. Das ist das Problem, wenn man zehn ist: Gefühle und Ideen müssen sprachlich noch einsortiert werden. Dabei konnte Baldo sich gut ausdrücken. Weil er schüchtern war und viel Zeit allein verbrachte, hatte er so einiges gelesen. Es wäre schön, wenn man sagen könnte, seine Lektüre hätte aus Charles Dickens und Emily Dickinson bestanden, aber nein – was er gelesen hatte, war ein Buch über Hypnose für Anfänger, ein Buch über Unsichtbarkeit und Levitation, mehrere Bücher über Leute, die von Fliegenden Untertassen entführt worden waren, ein Buch mit dem Titel *Wie man flirtet* und das Buch *Verbotene Wissenschaften*, in dem erklärt wurde, wie man die Energie aus dem Weltall nutzbar machte und worin die wahre Funktion der Cheopspyramide bestand.

Baldos Neugier in Bezug auf Hercel war seit Beginn des Schuljahrs so groß geworden, dass er angefangen hatte, ihm zu folgen. Nicht dauernd, aber manchmal. Baldo sagte sich, es könnte ja etwas passieren, das ihm ermöglichte, Hercel einen kleinen Dienst zu erweisen. Zum Beispiel könnte er ihn vor einem heranrasenden Auto zurückreißen oder vor dem Ertrinken retten. Solche unausgeglichenen Beziehungen haben wirklich etwas Jämmerliches.

Baldo wusste nichts von Hercels Schlange, und er wusste auch nicht, warum Hercel an dem Tag nicht in der Schule gewesen war. Ein Bazillus machte die Runde, und mehrere Schüler hatten schon vorher den einen oder anderen Tag gefehlt. Baldo hatte sogar gehört, wie andere nach der Schule von Schlangen im Krankenhaus geredet hatten, von einer ganzen Lastwagenladung Schlangen. Eine dicke Krankenschwester war aus dem Fenster gesprungen, und drei Patienten hatten einen Herzinfarkt gekriegt und waren gestorben. Ein verschwundenes Baby wurde nicht erwähnt. Das würde später kommen. Aber auf seine hartnäckige Art wollte Baldo wissen, ob mit Hercel alles in Ordnung war. Vielleicht hatte ihn ja eine der Schlangen gebissen. Wie bei vielen Zehnjährigen war die Grenze zwischen Realität und Möglichkeit eine unscharfe Linie.

Bis zum Ende der Sommerzeit war es zwar noch eine Woche, doch um halb sechs war es fast dunkel. Wolken waren aufgezogen, und in der Nacht würde es regnen. Etwa um diese Zeit war Baldo unterwegs zur Ecke Newport und Hope und zu dem Bungalow, in dem Hercel mit seiner Schwester Lucy, seiner Mutter und seinem Stiefvater wohnte. Dass er durch die Fenster ins Haus spähte, konnte er sich nun doch nicht recht vorstellen, aber wenn er langsam genug vorbeischlenderte, würde Hercel vielleicht herauskommen, und sie könnten ein paar Worte wechseln. Von Carl Krause wusste er nichts, und er hätte ihn nicht erkannt, wenn er ihm begegnet wäre.

Hercel wartete nicht am Fenster darauf, dass Baldo vorbeikam. Die beiden Giebelfenster über der vorderen Veranda waren hell, das Erdgeschoss lag im Dunkeln, und im Keller brannte Licht. Baldo blieb auf der anderen Straßenseite im Schutz eines alten Ahorns stehen und überlegte, was er tun sollte. Die kläffenden Hunde im Nachbarhaus schlugen kurz an. Das war mehr eine allgemeine Warnung als zielgerichtete Empörung, aber Baldo genügte es, um zu dem Schluss zu kommen, dass er sich beeilen müsste, wenn er sich dem Haus wirklich nähern wollte. Autos waren so gut wie keine unterwegs, und kein Fußgänger war auf der Straße. In Brewster aßen die Leute früh zu Abend.

Baldo entschied sich nicht dafür, durch das Kellerfenster zu schauen. Eher war es so, dass er von ganz allein in diese Richtung spazierte. Er trug Jeans und ein dunkles Sweatshirt und hatte schwarze Haare. Fred Bonaldo hatte auch schwarze Haare gehabt, bevor sie ausgefallen waren. In der furchtbaren Gewissheit dessen, was kommen würde, wusste Baldo schon jetzt, dass man ihn eines Tages Baldo »Glatzkopf« Bonaldo oder Baldy Bonaldo nennen würde. Solche Erkenntnisse können zu Bitterkeit oder zu einer hausgemachten Philosophie führen, bei der man an den Schneidezähnen saugt.

Wenige Augenblicke später lag Baldo auf dem Bauch hinter einem Busch und spähte durch das Kellerfenster. Das Erste, was er sah, war der leere Käfig, in dem die Schlange gewesen war, doch er wusste nicht, dass der Käfig eine Schlange enthalten hatte. Eine Rennmaus, dachte Baldo. Zu diesem Zeitpunkt befand sich die Schlange im Tierheim von Brewster. Sie war ein Beweismittel, aber Chief Bonaldo hatte noch nicht entschieden, was sie bewies. Sie konnte eine Waffe sein. Ein Täter. Ein Opfer. Das war alles noch in der Schwebe. Als Hercel gesagt hatte, er wolle seine Schlange wiederhaben, hatte Fred Bonaldo jedenfalls erklärt, das gehe nicht.

Baldo schob sich ein bisschen weiter voran, um mehr von dem Kellerraum zu sehen, und erblickte Hercel, der dort auf dem Zementboden lag. Sein erster Gedanke war, Hercel wäre verletzt, doch er hatte die Augen offen, und sein Gesichtsausdruck war ruhig und hochkonzentriert. Er lag auf dem Bauch, hatte die Arme vor sich aufgestützt, und sein Kinn ruhte auf den Handrücken. Die Beine waren angewinkelt, die Füße deuteten zur Decke, und die Fersen schlugen auf eine nachdenklich wirkende Art gegeneinander. Vor Hercel auf dem Zementboden lagen drei Murmeln. Sie starrte er an.

Na, das war geheimnisvoll, und Baldo begriff mit Bedauern, dass Hercel seine Hilfe nicht benötigte. Trotzdem blieb er still liegen und sah zu, obwohl der Boden neben dem Haus kalt und ziemlich feucht war.

Dann bewegte sich etwas. Die Murmel in der Mitte. Sie bewegte sich um knapp zehn Zentimeter, und Hercel hatte sie nicht angerührt. Baldo überlief es kalt, aber vermutlich hatte Hercel sie mit einem scharfen Stoß seines Jungenatems ins Rollen gebracht. Nur, Hercels Mund war geschlossen, und er hatte die Backen nicht aufgeblasen. Baldo nahm an, sich geirrt zu haben. Die Murmel hatte sich nicht bewegt. Trotzdem schaute er noch genauer hin.

Als Nächstes fing die Murmel links von Hercel an zu rollen. Hercels Mund war immer noch geschlossen. Schnaubte er vielleicht durch die Nase? Die Murmel rollte ungefähr fünfzehn Zentimeter vorwärts und blieb liegen.

In Baldos kleiner Bibliothek gab es mehrere eselsohrige Zauberbücher. Er konnte Münzen verschwinden und im Ohr seines Gegenübers wieder auftauchen lassen. Er beherrschte drei Kartentricks. Er wusste, wie man ein Seil erstarren und eine Zigarette durch eine Münze gleiten ließ. Er konnte Wasser in Wein verwandeln, aber den konnte man nicht trinken. Murmeln von selbst losrollen lassen, das konnte er nicht.

Jetzt bewegte sich die Murmel rechts vor Hercel. Hercel sah angestrengt und konzentriert aus, und sein Gesicht war ein bisschen rosa geworden, ganz so, dachte Baldo, als versuche er auf dem Klo einen dicken Klotz abzuseilen. Nie im Leben konnte Hercel eine Murmel seitwärts rollen lassen, indem er sie heimlich anblies. Baldo rutschte weiter nach vorn, bis sich seine Nase an die Scheibe drückte.

Hercel spitzte die Lippen, und sein Gesicht färbte sich dunkler. Seine verschränkten Hände ballten sich zu Fäusten. Die mittlere Murmel bewegte sich und erhob sich langsam in die Luft. Von inneren Vibrationen bebend, stieg sie etwa acht und dann zwölf Zentimeter hoch. Sie blieb kurz hängen, bis Hercel so laut nach Luft schnappte, dass Baldo es hören konnte. Dann fiel sie wieder zu Boden.

Unglücklicherweise rief im nächsten Moment eine Männerstimme: »Hey, Bengel, was machst du da, verdammt?« Carl Krause beugte sich über das Verandageländer.

Baldo schaute noch einmal durch das Kellerfenster, und in diesem Moment trafen sich seine und Hercels Blicke. Nur für einen sehr kurzen Moment, denn Baldo sprang sofort auf und stürmte durch das Gebüsch, als er hörte, wie Carls Stiefel auf den Verandastufen polterten.

»Du kleiner Scheißer, ich weiß genau, was du da treibst!«

Baldo war kein großer Sprinter, aber die Umstände können jede Unzulänglichkeit annullieren. Er hörte Carl hinter sich und rannte, wie er noch nie im Leben gerannt war. Er warf nicht einen einzigen Blick zurück und wusste auch nicht, wie lange Carl die Verfolgung fortsetzte. Erst sechs Straßen weiter, als er sich erschöpft zu Boden fallen ließ, weil es ihm egal war, ob der Mann ihn umbrachte oder nicht, schaute er sich um. Carl war nicht zu sehen.

FÜNF

Als Ernest Hartmann mit seinem Ford Focus aus Brewster hinausfuhr, war es acht Uhr am Donnerstagabend, und es nieselte. Er hatte eine Karte und eine schriftliche Wegbeschreibung, doch der erste Teil der Strecke sah ganz einfach aus. Neben ihm auf dem Beifahrersitz lag seine Browning Hi-Power. Er war im Zweifel gewesen, ob er sie mitnehmen sollte, hatte sie sich aber im letzten Moment noch geschnappt. Dreizehn Patronen im Magazin, eine in der Kammer – Neun-Millimeter, der Neunerkönig, wie sein Vater immer gesagt hatte. Vorsicht war besser als Nachsicht.

Hartmann nahm die Route 1 nach Perryville und fuhr dann in nördlicher Richtung auf der Ministerial Road nach South Kingstown. Licht war kaum zu sehen. Die meiste Zeit führte die Straße ihn durch ein Waldland, in dem nur einzelne Häuser verstreut hinter den Bäumen verborgen waren. In der Gegend von Tuckertown Four Corners kamen Farmen, ein Park und ein paar Häuser mehr, dann ging es wieder in den Wald hinein. Über zwei Meilen lang sah er nichts als die Schatten der Bäume, bis er am Wasser des Larkin Pond vorbeikam und South Kingstown erreichte, wo es einen Amtrak-Bahnhof gab. Eine Meile weit im Nordosten lag der Campus der University of Rhode Island, und weniger als eine Meile weit im Westen war die Zufahrt zum Naturschutzgebiet des Great Swamp. Er hatte ein paar Autos gesehen, aber keine Menschen. Irgendwann waren drei struppige Hunde zwischen den Bäumen hervorgekommen und über die Straße gerannt, doch dann entschied Hartmann, dass es Kojoten gewesen waren.

Er war unsicher im Blick auf das, was er vorhatte. Es war unklug, vielleicht illegal und womöglich gefährlich. Diesen Erwägungen gegenüber standen seine Zwillingstöchter bei seiner Ex-Frau in L.A. Wenn sich das aktuelle Unternehmen als profitabel erwies, würde er dorthin ziehen können. Von dem Geld würde er leben können, bis er einen Job gefunden hätte. Das war der Vorteil am Dasein eines Versicherungsdetektivs: Man wurde immer gebraucht.

Jedes Mal, wenn er dachte, es wäre ein Fehler, in den Sumpf hinauszufahren, hatte er deshalb das Gefühl, seine Töchter zu verstoßen und sie aus seinem Leben zu drängen. Aber wenn sie nicht gewesen wären, hätte er niemals getan, was er jetzt tat. Wenn es so illegal war, wie es sich anhörte, konnte die bloße Tatsache, dass er etwas darüber wusste, ihn zum Komplizen machen, und im günstigsten Fall würde er seinen Job und seine Detektivlizenz verlieren.

Warum Hartmann ins Sumpfland des Great Swamp hinausgefahren war – nun, das hatte mit Indianern zu tun. So hatte man es ihm jedenfalls gesagt. Es hatte etwas mit indianischen Ansprüchen und indianischen Bestattungen zu tun. Es hatte etwas mit der Auflösung der indianischen Stammesstrukturen durch den Staat Rhode Island in den achtziger Jahren des neunzehnten Jahrhunderts zu tun, und mit dem Verlust von sechstausend Hektar Land. Nachdem sie hundert Jahre lang versucht hatten, dieses Land zurückzubekommen, hatte man ihnen vor dreißig Jahren knapp siebenhundertfünfzig Hektar zurückgegeben. Groll gab es deswegen immer noch, aber wie es zu Grabräuberei geführt hatte, wusste Hartmann nicht. Möglicherweise hatten Indianer weiße Friedhöfe geplündert, die auf diesen sechstausend Hektar angelegt worden waren, vielleicht hatten auch

Weiße irgendwelche Indianergräber verwüstet. Es hatte aber auch etwas mit Spielcasinos zu tun, mit dem Wunsch der Indianer, ein Casino in Rhode Island zu haben, und mit dem Bemühen der Connecticut-Indianer – die ein riesiges Casino gleich jenseits der Staatsgrenze betrieben –, sie daran zu hindern. Doch hinter den Indianern von Rhode Island stand Harrah's Entertainment, und dieser Casinokonzern hatte eine Menge Einfluss.

Hartmann interessierte sich für den Versicherungsaspekt. Das Dorf West Kingston bildete zusammen mit ein paar anderen Dörfern das Städtchen South Kingstown: achtzig Quadratmeilen, dreißigtausend Einwohner. Zu South Kingstown gehörten der Great Swamp und ein Teil des Indianerlandes. Verwüstete Gräber, unklare Zuständigkeiten, internationale Konzerne, wütende Kleinstädter sowie Sumpf-Yankees: arme Landbewohner, die erbittert auf ihrer Unabhängigkeit bestanden und deren Wurzeln in South Kingstown über mehrere hundert Jahre zurückreichten – was da in der Luft lag, dachte Hartmann, waren Gerichtsprozesse. Wenn alles so war, wie man es ihm geschildert hatte, würden Versicherungsfirmen ihn gern für seine Dienste bezahlen. Aber die Geschichte, die er in Boston gehört hatte, passte nicht recht zu dem, was er heute Morgen erfahren hatte. Zum Beispiel hatte der Kerl in Boston nicht erwähnt, dass die Indianer ein Casino bauten.

Hartmann bog nach links in die Liberty Lane ein und fuhr an einer Reihe kleiner Häuser und Farmen vorbei. Die Straße endete an einem Bahngleis. Ein Feldweg führte nach links an der Bahnlinie entlang. Nach einer halben Meile kamen ein paar Häuser und Garagen, die aber bis auf vereinzelte Außenbeleuchtungen im Dunkeln lagen. Der Wald wurde dichter, und im Scheinwerferlicht sah er Büsche von Berglorbeer. Nicht lange, und er kam zu einem Parkplatz und einer offenen Schranke, und dahinter wurde die Straße so schmal, dass sie kaum mehr als ein Pfad war. Ob er sich fragte, warum die Schranke geöffnet war? Er bemerkte es kaum.

Doch je holpriger und schmaler der Weg wurde, desto größer wurden seine Zweifel. Man hatte ihm gesagt, er solle zu dem alten Hangar am Ufer des Worden Pond fahren. Bis dahin waren es noch ungefähr zwei Meilen. Aber nach nicht einmal einer Viertelmeile bremste er und hielt an. In diesen Schlaglöchern konnte er sich leicht eine Achse brechen, und natürlich hatte der Ford Focus keinen Allradantrieb. Er sah sich nach einer Stelle zum Wenden um, fand jedoch nichts Geeignetes. Bäume, Lorbeergebüsch und Sumpf, wohin er auch schaute. Er legte sich die Pistole auf den Schoß, schaltete in den Rückwärtsgang und spähte durch das Heckfenster. Dann ließ er das Seitenfenster herunter. In der Luft hing der schwere Geruch von nassem, modrigem Laub. Zweimal geriet er beinahe in den dicken Schlamm des Sumpfs. Er fuhr praktisch im Schneckentempo, nur die zunehmende Angst ließ ihn Gas geben und dann jäh wieder bremsen, als er auf den Morast zusteuerte.

Nach fünf Minuten erkannte er undeutlich den Parkplatz. Aber da stimmte etwas nicht: Die Schranke war unten. Wieder bremste er ab und fuhr bis auf drei Handbreit an die Eisenstange heran. Er griff nach seiner Pistole und wollte aussteigen, doch dann sah er, dass jemand vom Parkplatz her auf den Ford zukam. Hartmanns Herz machte einen Satz, bevor er erkannte, dass der Mann eine Uniform trug. Vermutlich war es ein Naturpark-Ranger, und dann hatte der auch die Schranke heruntergelassen.

Der Mann hatte eine Taschenlampe in der Hand, und das grelle Licht blendete Hartmann, als der Mann sich der Wagentür näherte.

»Ein Glück, dass ich Sie noch erwischt habe, bevor Sie verschwinden«, rief Hartmann durch das offene Fenster. Die Pistole hielt er unterhalb der Fensterkante.

Der Mann beugte sich herunter und richtete die Taschenlampe schräg auf sein eigenes Gesicht. Aber da war kein Gesicht. Da war nur ein Schädel mit großen dunklen Löchern, wo die Augen hätten sein müssen. Der Mund war ein schwarzer Schlitz.

Hartmann erstarrte mit offenem Mund. Er wollte sprechen, brachte jedoch nur ein lang gezogenes »Aaaaa« heraus. Das war sein letztes Geräusch. Der Mann am Fenster hob die andere Hand und stieß Hartmann ein langes Messer in die Brust. Dabei trat er zur Seite, um nicht mit Blut bespritzt zu werden. Er zog das Messer hoch, damit der Körper im Todeskampf nicht von der Klinge rutschte. Hartmanns Hände zuckten, und seine Füße strampelten zwischen den Pedalen, dann hörten alle Bewegungen auf.

Der Mann zog das Messer heraus, langte in den Wagen und tauchte die Hand in das warme Blut. Mit blutigen Fingern malte er ein Smiley auf das hintere Seitenfenster, richtete seine Taschenlampe auf das Kunstwerk und war anscheinend zufrieden. Er beugte sich in das Fenster auf der Fahrerseite und packte das dichte braune Haar. Mit seinem Messer zog er einen geraden Schnitt quer über Hartmanns Stirn.

Harriet Krause stand vor dem Badezimmerspiegel und starrte die rote Schwellung an ihrer Wange an. Sie hatte ein schmales, zartes Gesicht mit einer geraden Nase und dunklen Augen. Der Bluterguss bedeckte die ganze linke Wange. Carl hatte sie mit der flachen Hand geschlagen, als er zurückgekommen war, nachdem er den Jungen die Straße hinunterverfolgt hatte. Übrigens hätte er sie beinahe auch geschlagen, als er am Morgen vom Polizeirevier zurückgekommen war. In beiden Fällen beschuldigte er sie, den Leuten zu helfen, die es auf ihn abgesehen hatten, was immer das heißen sollte.

»Warum sollte es jemand auf dich abgesehen haben?«, hatte

sie gefragt. Er hatte sie angesehen, als wäre sie schwachsinnig, und sein Blick war misstrauisch geworden. Mit polternden Schritten war er die Treppe hinaufgegangen.

Der Schlag hatte wehgetan, doch was sie viel mehr störte, waren die Veränderungen, die in den letzten Monaten über Carl gekommen waren, Veränderungen, für die sie keine Erklärung hatte. Im April vor einem Jahr hatten sie geheiratet, und das erste Jahr war wunderbar gewesen. Sie waren gierig nacheinander gewesen, aber auch liebevoll. Carl war in dieser Zeit mehr als einmal aus der Haut gefahren, hatte jedoch nie sie oder die Kinder geschlagen. Als er im August dann seinen Job bei der Installationsfirma Phelps verloren hatte, war er nach Hause gekommen und hatte einen Stuhl zur Seite getreten, eine Vase zerbrochen und die von ihrer Mutter getöpferte Lampe zertrümmert. Und er hatte geschrien, sogar gefaucht, in seiner Wut auf Howard Phelps, der Carls Verhalten kritisiert hatte, weil Carl einem Kunden gegenüber wütend geworden und weil es nicht das erste Mal gewesen war, dass Carl zu jemandem grob wurde.

Harriet hatte in der Küchentür gestanden und zugesehen, wie Carl das Wohnzimmer verwüstete. Gesagt hatte sie nichts. Sie war zu verblüfft gewesen, um zu sprechen. Als er fertig war, hatte er sich auf die Couch gesetzt und den Kopf in die Hände gelegt, und dann hatte er dagesessen, still wie ein Standbild.

»Ist alles in Ordnung?«, hatte sie gefragt. »Was ist passiert?«

»Rede jetzt nicht mit mir«, hatte Carl mit dieser scheinbaren Ruhe gesagt, und sie war in die Küche gegangen und hatte sich weiter um das Abendessen gekümmert, obwohl ihre Hände zitterten. An diesem Abend hatte er ihr erzählt, er sei entlassen worden, aber ohne eigene Schuld. Ein Kunde sei frech geworden, und er dann eben auch.

Davor, im April, hatte die Baufirma ihn entlassen, weil er eine »Meinungsverschiedenheit« mit einem anderen Arbeiter gehabt hatte. Als sie mit ihm darüber sprach, hatte er gesagt: »So was kommt vor. Ich bin der Neue, und ich bin besser als ein paar von den Alten. Da waren einige stinkig.«

Das hatte sie als die Wahrheit akzeptiert, und sie hatte auch akzeptiert, dass Howard Phelps im Unrecht gewesen war, als er ihn feuerte, wenn auch schon nicht mehr so bereitwillig. Aber Carl war ein Überredungskünstler. Er hatte ihr erzählt, was passiert war, und es leuchtete ein. Außerdem liebte sie ihn und hatte eine Heidenangst davor, dass etwas zwischen ihnen schiefgehen könnte. Doch wenn Carl wütend geworden war, hatten nach seiner Darstellung immer andere Leute Schuld gehabt. Am Morgen, als er mit der Schrotflinte auf die beiden Polizisten und übrigens auch auf Hercel gezielt hatte, da hatte er behauptet, sie seien in den Keller eingedrungen, und er habe nicht gewusst, dass sie Polizisten waren. Ob sie etwa erwarte, dass er da nichts unternehme? Und er habe ja auch gar nicht vorgehabt, auf sie zu schießen. Er habe ihnen nur Angst einjagen wollen.

»Aber musstest du sie denn mit der Schrotflinte bedrohen?«, hatte Harriet gefragt. »Sie trugen Krawatten und Anzüge, und sie waren mit Hercel zusammen. Es ist doch verrückt, anzunehmen, dass sie Einbrecher wären.«

Da hatte er sie geschlagen. Er hatte sie nicht einmal vorgewarnt, hatte seine Wut nicht gezeigt. Ihre Beklommenheit, die in den letzten Monaten weiter zugenommen hatte, war noch stärker geworden.

Nach dem Rauswurf bei Howard Phelps hatte Carl einen Hausmeisterjob angenommen, verschloss, versorgte und reparierte ein halbes Dutzend Sommerhäuser in Hannaquit, wenn ihre Eigentümer am Labor Day abgereist waren. Er arbeitete jetzt außerdem bei Hamilton Brantley, sozusagen als Mädchen für alles, aber was immer Carl da tat, es gefiel ihm nicht. Ob es daran lag, dass er Brantley nicht mochte, oder an der Tatsache, dass er mit anderen Leuten zusammen sein musste, oder ob ihm bei der Arbeit im Bestattungsinstitut mulmig war, wusste Harriet nicht.

Im August also hatte sie die ersten Veränderungen bemerkt. Er war einerseits stiller und andererseits jähzornig geworden. Sie hatten nicht mehr so viel Zeit miteinander verbracht, vielleicht weil sie mehr mit anderen Arbeiten beschäftigt war, seit die Kinder wieder in die Schule gingen. Für Lucy hatte der Kindergarten angefangen, und sie wusste noch nicht, ob es ihr dort gefiel. Mindestens zweimal in der Woche sagte sie: »Heute gehe ich hin, aber morgen will ich nicht.« Harriet redete auf sie ein, versuchte sogar, sie zu bestechen, und versprach, mit ihr in den Park zu gehen oder ins Kino oder zum Abendessen Makkaroni mit Käse zu machen. Lucy hatte einen starken Willen, genau wie ihr Vater, doch das war eine andere Geschichte. Hercel war einfacher und konnte sich allein vergnügen. Aber gerade seine Unabhängigkeit bereitete Harriet allmählich Sorge. Er war anscheinend nicht daran interessiert, Freunde zu haben, und verbrachte zu viel Zeit allein.

Wenn sie daran dachte, wie gut noch im Juni alles gewesen war, kamen ihr die Tränen. Carl war glücklich gewesen, und sie waren alle zusammen an den Strand gefahren. Auch wenn er nicht viel Zeit mit den Kindern verbrachte, schien er sie doch zu mögen, und sie hoffte, allmählich werde er sie lieben lernen. Und dann wurde ihr klar, wann sie die Veränderung zum ersten Mal bemerkt hatte: als Carl befohlen hatte, Hercel habe ihn mit Mr. Krause anzureden.

Harriet hatte protestiert, aber Carl erklärte, er brauche es als Zeichen des Respekts. Als Harriet weiter protestiert hatte, war er auf eine Weise wütend geworden, die sie bei ihm noch nicht erlebt hatte. Er hatte sie beschuldigt, eine schlechte Mutter zu sein und den Kindern alles durchgehen zu lassen, auch wenn er nicht gesagt hatte, was »alles« war. Ein paar Tage später hatte er sich entschuldigt, doch kurz danach hatten sie aufgehört, miteinander zu schlafen. Dabei war es bis dahin so gut gewesen! Einige Wochen später hatte er angefangen, oben zu schlafen, zunächst unter diesem oder jenem Vorwand – sie sei nachts so unruhig, sie störe ihn mit ihrem Schnarchen –, aber schon bald sparte er sich die Mühe, sich noch einen Vorwand auszudenken. Und als sie ihn gefragt hatte, was schiefgegangen und wodurch er so wütend und verschlossen geworden sei, hatte er gesagt: »Schau in den Spiegel und stell dir die Frage noch einmal.« Darauf konnte sie sich keinen Reim machen.

Doch das war es, was sie heute Abend tat: Sie fragte sich selbst, was schiefgegangen war. Nicht, dass sie es allein tat. Nachdem Carl sie geschlagen hatte, rief sie ihre besten Freundinnen an, Anita Barr und Amy Calderone. Beide sagten das Gleiche: »Ruf die Polizei.«

Harriet wandte ein, Carl könne sich doch wieder ändern. Das erste Jahr sei großartig gewesen, und sie könne nicht glauben, dass der wunderbare Mann, den sie geheiratet habe, vollständig verschwunden sei.

»Er spricht nicht mit dir«, sagte Anita. »Er ist ungeduldig mit den Kindern, und er schläft oben. Jetzt hat er dich geschlagen. Ich persönlich würde ihm sagen, er soll seinen Arsch aus dem Haus schaffen. Aber wenn du willst, bring ihn dazu, dass er zu einem Therapeuten geht, oder nehmt euch einen Eheberater. Du musst ihm allerdings sagen, wenn er nicht mitmacht, muss er gehen. Du meine Güte, wie kannst du mit ihm leben, wenn du dich nicht sicher fühlst?«

Amy hatte keinen Grund gesehen, ihren ursprünglichen Rat zu erweitern. »Ruf die Polizei. Vielleicht geht er zur Therapie, und alles wird gut, aber sieh zu, dass es passiert, ohne dass du ihn im Haus hast. Er muss weg von dir, und er muss weg von den Kindern. Wie deutlich soll ich denn noch werden? Er ist gefährlich.«

Harriet betrachtete sich im Spiegel und beschloss, Anitas Rat zu befolgen. Sie würde mit Carl sprechen und ihm sagen, sie müssten in eine Eheberatung gehen. Und wann würde sie mit ihm sprechen? Am besten gleich morgen, entschied Harriet. Sie wollte nicht zu ihm gehen, wenn er allein oben in dem zweiten Schlafzimmer war. Davor hatte sie Angst.

Am Donnerstagabend machte Woody auf dem Heimweg von Brewster bei einer Kneipe in Wakefield halt. Er war den ganzen Tag auf den Beinen gewesen, und jetzt war er müde. Dass es Bobby Anderson gelang, in allen Situationen munter und energisch zu bleiben, war etwas, das Woody mit Staunen beobachtete. Mitten am Nachmittag hatte Woody plötzlich an Ajax gedacht und einen Nachbarjungen angerufen, damit er den Hund ausführte. Ajax würde lieber sterben, bevor er ins Haus pinkelte. Woody hatte den Fehler begangen, in die alte Susie-Denke zu verfallen und sich einzubilden, sie wäre zu Hause und würde sich um den Hund kümmern. Jetzt, wo sie nicht mehr da war, musste er den Nachbarjungen engagieren oder Ajax im Truck mitnehmen.

In der Bar setzte Woody sich an einen Tisch, orderte einen Cheeseburger und eine Cola Light und wandte sich dem Footballspiel zu, das auf vier Großbildschirmen unter der Decke übertragen wurde. Aber in Gedanken war er immer noch in Brewster und bei dem Tag, den er in lauter Sackgassen verbracht hatte: Er hatte nichts erfahren, das ihm verraten hätte, wer das Baby geholt hatte, und es gab auch keinen Hinweis auf eine Entführung. Zumindest war keine Lösegeldforderung gestellt worden. Für Woody war Schwester Spandex die Hauptverdächtige. Am Nachmittag waren dann zwei FBI-Agenten erschienen. Zu ihren Gunsten ließ sich nur sagen, dass sie nicht allzu aufdringlich gewesen waren. Aber selbst die besten Agenten neigten dazu, die lokale Polizei wie Idioten zu behandeln.

Einen Teil der Zeit hatte Woody damit verbracht – oder verschwendet –, sich mit den Medien abzugeben, die sich auf das Krankenhaus gestürzt hatten wie die Krähen auf einen überfahrenen Hasen. Zehn Polizisten waren nötig gewesen, um sie am Betreten des Geländes zu hindern. Am frühen Morgen hatte es mit Jill Franklin angefangen, der Reporterin von der *Brewster Times & Advertiser*. Er hatte ihr die Meinung gegeigt, doch das hatte sie nicht aus der Fassung gebracht. Sie hatte nur das im Kopf gehabt, was sie von Peggy Summers gehört hatte.

»Sie ist froh, dass das Baby gestohlen wurde«, hatte sie gesagt. »Sie behauptet, es ist ein Kind des Teufels.«

Woody hatte ihr erst geglaubt, als er mit Peggy gesprochen hatte. Sie hatte zwar nichts vom Teufel gesagt, aber es machte ihr offenbar nichts aus, dass das Baby weg war. Peggy schien eher erleichtert zu sein und wollte nur nach Hause. Woody hatte sie jedoch im Krankenhaus bleiben lassen, damit er sie im Auge behalten konnte, während die Polizei ausschwärmte, um festzustellen, ob sie etwas mit dem Raub ihres eigenen Kindes zu tun hatte. Einer der FBI-Agenten hatte diese Möglichkeit in Betracht gezogen und eine Statistik heruntergeleiert, die seine Ansicht belegen sollte. Es mochte zwar stimmen, aber bisher hatte sich kein Hinweis darauf ergeben. Ein weiteres Problem bestand darin, dass Peggy die Identität des Vaters nicht preisgeben wollte.

Als Woody später beim Verlassen der Krankenhauscafeteria Jill begegnet war, hatte er sie gefragt: »Was haben Sie eigentlich gemeint, als Sie sagten, das Kind sei vom Teufel?«

»Sie hat gesagt, es war wie in *Rosemary's Baby*. Sie erinnern sich an den Film? Das Baby sei vom Teufel. Vielleicht würde man an der DNA etwas erkennen.«

»Ist das ein Witz?«

Jill stand mit leicht gespreizten Beinen vor ihm. Wie ein Football-Verteidiger, hatte er gedacht. Nur hatte sie nicht die

Figur eines Football-Verteidigers. Er musste sich zwingen, nicht auf ihre Brüste zu starren.

»Das war nicht komisch gemeint. Vielleicht hilft es ja, den Vater zu identifizieren. Sind Sie froh, dass das FBI hier ist?«

»Fragen Sie das als Reporterin?«

Jill blieb ihm die Antwort schuldig.

Danach hatte er Bonaldo losgeschickt, damit er sicherstellte, dass die Plazenta des Babys aufbewahrt wurde. Vielleicht würde die DNA ja zum Thema werden. Dann hatte er noch einmal mit Peggy Summers reden wollen, aber sie war im Gespräch mit den FBI-Agenten gewesen, und er hatte keine Chance gehabt.

Woody hatte seinen Cheeseburger fast aufgegessen, als er merkte, dass eine Frau, die allein an ihrem Tisch saß, quer durch das Lokal zu ihm herüberschaute. Er sah weg, doch dann wurde ihm klar, dass er sie kannte. Sie war die Chefin des Morgan Memorial, Dr. Joyce Fuller. Als er wieder hinsah, stand sie ein bisschen wacklig auf und kam zu ihm an den Tisch.

»Darf ich mich zu Ihnen setzen?«

Woody bedeutete ihr, Platz zu nehmen, und bemühte sich, gastfreundlicher auszusehen, als ihm zumute war. Er hatte gehofft, sein Arbeitstag wäre zu Ende.

Dr. Fuller holte ihren Drink, etwas Buntes mit Wodka. Wortlos setzte sie sich hin und malte mit dem Finger Kreise in die Wassertropfen auf der Tischplatte. Sie war ungefähr fünf Jahre älter als Woody, und ihre Erscheinung war nicht mehr ganz so perfekt wie am Morgen, was sie jedoch in seinen Augen nur attraktiver machte. Frauen, bei denen jedes Haar an seinem Platz war, hatte er noch nie getraut.

»Entschuldigen Sie, dass ich Sie störe.« Dr. Fuller schaute weiter auf die Tischplatte. »Ich brauche im Moment einfach nur einen anderen Menschen.«

Woody schwieg.

»Sie müssen mich für dämlich halten.«

»Weshalb?« Durch den Lärm des Fernsehers war es schwer, sie zu verstehen.

Dr. Fuller beantwortete seine Frage nicht. »Meine Karriere ist beendet. Ich trauere um meine Karriere.«

Woody setzte zu einer tröstenden Bemerkung an, aber was sollte er sagen? »Ach, Sie kriegen bestimmt eine neue Stelle«? Er wusste sehr wohl, dass sie einen Fehler begangen hatte, als sie die Entbindungsstation nicht mit einem Säuglingsschutzsystem ausgestattet hatte. Im Grunde hatte sie nur Pech gehabt, denn die Chance, dass ein Baby geraubt wurde, stand ungefähr eins zu einer Trillion. Nur half das jetzt nichts mehr.

Dr. Fuller schüttelte den Kopf, als wolle sie finstere Gedanken vertreiben. »Haben Sie heute etwas Brauchbares herausgefunden?«

Woody wollte antworten, er könne sich über laufende Ermittlungen nicht äußern, doch dann zuckte er die Achseln. »Wir wissen, wo die Schlange herkam.« Er erzählte ihr von dem Schlangendiebstahl bei Hercel McGarty. Die Spurensicherung hatte den Keller untersucht, und diverse Proben und Materialien waren an das kriminaltechnische Labor der University of Rhode Island geschickt worden.

»Irgendetwas Hilfreiches?«

»Keine Ahnung. Ein bisschen Schlamm.«

»Sie sind bestimmt froh, dass das FBI aus Boston hergekommen ist.«

Warum nahmen alle an, dass er darüber froh war? »Darauf können Sie wetten.«

Sie strich sich das Haar aus der Stirn. »Wissen Sie, mir ist alles leichtgefallen. Ich glaube, das hat sich in einen Fluch verwandelt.«

»Jetzt kann ich Ihnen nicht folgen.«

»Schule, Geld, Jobs – mir ist alles in den Schoß gefallen. Der Fluch besteht darin, dass ich angenommen habe, nur weil alles so glattgelaufen ist, würde auch weiterhin alles glattlaufen. Ich habe wohl geglaubt, ich sei vom Glück gesegnet. Aber es ist, als sei mein ganzes Leben dazu bestimmt gewesen, auf diesen einen, unumkehrbaren Fehler zuzuführen: Ein Baby wurde geraubt. Als ich gestern Abend hörte, dass die Entbindungsstation vier Stunden lang unterbesetzt sein würde, habe ich es für nicht so wichtig gehalten. Ich war davon überzeugt, es würde schon nichts schiefgehen, weil das Schicksal nicht wollte, dass etwas schiefging. Jetzt ist ein Baby weg. Und wie eine Idiotin wünsche ich mir dauernd, ich könnte die Zeit zurückdrehen und alles noch einmal tun, nur diesmal richtig. Ist das nicht albern? Ich höre diese Worte aus meinem Mund kommen, und ich bin entsetzt.«

»Das ist menschlich«, sage Woody. Ihr Problem war nicht Dummheit, sondern Arroganz, aber vielleicht war das an sich auch eine Form von Dummheit. Er begriff, dass Dr. Fuller schon eine Menge getrunken hatte.

»Sind Sie verheiratet?«, fragte sie.

»Nein.« War es denkbar, ihr zu erzählen, er sei mehr oder weniger verlobt gewesen, aber seine Verlobte sei vor ungefähr einer Woche ausgezogen? Woody konnte sich jedoch nicht vorstellen, so etwas einer Fremden zu erzählen. Er hatte es nicht mal Bobby anvertraut.

Dr. Fuller lachte ohne Heiterkeit. »Ich hätte dreimal fast geheiratet. Jedes Mal habe ich meine Karriere vorgezogen. Das letzte Mal war, bevor ich nach Brewster kam. Ich habe mich gegen die Ehe entschieden und dagegen, Kinder zu bekommen. Ist es da nicht eine Ironie des Schicksals, dass meine Karriere durch ein verschwundenes Kind zerstört worden ist?«

Woody antwortete nicht.

Dr. Fuller trank einen Schluck aus ihrem Glas. »Ich könnte wirklich eine Zigarette gebrauchen. Schockiert es Sie, dass eine Krankenhausverwalterin immer noch raucht?«

»Ich bin nicht so leicht zu schockieren.«

»Was sollte ich Ihrer Meinung nach tun?«

Woody fand, dass sie hübsche Augen hatte, mandelförmig und dunkelbraun. »Als Erstes müssen Sie aufhören, sich selbst zu bemitleiden.«

Dr. Fuller brach in Tränen aus. Woody runzelte die Stirn. Sollte er sich entschuldigen? Er sah keinen Grund dafür. »Vorher werden Sie gar nichts tun können«, fügte er hinzu.

Sie wischte sich die Tränen aus den Augen. »Sie haben recht, Sie haben recht. Ich kann nichts tun.«

»Dann geben Sie sich Mühe. Sie können diese Sache nicht mehr aus der Welt schaffen. Sie müssen sich damit abfinden und nach vorn schauen. Andernfalls sind Sie im Arsch.«

Zorn funkelte in ihren Augen. »Haben Sie noch nie einen Fehler gemacht?«

»Jeder macht Fehler. Ihrer ist nur besonders schlimm.«

Dr. Fuller lehnte sich zurück und strich sich wieder das Haar aus der Stirn. »Ich habe das System heute Morgen bestellt. Baby LoJacks nennen die Schwestern es. Das Kuratorium wünscht meine Kündigung. Ich war schon auf dem Weg nach Hause, um den Brief zu schreiben, aber stattdessen bin ich hier gelandet. Sie wissen nicht, ob sie mich sofort rauswerfen oder lieber warten sollen, bis das Baby gefunden ist. Und sie machen sich Sorgen, sie könnten verklagt werden, womit ja zu rechnen ist. Ich habe versucht, mit Alice Alessio zu sprechen, konnte sie jedoch nicht finden.«

»Sie wurde heute Nachmittag nach Hause geschickt.«

»Ich weiß. Ich war auch bei ihrer Wohnung, aber sie war nicht da. Dann bin ich zu ihrer Mutter gegangen, doch die wusste nicht, wo ihre Tochter ist. Sie sagte, Alice habe ihr Handy abgeschaltet. Entweder das, oder der Akku sei leer. Ich bin noch mal zu ihrer Wohnung gefahren, aber sie war immer noch nicht da. Dann bin ich hergekommen.«

»Entschuldigen Sie mich kurz«, sagte Woody.

Bevor er draußen war, hatte er schon sein Handy in der Hand und wählte Fred Bonaldos Nummer. Bonaldo meldete sich nach dem zweiten Klingeln. »Ja?« Woody hörte einen winselnden Unterton in seiner Stimme – wie bei einem, der darauf wartet, angebrüllt zu werden.

»Haben Sie Alice Alessio überwachen lassen, und wissen Sie, wo sie ist?«

Bonaldo räusperte sich. »Ja, ich habe einen Mann dafür abgestellt.«

»Und?«

Bonaldo räusperte sich weiter geräuschvoll. »Er hat sie verloren.«

»Was soll das heißen, verflucht?«

Der kommissarische Polizeichef schwieg kurz. Dann sagte er: »Er hatte vor ihrer Wohnung geparkt und ist dann kurz weggegangen, um sich bei Subway ein Sandwich zu holen.«

»Und wie lange ist ›kurz‹?«

»Ich weiß es nicht. Als er zur Wohnung zurückkam, war sie nicht mehr da. Er und ein paar andere suchen jetzt nach ihr. Ich habe ihn wirklich angeschrien.«

»Das wird uns gewaltig weiterhelfen.« Woody bremste sich, bevor er selbst anfing zu schreien. »Rufen Sie mich an, wenn Sie sie finden. Ich will es sofort erfahren.« Er beendete das Gespräch und ging wieder hinein zu Dr. Fuller. Wie er gesagt hatte: Jeder macht Fehler. Aber das machte die Sache nicht besser. Bonaldo hatte eine ordentliche Kopfnuss verdient.

Die Frau war aufgestanden. »Was ist passiert?«

»Die Schwester ist verschwunden. Bonaldo weiß nicht, wo sie ist.«

»Ich glaube, ich fahre lieber nach Hause.«

Davor hatte Woody Angst gehabt. »Tut mir leid, aber Sie können nicht fahren.«

»Natürlich kann ich das. Mir geht's gut.«

»Lady, ich habe Jahre damit zugebracht, mir die Verwüstungen anzusehen, die betrunkene Autofahrer hinterlassen haben.« Woody senkte die Stimme. »Wenn Sie in Ihr Auto steigen, werde ich Sie festnehmen. Wollen Sie, dass das auch noch in die Zeitung kommt?«

Einen Moment lang sah sie aus wie eine Fünfjährige. »Wie komme ich dann nach Hause?«

Auch das hatte Woody vorausgesehen. »Ich werde Sie fahren müssen.«

»Und mein Auto?«

»Das müssen Sie morgen abholen.«

Woody bezahlte, und sie gingen hinaus zu seinem Tundra. Er wollte sich für die Hundehaare auf dem Beifahrersitz entschuldigen, tat es dann aber doch nicht. Sie trug eine dunkle Jacke. Die Golden-Retriever-Haare würden grauenhaft darauf aussehen. Andererseits würde es ihr nicht schaden, wenn ihr Äußeres weniger perfekt wäre. »Schnallen Sie sich an.«

»Sind Sie immer so barsch?«

Er war überrascht. »Wie kommen Sie darauf?«

»Sie sind schroff und mitleidslos.«

Ein ganzes Sortiment von Antworten fiel ihm ein, angefangen mit »Mögen Sie schroffe Männer?« bis zu einem knappen »Fuck you«. Stattdessen sagte er nur: »Tut mir leid, ich bin einfach müde.«

Sie wohnte in Narragansett und beschrieb ihm den Weg dorthin. »Wer sind Alices Freunde?«, fragte er und bemühte sich um einen sanfteren Ton.

»Ich glaube, sie hat nicht viele. Die anderen Schwestern mögen sie anscheinend nicht, obwohl mir noch nicht aufgefallen ist, dass ihre Leistungen zu beanstanden wären … bis jetzt. Sie nennen sie Schwester Spandex. Sie flirtet mit den Ärzten.«

Während der fünfzehnminütigen Fahrt redete sie über das

Krankenhaus – über die Qualität des medizinischen Personals und die Veränderungen und Verbesserungen, die sie sich noch vorgenommen hatte. Unausgesprochen blieb, dass es zu diesen Verbesserungen jetzt nicht mehr kommen würde, zumindest nicht unter ihrer Ägide.

Dr. Fuller wohnte in einer neuen Eigentumswohnung mit Blick auf die Bucht. Genau so etwas hatte Woody erwartet. »Möchten Sie noch hereinkommen?«, fragte sie.

»Ich muss nach Hause. Ich habe Haustiere.« Bei dem letzten Satz kam Woody sich dämlich vor.

»Tut mir leid, Sie müssen mich ja grässlich finden. Das sollte kein Annäherungsversuch sein.« Sie schwieg kurz und fuhr dann fort. »Ich habe Angst.«

Auch das überraschte ihn. »Wovor?«

Sie antwortete nicht.

»Vor jemand anderem oder vor sich selbst?«

»Vor mir selbst, glaube ich.«

Das Meer, von dem Woody zwischen den Häusern ein kleines Stück sehen konnte, wirkte plötzlich bedrohlich. »Seien Sie nicht albern.«

Sie öffnete die Tür. »Verzeihung. Ich stehle Ihnen Ihre Zeit.«

Und so war er mit hineingegangen. Kurze Zeit später saß er an ihrem Küchentisch und trank Eiswasser, während sie sich Kaffee machte. Küche und Wohnzimmer waren wie Dr. Fuller selbst: edel und makellos.

Sie sprach von ihren Ängsten, von ihrem Vater, der beim Militär gewesen war. Er hatte den Rang eines Colonels erreicht und sich dafür geschämt, dass er es nicht zum General gebracht hatte. Sie sprach von der Last des Scheiterns, von der Bedrückung, die es mit sich brachte. Jedes Mal, wenn sie das Gefühl hatte, in Selbstmitleid zu versinken, bat sie um Entschuldigung. Woody erzählte wenig von sich, berichtete nur kurz über seine Jahre bei der State Police. Irgendwann fragte er sich, wie sie wohl im Bett sein würde. *Ich bin ein Idiot*, dachte er dann. Er versuchte ihr zu sagen, sie könne noch etwas anderes tun, doch die Worte fühlten sich in seinem Mund unecht an. Sie betrachtete ihn mit Ironie im Blick.

»Ich kann es nicht richtig ausdrücken«, sagte er. »Aber es stimmt. Solange Sie sich nicht selbst klarmachen, dass Sie immer noch etwas tun können, wird Ihr Leben ein Trümmerfeld bleiben.«

Es war nach Mitternacht, als er sich verabschiedete. Später zog Bobby Anderson ihn damit auf. »Dr. Woody«, nannte er ihn und sagte: »Sie ist eine attraktive Frau. Warst du in Versuchung?«

»Das darfst du nicht mal denken«, sagte Woody.

Donnerstagnacht lag Carl Krause oben in seinem Zimmer im Bett, die Hände neben sich ausgestreckt, und knurrte. Es war ein Vibrieren in seiner Kehle, ein flüssiges Pulsieren in der Tiefe des Mundes. Er merkte es selbst kaum. Wenn Baldo Bonaldo eine Verwandtschaft mit Vampiren verspürte, so hatte Carl Krause eine gewisse Nähe zu Werwölfen, auch wenn es ihm nicht bewusst war. Als er im Bett lag und an Bobby Anderson dachte, knurrte er. Als er an den dicken Jungen dachte, der ins Kellerfenster geschaut hatte, knurrte er. Hätte man ihn gefragt, was er da tue, hätte er vielleicht gesagt: »Nachdenken«, denn Nachdenken war für Carl so etwas wie Knurren geworden. Als er an den Streit mit seiner Frau dachte und daran, wie er sie geschlagen hatte, knurrte er.

Es erscheint sonderbar, dass er sich so gekränkt fühlte – als wären Bobby, Baldo und Harriet seine Quälgeister, drei Namen auf einer langen Liste von Quälgeistern. Wenn jemand so denkt, tut er es oft, weil er glaubt, er könnte sich nicht erklären, und andere würden ihn einfach nicht verstehen. Aber das war nicht Carls Problem. Er war gekränkt, weil manche

Leute existierten. Jenseits der Wände seines Zimmers im ersten Stock sprachen diese Leute miteinander, das wusste er. Und um wen ging es in ihren Gesprächen? Natürlich um ihn: um Carl Krause.

Wenn er stilllag, konnte er sie hören. Manchmal war sein Hörvermögen so scharf, dass er sie draußen auf dem Gehweg hören konnte, sogar ein ganzes Stück die Straße hinunter. Doch heute Nacht hörte er sie unten im Haus, und manchmal auch auf der Treppe, wenn sie sich seiner Tür näherten: ein einzelnes knarrendes Dielenbrett, ein Scharren. Dann sprang Carl aus dem Bett, rannte zur Tür und riss sie auf. Aber er war nie schnell genug; sie waren weg. Er schlug die Tür zu, um diese Leute zu warnen: Er wisse, was sie da trieben. Dann ging er wieder ins Bett und wartete. Wieder hörte er das Raunen von Stimmen wie wisperndes Laub, und wieder knurrte er.

Das Wispern wurde lauter, das Knarren der Treppe wurde lauter, und Carl stürzte erneut zur Tür und riss sie auf.

Dachte er daran, wie es sich für seine Frau und seine Stiefkinder anhören musste, die unten saßen und versuchten fernzusehen und später in ihren Betten lagen? Wie sie in der Dunkelheit ihrer eigenen Zimmer an die Decke starrten? Nein, niemals. In diesen Tagen sah er seine Frau und seine Stiefkinder kaum noch als Personen, als menschliche Wesen; vielmehr waren sie Ausflüsse einer unbekannten Quelle. Sie waren die Tentakel irgendeines größeren Wesens. Sie zu sehen war so, als sähe man Finger und stellte sich die Hand vor, als sähe man Krallen und dachte sich die Pranke, den grob bepelzten Arm und die kraftvolle Schulter. Oh, Carl wusste, dass das alles zusammenhing, wie auch die Augen, die über die Decke wanderten, zusammenhingen. Er wäre nicht überrascht gewesen, wenn die ganze Stadt zusammenhinge und ein einziges Wesen bildete, eine einzige Monstrosität. Er behauptete nicht, dass es so war. Er sagte nur, er wäre nicht überrascht.

Carl hatte das Glück, dass er nicht von Zweifeln geplagt wurde. Das war nicht immer so, aber fast immer. Wenn er Zweifel gehabt hätte, wäre er besorgt und furchtsam gewesen. Doch die Gewissheit machte ihn stark. Schwäche war das, was er vor zehn Tagen erlebt hatte, vor zwei Wochen, im letzten Monat. Er hatte schon befürchtet, dass da etwas nicht stimmte, wie damals in Oswego. Er hatte sich nicht konzentrieren können. Er hatte geweint. Er hatte sich eingebildet, schreckliche Dinge wären passiert, und er war zum Arzt gegangen. In dieser dunklen Zeit hatte er seine Gewissheit verloren. Herausgekommen war er wie ein Kind – schwach und beunruhigt und abhängig von anderen. Er hatte gelächelt und ihnen ihren Willen gelassen. Es war sein langes Exil von ihm selbst.

Aber die Nervosität war vergangen. Die Kindlichkeit, das mädchenhafte Benehmen, das Weinen, das alles war vorbei. Er hatte gespürt, dass die Gewissheit in ihm wuchs wie eine Faust. Da war er dann nach oben umgezogen. Er musste allein sein, damit er denken konnte, und das bedeutete zu knurren.

Jeden Morgen bei Tagesanbruch, wenn es nicht regnete, führte Steve Tovaldis seine beiden gelben Labradorhunde Willie und Sophie auf der Liberty Lane spazieren, vorbei an den kleinen Häusern und Rasenfarmen bis zu den Bahngleisen und dann an den Gleisen entlang bis zum Sumpf. Jeden Morgen donnerte der Acela-Express von Boston nach New York vorbei, und die Hunde bellten sich die Seele aus dem Leib. Anfangs hatten sie Angst gehabt, aber jetzt gefiel ihnen der Zug, und sie warteten darauf, dass er kam. Der Zug brüllte, und sie bellten zurück. Es war ein Gespräch.

Tovaldis ging gern auf dem Feldweg in den Sumpf hinein, manchmal bis zum Worden Pond, nur nicht im Mai, wenn die Mücken schlüpften und besonders blutgierig waren. Die vielen tausend Frösche fraßen so viele, wie sie konnten, doch sie kamen einfach nicht mit. Tovaldis kaufte sich ein ganzes Fass »Ben's Max 100«-Insektenspray und sprühte sich das Zeug überall auf den Schädel, sogar wenn er eine Mütze trug, denn Tovaldis war kahl wie eine Billardkugel, wodurch er, wie er gern erzählte, ein Vermögen am Friseur sparte: 15 Dollar alle drei Wochen, 250 Dollar im Jahr, 3000 Dollar in zwölf Jahren. Beim bloßen Addieren dieser Zahlen bekam er Lust, loszugehen und sich etwas zu kaufen.

Ein kurzes Stück hinter der Abzweigung zum Schießplatz rannten Willie und Sophie los und bellten wie verrückt. Tovaldis rannte hinterher und rief ihre Namen. Er hatte Angst, sie könnten einen Kojoten gesehen haben und ihn in den Sumpf verfolgen. Willie hatte das einmal allein getan und war zerkratzt und zerbissen zurückgekommen. Tovaldis stellte sich vor, wie ein einzelner Kojote auftauchte und die Hunde in den Sumpf lockte. Dort würde ein ganzes Rudel Kojoten über sie herfallen. Er wusste, dass es so war, aber es war schwer, jemanden davon zu überzeugen. Andererseits, als er dreißig Jahre zuvor an die Liberty Lane gezogen war, hatte es hier keine Kojoten gegeben. Erst später hatten sie sich hereingeschlichen. Jetzt machte er sich nicht mal mehr die Mühe, eine Katze zu halten. Die Kojoten hatten fünf Stück umgebracht. Entweder die Kojoten oder die Marder.

Die Hunde waren an einem blauen Ford Focus stehen geblieben, der hinter der Schranke parkte. Wie er dahin gekommen war, wusste Tovaldis nicht, denn die Schranke war neunundneunzig Prozent der Zeit geschlossen. Er lief langsamer und rief die Hunde. Dann schrie er: »Die sind freundlich!« Manche Leute hatten Angst vor großen Hunden, aber Willie und Sophie taten keiner Fliege etwas zuleide. »Sie beißen nicht!«, fügte er noch hinzu.

Als er auf den Wagen zuging, sah Tovaldis, dass jemand auf dem Fahrersitz saß. Vermutlich hatte der Mann geschlafen, zumindest bis die Hunde mit ihrem Getöse angekommen waren. Tovaldis hatte das Gefühl, dass diese Hunde auf ihrem Weg durch das Leben immer nur nach einer Gelegenheit zum Bellen suchten, als wäre das ihre Hauptbeschäftigung. Vielleicht war der Fahrer auf der anderen Seite der Schranke eingesperrt worden und hatte es vorgezogen zu warten, bis am nächsten Morgen ein Ranger käme. Persönlich war Tovaldis ja nie imstande gewesen, in einem Auto zu schlafen.

Der Wagen war rückwärts bis an die Schranke herangefahren. Die Schranke bestand aus einer grünen Eisenstange, die sich quer über den Fahrweg spannte. Tovaldis ging vorsichtig außen herum und achtete darauf, nicht in den Matsch zu treten. »Platz!«, brüllte er. Die Hunde sprangen am offenen Seitenfenster hoch, und es würde Ärger geben, wenn sie den Lack zerkratzten.

Im ersten Moment war er überrascht, dass jemand bei dem Lärm, den Willie und Sophie machten, überhaupt weiterschlafen konnte. Sie sprangen um den Wagen herum und bellten wie verrückt, und ihr Rückenfell war gesträubt. Dann sah er den rostroten Smiley auf dem Seitenfenster. Darauf konnte er sich keinen Reim machen. Er beugte sich vor und sah, dass der Mann sich sein ganzes hübsches Hawaiihemd mit dieser rostroten Farbe bekleckert hatte. Tovaldis bückte sich tiefer und sah erstaunt, dass die Haare des Mannes die gleiche Farbe hatten wie das Zeug auf seinem Hemd. Aber nein, das stimmte nicht. Der Mann hatte keine Haare. Er war skalpiert.

SECHS

Wenn in einer Kleinstadt ein schreckliches Verbrechen geschieht, ist das eine Tragödie. Ein zweites ist ein Fluch.

Der Mord an Ernest Hartmann setzte viele Leute in unerwartete Richtungen in Bewegung. Leute, die sicher zu wissen geglaubt hatten, wie der Tag für sie verlaufen würde, sahen sich jählings auf einem ganz anderen Weg, während Hunderte von anderen Plänen, Hoffnungen, Träumen und so weiter auf Eis gelegt wurden – nur wegen Ernest Hartmann. Nein, das stimmt nicht ganz. Das Skalpieren hatte viel damit zu tun. Das Skalpieren bedeutete: kein Trödeln, keine langen Kaffeepausen. Noch mehr State Trooper, Polizisten aus South Kingstown, Naturpark-Ranger, indianische Stammespolizisten und dann die State Police von Massachusetts und die Polizei aus Watertown (Hartmann wohnte in Watertown) und aus Boston (Hartmann hatte sein Büro in Boston) – oh, da wurden etliche in Bewegung gesetzt. Sie waren entsetzt, empört, wütend, geschäftsmäßig, fleißig, sogar ein bisschen aufgeregt. Schließlich hatte noch niemand mit einer Skalpierung zu tun gehabt.

Dann war da der Smiley. Im Laufe der Nacht war das Blut getrocknet und teilweise abgeblättert, aber es war noch genug da, um Wirkung zu erzielen: ein Kreis von etwa fünfzehn Zentimetern Durchmesser, ein breites Grinsen und Glotzaugen. Die meisten Morde sind Verbrechen, die aus Leidenschaft oder kalter Berechnung begangen werden. Dieser hier sah nach

Wahnsinn aus. Sicher sah man hier besser Wahnsinn als Berechnung am Werk, denn welcher Mensch, der bei gesundem Verstand war, würde so etwas tun?

Wenn man sich alle diese Polizisten als einen großen Körper vorstellt, dann bildeten die Journalisten den Schatten dieses Körpers. Landesweite Networks und Kabelnachrichtensender schickten Hubschrauber. Die Journalisten der Presse kamen mit Autos, aber es waren schnelle Autos. Alle nahmen an, dass die Skalpierung und das entführte Baby miteinander zusammenhingen. Beide Taten waren in den Augen der Öffentlichkeit gleichermaßen unerhört, und wie sollten sie da nicht zusammenhängen? Dass es keinen Beleg für einen Zusammenhang zwischen den beiden Verbrechen gab, war kein Hindernis für die hochfliegenden Phantastereien über die Täterschaft, und die Hirngespinste reichten von einem einzelnen Irren bis zu Besuchern aus dem Weltall. Und unter all dem lag Angst. Für manche war die Angst wie ein Kribbeln in der Kehle, wenn eine Erkältung im Anzug ist, und anderen lag sie wie ein schwerer Klotz im Magen. Allen graute vor dem, was als Nächstes passieren würde.

Woody Potter und Bobby Anderson pflügten sich mit hochgezogenen Schultern durch die Arbeit, inzwischen unterstützt von fünf weiteren Detectives der State Police.

»Hey, Boss«, sagte Bobby, »schon gesehen, dass die CIA ein Team geschickt hat?«

»Red keinen Scheiß.«

»War 'n Scherz, Boss, war 'n Scherz.«

»Wundern würde es mich nicht.«

Jean Sawyer im Brewster Brew hatte eine Menge neuer Gäste, die literweise Kaffee tranken, pfundweise Gebäck aßen und gute Trinkgelder gaben. Jedem, der es hören wollte, erzählte sie von ihren Unterhaltungen mit Ernest Hartmann, und mit jeder Wiederholung bekamen sie ein größeres Gewicht. »Er erkundigte sich nach Wrestling Brewster, dem Gründer unserer Stadt. Ich habe ihm erzählt, ›Wrestling‹ beziehe sich auf den Ringkampf mit dem Teufel, was auch stimmt. Er sagte, er habe das Werk des Teufels im Laufe seines Lebens schon gesehen, und wollte wissen, ob ich den Teufel hier in Brewster zu Gesicht bekommen hätte. Ich habe darauf geantwortet, wundern würde es mich nicht. Da sah er plötzlich aus, als hätte er Angst. Ungefähr vier Stunden lang saß er da, trank einen Kaffee nach dem andern und sah mit jeder Minute ängstlicher aus. Dann kam ein Anruf, der ihn wirklich umhaute. Als er ging, konnte er vor lauter Zittern kaum laufen.« Es kam noch mehr. Tatsächlich hörte es überhaupt nicht auf. Solche Geschichten brachten etwas ein.

Oft kommt es vor, dass zu wenige Polizisten an einem Fall arbeiten, aber hier waren es zu viele, zumindest Woodys Meinung nach. Zu viele Zuständigkeiten waren im Spiel, und anfangs gab es keine Task Force – ein Wort, dessen bloße Aussprache so viel Gewicht hatte, dass ein Problem gelöst zu sein schien –, weshalb keine klare Befehlskette erkennbar war. Woody und Bobby unterstanden unmittelbar dem verantwortlichen Lieutenant des kriminalpolizeilichen Bereichs, wenn auch nur zu Anfang. Weil die State Trooper in Brewster und die State Trooper, die im Great Swamp arbeiteten, aus verschiedenen Revieren kamen, mussten ihre Lieutenants die Ermittlungen über den für District B zuständigen Commander koordinieren, und es gab noch andere Gemeinde-, Staats- und Bundesbehörden. Das Resultat, so sah Woody es, war ein Haufen von Einzelkämpfern, und das war lästig. Fünfmal passierte es, dass er jemanden aufsuchte, um ihn zu befragen, nur um festzustellen, dass der oder die Betreffende bereits von Polizisten oder Reportern oder beiden befragt worden war. Wenn jemand etwas zum ersten Mal erzählt, ist es eine Aussage, beim zweiten Mal ist es ein Stück Kunst, und der Versuch, das Grundmaterial von den Arabesken zu unterscheiden, war Zeitverschwendung.

Komplikationen dieser Art fielen unter Erwachsenen am meisten auf, doch einiges davon sickerte auch hinunter in eine kleinere Welt. Die Schüler der Bailey Elementary School hatten um Punkt halb acht auf ihren Plätzen zu sein. Um fünf vor halb war Baldo Bonaldo immer noch zweihundert Meter von dem alten Schulhaus an der Ecke Gaspee und Bucklin Street entfernt. Die Ulmen, die früher einmal die Gaspee Street gesäumt hatten, waren längst nicht mehr da, aber die Eichen, die als Ersatz gepflanzt worden waren, hatten eine beträchtliche Größe erreicht und lieferten die Eicheln, mit denen sich die Schüler mehrerer Klassengenerationen beworfen hatten, was mehrere Lehrergenerationen veranlasst hatte, sich zu fragen: »Warum konnten sie keine Ahornbäume pflanzen?« Hercel McGarty Jr. stand hinter einer dieser Eichen.

Baldo trödelte gern, allerdings hatte sich seine gewohnte Säumigkeit über seine persönliche Befehlskette bis hinauf zum kommissarischen Polizeichef Bonaldo herumgesprochen, und dessen Strafmaßnahmen waren immer strenger geworden, bis sie am Rande des Körperlichen angekommen waren. Während er sich jetzt beeilte, dachte Baldo über das Spektrum potenzieller Züchtigungen nach. Da packte Hercel ihn beim Kragen.

Hercel trug Jeans und ein dunkelblaues Kapuzen-T-Shirt. Baldo hatte Jeans, ein blau-rotes Flanellhemd und darüber einen gelben Pullover an, den seine Mutter ihm aufgezwungen hatte, obwohl er damit an die fünf Kilo schwerer aussah.

Baldo kippte rückwärts auf den Gehweg. »Hey, hör auf! Ich komme zu spät!« Dann sah er, wer es war. Hercel ragte über ihm auf wie Godzilla.

Einen Moment lang betrachtete jeder der beiden Jungen die Möglichkeiten, die ihm offenstanden. Hercel hätte Baldo gern grün und blau geschlagen, aber er wollte ihm nicht wehtun. Immerhin, einen Schrecken musste er ihm schon einjagen.

Baldo war berechnender, als er sich seinen nächsten Schachzug überlegte. Schließlich sagte er: »Das war ein sagenhafter Trick! Zeigst du ihn mir?«

Hercel trat beiseite. Er hatte das Gefühl, überlistet worden zu sein. Er kniete sich neben Baldo und drückte ihn zurück auf den Boden. »Hast du jemandem davon erzählt?«

»Selbstverständlich nicht. Man verrät doch nicht das Geheimnis eines Zaubertricks. Ich meine, das ist unmoralisch. Glaubst du, Houdini hat geplaudert?«

Hercel wusste nicht, wer Houdini war. »Die Sache ist ernst. Du darfst niemandem davon erzählen.«

»Hercel, du bist mein bester Freund. Ich würde niemals quatschen.«

Hercel machte schmale Augen. Er hatte Baldo bestenfalls als entfernten Bekannten aus der Fünften betrachtet. Jetzt wurde ihm Freundschaft aufgedrängt. Aber Hercel hatte die Bedingungen verstanden: Die Freundschaft war der Preis für Baldos Schweigen. Er hatte nichts gegen Baldo, verstand ihn jedoch nicht, wie man schon gesehen hat – all die schrägen Witze –, und deshalb dachte er auch nie an ihn. Baldo war für ihn wie eine leere Stelle in der Luft gewesen. Jetzt streckte Hercel die Hand in diese leere Stelle und half Baldo auf die Beine. »Mal sehen«, sagte er.

»Ich komme zu spät!«, rief Baldo und warf die Hände in die Höhe, eine Geste, die das unfassbare Ausmaß der Bestrafungen andeuten sollte, die ihn erwarteten.

»Ich gehe meine Schlange besuchen«, sagte Hercel. »Sie ist im Tierheim.«

Am Abend zuvor hatte Baldos Vater von der Schlange erzählt, die das Krankenhaus in Angst und Schrecken versetzt hatte, und hatte auch erwähnt, wem sie gehörte. Das machte Hercel in seinen Augen noch bedeutender. »Und was ist mit der Schule?«

Hercel zuckte die Achseln. Verglichen mit Schlangen war die Schule ein Fliegenschiss.

»Hast du ein Fahrrad?«, fragte Hercel.

Baldo hatte keins. Seine Mom war in der Einfahrt über sein Rad gefahren, und es musste repariert werden.

»Dann nehmen wir meins.«

Baldo war klar, dass es ein schweres Verbrechen war, zu spät zur Schule zu kommen, aber es war nichts im Vergleich damit, die Schule komplett zu schwänzen. Andererseits war ihm klar, dass Hercels Freundschaftsangebot mit Verpflichtungen verbunden war.

»Was ist mit dem Murmeltrick?«

»Später«, sagte Hercel, dessen Fahrrad in der Nähe auf dem Boden lag.

Als Baldo erkannte, dass die Mitfahrt auf Hercels Fahrrad erforderte, sich mit den Turnschuhen aufrecht auf die kleinen Knubbel rechts und links an der Achse des Hinterrads zu stellen und an Hercels Schultern festzuhalten, bekam er Zweifel. Er hatte viele gute Eigenschaften, wobei Mut allerdings ziemlich weit unten auf der Liste stand.

»Meinst du, ich könnte neben dir herrennen?«

Das Tierheim war auf der anderen Seite der Stadt beim Recyclinghof. Hercel sah Baldo schweigend an.

»Okay«, sagte Baldo. »Ich schaff's schon.« Hoffentlich würden die Schrecken des Balancierens auf den Achsknubbeln durch den intimen Kontakt mit Hercels Schultern ausgeglichen werden.

In wackliger Fahrt ging es die Gaspee Street hinunter, weg von der Schule. Die gefederten Stoßdämpfer des Fahrrads ließen sie hüpfen. Baldo war beeindruckt, dass Hercel angesichts seines jähzornigen Stiefvaters die fünfte Klasse so locker in den Wind schrieb. Er beugte sich zu Hercels Ohr nach vorn und erzählte, wie Carl ihn durch die Straße gejagt und ihm Drohungen hinterhergebrüllt hatte und wie er mit knapper Not entkommen war.

»Ja«, sagte Hercel, »so ist er.« Es klang ganz sachlich, und genauso sachlich fragte er: »Willst du sehen, wie ich freihändig fahre?«

Bevor Baldo antworten konnte: »Nein danke, nicht heute«, hatte Hercel schon die Hände vom Lenker genommen.

Es folgte eine selige Sekunde, in der die Gesetze der Schwerkraft aufgehoben waren, und dann noch eine und noch eine, aber in der vierten Sekunde schwenkte das Rad nach rechts. Baldos Hände umklammerten Hercels Schultern wie zwei starke Schraubzwingen, und Hercel schrie auf. »Hey, das tut weh!« Nach zwei weiteren Schlenkern fuhr das Fahrrad wieder geradeaus.

»Vielleicht hab ich's noch nicht ganz raus. Kannst du aufhören, mich in die Schultern zu kneifen?«

Baldo lockerte seinen Griff. »Mach das nicht noch mal, okay?«

Hercel antwortete nicht. Er bog um eine Ecke und dann gleich noch einmal, um der Water Street auszuweichen, die jetzt von Autos verstopft war, nicht nur, weil so viele Polizisten und Journalisten da waren, sondern auch wegen der Neugierigen, die ihren Freunden erzählen wollten, sie seien unversehrt mitten durch Brewster gefahren.

Nach ein paar Minuten fragte Hercel: »Wie denkst du über Wurmlöcher?«

Baldo vermutete, dass Hercel nicht von den Würmern sprach, die von Vögeln gefressen wurden, sondern von Ghulen, den leichenfressenden Dämonen, die von Würmern völlig durchlöchert waren, und von denen verstand Baldo eine ganze Menge, auch wenn sie nicht so interessant wie Vampire waren. Tatsächlich sah er einen Klassenunterschied zwischen ihnen, denn Vampire nährten sich von den Lebenden, während Ghule die Toten bevorzugten. Aber Ghule waren Gestaltwandler wie die Vampire und erschienen als Hyänen. Wenn Hercel etwas über Ghule wissen wollte, wäre Baldo ein bereitwilliger Lehrer.

»Ghule?«, fragte Baldo.

Das Rad bog um die Kurve.

»Wurmlöcher«, sagte Hercel, »verbinden einen Teil des Universums mit einem anderen oder sogar mit einem anderen Universum. Man kann sie für Zeitreisen benutzen. Man könnte durch eine Tür aus exotischer Materie treten und Milliarden von Lichtjahren entfernt ankommen. Oder du landest sozusagen in einem anderen Alter. Ich meine, ich könnte da durch diese Tür gehen und zehn Jahre älter sein. Ich weiß nicht genau, was mir am besten gefällt.«

»Gibt's die wirklich?« Wie Baldo womöglich in der Grauzone zwischen Wahr und Falsch umherstreifte, so gefiel ihm auch die Grauzone zwischen Wirklichem und Unwirklichem. Wurmlöcher waren da durchaus eine Konkurrenz für Ghule, ja sogar für Vampire.

»Na klar gibt's die. Sie haben metrische Maßeinheiten, zum Beispiel metrische Fuß und metrische Unzen. Um ihre Raum-Zeit-Geometrie zu berechnen, benutzt man metrische Einheiten, aber davon verstehe ich nichts. Einstein hat mitgeholfen, die Wurmlöcher zu entdecken. Er nannte sie Brücken. Das Dumme ist nur, dass sie theoretisch sind. Ich meine, man kann nicht einfach losgehen und eins finden. Wäre es nicht cool, durch eine Tür zu gehen und an einem unglaublich weit entfernten Ort anzukommen? Und wenn es dir da nicht gefällt, kannst du durch die Tür zu einem anderen Ort gehen, zu einem neuen Ort. Das kannst du immer so weitermachen, bis es dir irgendwo gefällt. Wäre das nicht super?«

»Wahrscheinlich.« Baldo konnte sich nicht vorstellen, irgendwo anders als in Brewster zu wohnen, trotz aller Einschränkungen.

»Wo würdest du als Erstes hingehen?«

»Vielleicht zu meiner Großmutter. Die wohnt in Narragansett.«

»Mein Dad wohnt in Oklahoma. Da könnte ich hin. Aber dann würde ich an den entferntesten Ort im entferntesten Universum gehen, ganz egal, wo das ist. Zumindest wäre es da anders.«

Als sie noch einen Block weitergefahren waren, fragte Baldo: »Was ist jetzt mit diesen Murmeln? Das war sagenhaft.«

»Später, habe ich gesagt. Jetzt ist noch nicht später.«

Als sie bei der Müllkippe ankamen, fragten sie sich misstrauisch, was sie dort erwartete. Sie sahen eine Menge Verkehr, der nicht aussah wie Müllkippenverkehr. Vor dem Tierheim standen zwei TV-Übertragungswagen und zahlreiche Autos von Journalisten und Neugierigen. State Trooper und etliche Polizisten aus Brewster waren ebenfalls zu sehen.

»Anscheinend interviewen sie deine Schlange.« Baldo sprang ab, als Hercel anhielt. »Wahnsinnsfahrt.«

Hercel hielt es für einen Witz, dass die Schlange interviewt wurde. Er hatte zwar oft das Gefühl, zu wissen, was die Schlange dachte, aber das war so, weil er sie kannte. Für andere Leute war es nur irgendeine Schlange.

Er lehnte sein Fahrrad an eine Blechtonne, und sie gingen auf das Tierheim zu, ein eingeschossiges Hohlblockgebäude, flankiert von Reihen von Käfigen, in denen eine Meute Hunde sich die Lunge aus dem Hals bellte. Manche sprangen gegen den Maschendraht, was ein schepperndes Geräusch hervorrief. Baldo wusste nicht, wie sie da hineinkommen sollten. Hercel hatte den Plan, einfach zielstrebig weiterzugehen. Schließlich war es seine Schlange. Von der Müllkippe kam ein dicker, pelziger Geruch wie von einer geronnenen Fleischsuppe mit Zitronenscheiben.

Hercel wollte sich zwischen den Leuten hindurchschieben, als eine Frau ihn sah. Sie schaute ihn an, einmal, zweimal, dann lief sie auf ihn zu und packte ihn am Arm.

»Hey, ich kann euch helfen. Kommt hier rüber.«

Sie kam den beiden bekannt vor: blond, eher jung, sportlich und mit einer Stupsnase. Dann fiel Baldo ein, dass sie in der vierten Klasse Hilfslehrerin gewesen war, aber wie sie hieß, wusste er nicht mehr. Sie war nur für ungefähr eine Woche da gewesen. Die Frau war Jill Franklin, Reporterin der *Brewster Times & Advertiser*, und sie konnte ihr Glück kaum fassen.

»Habt ihr Hunger, Jungs? Kommt, ich spendiere euch ein Frühstück.« Sie stellte sich vor und erinnerte sie daran, dass sie ihre Hilfslehrerin gewesen war.

»Ich will nicht frühstücken«, sagte Hercel.

»Ja, ich weiß«, sagte Jill, »du willst deine Schlange. Aber die kriegst du nicht. All diese Leute werden dich aufhalten. Und wenn nicht, werden die Cops dich aufhalten. Habt ihr keine Schule? Oder schwänzt ihr?«

»Das ist meine Schlange. Ich will wissen, wie es ihr geht.«

»Ihr geht es prima«, sagte Jill. Jetzt erinnerte sie sich wieder an Hercel vom letzten Jahr her – ein sehr nüchterner Junge ohne viel Phantasie, der sie jedoch nicht in den Wahnsinn getrieben hatte wie ein paar andere. Dieser kleine Bonaldo zum Beispiel, der Sohn des Chiefs, hatte irgendeine Furzmaschine unter ihren Stuhl gelegt, und als die angefangen hatte zu detonieren, hatte Jill der Disziplin in dieser Klasse auf Wiedersehen sagen können. »Glaub mir, ihr kommt da nicht rein. Aber ich kann euch helfen. Jetzt lasst uns von hier verschwinden, bevor diese Aasgeier euch entdecken.«

»Ich hab mein Rad dabei.«

»Das passt hinten in meinen Tercel, glaube ich.«

Also legten sie das Fahrrad in den Kofferraum und sicherten es mit einem Stück Wäscheleine. Baldo stieg hinten ein, und Hercel saß vorn. Jill fuhr zum Dunkin' Donuts am Stadtrand. Selbst wenn die beiden nicht hungrig waren, sie war es. Sie war seit dem frühen Morgen auf den Beinen – seit die Nachricht von der Leiche im Great Swamp über den Polizeifunkscanner gekommen war.

Sie drehte sich nach dem pummeligen Bonaldo-Jungen um. »Stehst du immer noch auf Fürze?«

»Ziehen Sie mal an meinem Finger.«

Jill lachte so sehr, dass sie fast über den Bordstein gefahren wäre. »Spielt er dir auch solche Streiche?«, fragte sie Hercel.

»Das lässt er besser bleiben. Wenn er weiß, was gut für ihn ist.« Hercels Ton hatte nichts Drohendes, und das machte ihn irgendwie noch bedrohlicher.

»Was würdest du sonst tun?«, fragte Jill im Plauderton.

Hercel schwieg einen Moment lang. »Ich würde ihn ins Nichts denken.«

Vom Rücksitz kam ein Grunzen.

»Na«, sagte Jill, »das wollen wir aber nicht, oder?«

Eine Minute später fuhr sie auf den Parkplatz vor Dunkin' Donuts. »Übrigens, wie nennst du eigentlich diese Schlange? Wie heißt sie?«

»Sie hat keinen Namen. Sie ist eine Schlange.«

»Hast du denn keine Haustiere? Wie nennst du deine Haustiere?«

»Meine Mom hat einen Hund und eine Katze, aber ich habe nur die Schlange. Mr. Krause lässt mich keine anderen Tiere halten. Kennen Sie den Unterschied zwischen einer Schlange und einer Eidechse?«

»Natürlich.« Jill schloss den Wagen ab und kam zu den Jungen auf den Gehweg. »Die eine kriecht, die andere krabbelt. Fies sind sie beide, wenn du mich fragst.«

Hercel ignorierte diese Bemerkung. »Schlangen haben keine Augenlider, und sie haben keine äußeren Ohren.«

»Und Schlangen haben keine Beine, aber Eidechsen wohl«, sagte Baldo.

»Es gibt eine Menge Eidechsen ohne Beine«, sagte Hercel und beschrieb sie, als sie in das Lokal gingen.

Sie setzten sich hin, und Jill sagte: »Vielleicht können wir deiner Schlange einen Namen geben. Das würde mir bei meiner Story helfen. Wollt ihr Donuts? Coke? Was immer ihr wollt, es geht auf mich.«

Sie unterhielten sich. Jill fand, wenn sie Hercel dazu bringen könnte, seiner Kornnatter einen Namen zu geben, wäre sie den anderen Reportern gegenüber im Vorteil. Es wäre ein journalistischer Coup. Hercel bestellte sich eine Coke und einen einfachen Donut. Baldo nahm ein Erdbeer-Coolatta und zwei Donuts mit Cremefüllung. Jill orderte Kaffee und ein Frühstückssandwich.

»Ich würde sagen, wir nennen sie Satan«, schlug sie vor.

Sie diskutierten darüber. Hercel wollte der Schlange keinen Namen geben, aber er war bereit mitzuspielen, wenn sie es wirklich wollte.

»Wieso Satan?«, fragte Baldo.

»Das ist ein eingängiger Name. Die Leute werden ihn behalten. Gut für die Auflage.« Sie sah Hercel an. »Welche Farbe hat die Schlange?«

Sie hatte große orangegelbe Flecken, irgendwie geformt wie Spanien und Frankreich, schwarz umgrenzt und mit goldenen und braunen Flüssen dazwischen, und sie war zwischen eins fünfzig und eins achtzig lang.

»Wow, das klingt satanisch«, sagte Jill. »Nicht vergessen. Wenn jemand fragt: Sie heißt Satan.«

Dann ging es mit den Standardfragen weiter. Wann hatte er die Schlange zuletzt gesehen? Am Montagabend gegen neun. Wo wurde sie gehalten? In einem Käfig im Keller. Früher in Hercels Zimmer, aber Mr. Krause war deshalb wütend geworden. Wann hatte Hercel entdeckt, dass sie weg war? Am Donnerstagmorgen gegen halb sieben. Jemand hatte die Kellertür aufgebrochen. Das Schloss geknackt. Woher hatte er die Schlange? Sein Dad hatte sie ihm zum Geburtstag geschenkt, als er sechs wurde. Seine Mom hatte getobt. Sie konnte Schlangen nicht ausstehen. Geburtstag hatte er am fünfzehnten März.

So redeten sie eine halbe Stunde miteinander. Jill hatte nichts von Carl Krause gewusst, doch während Hercel erzählte, entwickelte sie ein Gefühl dafür, wie sein Leben zu Hause war – das, was sie als familiäre Dynamik bezeichnete. Als Hercel berichtet, wie Mr. Krause sie mit der Schrotflinte bedroht und wie Bobby sie ihm weggenommen hatte, fing Jill an, sich Notizen zu machen.

Als sie fertig war, fragte Baldo: »Was ist Ihre Meinung über Vampire?«

Jill lachte. »Du hast weit gefächerte Interessen, so zwischen Fürzen und Vampiren. Ehrlich gesagt, ich habe keine Meinung über Vampire. Die Realität kann schrecklich genug sein, ohne dass man sich den Kopf über etwas zerbricht, das es nicht gibt.« Sie dachte an den Mord an Ernest Hartmann und daran, dass ihn jemand skalpiert hatte, was die beiden Jungen noch nicht wussten.

Ungefähr um diese Zeit, um neun Uhr morgens, kam Woody Potter ins Dunkin' Donuts. Er war auf der Suche nach einer Freundin von Alice Alessio, die hier arbeiten sollte. Die Krankenschwester war immer noch nicht gefunden worden. Er sah Jill mit den beiden Jungen und erriet, was da im Gange war. Sein Zorn zerrte an der Leine.

»Was zum Teufel machen Sie hier?«, fragte er, als er an den Tisch kam.

Andere Gäste starrten ihn erschrocken an.

»Wie kommen Sie dazu, diese Kinder am Schulbesuch zu hindern? Das Gesetz schreibt vor, dass sie in der Schule sein müssen, und Sie haben sie entführt. Das ist eine Straftat.«

In die Pause hinein, die darauf folgte, sagte Hercel: »Sie hat uns nicht am Schulbesuch gehindert. Wir sind sowieso nicht hingegangen. Ich wollte meine Schlange besuchen, aber da waren zu viele Leute im Weg. Ich will, dass die Polizei sie mir zurückgibt. Es ist unrecht, wenn sie bestraft wird. Sie ist nur eine Schlange.«

Woodys Zorn verging. Was er da sah, war ein Junge mit einem gleichmäßigen Temperament, eine Miniversion jener Leute, die wie auf Schienen durch ihr Leben fahren und nur minimale Zweifel kennen. Baldo hingegen war den Tränen nahe.

Woody kratzte sich am Hinterkopf. Er war lange auf gewesen und hatte mit Dr. Fuller gesprochen, und die Nachricht von dem Mord an Hartmann hatte ihn früh geweckt. Das war das Problem bei diesen zeitraubenden Ermittlungen: Man kriegte nie genug Schlaf. Er setzte sich neben Baldo und warf einen Blick auf die Krümel auf dem gelben Pullover.

»Okay«, sagte er zu Jill, »diesmal haben Sie noch Glück gehabt, aber die Sache ist schwierig genug, ohne dass Leute wie Sie alles noch verworrener machen. Kommt, Jungs, ich bringe euch in die Schule.«

Jill sah ihn an und lächelte ein bisschen. Er fand, sie sah selbstgefällig aus. Sie fand, er sah gut aus. Sie verabschiedete sich von Hercel und Baldo, und Woody ging zur Theke und erkundigte sich nach der Frau, die er hier suchte. Sie arbeitete nur nachmittags und abends, erfuhr er.

Er hob Hercels Fahrrad aus dem Kofferraum von Jills Wagen, schob es zu seinem Tundra und legte es hinten hinein. (»Schönes Rad, Junge. Das Grün gefällt mir.«) Woodys Golden Retriever hatte im Truck gewartet und versuchte jeden der beiden Jungen tausendmal abzulecken. »Hey, der leckt mein Gesicht. Haben die keine Bazillen?«, fragte Baldo, aber Hercel und Ajax verstanden sich prima. Nicht lange, und Hercels dunkles Kapuzen-T-Shirt war übersät von Hundehaaren. Das einzige Problem bei einem Hund im Truck war, dass man nur schwer miteinander sprechen konnte. Woody erfuhr zumindest, dass die Schlange Satan hieß.

Ein leichter Wind und die Morgensonne brachten ein bisschen Leben ins letzte Laub. Ein Schwarm Gänse zog am Himmel vorüber zu einem Salzteich. Es war Freitag, der 23. Oktober. In zwei Wochen hatte Susie Geburtstag. *Na, wenigstens muss ich ihr nichts mehr schenken*, dachte Woody. *Da spare ich etwas.* Er versuchte zu lächeln, aber es fühlte sich an wie ein Messer im Bauch.

Woody ging mit den beiden Jungen zum Büro der Schulleiterin, um dafür zu sorgen, dass sie wegen ihres Zuspätkommens keinen Ärger bekamen. Die Schulleiterin war eine stämmige Frau um die fünfzig. Sie hieß Deborah Dove und hielt sich selbst für beinhart.

»Es ist absolut schrecklich, was da passiert ist.« Sie hatte eben erst von Ernest Hartmann gehört. »Sind Sie sicher, dass wir nicht in Gefahr sind? Es fühlt sich jedenfalls so an.«

Woody dachte an Bobby Andersons Witz über die CIA, die eine taktische Spezialeinheit nach Brewster entsandt hatte. Er wollte es erwähnen, ließ es dann aber bleiben. »Wir sorgen dafür, dass Ihnen auch weiterhin keine Gefahr droht, Ma'am.« Er verabschiedete sich von den Jungen. Als er hinausging, hörte er, wie Baldo sagte: »Wann erzählst du es mir?« Hercel zischte: »Später!«

Woody fuhr in die Stadt und zur Water Street, um mit dem Mann im You-You zu sprechen, der Hartmann eine Massage verpasst hatte; das hatte er von Jean Sawyer im Brewster Brew erfahren. Sie sagte, Hartmann habe Rückenschmerzen gehabt, weil er sich wegen schrecklicher Beklommenheitsgefühle die ganze Nacht hin und her gewälzt habe. Das Elend sei ihm ins Gesicht geschrieben gewesen wie ein Bild auf einer Plakatwand.

Obwohl die Ermittlungen noch am Anfang standen, wusste Woody bereits ein paar Dinge. Zum Beispiel, dass die Plazenta des Babys, die in einem Gefrierschrank auf die Sondermüllabfuhr gewartet hatte, ebenfalls verschwunden war. Niemand hatte eine Erklärung dafür. Chief Bonaldo vermutete, sie sei gestohlen worden, was aber lächerlich klang. Wer stahl denn eine Plazenta? Woody entsann sich, dass jemand von einer möglichen DNA-Untersuchung gesprochen hatte. Er versuchte sich zu erinnern, wo dieses Gespräch stattgefunden hatte, und ihm fiel ein, dass es die Reporterin aus Brewster gewesen war, die es in der Cafeteria erwähnt hatte. Die Mutter habe behauptet, ihr Baby sei so etwas wie die Kreatur aus *Rosemary's Baby*, und Jill hatte gemeint, eine DNA-Untersuchung könnte hilfreich sein, um den Vater des Babys zu identifizieren. Woody hatte geglaubt, sie mache einen Witz.

Bei der Durchsuchung von Hartmanns Wohnung hatte die Polizei von Watertown neben der Adresse seiner Töchter und seiner Ex-Frau in L.A. einen Berechtigungsschein für eine Browning Hi-Power gefunden. Die Pistole war weder in Hartmanns Wohnung noch in seinem Büro in Boston, nicht in seinem Zimmer im Brewster Inn und nicht in seiner Tasche oder in seinem Auto. Leider hatte man jedoch im Motelzimmer eine Fünfzigerschachtel mit Neun-Millimeter-Winchester-Patronen gefunden, in der vier Stück fehlten.

Jean Sawyer hatte Woody erzählt, sie habe Hartmann wegen seiner Rückenschmerzen ins You-You geschickt, und sie hatte ihm auch von dem Gespräch berichtet, das sie mit Hartmann über Wrestling Brewster und den Ringkampf mit dem Teufel geführt hatte. Woody nahm an, dass die Reporterin aus Brewster davon erfahren und die Schlange deshalb Satan getauft hatte. Vermutlich würden die Medien bald überall Teufel sehen.

Woody brauchte nur ein paar Minuten, um Gabe zu finden. Der Typ am Empfang sagte, Gabe habe einen Kunden, aber in einer halben Stunde habe er Zeit, falls Woody warten wolle.

»Entweder kommt er sofort«, sagte Woody, »oder ich nehme ihn mit ins Cop House. Das können Sie sich aussuchen.« *Cop House* war ein Ausdruck, den Woody noch nie benutzt hatte, doch er nahm an, damit werde er den Ball ins Rollen bringen, und so war es auch.

Zwei Minuten später stand Gabe vor ihm. »Wir haben's aber eilig«, sagte er. Gabe trug einen dunkelvioletten Baumwollrolli, und das rote Medaillon mit der schwanzfressenden Schlange leuchtete im Licht von oben. Woody konnte den Blick nicht davon wenden.

Er ging mit Gabe in ein leeres Büro und schloss die Tür. »Sie haben gestern Morgen einen Ernest Hartmann massiert. Woran erinnern Sie sich in diesem Zusammenhang?«

»Hat er sich beschwert? Es war eine normale schwedische Massage.«

»Nein, hat er nicht. Woran erinnern Sie sich?«

»Er hatte schönes Haar. Dicht und braun.«

Jetzt nicht mehr, dachte Woody. »Er wurde heute Morgen ermordet.«

Gabe presste die Hand auf den Mund. »Er war so ein netter Mann. Wie denn? Wo ist es passiert?«

»Ich bin hier der mit den Fragen.« Dann zuckte Woody die Achseln. »Draußen im Great Swamp. Jemand hat ihm ein Messer reingestoßen. Wir wissen nicht, wer.«

Wieder legte Gabe die Hand vor den Mund. »Ich habe immer gesagt, das ist eine grässliche Gegend. Lauter Mücken und wer weiß, was noch. Hat er leiden müssen?«

»Das bezweifle ich. Was ist das Ding da um Ihren Hals?«

Gabe schaute hinunter, als wäre er selbst überrascht davon. »Der Ouroboros, meinen Sie? Die Schlange mit dem Schwanz im Maul? Sie symbolisiert die ewige Wiederkehr. Ernest hat sich dafür interessiert, und wir haben darüber gesprochen. Dann haben wir über die Schlange im Garten Eden gesprochen. Der Teufel sozusagen. Da wusste ich noch nichts von den Schlangen im Krankenhaus und von dem verschwundenen Baby. Schrecklich, absolut schrecklich. Aber Sie wissen ja, was man so sagt: Es gibt keinen Zufall. Ich meine, dass wir über Schlangen geredet haben.«

Die beiden standen einander gegenüber. »Und warum tragen Sie das?«

»Na ja, für mich ist es ein Symbol für unsere Bestimmung. Nicht nur für den Tod, sondern auch für die Wiedergeburt, die uns alle erwartet. Das ist mit ewiger Wiederkehr gemeint. Es geht immer rundherum. Wie dieses Gespräch – das haben wir schon geführt, in anderen Leben, anderen Erscheinungen. Nur die Worte sind vielleicht ein bisschen anders.«

Woody betrachtete Gabes ernsthaften Gesichtsausdruck. »Was ist jetzt mit Hartmann?«

»Oh, der wird wiederkommen. Ich weiß nicht, wie, aber er wird wiederkommen.«

Ein Spinner, dachte Woody. Trotzdem würde er ihn überprüfen. Es gab keinen Grund, weshalb ein Spinner kein Mörder sein sollte. »Haben Sie sonst noch was über ihn zu sagen?«

Gabe legte den Finger an die Lippen und machte ein nachdenkliches Gesicht. »Ach ja, wie konnte ich das vergessen! Er hatte so eine Münze, die wirklich irre war. Oder eigenartig, verstehen Sie? Sie fiel ihm beim Anziehen aus der Tasche, und ich habe sie aufgehoben. Eine Messingmünze von der Größe eines Silberdollars. Mal sehen … auf der einen Seite war ein fünfzackiger Stern in einem Kreis und eine geheimnisvolle Inschrift und auf der anderen eine gehörnte Ziege, die auf den Hinterbeinen stand. Sie wissen, was die bedeutet, oder?«

»Sagen Sie's mir.«

Gabe stemmte die Hände in die Hüften. »Satan! Ist das kein Zufall? Der gehörnte Gott. Natürlich ist es auch Pan, und darüber haben wir gesprochen. Wissen Sie, dass das Wort ›Panik‹

von Pan kommt? Die entsteht, wenn Pan schreit. Die Leute geraten in Panik. Kann man's ihnen verdenken? Anscheinend haben wir im Moment eine Menge Panik hier in Brewster. ›Pandämonium‹, das ist das Gleiche. Die Leute sind ganz aus dem Häuschen. Jedenfalls – Hexen benutzen Münzen, um sich gegenseitig zu erkennen zu geben. Geheime Talismane. Ist das nicht eigenartig? Ich hab's gehört und eine Gänsehaut bekommen, als ob jemand über mein Grab spaziert.«

Gabes Gerede war ermüdend. Nie im Leben würde Woody eine Massage bei ihm ertragen, ohne aus dem Zimmer zu rennen. »Wer hat Ihnen das mit den Münzen erzählt?«

»Ein Mann, den ich kenne.«

»Arbeitet er hier?«

»Ich möchte vorher mit ihm sprechen. Wenn er mit Ihnen reden will, gebe ich Ihnen seinen Namen.«

Woody spürte, wie ihm der Zorn in die Kehle stieg. »Entweder kriege ich jetzt seinen Namen, oder ich schmeiße Sie in die Ausnüchterungszelle.« Gab es in Brewster eine Ausnüchterungszelle? Woody hatte keine Ahnung.

»Sie sind gar nicht so nett, wie ich zuerst dachte, wissen Sie das?«

»Damit kann ich leben. Jetzt reden Sie.«

Gabe schnaufte und hüstelte noch ein bisschen und nannte ihm dann den Namen eines Yogalehrers im You-You. »Ich behaupte nicht, dass er ein Hexenmeister ist, wohlgemerkt. Er ist nur sehr gescheit.«

Woody notierte sich den Namen. »Eins noch: Verlassen Sie die Stadt nicht.«

Gabe war entsetzt. »Stehe ich unter Verdacht? Ich war die ganze Nacht zu Hause. Dafür habe ich Zeugen.«

»Bleiben Sie einfach in der Stadt.«

Bevor Woody zur nächsten Befragung weiterging, rief er die Einheiten an, die Hartmanns Auto und sein Motelzimmer durchsucht hatten, und fragte sie, ob sie eine Münze mit einem Stern auf der einen und einer Ziege auf den Hinterbeinen auf der anderen Seite gefunden hätten. Fehlanzeige. Er bat sie, noch einmal zu suchen. Einer der Trooper von der Spurensicherung, Lou Rossetti, sagte: »Hey, Woody, der Typ, der die Leiche gefunden hat, hatte zwei große Labradors bei sich, die um den Wagen herumgelaufen sind. Wir haben auch noch andere Spuren gefunden. Zuerst dachten wir, es wären ebenfalls Hunde gewesen, aber wahrscheinlich waren es Kojoten. In der Nacht ist ein ganzes Rudel Kojoten um den Wagen herumgelaufen.«

Der Mann, den Woody als Nächstes aufsuchte, war Todd Chmielnicki. Woody fand ihn in seinem Büro im zweiten Stock, in einem weißen Zimmer mit einem weißen Schreibtisch und einem weißen Bücherregal, einem weißen Fußboden und einem roten Teppich. Die Wände waren kahl, und das einzige Fenster lag so hoch, dass man nicht hinausschauen konnte. Chmielnicki stand auf, um ihm die Hand zu geben. Er war groß und um die vierzig, größer als Woody und sehr fit: kein Kilo zu viel, kein Kilo zu wenig. Er hatte kurzes, schwarzes Haar und ein kantiges Gesicht mit hohen Wangenknochen, und er trug ein schwarzes T-Shirt und schwarze Jeans. Die Wirkung von Zimmer und Mann war dramatisch – allzu dramatisch für Woodys Geschmack –, als hätte Chmielnicki sich eine Persönlichkeit angeeignet wie ein Schauspieler, statt sie zu erwerben. Seine leuchtend blauen Augen erinnerten an einen Sibirischen Husky.

Chmielnicki hatte einen fremdländischen Akzent, den Woody nicht unterbringen konnte, und er sprach in einem ruhigen Flüsterton. Er lud Woody ein, Platz zu nehmen. Woody hatte die Wahl zwischen einer Couch an der Wand oder einem Stuhl vor dem Schreibtisch. Er nahm den Stuhl. Schon jetzt war er misstrauisch. Chmielnickis Haltung, seine kontrollierte Körpersprache, diese Augen, seine körperliche Kraft und die leise

Stimme, die Woody nur mit Mühe hören konnte – das alles bereitete ihm Unbehagen.

»Und was tun Sie hier?«, fragte Woody.

»Ich gebe Unterricht in verschiedenen Arten von Yoga, hauptsächlich für andere Lehrer, aber ich habe auch eine Meisterklasse in Raja.«

»Ist das eine Art Yoga?«

»Es ist ein System, mit dem man versucht, den Geist zu beherrschen.«

Woody wusste wenig über Yoga, obwohl Susie zu einer Yoga-Gruppe gegangen war, bei der heftige Aktivität in einem fast vierzig Grad heißen Raum geherrscht hatte. Sie war immer puterrot nach Hause gekommen. »Und wie geht das?«

»Indem man die Modifikationen des Geistes blockiert.« Als Woody nicht reagierte, fuhr Chmielnicki fort. »Fast jede geistige Aktivität hinterlässt eine Spur, einen schlammigen Fußabdruck – Gedanken, Gefühle, Erinnerungen, Vorurteile, Ideen. Sie bestimmen unser Verhalten. Raja-Yoga betrachtet sie als Verunreinigungen. Mit seiner Hilfe versuchen wir, die Modifikationen zu tilgen, um auf diese Weise unseren freien Willen zurückzugewinnen und unser wahres Selbst zu erleben.«

»Und Ihnen ist das gelungen?«

»Es ist ein langer Prozess. Wir erforschen außerdem die Möglichkeiten, die Modifikationen bei anderen zu verändern.«

»Und was bleibt übrig, wenn Sie sie wegnehmen?«

»Nur das Selbst, das reine, unveränderte Selbst, frei von allen deterministischen Einschränkungen.«

»Sie können die Modifikationen also sehen? Bei mir zum Beispiel?« Woody stellte diese Frage, ehe er sich versah.

»Sie sind überall bei Ihnen. Ihre Kleidung, Ihre Haltung, Ihre Sprechweise. Zum Beispiel schneiden Sie Ihre Worte kurz ab, treiben sie schnell aus dem Mund, haben sie fest unter Kontrolle. Sie halten die Hände dicht am Körper, stellen aber die

Füße ein wenig auseinander, als wären Sie sprungbereit. Glauben Sie, so sind Sie auf die Welt gekommen? Diese Dinge sind ein Ausdruck der Beziehung zu Ihrem Zorn. Sie halten Ihre Sprache unter Kontrolle, um sie zu bändigen. Aber Ihr aufbrausendes Temperament ist ein determinierender Faktor in Ihrem Verhalten. Es ist eine Modifikation. Sie ist Ausdruck einer Abwehrreaktion, und Sie wären glücklicher ohne sie.« Unvermittelt klatschte Chmielnicki in die Hände und beobachtete, wie Woody zusammenfuhr. »Und Sie haben eine ausgeprägte Schreckreaktion. Waren Sie beim Militär?«

Woody fand, das Ganze war jetzt weit genug gegangen. »Und Sie sind ein Hexer?«

Chmielnickis Lachen war eins von der dröhnenden Sorte, das genaue Gegenteil seiner Sprechweise. »Also, das ist eine ernsthafte Modifikation. Die meisten nennen sich lieber Wiccaner als Hexer. Sie praktizieren Wicca, das heißt, sie sind neopaganistische Anhänger einer Naturreligion.«

»Beten sie den Teufel an?«

»Nicht unbedingt. Wiccaner sind keine Satanisten, doch von denen gibt es einige – die Kirche Luzifers, der Tempel des Set, die LaVeyanischen Satanisten –, und ein paar versuchen sich auch in schwarzer Magie. Außerdem gibt es ein breites Spektrum an grauer Magie – Gestaltwandlung zum Beispiel. Diese Leute folgen dem Weg der linken Hand, nicht dem der rechten Hand der konventionellen Religion. Die Wiccaner in ihren verschiedenen Varianten sind die größte Gruppe, allerdings treiben sich auch viele altmodische Hexen herum. Die Münze, die Mr. Hartmann hat fallen lassen, ist ein wiccanisches Symbol. Hätte der Stern auf dem Kopf gestanden, wäre das ein Hinweis auf Satanismus. Ich bin weder Hexer noch Wiccaner noch Satanist, aber ich bin mit den Anhängern aller drei Richtungen vertraut. Wenn man seine Modifikationen eliminieren will, erfordert das eine gewisse Neutralität.«

»Gibt es Wiccaner in Rhode Island?« Die Frage kam Woody albern vor. War es das Thema, das ihm Unbehagen bereitete, oder der Mann, der das Thema definierte?

»Wir haben mehrere hundert, verteilt auf diverse Zirkel. Es gibt sogar Satanisten. Ich sollte dazu sagen, dass die meisten Satanisten letztlich nicht an Satan glauben; das behaupten sie wenigstens. Satan ist eher ein Symbol für das, was ihnen wichtig ist: ihre Fleischlichkeit und das, was sie unsere fundamentale Natur nennen – extremer Egoismus, Selbstsucht und Zügellosigkeit. Ihre Philosophie geht auf Nietzsche und Ayn Rand zurück, ihre Praktiken auf Aleister Crowley.«

Woody fiel es schwer, sich Hexen ohne Besen und spitze Hüte vorzustellen. »Und wie findet man sie?«

»Man kann sie googeln. Die meisten haben Websites. Und viele bevorzugen die Bezeichnung Neoheiden. Sie praktizieren das, was sie heidnische Tugenden nennen. Manche interessieren sich auch für das Gestaltwandeln. Sie behaupten, sie könnten sich mit Hilfe von Zaubersprüchen und irgendwelchen Tinkturen in Tiere und Vögel verwandeln: in Wölfe, Katzen, Kojoten, Marder, Eulen oder Raben. Niemand hat Lust, ein Kaninchen oder ein Huhn zu sein. Fleischfresser mit widersprüchlichen Persönlichkeiten sind ihnen lieber.«

»Warum soll man sich in ein Tier verwandeln, und wer würde das wollen?« Das Thema fraß an Woodys Realitätssinn. Er glaubte zwar nichts davon, aber es beunruhigte ihn, dass andere es taten.

»Wir kennen diese Geschichten schon lange. Circe verwandelt Männer in Schweine. Daphne verwandelt sich in einen Lorbeer, um der Vergewaltigung zu entgehen. Gregor Samsa verwandelt sich in einen Käfer. Man findet sie in allen Kulturen – es ist riskant, sie glattweg von der Hand zu weisen. Manchmal wird eine Person zur Strafe in ein Tier verwandelt. Manchmal verwandelt jemand sich selbst, oder es ist etwas, über das er keine Kontrolle hat. Warum sich jemand entschließt, seine Gestalt zu wandeln – nun, es gibt ihm die Kraft des Tieres und befreit ihn von menschlichen Hemmungen. Angeblich ist es befreiend. Und wie es geht – ja, das ist eine gute Frage. Könnte sein, dass sie lügen. Vielleicht ist es eine Form von Massenhysterie. Vielleicht sind es selbst herbeigeführte Halluzinationen. Früher haben Hexen sich und ihre Besenstiele mit Salben aus Belladonna, Opium, Schierling, Fingerhut und tierischem Fett eingerieben, die Halluzinationen hervorriefen. Flugsalbe nannten sie es. Und dann gibt es noch eine letzte Möglichkeit: Vielleicht geht es wirklich.«

»Das ist lächerlich.«

Chmielnicki lachte. »Da reden Ihre Modifikationen. Zweiundneunzig Prozent unseres Genoms bestehen aus den fundamentalen Genen aller Wirbeltiere, und der Rest enthält die *Unterschiede* zwischen den Wirbeltieren. Ein halbes Prozent trennt uns von den Neandertalern, und drei Prozent unterscheiden uns von anderen Säugetieren. Aber in einer DNA-Reihe gibt es deaktivierte intragene Regionen namens Introns, über deren Zweck man nichts weiß. Wir haben auch abgeschaltete Gene, die für die DNA das sind, was der Blinddarm für den menschlichen Körper ist: früher einmal nützlich, heute nicht mehr. Manche glauben, sie enthalten das Geheimnis alternativer Formen, und ihre Aktivierung mache die Gestaltwandlung möglich.«

»Indem man das Gehirn aufschneidet?«

»Nicht unbedingt. Chemikalien könnten genügen. Selbst die durch verschiedene Formen von Yoga erreichbare Kontrolle könnte es bewirken. Ein Lehrer hat einmal gesagt: ›Yoga beschränkt die Schwingungen des Geistes.‹ Durch Yoga kann man seine unwillkürlichen Muskelbewegungen beherrschen, man kann Schmerz beeinflussen, sein Fleisch durchbohren und die Wunde wieder schließen. Man kann über glühende Kohlen gehen, ohne sich zu verbrennen. Warum sollen wir da nicht unsere schlafenden Gene aktivieren und uns in ein anderes Geschöpf verwandeln können?«

Woody war dieses Thema so unbehaglich, dass er das Gefühl hatte, auf dünnem Eis zu gehen. »Und welches ist das Tier der Wahl im South County?«

»Kojoten sind anscheinend am beliebtesten.«

»Könnten sie einen Mord begehen?«

»Woody, jeder kann einen Mord begehen. Haben Sie das noch nicht gelernt? Aber wenn jemand durch Gestaltwandlung zu einem Raubtier wird, ändern sich die Kategorien. Nennen wir es Mord, wenn die Katze eine Maus tötet?«

»Könnten Sie einen Mord begehen?«

»Ich möchte gern glauben, dass es nicht der Fall ist. Was ich gelernt habe, ist der Versuch, mich von solchen Wünschen zu befreien. Aber Sie haben doch sicher schon Leute gekannt, die Sie umbringen wollten.«

Woody konnte die Berührung dieser blauen Augen in seinem Gesicht beinahe fühlen. Er bedauerte jetzt, dass er Chmielnicki nicht zur Vernehmung an die FBI-Agenten übergeben hatte.

»Wie die meisten Menschen«, fuhr Chmielnicki fort, »haben Sie eine widersprüchliche Natur, und Sie sind verwundbar durch emotionale Veränderungen, die durch unerwartete Umstände hervorgerufen werden. Anscheinend haben Sie vor Kurzem einen Verlust erlitten. Alles, was Sie anschauen, sehen Sie durch den Nebel dieses Verlustes. Ihr Zorn ist dadurch heute vergrößert worden. Ist es ein Todesfall? Nein. Eine schwere Zurückweisung? Möglich. Woody, hat Ihre Frau Sie kürzlich verlassen? Oder vielleicht Ihre Freundin?«

So ging das.

SIEBEN

Die Nacht rückte heran. Die Sonne war fast untergegangen, als Wolken aufzogen. Harriet Krause stand am Wohnzimmerfenster und sah, wie Hercel mit dem Rad aus der Einfahrt und die Newport hinunterfuhr. Zu sehen, wie er verschwand, erfüllte sie mit Sorge. Er kam ihr seltsam vor, aber sie wusste, das war nicht das richtige Wort. »Introspektiv« war das, was sie meinte. »Klarsichtig« – es erschien zu viel für einen Zehnjährigen. Was immer es war, er geriet nicht nach ihr, und übrigens auch nicht nach seinem Vater. Vielleicht war er wie ihr Großvater, von dem es hieß, er sei eigenbrötlerisch gewesen und gescheiter, als gut für ihn war. Harriet hatte ihn nicht gekannt. Er war verschwunden, als sie noch ein Baby war. Manche Leute sagten, er sei ins Meer gegangen.

Hercel verbrachte zu viel Zeit für sich allein, auch wenn der kleine Bonaldo nach der Schule mit ihm hergekommen war. Doch war der ein passender Freund? Sie war sicher, dass er es war, der den Hundehaufen aus Gummi auf dem Wohnzimmerteppich hinterlassen hatte. Wenn Carl den gesehen hätte, wäre es um Randy, ihren Zwergdackel, geschehen gewesen. Reines Glück, dass es nicht passiert war, denn Carl war aus irgendeinem Grund schon früh von der Arbeit nach Hause gekommen. Jetzt lärmte er oben herum, riss die Tür auf und schlug sie wieder zu. Sie wusste, sie musste mit ihm reden, aber sie wusste nicht, wo sie anfangen sollte. Wenigstens trank er nicht. Als sie ihn vor zwei Jahren in der Kirche kennengelernt hatte, war er freundlich und faszinierend gewesen. Inzwischen ging er nicht mehr in die Kirche.

Wieder flog die Tür auf. Harriet wartete darauf, dass sie zugeschlagen wurde, doch stattdessen hörte sie Carls schwere Schritte auf der Treppe. Er kam schnell herunter, und sie machte sich auf etwas gefasst.

»Sieh zu, dass sie mit dem Geschrei aufhört!«, schrie er. »Wenn du sie nicht zum Schweigen bringst, tu ich es!«

Er hatte schon auf halber Höhe der Treppe mit seinem Gebrüll angefangen. Jetzt war er im Wohnzimmer und stand vor ihr. Er war unrasiert, und die tiefen Furchen in seinen Wangen bildeten dunkle Gräben. Die graue Katze bekam einen Blick von ihm ab und rannte aus dem Zimmer. Er trat noch nach ihr, verfehlte sie aber.

Harriet bemühte sich, ihm standzuhalten, doch sie konnte ihm kaum ins Gesicht sehen. »Was meinst du? Von wem redest du?«

»Von deiner Tochter! Sie schreit! Bringst du sie dazu?« Er brüllte nicht mehr; sein Sprechen war zu einem Knurren geworden.

»Lucy? Sie sieht in unserem Schlafzimmer fern.« *In unserem früheren Schlafzimmer*, dachte Harriet.

Carl marschierte durch den Flur und stieß die Schlafzimmertür auf, sodass sie gegen die Wand prallte. Lucy saß auf dem Boden. Im Fernsehen lief *The Electric Company*. Sie sprang auf. Der Ton war leise gedreht, und niemand schrie.

»Was zum Teufel machst du hier?«, brüllte Carl.

Harriet stellte sich hastig zwischen Carl und ihre Tochter. Sie sah, dass Lucy Angst hatte. Sie war ein dünnes Mädchen mit kurzem braunem Haar, und sie trug Jeans und ein grünes, mit hellgrünen Fröschen bedrucktes T-Shirt. Ihre beleuchteten Turnschuhe hatte sie ausgezogen – die Absätze blitzten bei jedem Schritt rot auf –, und sie lagen in einigem Abstand auf dem Boden. Harriet fand es unerträglich, Lucy verängstigt zu sehen. Es machte sie wütend.

»Sie tut doch gar nichts. Siehst du nicht, dass du ihr Angst machst?«

»Sie hat geschrien. Jetzt verstellt sie sich nur.«

Harriet wandte sich an Lucy. »Schätzchen, hast du hier Lärm gemacht?«

Lucy schüttelte den Kopf, ohne Carl aus den Augen zu lassen.

»Was ist mit dir passiert?« Harriet machte einen Schritt auf ihren Mann zu. »Wir sollten uns doch lieben.«

Carl öffnete den Mund, um etwas zu sagen, und sie war sicher, er würde bestreiten, dass er sie liebe. Er sah beinahe verschlagen aus. Doch dann brauste sein Zorn wieder auf. »Immer verteidigst du sie – sie und den Jungen. Du siehst nicht, was sie treiben.«

»Und was treiben sie?«

»Der Junge schleicht sich nachts die Treppe hinauf. Schleicht auf der Treppe rauf und runter. Er denkt, ich kann ihn nicht hören, aber das kann ich doch.«

Harriet streckte die Hand aus und wollte Carls Arm berühren, doch er wich zurück. »Carl, wir müssen zu jemandem gehen und professionelle Hilfe holen. So können wir nicht weitermachen.«

»Wovon redest du?«

»Ich besorge den Namen eines Therapeuten.«

»Kommt nicht infrage, dass ich zu so einem gehe. Nie im Leben, verdammt. Ich kenne das schon. Tricks, weiter nichts. Glaubst du, ich sehe nicht, was hier los ist? Ich habe Augen im Kopf. Die Leute erzählen mir Sachen, eine Menge Sachen. Und diese Scheißkatze. Ich weiß alles über Katzen.«

Mit diesen Worten ging Carl durch den Flur davon. Der

Dackel bellte ihn an, jaulte dann schrill auf und kam ins Schlafzimmer gerannt. Im nächsten Augenblick hörte Harriet, wie Carl die Treppe hinaufging. Dann brach sie in Tränen aus.

Wie Hercel es sah, fürchtete er sich nicht vor Mr. Krause, aber Mr. Krause machte ihm Angst. Ersteres war ein mehr oder weniger permanenter Zustand, Letzteres passierte hin und wieder, wie am Nachmittag, als Mr. Krause ihn angeknurrt hatte. Ihm war klar, dass Mr. Krause immer noch wütend war, weil Hercel die Polizisten in den Keller geführt hatte, doch schließlich ging es um seine Schlange. Es war ja nicht so, dass Mr. Krause eine Schlange geklaut worden war.

Hercel war nach der Schule mit Baldo nach Hause gekommen, sie hatten eine Kleinigkeit gegessen und ein bisschen ferngesehen, und dann war Baldo nach Hause gegangen. Hercel hatte gerade die Milch aus dem Kühlschrank genommen, als Mr. Krause lautlos hinter ihm in die Küche gekommen war und geknurrt hatte. Hercel hätte beinahe den Milchkarton fallen lassen.

»Ich weiß, was du tust«, hatte Mr. Krause gesagt.

Hercel hatte erst nach ein paar Sekunden begriffen, dass Mr. Krause nicht die Milch meinte. Er hatte außerdem begriffen, dass es keinen Sinn hatte, Mr. Krause zu fragen, was er stattdessen meinte. Davon würde Mr. Krause bloß wütend werden. Also war er einfach vor Mr. Krause stehen geblieben, ohne ihn groß anzusehen, denn das hatte Mr. Krause auch nicht gern.

»Wie würde es dir gefallen, wenn nachts jemand vor deiner Tür stünde? Würde dir das gefallen, Junge?«

Hercel verneinte.

»Hast du ein Schloss?«

Hercel schüttelte den Kopf.

»Das ist ein Jammer, Junge. Hörst du, was ich sage? Es ist immer gut, wenn man ein Schloss zum Abschließen hat.« Mr.

Krause hatte die Küche verlassen und war wieder nach oben gegangen.

Hercel hatte entschieden, dass er jetzt doch keine Milch trinken wollte, und den Karton wieder in den Kühlschrank zurückgestellt. Dann hatte er sich auf die Suche nach seiner Mutter gemacht und ihr erzählt, er wolle Tig besuchen. Sie habe ihn eingeladen. Es sei nicht sehr weit, und er könne mühelos mit dem Rad hinfahren. Er war überrascht gewesen, als sie einverstanden war, statt eine Menge Fragen zu stellen. Sie hatte nur traurig ausgesehen.

»Sei vorsichtig«, hatte sie gesagt.

Okay, hatte er geantwortet. Er hatte sich einen Pullover geholt, seine Zahnbürste hinten in die Tasche seiner Jeans gesteckt und war losgefahren.

Antigone, genannt Tig, wohnte sechs Meilen weit außerhalb der Stadt, und als Hercel den Weg halb hinter sich hatte, war die Sonne untergegangen. Tig hatte ihn schon ein paarmal eingeladen, sich ihre Schafe anzusehen. Er könne über Nacht bleiben und ihr am nächsten Morgen helfen, die Hühner zu füttern. Er dachte lieber nicht daran, dass es ungehörig war, um diese Zeit dort aufzukreuzen - wenn es dunkel wurde, zur Abendbrotzeit. Aber seine Mom hatte gesagt, es sei okay.

Und er wollte Baldo nicht sehen. Für heute hatte er genug von Baldo. Er hatte ihm erzählt, der Trick funktioniere mit einem Magneten, die Murmeln seien in Wirklichkeit Stahlkugeln, die wie Murmeln aussähen, und der Magnet sei ein kurzer Stab, den er in der Hand verborgen halte, und dann hatte er noch etwas von positiven und negativen Polen gesagt. Baldo hatte ihm kein Wort geglaubt, wollte ihn aber nicht Lügner nennen. Solche Eigenschaften bewunderte Hercel: Skepsis und Loyalität. Trotzdem hatte er nicht vor, Baldo etwas zu verraten. Baldo war schließlich nach Hause gegangen, doch Hercel wusste, er würde seinen Dad nach Magneten und positiven und negativen Polen befragen. Hercel war es egal, denn jetzt war er nicht mehr zu Hause.

Was den »Trick« anging, wie Baldo es nannte, so wusste Hercel nicht, wie er funktionierte – nur, dass er davon Kopfschmerzen bekam. Er schaute die Murmeln sehr angestrengt an und gab ihnen irgendwie mit den Gedanken einen Stoß. Er konzentrierte sich, stellte sich vor, wie eine von ihnen sich bewegte, wie sie rollte und in die Höhe stieg, und dann fing eine an zu rollen. Und noch eine. Wie konnte er das jemandem erklären, vor allem einem Jungen, der nur Blödsinn im Kopf hatte? Was war denn auch so Besonderes daran, eine Murmel fünf Zentimeter weit rollen oder aufsteigen zu lassen? Kleine Fische, sagte sein Dad immer.

Nur wenige Autos kamen vorbei, und das war auch gut so, denn Hercels Fahrrad hatte hinten keinen Reflektor und vorn keine Lampe. Immer wenn ein Auto kam, fuhr er auf den unbefestigten Rand. Die Straße war von Bäumen gesäumt, und es wäre geradezu typisch, wenn er einen davon rammen würde. Er musste langsamer fahren, und das war schlecht, denn bald würde er gar nichts mehr sehen können. Ab und zu standen Häuser abseits der Straße zwischen den Bäumen, und das Licht von dort half ein wenig. Er durfte nur die Abzweigung zu Tigs Farm nicht übersehen. Sonst säße er wirklich fest.

Zum Glück kam wieder ein Auto, als er sich der Zufahrt näherte. Im Vorbeifahren hupte es, und Hercel wäre beinahe in den Graben gerauscht. Er fuhr weiter und bog in den Zufahrtsweg ein. Inzwischen war es dunkel. Nirgends brannte Licht. Er schätzte, dass er noch ungefähr eine Meile vor sich hatte, aber als er ungefähr zwanzig Meter weit gefahren war, rutschte sein Vorderrad von der Straße herunter. Er lenkte hart nach links, doch der Reifen scharrte an der Asphaltkante entlang, und Hercel stürzte. Dabei schürfte er sich die Hände am Kies auf, und die Landung verschlug ihm den Atem. Er hob das Rad wieder auf und schob es ein paar Schritte weit. Anscheinend war nichts kaputt. Er humpelte daneben her, denn er hatte sich das Knie angeschlagen. Glücklich war er nicht, aber vermutlich war bloß passiert, was zu erwarten war, und damit musste er sich abfinden. Er bedauerte nur, keine Taschenlampe mitgenommen zu haben, weil er es zu eilig gehabt hatte, wegzukommen.

In diesem Moment hörte er das Kläffen. Zuerst dachte er, es wäre ein Hund, doch es klang höher als das Bellen eines Hundes. Er hörte einen, dann zwei, dann drei, und er ging schneller, ohne zu wissen, ob er weiter geradeaus ging. Er kam von der Straße ab und wäre beinahe wieder hingefallen. Rasch schob er das Rad zurück auf den Asphalt und ging weiter.

Das Kläffen kam näher. Manchmal klang es fast wie ein Kreischen, wie von einer Sirene oder einer Katze. Hercel schob sein Fahrrad im Laufschritt weiter. Als er das nächste Mal von der Straße abkam, riss er das Rad zurück und stieg auf. Wacklig fuhr er durch die Dunkelheit und bemühte sich, parallel zur Asphaltkante zu fahren, auch wenn er nur ahnen konnte, wo sie verlief. Das Gebell wurde immer lauter. Wenn es hell gewesen wäre, hätte er sie sehen können.

Er hatte schon Kojoten gesehen. Vor einer Woche waren zwei im hohen Gras unten am Strand gewesen. Er wusste, dass sie sich die Haustiere der Leute holten, davon erzählten die Kids in der Schule. Sie wühlten im Müll der Leute und drückten sich nachts herum. Aber er hatte noch nie gehört, dass sie jemanden gejagt hätten. Er trat hart in die Pedale, hielt die Hände fest am Lenker und bemühte sich, geradeaus zu fahren. Als er den Schatten eines Baumes zu sehen glaubte, machte er einen Bogen. Das Kläffen der Kojoten war fast wie ein Gesang.

Ein paar Augenblicke später sah Hercel einen Lichtschimmer zwischen den Bäumen. Die Kojoten waren ihm dicht auf den Fersen. In den kurzen Momenten der Stille in ihrem Gebell hörte er das Klicken ihrer Krallen auf dem harten Belag der Straße. Hercel stellte sich auf, trat noch kräftiger und rutschte vom Asphalt, behielt aber sein Gleichgewicht und riss das Rad wieder zurück auf die Straße. Seine Schenkelmuskeln brannten, und die Finger taten weh, weil er die Lenkergriffe so fest umklammerte. Das Licht wurde heller. Links vor sich sah er eine Mauer und dann ein Tor. Das musste die Farm sein. Er hörte die Kojoten hecheln. Er bemühte sich, das Grauen niederzukämpfen, und nahm Kurs auf die Mauer.

Bobby Anderson gab Gas, als er vom Polizeirevier die Water Steet hinauffuhr, und das Knurren seines schwarzen 370Z klang ein bisschen wie das Knurren von Carl Krause. Gerade hatte er zwanzig Minuten mit diesem Wichser Freddie Bonaldo verbracht, was ihm vorkam wie zwanzig Tage. Er hatte den Chief gebeten, die Polizei in Oswego anzurufen und nachzufragen, ob sie eine Akte über Krause hatten. Aber Freddie hatte es vergessen. Der Mann hatte zu viel mit der Presse zu tun gehabt, zu viel damit, sein Foto auf die Titelseite mehrerer Zeitungen zu kriegen. Außerdem hatte er ein paar provokante Kommentare abgegeben, zum Beispiel: »Ich frage mich, ob noch irgendein Baby in dieser Stadt sicher ist.« Was war bloß in ihn gefahren? Bobby wusste, dass Freddie danach lechzte, bekanntzugeben, dass jemand skalpiert worden war, denn er dachte, das würde ihm einen Auftritt bei Jay Leno einbringen. Wahrscheinlich würde er eher seinen Job verlieren.

Zumindest war die Einsetzung der sogenannten Task Force bekanntgegeben und eine Befehlshierarchie etabliert worden. Die Leitung hatte der Detective Commander der State Police, Captain Tom Brotman. Bobby hatte bisher nur ein paar Worte mit ihm gewechselt, aber er kannte dessen Ruf: Der Mann galt als zäh, clever und fotogen. Der fotogene Teil könnte zum Problem werden, wenn sich das auf seine Beziehung zur Presse auswirkte. Bobby misstraute einem Vorgesetzten, der sich gern fotografieren ließ. Sollte die Situation sich verschärfen, würde der stellvertretende Superintendent übernehmen, aber einstweilen war es jetzt Brotman, und die Cops der Stadt – einschließlich Bonaldo – würden ihre Anweisungen von ihm entgegennehmen. Mit dem FBI lagen die Dinge anders: Sie erzählten Brotman nur das, was sie ihm erzählen wollten. Doch jetzt war der Gouverneur in Aktion getreten. Rhode Island hatte ungefähr eine Million Einwohner, und das bedeutete, der Gouverneur konnte seine Nase in alles stecken. Er hatte Brotman bereits seine Presseleute zur Verfügung gestellt, und die Hubschrauber und ein Haufen Reporter waren nach Providence zur Pressekonferenz abgedüst.

Jetzt am Abend, nach der ganzen Aufregung, klappte die Stadt schon die Fensterläden zu. Ronnie McBride hatte in der Eingangsnische von Crandall Investments bereits seinen Schlafsack entrollt. Es war gerade acht, und er war schon blau. Howard Phelps schloss sein Installationsgeschäft ab. Wo Woody war, konnte man nicht wissen. Bobby war ihm am frühen Nachmittag über den Weg gelaufen, und Woody hatte ihn beauftragt, Schwester Spandex zu suchen. *Herzlichen Dank auch, Woody.* Aber Woody hatte einen Hinweis von einem Typen im You-You bekommen, dem er nachgehen wollte. Glücklich hatte er dabei nicht ausgesehen, und Bobby hatte ihn gefragt, was los sei.

»Ein Kerl, den ich befragt habe, ein Yoga-Lehrer. Ich hätte ihn dem FBI überlassen sollen.«

Warum?, hatte Bobby gefragt.

»Der Scheißer hat dauernd meine Gedanken gelesen. Das hat mir gerade noch gefehlt: ein New-Age-Hellseher.«

Von Janie Forsyth, der Fotografin der State Police, die mit im Krankenhaus gewesen war, hatte Bobby erfahren, dass Susie ausgezogen war. Zuerst war er wütend gewesen, weil Woody es ihm nicht erzählt hatte, doch dann hatte er begriffen, dass es nur zeigte, wie sehr Woody litt. Woody verarbeitete seinen Schmerz nicht, sondern verschloss ihn in sich. Wenn der Schmerz überhaupt zum Vorschein kam, dann in Form von Dampf, der aus seinen Ohren strömte. Das Letzte, was Bobby von Woody über Susie gehört hatte, war die Information, dass sie im Dezember heiraten wollten. Jetzt hatte Susie sich verabschiedet. Aber Bobby war doch angeblich sein bester Freund. Wie konnte man seinem besten Freund verschweigen, dass die Freundin einen abserviert hatte?

Bobby hatte das Gefühl gehabt, die beiden gut zu kennen. Er und seine Frau waren oft mit ihnen ausgegangen – Essen, Kino, Tanzen, Angeln, lauter gute Sachen. Susie hatte sogar den Babysitter für seine Kinder gemacht. Sie stand kurz vor dem Abschluss ihres Studiums der Sozialarbeit an der University of Rhode Island, nur ein paar Klausuren und Praktika fehlten noch. Sie und Woody hatten sich vor vier Jahren kennengelernt, und vor zwei Jahren war Susie in Woodys Haus in Carolina eingezogen. Wann hatte Bobby sie das letzte Mal gesehen? Vor vielleicht drei Wochen. Da hatten sie zu viert in einem italienischen Restaurant in East Greenwich gegessen. Sie hatte ganz okay ausgesehen, aber auf der Heimfahrt hatte Bobbys Frau gemeint, Susie habe ein wenig bedrückt gewirkt. »Du suchst überall nach Dramatik«, hatte Bobby gesagt. »Sie sah prima aus.«

Er freute sich nicht darauf, Shawna zu erzählen, dass er sich geirrt hatte.

Schwester Spandex hatte er nicht gefunden. Sie war nicht da, wo sie normalerweise war. Gestern hatte sie Dr. Fuller im Krankenhaus angerufen und ihr mitgeteilt, sie werde ein paar Tage fehlen. Danach hatte Dr. Fuller erfolglos versucht, sie aufzutreiben. Entweder hielt Schwester Spandex sich versteckt, weil sie Mist gebaut hatte, oder sie hielt sich versteckt, weil sie in irgendeiner Hinsicht schuldig war. Oder sie war tot. Das klang unwahrscheinlich, aber Bobby hätte immer gesagt, es sei unwahrscheinlich, dass jemand skalpiert wurde. Er würde morgen weitersuchen, doch jetzt wollte er zu Peggy Summers, um zu versuchen, ihre Zunge zu lockern, was den Vater des Babys anging. Er hatte das Zeug über *Rosemary's Baby* gehört, und in seinen Augen war Peggy ziemlich verkorkst. Andererseits war sie natürlich erst siebzehn.

Peggy wohnte bei ihren Eltern in einem Haus in der Gegend, in der früher die Strickerei gestanden hatte, in einem Arbeiterhaus in der Williams Street. Die Strickerei war weg, und das Haus stand noch da. Genau gesagt, war die ganze Straße mit ihren gleichförmigen, schmalen, zweigeschossigen, holzverkleideten Häusern noch da, und die Häuser sahen irgendwie ratlos aus, als wüssten sie nicht, was sie mit sich anfangen sollten. Peggys Vater, Ralph Summers, hatte ein Emphysem und bekam Sauerstoff. Hinter ihm erstreckten sich Jahrzehnte des Rauchens und des Gipsstaubs aus den Rigipsplatten, die er angebracht hatte. So lebte die Familie von seiner Sozialversicherung und von dem, was die Mutter, Mabel Summers, im Stop & Shop verdiente. Zwei Polizisten bewachten das Haus. Bobby winkte ihnen zu, stieg die Stufen zur Haustür hinauf und klopfte energisch.

Als er das Wohnzimmer betrat, sah er gleich, dass er nicht willkommen war, teils weil er ein Polizist, teils weil er schwarz war. Das amüsierte ihn. Er war ein gut aussehender Bursche, und wenn sie ihn nicht leiden mochten, war es ihr Pech. Aber es veranlasste ihn doch, ihnen ein bisschen Druck zu machen.

»Ich möchte Ihre Tochter sprechen, wenn Sie gestatten.«

»Sie ist ins Bett gegangen«, sagte Ralph Summers.

Bobby zeigte ihnen seine blitzenden Zähne. »Wollen Sie nicht einfach die Treppe hinaufspringen und sie bitten, herunterzukommen?« Summers saß in einem hellbraunen Ruhesessel, an dem ein paar Katzen ihre Krallen geschärft hatten. Rechts und links neben ihm standen zwei Beistelltischchen, der eine mit Budweiser, der andere mit einem Rest Pizza. Bobby vermutete, dass der alte Ralph schon seit einer Weile nirgends mehr hingesprungen war. Seine Wangen waren rosarot angelaufen, der Rest des Gesichts hatte die Farbe von Zement.

»Keine Sorge«, sagte Bobby, »ich finde auch selbst hinauf. Bleiben Sie nur sitzen und ruhen Sie sich aus.« Als er seinen Satz beendet hatte, war er schon oben an der Treppe. Er hörte, wie das Ehepaar unten wütend miteinander tuschelte. Bobby fand, er hatte ihnen einen Gefallen getan. Er hatte ihren Alltagstrott unterbrochen und ihnen für die kommenden Tage etwas zum Meckern gegeben.

Das Obergeschoss bestand aus zwei Zimmern plus Bad. Nur eine Tür war geschlossen. Bobby klopfte.

»Hey, Peggy, ich bin's, Bobby. Wir müssen uns unterhalten.« Er stieß die Tür auf.

Peggy saß an die Kissen gelehnt im Bett, rauchte und sah sich in einem kleinen Fernseher eine Folge von *American Idol* an.

»Und, Peggy, wie geht's dir?«

»Verpissen Sie sich.« Mit ihrem schmalen Gesicht und dem Überbiss sah sie aus wie ein wütendes Nagetier, fand Bobby.

»Na, Peggy, wir wollen doch nett sein. Entweder unterhalten wir uns hier oder woanders, wo es nicht so nett ist. Hast du 'ne Zigarette übrig?«

Sie warf ihm eine Packung Marlboro zu, und er fing sie aus der Luft.

»Feuer?«

Sie warf ein gelbes Plastikfeuerzeug hinterher. Bobby zündete sich eine Zigarette an, warf Packung und Feuerzeug zurück und nahm einen tiefen Zug. Er hatte versucht, es sich abzugewöhnen, aber jetzt brauchte er eine.

»Was ist denn das für eine Nummer mit deinem verschwundenen Kind? Das Baby ist weg, und dir ist es egal? Bist du so hartherzig? Warum liebst du es nicht?«

Peggy starrte auf den Bildschirm. »Weil ich es von Anfang an überhaupt nicht haben wollte. Wieso soll ich mich einen Scheißdreck für ein Baby interessieren, das ich nicht haben wollte?«

»Und wer war der Vater?«

»Das weiß ich nicht.«

»Weißt du es nicht, oder willst du es mir nicht sagen?«

Sie drehte sich wütend zu ihm um, und Bobby sah, dass sie den Tränen nah war. »Ich weiß es nicht. Es war dunkel. Ich habe sein Gesicht nicht gesehen. Da waren viele Leute, und keiner von denen hatte normale Sachen an. Mehr wie Batman, wissen Sie – Capes und so'n Scheiß. Das war eine Party im Wald, irgendwann im März. Da brannte ein Feuer. Niemand hat getrunken, aber sie hatten Tabletten, wissen Sie, und Pilze.«

»War es dein erstes Mal?« Bobby war bereit, mitfühlend zu sein.

»*Fuck*, nein. Beim ersten Mal war ich dreizehn. Ein paar Jungs haben mich nach der Schule vorgenommen. Dem einen hab ich ein Jahr später fast den Schwanz abgebissen.«

»Du bist ein harter Brocken.«

»Ich kann auch nett sein.« Peggy drehte sich wieder zum Fernseher um.

»Was kannst du mir denn über den Typen erzählen, mit dem du geschlafen hast?«

»Nichts. Er hat mich einfach gepackt. Ich war ziemlich high. Er kann von Glück sagen, dass ich ihn nicht vollgekotzt habe. Wär ihm recht geschehen.«

»Wie bist du dahin gekommen?«

»Jemand hat mich rausgefahren, und jemand anders hat mir die Augen verbunden. Ich war auf dem Rücksitz. Hat vielleicht 'ne halbe Stunde gedauert, dahin zu kommen. Sie haben gesagt, ein paar Freunde von mir seien da, aber ich kannte niemanden.«

»Was ist das für eine Geschichte mit *Rosemary's Baby*?«

Peggy fing an zu schreien. »Kapieren Sie das denn nicht? Diese verschissenen Pilze, und die Leute haben mit den Füßen gestampft wie bei so 'ner Art Tanz. Der Typ, der es dann gemacht hat, der hätte jeder sein können. Der hätte der Teufel selber sein können.« Sie legte die Hände vor die Augen und fing an zu schluchzen. Bobby beobachtete sie. Das Schluchzen kam ihm echt vor.

»Wieso hast du es nicht abtreiben lassen?«

»Sie haben es mir verboten. Sie haben andauernd angerufen, manchmal zehnmal am Tag. Sie haben auch meine Eltern angerufen. Und sie haben gedroht.«

»Womit gedroht?«

»Dass sie mich verraten und dass mir was passieren könnte.«

»Wer hat damit gedroht?«

»Glauben Sie, die haben ihren Namen genannt? Ich kannte da niemanden.«

»Haben sie Geld angeboten?«

»Sie haben meinem Vater welches gegeben.«

»Wie viel?«

»Hat er nicht gesagt. Der Mistkerl, der würde mich für zehn Dollar verkaufen.«

Peggy starrte auf den Bildschirm, und Bobby ließ sich das, was sie gesagt hatte, durch den Kopf gehen. »Okay, ich habe dich jetzt lange genug belästigt, zumindest vorläufig. Schlaf ein bisschen. Wir unterhalten uns morgen noch mal.«

»*Fuck you.*«

Als Bobby herunterkam, schrie Ralph Summers ihn an: »Zufrieden? Jetzt haben Sie sie wieder aufgeregt.«

Bobby schenkte ihm ein Lächeln. »Wie viel Geld haben Sie bekommen, damit sie das Baby kriegt?«

Ralph lief puterrot an. »Ich habe nie einen Penny gesehen.«

»Sie lügen mich an, Ralph. Das ist nicht nett. Ich werde wiederkommen, bis Sie mir die Wahrheit sagen.« Bobby ging zur Tür. »Schönen Abend noch.«

Er war auf halbem Weg zu seinem Z, als er hörte, wie die Haustür sich hinter ihm öffnete und wieder schloss. Mrs. Summers kam die Stufen heruntergelaufen. »Hat sie es Ihnen erzählt?« Sie sah aufgeregt und verängstigt zugleich aus.

»Sie sagt, sie hat sein Gesicht nicht gesehen.«

»Ja, aber hat sie Ihnen gesagt, warum nicht?«

Bobby fragte sich, ob das so was wie ein Spiel sein sollte. »Weil es zu dunkel war, sagt sie.«

»Das ist nicht der Grund. Sie hat mir erzählt, er trug eine Maske. Es war dunkel, aber nicht *so* dunkel. Er trug eine Schädelmaske, wie ein menschlicher Schädel. Darum ist sie so außer sich. In der ersten Zeit hätte es sie beinahe verrückt gemacht.«

Mit diesen Worten eilte Mrs. Summers zurück ins Haus.

Seymour Hodges und Jimmy Mooney saßen in ihrem Krankenwagen vor dem Dunkin' Donuts. Seymour hatte zu seinem Gras gern ein paar Gelee-Donuts, und vor ihnen auf der Ablage stand eine Schachtel mit einem ganzen Dutzend davon. Bis zum Morgen würde sie leer sein. In manchen Nächten, wenn die Leidenschaft sie packte, verputzten sie sogar noch eine zweite Schachtel. »Das sind Geschäftsspesen«, sagte Jimmy dann. »Nicht, dass es uns was kosten würde.«

Es war zehn Uhr am Freitagabend, und viel war nicht los. Ein paar Fahrten wegen Brustschmerzen und ein Toter für den Ofenpalast, das war alles. Seymour war bereit für sein Nickerchen, und Jimmy quasselte in einer Tour, um ihn wach zu halten. Er hatte genug von Seymours nächtlichem Geschrei und redete, um den bösen Moment hinauszuschieben.

»Skalpiert«, sagte er. »Ich hab noch nie einen Skalpierten gesehen. Hast du schon mal einen Skalpierten gesehen?«

Seymour neigte dazu, lange für eine Antwort zu brauchen,

als ob die Worte in seinen Kopf drangen wie Wasser, das in Tonerde versickert, und dann sprach er so langsam, dass manchmal zwischen einem Wort und dem nächsten eine ganze Minute verging. Wenn das nächste Wort dann kam, hatte Jimmy manchmal komplett vergessen, wovon eigentlich die Rede war.

»Ein Typ in einer anderen Kompanie stand auf Skalpieren. Vielleicht ein Scharfschütze.«

»Und was hat er mit den Skalps gemacht?«

»Hat sie getrocknet. Sahen alle gleich aus. Die Irakis sind nicht wie wir, die haben alle die gleiche Haarfarbe. Schwarz, bei manchen auch Grau. Er hat versucht, den Skalp der Familie zurückzuverkaufen, weißt du, als Erinnerungsstück. Ein paarmal hat das auch geklappt, aber es ist nicht so, dass die Familie immer den richtigen Skalp gekriegt hat. Er griff in seine Kiste und schnappte sich den erstbesten Skalp, den er zu fassen kriegte. Wie gesagt, die sahen alle gleich aus.«

»Vielleicht kriegen wir den skalpierten Toten, wenn die Rechtsmedizin ihn freigibt«, meinte Jimmy. »Nee. Die werden ihn nach Boston raufschicken. Da kommt er her, oder?«

Seymour antwortete nicht, und Jimmy hatte schon Angst, der Mann könnte eingenickt sein. In der Fahrerkabine war es warm, und der fette Duft von gutem Gras hing schwer in der Luft. Blätter wehten über den Parkplatz. Manchmal, fand Jimmy, sahen sie aus wie umherhuschende Lebewesen.

»Wäre cool, einen eigenen Skalp zu haben«, sagte Jimmy. »Ich meine, den Skalp von jemand anderem. Glaubst du, die Indianer haben sie auch als 'ne Art Toupet benutzt?« Keine Antwort. »Hey, Seymour, was meinst du?«

Nach einer Weile sagte Seymour: »Ich hab noch nie einen Indianer mit Glatze gesehen. Ich glaube, die kriegen keine Glatze.«

»Scheiße, ich glaube, du hast recht. Mein Dad ist kahl wie 'ne Billardkugel, und ich kämme mich nur mit den Fingern, denn wenn ich eine Bürste benutze, ist sie voller Haare. Diese Haare sind sozusagen unersetzlich. Die sind wie Gehirnzellen. Du hast nur eine bestimmte Anzahl. Hab ich dir von dem toten Indianer erzählt? Ich hab Digger letzten Sommer geholfen, ihn zu begraben. Da war 'ne ganze Bande von denen, voll wie hundert Russen. Haben auf der ganzen Fahrt zum Indianerfriedhof an der Route zwei gehupt und Flaschen aus dem Fenster geschmissen. Wir sind über so'n Feldweg gefahren, und da hatten sie eine runde Grube ausgehoben. Das Blöde war nur, da lag ein dicker Felsblock unten drin. Unmöglich, da den Sarg reinzustellen. Na, sie haben gejohlt und geschrien, bis Digger sagte, er würde den Toten keinesfalls zurücknehmen. Da haben die Indianer den Toten einfach aus dem Sarg genommen und in das Loch gestopft, einfach um den Steinblock rum. Sah aus, als ob er ihn umarmte. Ein jüngerer Typ, noch ganz grün hinter den Ohren. Dann schaufelten sie Erde auf ihn. Einer der Indianer lud den Sarg hinten auf seinen Truck und nahm ihn mit nach Hause, als Hühnerstall. Später hat er erzählt, er hätte jetzt die besten Eier, die er je gegessen hat.«

Seymour blieb stumm. Jimmy hörte, dass er regelmäßig atmete, kurz davor, zu schnarchen. Jimmy zog an Seymours Arm, und der grunzte. »Hey, Seymour, bist du immer noch interessiert an einem Job bei Digger? Ich glaube, Carl macht's da nicht mehr lange. Er ist total durchgeknallt. Heute Morgen war er oben und hat mit einem Toten geflüstert, hat ihn beinahe angeknurrt. Digger wollte wissen, was los ist, und er sagte, er habe sich nur geräuspert. Ja, Scheiße. Digger kann's nicht leiden, wenn Leute sich komisch aufführen. Fuck, ich muss mich immer benehmen wie ein Chorknabe, wenn er da ist. Carl braucht nur noch einen kleinen Schubs. Hab ich dir von dem Typen erzählt, der einem anderen die Hand eines Toten in die Lunchbox gelegt hat? Der bescheuerte Carl würde heulend die Straße runterrennen, wenn ihm das passierte. Bist du noch interessiert? Zeit im Ofenpalast wäre damit auch verbunden. Da draußen ist Geld zu machen.«

Seymour antwortete nicht.

Jimmy zog ihn am Arm. »Bist du interessiert oder nicht? Ich meine, ich hab auch noch andere Freunde, die ich fragen kann. Dieser bescheuerte Carl macht mir Gänsehaut.«

»Na klar«, sagte Seymour. »Klar bin ich interessiert.«

Vicki Lefebvre stand vor der Tür ihrer Tochter und hielt den Atem an. Sie versuchte, das Holz mit den Ohren zu durchdringen und sie durch reine Willenskraft bis in das Zimmer mit den Adele-Plakaten zu strecken. Sie hätte die Tür öffnen und einen kurzen Blick hineinwerfen können, aber als sie das vor einer Stunde, um neun Uhr, wagte, hatte Nina geschrien: »Scheiße, kannst du mich nicht in Ruhe lassen? Wieso vertraust du mir niemals?«

Wenigstens war ihre Tochter zu Hause und roch nicht nach Dope. Dreimal war Vicki in den Garten hinausgegangen, um zu sehen, ob bei ihrer Tochter das Licht brannte, nur hatte das nichts zu sagen. Nina konnte zur Musik einer Blaskapelle schlafen, wenn sie wollte. In das Zimmer ihrer Tochter war sie gegangen, weil sie Nina weinen gehört hatte. Vicki hatte im Flur gestanden und sich nicht entscheiden können, doch es kam nicht infrage, dass sie das Weinen hörte und nichts tat. Schließlich hatte sie ja kein Herz aus Stein. Gestern Abend und heute Abend war Nina zu Hause geblieben, und das war ein Fortschritt. Aber sie wollte immer noch nicht sagen, wo sie gewesen war, und als Vicki sie fragte, hatte Nina mit Wut und Angst zugleich reagiert und sie angeschrien, sie solle sich »verpissen«.

Dreimal hatte Vicki ihren Ex in Groton angerufen, und heute Abend hatte sie ihn erreicht. Offenbar hatte er es eilig gehabt, irgendwohin zu gehen, denn er hatte kaum zugehört. »Sie ist ein Teenager«, hatte er gesagt. »Sie muss sich die Hörner abstoßen. Das habe ich auch getan – und du ebenfalls. Erinnerst du dich?«

Vicki versuchte zu sagen, das sei nicht das Gleiche. Nina sei abwechselnd hysterisch und beleidigend.

»Vielleicht hat sie sich vögeln lassen, und es hat ihr nicht gefallen«, meinte Harold. »Du weißt doch, wie diese Mädels sich gegenseitig dazu überreden. Sie fordern einander heraus. Du solltest sie besser im Auge behalten. Ich rede mit ihr, falls ich dieses Wochenende hinaufkomme. Ich weiß es noch nicht, ich habe einen ziemlich vollen Terminkalender. Wie ist denn ihr Freund? Magst du ihn?«

»Sie hat keinen Freund«, sagte Vicki, und nach allem, was sie wusste, stimmte das auch. Dann sagte Harold, er werde sich melden, und das war's. Wem wollte er etwas vormachen? Harold hatte sein Leben lang keinen Kontakt gehalten. Aber dann fiel Vicki ein, dass sie mit ein paar von Ninas Freundinnen reden könnte. Viele hatte Nina nicht, doch es gab zwei oder drei, die sie schon seit zehn Jahren kannte.

Larry Rodman war gegen neun nach Hause gekommen, früher als sonst, weil er nur einen Kunden gehabt hatte. Er schob zwei Fertigmahlzeiten in die Mikrowelle und drückte auf den Einschaltknopf. Makkaroni mit Käse war sein Lieblingsessen. Danach würde er sich ein Ahorn-Walnuss-Eis genehmigen und sich ein bisschen Hauen und Treten und Kratzen und Würgen auf dem Kampfsportkanal anschauen. Die Damenkämpfe gefielen ihm am besten, vor allen, wenn Cyborg Santos mitmischte, die am niederträchtigsten aussah. Rodman nahm die vier Steingut-Kekstöpfe vom Regal und stellte sie in einer Reihe nebeneinander. Dann wühlte er in seinen Taschen.

Dieser Ring war aus zwölfkarätigem Gold. Er warf ihn in den Zwölf-Karat-Topf und hörte das leise Klimpern. An sich war der Ring nicht viel wert, aber es läpperte sich zusammen. Heute Abend hatte er jedoch ein besonderes Schnäppchen. Er grub einen Verlobungsring aus seiner Tasche: Achtzehn Karat Weißgold mit einem anderthalbkarätigen Diamanten, der im Licht der Deckenlampe funkelte. Den warf er in den vierten Topf. Oft wollte die Familie die Ringe zurückhaben, manchmal waren sie jedoch so aufgelöst, dass sie nicht danach fragten. Wenn sie später doch noch einmal kämen, würde er sagen, es sei zu spät. Alles sei schon passiert. Mit dem restlichen Kram gab Larry sich nicht ab – mit Uhren, Halsketten, Armbändern, Nadeln, Broschen, Manschettenknöpfen, Krawattenklammern –, von erstklassigen Stücken abgesehen. Herzschrittmacher hatte er eine ganze Tonne voll; sie warteten nur darauf, zur Müllkippe gebracht zu werden. Nein – er betrachtete sich als Spezialisten. Goldene Trauringe waren das, was ihm gefiel, und ein paar Diamantringe wegen ihres Funkelns – »um ein bisschen Licht auf dieses Thema zu werfen«, wie er gern sagte.

Als die Glocke der Mikrowelle ertönte, holte Larry sich ein Bier und eine Gabel. Dann untersuchte er seine Finger nach grauen Flocken. Manchmal gerieten ihm welche unter die Fingernägel, die dann aussahen wie kleine graue Halbmonde. Darüber machte er gerne Witze. »Wer kommt wohl heute Abend zum Essen?«, fragte er zum Beispiel. Oder: »Wer schläft heute Nacht mit mir?«

Larry sah ein bisschen Grau und ging zum Spülbecken. Dort schrubbte er sich die Hände mit Borax und einer Nagelbürste. Wahrscheinlich war es die alte Lady, die ihm den Ring gegeben hatte. Sie war früh am Abend aus dem Ocean Breezes gebracht worden. Er salutierte flüchtig, als das Wasser strudelnd im Abfluss verschwand. »Danke, mein Schatz.«

Der kommissarische Polizeichef Fred Bonaldo war zu Hause in seinem Rauchzimmer und trug seine neue Uniform mit den goldenen Tressen des Chiefs. Sein Standpunkt war, dass er die Uniform ruhig jetzt tragen konnte, denn ziemlich bald würde er ja doch gefeuert werden. Ebenso war er auch der Erste, der zugab, der Situation nicht gewachsen zu sein, und das bedeutete, dass er nicht als Cop bei der Memorial-Day-Parade mitmarschieren würde, wenn er gefeuert worden war. Dann würde er wieder bei den Freimaurern hängen bleiben. Nicht, dass die nicht auch ein toller Haufen wären.

Einzugestehen, dass er überfordert war, wäre nicht so schlimm, wenn nicht so viele Leute – sogar Frauen, zum Beispiel seine eigene Frau – ihm ebenfalls dauernd sagen würden, er sei überfordert. Er hatte Woody Potter immer gemocht, aber inzwischen war Woody gerade noch höflich zu ihm. Ob Fred etwa dies vergessen habe, ob Fred jenes vergessen habe? War es vielleicht seine Schuld, dass Alice Alessio verschwunden war? Hopper hatte sie im Auge behalten sollen und war losgezogen, um sich ein Sandwich zu holen. Man nannte ihn nicht umsonst »Fresssack« Hopper.

Dann die Sache mit Oswego. Was hatte Carl Krause überhaupt mit dem Fall zu tun? Reporter, FBI, Hubschrauber – das hier war ein ruhiges Städtchen. Fred hatte nie mit einer Entführung gerechnet, und auch wenn die Skalpierung – Gott sei Dank – im Zuständigkeitsbereich von South Kingstown passiert war, hatte dieser Hartmann sich in Brewster herumgetrieben, und deshalb dachten die Leute immer nur, es wäre *sein* Fall. Na, jetzt hatte er zwei Mann vor Peggy Summers' Haus aufgestellt. Da konnte sie sich nicht verdrücken. Der Fresssack war in Ordnung, solange jemand bei ihm war, der ihn vom Trog fernhielt.

Zu allem Überfluss rief ihn der kleine Krause dauernd an – auch wenn er gar nicht Krause hieß, sondern Hercel Soundso. Irgendwie war Hercel an seine private Handynummer gekommen und fragte jetzt ständig, wann er seine Schlange zurückkriegte. Woher zum Teufel sollte er das wissen? Die Schlange stand im Zentrum der Ermittlungen, ganz so wie eine Pistole in einem Mordfall. Also konnte er sie nicht einfach zurückgeben, und wenn der Junge noch so oft danach fragte. Dabei hatte der Bengel eine Stimme wie ein Roboter: »Kann-ich-bitte-meine-Schlange-wiederhaben?« Fred hätte sich am liebsten die Haare gerauft, die er schon lange nicht mehr hatte, denn jeder Patzer war ein weiterer Nagel im Sarg seiner Karriere.

Krause war auch so ein wunder Punkt. Fred hätte beinahe einen dicken, stinkenden Haufen abgelassen, als der Kerl mit der Schrotflinte auf ihn zielte. In dem Moment hatte er wirklich gedacht, er wäre tot. Er hatte ja in Oswego anrufen wollen, wie Woody es ihm gesagt hatte, aber er hatte es schlichtweg vergessen. Wie sollte er auch an irgendetwas denken, wenn lauter Hubschrauber hier herumknatterten und hundert Reporter auf ihn eindrangen und wissen wollten, ob es neue Entwicklungen gebe. Er hätte seine Lektion von Baldo lernen und sagen sollen: »Zieht mal an meinem Finger.«

Wie es aussah, konnte Fred seinen Job nur noch auf eine Weise retten: Er musste etwas Dramatisches tun, zum Beispiel ein Kind aus einem brennenden Haus retten oder sich eine Schießerei mit Gangstern liefern. Doch dazu würde es niemals kommen. Er mochte manchmal dramatisch sein, aber tapfer war er noch nie gewesen. Und alles konnte noch schlimmer werden. Am Abend hatte Woody erzählt, er sei einem Hexenzirkel auf der Spur. Fred hatte gelacht, bis er gemerkt hatte, dass Woody keinen Witz machte. Diese Hexengeschichte mochte irgendwohin führen, aber wenn etwas außer Kontrolle geriet, war das Dumme daran immer, dass am Ende jeder jeden hasste, und das macht es schwer für einen wie Fred, der nur ein Ziel im Leben kannte, nämlich gemocht zu werden.

In Brewster kam Wind auf, und der Himmel wurde klar, als die Wolken woandershin zogen. Wenn sie über das Antlitz des Halbmonds zogen, sah es aus, als wäre der Mond selbst in Eile. Gegen Mitternacht war es in der Stadt fast überall dunkel. Woody Potter saß noch auf dem Polizeirevier und brachte den Papierkram zu Ende. Dazu mussten die Formulare des Nationalen ereignisbasierten Meldesystems ausgefüllt werden, in dem alles zu Kategorien, Ziffern und Großbuchstaben zerlegt wurde, das einem aber, wie Fred Bonaldo bemerkt hatte, nicht sagte, ob eine Schlange als Waffe, als Täter oder als Opfer einzustufen war. Und »Skalpiert« konnte nur unter »Andere« eingetragen werden.

Anderswo war Schwester Rabiata, die aus Narragansett herübergekommen war, eben dabei, einem Rechtsanwalt den Hintern zu versohlen, einen Hintern, der vom Training im Fitness-Studio aussah wie zwei Bowlingkugeln. »Das schmerzt mich mehr als dich«, sagte sie. Father Bob in St. Michael's saß vor dem Fernseher und schaute sich auf Turner Classic Movies *High Noon* an. Er erinnerte sich, wie Katy Jurados Dekolleté ihn vor einem halben Jahrhundert dazu gebracht hatte, zu masturbieren. Am Sonntag hatte er es Father Joseph gebeichtet, der darauf jedes Mal sagte: »Das machen alle Jungs«, bevor er ihm ein paar Ave-Maria und Vaterunser aufgab.

Ginger und Howard Phelps spielten wieder Gin Rommée, und Ginger gewann. Das war so, weil Howard dauernd an Carl Krause denken musste, der ihm an diesem Nachmittag auf dem Gehweg entgegengekommen war und geknurrt hatte. Als er Carl entlassen hatte, war er nicht sicher gewesen, ob er die Polizei rufen sollte oder nicht. Er hatte noch nie gehört, dass jemand einen Kunden derart angeschrien hatte. Howard war in seinem Büro gewesen und hatte es aus dieser Entfernung gehört. Als er herausgekommen war, um mit Carl zu reden, hatte der Kunde die Flucht ergriffen, aber es waren noch andere Leute dabei gewesen, und sie hatten Carl angestarrt, als wäre er verrückt geworden. Nachdem Howard erfahren hatte, was passiert war, blieb ihm nichts anderes übrig, als ihn zu entlassen. In diesem Moment hatte er befürchtet, Carl könnte ausrasten und ihn schlagen, aber dann hatte er versucht, die Sache hinter sich zu lassen. Es hatte keinen Sinn, Carl ein Zimmer in seinem Kopf zu vermieten. Er hatte gehofft, dass Carl es genauso sehen und die Sache vergessen würde. Doch dann hatte er ihn angeknurrt, und was sollte Howard davon halten?

Harriet Krause schlief, und ihre Tochter Lucy ebenfalls. Carl war oben und beobachtete die Bewegungen der Astlöcher. Dreimal hatte er draußen auf dem Flur die Katze gehört, aber als er die Tür aufriss, war sie weg gewesen.

Jean Sawyer lag neben ihrem schlafenden Ehemann im Bett und las einen Liebesroman, *Die Laster der Jungfrau*. Immer wenn sie zu schlafen versuchte, sah sie den armen Mr. Hartmann skalpiert da draußen im Sumpf liegen, und dann überlief es sie eisig. Zweimal hatte sie Frankie angestoßen und auf ein wenig Trost gehofft, aber das Schwein lag da und schlief wie ein Toter.

Todd Chmielnicki saß auf einem kleinen Teppich in seinem Apartment, eher Mönchszelle als Heim, und starrte die kahle weiße Wand an. Seine Augen waren offen, doch er sah nichts. Was bedeutete es, von der Realität frei zu sein? Und warum wollte das jemand? Chmielnicki konzentrierte sich auf den ersten der oberen Äste des Ashtanga. Sein Geist war aus der Welt zurückgekehrt und richtete sich auf einen Punkt zwischen seinen Augenbrauen. Sein Gehirn und seine Sinne waren in die Kommunikation miteinander vertieft, während er sich in sein Inneres zurückzog. Wenn es jetzt in diesem Zimmer zu einer Explosion käme, würde er es nicht bemerken. Er würde die ganze Nacht in diesem Zustand verharren.

Jill Franklin las die Korrektur ihres Artikels für die Samstagsausgabe, in dem der Name der Schlange, Satan, eine herausragende Rolle spielte. Von einer »Quelle« an der University of Rhode Island hatte sie erfahren, dass der Schlamm, der auf dem Boden der Säuglingsstation gefunden worden war, höchstwahrscheinlich aus dem Great Swamp stammte. Auch das war eine Information, die die anderen Zeitungen nicht hatten. Wenn sie noch mehr davon zusammenkratzen könnte, würde ihr das vielleicht den Weg zu einer Stellung beim *Providence Journal* eröffnen – einer richtigen Zeitung.

Nebenan murmelte ihr sechsjähriger Sohn im Schlaf. In manchen Nächten rief Luke »Daddy!« – manchmal hilfesuchend, manchmal sehnsüchtig, was ihr jedes Mal wie ein Messer in die Eingeweide fuhr. Luke hatte seinen Daddy nie kennengelernt. Sie und Derek hatten sich zwei Monate vor seiner Geburt getrennt. »Ich will mich nicht anbinden lassen«, hatte er gesagt. Soweit sie wusste, arbeitete er immer noch als Barkeeper in Boulder. Er hatte nie Interesse daran gezeigt, seinen Sohn kennenzulernen.

Es wurde Zeit, dachte Jill, dass Luke einen richtigen Vater bekam oder wenigstens einen freundlichen, liebevollen Stiefvater. Den ganzen Tag über hatte sie gedacht, Woody wäre der perfekte Kandidat für diese Rolle. Das Problem war nur, er konnte sie nicht ausstehen.

Natürlich sind noch andere Leute wach: Vicki Lefebvre, Dr. Fuller, Bürgermeister Hobart, Harriets beste Freundinnen Anita Barr und Amy Calderone und ein paar hundert andere in South County (eine Bezeichnung, die Washington und einen Teil von Kent County einschließt). Der Winter rückt näher, bald haben wir Halloween. Hoch über der Stadt fliegt eine Schar Gänse lärmend in Richtung Süden; es sieht aus, als krabbelten Insekten über den Mond. Man muss bezweifeln, dass sie nach unten schauen. Was wissen sie von den Komplexitäten der menschlichen Emotionen unter ihnen, von Schuld, Ehrgeiz, Angst, Freude und nacktem Verlangen?

Es wäre lächerlich, anzunehmen, sie könnten bemerken, dass die Eingangsnische von Crandall Investments von einem verschlissenen Schlafsack abgesehen leer ist. Aber wo ist Ronnie McBride, der hier meistens übernachtet? Anscheinend ist er verschwunden.

Auf der Heimfahrt gab es einen Augenblick, in dem Woody beinahe umgekehrt und zu Dr. Joyce Fullers Wohnung in Narragansett gefahren wäre. Gestern Abend hatte er ihr geholfen, heute könnte sie ihm helfen, auch wenn er kein Gespräch suchte, sondern nur zu ihr ins Bett wollte. Es ging ihm auch nicht speziell um Dr. Fuller, sondern um die Umarmung eines anderen Körpers, und Dr. Fuller war diejenige, bei der er sich die größten Chancen ausrechnete. Hauptsächlich war es seine Selbstdisziplin, die ihn unter widrigen Umständen zusammenhielt. Jetzt war sie geschwächt. Ihm lag nicht nur eine Sache auf der Seele, sondern eine ganze Sammlung: Susies Weggang, das unerklärlicherweise verschwundene Baby und der Mord an Ernest Hartmann, die vermisste Schwester Spandex, Todd Chmielnickis beunruhigende Bemerkungen sowie der heikle Zustand seiner eigenen Emotionen und Launen. Er hatte das Gefühl, wenn er sich an einem warmen Frauenkörper festhalten könnte, würde ihm das vielleicht helfen. Fast jeder Frauenkörper hätte in dieser Hinsicht einen gewaltigen Vorzug gegenüber Ajax, der spürte, dass etwas nicht in Ordnung war und sich deshalb dauernd über die Mittelkonsole herüberlehnte, um ihm das Gesicht zu lecken.

Heute Nachmittag hatte Woody Schwester Asherah MacDonald kennengelernt, die im You-You Unterricht in Meditation und ganzheitlicher Gesundheit erteilte. Sie war eine achtundfünfzigjährige, rundliche Lesbe in einem knöchellangen blauen Kleid, die ihr langes graues Haar zum Pferdeschwanz gebunden trug. Woody wurde klar, dass er sie schon früher gesehen hatte – besser gesagt, ihr Auto, einen hellblauen Prius mit ungefähr zwanzig Stickern: DICKE LEUTE SIND SCHWERER ZU KIDNAPPEN; GOTT KOMMT – UND SIE IST WÜTEND; MEIN ZWEITFAHRZEUG IST EIN BESEN; EIN TAG OHNE FEEN IST EIN TAG OHNE SONNENSCHEIN; BAUMUMARMENDE ERDANBETERIN und WIR SIND ÜBERALL.

Mit ihrem runden, strahlenden Gesicht sah sie geradezu militant gütig aus, fand Woody, doch wie tief das reichte, war nicht zu sagen. Sie wohnte mit ihrer Partnerin Schwester Isis in einem alten Farmhaus am Stadtrand. An diesem Nachmittag hatte sie Woody scheinbar entzückt begrüßt, aber er vermutete, dass sie jeden so begrüßte. Die Schwierigkeit beim Zuhören bestand für ihn darin, dass er achtgeben musste, ihre Worte nicht durch den Filter seines Zynismus laufen zu lassen.

Sie gehörte zu einem Zirkel von dreizehn Frauen, der sich zu den acht Sabbaten mit anderen Zirkeln traf – zur Sonnenwende, zur Tag-und-Nacht-Gleiche, am Ersten Mai, an Halloween und am Ersten August sowie am Groundhog Day, auch Lichtmess genannt. Dazu kamen die Hexensabbate, die jeweils bei Vollmond stattfanden. Wiccaner waren anscheinend große Partyfreunde, tanzten und sangen viel und verteilten gute Zaubersprüche. Wie Schwester Asherah ihre Zusammenkünfte beschrieb, klang es nach einem unschuldigen Vergnügen und ein bisschen langweilig. Auch sie sprach von der ewigen Wiederkehr und dem Kreislauf von Geburt und Wiedergeburt. Woody wusste nicht, ob das Ganze eine Lesbenveranstaltung war, und er wusste auch nicht, wie er sie danach fragen sollte. Was das Gestaltwandeln anging, so habe sie gehört, dass es vorkomme, aber ihr eigener Zirkel sei auf diesem Gebiet nicht erfolgreich gewesen. Über die Entführung des Babys und den Mord an Hartmann sei sie entsetzt, sagte Schwester Asherah. Vielleicht stimmte das. Von Satanisten in Rhode Island habe sie gehört, sie kenne aber keine und sei auch nicht daran interessiert, welche kennenzulernen. Wiccaner verurteilten Selbstsucht und Ausschweifung und träten genau wie Christen für Wechselseitigkeit ein: Behandle andere so, wie du von ihnen behandelt werden willst. Und schließlich gab sie ihm die Namen mehrerer anderer Wiccaner. Woody sagte, er werde von sich hören lassen.

Die einzige Verbindung zu Wiccanern, dachte Woody, als er jetzt nach Hause fuhr, war die Münze. Hartmann hatte sie in seinem Bostoner Büro einem anderen Detektiv gezeigt und gesagt, sie habe etwas mit Gräbern zu tun, vielleicht mit Indianergräbern, aber der Mann hatte kaum zugehört. Woody hoffte, er könne die Existenz der Münze geheim halten. Wenn er Schlangen, Entführungen und Skalpierungen um das Thema Hexen bereicherte, würden die Pressehubschrauber doppelt und dreifach zurückkommen.

Um Viertel nach zwölf kam er nach Hause. Er fütterte die Tiere und kippte halb ausgezogen ins Bett. Die ganze Nacht, so schien es, träumte er, in der Abenddämmerung durch einen Wald zu fliehen. Etwas verfolgte ihn, aber er bekam es nie richtig zu sehen.

ACHT

Als Hercel am Samstagmorgen aufwachte, hatte er keine Ahnung, wo er war. Das Zimmer war erfüllt vom mattroten Licht des Morgengrauens, das sich im Glas der Bilderrahmen spiegelte und langsam über die Buchrücken im Regal herunterwanderte. Die Vorhänge mit den roten Streifen und den senkrechten roten Rosengirlanden erkannte er nicht, und auch nicht den rot-blauen Teppich mit dem geometrischen Muster. Die Menschen auf den Bildern waren fremd, und wer besaß so viele Bücher? Dann fielen ihm die Kojoten ein, und er sprang aus dem Bett.

Sofort schrie er auf und fiel auf den Teppich. Sein Knöchel fühlte sich an, als würden Nägel hineingetrieben. Als er sich auf die Knie rollte, flog krachend die Tür auf. Ein großer Mann mit schütterem Haar und einem grauen Pferdeschwanz stand im Rahmen und stützte sich auf ein Aluminium-Gehgestell, das mit bunten Bändern umwickelt war, an denen silberne, rote und goldene Kugeln wie Weihnachtsschmuck hingen. Hercel betrachtete es verblüfft, während er sich auf seinem gesunden Bein aufrichtete und auf das Bett kippte. Er sah, dass sein rechter Knöchel bandagiert war.

»Jetzt sind wir beide Krüppel, was? Wir sollten ein Wettrennen veranstalten.« Der Mann kam hereingeschlurft und streckte Hercel seine große Hand entgegen. »Ich bin Barton Wilcox. Wir kennen uns noch nicht. Du hast gestern Abend einen scheußlichen Schrecken bekommen. Möchtest du frühstücken? Du musst Hunger haben. Ich habe noch eine alte Krücke von Bernie, die wir dir wahrscheinlich anpassen können, wenn du es damit versuchen willst. Tig hat schon gefragt, wann du aufwachst.«

Während Hercel dem Mann die Hand schüttelte, erschien Tig in der Tür, gefolgt von Bernie. Sie war diejenige, die ihm den Knöchel verbunden hatte. Besorgt und erwartungsvoll schauten sie herein, aber sie entspannten sich, als sie sahen, wie Barton und Hercel einander die Hand schüttelten.

»Ich weiß, wo die Krücke ist«, sagte Tig und verschwand wieder.

»Wie fühlst du dich, abgesehen von dem Knöchel?«, fragte Bernie.

Sie trug einen langen grünen Rock und eine weite weiße Bluse, und ihr graues Haar war zu einem Knoten aufgesteckt. Silberne Ringe steckten an Fingern und Daumen, silberne Armbänder und Ketten blinkten an Hals und Handgelenken, und sie trug sogar mehrere silberne Ohrringe. Hercel versuchte zu schätzen, wie viel das alles wiegen mochte.

Er rieb sich die Schulter. »Hier tut's weh. Sonst ist alles okay.«

»Und wie groß ist der psychologische Schaden?«, fragte Barton vergnügt.

Hercel sah ihn fragend an.

»Er sucht nach einer Möglichkeit, dir höflich beizubringen, dass du beinahe gefressen worden wärst«, erläuterte Bernie. »Das könnte einen Dachschaden hinterlassen haben.«

Vorsichtig befühlte Hercel seine Stirn. »Mein Kopf fühlt sich gut an.«

Barton lachte. »Prima. Das war meine einzige Sorge.«

Tig kam mit einer Krücke zurück, und Barton fummelte an den Schrauben herum, um sie kürzer zu machen. Hercel probierte sie aus und machte ein, zwei Schritte damit. Es schien zu gehen. Tatsächlich gefiel es ihm sogar.

»Ausgezeichnet«, sagte Barton. »Lasst uns frühstücken, und dann kann Bernie dich nach Hause fahren. Oder du hilfst Tig, die Hühner zu füttern, wenn dein Knöchel mitmacht. Bernie hat gestern Abend deine Mutter angerufen und ihr gesagt, dass es dir gut geht.«

Hercel humpelte durch einen kiefernholzgetäfelten Korridor in eine große Küche. An den Deckenbalken hingen Zöpfe aus Paprikaschoten und Knoblauch und Sträuße von Thymian, Basilikum, Rosmarin und vielen anderen Kräutern. Hercel starrte hinauf. »Wow. Brauchen Sie die alle zum Kochen?«

Bernie lachte. »Nur ein paar. Barton baut sie für den Neun-Kräuter-Zauber an. Da sind Beifuß, Fenchel, Thymian, Kamille, Schaumkraut und der ganze Rest. Ich schwöre dir, er wird eine große Sauerei in meiner Küche veranstalten.«

Hercel sah Barton an. »Sind Sie ein Hexenmeister?«

Jetzt musste Barton lachen. »Ich bin pensionierter Professor für Englisch – Altenglisch, genau gesagt. Der Zauber stammt aus dem zehnten Jahrhundert, und wahrscheinlich ist er noch älter. Er schützt vor Giften und Schlangen. Was wir eigentlich brauchen, wäre ein Zauber gegen Kojoten. Aber so geht meine Übersetzung:

Neun Kräuter haben Macht gegen neun Gifte.
Eine Schlange kam gekrochen und riss einen Mann entzwei.
Da nahm Odin neun Ruhmeszweige
Und schlug die Natter, dass sie in neun Teile zersprang.
So hielt der Apfel das Gift auf,
Und die Schlange kommt nie wieder in dieses Haus.

Man hat Apfelsaft und Fett benutzt, um die Kräuter zu einer Salbe zu mischen. Natürlich wissen wir nicht, ob es jemals irgendwem geholfen hat, aber schaden kann es auch nicht, und das ist die Hauptsache. Nun iss, iss, bevor dein Frühstück kalt wird.«

Bernie legte Pfannkuchen auf Hercels Teller, und dazu gab es echten Ahornsirup. Die andern hatten zwar schon gegessen, setzten sich jedoch zu ihm an den Tisch. Barton trank Kaffee, und Bernie und Tig hatten einen Becher Tee vor sich stehen.

»Kannst du uns erzählen, was gestern Abend passiert ist?«, fragte Bernie. »Du warst verletzt und benommen, als wir dich gefunden haben. Vermutlich hätte ich einen Krankenwagen rufen sollen, aber das Dumme nach dreißig Berufsjahren als Krankenschwester ist, dass ich immer denke, ich weiß alles selbst am besten. Ich habe dich versorgt, so gut es ging, und ins Bett gesteckt. Allerdings musste ich eine Weile bei dir sitzen bleiben, bevor du mich gehen lassen wolltest.«

Hercel erinnerte sich verschwommen, wie Bernie beruhigend mit ihm gesprochen hatte, als er in diesem fremden Bett lag. Wenn er etwas geträumt hatte, konnte er sich nicht entsinnen. Er erzählte ihnen, wie er mit dem Rad von Brewster hierher gekommen war, um Tig zu besuchen und die Farm zu sehen. Sie habe ihn vor ungefähr einer Woche eingeladen, meinte er.

»Du hättest anrufen sollen«, sagte Bernie. »Dann hätte ich dich abgeholt.«

Nein, er wollte mit dem Rad kommen. Er sei noch nie so weit von der Stadt weggefahren, allerdings schon mal raus zum Strand. Warum er sich ausgerechnet diese Zeit ausgesucht hatte – er könne nur sagen, Mr. Krause sei wütend auf ihn gewesen. Den Unterschied zwischen der Furcht, die immer da war, und der Angst, die einem eingejagt wurde, erklärte er nicht.

»Und wer ist Mr. Krause?«, fragte Barton.

Hercel erzählte es ihnen. Er bemühte sich, nicht allzu viel preiszugeben, aber es war doch so viel, dass Bernie und Barton Blicke wechselten.

»Warum nennst du ihn Mr. Krause?«, fragte Tig.

»Er sagt, damit zeige ich Respekt.«

»Das alles erklärt noch nicht, was passiert ist«, sagte Barton und wechselte das Thema. »Du hast dich also auf dein Rad gesetzt und bist losgefahren. Und dann …?«

»Dann wurde es dunkel«, sagte Hercel.

Er berichtete, wie es mit zunehmender Dunkelheit immer schwerer geworden war, auf der Straße zu bleiben. Er habe das Rad geschoben, aber dann die Kojoten gehört und sich beeilt.

»Du musst ja schreckliche Angst gehabt haben«, stellte Bernie fest.

Hercel dachte darüber nach. »Ich habe nur daran gedacht, auf der Straße zu bleiben. Ich glaube, ich hatte gar keine Zeit, Angst zu haben – zumindest da noch nicht.«

Bald sei er mit seinem Rad gerannt, aber er sei trotzdem von der Straße abgekommen. Schließlich habe es so ausgesehen, als müsse er doch fahren, wenn er noch hoffen wollte, die Farm zu erreichen. Doch er sei wieder vom Asphalt gerutscht, und die Kojoten seien näher gekommen. Dann habe er vor sich Licht zwischen den Bäumen gesehen, und das habe ihm geholfen, geradeaus zu lenken und schneller zu fahren. Die Kojoten seien dicht hinter ihm gewesen, und er habe gewusst, sie würden versuchen, ihm den Weg abzuschneiden. Er habe einen Schlenker gemacht, um sie am Vorankommen zu hindern, als sie nach ihm schnappten. Dann habe er die Mauer und das Tor von Bartons Farm vor sich gesehen und die Hunde bellen gehört.

»Ich habe in die Pedale getreten, so fest ich konnte. Ich hab's schon öfter geschafft, großen Hunden davonzufahren, aber die hier waren anders. Ich wusste, ich konnte nicht mehr anhalten und über die Mauer klettern. Also hab ich mich in die Pedale gestellt und bin einfach dagegengefahren. Ich bin glatt über Ihre Hunde weggeflogen und auf dem Boden gelandet.«

Bernie war hinausgelaufen, als sie die Hunde hörte, und

hatte die Schrotflinte mitgenommen. Die Kojoten hatten hinter der Mauer gekläfft, und sie hatte in die Luft geschossen. »Getroffen habe ich keinen, doch es hat sie verscheucht. Dann habe ich dich gefunden und ins Haus getragen. Du hast die ganze Zeit gemurmelt.«

»Der Kopf hat mir wehgetan«, sagte Hercel.

»Eigentlich muss dir alles wehgetan haben«, sagte Bernie. »Nur gut, dass der Boden noch nicht gefroren ist. Vielleicht bist du ja auch in einem hübschen Haufen Schafscheiße gelandet.«

Alle lachten, aber es war ein nervöses Lachen. Tig meinte, Schafscheiße könne es nicht gewesen sein, weil Hercel nicht stank. Barton sagte, Hercel könne sich glücklich schätzen, dass er sich nicht den Hals gebrochen hatte. Bernie sagte gar nichts. Man konnte sich nur schwer vorstellen, wie ein Junge oder sonst jemand mit dem Rad geradewegs gegen die Mauer fuhr.

»Die Kojoten werden immer frecher, je mehr sie werden«, sagte Barton. »Vor Kurzem wurde ein Mann in Massachusetts angegriffen, und mehrere Kinder wurden hier in Rhode Island angefallen. Und von ihren Haustieren können die Leute sich gleich verabschieden, wenn sie die draußen lassen. Letzten Monat hat eine Meute Kojoten einen Rottweiler erledigt. Die neuenglischen Kojoten sind größer als die im Westen. Sie haben mehr vom Wolf in sich. Du hast Glück, dass du nicht geendet hast wie Wrestling Brewster.«

»Wieso?«

»Er wurde in den sechziger Jahren des achtzehnten Jahrhundert auf der Jagd von Wölfen getötet. Damals gab es nicht mehr viele Wölfe, aber sie haben ihn trotzdem erwischt. Du weißt, er hatte seinen Namen bekommen, weil es hieß, er habe mit dem Teufel gerungen, und die Leute sagten, der Teufel habe ihn geschnappt, der Teufel in Gestalt von Wölfen.«

»Barton, das brauchen sie nicht zu hören«, sagte Bernie.

»Hast ja recht, hast ja recht. Glaubst du, dass du mit dieser Krücke zurechtkommst, Hercel? Dein Rad muss noch vor der Mauer liegen, wenn die Kojoten es nicht gefressen haben. Ich schätze, es wird ziemlich verbeult sein. Ich werde sehen, ob ich es wieder hinkriege.«

Zwanzig Polizisten und State Trooper sowie ein FBI-Agent drängten sich am Samstagmorgen um acht Uhr in einen Konferenzraum auf dem Polizeirevier von Brewster zu einer Besprechung unter der Leitung von Captain Tom Brotman, dem Detective Commander der State Police. Phil Hilkavich, der Commander von District B, übernahm den stellvertretenden Vorsitz. Woody, Bobby Anderson, Chief Bonaldo, ein Lieutenant und mehrere Detectives aus South Kingstown, Naturpark-Ranger, ein Stammespolizist und ein paar andere saßen um den rechteckigen Tisch herum. Bonaldo hatte für Kaffee und Donuts gesorgt. Eine Sekretärin führte Protokoll, und die Stimmung war düster.

Captain Brotman war ein Veteran der State Police mit dreißig Dienstjahren. Er besaß Diplome in Öffentlicher Sicherheit, Kriminologie und Psychologie. Wie vielen Autoritätspersonen war ihm klar, dass er umso genauer beobachtet wurde, je höher er aufstieg - von Presse, Fernsehen, Kollegen, Freunden, Feinden, einfach von allen. Der Trick bestand darin, es zu wissen, ohne sich davon beeindruckt zu zeigen. Natürlich hatte er schon erlebt, wie Leute von ihrer professionellen Paranoia zugrunde gerichtet worden waren, Leute, die sich in eine Position manövriert hatten, in der es unmöglich wurde, noch zu handeln, weil jede denkbare Konsequenz zur Bedrohung wurde. Groß, imposant und mit einer kraftvollen Baritonstimme, sah Brotman eine ganze Reihe von Gefahren, die ihn mit Schlamm bespritzen konnten. Die barbarische Natur der Verbrechen, das in der Öffentlichkeit noch nicht angesprochene Thema von Hexenzirkeln, Menschenopfern und schwarzer Magie – das war ein Rezept für Hysterie, und mit der Hysterie würde die Frage aufkommen: »Warum *unternehmen* die Behörden und speziell Tom Brotman denn nichts?«

Captain Brotman ließ sich solche Befürchtungen nicht anmerken. Vielleicht trank er mehr Wasser als üblicherweise, fuhr sich mit der Zunge über die Lippe, trat von einem Fuß auf den anderen und zupfte öfter als sonst am Jackett seines grauen Anzugs, und wer ihn gut kannte, sah es auch.

Er fing mit einer Schilderung der beiden Verbrechen an und räumte ein, dass es keine klaren Hinweise auf einen Zusammenhang gebe. In den Augen der Öffentlichkeit bestand der Zusammenhang in der Bösartigkeit beider Taten, doch das musste nicht unbedingt etwas bedeuten. Die einzige Verbindung war das bisschen Schlamm, das auf dem Boden im Krankenhaus gefunden worden war und das höchstwahrscheinlich, aber nicht mit Sicherheit, aus dem Great Swamp stammte. Infolgedessen mussten sie noch härter arbeiten – keine freien Tage und keine Ausreden. Er ließ Fotos von der Säuglingsstation verteilen, die jedoch nur mäßig interessant waren. Als Nächstes kamen Fotos von der Schlange, darunter eins von Chucky Stubbs, dem Sergeant im Tierheim, der das Tier hochhielt, um zu zeigen, wie lang es war. Chucky war ungefähr eins siebzig groß. Die Schlange war eine Handbreit länger.

Dann ließ Brotman Fotos von dem toten Ernest Hartmann in dessen Ford Focus herumgehen. Die nächsten zeigten ihn auf einer Trage mit Vorder-, Rück- und Seitenansichten seines skalpierten Schädels, und schließlich sah man ihn nackt auf dem Tisch des Leichenbeschauers, wo auch die Messerstichwunde in seiner Brust zu erkennen war. Aber die Männer und Frauen im Besprechungsraum sahen nur den skalpierten Kopf. Bobby sagte später: »Ich bin froh, dass ich das vor dem Lunch und nicht danach gesehen habe.« Die Skalpierungsfotos unterstrichen den Ernst ihrer Aufgabe – nicht, dass diese Erinnerung noch nötig gewesen wäre. Die Sache war nicht schlimmer als eine tödliche Schießerei in einer Bar, wenn auch grausiger. Hier war das Opfer, da das Grauen, und das eine stand neben dem anderen wie ein Mann neben einem Elefanten.

Als Letztes kamen Fotos von dem Smiley, und sie waren wie ein komischer Hut auf dem Kopf des Elefanten – als hätte man ihn mit Glöckchen und Fransen behängt. Der Smiley war so abscheulich wie die Skalpierung an sich, gehörte jedoch in eine andere Kategorie. Die Skalpierung war barbarisch, der Smiley ein Bild des Wahnsinns. Anscheinend hatte jemand dafür den Finger in das Blut getaucht, aber da kein Fingerabdruck gefunden worden war, nahm Brotman an, dass der Künstler – vermutlich der Mörder – Gummihandschuhe getragen hatte.

Captain Brotman berichtete sodann, was bisher unternommen worden war. Die Anwohner in der Nachbarschaft des Krankenhauses waren befragt worden, doch niemand hatte etwas Ungewöhnliches gesehen. Ein Mann gab an, Kojotengebell gehört zu haben. Ein Krankenwagenfahrer namens Seymour Hodges, der hinter dem Krankenhaus geparkt hatte, hatte ebenfalls Kojoten gehört und behauptete, sie seien um den Krankenwagen herumgelaufen – etwas, das der Sanitäter, Jimmy Mooney, nicht bestätigt hatte. Auch die Anwohner der Liberty Lane, die zum Sumpf führte, waren befragt worden, aber wiederum hatte niemand etwas Ungewöhnliches bemerkt. Eine Frau hatte am Donnerstagabend einen kleinen blauen Wagen gesehen, der in Richtung Sumpf fuhr, irgendwann zwischen acht und neun, doch dann hatte sie die Kinder ins Bett gebracht und wusste nicht, ob er zurückgekommen war.

Steve Tovaldis, der die Leiche gefunden hatte, war vernommen worden. Er war Lehrer an der Junior Highschool in South Kingstown, verheiratet und Vater von drei Kindern zwischen neun und fünfzehn. Er war bei seinen Nachbarn beliebt und stets hilfsbereit, wenn man ihn brauchte, und er wohnte seit fünfzehn Jahren in demselben Haus. Nach Wiccanern hatte man ihn nicht gefragt, und Brotman wies den Polizisten aus South Kingstown an, das nachzuholen.

Nach den Berechnungen des Rechtsmediziners war Hartmann irgendwann zwischen acht und zehn Uhr gestorben. Zum Abendessen hatte er drei Ecken Pizza – Käse und Salami – in Rudi's Pizza in der Stadtmitte von Brewster zu sich genommen und dazu eine Pepsi Light getrunken. Er hatte allein gegessen und um achtzehn Uhr dreiundzwanzig seine Rechnung bezahlt.

In Hartmanns Motelzimmer hatte man Haarpflegeprodukte von Anthony Logistics for Men gefunden: Shampoo, Conditioner und Frisiercreme mit Duftnoten von Kokosnuss, Jojoba-Öl, Kamille, Pfefferminz und Aloe. Sie wurden zur Wäsche und Pflege im Rahmen eines individuellen Haarpflegeprogramms benutzt, vermutlich von Hartmann.

Ein Kriminalist aus dem staatlichen Kriminallabor sowie ein Kriminaltechniker und ein Arzt aus der Rechtsmedizin hatten sich der Spurensicherungseinheit angeschlossen. Man hatte Abdrücke von den Fußspuren des Mörders genommen – das heißt, man nahm an, dass es sich um die Fußspuren des Mörders handelte. Sie stammten von Timberland Pro Terrenes mit leicht abgenutzten, rutschfesten SafeGrip-Gummisohlen der Schuhgröße 45. In der Umgebung des blauen Ford Focus waren zwar noch andere Abdrücke gefunden worden, aber diese waren die jüngsten. Man hatte indessen auch noch Abgüsse von vier anderen Spuren genommen. Der Kriminalist aus dem Labor reichte ein Blatt herum, auf dem die fünf Schuhtypen detailliert beschrieben waren, mit den Pro Terrenes oben auf der Liste. Beigefügt war ein Verzeichnis von Geschäften, in denen Pro Terrenes zu haben waren. Angesichts des Internethandels war dies aber wahrscheinlich Zeitverschwendung.

Daneben gab es Spuren der beiden gelben Labradors, die

Tovaldis gehörten, und von drei oder vier Kojoten, die durch den Blutgeruch angelockt worden waren.

Das Fenster an der Fahrerseite des Focus war vollständig geöffnet gewesen. Hartmann war durch einen aufwärts geführten Stich mit einer langen Messerklinge getötet worden. Die Klinge war ins rechte Herzventrikel gedrungen und dann gedreht worden, sodass sie die Pulmonalklappe, den rechten Vorhof und die Aorta durchschnitten hatte. Dasselbe Messer war vermutlich zum Skalpieren benutzt worden. Der Täter hatte die Haut oberhalb von Hartmanns Stirn mit einem waagerechten Schnitt durchtrennt.

Bei der Spurensicherung im Krankenhaus war die Hälfte der in der Säuglingsstation gefundenen Fingerabdrücke identifiziert worden. Alice Alessios Fingerabdrücke hatte man in ihrer Wohnung sichergestellt, da sie selbst immer noch nicht aufzufinden war. Die Analyse der auf dem Boden gefundenen Schlammspuren wies auf ein Süßwasserfeuchtgelände hin, und die darin enthaltenen organischen Bestandteile – Weiße Scheinzypresse, Tupelobaum und Lorbeer – passten zum Great Swamp.

Profile waren erstellt worden – von Krankenschwestern, Ärzten, Pflegern, Mitarbeitern, Patienten und Besuchern, die entweder kürzlich im Haus gewesen waren oder deren Arbeit sie auf die Säuglingsstation geführt haben konnte, aber auch von denen, die im Sumpfgebiet arbeiteten oder an der Liberty Lane wohnhaft waren.

Woody berichtete von seinem Gespräch mit Schwester Ashe-rah MacDonald, und man vereinbarte einen konzertierten Einsatz, bei dem Gespräche mit weiteren Wiccanern und mit dem im You-You beschäftigten Männern und Frauen geführt werden sollten. Woody erläuterte die Unterschiede zwischen Wiccanern, Neopaganisten und Satanisten und fügte hinzu, dies seien nur allgemeine Kategorien. Wiccanische und neopaganistische Webseiten ließen vermuten, dass es im Staat etwa fünfhundert einschlägig organisierte Personen gebe. Die meisten seien offenbar gewaltlose, wohlmeinende Idealisten. Über Satanisten wisse er nichts, ergänzte er. Für die Polizei seien die extremeren Gruppierungen wohl von größerem Interesse. »Tatsächlich«, sagte Woody, »fangen sie ziemlich extrem an und werden dann immer extremer.«

Captain Brotman wies darauf hin, dass Wicca gerichtlich als Religion anerkannt sei. In den Vereinigten Staaten sei die Bewegung seit mehr als fünfzig Jahre aktiv und umfasse schätzungsweise zweihunderttausend Mitglieder. Wicca stehe unter dem Schutz des Ersten Zusatzartikels zur Verfassung, und beim Militär gebe es wiccanische Feldgeistliche. Infolgedessen müsse man darauf achten, nicht den Eindruck von Diskriminierung oder Verfolgung zu erwecken. Ein paar Anwesende reagierten darauf mit Blicken, die besagten, jetzt hätte man »wirklich alles gesehen«.

Bobby erzählte von seinem Gespräch mit Peggy Summers und ihrer Mutter. »Wie es aussieht, wurde sie praktisch vergewaltigt, und zwar von einem maskierten Kerl. Sie glaubt, dass zahlreiche Personen dabei anwesend waren, die allesamt Pilze und diverse illegale Substanzen konsumiert hatten. Sie erinnert sich sehr vage an das Ereignis, doch sie glaubt, andere hätten um sie herum getanzt, während sie vergewaltigt wurde. Aber es ist nicht so, dass sie sich gewehrt hätte oder dergleichen. Der Mann hat ausgenutzt, dass sie high war. Sie sagt, sie sei hingegangen, weil es sich angeblich um eine Party handelte. Entweder will sie es nicht sagen, oder sie weiß nicht, wer ihr den Vorschlag gemacht hat. Man habe ihr gesagt, dort seien Leute, die sie kenne, aber sie habe niemanden gesehen. Freies Essen, freie Drogen – das habe sich gut angehört, aber auf dem Weg dorthin wurden ihr die Augen verbunden.«

Man besprach das Problem der verschwundenen Plazenta.

Wer hatte Gelegenheit gehabt, sie zu entwenden? War sie zum selben Zeitpunkt gestohlen worden, als auch das Baby verschwand? Und aus welchem Grund wurde sie gestohlen? Und noch einmal: Wer wusste, dass Hercel eine Kornnatter besaß? Na ja, die ganze Nachbarschaft und viele Kinder in der Schule, denn Hercel hatte sie im September mitgebracht, um sie der Klasse zu zeigen. Woody erklärte, tatsächlich habe die Schlange keinen Namen. Den Namen »Satan« habe eine Lokalreporterin erfunden.

»Wir haben es mit zwei verschiedenen Fällen zu tun«, sagte Brotman, »und wir sollten da nichts vermischen. Vielleicht gibt es einen Zusammenhang zwischen der Entführung und dem Mord, vielleicht auch nicht. Aber dann – was steckt hinter der Schlange und der Skalpierung? Wir nehmen an, dass sie Teil eines Rituals sind, doch beides kann auch nur den Zweck haben, uns auf eine falsche Spur zu locken. Was wissen wir über Hartmann?«

Ein Cop aus Boston und ein Detective der State Police berichteten noch einmal, dass Hartmann einem Bekannten etwas über Gräber, Indianergräber und Indianer im Allgemeinen erzählt habe. Aber der Bekannte habe kaum zugehört. Ein Dutzend von Hartmanns Freunden und Bekannten sei befragt worden, ebenso seine Ex-Frau in L.A., doch niemand habe Erkenntnisse darüber, warum Hartmann nach Brewster gefahren sei, und sie hätten auch nicht gewusst, dass er verschwunden war. Anscheinend stehe aber fest, dass er eine Browning Hi-Power und eine Münze mit wiccanischen Symbolen mitgeführt habe. Brotman verteilte eine Zeichnung der Münze, die Gabe Strauss im You-You angefertigt hatte.

»Es ist möglich«, sagte er, »dass Hartmann die Waffe nicht bei sich hatte. Wenn doch, ist sie höchstwahrscheinlich in den Händen des Mörders.« Er reichte Fotos der Waffe herum. »Es handelt sich um eine halbautomatische Single-Action-Pistole vom Kaliber neun Millimeter mit einer Ladekapazität von dreizehn Schuss im Magazin und einer Patrone in der Kammer. Die effektive Reichweite beträgt hundertfünfzig Meter.«

Der indianische Stammespolizist gab seiner Besorgnis Ausdruck, die Skalpierung und die Erwähnung indianischer Gräber diene nur dazu, den Verdacht auf den Stamm zu lenken. Brotman habe mit dem Stammeshäuptling und einigen Mitgliedern des Stammesrats besprochen, wie sie vorgehen sollten, aber er wolle die Kollegen erinnern, dass keines der beiden Verbrechen auf Stammesland begangen worden sei und nichts auf eine Beteiligung von Native Americans hinweise. Davon abgesehen aber hätten Stammespolizisten einige Native Americans befragt, die im Umkreis von einigen Meilen um den Mordschauplatz wohnten, und sie würden weitere befragen, wenn es nötig wäre. Er wolle indessen darauf hinweisen, dass die meisten Skalpierungen in der zweiten Hälfte des neunzehnten Jahrhunderts auf das Konto weißer Kopfgeldjäger gegangen seien.

Dann zählte er ein paar Fakten über das Massaker im Great Swamp am 19. Dezember 1675 auf. Erstens: Die Narragansetts waren zu diesem Zeitpunkt mit niemandem im Krieg. Zweitens: Die mehr als tausend Native Americans, die getötet wurden, waren überwiegend Frauen, Kinder und alte Leute. Die, die entkommen konnten, zogen sich tiefer in den Sumpf zurück, und die Gefangenen wurden als Sklaven in die Karibik verkauft.

»Seit der Zeit des Massakers«, fuhr er fort, »behaupten ein paar Leute, die Geister der toten Krieger spuken im Sumpf. Jetzt sagen sie, der Geist eines Kriegers habe Hartmann skalpiert. Das ist nicht nur albern, es ist üble Nachrede, und Sie können sich vorstellen, wie es sich auf die Ermittlungen auswirken kann.«

»Wie denn?«, fragte ein Cop aus South Kingstown.

»Sie können einem Geist keine Handschellen anlegen, und

Sie können ihn nicht einsperren. Sie schieben die Schuld auf einen Geist, und alle anderen kommen ungeschoren davon.«

Bobby schilderte, wie Carl Krause sich benommen hatte, und Bonaldo teilte mit, er habe einen Anruf beim Polizeichef in Oswego geplant, den er aber noch nicht getätigt habe. Bobby sagte, er wolle auch mit Hamilton Brantley reden, dem Eigentümer von Brantleys Bestattungsinstitut, der Krause stundenweise als Helfer beschäftige.

Woody bekam weitere Polizisten und Trooper zugewiesen, die ihm helfen sollten, Alice Alessio aufzustöbern. Ihre Personenbeschreibung war an andere Police Departments, an Krankenhäuser und an den Leichenbeschauer weitergeleitet worden.

Es gab noch mehr. Es gibt immer noch mehr. Der FBI-Agent erörterte die möglichen Gründe für eine Entführung, Menschenopfer eingeschlossen. Da Polizisten eher konservativ eingestellt sind, kam er damit nicht gut an. Schlangen, geraubte Babys, Hexerei, Skalpierungen und die Geister indianischer Krieger hoben den Deckel von einer Welt, deren Existenz sie immer befürchtet hatten. Sie alle hatten schon schreckliche Dinge gesehen, und jetzt verhieß man ihnen noch schrecklichere; so sahen sie es wenigstens.

»Achten Sie darauf«, sagte Captain Brotman zum Schluss, »dass Sie nicht mit Reportern reden. Wenn sich Geschichten von Hexen und all dem anderen herumsprechen, wird sich unsere Arbeitsbelastung verdreifachen, und dann ist die Stadt voll von Neugiertouristen.«

Beim Verlassen des Gebäudes sagte Bobby zu Woody: »Eine absolute Riesenscheiße.«

»Du bist in letzter Zeit ein bisschen zynisch, findest du nicht?«

»So werde ich, wenn man mit Schrotflinten auf mich zielt. Das ist 'ne persönliche Sache. Am Ende denke ich über meine Sterblichkeit nach, und das ist ein Thema, das ich gern vermeide. Ich sollte nach Tahiti ziehen und Brotfruchtbäume züchten.«

»Tahiti würde dir nicht gefallen«, sagte Woody. »Dort ist es voll von Touristen. Versuch's mit Pitcairn Island. Da wohnen weniger als fünfzig Leute. Du könntest den Genpool vergrößern.«

»Mögen sie da Schwarze?«

»Was bliebe ihnen anderes übrig?«

Sie gingen hinaus auf den Parkplatz. Es war kurz nach elf an einem strahlenden Herbsttag. Eine steife Brise schüttelte die Bäume, und die Morgensonne ließ die Kirchtürme aus dem neunzehnten Jahrhundert leuchten. Eine Krähe äußerte einsilbig ihre Ansicht; niemand antwortete und bewies ihr das Gegenteil. Laubbläser waren in Betrieb und irgendwo auch eine Motorsäge.

»Glaubst du, es gibt viele Kojoten hier in der Gegend?«, fragte Bobby.

»Im Vergleich wozu?«

»Na, als ich klein war, gab's hier keine. Dann sagten einige, sie hätten welche gesehen, und andere meinten, sie irrten sich. Dann sagten alle, sie hätten welche gesehen, und jetzt sagen sie, sie hätten viele gesehen.«

»Du weißt, dass es in Chicago zweitausend Kojoten gibt?«

»Mann, Chicago interessiert mich nicht. Ich rede von hier. Wir haben einen ganzen Haufen.«

Beiden glaubten, Angst im Blick des anderen zu erkennen, und jeder hoffte, ihm selbst wäre sie nicht anzusehen.

Nach der Besprechung ging Chief Bonaldo zu seinem Büro am Ende des Ganges, mit langsamen Schritten, für den Fall, dass jemand mit ihm reden wollte. Er wollte es ihnen leicht machen, ihn einzuholen. Aber niemand wollte mit ihm reden, sondern nur miteinander. Er hörte ihr Lachen und ihre lebhaften Stimmen. Sie gehörten einer auserwählten Bruderschaft an, in der er kein Mitglied war. Er war nur *kommissarischer* Polizeichef. Und selbst wenn er zum Polizeichef ernannt werden sollte – was immer unwahrscheinlicher zu sein schien –, würden sie ihn vermutlich nicht in ihre Bruderschaft aufnehmen. Er sagte sich, es gebe keinen vernünftigen Grund für diese Annahme. Es sei nur ein ungutes Gefühl.

Nun war es nicht so, dass Fred keine Freunde hatte, doch die meisten seiner Freunde waren Freimaurer. Er bewunderte sie, er liebte sie sogar, aber sie waren keine Polizisten. Fred war mit seinem Arzt befreundet, mit seinem Zahnarzt, mit seinem Anwalt. Er war gut befreundet mit Tony Caprio, dem Eigentümer von Caprio's Toyota. Er war gut befreundet mit Father Pete von St. John's, und es gab nichts, was er ihm nicht erzählen würde. Er war sogar befreundet mit den Ehemännern der Freundinnen seiner Frau, und das war eine ziemlich gemischte Truppe. Doch keiner von denen war Polizist.

Das war zum Teil der Grund, weshalb er den Polizeichef von Oswego noch nicht angerufen hatte. Selbst wenn Fred sich nicht als kommissarischer Polizeichef vorstellte, würde der Mann oder die Frau es ganz sicher an seiner Stimme erkennen und hören, dass er mehr Immobilienmakler als Polizist war. Fred malte sich aus, wie die Stimme des Chiefs von Oswego kühl werden würde. Das konnte er in diesem Augenblick seines Lebens nicht gebrauchen, wirklich nicht. Leute, die an seine Tür klopften und sich danach drängten, mit ihm zu sprechen, um ihn mehr oder weniger deutlich wissen zu lassen, dass er ein Leichtgewicht war. Nein, das wollte er nicht hören, nicht von einem Cop aus Oswego, der nicht mal aufs Meer hinausschauen konnte, wenn er niedergeschlagen war.

Andererseits war Fred klar, dass er den Anruf tätigen musste, schon um Baldos willen, seines Lieblingssohns, der aussah wie eine Miniaturversion von ihm, der arme Junge. Baldo war ganz aufgeregt aus der Schule gekommen, und sein rundes Gesicht hatte gestrahlt wie eine Hundert-Watt-Birne. Fred sah es gern, wenn sein Sohn glücklich war. Das versüßte ihm den Tag. Und dann hatte Baldo gesagt: »Ich habe mit Hercel Freundschaft geschlossen. Er ist toll! Er wird mein bester Freund. Er kann coole Zaubertricks.«

Fred erinnerte sich an Hercel. Er war der Stiefsohn von Carl Krause. Also hatte er gesagt: »Bist du sicher, dass das eine gute Idee ist?«

Baldo war die Zurückhaltung seines Vaters nicht entgangen. »Na klar. Es ist phantastisch. Warum sollte es keine gute Idee sein?« Seine Begeisterung hatte sich in Wachsamkeit verwandelt.

Was hätte Fred sagen sollen? Dass Carl Krause ein Irrer war? Unbeherrscht und potenziell gewalttätig? Das waren keine Adjektive, die er Carl zu Ohren kommen lassen wollte. Er wusste auch, dass Baldo darüber lachen würde. Welchen Grund hätte er sonst nennen können? Die gesellschaftliche Stellung der Familie? Dass sie nicht römisch-katholisch waren? Nicht in Brewster geboren? Die falsche Automarke fuhren?

»Vielleicht hast du recht«, hatte Fred gesagt. »Er sieht aus wie ein guter Junge. Vergiss nur nicht, wenn du jemanden kennenlernst, zeigt er sich immer von seiner besten Seite. Erst wenn du ihn besser kennst, kommen seine komischen Eigenschaften zum Vorschein.«

»Für Hercel gilt das nicht«, hatte Baldo eifrig beteuert. »Anfangs konnte er mich nicht ausstehen. Es hat lange gedauert, bis er mich mochte. Er ist sozusagen langsam auf den Geschmack gekommen.«

Und so beschloss Fred, in Oswego anzurufen. Vielleicht gab es dort einen offenen Haftbefehl gegen Carl Krause. Oder etwas ähnlich Nützliches.

Der Polizeichef von Oswego war Matthew McGarrah, und

es hatte mehrere Anrufe und eine Menge Erklärungen erfordert, bevor Fred dessen Privatnummer bekommen hatte. Zunächst ergingen sie sich in einer längeren Plauderei, bevor sie endlich zur Sache kamen. »Kennen Sie eigentlich den alten Soundso?« »Wir hatten schon zwanzig Zentimeter Schnee.« Aber dann kam Chief MacGarrah zum Wesentlichen: »Carl ist ein prima Kerl, wenn er seine Medikamente nimmt.«

Fred überlief es kalt. »Was meinen Sie damit?«

»Er wird paranoid und ein bisschen gewalttätig. Er hat einen Mann in einer Bar zusammengeschlagen. Wenn er seine Medikamente nimmt, ist er wirklich charmant. Dann tut er alles für Sie, Sie brauchen ihn nur zu fragen. Aber er war dreimal zur EKT im Benjamin Rush. Hat ihm ungeheuer gutgetan. Allerdings immer nur für eine Weile.«

Die Bitte um Erläuterung ergab, dass Carl in einer Klapsmühle in Syracuse einer Elektrokrampftherapie unterzogen worden war, genau wie Jack Nicholson in *Einer flog über das Kuckucksnest. Zapp zapp*, und das Gehirn verschwand in der örtlichen Stromversorgung. Kein Wunder, dass Carl sich so komisch benahm. Fast hätte Fred Mitleid mit ihm bekommen.

Sie plauderten noch ein bisschen, und Fred bekam Namen und Telefonnummern eines Psychiaters in Oswego, der Carl behandelt hatte, und mehrerer Ärzte in der Benjamin-Rush-Klinik.

»Carl ging es zwei Jahre lang gut, bevor er nach Osten gezogen ist. Ich dachte, er wäre geheilt. Ist alles in Ordnung mit ihm?«

»Vielleicht«, sagte Fred. »Wir waren nur neugierig, das ist alles.«

Als Nächstes rief Fred bei Captain Brotman an und gab die Informationen weiter. Seiner Ansicht nach wäre es besser, wenn Brotman Kontakt zu den New Yorker Psychiatern aufnehme. Er hatte mehr Gewicht und würde sich durch das Gerede von der Verschwiegenheitspflicht nicht abschrecken lassen. Herrgott noch mal, diese Psychiater waren doch keine Priester. Tatsächlich waren die meisten ja Atheisten oder Juden.

Bobby Anderson trennte sich gegen halb zwölf auf dem Parkplatz von Woody, stieg in seinen Z, ließ den Motor ein paarmal aufheulen, um die Eichhörnchen zum Flitzen zu bringen, und fuhr zu Brantleys Bestattungsinstitut am anderen Ende der Water Street. Obwohl er schon viele Tote gesehen hatte, empfand er Unbehagen bei der Phase des Übergangs zwischen Tod und Friedhof oder Krematorium, in der das Make-up aufgetragen und die Toten wieder zum Leben erweckt werden, bei allseits guter Laune. Er hatte Leute gesehen, die bei Autounfällen zermatscht und wieder zusammengesetzt worden waren und aussahen wie das blühende Leben, solange man blinzelte. Er fand das gespenstisch. »Die Menschen brauchen einen Abschluss«, sagte Shawna dazu. »Was mich angeht«, hatte er geantwortet, »ist der Tod Abschluss genug. Es ist, als erweckten sie jemanden wieder zum Leben und brächten ihn dann noch einmal um.«

Das Bestattungsinstitut war, wie so viele an der Ostküste, zu Anfang eine viktorianische Villa gewesen, die einem einheimischen Bonzen gehört hatte: ein asymmetrisches graues Haus mit einem Türmchen auf der linken Seite, einer Veranda, die um die Vorderfront herumführte, und einem einzelnen Giebel mit drei Fenstern im zweiten Stock. Das Dach war mit regelmäßig gemusterten Schieferpfannen gedeckt. Nur im Süden, dachte Bobby, fand man Beerdigungsinstitute in Bungalows oder sogar Mobilheimen.

Bobby parkte an der Rückseite und überprüfte sein Lächeln. Ein paar Augenblicke später saß er in der ruhigen Ausgewogenheit von Brantleys Büro – weiche Sessel, leise Musik, gedämpfte Farben. Schreibtisch und Aktenschrank waren aus poliertem Mahagoni. Modern war nur der Computerbildschirm.

»Nennen Sie mich Ham, das tut jeder«, sagte Digger Brantley.

Wie bei Fred Bonaldo und Chief MacGarrah vergingen ein paar Minuten mit Smalltalk. »Ja, ich bin in diesem Haus aufgewachsen, aber wir haben dann etwas Moderneres in der James Street bezogen. Jenny – das ist meine Frau – wollte mehr Privatsphäre haben. Ich habe erst in der Schule erfahren, dass andere Kinder nicht mäuschenstill sein mussten, sobald das Telefon klingelte. Ich habe immer noch eine kleine Wohnung oben im Turm für den Fall, dass wir wirklich viel zu tun haben.«

Brantley war ein gepflegt aussehender, grauhaariger Mann in einem blauen Anzug mit Weste. Sein rundes, glatt rasiertes Gesicht war von einem gesunden Rosa, und seine Stimme klang zuversichtlich und gedämpft. Er war noch nicht korpulent, machte jedoch den Eindruck, als hätte er Freude an fleischlichen Genüssen. Im Rahmen eines kurzen Überblicks über seine Laufbahn erwähnte er beiläufig, er habe seinen Vater einbalsamiert und beim Einbalsamieren seines Großvaters geholfen. »Das war für mich eine große Ehre«, sagte er.

Bobby begriff, dass Brantley es im Gegensatz zu ihm nicht gespenstisch fand, seinen alten Herrn einzubalsamieren. Brantley hatte zweifellos einen ausgeprägten Sinn für seine eigene Sterblichkeit, aber er sah den Tod mit anderen Augen als Bobby. Die Beisetzung eines Menschen, der ein hohes Alter erreicht hatte, war in den meisten Fällen eine stille Gedenkfeier für ein gut gelebtes Leben. Für Kranke und Leidende hatten die Qualen gottlob ein Ende. Bei den Jungen hatte man die Pflicht, der Familie zu helfen, beim Trauern und beim Blick nach vorn. Brantleys Beruf, wie er ihn beschrieb, war geprägt von staatsbürgerlicher, gesellschaftlicher und religiöser Verantwortung. Er hoffte darauf, die Überlebenden zu seinen Freunden zu machen. Und viele waren schon seine Freunde. Schließlich waren er und Jenny in Brewster aufgewachsen.

»Leider muss man sagen, dass Familienbetriebe in der Bestattungsbranche im Aussterben begriffen sind«, sagte er. »Die Großunternehmen breiten sich immer mehr aus. Service Corporation International ist das größte. Sie betreiben mehr als fünfzehnhundert Bestattungsinstitute und besitzen mehr als vierhundert Friedhöfe hier in den USA. In den meisten Fällen hat man es da nicht mehr mit einem ausgebildeten Bestatter zu tun, sondern mit einem Verkäufer, der sämtliche Verkäufertricks beherrscht. SCI wird an der New Yorker Börse gehandelt, und sie müssen ihre Aktionäre bei Laune halten. Entschuldigen Sie, dass ich so ausführlich darüber rede, aber es bringt mich in Harnisch, wie mein Großvater zu sagen pflegte. Früher wurde nur einer von zehn Verstorbenen eingeäschert, und heute ist es mehr als die Hälfte. In zwanzig Jahren wird sich weniger als ein Viertel noch für eine Erdbestattung entscheiden. Zum Glück haben wir unser eigenes Krematorium in der Nähe von Hope Valley, das auch den Bedarf einiger anderer Bestattungsunternehmen im South County befriedigen kann. So geht zu Hause der Ofen nicht aus, könnte man sagen.«

Bobby sah ihn kurz an, doch Brantley behielt seinen gütigen Gesichtsausdruck bei. Bis jetzt hatte Brantley ihn noch nicht nach dem Grund für seinen Besuch gefragt. Bobby vermutete, es gehörte zu Brantleys Beruf, sich in Geduld zu üben und den Eindruck zu erwecken, er habe alle Zeit der Welt für Bobbys Nöte.

»Ich interessiere mich für einen Ihrer Mitarbeiter«, sagte er. »Carl Krause. Wir ermitteln nicht gegen ihn, und soweit ich weiß, hat er auch nichts verbrochen. Ich möchte ihn deshalb nicht in Schwierigkeiten bringen.«

Brantley lächelte gütig. Hinter diesem Lächeln, dachte Bobby, konnte sich alles Mögliche verbergen. Nicht unbedingt etwas Schlechtes, sondern eben einfach alles.

»Carl ist eine große Hilfe, auch wenn er nur einen Teilzeitjob hat. Wie Sie sich vorstellen können, braucht ein altes Haus wie dieses eine Menge Wartung, und Carl ist ein Handwerker, der fast alles kann – klempnern, tischlern, Elektroarbeiten erledigen, anstreichen und verputzen. Wir können von Glück sagen, dass wir ihn haben. Gesellig ist er nicht, aber das muss er auch nicht sein. Bei Aufbahrungen hält er sich fern. Ich habe vier Vollzeit- und zwei weitere Teilzeitmitarbeiter. Keiner hat sich je über Carl beschwert. Hat Ihr Interesse einen speziellen Anlass?«

Bobby hatte das Gefühl, vieles und gar nichts erfahren zu haben. »Hat er schon mal Wutausbrüche gehabt?«

Brantley lachte. »Haben wir die nicht alle mal? Aber im Ernst – ich habe wohl festgestellt, dass er manchmal reizbar sein kann, doch das habe ich der Tatsache zugeschrieben, dass er eben, nun ja, nicht gesellig ist. Streit hat er jedenfalls mit niemandem hier gehabt. Ich hoffe, ich kann ihn ein wenig ausbilden – auf ganz einfachem Niveau –, damit er im Vorbereitungsraum helfen kann. Da ist es immer ruhig, nur sind manche Leute allzu zart besaitet, wie Sie sich vielleicht denken können.«

Als Nächstes machten sie einen Rundgang durch das Bestattungsinstitut. Brantleys Frau hatte das Erdgeschoss großenteils selbst gestaltet. »Jenny hat einen wundervollen Blick für Details. Das ist eine Gabe.« Bobby gefielen die Mietsärge für Leute, die sich einäschern lassen wollten, und er hörte mit Entsetzen, dass manche Familien zwölf Riesen für einen Sarg ausgaben, der in Rauch aufgehen würde. Es gefiel ihm, dass Leute sich mit ihren Golfschlägern, ihrem Angelzeug oder ihren Barbiepuppen begraben ließen, und er hörte mit Entsetzen von einer Frau, die ihre beiden Katzen hatte einschläfern lassen, damit sie zu ihr in den Sarg gelegt werden könnten. Beim Anblick des Vorbereitungsraums und des Balsamiertisches fröstelte ihn.

Ham Brantley lachte. »Die Toten haben für mich nichts Geheimnisvolles.«

Woody war dabei, die Personalbögen der Männer und Frauen zu lesen, die im Laufe der Woche vor der Entführung des Summers-Babys Zugang zur Säuglingsstation gehabt hatten, als es klopfte.

»Herein!«, rief er.

Dr. Jonathan Balfour trat ein und schloss die Tür hinter sich. Sein Gesichtsausdruck war abwechselnd arrogant und betreten. »Ich habe ein Geständnis zu machen.«

Dr. Balfour war ein gertenschlanker, beinahe zierlicher junger Mann mit dichtem blondem Haar, das ihm wellig in die Stirn fiel. Er hatte die langen Finger eines Basketballspielers oder Pianisten. In seiner Khakihose mit dem weißen Hemd unter einen blauen V-Ausschnitt-Pullover und seinen Slippern, Marke Sperry Top-Sider, sah man ihm den Absolventen einer altehrwürdigen Ostküsten-Uni auf Anhieb an.

»Ach?«, sagte Woody unverbindlich.

»Alice war bei mir, als sie auf der Entbindungsstation hätte sein sollen. Wir hatten Sex. Es ist klar, dass Sie es herausfinden werden, und deshalb wollte ich es Ihnen vorher sagen. Ich weiß nicht, wessen Schuld es war. Wir wollten es beide. Ich hatte sie wochenlang beobachtet, und als ich feststellte, dass sie genauso empfand, schien uns keine andere Wahl zu bleiben. Jetzt wird es sicher zu meiner Entlassung führen. Höchstwahrscheinlich zu ihrer auch. Sie können es ja wohl kaum geheim halten, oder? Selbstverständlich werden Sie tun, was Sie tun müssen. Ich fühle mich extrem schuldig, was das verschwundene Baby angeht.« Dr. Balfour stand mit gefalteten Händen scheinbar demütig vor ihm.

»Was Besseres fällt Ihnen nicht ein?« Woody begriff wütend, dass Balfour die Babys in Gefahr gebracht hatte. »Ihretwegen ist ein Kind verschwunden.«

»Sie haben ganz recht, wenn Sie mich verachten. Ich verachte mich ja selbst. Das alles war reines Pech. Ich bezweifle, dass Alice sich mehr als zehn oder fünfzehn Minuten von ihrem Arbeitsplatz entfernt hat. Sie war höchst beunruhigt deswegen. Im Grunde ist sie ein gutes Mädchen. Das müssen Sie mir glauben.«

Woody blieb kaum noch höflich. »Mir kommt es nicht wie Pech vor.«

»Ich meine, ich hätte mich bremsen sollen, als mir klar wurde, dass ich sie auf ungehörige Weise anschaute. In dem Moment sah es ganz einfach und unkompliziert aus – zwei Erwachsene, die ihrem Verlangen nachgeben. Aber es war nichts Alltägliches. Wochenlang habe ich beobachtet, wie ihre Schenkel sich bewegten, ich habe ihre Brüste beobachtet. Dass sie genauso empfand, war der einzige Funke, den wir noch brauchten. Wir sind übereinander hergefallen wie Tiere.«

»Und was war's dann? Brennende Leidenschaft – oder haben Sie einen Quickie runtergerissen?«

Balfour sah Woody voller Abneigung an. »Ein bisschen von beidem, ehrlich gesagt.«

»Kommt so etwas in Krankenhäusern oft vor?«

»Ich habe gehört, dass es passiert. Aber niemals mir.«

»Ist Ihnen klar, dass wir Alice Alessio im ganzen Staat suchen? Dass wir ein paar hundert Arbeitsstunden auf diese Suche verwandt haben?«

Dr. Balfour wollte etwas sagen, schüttelte dann aber nur den Kopf.

»Wissen Sie, wo sie ist?«

»Ja, ehrlich gesagt, das weiß ich. Wahrscheinlich sitzt sie in diesem Moment in meinem Wohnzimmer und weint sich die Augen aus.«

NEUN

Für eine Frau von fünfundneunzig Jahren war Maud Lord außergewöhnlich gut in Form. Oder, wie sie es ausdrückte, sie hatte die Figur eines Mädchens von siebzig. Drei Männer hatte sie begraben, und sie tickte immer noch. Zurzeit war sie solo, aber wenn sich die Gelegenheit zu einer Liebschaft noch einmal geboten hätte, wäre sie gern bereit gewesen, auch Ehemann Nummer vier zu begraben. Sie hatte drei Kinder, neun Enkel, zweiundzwanzig Urenkel und bis jetzt fünf Ururenkel.

Alle diese Erfolge schrieb Maud ihrem Spaziergang um den Block zu.

Sie hatte eine kleine Wohnung im Bereich für betreutes Wohnen im Ocean Breezes in der Oak Street. Zehn Jahre zuvor hatte sie noch ein eigenes Haus gehabt, ein großes Kolonialhaus, doch das hatte Kinder, Enkel und Urenkel in Versuchung geführt. Alle lebten im South County, und alle wollten Dinge von ihr. Der Umstand, dass Maud in einem Zwölf-Zimmer-Haus wohnte, weckte häusliche Begehrlichkeiten. Wollte sie diese alten Möbel – kostbare Antiquitäten – nicht endlich mal loswerden? Hätte sie was dagegen, wenn Hank oder Tom oder Sarah oder Betty ein paar Kleinigkeiten in einem ihrer unbenutzten Zimmer einlagerten – auf dem Speicher oder in der Garage, aber nicht im Keller, denn der war zu feucht?

Solche Vorschläge oder Ersuchen kamen fast jede Woche, und wenn Maud sie zurückwies, kam das bei ihrer liebenden

Familie nicht gut an. Sie bekamen betrübte, ja bösartige Mienen. Little Bill, ihr Lieblingsurenkel, behauptete, sie habe ihn nicht mehr lieb. Der Malteser ihres Enkels, Mr. So-Soft, knurrte sie an.

Maud gab auf. Verkaufte das Haus, verkaufte die meisten der Antiquitäten und legte den größten Teil des Geldes in Treuhandfonds für das Collegestudium ihrer Ururenkel an, die noch klein genug waren, um Manieren zu lernen.

Tatsächlich hatten die Spaziergänge lange vor ihrem Umzug ins Ocean Breezes angefangen. Oft hatte sie im Laufe ihrer drei Ehen das machtvolle Bedürfnis überkommen, einfach hinauszugehen und zu wandern. Es hatte sie auf den Appalachian Trail geführt, in die Schweizer Alpen, zu den norwegischen Fjorden und quer durch Patagonien. Jetzt beschränkte sie sich darauf, um den Block zu gehen, mitunter mehr als einmal.

Von dort, wo sie wohnte, standen ihr mehrere Wege zur Verfügung, je nachdem, ob sie nach links, nach rechts oder geradeaus ging. An diesem speziellen Samstagmorgen gegen Ende Oktober entschied sie sich dafür, nach links zu gehen – eine einfache Entscheidung, die ihr Leben veränderte.

Maud war keine Frühaufsteherin mehr – was hätte das auch für einen Sinn? –, und es war kurz vor zehn, als sie ihre Wohnung im Ocean Breezes verließ. An Regentagen oder im Winter, wenn alles vereist war, nahm sie ihren Stock mit, denn es gefiel ihr, den Zustand der Selbstständigkeit auf alle Bereiche auszudehnen, doch da an diesem milden Herbstmorgen die Sonne hell am Himmel stand, ließ sie den Stock zu Hause.

Sie war dürr, wie man es erwarten kann, und relativ groß, wenn auch fast zehn Zentimeter kleiner, als sie mit fünfzig gewesen war. Zum Lesen benötigte sie eine Brille, aber sonst nicht, und sie brauchte ihr dichtes weißes Haar nicht aufzupolstern und fluffig zu föhnen wie ein paar ihrer Altersgenossinnen im Ocean Breezes. Sie bildete sich ein, gerade und aufrecht wie eine Eiche zu sein, wenn das auch nicht mehr der Fall war. Dennoch, die leichte Krümmung in ihrem Rücken war nicht schlimmer, als sie es bei einer Siebzigjährigen gewesen wäre. Sie hatte scharfe blaue Augen, und sie sah alles. Aber sie war kein Klatschweib. Später behauptete sie, die Luft habe eine ominöse Beschaffenheit gehabt, die sie nicht recht in Worte fassen könne, doch das sagte sie zweifellos der besseren Wirkung halber.

An der Ecke der Lark Street wandte Maud sich wieder nach links. Sie sah nur wenig Verkehr – einen Tanklaster, einen UPS-Lieferwagen, Father Pete in seinem Buick auf dem Weg zum Brewster Golf Club, um vor dem Lunch noch neun Löcher zu spielen. Wenn sie Lust hatte, konnte Maud ziemlich flott gehen, aber es gefiel ihr, den Unterschied von einem Tag zum nächsten zu erleben, die Gärten und die wechselnden Farben des Laubes, zu beobachten, was die Vögel taten und welche noch da waren, wer seine Fenster putzte, wer eine Menge Post bekam und wer wenig. So sah sie sich als eine, die diesen Block las, wie man ein Buch lesen mochte.

Weil es an diesem Samstagmorgen warm war und sie ihre bequemen braunen Oxfordschuhe trug, beschloss sie, in ein – relativ gesehen – neues Territorium vorzudringen, und als sie an der Ecke der Hope Street angekommen war, bog sie nach rechts, was ihren Spaziergang um einen Block erweiterte. Sie betrachtete diesen Block als ein neueres Viertel. Maud war in Brewster zur Welt gekommen, und sie konnte sich erinnern, wie diese Häuser in den dreißiger Jahren gebaut worden waren, sah noch die Maultiere vor sich, die benutzt wurden, um die Fundamente zu legen. Davor hatte das Land zu George Flockers Farm gehört, und das Farmhaus der Flockers, ein Backsteinbau im Kolonialstil, stand heute in der Mitte des Blocks, umgeben von Cape-Cod-Häusern und Bungalows.

Sie bewegte sich gelassen voran – eine alte Schnüfflerin, sagten die Leute manchmal. An manchen Tagen traf sie vielleicht andere Fußgänger und blieb stehen, um mit ihnen zu plaudern, doch das kam selten vor. Man sollte meinen, auch andere Bewohner vom Ocean Breezes gingen spazieren, aber sie saßen alle meistens vor dem Fernseher, oder sie plauderten und tranken koffeinfreien Kaffee oder nahmen an der mittäglichen Singrunde teil. Maud war der Ansicht, dies führe – relativ gesehen – zu einem frühen Tod. Weiß Gott, in den letzten Monaten waren die Leute umgefallen wie die Fliegen, sogar ein paar Freundinnen von ihr, und dabei war noch nicht mal Winter.

Ein Haus hatte rote Vorhänge, und im Fenster hingen funkelnde Kristalle. Vor einem anderen musste das Laub zusammengeharkt werden. Bei einem dritten lag ein halbes Dutzend Ausgaben der *Brewster Times & Advertiser* verstreut auf der Veranda; offenbar waren die Leute verreist. Vor dem vierten hing etwas Merkwürdiges an einem Wacholder, so merkwürdig, dass Maud wie angewurzelt stehen blieb. So merkwürdig, dass sie – was sie sonst niemals tat – den Weg durch den Vorgarten hinaufging, um besser sehen zu können. Es baumelte dicht am Stamm, großenteils verdeckt von Zweigen, und es war grau. Maud schaute genauer hin, und als die Erkenntnis aufdämmerte, wurde ihr Rücken, den sie beim Vorbeugen gekrümmt hatte, langsam wieder gerade.

In diesem Augenblick hielt das Postauto vor dem Haus, und Tommy Cathcart kam im Laufschritt den Weg herauf. Er brachte ein Paket für Hercel McGarty Jr. von Hercel McGarty Sen., denn Hercel wohnte in diesem Haus.

»Hi, Maud. Wie geht's denn?«, fragte Tommy. »Alles gut bei Ihnen?«

Normalerweise fand Maud, dass es ihr mit fünfundneunzig Jahren zustand, mit Mrs. Lord angeredet zu werden, und es gefiel ihr nicht, dass die Mädchen im Ocean Breezes wie auch die Männer und Frauen in der Bank, im Supermarkt, in der Apotheke und im Blumenladen sie mit Vornamen anredeten. Jetzt aber brachte diese kleine Unhöflichkeit sie nicht aus der Fassung.

»Was starren Sie denn da an, Maudie?« Tommy blieb stehen.

Maud Lord drehte sich um, und im ersten Moment dachte Tommy, der Ausdruck von massivem Abscheu in ihrem Blick richte sich gegen ihn. Doch dem war nicht so. »Jemand«, sagte Maud, »hat eine graue Katze mit einer gelben Schnur an einen Ast gehängt, und wie es aussieht, ist sie tot.«

Tommy kam schnell über den Rasen heran. »Heilige Scheiße, Maud, Sie haben recht! Mausetot. Das arme Ding.«

Jill Franklin fuhr mit ihrem Tercel langsam die Water Street hinunter zum Polizeirevier – langsam, weil sie nachdenklich war, nicht aus Sicherheitsgründen. Sie hatte in ihrem erwählten Beruf einen kritischen Punkt erreicht, und jetzt fragte sie sich, ob ein weniger riskanter Job vielleicht mehr nach ihrem Geschmack wäre. Wildpferde zähmen, beispielsweise, oder Bullenreiten. Denn es waren nicht die körperlichen Gefahren, die ihr Sorge machten, sondern die ethischen. Selbst die hätten ihr vielleicht nichts ausgemacht, wenn ihr Sohn Luke nicht gewesen wäre. Mit seinen sechs Jahren hatte er unzählige Fragen, und wie sollte sie die beantworten, wenn sie sich selbst als miese Type empfand?

Sie war im Frühling ihres Senior-Jahres an der University of Colorado in Boulder schwanger geworden. Das war ganz allein ihre Schuld. Sie war zu faul oder zu geizig gewesen, um sich ein neues Rezept für Antibabypillen zu holen, und Derek, ihr Freund, der bei ihr wohnte, hatte sich nicht rechtzeitig herausgezogen: Ein kleiner Erguss in ihrem Innern, der sich zu Luke entwickelt hatte. Derek hatte zurückhaltend angeboten, sie zu heiraten, doch so eilig hatte sie es damit nicht gehabt. Er war ein kurzfristiges, kein langfristiges Vergnügen für sie. Wandern,

Skilaufen, Camping, Sex – dafür war er super gewesen, aber wie lange kann man sein Leben dem Spaß widmen? Außerdem jammerte er zu viel.

Erst als das Baby geboren war, hatte Jill begriffen, dass sie Luke als Antwort auf die Frage betrachtet hatte, was sie nach dem College anfangen wollte. Will ich Lehrerin werden oder Journalistin? Will ich ins Peace Corps eintreten, mir einen Job in der Verlagsbranche suchen, in einer Buchhandlung arbeiten oder als Trainerin im Mädchenfußball? Lacrosse, Basketball, Softball? Nein, ich will ein Kind haben.

Also war Jill nach dem Examen nach Wakefield zurückgekehrt und wieder bei ihren Eltern eingezogen, die sie zum Glück liebten. Anfangs war Derek zweimal im Jahr an die Ostküste geflogen, um Luke zu besuchen, aber Luke war für ihn eher eine Kuriosität als ein Sohn gewesen, und als er keine Kuriosität mehr war, hatten sich die Abstände zwischen den Besuchen vergrößert. Er hatte ihr Unterhalt für das Kind angeboten, doch weil sie sich für ihre Schwangerschaft allein verantwortlich fühlte, hatte sie abgelehnt. Das Geld hätte außerdem ein Gefühl der Verpflichtung verstärkt, das sie nicht haben wollte.

Nachdem das geklärt war, hatte sie eine Reihe von langweiligen Teilzeitjobs angenommen, die ihrer Rolle als Mutter nicht in die Quere kamen. Als Luke älter wurde, hatte die Qualität der Jobs zugenommen, aber es waren weiterhin zweckmäßige Jobs gewesen, an die sie zufällig geraten war. Sie hasste keinen davon, nur waren sie einfach langweilig. Die Arbeit als Reporterin für die *Brewster Times & Advertiser* war noch die interessanteste, erst recht, als sie endlich mehr tun durfte, als nur über gesellschaftliche Ereignisse zu berichten. Jetzt befürchtete sie jedoch, dass sie für ihr Interesse einen ethischen Preis zu zahlen hatte. Es hatte Spaß gemacht, im Krankenhaus herumzuschleichen und Peggy Summers ausfindig zu machen. Es hatte

Spaß gemacht, Hercel McGarty und Baldo Bonaldo praktisch zu kidnappen und Hercel dazu zu bringen, seine Schlange Satan zu taufen – aber vielleicht war es kein guter, sauberer Spaß gewesen. Jetzt war etwas Scheußliches passiert, und Jill, die ihr moralisches Empfinden auf dem Sportplatz entwickelt hatte, war nicht damit einverstanden, es in die Zeitung zu bringen. Deshalb fuhr sie zum Polizeirevier. Indessen kommt es selten vor, dass eine Handlung nur auf einen einzigen Beweggrund zurückgeht, und so mag es sein, dass Jill – sie hätte es bestritten – teilweise von der Aussicht motiviert war, Woody wiederzusehen.

Wie es bei den meisten widersprüchlichen Wünschen so geht, hoffte sie, Woody zu sehen, und zugleich hoffte sie, er wäre nicht da. Doch als der Officer am Empfang ihr sagte, Woody sei oben, und er werde ihn anklingeln, sobald Jill ihm gesagt habe, worum es gehe, durchströmte sie eine Woge der Freude zusammen mit ein paar kleineren Wogen von Verlegenheit, Schüchternheit und Verlangen.

»Sagen Sie ihm, es geht um Peggy Summers«, erklärte sie.

Ein paar Augenblicke später wurde sie in Woodys Büro geführt. Das Gespräch mit Dr. Balfour lag noch nicht lange zurück, und im Augenblick hatte Woodys Glaube an die Menschheit einen Tiefpunkt erreicht. Erfreut sah er Jill hereinkommen.

»Ich habe nichts für die Presse. Was ist mit Peggy Summers?«

Jill ließ die Tür offen und trat an Woodys Schreibtisch. »Zunächst mal habe ich heute Morgen Alice Alessio gesehen. Sie ging in den kleinen Supermarkt in der Ash Street, gegen neun Uhr dreißig.«

»Ich weiß schon, wo sie ist. Was ist mit Peggy?«

»Ich habe heute Morgen mit ihr gesprochen. Ich dachte, Sie möchten wissen, was sie gesagt hat.«

»Schießen Sie los.«

»Darf ich mich setzen?«

»Können Sie nicht gleichzeitig stehen und reden?«

»Ungebührlich« war eins von Jills neuen Lieblingswörtern, und in letzter Zeit hatte sie es im Rahmen ihrer inneren Monologe eingeübt. Woody hatte ihr soeben eine neue Gelegenheit gegeben, es zu benutzen. Das war noch das Beste, was sich über seine Frage sagen ließ.

»Ich bin mehr oder weniger gewaltsam in ihr Haus eingedrungen und habe mich in ihr Zimmer gemogelt. Sie wollte nicht reden, aber ich habe sie doch dazu gebracht.«

Einen großen Teil dessen, was jetzt folgte, wusste Woody schon von Bobby Anderson, doch er ließ Jill trotzdem erzählen. Vor allem fragte er sich, was sie hier suchte, warum sie mit ihm sprechen wollte und was für einen Gefallen sie dafür erwartete. Falls sie einen erwartete, würde sie eine Enttäuschung erleben.

Jill erzählte von der Party im Wald, und dass Peggy nicht habe sagen wollen, wer sie dazu eingeladen und wer sie hingefahren habe. Sie habe von der Musik erzählt – Flöten und Trommeln –, vom Tanzen und von etwas, das Rauschgift gewesen sein müsse, denn Alkohol sei nicht im Spiel gewesen. Zeitweilig habe man ihr die Augen verbunden, und sie wisse nicht, wie viele Leute da gewesen seien. Vielleicht zwanzig. Manche hätten Masken, alle hätten Mäntel getragen. Sie habe niemanden erkannt und auch die Freunde nicht gesehen, auf die sie gehofft hatte. Das einzige Licht sei von einem großen Feuer gekommen.

Irgendwann habe Peggy begriffen, dass sie der Grund für die ganze Festlichkeit war. Wahrscheinlich sei es passiert, »als ich gefickt wurde«, hatte Peggy gemeint. Die Leute hätten einen Kreis um sie herum gebildet, und das Ficken habe sie weniger gestört als die Zuschauer. Ging's etwa im Leben nicht immer nur ums Ficken? Der Mann habe sie weder sanft noch grob behandelt – es sei einfach ein unerbetener, unpersönlicher Fick gewesen.

Einiges davon, erkannte Woody, hatte Peggy nicht erzählt, als sie mit Bobby Anderson gesprochen hatte.

Das andere, das Peggy nicht gefallen habe, sei die Maske gewesen, die der Mann getragen hatte, eine Totenkopfmaske. Die habe sie »unheimlich« gefunden.

Woody sprach die Geschichte mit Jill noch einmal durch. Es gab da ein Detail, von dem Bobby auch nichts gewusst hatte.

»Peggy hat gesagt, sie musste durch Wasser gehen, das etwa knietief war. Sie konnte nichts sehen, aber zwei oder drei Leute haben ihre Hände gehalten. Der Grund, über den sie ging, war hart, doch es kam ihr nicht vor wie Stein, sondern nachgiebig und federnd. Sie war nicht sicher, wie lang die Strecke war, die sie so gegangen ist – vielleicht fünfzehn Meter.«

Als Woody sich vergewissert hatte, dass Jill von Peggys Geschichte nichts weiter zu erzählen hatte, fragte er: »Warum sagen Sie mir das?«

Jill war verlegen. »Ich fand nicht, dass ich einen Bericht darüber schreiben sollte. Ich meine, die Leute würden doch ins Schleudern geraten. Ein Mädchen vergewaltigt, bei irgendeinem furchtbaren Ritual? Sie hat ja schon gesagt, es erinnere sie an *Rosemary's Baby*, und das hier hörte sich genauso an. Das ist reine Hexerei. Ich schreibe nicht über Hexerei. Ehrlich gesagt, ich weiß nicht mehr, *worüber* ich eigentlich schreibe.«

Woody musterte sie einen Moment lang. »Und Sie haben ihr geglaubt?«

»Weitgehend. Ich meine, die Details klangen wahrheitsgemäß: der Gang durch das Wasser und vielleicht auch die Totenkopfmaske. Der Rest klang nach schlichtem Horrorkram, aber das heißt nicht, dass es nicht stattgefunden hat. Ob ich es für wahr oder unwahr halte, ist nicht der Grund, warum ich nicht darüber schreiben will. Ich will nur nicht zu einer Massenhysterie beitragen. Die Leute kriegen ja jetzt schon Anfälle wegen der Schlange und der Skalpierung.«

»Und was gedenken Sie zu tun?« Ihr Geständnis überraschte ihn, und es glich seinen Ärger über Balfour ein wenig aus. Vielleicht war sie doch ein Mensch und kein Problem.

»Ich weiß es nicht genau. Ich kann nicht einfach das schreiben, was die Polizei mir sagt.« Jill lachte. »Ich habe schon daran gedacht, auszusteigen. Hier ist etwas Scheußliches im Gange, und ich will den Menschen keine Angst einjagen. Vielleicht schreibe ich darüber, wenn alles vorbei ist. Falls ich dann noch einen Job habe. Vielleicht schreibe ich auch über Dinge, die nicht unmittelbar damit zu tun haben. Die beiden Jungs gestern haben mir gefallen, Hercel und Baldo, auch wenn Sie glauben, ich hätte sie gekidnappt. Ich könnte über Hercels Dad schreiben und dass er ihm die Schlange geschenkt hat. Das scheint mir nicht allzu gefährlich zu sein.«

Woody hatte ein schwieriges Verhältnis zur Aufrichtigkeit – das heißt, zu der anderer Leute. Er neigte dazu, ihr zu misstrauen. Sie machte ihn verlegen. Erwartete man von ihm, dass er genauso aufrichtig reagierte? Nachdem Jill ihm offenbart hatte, wie ambivalent sie ihrem Job gegenüberstand, fühlte er sich plötzlich bereit, ihr zu sagen, ihm gefalle es, wie ihr blondes Haar das Gesicht umrahmte. Woher kam denn dieser idiotische Einfall? Bevor er sich zum Narren machen konnte, kam zum Glück Harry Morelli hereingeplatzt, ein Polizist des Brewster Police Department, und ratterte gleich los.

»Maud Lord hat soeben eine tote Katze gefunden! Jemand hat sie mit einer Schnur am Hals aufgehängt. Tommy Cathcart, der Postbote, war dabei. Er hat uns angerufen. Wollen Sie hin?«

Wie Jill später erzählte, ging Woody Potter unter die Decke.

»Glauben Sie, ich bin hier, um zu allem andern auch noch toten Katzen hinterherzulaufen? Wie kommen Sie dazu, mit diesem Quatsch hier hereinzustürmen? Haben Sie nichts Besseres zu tun?« So ging es noch ein Weilchen, aber irgendwann hörte Woody auf. Was war nur in ihn gefahren? Es war ihm peinlich, sich vor der jungen Reporterin zum Affen zu machen. Wahrscheinlich würde sie gleich losrennen und der ganzen Welt von seinen miesen Launen erzählen. Und es war ihm peinlich, dass er einen anderen Polizisten angebrüllt hatte, selbst wenn es ein Kleinstadtpolizist war.

Morelli stand mit eingezogenem Kopf in der Tür. Auf dem Flur waren zwei andere Leute stehen geblieben und starrten verblüfft zu Woody herein.

»Entschuldigung, Corporal«, sagte Morelli. »Fred hat mir gesagt, Sie interessieren sich für Carl Krause. Die Katze hat ihm gehört, vielleicht auch seinem Jungen, wissen Sie? Hercel McGarty. Ich meine, ich würde Ihnen doch nichts von irgendeiner toten Katze erzählen.«

Woody saß da, legte die Hand an die Stirn und bedeckte teilweise seine Augen. Er wollte die junge Reporterin nicht ansehen, nicht Morelli und nicht die Leute auf dem Flur. Er nahm sein Handy und wählte Bobbys Nummer. Als Bobby sich meldete, warf er Morelli das Telefon zu, und der machte einen Satz, um es zu fangen. »Erzählen Sie es ihm. Er hat diese Woche Katzendienst.« Woody fing an, umständlich mit ein paar Unterlagen auf seinem Schreibtisch zu hantieren. Er blickte erst wieder auf, als sich die Tür schloss. Dann sah er, dass die junge Reporterin noch da war.

»Wie war noch mal Ihr Name?« Woody erinnerte sich haargenau an ihren Namen.

»Jill Franklin. Könnte ich Ihnen eine Tasse Kaffee spendieren, oder hätten Sie lieber einen beruhigenden Martini?«

Woody verarbeitete diese Frage und stand auf. »Kaffee reicht, und ich bezahle ihn selbst. Wir dürfen keine Bestechungen annehmen.«

Bobby Anderson verließ das Revier, um Carl Krause aufzustöbern, und dabei rannte er gegen eine ältere Frau mit vielen Silberohrringen, die eine übergroße Jeansjacke über ihrer Schwesternkleidung trug. Es war kurz nach zwei.

»Hey, passen Sie auf«, sagte er.

»Wieso?«, fragte Bernie. »Wollen Sie mich noch mal schlagen?«

Bobby lachte. Tatsächlich hatte er sie gar nicht geschlagen. Er hatte sie nur leicht geschubst.

»Und, wie ist es im Krankenhaus?«, fragte er.

»Nervös.«

Bobby stellte sich vor. Es war das Mindeste, was er tun konnte, nachdem er sie fast umgerannt hatte. Sie musste sich ja auch fragen, wer wohl dieser gut aussehende schwarze Typ war. Ein berühmter Hip-Hopper? Ein Filmstar? Nein, nur ein bescheidener Detective der State Police.

Bernie machte sich ebenfalls bekannt und erwähnte dabei, dass sie eine Teilzeitstelle im Morgan Memorial hatte, nachdem sie vor ein paar Jahren nach zehnjähriger Abwesenheit zurückgekommen war. »Als ich wegging, trugen die Krankenschwestern Weiß. Heute ziehen sie sich an wie Clowns.«

»Was tun Sie in Ihrer freien Zeit?«

»Ich züchte Schafe und befasse mich mit dem Weben. Wir wohnen auf einer Farm außerhalb der Stadt. Tatsächlich können Sie mir vielleicht sogar helfen. Deshalb bin ich nämlich hier. Was wissen Sie über Kojoten? Ein Rudel von denen hätte gestern Abend beinahe einen Jungen umgebracht.«

Bobbys Interesse an Kojoten wurde, wie wir wissen, immer größer. Er und Bernie verzogen sich an den Rand der Treppe, um anderen Platz zu machen, die im Gebäude ein und aus gingen. Als Bobby erfuhr, dass der Junge Hercel McGarty war, wurde sein Interesse noch größer. Besonders gut gefiel ihm der Teil der Geschichte, wo Hercel volle Kanne gegen die Mauer fuhr und sich im letzten Moment auf die Pedale stellte, damit er nach vorn geschleudert wurde.

»Verdammt, ich glaube, das würde ich mich nicht mal unter den besten Umständen trauen.«

»Kojoten greifen doch keine Menschen an. Sie haben sich mehr wie Wölfe benommen.« Bernie berichtete, dass die Kojoten nie über die Mauer sprangen, um an ihre Schafe heranzukommen. »Sie haben Angst vor den beiden Hunden, und das aus gutem Grund. Aber in den letzten sechs Monaten haben es doch ein paar versucht. Jedenfalls wollte ich melden, was mit Hercel passiert ist. Ich glaube, wenn er es nicht geschafft hätte, über die Mauer zu kommen, wäre er vielleicht getötet worden.«

»Wie viele waren es?«

»Kann ich nicht sagen. Vielleicht ein Dutzend, vielleicht weniger. Ich habe sie nicht richtig gesehen.«

Bobby versprach, sich mit der für Fische und Wildtiere zuständigen Behörde in Wakefield in Verbindung zu setzen und auch den kommissarischen Polizeichef Bonaldo zu informieren. In Rhode Island waren Kojotenangriffe in der Vergangenheit selten gewesen, aber im letzten Jahr hatte es gleich mehrere gegeben. Er bezweifelte, dass Bonaldo allein damit zurechtkommen würde.

Bobby hatte vor knapp einer Stunde mit Bonaldo gesprochen und von dessen Anruf bei Chief McGarrah erfahren. Dabei hatte Bobby eine Menge Stoff zum Nachdenken gewonnen, doch ein Satz ragte über die anderen hinaus: »Carl ist ein prima Kerl, wenn er seine Medikamente nimmt.« Andernfalls werde er paranoid und »ein bisschen gewalttätig«.

»Hat Hercel etwas über Carl Krause erzählt?«, fragte Bobby.

»Nein, aber da stimmt etwas nicht zu Hause. Er hat nicht gesagt, was, doch er ist mit dem Rad zu uns gefahren, um ihm zu entkommen. Er ist ein Freund von Tig – Antigone, unsere Enkelin.«

Bobby erwog, ihr von der aufgehängten Katze zu erzählen,

kam dann jedoch zu dem Schluss, dass es sie nichts anging – man hatte ihn immer davor gewarnt, Zivilpersonen Informationen anzuvertrauen –, und deshalb erzählte er ihr auch nicht, dass er zu Carl unterwegs war, um mit ihm zu reden.

Harriet Krause arbeitete halbtags in der Apotheke, CVS Pharmacy, in der Water Street. Bobby kam, als sie gerade in die Mittagspause gehen wollte, und fragte sie, wo er Carl finden könne. Sie wusste nichts von der aufgehängten Katze, und Bobby hatte nicht den Mut, ihr davon zu erzählen. Vielleicht würde er es später tun, vielleicht konnte das auch jemand anders übernehmen.

Harriet sagte, Carl sei beim Anstreichen in einem Sommerhaus in Hannaquit. Sie beschrieb ihm die Lage und fügte hinzu, Bobby werde Carls roten Ford F-150 in der Einfahrt sehen. Als er Carls Namen erwähnte, war sie erstarrt, oder vielleicht war sie auch erstarrt, als er sich als Detective vorgestellt hatte. Vermutlich war es die Sache mit der Schrotflinte, die sie beunruhigte. Aber weshalb war Hercel dann mit dem Rad im Dunkeln zu Bernies Farm gefahren?

»Worum geht es?«, fragte Harriet.

»Nur eine Frage wegen der Sache mit der Flinte. Kein Grund zur Beunruhigung.«

Doch Harriet *war* beunruhigt, auch wenn Bobby nicht erkennen konnte, ob es dafür einen konkreten Grund gab oder ob es sich um eine frei schwebende Beunruhigung handelte. Um sie ein bisschen zu beruhigen, sagte er: »Sie haben einen tollen Jungen. Ihr Hercel da. Cleveres Kerlchen. Ich mag ihn wirklich gern.«

»Ja«, sagte Harriet. Aber sie war immer noch beunruhigt.

Zehn Minuten später lenkte Bobby seinen Z in die sandige Einfahrt neben Carls Ford Pickup. Er ließ den Motor aufheulen, damit Carl wusste, dass er da war. Das Haus stand auf

Pfählen ungefähr dreißig Meter vor der Hochwasserlinie. An der Seite führte eine Treppe hinauf, und vier Balkone gingen auf das Meer hinaus. Außen war es mit grauem Holz verkleidet, hatte schätzungsweise zehn Zimmer in drei Geschossen und war ein paar Millionen wert, zumindest bis zum nächsten großen Hurrikan.

Bobby machte ordentlich Lärm, als er die Holztreppe hinaufstieg. »Hey, Carl, sind Sie da drin?« Seine Pistole steckte in einem kleinen Halfter am Gürtel unter seinem Jackett. Bobby verspürte den furchtbaren Drang, die Hand auf den Kolben zu legen, aber er widerstand ihm. Er wusste nicht, was schlimmer sein würde: dass er Carl überraschte oder Carl ihn. »Hey, Carl, kann ich reinkommen?« Bobby stieß die Tür auf und trat ein. Das gesamte untere Geschoss war ein offener Raum mit bequemen Sofas und einem durch Theken abgegrenzten Küchenbereich. Das große Panoramafenster an der Seeseite gab Bobby das Gefühl, am Rand einer Steilküste zu stehen. Treibholzklötze dienten als Kunstwerke.

Nichts deutete auf Carls Anwesenheit hin, außer ein paar Pinseln in der Küche. Im Haus war es still. Bobby hörte das Schwappen der Wellen, die sich am Strand brachen, und den Schrei einer Möwe. In der Ferne sah er Block Island. Bobby hatte es nicht gern, wenn er Angst hatte, also sagte er sich, er sei nur nervös. Ein kleines bisschen. Wenn Carl hier war, musste er oben sein.

»Hey, Carl, wo stecken Sie denn, verdammt?« Er ging quer durch den Wohnraum zur offenen Treppe und hinauf in den ersten Stock, und dabei polterte er laut auf den Stufen. Oben war wieder ein großes Fenster mit Blick auf das Meer.

Er schaute in zwei minimal eingerichtete Schlafzimmer und hatte gerade das größere der beiden betreten, als er hinter sich ein Geräusch vernahm. Er fuhr herum, und seine Hand griff nach der Pistole, ohne sie zu ziehen. Carl stand in der Tür.

»Scheiße, Carl, wollen Sie mich kirre machen?«

»Ich habe Sie nicht gehört.«

»Ja, am Arsch.«

Carl hielt einen kleinen Kopfhörer hoch. »Ich habe meinen iPod gehört, beim Anstreichen im zweiten Stock.« Er sprach in ausdruckslosem Ton.

Bobby überlegte noch einmal. Vielleicht sagte der Mann die Wahrheit. Andererseits hatte er nicht gehört, wie Carl die Treppe herunterkam, und deshalb glaubte er immer noch, dass Carl log. In dem hellen, vom Meer reflektierten Licht sahen die tiefen Falten in Carls Gesicht schwarz aus. Wahrscheinlich hatte er sich seit drei oder vier Tagen nicht rasiert. Carls widerspenstiges schwarzes Haar erinnerte Bobby an die griechische Frau, die statt goldener Locken Schlangen auf dem Kopf hatte – wie hieß sie gleich? Medusa.

»Und was wollen Sie?«, fragte Carl. Er trug einen Zimmermannsgürtel, in dem unter anderem ein Hammer und eine Brechstange hingen.

»Haben Sie Ihre graue Katze aufgehängt?«

»Wie meinen Sie das?«

»Ihre Katze wurde heute Morgen tot aufgefunden. Sie war mit einer Schnur an einem Ast des Wacholders aufgehängt, der vor Ihrer Veranda steht. Haben Sie das getan?«

»Weshalb zum Teufel soll ich eine Katze aufhängen?«

Bobby fiel auf, dass Carl nicht überrascht war. »Sagen Sie es mir.«

»Na, ich hab's nicht getan. Haben Sie sonst noch was, womit Sie mich behelligen wollen?«

»Nehmen Sie Ihre Medikamente?«

Einen winzigen Augenblick lang erschien ein verschlagener Ausdruck auf Carls Gesicht und verschwand sofort wieder. »Welche Medikamente?«

»Die man Ihnen im Benjamin Rush verschrieben hat.«

»Na klar. Klar nehme ich meine Medikamente. Sonst noch was?«

»Was für Medikamente sind das?«

»Sagen Sie es mir, Sie sind doch so schlau. Ich brauch Ihnen gar nichts zu sagen.«

Diese Information, dachte Bobby, konnte er sich später immer noch besorgen. »Wem hat die Katze gehört?«

»Harriet.«

»Hatte sie einen Namen?«

»Ja, sie hieß Sooty. Oder so ähnlich.«

»Haben Sie sie gekauft?«

»Harriet hatte sie schon ein paar Jahre. Scheiße, wieso behelligen Sie mich deswegen?«

Selbst das sagte er ganz ruhig. Vielleicht nimmt er seine Medikamente wirklich, dachte Bobby. Vielleicht machen sie ihn gleichgültig. Doch obwohl Carls Stimme ruhig klang, wirkte er angespannt.

»Interessiert es Sie nicht, wer die Katze gefunden hat?«

»Warum sollte es? War nicht meine Katze. Vielleicht hat Harriet sie gefunden. Oder die Kinder.«

»Wollten Sie, dass Ihre Frau oder die Kinder sie finden?«

»Da reden Sie schon wieder so einen Müll. Überhaupt, das sind meine Stiefkinder.«

Bobby drehte sich zum Fenster um. »Sie haben eine tolle Aussicht hier. Ein erstklassiger Arbeitsplatz.«

Carl kam ein paar Schritte weit ins Zimmer. Auf dem Boden lag ein Teppich, und deshalb hörte Bobby ihn kaum. Als er sich umdrehte, war Carl anderthalb Meter näher gekommen.

»Wenn man auf Aussicht steht«, sagte er.

Bobby kam auf den Gedanken, dass er hier vielleicht nicht sicher war. Nicht, dass er Angst vor Carl hatte, aber er sah, dass es gefährlich sein könnte, ihm den Rücken zuzuwenden. Carl hatte noch die Schramme auf der Wange, wo Bobby ihn mit dem Lauf der Flinte getroffen hatte. Das würde er nicht so bald vergessen.

»Könnte sein, dass wir Sie wegen der Katze einem Lügendetektortest unterziehen müssen. Wären Sie dazu bereit?« Brotman würde einen Anfall kriegen, wenn er von einem Polygraphentest wegen einer Katze hörte.

»Tun Sie sich keinen Zwang an«, sagte Carl. »Ich habe nichts zu verbergen.«

Er lügt, dachte Bobby. *Das alles ist eine einzige Lüge. Entweder er ist bekloppt oder ich, und mir wäre es lieber, wenn er es ist.*

Vicki Lefebvre machte sich am Vormittag auf den Weg, um Ninas beste Freundinnen zu suchen. Eine ging noch zur Schule, eine arbeitete, und eine studierte im ersten Jahr an der University of Rhode Island. Die Schülerin war nicht in der Stadt, und die Studentin war wahrscheinlich nicht leicht zu finden. Damit blieb Betty Hanchard, die zehn Meilen weit entfernt in einem Dollar Store in Hope Valley arbeitete. Es war elf, als Vicki dort ankam, und es dauerte noch einmal eine halbe Stunde, bis Betty Mittagspause machen konnte. Betty war übergewichtig, doch sie hatte schöne braune Augen und dichtes, schulterlanges, kastanienbraunes Haar. Sie war achtzehn, und Vicki kannte sie seit ihrem sechsten Lebensjahr.

Vicki sah, dass Betty mit gemischten Gefühlen mit ihr sprach: Einerseits beging sie Verrat an Nina, und andererseits brauchte sie jemanden zum Reden. Denn tatsächlich war sie krank vor Sorge. Sie hatte mindestens ein Dutzend Mal versucht, Nina auf dem Handy anzurufen, aber Nina hatte sich nicht gemeldet.

Vicki und Betty gingen hinter den Laden, damit Betty rauchen konnte. Betty fragte, wie es Nina gehe, und Vicki sagte: »Ganz schrecklich. Sie bleibt in ihrem Zimmer und weint. Ich habe wirklich Angst.«

Und so beschloss Betty, ihr die SMS zu zeigen, die sie am Abend zuvor bekommen hatte. Sie war so schlimm, dass sie nicht hatte einschlafen können, und da hatte sie angefangen, Nina anzurufen. Betty scrollte durch ihre Nachrichten, bis sie die richtige gefunden hatte, und zeigte sie dann Ninas Mutter. »Bin vergewaltigt worden. Niemandem sagen.«

Vickis schlimmste Befürchtungen waren plötzlich Wirklichkeit. Sie fragte Betty aus, ohne noch mehr zu erfahren. Betty sagte nur, Nina sei im letzten Monat oft beschäftigt gewesen und habe nicht weggehen wollen. »Es hat einfach keinen Spaß mehr gemacht mit ihr«, sagte Betty. »Ich wollte vorbeikommen, aber das wollte sie nicht.«

Vicki wusste, dass ihre Tochter oft weg gewesen und erst spät nach Hause gekommen war, aber das sagte sie nicht. Sie bedankte sich bei Betty und fuhr zurück nach Brewster.

Sie wollte nach Hause fahren und Nina mit dem, was sie erfahren hatte, zur Rede stellen. Doch je näher sie kam, desto öfter dachte sie, sie sollte zur Polizei gehen. Sie war davon überzeugt, dass der Vergewaltiger zu einem von Ninas neuen Freunden gehörte, und sie wollte nicht nach Hause kommen und sich anhören, wie Nina diese Leute verteidigte und ihr ausredete, etwas zu unternehmen. Als sie in Brewster ankam, fuhr sie zur Polizei.

Als Erstes sprach Vicki mit dem Officer am Empfang. Der schickte sie zu einem Streifenpolizisten, und der schickte sie zu einem Detective namens Sarah Muller, einer Polizistin, die auf Familienprobleme spezialisiert war. Vicki trug ihr vor, was passiert war, und erwähnte dabei, dass Nina spätnachts mit Schlamm an den Schuhen nach Hause gekommen war. Muller war an diesem Morgen in der Besprechung gewesen. Bei dem Wort »Schlamm« wurde sie aufmerksam, und es brachte sie dazu, über Ninas »neue Freunde« nachzudenken. Einen Augenblick später rief sie Woody an.

So kam es, dass Vicki dreißig Minuten, nachdem sie das Polizeirevier betreten hatte, in Woody Potters geliehenem Büro saß. Es war kurz vor eins.

Vicki war Mitte vierzig. Sie war nie schön gewesen, allerdings war sie relativ sportlich, trieb Yoga im You-You und war gut in Form. Sie hatte kein nennenswertes Kinn, und ihre Lippen sahen aus wie zwei zusammengepresste Münzen, aber ihre Augen waren hübsch – hellbraun, wenn auch vielleicht ein bisschen rot vom Weinen. Sie hatte gehofft, sie könnte mit jemand Wichtigem sprechen, mit dem Polizeichef zum Beispiel, und sie war enttäuscht von dem, was sie bekommen hatte. Woody trug Jeans und ein blaukariertes, von Hundehaaren übersätes Hemd, und er war unrasiert. Sein kurzes braunes Haar sah aus, als hätte etwas daran genagt. Sarah Muller hatte ihr gesagt, Woody sei von der State Police, und deshalb, dachte Vicki, hatte er wahrscheinlich öfter mit Geschwindigkeitsübertretungen als mit Vergewaltigungen zu tun.

Ihren Zweifeln zum Trotz erzählte sie ihm von Ninas SMS an Betty. »Bin vergewaltigt worden. Niemandem sagen.« Dann berichtete sie, Nina sei immer spät nach Hause gekommen, sie habe neue Freunde, sie sei auch am Mittwoch spät nach Hause gekommen und habe Schlamm an den Schuhen gehabt. Sie habe nicht sagen wollen, was passiert sei, aber sie habe Angst gehabt. Sie erzählte, wie sie vor Ninas Tür gestanden und sie weinen gehört hatte.

Woody stand auf. »Fahren wir zu ihr.« Er informierte Sarah Muller und wies sie an, sich dort mit ihm zu treffen.

Sie ließen Vickis Auto auf der Straße zurück und fuhren mit Woodys Truck. Ajax hatte auf dem schmalen Rücksitz geschlafen, und Vicki sah sofort, woher die Hundehaare kamen. Jetzt würde sie auch voll davon sein, und es machte sie wütend, dass Woody so rücksichtslos war. Vickis eigener Wagen war ein jungfräulicher Honda Civic, in dem noch nie ein Tier mitgefahren war, und so würde es auch bleiben. Als Ajax ihr das Gesicht leckte, schob sie ihn weg.

Unterwegs erzählte Vicki von ihrem Ex-Mann Harold Lefebvre, der mit seiner neuen Frau in Groton wohnte. Vicki und Harold hatten sich scheiden lassen, als Nina zwölf war. Viel war er nie wert gewesen, aber wenigstens hatte er die Rechnungen bezahlt. Jetzt war es schwer, ihn noch ans Telefon zu bekommen, und Nina sah er vielleicht einmal im Monat, vielleicht seltener. Manchmal rief er sie an oder schickte ihr eine lustige E-Mail. Wenn Vicki an ihn dachte, konnte sie sich gar nicht mehr erklären, warum sie ihn geheiratet hatte, außer weil er gut ausgesehen hatte. Das hatte Nina von ihm geerbt.

Woody sprach kaum, stellte nur manchmal eine Frage und bat sie, Ninas neue Freunde zu beschreiben. Vicki fand ihn unaufmerksam und ausdruckslos. Als sie vor Vickis weißem Kolonialhaus anhielten, notierte er sich die Telefonnummern von Ninas Freundinnen sowie die Beschreibungen ihrer neuen Freunde und die Orte, an denen Vicki sie gesehen hatte. *Vielleicht ist er doch nicht so übel*, dachte sie.

Sarah Muller war mit einem Streifenwagen des Brewster Police Department gekommen. Sie war um die dreißig, hatte kurzes dunkles Haar und trug eine graue Sporthose, eine grau gestreifte Bluse und eine blaue Jacke. Ihr war klar, dass sie hier die Quotenfrau spielte. Vicki schloss ihnen die Tür auf.

Im Haus war es still bis auf das Brummen eines Kühlschranks. Für Woody sah es aus wie in einem Haus aus einer Zeitschrift, nicht weil alles so teuer war, sondern weil es unbewohnt wirkte. Auf den Tischen standen Keramikfiguren und ein halbes Dutzend Vasen mit Seidenblumen – gelben Tulpen und blauen Hortensien. Es gab auch eine Sammlung von seidenen Bonsais – Zypressen und japanische Ahornbäumchen –, wobei Woddy gar nicht auffiel, dass sie aus Seide und Plastik waren. Ihm fielen die dicken Teppiche auf, die sogar auf der Treppe lagen und das Geräusch ihrer Schritte verschluckten.

Vicki blieb vor der Tür ihrer Tochter stehen und klopfte zweimal. »Nina, bist du angezogen? Ich komme jetzt herein. Ich habe Leute mitgebracht.« Ohne eine Antwort abzuwarten, stieß sie die Tür auf. »Entschuldigen Sie das Durcheinander«, sagte sie über die Schulter hinweg. »Meine Tochter ist so schlampig.«

Nina hatte geschlafen und richtete sich hastig auf. Sie trug ein weißes, bis zum Hals zugeknöpftes Männerhemd. Ihre dichten braunen Fransen bedeckten fast die Augen, und Woody verband ihre Topffrisur sofort mit den Postern der jungen Sängerin mit der starren Miene – muskuläre Melancholie nannte er so etwas. Der Boden war übersät von Kleidern, Schuhen, Papier, Büchern, CD-Hüllen und Energyriegel-Verpackungen, sodass vom Teppich nur wenig zu sehen war.

»Das sind Polizisten«, sagte Vicki. »Ich weiß, dass du vergewaltigt worden bist. Du musst ihnen davon erzählen.«

Sarah legte Vicki die Hand auf den Arm. »Lassen Sie uns das machen.«

Woody zog einen Stuhl ans Bett und setzte sich. Nina starrte auf ihren Schoß, aber Woody hatte den wütenden Blick gesehen, den sie ihrer Mutter zugeworfen hatte. Sarah blieb neben Vicki stehen, um sie daran zu hindern, sich einzumischen.

»Willst du mir erzählen, was passiert ist?«, fragte Woody. Er bemühte sich, sanft zu sein, war jedoch nur leise.

Nina starrte weiter auf ihren Schoß. Sie war ein hübsches Mädchen, aber die Mischung aus Wut und Elend fand Woody noch auffallender.

»Weißt du, wer es getan hat?«, fragte er.

Nina antwortete nicht.

»Hat er dir wehgetan?«

Keine Antwort.

Zwanzig Minuten lang wiederholte Woody seine Fragen. Auch Sarah stellte ein paar. Irgendwann schickte Woody die Mutter hinaus. Dann wieder beschloss er, fünf Minuten lang zu schweigen – fünf Minuten waren sein Limit –, und musste dabei auf die Uhr schauen, weil fünf Minuten eine so lange Zeit waren. Die ganze Zeit rührte Nina sich nicht und sagte nichts. Es war, als sei sie in Trance. Woody überlegte, ob er die ganze Sache an Sarah übergeben sollte, weil eine Polizistin vielleicht mehr Erfolg haben würde, aber er konnte nicht erkennen, dass er etwas falsch machte.

Er warf Sarah einen Blick zu, und sie zuckte die Achseln. *Also schön*, sagte Woody zu sich. *Gehen wir ihr an die Gurgel.*

»Ich werde dir erzählen, wie es war«, sagte er. »Ein paar Leute haben dich mit dem Auto aufs Land hinausgefahren und dort durch einen Wald geführt. Vielleicht haben sie dir die Augen verbunden, und vielleicht bist du ein Stück weit durch Wasser gewatet. Dann bist du zu ein paar anderen Leuten an einem Feuer gekommen. Sie trugen lange Mäntel. Vielleicht haben sie Gras geraucht, und es wurde getanzt. Dir wurde schwummrig. Ein Mann hat dich auf den Boden oder auf eine Decke gedrückt. Die andern haben sich im Kreis um euch herumgestellt. Der Mann hat dir die Hose ausgezogen. Das war der Mann, der dich vergewaltigt hat. Aber du weißt nicht, wer er war. Er trug eine Totenkopfmaske. Du konntest nur den Totenkopf sehen.«

An dieser Stelle fing Nina an zu schreien.

ZEHN

Als es am Samstagabend dunkel wurde, war es eine unruhige Dunkelheit, nicht die samtene Dunkelheit des geruhsamen Schlafs. Zu viele Geschichten wehten herum, zu viele bange Spekulationen. Man sollte meinen, die Entführung des Babys, die Schlangen und die Skalpierung würden genügen, um die Dunkelheit zu zerreißen, doch da war noch mehr. Manche Leute hatten gehört, was Peggy über ihr Kind gesagt hatte, und manchen war auch etwas über die Umstände der Empfängnis zu Ohren gekommen. Wie konnten sie diese Informationen für sich behalten? Tig hatte ihren Freundinnen erzählt, dass Hercel von Kojoten gehetzt worden war, und Hercels Krücke verlieh ihrer Geschichte Glaubwürdigkeit. Wenn Kinder sie ihren Eltern erzählten, glaubte man ihnen meist nicht - sie waren schließlich Kinder -, aber man tat es doch, wenn Schwestern aus dem Krankenhaus weitergaben, was Bernie gesagt hatte. Das ließ die Geschichte glaubhaft klingen. Es verlieh ihr Beine.

Dazu kam Schwester Spandex' Verschwinden und sogar die Entdeckung der aufgehängten Katze; Maud Lord erzählte allen im Ocean Breezes davon, und Tommy Cathcart sprach auf der Post darüber. Gab es eine Verbindung zwischen diesen verschiedenen Ereignissen? Maud würde sagen: Ganz sicher. Und was war die Ursache dieser Ereignisse? Auch darüber entstanden Theorien - Wahnsinn, Indianer, Kidnapper, schwarze Magie, sinnlose Bösartigkeit -, alle möglichen Theorien, und keine davon war tröstlich. Was fehlte, war eine einzelne Theorie, die alle anderen miteinander verband. Die würde bald genug kommen.

Hercel und Lucy erfuhren nicht sofort, dass die Katze aufgehängt worden war. Andere Kinder brannten jedoch darauf, es ihnen zu erzählen, und jeder wollte der Erste sein. Lucy weinte so sehr, dass Harriet sie kaum trösten konnte. Hercel weinte nicht. Er glaubte, dass Mr. Krause die Katze aufgehängt hatte, und das machte ihn wütend.

Harriet verdächtigte ebenfalls ihren Mann, denn er hatte die Katze nicht gemocht. Sie war ein Geschenk von ihrem ersten Mann, Hercel Sen. Er hatte zunächst vorgehabt, ihr ein Gürteltier zu schenken, und für Harriet war es ein Sieg so groß wie der in der Schlacht von Gettysburg gewesen, ihn stattdessen zu einer Katze zu überreden. Weil die Katze rußig grau war, hatte Hercel sie Sooty genannt. Aber es war Harriets Katze gewesen und vielleicht noch Lucys. Hercel sagte, er brauche keine Katze, er habe schon seine Schlange. Den Hund Randy hatte Harriet vor sechs Jahren gekauft. Sie hätte sich nie träumen lassen, dass sie einmal eine Menagerie haben würde. Und jetzt wünschte Lucy sich einen Goldfisch.

Als Carl am Samstagnachmittag von der Arbeit nach Hause kam, fragte Harriet ihn: »Hast du Sooty an den Wacholder gehängt?«

»Willst du mich verarschen? Warum soll ich eine Katze aufhängen?«

»Du siehst nicht allzu überrascht aus.«

»Dieser farbige Bulle hat es mir erzählt.«

»Warum erzählt er dir so was?«

Carl grinste. »Weil er auch wissen wollte, ob ich sie aufgehängt hätte. Ich habe ihm gesagt, was ich dir sage: Warum soll ich eine Katze aufhängen?«

»Ich glaube, du hast es getan.«

Carl hatte seine Jacke ausgezogen. Jetzt warf er damit nach ihr. »Du entwickelst dich zu einem echten Biest, weißt du das? Dauernd verdächtigst du mich wegen irgendwas. Du hast Glück, dass ich dir nicht gebe, was du verdienst.« So redete er noch ein Weilchen, und dann ging er zur Treppe.

Harriet rief ihm nach. »Carl, was ist los mit dir? Wir müssen mit jemandem darüber reden. Wir müssen über deine Wut reden. Warum bist du mir und den Kindern gegenüber so misstrauisch?« Harriet sprach hastig, um alles zu sagen, bevor Carl nach oben verschwand.

Carl blieb stehen, ohne sich zu ihr umzudrehen. »Ich weiß, was du vorhast.« Er grinste sie über die Schulter an, mit einem hinterhältigen Grinsen ohne jede Spur von Humor. »Du willst mich einsperren lassen. Du willst ein Fickfest mit diesem farbigen Bullen veranstalten.«

Harriet öffnete den Mund, um zu antworten, aber nichts kam heraus, denn Angst, Überraschung und Empörung kämpften um die Herrschaft über ihre Zunge.

Am Samstagnachmittag kehrte Schwester Spandex in ihre eigene Wohnung zurück, doch sie tat es nicht gern. Sie hatte in den zwei Tagen in Dr. Balfours Wohnung zwar nicht noch einmal mit ihm geschlafen, aber sie hatte gedacht, es könne bald wieder passieren, auch wenn er sie in seinem Gästezimmer schlafen ließ. Sie hatte gedacht, er würde so geil werden, wenn sie – manchmal halb nackt – vor ihm hin und her lief, dass er sie schließlich anfallen würde. So war es ja schon einmal gekommen. Zu Hause hatte sie jedoch keine Chance. Hoffnung auf der einen Seite, keine Hoffnung auf der anderen – so einfach war das.

»Ich wette, du bist schwul«, hatte sie zu ihm gesagt, worauf er nur gelacht hatte.

»Ich wette, du hast Angst vor Frauen«, hatte sie gesagt, und er hatte wieder gelacht.

Das Schlimmste war gekommen, als sie sagte: »Meine Muschi ist ganz nass für dich.« Da hatte er ihr ein Handtuch zugeworfen.

Sie hatte geschmollt, und er hatte es ignoriert. Sie hatte geweint, und er hatte es ignoriert. Schließlich hatte sie gefragt: »Was stimmt denn nicht mit mir?«

»Ich will dich einfach nicht, das ist alles.«

»Kann ich was ändern?«

»Nein. Es ist permanent.«

Sie hatte es mit Zorn versucht. »Ich werde erzählen, dass du mich verführt und in dieses Zimmer gezerrt hast!«

Wieder hatte er gelacht. »Ich bin der Arzt, du bist die Krankenschwester. Wem wird man glauben? Deinen Ruf hast du ja bereits. Schwester Spandex, erinnerst du dich? Du hast dich schon an viele Ärzte herangemacht. Ich bin vielleicht schwach, dumm und verantwortungslos, aber man wird mich als das Opfer und dich als das Raubtier sehen. Sag mir, wer das nicht glauben wird.«

Nach dem Lunch hatte Dr. Balfour sie nach Hause gefahren, vielleicht ein bisschen freundlicher jetzt. »Sie werden dich nicht verhaften, mach dir deshalb keine Sorgen. Und wenn du gefeuert wirst, kannst du dir einen neuen Job suchen. Wir haben Schwesternmangel, weißt du das nicht mehr?«

Ein bisschen später hatte Bobby Anderson vor ihrer Tür gestanden. Sie hatte nicht mit ihm sprechen wollen, und zuerst hatte sie ihn auch nicht für einen Polizisten gehalten. Er fuhr kein Polizistenauto, und sein grauer Sharkskin-Anzug war kein Polizistenanzug. Im nächsten Augenblick stand er jedoch in ihrem Wohnzimmer. Sie wusste nicht, wie es dazu gekommen war.

»Also, Alice, wenn Sie nicht auf dem Klo gesessen haben, was war dann los?« Bobby wollte mehr über die Sache mit Dr. Balfour erfahren – nicht die schmutzigen Einzelheiten, aber das große Ganze –, und er wollte wissen, wie lange sie nicht an ihrem Arbeitsplatz gewesen war. Alice weinte, denn das war immer das Klügste, wenn sie nicht reden wollte. Sie saß auf der Couch, und Bobby marschierte vor ihr hin und her. Er war wirklich unhöflich.

»Verschonen Sie mich mit den Tränen, okay? Erzählen Sie mir, was passiert ist.«

Sie erklärte, sie habe keinen Sex haben wollen. Dr. Balfour habe sie dazu überredet. Manche Ärzte seien echte Raubtiere, und sie habe ihn nicht bremsen können.

»Hat er Sie vergewaltigt?«

Nein, das könne man nun auch wieder nicht behaupten.

In dem Fall, meinte Bobby, könne man nicht einfach sagen, es sei nur einer von beiden schuld.

Also erzählte sie Bobby, was er wissen wollte. Dr. Balfour habe gesagt, sie solle um zwei Uhr früh vor Zimmer 217 sein, und das Ganze habe exakt fünfzehn Minuten gedauert.

»Na also.« Bobby steckte sein Notizbuch ein. »Das war doch nicht so schlimm, oder?«

Dieser schwarze Klugscheißer.

Unmittelbar vor seinem Besuch bei Schwester Spandex war Bobby bei Carl Krause gewesen, und gleich danach ging er zu seiner Katzeneinheit: sechs Polizisten des Brewster Police Department, die mit Carls Nachbarn in der Gegend von Newport und Hope Street gesprochen hatten. Niemand hatte etwas Verdächtiges bemerkt. Ein paar hatten die Katze in der Gegend gesehen und wussten, dass sie Sooty hieß. Einige sagten, Carl sei immer sehr freundlich gewesen, aber irgendwann im August habe er aufgehört, freundlich zu sein. Sie wussten nicht, warum.

Dann hatte Bobby einen Besuch bei Maud Lord im Ocean Breezes gemacht. Zwei andere Polizisten hatten sie schon befragt, doch das war okay, denn Maud genoss die Aufmerksamkeit. Sie hatte ihr Erlebnis auch allen Bewohnern vom Ocean Breezes erzählt, und sie hatte bei der *Brewster Times & Advertiser* nachgefragt, ob sie vorhatten, einen Reporter zu schicken. Sie hoffte auf eine Schlagzeile, die sie ihren Kindern, Enkelkindern, Urenkeln und Ururenkeln schicken könnte, um ihnen anzudeuten, dass sie ihres Lebens nicht völlig sicher sei. In Brewster war etwas Abscheuliches im Gange, und wenn eine Katze aufgehängt werden konnte, war niemand sicher. Das glaubte Maud zwar nicht, aber es konnte nicht schaden, die Familie ein bisschen in Aufruhr zu versetzen.

An Bobby gefiel ihr, dass er sie Mrs. Lord nannte. Bedauerlicherweise hatte sie ihm sonst wenig zu erzählen, und deshalb erzählte sie ihm von ihren Spaziergängen. Bobby sagte, er gehe auch gern spazieren. Maud erklärte, an manchen Tagen gehe sie hier entlang, an anderen lieber dort, doch seit mehreren Monaten – wahrscheinlich seit dem vergangenen Frühjahr – war sie nicht mehr an dem grauen Craftmans-Bungalow in der Hope Street vorbeigegangen, wenn es nicht noch länger her war.

»Sie würden uns einen großen Gefallen tun, Mrs. Lord«, sagte Bobby, »wenn Sie dieses Haus in Ihren täglichen Spaziergang einbeziehen könnten.« Er wusste, dass praktisch keine Chance bestand, dabei irgendetwas in Erfahrung zu bringen, aber er glaubte fest daran, ein zusätzliches Paar Augen wäre jederzeit nützlich, vor allem, wenn es so scharfe Augen waren wie die von Mrs. Lord.

Maud sagte, es sei ihr ein Vergnügen. Zu ihrer Zeit war sie achtmal Geschworene gewesen, sie hatte einen ganzen Stapel John-Grisham-Bücher gelesen, und deshalb wusste sie, welche Sorte von scharfen Augen Bobby brauchte. Auch ihr war klar, wie gering die Chance war, dass sie irgendetwas entdecken würde, doch selbst eine nutzlose Aufgabe würde einen sonst sehr langen Tag mit Sinn erfüllen.

»Sollte ich vielleicht ein Handy haben?«, fragte sie. Maud hatte noch nie ein Handy benutzt.

»Gute Idee. Ich besorge Ihnen ein Handy und eine Prepaid-Karte im Walmart.«

Maud strahlte. Mit fünfundneunzig war von ihrem Gesicht wenig mehr übrig als Runzeln über Runzeln, trotzdem fand Bobby sie hübsch, wenn sie lächelte.

Woody hatte Bernie Wilcox angerufen, als Nina hysterisch wurde, und Bernie war mit Erlaubnis des Krankenhauses herübergekommen. Bernie schien eine Krankenschwester zu sein, die mit beiden Beinen auf dem Boden stand, und das gefiel Woody. Ihre Aufgabe war es, bei Nina zu bleiben und ein Auge auf sie zu haben.

Als Nina anfing zu schreien, war ihre Mutter ins Zimmer gestürzt und hatte Woody die Schuld an allem gegeben. Woody hatte zunächst geglaubt, Nina spiele Theater, doch dann hatte er entschieden, dass niemand ein solches Entsetzen spielen könne. Sarah Muller hatte versucht, das Mädchen zu beruhigen, aber Vicki hatte sie weggezogen, sich auf das Bett gesetzt und ihre Tochter fest in die Arme genommen, während Nina versuchte, sich loszureißen. Da hatte er Bernie angerufen. Was Nina anging, so hatte sie nichts mehr gesagt, nachdem sie sich beruhigt hatte, sondern nur weiter geweint, während ihre Mutter ihre Hand hielt.

Zumindest wusste Woody jetzt, dass das, was Peggy Summers erlebt hatte, auch Nina passiert war, und wenn es zwei jungen Frauen passierte, konnte es auch noch anderen passiert sein. Er hatte gehofft, wenn Bernie ein wenig Zeit mit Nina verbrächte, könnte er noch einmal mit dem Mädchen sprechen. Eine Gegenüberstellung mit Peggy Summers könnte ebenfalls hilfreich sein. Woody war voll von neuen Plänen, und es sah aus, als machte er Fortschritte.

Dafür, dass Bernie ihm half, fand Woody sich bereit, Tig zur Farm zurückzufahren – sie war in der Bibliothek –, denn Barton würde eine Weile nicht Auto fahren können.

»Er hat ein nagelneues Knie bekommen«, sagte Bernie, »und er hat versprochen, mit mir tanzen zu gehen, wenn es verheilt ist.«

Bernie hatte in der Bibliothek Bescheid gesagt, dass Woody kommen würde, um Tig abzuholen, und um vier hatte er mit seinem Tundra draußen gestanden. Bernie hatte ihm ihre Enkelin beschrieben – groß, dünn, schwarzhaarig –, aber letzten Endes erkannte Woody sie, weil sie von Hercel und Baldo begleitet wurde, als sie die Treppe herunterkam. Hercel benutzte eine Krücke. Also nahm er sie alle drei mit.

»Ich komme mit zu Hercel nach Hause«, verkündete Baldo.

»Nein, lass uns lieber zu dir fahren«, sagte Hercel. Woody hörte eine Festigkeit in Hercels Stimme, die vermutlich aus dem Wunsch rührte, seinem Stiefvater nicht zu begegnen.

Hercel und Baldo saßen mit Ajax auf dem schmalen Rücksitz. Kaum etwas macht einem Golden Retriever mehr Freude als die ungeteilte Aufmerksamkeit von drei Zehnjährigen.

Woody war drei Blocks weit gefahren, als er plötzlich hart auf die Bremse trat und am Randstein anhielt. »Was zum Teufel ist das?«, schrie er und starrte in den Rückspiegel.

Eine Kugel hatte das hintere Fenster auf der Beifahrerseite durchschlagen und die Scheibe zerbrochen.

Woody lehnte sich über den Sitz nach hinten. »Ich schwöre, das war vor einer Minute noch nicht da. Alles okay mit euch?«

Nach einem Augenblick der Stille platzten Baldo und Tig vor Lachen los: Baldo hatte ein Abziehbild an die Fensterscheibe geklebt, als Woody nicht hingeschaut hatte.

»Du kannst einem echt auf die Nerven gehen«, sagte Woody humorlos. Im Rückspiegel sah er, wie Hercel nickte.

Nachdem er die beiden Jungen abgesetzt hatte, bog Woody

in die Water Street ein und fuhr weiter zu Barton Wilcox' Farm. »Wie war das gestern Abend mit Hercel?«

»Er hat sich selbst K.o. gefahren.« Bei Tig hörte sich das an, als wäre es eine unbeschreiblich mutige Tat gewesen. Sie erzählte, wie sie und Bernie das Kläffen der Kojoten gehört hatten und wie sie zur Tür gelaufen waren, als Gray und Rags anfingen zu bellen. Bernie hatte sich die Flinte geschnappt. Tig war auf den Hof hinausgelaufen und hatte gesehen, wie fünfzig Meter weit vor ihr etwas über die Mauer geflogen kam. Das war Hercel gewesen. »Bernie sagt, er ist drei Meter weit geflogen. Er ist gegen die Mauer gekracht, so fest er konnte. Sein Fahrrad ist total hinüber. Könnten Sie so gegen eine Mauer rasen? Ich könnte es nicht. Und heute Morgen hat er kein bisschen gejammert.«

Woody wollte wissen, wie es ihr gefalle, Schafe zu haben. Die Lämmer gefielen ihr am besten, sagte Tig; die Schafe selber würden stinken. Am liebsten habe sie die Wolle. Sie erzählte Woody, wie sie Bernie beim Waschen und Kämmen und Spinnen half. Einen Teil des Garns nahmen sie zum Weben, den Rest zum Stricken. Sie habe schon zwei Pullover gestrickt, und jetzt habe sie Hercel versprochen, ihm auch einen zu machen. Sie wolle gern etwas aus Grays und Rags' Fell weben, aber Bernie meinte, die Haare seien wahrscheinlich zu fein. Ob Woody nicht gern einen hübschen Pullover aus Ajax' Haaren hätte?

Nein, danke, sagte Woody. »Mir reichen die Haare, die von den Möbeln an mir hängen bleiben.«

Die Straße zur Farm hinaus wurde schmaler und der Wald dichter, und Woody dachte daran, wie Hercel, von kläffenden Kojoten verfolgt, durch die Dunkelheit geradelt war. War da wirklich ein Rudel Kojoten zwischen den Bäumen hervorgekommen? Wie viele waren es genau gewesen? Bernie und Tig hatten das Kläffen ebenfalls gehört. Aber Kojoten benahmen sich nicht so. Und er fragte sich, warum die Kojoten Hercel nicht erwischt hatten – so schrecklich das auch gewesen wäre. Sie konnten doch sicher schneller rennen als ein Junge, der mit dem Rad durch die Dunkelheit fuhr.

Kurz vor der Farm fragte Tig: »Wie denken Sie über Telepathie?«

»Du meinst Gedankenlesen?«

»Ja, ich glaube, das ist es wohl.«

»Ich denke, das ist Quatsch. Manchmal verrät dir der Gesichtsausdruck oder die Körpersprache eines Menschen etwas, und dann sieht es aus, als hättest du seine Gedanken gelesen, aber das hast du nicht. Es gibt immer kleine Signale, kleine Hinweise auf das, was einer denkt.«

»Und wie denken Sie darüber, dass jemand etwas bewegt, indem er seine Gedanken darauf richtet? Es sozusagen mit seinen Gedanken bombardiert?«

»Du meinst Telekinese?«

»Ich weiß nicht, wie es heißt. Nennt man es so, wenn man Dinge mit den Gedanken bewegt?«

»Ja. Das ist auch Quatsch. Über so was zerbrechen sich die Leute den Kopf, wenn sie nichts Besseres zu tun haben. Warum fragst du?«

»Nur so aus Neugier.«

Woody hatte das Gefühl, dass mehr dahintersteckte, aber jetzt hatten sie die Farm erreicht, und die beiden Bouviers kamen herausgestürmt, um sie zu begrüßen.

Später, gegen fünf, war Woody zur Außenstelle der Fisch- und Wildtierbehörde im Great Swamp hinausgefahren. Hercels knallgrünes Mountainbike lag hinten auf seinem Truck. Barton war zu dem Ergebnis gekommen, dass es nicht zu reparieren war, und hatte in einem Anfall von altruistischer Dämlichkeit – fand Woody – Hercel ein neues Rad kaufen wollen. Dann hielt er es jedoch für besser, es in einer Fahrradwerkstatt abzuliefern, auch wenn Rahmen, Lenker und Vorderrad verbogen waren. Der Sattel, dachte Woody sarkastisch, war immerhin noch in Ordnung.

Die Außenstelle der Fisch- und Wildtierbehörde war eine große Hütte, die neben einem halben Dutzend anderer Gebäude an der Einfahrt zum Sumpf unter den Bäumen stand. Gail Valetti, eine Kojotenexpertin der Behörde, war eigens am Samstag herausgekommen, um mit ihm zu sprechen. Sie war Mitte dreißig und hatte glattes dunkles Haar und ein strenges Gesicht.

»Es ist absolut ausgeschlossen«, sagte sie, »dass ein Rudel Kojoten einen Jungen auf dem Fahrrad verfolgt. Kojoten tun so etwas nicht.«

»Was war es dann?« Sie saßen in Valettis kleinem Büro, umgeben von holzverkleideten Wänden.

»Wahrscheinlich Hunde, eine frei laufende Hundemeute. Ich weiß sehr wohl, dass viele Leute, die absolut keine Ahnung von Kojoten haben, sie am liebsten ausrotten würden, denn die Tiere haben unverdientermaßen einen schlechten Ruf. Kojoten dienen einem nützlichen Zweck in der Umwelt. Sie helfen mit, die wachsenden Populationen kleinerer Tiere zu reduzieren: Füchse, Waschbären, Stinktiere ...«

»Und Hauskatzen?«

Valetti sah ihn scharf an. »Wenn Sie Ihre Katze schützen wollen, behalten Sie sie im Haus.«

Woody hätte beinahe gefragt, warum Kojoten einer Hauskatze vorzuziehen seien, aber er wusste, dass es dann Streit geben würde. In seinen Augen waren Kojoten das Gleiche wie Ratten, nur größer, schöner und dümmer.

»Bernie Wilcox und ihre Enkelin haben sie ebenfalls gehört. Bernie sagt, es waren Kojoten, keine Hunde.«

»Von mir aus«, sagte Valetti und zog ihre Brauen auf eine

Weise hoch, die Woody nicht gefiel. »Ich habe schon oft mit Barton und Bernie über ihr Kojotenproblem gesprochen. Offenbar werden die Kojoten von den Schafen angelockt.«

»Wahrscheinlich sind Sie der Ansicht, die beiden sollten ihre Schafe abschaffen und lieber Fahrräder züchten.«

»Ihre Haltung ist nicht hilfreich«, sagte Valetti. »Sie ist typisch für die meisten Leute. Kojoten sind ein notwendiger Teil des Ökosystems und richten kaum Schaden an. Höchstens zwanzig Menschen werden pro Jahr gebissen, während eine Million durch Hundebisse zu Schaden kommen. Wollen Sie vorschlagen, dass wir alle Hunde einschläfern?«

»Letzten Dezember wurde auf Prudence Island ein siebenjähriges Mädchen von einem Kojoten weggeschleppt. Zum Glück hat ihr Hund sie gerettet.« Prudence Island lag in der Narragansett Bay, nördlich von Newport.

Valettis Stimme bekam einen metallischen Klang, emotionslos, geschäftsmäßig. *Wie Robby der Roboter*, dachte Woody.

»Zugegeben, das war schrecklich. Aber die Leute lassen Lebensmittel draußen herumliegen, sie lassen ihre Mülltonnen offen, sie haben Komposthaufen und Vogelfutterhäuschen, sie lassen ihre Büsche wuchern. Sie kümmern sich nicht um ihr Ratten- und Mäuseproblem, sie lassen ihre Katzen draußen herumstreunen. Hören Sie in Ihrem Viertel auf, die Kojoten zu füttern, und die Kojoten werden weggehen. Es gibt keinen Grund, weshalb wir nicht in passiver Koexistenz mit ihnen leben sollten. Wo es ein Kojotenproblem gibt, liegt es an den Menschen, die sie unterstützen.«

Woody hatte ein ganzes Dutzend neunmalkluge Bemerkungen auf der Zunge und schaute weg. Auf dem Schreibtisch standen die Fotos dreier Kinder, die aussahen wie Valetti in Klein. Außerdem sah er das Bild eines Mannes in Uniform mit Captainsstreifen. »Ihr Mann ist Soldat?«

»Ja.«

»Wo ist er stationiert?«

»Momentan im Irak.«

»Da machen Sie sich bestimmt Sorgen.« Vatellis kühler Blick gab ihm zu verstehen, dass ihn das nichts anging. Wieso redete er überhaupt von ihrem Mann? »Und«, sagte Woody, »wie groß ist die Kojotenpopulation in Rhode Island?«

»Das ist schwer zu schätzen, weil sie rasch zunimmt. Fünftausend, nehmen wir an, aber es können auch zwanzigtausend mehr sein. Nicht leicht zu sagen.«

»Könnten die fraglichen Kojoten tollwütig gewesen sein?«

»Es gibt sehr, sehr wenige Fälle von tollwütigen Kojoten.«

»Haben sie Feinde?«

»Wölfe.«

»Großartig. Und was ist jetzt mit Hercels Kojoten?«

»Ich sagte Ihnen doch, das waren Hunde. Vielleicht verwilderte Hunde.«

»Sie haben ausgesehen und sich angehört wie Kojoten.« Jetzt war es Woody, der klang wie ein Roboter.

»Wer hat sie denn gesehen? Haben Sie nicht gesagt, es war dunkel?«

Woody dachte an das, was Chmielnicki über Gestaltwandler gesagt hatte. Sollte er Valetti danach fragen? Er konnte sich vorstellen, wie sie reagieren würde. Und was würde es für seinen Ruf bedeuten, wenn sich herumspräche, dass er Valetti über Gestaltwandler befragt hatte? Captain Brotman würde ihm befehlen, eine Kur zu beantragen, und danach würde er wieder Autofahrer anhalten, die auf dem Highway 95 zu schnell gefahren waren.

In diesem Augenblick gab sein Handy ein aufdringliches Gezwitscher von sich. Er wühlte es aus der Tasche. Bernie Wilcox war dran, und ihre Stimme klang hoch und hektisch.

»Nina ist weg! Sie ist aus dem Badezimmerfenster geklettert. Es tut mir schrecklich leid. Was soll ich tun?«

»Bleiben Sie, wo Sie sind.«

Woody sprang auf und lief zur Tür hinaus, und Gail Valetti starrte ihm nach, ganz überrascht von dem, was sie als Grobheit empfand. *Nicht mal ein Auf Wiedersehen*, dachte sie.

Woody wählte Bobbys Handynummer und gab ihm kaum Gelegenheit, Hallo zu sagen. »Komm sofort zu Vicki Lefebvre. Das Mädchen ist abgehauen. Bring ein paar Leute vom Brewster PD mit. Ich komme, so schnell ich kann.«

Bobby klappte sein Telefon zu und verdrehte die Augen. Er hatte ein ruhiges Abendessen zu Hause geplant, mit Shawna und den Töchtern. Der gute alte Woody musste gewusst haben, dass er sich auf etwas Nettes freute. Hatte selbst weder Kinder noch Mitgefühl. Bobby grinste und ging hinaus zu seinem Z.

Er war mit der Katzeneinheit unterwegs gewesen, war mit ein paar Polizisten aus Brewster in der Nachbarschaft herumgelaufen und hatte jemanden gesucht, der irgendetwas über die aufgehängte Katze wusste. Jetzt schickte er seine Truppe hinüber zu Vicki Lefebvres Haus in der Market Street. Zwanzig Minuten später stand Bobby vor der Haustür und redete mit Bernie.

»Sie wollte unter die Dusche, und ich habe auf dem Flur gewartet«, berichtete Bernie. »Ich hätte mit ihr ins Bad gehen sollen, das weiß ich. Nach einer Weile dachte ich, sie brauchte zu lange, obwohl das Wasser rauschte. Ich habe geklopft und sie gerufen, aber sie hat nicht geantwortet.« Bernie zuckte die Achseln. »Da habe ich meine Schulter benutzt.«

Bobby schätzte, das Bernie knappe zehn Kilo schwerer war als er, und sie war fast genauso groß. Die Tür tat ihm leid. »Und dann?«

»Sie war aus dem Badezimmerfenster auf das Garagendach geklettert. Was danach aus ihr geworden ist, weiß ich nicht.

Ich bin hinausgerannt. Niemand war zu sehen. Sie hatte vielleicht zehn Minuten Vorsprung. Ich bin ein paar Minuten herumgefahren und habe dann Woody angerufen. Ich wünschte, Sie würden mit mir hinausfahren und mir einen Kopfschuss verpassen.«

»Später vielleicht.« Weitere Polizeiwagen hielten vor dem Haus, darunter drei Streifenfahrzeuge der State Police aus Alton Barracks. »Was hat Nina angehabt?«, fragte Bobby.

»Jeans, Turnschuhe, ein lila Sweatshirt. Sie wird frieren.«

Bobby rief die Hundestaffel an und erfuhr, dass Woody sie schon alarmiert hatte. Sie würden um sieben da sein. Polizisten und Trooper waren in alle Himmelsrichtungen ausgeschwärmt, klopften an die Haustüren und fuhren in den Straßen auf und ab. Nina war jetzt seit einer halben Stunde weg. Wenn sie eine Läuferin war, konnte sie vier Meilen weit gekommen sein. Bobby fragte Vicki nach dem Namen von Ninas Freundinnen und allen anderen, die ihr vielleicht helfen würden. Vicki war außer sich vor Wut.

»Dieses fette Miststück sollte auf sie aufpassen? Lassen Sie sie ja nicht noch mal in mein Haus! Ich habe bereits meinen Ex-Mann angerufen. Wenn Nina etwas passiert ist, bringen wir Sie vor Gericht. Warten Sie nur, was die Zeitungen dazu sagen!«

Innerhalb von einer Stunde waren fünfzig Männer und Frauen auf der Suche nach Nina. Ein Suchhund, ein belgischer Malinois, und sein Führer waren ebenfalls unterwegs. Die Polizisten besuchten Ninas Freunde und Schulkollegen. Das war zugleich gut und schlecht, denn bald wusste ganz Brewster, dass ein sechzehnjähriges Mädchen verschwunden war. Immer mehr Leute beteiligten sich an der Suche, und bald schienen Scharen von Menschen unterwegs zu sein. Auf dem Revier richtete man eine Kommandozentrale unter der formalen Leitung von Chief Bonaldo ein. Solche Suchaktionen beginnen voller Eifer, doch mit der Zeit lässt der Optimismus nach. Die Leute bleiben tatkräftig, aber es ist eine zermürbend halsstarrige und freudlose Tatkraft. Jedenfalls wurde Nina an diesem Samstagabend nicht gefunden.

Hercel verbrachte den Nachmittag und den frühen Abend bei Baldo Bonaldo, nachdem er seine Mutter angerufen und ihr gesagt hatte, wo er war. »Hast du für Montag Hausaufgaben zu machen?«, hatte sie gefragt. Zwanzig Rechtschreibvokabeln und sonst fast nichts, das stimmte wohl, nur waren es schwierige Vokabeln: *Hämorrhoiden*, *Katarrh*, *Benignität.* Wann würde er sie jemals benutzen? Was Hercels Mutter anging, so wusste sie, dass Hercel nicht nach Hause kam, weil er sich von Carl fernhalten wollte. Das machte ihr Angst. Sie hatte keine Ahnung, was sie wegen Carl unternehmen sollte, und sie wagte nicht mehr, mit ihm zu sprechen. Ihre Freundin Anita Barr sagte immer nur: »Wirf ihn raus« oder »Ruf die Polizei«, aber Harriet dachte sich, wenn sie das täte, gäbe es danach nichts mehr zu reparieren.

Hercel hatte seine Mutter nach Sooty fragen wollen, es dann jedoch bleiben lassen. Man würde die Sache behandeln wie die meisten häuslichen Schwierigkeiten: mit hartnäckigem Schweigen. Aber Hercel war traurig. In den meisten Nächten hatte die Katze an seinem Fußende geschlafen. Sie hatte ihm beim Lesen und beim Fernsehen Gesellschaft geleistet. Klar, das Tier hatte Lucy fast genauso sehr geliebt, und seine Mutter noch mehr, was ihm recht war. Nur, dass die Katze tot war, gefiel ihm nicht.

»Eure Katze hat den Löffel abgegeben«, sagte Baldo.

Hercel sagte nicht, er solle die Klappe halten, sondern warf ihm einen Blick zu, der so ziemlich das Gleiche zum Ausdruck brachte.

Das ließ Baldo für ein Weilchen verstummen, aber was ihn interessierte, war Hercels Trick, nicht eine tote Katze.

Hercel schüttelte den Kopf. »Ich rede nicht darüber. Niemals. Wenn du mein Freund sein willst, frag mich nicht danach. Ich will nicht, dass massenhaft Leute darüber quasseln.«

»Ich dachte, du hättest gesagt, du machst es mit Magneten.« *Aha, jetzt hab ich dich erwischt*, sagte Baldos Ton.

Das mit den Magneten hatte Hercel vergessen. »Es sind Magneten, ganz spezielle Magneten. Mein Dad hat sie mir geschenkt. Ich habe sie weggetan und eingeschlossen. Sie machen mir Angst.«

Baldos Interesse wuchs. »Warum?« Hercel gab keine Antwort. »Ich werde wirklich niemandem davon erzählen.« Baldos einschmeichelnder Ton wurde zu einem näselnden Winseln, allerdings war es ein verdächtiges Winseln.

»Wenn du mit irgendwem darüber redest, bist du nicht mein Freund«, sagte Hercel. »Vielleicht bist du sowieso nicht mein Freund. Vielleicht bist du nur scharf auf meinen Trick.«

Baldo war gekränkt und schüttelte heftig den Kopf. »Ich glaube nicht, dass du es mit Magneten machst. Das ist was anderes, und du solltest stolz darauf sein. Du bist wie David bei David und Goliath, aber du brauchst keine Schleuder. Du könntest ein Held sein.«

Sie waren im Spielzimmer im Keller. Dort stand eine Tischtennisplatte, und Baldo hatte Hercel versprochen, ihm das Spiel beizubringen. »Wäre David ein Held, wenn er sich auf die Suche nach Goliath machte?«, fragte Hercel. »Wenn er ihn aufstöberte?«

»Na klar«, sagte Baldo. »Das nehme ich doch an. Du meinst, wenn er sich an ihn ranschleicht und ihn ermordet?«

»Ja.«

»Er ist David, oder? Er kann praktisch machen, was er will.«

Baldos Mutter fuhr Hercel um neun nach Hause. Es gefiel ihm nicht, kein Fahrrad zu haben. Aus irgendeinem Grund waren viele Leute unterwegs. Von Nina Lefebvre hatte er nicht gehört. Er dachte daran, wie David Goliath tötete, und er fragte sich, ob David danach ein schlechtes Gewissen gehabt hatte.

Um Mitternacht fuhren Seymour und Jimmy durch die Water Street zum Krankenhaus. Sie hatten einen Verkehrsunfall auf der Route 1 gehabt, zwei Herzinfarkte und einen Oldie für den Ofenpalast, und so war es ein guter Abend gewesen. Seymour kiffte, und Jimmy hatte die Fenster geöffnet. Ab und zu hustete er dramatisch, was Seymour gar nicht zu bemerken schien.

Als sie bei Crandall Investments vorbeifuhren, sagte Seymour: »Hey, sieh dir das an. Ronnie ist nicht da. Die zweite Nacht hintereinander. Wo er wohl schläft?«

»Wie soll ich mir was ansehen, was nicht da ist?« Seymour redete dauernd so ein blödes Zeug, dachte Jimmy. »Genauso gut kann ich das Loch in einem Donut anstarren.«

»Was glaubst du, wo er ist?«

Wieder so eine blöde Äußerung. »Wahrscheinlich beim Friseur.«

»Um Mitternacht? Du willst mich verarschen.« Jimmy fand das Thema langweilig. »Ich war draußen in Diggers Ofenpalast. Rate mal, wen ich da gesehen habe.«

»Ronnie McBride.«

»Du Arsch, kannst du nie ernst sein? Carl. Ich wusste nicht, dass Digger ihn da draußen arbeiten lässt. Larry war dabei, ihm alles zu zeigen. Carl hat nicht gesagt, wie lange er schon da war. Er hatte miese Laune. Gibt's sonst noch was Neues? Man muss sich einfach von ihm fernhalten, wenn er so drauf ist. Meinst du, du könntest da draußen arbeiten? Zum Beispiel, wenn Carl rausfliegt?«

»Was ist denn da so schwer dran? Das sind Leichen, oder?«

»Man muss sie filzen, auf Ringe und so Zeug. Ich weiß nicht, ob ich das könnte. Jetzt soll es ein Gesetz geben, dass man ihnen die Zähne ziehen muss, wegen der Füllungen. Die sind ja voll von Quecksilber. Nie im Leben reiße ich einer Leiche die Zähne raus. Das ist unreligiös. Wenn ein Toter Zähne hat, soll er sie auch mit in den Ofen nehmen. Ich meine, es sind doch seine Zähne, oder? Und dann muss man die Knochen zermahlen. Die kommen in ein Ding, das aussieht wie ein großer Küchenmixer mit allem Drum und Dran. Ich hab zu Larry gesagt, damit würde ich gern ein paar Margaritas zusammenmixen, und da hat er mich mit diesen toten Augen angeguckt. Ich selber, ich will in die Erde – ein hübscher Sarg, nicht zu teuer, nicht zu billig. Larry hat ein paar Knochenbrocken in diesen Mixer geworfen und dabei seine Zigarre geraucht. Glaubst du, da fällt keine Asche auf die Krümel von diesem Typen? Larry sagt, von einem Toten zum nächsten kriegt man nie die ganze Asche raus, und so werden alle mit einem Rest Asche von jemand anderem zusammengeschüttet. Wie würde es dir gefallen, mit 'ner dicken alten Farbigen zusammengeschüttet zu werden? Nee, ich will in die Erde.«

Inzwischen hatte Seymour den Wagen vor dem Krankenhaus geparkt. Er lehnte sich zurück und drehte sich einen neuen Joint. Jimmy schwatzte weiter, um ihn wach zu halten.

»Du weißt doch, dass Totengräber solche Kurse machen. Ich meine, Leute, die Totengräber werden wollen. Da gibt's einen Kurs in restaurativer Wiederherstellung, und da sitzen all die Totengräberlehrlinge in einer Klasse, und weißt du, was sie machen?« Seymour antwortete nicht, und Jimmy sprach lauter. »Weißt du, was sie machen?«

»Sag's mir.« Seymour beschloss, auf den Joint zu verzichten. Vielleicht würde er ein Nickerchen machen.

»Sie bringen ein paar Aluminium-Grillpfannen mit, wie man sie für den Thanksgiving-Truthahn nimmt, aber auf jeder dieser Pfannen liegt ein Kopf, der quasi am Hals abgeschnitten ist. Ist das nicht cool? Und jeder kann an einem abgeschnittenen Kopf arbeiten.«

Seymour wurde aufmerksam. »Woher kriegen sie die Köpfe?«

»Die Schule kauft sie. Sie kosten ungefähr siebenhundert Dollar das Stück. Man kann allen möglichen Scheiß kaufen. Du würdest gar nicht glauben, welchen Scheiß du so kaufen kannst, legal oder illegal. Für den legalen Scheiß gibt's eine Preisliste, aber man braucht so was wie 'ne Lizenz: Hände für fünfhundert Dollar, Handgelenke für fünfhundert, Ellenbogen für fünfhundert, und ein ganzes Bein kostet bis zu tausend. Und Haut, verdammt, Mann: zehn Dollar für den Quadratzoll. Du bist eine wandelnde Goldmine. Wie die Schlitzaugen ein Hühnchen essen: Die fressen alles restlos auf. Und diese Totengräber-Lehrlinge, die pudern die Köpfe und legen Lippenstift und Rouge auf, genau wie bei Models. Und das alles in der Truthahnpfanne.«

Nach einer kurzen Pause fragte Seymour: »Hast du Pläne wegen Carl?«

»Hey, ich hab jede Menge Pläne. Ich brauche mir nur einen auszusuchen. Wir könnten ihm eine Scheißangst einjagen, irgendwas machen, wovon er überschnappt. Er darf nur nicht wissen, dass wir es sind. Das ist die Hauptsache. Er ist unheimlich jähzornig. Vielleicht ist es besser, wenn ich es allein mache, damit nichts vermasselt wird. Dann kündigt er oder wird rausgeschmissen, und Digger sagt zu mir: ›Wir müssen Carl ersetzen. Hast du eine Idee?‹ Und dann sage ich: ›Seymour Hodges ist der richtige Mann für den Job.‹ Wie findest du das?«

»Ist mir recht.« Seymour schwieg kurz und sagte dann: »Wenn Digger anfängt, mehr Leute zu verbrennen, als er begräbt, nennst du ihn dann Digger oder Burner?«

»Burner gefällt mir nicht. Cooker vielleicht? Nein, ich nenne ihn den Chef. Das hat Klasse. Der Chef.«

Ein Uhr am Sonntagmorgen, und zwei Kojoten können völlig sorglos mitten über die Water Street spazieren. Hier ein bisschen schnuppern, dort ein bisschen schnuppern. Wenn Ronnie McBride im Eingang von Crandall Investments schläft, gehen die Kojoten auf der anderen Straßenseite vorbei. Vielleicht mögen sie seinen Geruch nicht. Heute Nacht ist Ronnie jedoch irgendwo anders, und die Kojoten haben die Straße ganz für sich allein.

Die vielen Leute, die nach Nina Lefebvre gesucht haben, sind inzwischen nach Hause gegangen. In den Streifenwagen der Polizisten klebt ihr Foto am Armaturenbrett. Bobby Anderson liegt zu Hause mit seiner Frau im Bett. Shawna hat Bobby seit einer Weile nicht gesehen, und ihr ist ein bisschen romantisch zumute, aber Bobby schläft tief, nachdem er den ganzen Abend durch die Gärten der Leute gerannt ist.

Amy Calderone, Harriets Freundin, liegt hellwach im Bett und dreht sich hierhin und dahin. Sie beschließt, eine Tablette zu nehmen, wenn sie in zehn Minuten nicht eingeschlafen ist. Die zehn Minuten vergehen, und sie gibt sich noch einmal zehn. An den meisten Abenden halten sie und ihr Mann einander in den Armen, wenn sie einschlafen. So nah sind sie einander. Heute Nacht schiebt sie ihn immer wieder von sich. Diese Umarmung ist heute Nacht beklemmend. Amy denkt dauernd an Harriet. Warum hetzt sie nicht die Polizei auf diesen Neandertaler? *Vielleicht bin ich diejenige, die die Polizei rufen sollte.* Harriet wäre wütend. Aber ist ihre Unversehrtheit nicht wichtiger? Wichtiger noch als ihre Freundschaft? Und der Neandertaler, wäre der nicht auch wütend? Amy schiebt Marty von sich und dreht ihm den Rücken zu. Noch zehn Minuten, dann nimmt sie ganz bestimmt eine Tablette.

Larry Rodman sieht sich einen Porno an. Heute Abend gibt es keine Ringe; die Familien wollten sie zurückhaben. Larry sieht gern die klassischen Filme aus den vierziger und fünfziger Jahren. Diese weißen Luder müssen ja inzwischen tot sein, und die Stecher auch. Wenn die Luder noch leben, sind ihre Titten schlaff wie benutzte Gummis. Doch Larry nimmt an, dass sie tot sind. Dieses blonde Luder mit dem dicken Schwanz des schwarzen Typen im Mund – Larry glaubt, dass er sie schon in den Ofen geschoben und getoastet hat. Er muss etliche von denen verbrannt haben. Reine Statistik, weiter nichts. Er hat sie über die Schwelle getragen wie ein Bräutigam. Und dann hat er sie verbrannt. Das ist es, was ihn antörnt, nicht die Titten oder die nassen Muschis. Und wenn er hart genug ist, holt er sich einen runter. Spritzt auf den Bildschirm. Als ob er ihnen ins Gesicht pisste.

Ginger und Howard Phelps spielen Gin Rommée, allerdings nicht so aufmerksam wie sonst. Ginger denkt an die kleine Lefebvre, die verschwunden ist. Was kann da nur in sie gefahren sein? Sie kennt Vicki seit Jahren, und auch wenn sie nicht gut befreundet sind, würde sie doch nie wollen, dass Nina etwas passiert. Howard war eine Zeitlang mit ein paar anderen Männern unterwegs, um sie zu suchen. Vergebliche Liebesmüh, hatte er gesagt. Weder Ginger noch Howard gefällt es, wie die Dinge sich entwickeln, aber sie sprechen nicht darüber. Es ist eher so, als hätten sie einen sauren Geschmack im Mund, ein körperliches Missbehagen, und sie wissen, dass viele Leute es genauso empfinden. Dieses Empfinden hat noch keinen Namen, doch einige Leute liegen wach und überlegen, wie sie es nennen sollen. *Anxietät* ist ein Wort, das am Montag in Hercels Rechtschreibvokabeltest vorkommen wird. Vielleicht ist es Anxietät.

Um ein Uhr sitzt Woody Potter an seinem Küchentisch vor einem Becher Kamillentee mit Honig und einem maßvollen Quantum Jack Daniel's. Er hat sich selbst versprochen, gleich schlafen zu gehen, egal wie. Dann hat er sich vorgestellt, wie er Kojoten zählt, die über eine Mauer springen, und darüber musste er lachen.

Der Suchhund von der Hundestaffel hatte Ninas Witterung

sechs Blocks weit verfolgt und sie dann verloren. Man nahm allgemein an, dass Nina zu jemandem ins Auto gestiegen war. Ihre Freundinnen wurden angesprochen, aber alle bestritten, sie gesehen, ihr geholfen oder von ihr gehört zu haben. Sie ging in die elfte Klasse der Brewster Highschool, und so nahm man auch Kontakt mit ihren Klassenkameraden auf. Ohne Ergebnis. Dann teilte Vicki mit, Ninas Handy sei verschwunden. Also hatte sie wahrscheinlich jemanden angerufen, oder sie war jemandem begegnet oder hatte jemanden angehalten.

Wenn Woody brütete, setzte Ajax sich zu seinen Füßen hin und starrte ihn an. Wenn Woody zurückschaute, sah er weg. Manchmal brachte Ajax ihm eins seiner Spielzeuge - ausgestopfte Tiere, Zerrspielzeug aus Gummi oder einen Gummiweihnachtsmann, der ganz verblichen und von den Zähnen des Hundes durchlöchert war und der quietschte, wenn man ihn drückte. Diesen Weihnachtsmann brachte Ajax ihm jetzt. Er setzte sich mit aufmerksamem Blick zu Woodys Füßen hin, quetschte den Weihnachtsmann immer wieder zusammen und forderte Woody heraus, ihm das Ding wegzunehmen. Am liebsten hätte Woody dem Hund einen gut gemeinten Klaps gegeben.

»Leg dich hin. Ich habe jetzt keine Lust, aufgemuntert zu werden.«

Statt sich in seinen Korb zurückzuziehen, legte Ajax sich zwei Schritte weit entfernt hin und starrte ihn mit sorgenvollen Augen an.

»Du kannst eine echte Nervensäge sein, weißt du das?«

Ajax klopfte mit der Rute auf den Teppich.

Woody drehte sich zur Seite, damit er ihn nicht mehr sehen musste. Er ließ die verschiedenen Ereignisse in Brewster vor sich Revue passieren und versuchte, sie zu einem Muster zu ordnen, aber die unerhörten Details lenkten ihn immer wieder ab. Warum skalpierte jemand im einundzwanzigsten Jahrhundert einen Menschen? Warum legte jemand eine Schlange in ein Kinderbett auf der Säuglingsstation? Dann die Vergewaltigungen von Peggy Summers und Nina Lefebvre mit der satanistischen Staffage. Warum? Und war Nina schwanger? Wenn sie Mittwochnacht geschwängert wurde, war das jetzt drei Tage her. Es würde noch zwei oder drei Tage dauern, bevor ein Schwangerschaftstest ein Resultat erbringen würde. Das wusste Woody von Susie, die zweimal gehofft hatte, sie wäre schwanger, und vier Tage lang bis zu ihrer Periode mit Teststreifen und einem Messbecher voll Pisse herumgemährt hatte. Woody hatte den Messbecher weggeworfen und einen neuen gekauft. Jedes Mal, wenn er das Ding im Küchenschrank sah, erinnerte es ihn an die Schwierigkeiten – und damit meinte er die Fehlschläge – in ihrer Beziehung.

Als er jetzt am Küchentisch saß, dachte er wieder an Susie. Es ärgerte ihn, sie so sehr zu vermissen, denn dass ihre Differenzen unvereinbar waren, hatte er schon lange gewusst. Sie zu heiraten, hätte bedeutet, seinen Job als Trooper aufzugeben, und das konnte er sich nicht vorstellen. Sie hatten so oft darüber gesprochen, dass er diese Diskussionen wörtlich wiederholen konnte, einen zwanzigseitigen Dialog, den er als Einakter auf die Bühne hätte bringen können, und zwar unter dem Titel *Der unglaubliche Blödmann.*

Doch dann erlebte Woody eine Überraschung. Als er Susies Gesicht heraufbeschwor, sah er plötzlich Jill Franklin vor sich. Er zuckte zurück. »Meine Güte, was für ein lächerlicher Trottel du bist«, sagte er laut.

Ajax stand auf, wedelte mit der Rute, und Woody kraulte ihm die Ohren. »Beruhige dich, ich bin bloß wieder mal dämlich.« Aber er dachte weiter an Jill – an ihr kurzes blondes Haar, ihr rundes Gesicht, ihre Stupsnase. Sah sie nicht albern aus? Er fand nicht.

Am Nachmittag beim Kaffeetrinken hatten sie nicht über

das gesprochen, was in der Stadt vorging. Jill hatte nicht gewollt, dass Woody dachte, sie wolle ihm Informationen aus den Rippen leiern. Stattdessen hatten sie über ihren sechsjährigen Sohn gesprochen und darüber, dass sie ein schlechtes Gewissen hatte, weil sie nicht mehr Zeit mit ihm verbrachte, obwohl ihre Eltern sich gern um ihn kümmerten. Aber ihr Sohn – hieß er Luke? – wünschte sich einen Hund, und ihre Eltern wollten keinen Hund im Haus haben. Also war's das.

Woody hatte nicht viel gesagt, hatte Dinge nur erwähnt, statt darüber zu sprechen. Er hatte erwähnt, dass er in Pawtucket aufgewachsen war. Er hatte erwähnt, dass es ihm dort langweilig gewesen war. Er hatte Jagdausflüge nach New Hampshire erwähnt, den Irak und Operation Desert Storm, ein alberner Name, weil er dabei monatelang gar nichts getan hatte. Er hatte nicht erwähnt, dass er bei einem Raketenangriff auf ein Armeelager in Dhahran eine Scheißangst gehabt hatte. Er war da nur durchgefahren und hatte haltgemacht, um etwas zu essen. Aber seitdem, so schien es, hörte er das Gebrüll und Geschrei jede Nacht, selbst jetzt noch, wenn er besonders gestresst war. Warum sollte er ihr solche üblen Geschichten erzählen? Er erwähnte auch seine Launenhaftigkeit nicht, seine Ehe mit Cheryl oder die Zeit mit Susie. Er sprach nicht gern über sich, denn es bedeutete, an einen Ort zurückzukehren, der ihn entweder langweilte, ihm Angst oder Gewissensbisse machte. Er sagte auch nicht, dass es ihm bei der State Police gefiel, weil dort alles klar war – nicht der Kram, mit dem man es zu tun hatte, sondern die Art, wie man damit umging, das Protokoll.

Die Serie von rationalen Zurechtlegungen, mit denen Woody sich als Nächstes beschäftigte, möchte man fast nicht beschreiben. Sie betrafen Jills Arbeit als Reporterin und Woodys Fragen danach, wie sie über die aufgehängte Katze schreiben würde, über Hercels Flucht vor den Kojoten und Ninas Verschwinden.

Je länger er darüber nachdachte, desto größer wurde seine Verärgerung. Anscheinend vergaß er Jills eigene Vorbehalte gegen das Schreiben über solche Themen. Während er an ihr journalistisches Verantwortungsbewusstsein dachte, oder dessen Abwesenheit, dachte er auch daran, wie sie aussah – an ihre glatte Haut, ihre muskulöse Figur. Aber er bemühte sich, so zu tun, als denke er nicht daran. Es war eine ärgerliche Ablenkung, nichts weiter.

Der Vorwand, der als zartes Rauchfähnchen begann, gewann mehr und mehr Substanz. Vielleicht könnte man auch sagen, ein schlechter Grund verbarg sich hinter einem scheinbar guten. Wie dem auch sein mochte, um zwei Uhr früh rief Woody bei Jill Franklin an, um ihr wegen ihres verantwortungslosen Journalismus die Leviten zu lesen.

Jill meldete sich nach dem dritten Klingeln mit einem gemurmelten Hallo. »Was machen Sie gerade?« Sein barscher Ton ließ erkennen, dass er hoffte, sie bei irgendeinem Unfug erwischt zu haben.

»Ist da Woody? Na, ich schlafe komischerweise. Sie nicht, nehme ich an?«

Wieder hatte Woody den Verdacht, dass sie dabei war, einen unverantwortlichen Bericht über die Ereignisse in Brewster zu schreiben. Doch während er sprach, wurde ihm klar, wie lächerlich er klang, und seine Aggressivität verblasste zu monotoner Betretenheit.

»Sie brauchen sich deswegen keine Sorgen zu machen«, sagte Jill. »Ich bin entlassen worden.« Sie erzählte, wie sie am Nachmittag bei Ted Pomeroy gewesen war, dem Eigentümer der Zeitung, und ihm gesagt hatte, sie wolle wieder Gesellschaftsmeldungen schreiben, weil sie es ethisch fragwürdig finde, dabei mitzuhelfen, eine Massenhysterie hervorzurufen. Obwohl sie erst seit Kurzem als Reporterin arbeite, sei sie bereits ein Opfer des solipsistischen Gedankens, ein Ereignis existiere nur, wenn die Zeitung oder das Fernsehen darüber berichte. Pomeroy hatte kein Verständnis gehabt. Er hatte in den letzten Tagen eine Auflagensteigerung erlebt, und er wollte, dass die sich fortsetzte. »Halten Sie sich für unersetzlich?«, hatte er gebrüllt. »Ich bin hier der Einzige, der unersetzlich ist!« Und dann hatte er sie gefeuert.

»Mir scheint«, sagte sie zu Woody, »ich sollte Sie dafür verantwortlich machen. Schließlich sind Sie es, der mich die ganze Woche angeschrien hat.«

Woody überlegte, ob er sich entschuldigen sollte, doch stattdessen kehrte er zu seiner ursprünglichen Frage zurück. »Und was machen Sie gerade?«

Es blieb einen Moment lang still. Jill dachte über seine Frage nach, und Woody hörte, wie sie atmete. »Tja, ich telefoniere mit Ihnen. Davor habe ich tief geschlafen, und ich hoffe, in ein paar Minuten werde ich wieder schlafen, wenn Sie mich lassen.«

»Okay, okay«, sagte Woody und klang wieder schroff. »Und was haben Sie zum Frühstück vor?«

»Ich verbringe den Tag mit Luke und meinen Eltern. Haben Sie Montag Zeit?«

ELF

Nicht nur Polizisten, Feuerwehrleute, Rettungsdienste und Notärzte bekommen schreckliche Dinge zu Gesicht. Oft sind es auch diejenigen, die den dunkleren Regionen des Lebens, wie man sagen könnte, in unschuldiger Ahnungslosigkeit gegenüberstehen. In Detroit stocherte vor einiger Zeit ein achtjähriger Junge in einem Müllsack herum, der seit zwei Tagen auf dem Spielplatz gelegen hatte. Was er gefunden zu haben glaubte, war das Bein eines Hirschs. Was er tatsächlich gefunden hatte, war die zerstückelte Leiche einer Prostituierten. Schwer, über so etwas hinwegzukommen.

Am Montagmorgen beschlossen zwei vierzehnjährige Neuntklässler der Brewster Junior High, die Schule zu schwänzen und auf Eichhörnchenjagd zu gehen. Mit Vergnügen würden sie auch etwas Größeres schießen, wenn es ihnen über den Weg liefe. Davie Bottoms war bewaffnet mit einem Daisy DY880, einem Pumpluftgewehr mit fünfzig Rundkugeln im Magazin. Nach zehnfachem Pumpen flog eine solche Rundkugel mit zweihundertdreißig Metern pro Sekunde in ihr Ziel. Das Gewehr hatte fünfzig Dollar gekostet, die er sich im Handumdrehen mit Rasenmähen verdient hatte. In der Woche zuvor war es mit der Post gekommen, und Davie brannte darauf, es auszuprobieren. Seine Mom war entsetzt, aber sein Dad hatte als Junge auch eins gehabt und lachte nur. Für einen Jungen gehörte es zum Heranwachsen, war sein Argument.

Der andere Junge, Alex Milbank, hatte eine Crossman-1377C-Multipump-Luftpistole mit einem Vierzehn-Zoll-Lauf. Durch zehnfaches Pumpen erreichte ein Bolzen eine Geschwindigkeit von hundertachtzig Metern pro Sekunde. Die Pistole enthielt nur einen Bolzen, und er musste nach jedem Schuss nachladen, aber das ging schnell. Alex hatte sie von seinem Bruder Mikey »geliehen«. Mikey war im letzten Jahr auf der Highschool und würde ernsthaft stinkig werden, wenn er es herausfände.

Alex transportierte die Waffen in einer Sporttasche zusammen mit einem Karton Donuts, einem Sixpack Coke und einer Plastiktüte für das, was sie erlegen würden. Sie fuhren mit dem Rad auf der Whipple Street in südlicher Richtung stadtauswärts, ein halbes Dutzend Straßen weit, vorbei an alten und neu gebauten Häusern. Das letzte Haus, das sie passierten, war ein altes Farmhaus, das Schwester Asherah MacDonald und ihrer Partnerin, Schwester Isis Perry, gehörte. Nach einer weiteren Viertelmeile endete die Whipple Street in einer Sackgasse an einem Wildtierreservat, dem Trustom Pond National Wildlife Refuge: dreihundertzwanzig Hektar Wald, die sich vom Trustom Pond, einer Lagune hinter einem zwei Meilen langen Strandwall, landeinwärts erstreckten. Die Jungen schoben ihre Räder ungefähr zwanzig Meter weit in den Wald hinein und packten ihre Waffen aus.

Wenn ein Junge eine Waffe in die Hand nimmt, ist das ein Augenblick der Verwandlung. Ein guter Junge verwandelt sich nicht unbedingt in einen schlechten, ein vorsichtiger nicht in einen waghalsigen. Eher nimmt er Würde an, eine neue Art von Bedeutung, zumeist durchzogen von Phantasien, wie ein Steak mit Fettadern marmoriert ist. Davie und Alex fühlten sich sofort älter, reifer. Sie waren zu Jägern geworden, zu potenziellen Ernährern, die von dem leben konnten, was das Land ihnen gab. Es war nichts, das sie speziell in sich selbst als Individuen sahen, doch jeder glaubte es im anderen zu sehen. Natürlich hatten sie gehört, dass Hercel McGarty von Kojoten gejagt worden war, aber sie dachten, wenn sie das Glück hätten, auf einen Kojoten zu stoßen, würden sie mühelos mit ihm fertigwerden.

»Weidmannsheil«, sagte Davie.

»Rock and Roll«, sagte Alex.

Sie trugen dunkle Sweatshirts und Baseballkappen. Davie hatte eine Tarnhose an, um die Alex ihn beneidete, denn er hatte nur eine Jeans. Leise gingen sie in den Wald hinein.

Anfangs hatte die Sonne geschienen, doch nun bewölkte es sich. Es war warm für Ende Oktober. Indian Summer, sagten die Leute. Bis auf die Eichen hatten die Bäume fast alle Blätter verloren. Die Jungen folgten keinem Weg, und es war mühsam, sich durch das Dickicht zu schlagen. Wenn sie gewusst hätten, dass die Apfelrose auch »Pilgerfluch« genannt wurde, hätten sie den Sinn sofort verstanden. Nadelrosen wuchsen hier auch. Die Dornen verhakten sich an ihren Sweatshirts und rissen ihnen die Mützen vom Kopf. Nach ein paar Minuten sahen sie hoch oben auf einer Eiche ein Eichhörnchen, und sofort nahmen sie es aufs Korn. Sie verschossen vielleicht fünfzig Rundkugeln und ein Dutzend Bolzen. Nach dem ersten Schuss huschte das Eichhörnchen auf die andere Seite des Baumstamms und wartete ab.

»Hast du es getroffen?«, fragte Davie.

Alex hätte gern Ja gesagt, aber er schüttelte den Kopf. Sie sahen sich zwischen den Bäumen um. Krähen krächzten, und sie hätten auch eine Krähe geschossen, wenn sich die Gelegenheit geboten hätte, doch es kam keine. Sie hätten sogar auf eine Möwe geschossen.

»Wir müssen leiser sein«, sagte Alex.

Davie nickte, aber das war nicht leicht, wenn man sich durch das Dornengestrüpp drängte. Sie waren jedoch schon öfter in diesem Wald gewesen und wussten, dass dieses Dickicht nicht endlos war. Wieder sahen sie ein Eichhörnchen, und wieder schossen sie – daneben.

»Vielleicht, wenn wir auf sie warten?«, meinte Davie.

Das war vermutlich besser, als sich blutig kratzen zu lassen. Nach ungefähr zehn Metern gelangten sie auf eine kleine Lichtung, und dort ließen sie sich nieder, um die Äste ringsum zu beobachten.

Sie warteten. Im Wald war es still, nicht mal die Krähen krächzten mehr. Der Wind wisperte leise in den Zweigen. Gelegentlich hörten sie ein Rascheln, aber das ging vorbei, und dann war es wieder still.

Nach zehn Minuten sagte Davie scherzhaft: »Meinst du, das erste Eichhörnchen hat den anderen Bescheid gesagt?«

Alex dachte darüber nach. »Ja, oder es waren die Krähen.« Sie fingen an, sich zu langweilen.

Wieder vergingen ein paar Minuten, dann kroch Alex ungefähr fünf Meter weit unter den Dornen hindurch, um besser sehen zu können, was vor ihnen lag. Ein paar Sekunden später zischte er zu Davie herüber und winkte ihn heran.

Er deutete auf etwas zwischen den Bäumen. »Was ist das?«, flüsterte er.

Etwas Langes, Dunkles ragte ungefähr fünf Meter vor ihnen seitlich aus einer Eiche hervor. Das Gestrüpp verhinderte, dass sie es deutlich erkennen konnten.

»Vielleicht ein Ast, der da am Baum lehnt.«

Alex legte den Lauf seiner Pistole auf den Unterarm, zielte und drückte ab. *Pffft!*, machte die Pistole

»Hast du es getroffen?«, fragte Davie.

»Ich glaube, ja.« Alex schob einen neuen Bolzen in den Lauf und fing an zu pumpen.

Dann schoss Davie. Einen Moment später sagte er: »Ich hab's ganz bestimmt getroffen.«

Alex zielte wieder und schoss. Pause. »Ich auch.«

Davie schoss noch einmal, und dann schossen sie immer wieder, ein paar Minuten lang. Kugeln und Bolzen machten kein Geräusch beim Aufschlagen.

»Gehen wir ein bisschen näher ran«, sagte Alex.

Sie krochen weiter und machten wieder halt. Der Gegenstand war deutlicher zu erkennen, nur sah er immer noch aus wie ein Teil des Baumes. Davie sah ein weißes Gewächs am unteren Ende. Er zielte darauf und drückte ab. Alex schoss, und dann wieder Davie.

»Was ist das?«, fragte Alex.

»Eine Art Pilz.« Davie schoss und pumpte, schoss und pumpte.

Alex schoss einen Bolzen ab, dann noch einen. »Ich hab's ganz sicher getroffen.«

»Das ist ein Kinderspiel«, sagte Davie.

Sie krochen weiter, und für vielleicht eine halbe Minute wurde der dunkle Gegenstand von dem Buschwerk verdeckt, das über ihnen wucherte. Dann sahen sie es wieder und hielten an. Keiner sagte etwas. Es war doch kein Pilz. Alex ließ seine Pistole fallen.

Der dunkle Gegenstand hing an einem Ast. Das weiße Gewächs waren zwei nackte Füße, die ungefähr einen Meter hoch über dem Boden baumelten, aber sie waren angenagt. Irgendein Tier – wahrscheinlich mehrere – war hochgesprungen, hatte an den Füßen und den Waden gezerrt und die Jeans zerrissen. Die Füße waren zerfetzt, und an einem fehlte der große Zeh. Als der erste Schock nachließ, sah Alex, dass seine Bolzen die Knöchel durchlöchert hatten. Die Jungen begriffen, dass sie auf die Füße eines Menschen geschossen hatten – und auf die Leiche, die darüber aufragte.

Davie sprang schreiend auf und kämpfte sich durch das Gestrüpp davon. Er spürte die Dornen kaum, die an ihm rissen. Alex war dicht hinter ihm. Je hartnäckiger die Dornen sie festhielten, desto wilder stürmten sie durch das Dickicht. Alex merkte, dass er die Pistole seines Bruders nicht mehr hatte. Aber er würde sie ganz sicher nicht holen gehen.

Woody Potter und Jill Franklin hatten verabredet, sich um acht Uhr am Montagmorgen im Brewster Brew zu treffen. Von dem Moment an, als er um sechs aufstand, sagte Woody sich, dass er eine Dummheit machte. Er kam fünfzehn Minuten zu früh. Jean Sawyer erzählte später, er habe ausgesehen wie ein geprügelter Hund.

Er bestellte sich eine Tasse Kaffee und griff zum *Providence Journal.* Dann fiel ihm Nina Lefebvre ein, und er fragte Jean, ob sie Nina in der vergangenen Woche mit einem älteren Mann und zwei Frauen im Coffeeshop gesehen habe. Sie reagierte so eifrig, als hätte Woody sie eingeladen, in der Carnegie Hall zu singen. Sie schob ihren Stuhl zurück.

»Aber *ja*, ich *habe* Nina mit zwei älteren Frauen und einem Mann gesehen. Mit ›älter‹ meine ich natürlich, dass sie älter als Nina waren. Ich bin sicher, der Mann war in den Dreißigern – gut aussehend auf eine ziemlich grobe Art. Er trug ein schwarzes Hemd, was mir auffiel, und hatte schwarzes Haar. Er hat einen doppelten Espresso bestellt. Natürlich liebe ich Brewster, aber nicht viele Leute hier trinken Espresso, und deshalb bin ich immer froh, wenn es einer tut. Und die beiden Frauen hatten Cappuccino. Sie waren ziemlich fit. Die eine trug eine Capri-Hose, dunkel, mit einem Adidas-Streifen. Ich glaube, sie hatte kurze blonde Haare. Die andere trug eine solide graue Strickhose mit einem Schnürbund. Ich glaube, sie hatte braunes Haar und eine Art Knabenfrisur. Sie hatte ein Tanktop an, dunkelblau oder grün. Die andere trug einen hellen Pulli mit V-Ausschnitt. Beide waren zu dünn für meinen Geschmack. Mir sind Rubens-Figuren lieber. Kennen Sie Rubens?«

»Bin ihm nie begegnet.« Woody merkte sofort, dass es die falsche Antwort war, und verkniff sich die Frage: »Wohnt er hier in der Stadt?«

»Egal«, sagte Woody. »Sie haben ein gutes Gedächtnis für Kleidung.«

Jean lachte kurz. »An Kleidung erinnere ich mich immer besser als an Gesichter. Wahrscheinlich, weil ich so modebewusst bin. Die Sachen waren jedenfalls nicht teuer, eher was für den Fitness-Club. Ich dachte, sie kämen alle aus irgendeinem Kurs im You-You.«

»Wann war das?«

»Vor einer Woche. Und es muss am Samstag gewesen sein, denn sonst wäre Nina in der Schule gewesen.«

»Hatten Sie sie vorher schon mal gesehen?«

»Die eine der Frauen kam mir bekannt vor. Die Blonde. Und es kann sein, dass ich den Mann auch schon mal gesehen hatte. Es ist wirklich ein Glück für mich, dass das You-You so nah ist. Viele Leute, die da arbeiten oder Kurse machen, kommen hierher. Nach ihrem Kurs sind sie ziemlich hungrig. Ich verkaufe viel mehr Gebäck, als ich jemals erwartet hatte. Und Croissants! Ich wusste kaum, was ein Croissant ist, bevor ich eröffnet habe. Ich habe sie immer Teilchen genannt. Aber so viele kommen her, dass es schwer ist, die Übersicht zu behalten. Und sie sehen alle gleich aus, wissen Sie – wie Seeleute.«

»Wie meinen Sie das?«

»Sie sind alle fit, und die Sachen, die sie tragen, sind für Yoga oder irgendwelche Hüpfkurse. Die meisten sind zwischen, na ja, zwischen fünfundzwanzig und vierzig. Natürlich sind auch Ältere dabei – Yoga für Senioren, Pilates für Senioren. Ich finde wirklich, sie müssten vorsichtiger sein. Manche sind ganz rot und außer Atem, wenn sie nach ihrem Kurs hereinkommen. Es wäre schrecklich, wenn einer von ihnen umkippte, bevor er die Rechnung bezahlt hat.« Jean lachte wieder kurz. »Aber im Ernst, im letzten Frühjahr musste mal wegen einer Frau der Krankenwagen kommen. Es war dann nur Herzrasen, doch es hätte auch schlimmer sein können. Ihre Freundin hat den Notarzt gerufen. Und meine Freundin – sie ist Bibliothekarin – meinte, ich sollte eine Krankenschwester in Bereitschaft halten. Das war ein Scherz, aber trotzdem …«

»Können Sie mir noch mehr über die erzählen, die Sie erkannt haben?«

»Sie meinen die, die mit Nina zusammen waren? Die Blonde war ungefähr so groß wie Nina. Das ist nicht sehr groß, oder? Vielleicht eins sechzig, eins fünfundsechzig. Sehr fit, kein Gramm Fett am Leib. Vielleicht ein spitzes Gesicht. Haben Sie schon mal jemanden angesehen und gedacht, er oder sie sieht aus wie eine Katze oder ein Vogel, vielleicht wie ein Fisch? Dieses Mädchen erinnerte mich an einen Greyhound, einen blonden Greyhound. Und der Mann? Er hatte ein paar graue Haare und war unrasiert. Er war vielleicht eins achtzig, auf jeden Fall größer als die Blonde. Ein eckiges Gesicht – er erinnerte mich an eine Bulldogge. Oder vielleicht an einen Mops. Seine Augen lagen weit auseinander, wie bei einem Mops, und Kinn und Mund waren gequetscht.«

»Gequetscht?«

»Ein eckiges Kinn und schmale, abwärts gekrümmte Lippen – Sie wissen, was ich meine.«

Woody wusste es nicht. »Und in welcher Stimmung waren sie? Wie haben sie sich benommen?«

»Oh, sie waren ganz vergnügt. Haben gelacht und Witze gemacht. Ziemlich laut.«

»Nina auch?«

»Ich weiß nicht, ob sie viel gesagt hat, jedenfalls hat sie genauso viel gelacht wie die andern …« Jean brach ab und schaute über Woodys Schulter hinweg jemanden an. Sie hatte schon zwei- oder dreimal in die Richtung geblickt, doch jetzt runzelte sie die Stirn, als ob da ein Fremder zu lauschen versuchte. Woody drehte sich um und sah Jill Franklin, die ihn mit einem leicht ironischen Lächeln anschaute.

»Sie mischen Dienst und Vergnügen?«

Jeder Mensch hat in seinem Leben ein oder zwei Kreuze zu tragen. Eins von Woodys lästigen Kreuzen bestand darin, dass er rot wurde – nicht oft, aber immer in Augenblicken leichter Verlegenheit gegenüber einer Frau.

»Ich sitze an dem Tisch drüben am Fenster«, sagte er, »mit dem Kaffee und der Zeitung.« Er sagte es ein wenig brüsk, um das Erröten auszugleichen.

»Ihr Kaffee muss kalt sein.«

»Sind Sie schon lange hier?«

»Vielleicht eine Minute.«

Er spürte leisen Ärger. »Haben Sie brauchbare Informationen für einen neuen Artikel bekommen?« Dann fiel ihm ein, dass sie ihren Job verloren hatte.

Jills Blick hatte seinen Humor verloren.

»Verzeihung«, sagte Woody. »Das war eine dumme Bemerkung. Setzen wir uns.«

Jill bestellte einen Cappuccino, und beide orderten Bagels mit Creamcheese. Jill nahm außerdem einen Orangensaft. Bei all dem sprachen sie wenig miteinander. Jill trug Jeans und eine schwarze Lederjacke über einem kastanienbraunen Tanktop. An einer silbernen Halskette hing ein silbergefasster Lapislazuli.

»Hübsche Kette«, sagte Woody.

Jill begriff, dass dies eine weitere Entschuldigung für seine Bemerkung war. Vielleicht lag es in seiner Natur, so brüsk zu sein. Wenn ja, war es schade. Andererseits war er rot geworden, also war er vielleicht nur ein Mann mit den typischen inneren Widersprüchen. Sie lächelte.

»Ja, ich weiß, Sie haben mir erzählt, dass Sie entlassen worden sind.« Woody blieb beim Thema. »So viele Leute haben mir Fragen gestellt, Reporter aus Providence und Boston, Fernsehleute, Leute, die kein Recht haben, mir Fragen zu stellen.«

Wieder verschwand der Humor aus Jills Augen. »Ich habe nur gefragt, ob Sie Dienst und Vergnügen mischen. Dachten Sie, ich wollte Sie aushorchen?«

Woody erkannte, dass er schon wieder das Falsche gesagt hatte. Es gefiel ihm, wenn ihre Augen ernst wurden, auch wenn dieser Ausdruck nicht in seinem besten Interesse war. Er schaute hinaus auf die Straße. Wolken waren aufgezogen, hundert Schattierungen von Grau. Später würde es regnen. Er sah Jill wieder an, hob die Hände und wandte ihr die Handflächen zu. »Fangen wir noch mal von vorn an.«

Jean Sawyer kam mit Jills Cappuccino und den getoasteten Bagels, einem einfachen und einem Mehrkorn. Woody bekam den einfachen. Die Unterbrechung lockerte die Anspannung.

»Haben Sie Ihren Hund wieder im Truck gelassen?«, fragte Jill.

»Ajax? Dem gefällt das. Er weiß immer, dass ich zurückkomme.«

Nach und nach kamen sie auf andere Themen zu sprechen. Sie fuhr gern Kajak auf den Salzteichen entlang der Küste, und Woody auch. Sie rechneten aus, dass sie irgendwann gleichzeitig auf dem Trustom Pond unterwegs gewesen sein mussten. Das sah aus wie ein wohlwollender Zufall. Woody wanderte gern, Jill joggte, meistens am Strand bei Ebbe. Woody sagte, mit dem Joggen müsse er auch wieder anfangen. Dann unterhielten sie sich über Filme.

Ein Zuhörer hätte ihr Gespräch langweilig gefunden. Aber das Wichtige war der Subtext – ihre Gesten und wie sie einander ansahen und es nie allzu lange konnten. Erscheint es nicht töricht, dass man es beruhigend findet, wenn jemand anders den gleichen – oft albernen – Film mag wie man selbst? Beide mochten *Herr der Ringe*, sowohl den Film als auch die Bücher.

Jill hatte die Trilogie dreimal gelesen, und den *Kleinen Hobbit* hatte sie Luke vorgelesen. Die Gemeinsamkeit gab ihnen ein wohliges Gefühl. Keiner wäre empört gewesen, wenn der andere Tolkien nicht gemocht hätte, aber so war es besser. Woody war kein großer Leser, doch er hatte den *Fänger im Roggen* und *Von Mäusen und Menschen* gelesen; beides hatte ihm gefallen, und Jill ebenfalls. Sie hatte etliche Kriminalromane gelesen. Woody nicht – sie hatten zu viel mit der Arbeit zu tun, auf eine groteske, übertriebene Weise –, aber er kannte *Shining* und *Cujo* und *Stark*, und aus irgendeinem Grund brachte ihn dies dazu, auf die Uhr zu sehen. Es war zehn nach neun. Er sprang auf, und sein Stuhl kippte krachend um.

»Heilige Scheiße, ich komme zu spät! Ich habe eine Besprechung! Haben Sie was dagegen, wenn ich Sie später anrufe?« Er wurde wieder rot – eigentlich nur blassrosa, doch Jill sah es trotzdem. Dann stürzte er zur Tür hinaus und ließ sie hinter sich offen.

Da muss ich wohl bezahlen, dachte Jill und zog ihr Portemonnaie. Sie hatte nichts dagegen.

Woody erschien als Letzter im Besprechungsraum auf dem Polizeirevier. Dieselben Männer und Frauen vom Samstag waren da, außerdem ein Detective aus Westerly und einer aus Charlestown, ein Detective der Sonderkommission zur Ergreifung gewalttätiger Flüchtlinge und ein weiterer von der kriminalpolizeilichen Ermittlungsabteilung, ein Jurist von der Staatsanwaltschaft und mehrere andere Leute, die Woody nicht kannte. Am Tisch war kein Platz mehr, aber man hatte ihm einen Stuhl frei gehalten. Sechs Leute saßen dicht gedrängt an der Wand. Alle blickten auf, als er hereinkam. Heute Morgen gab es weder Kaffee noch Donuts.

»Schön, dass Sie es noch schaffen konnten, Corporal«, sagte Captain Brotman in neutralem Ton.

Bobby Anderson zwinkerte Woody über den Tisch hinweg zu.

Am Sonntag waren weitere Leute im Krankenhaus und der näheren Umgebung im Zusammenhang mit dem verschwundenen Baby befragt worden. Nachbarn berichteten von Autos, die nach Mitternacht auf der Straße oder bei der Ankunft vor dem Krankenhaus gesehen worden waren, aber daran war nichts besonders Verdächtiges. In keinem Fall waren die Beschreibungen detailliert genug, um eine Identifizierung zu ermöglichen – mit Ausnahme eines schwarzen Mercedes, der einem der Ärzte gehörte. Woodys Ankunft hatte die Berichterstattung unterbrochen. Sie ging weiter, als er sich hingesetzt hatte.

Ein Detective aus South Kingstown, ein Ermittler des DEM, der Behörde für Umwelt- und Naturpark-Management, und ein Detective der Kriminalpolizeilichen Ermittlungseinheit erläuterten die Fortschritte, die sie im Sumpf und in seiner Umgebung gemacht hatten. Auch hier hatte man eine Anzahl von Personen und Fahrzeugen gesehen, aber nichts, was besonders verdächtig erschienen wäre. Man hatte jedoch so viele detaillierte Beschreibungen wie möglich zusammengetragen und fahndete nach Personen und Fahrzeugen. Sieben waren bereits gefunden worden, aber sie waren entweder nicht zum richtigen Zeitpunkt im Sumpf gewesen, oder es war absurd, sie zu verdächtigen – zwei Nonnen aus St. James zum Beispiel hatten dort einen Spaziergang gemacht. Dreißig Polizeibeamte und Freiwillige bemühten sich nach wie vor, den gesamten Sumpf abzusuchen. Wo sie Fußspuren gefunden hatten, waren die fotografiert und durch Abgüsse gesichert worden. Außerdem hatten sie etliche Flaschen und Bierdosen eingesammelt. Ein Trooper war ins Wasser gefallen.

Nina Lefebvre war nicht gefunden worden, doch aus dem ganzen Staat sowie aus Connecticut und Massachusetts waren Berichte von Leuten eingegangen, die sie gesehen haben wollten. Manche konnten gleich verworfen, anderen musste noch nachgegangen werden.

»Warum hat man sie verworfen?«, fragte ein Lieutenant aus South Kingstown. Sein Name war Joe Doyle, ein rotgesichtiger, übergewichtiger Veteran mit dreißig Dienstjahren, der dafür bekannt war, stets streng nach Vorschrift zu handeln. In Woodys Augen hatte Doyle nie etwas zu einer Besprechung beizutragen. Er verlängerte sie nur.

Zwei der Gesichteten hatten sich als Afroamerikaner erwiesen, einer als Hispanic und einer als Polynesier. Bei den anderen war entweder die Altersdifferenz zu groß, oder sie wohnten zu weit weg.

Mehrere Anwesende sahen Doyle an, als hätte er eine dumme Frage gestellt. Er rückte sich auf seinem Stuhl zurecht und machte ein streitsüchtiges Gesicht.

Chief Bonaldo und Bobby berichteten von der Suche nach Nina Lefebvre innerhalb von Brewster. Sämtliche Mitschüler aus der elften Klasse sowie andere Freunde und Nachbarn wurden befragt. Diese Befragungen waren noch nicht abgeschlossen. Nina war vermutlich auf der Water Street, wo der Hund ihre Witterung verloren hatte, in ein Auto gestiegen. Man befragte die Anwohner, unter anderem Jean Sawyer vom Brewster Brew.

Woody erwähnte, dass er an diesem Morgen mit Jean gesprochen hatte. Vielleicht sollte es so aussehen, als wäre er deshalb zu spät zur Besprechung gekommen. Jeans Beschreibungen deckten sich mit seinen bisherigen Informationen, auch wenn er bei einer früheren Befragung nicht erfahren hatte, dass der unbestimmt bekannt erscheinende Mann ein Gesicht wie ein Mops hatte und die Frau aussah wie ein Greyhound. Obwohl Woody das erst nicht hatte erwähnen wollen, tat er es dann doch, und es rief einiges Räuspern und Hüsteln hervor. Unausgesprochene Witzeleien hingen in der Luft wie langsam verwehender Rauch. Woody erkundigte sich, ob man mit den Leuten im You-You gesprochen habe. Captain Brotman antwortete, damit werde man am Vormittag beginnen.

»Ich möchte gern dabei sein«, sagte Woody.

Ein Forensiker gab bekannt, der Schlamm an Ninas Schuhen habe die gleiche Konsistenz und enthalte das gleiche organische Material wie die Spuren auf dem Boden der Säuglingsstation und die Erde im Sumpf. Leise Unruhe entstand. Anscheinend sah man jetzt Zusammenhänge zwischen den einzelnen Elementen der Ermittlungen.

Ninas Zimmer war durchsucht worden. Man hatte ein paar zusätzliche Namen gefunden, aber kein Adressbuch. Kein Tagebuch, keinen Kalender, dafür allerdings einen unbenutzten Schwangerschaftstest.

Der FBI-Agent trug vor, was die Bundespolizei – hauptsächlich jenseits der Staatsgrenze – unternommen hatte, um das verschwundene Baby ausfindig zu machen. Man gehe einer Reihe von Spuren nach, und er sprach von Fällen, in denen Babys zur Adoption verkauft worden seien. Es gebe nicht selten Entführungen über die Grenze nach Mexiko. Er erwähnte Kliniken in Tijuana und Juárez, in denen Transplantationen von Nieren und Hornhautgewebe von entführten mexikanischen Kindern an den Kindern reicher Amerikaner vorgenommen würden, und er sprach von weiteren mexikanischen Kliniken, die entführten Kindern Organe entnähmen.

»Ich weiß nicht, inwiefern das uns hier in Brewster betreffen soll«, sagte Captain Brotman. »Wir haben hier genug Probleme, ohne uns auch noch um die mexikanischen zu kümmern.«

Ein Detective der State Police von Massachusetts sagte, man suche immer noch nach Leuten, die Hartmann gekannt hätten, vor allem solche, mit denen Hartmann in den letzten zwei Wochen zu tun gehabt hatte. Vielleicht wisse ja einer von ihnen, warum Hartmann nach Brewster gekommen sei.

Lieutenant Aaron Hammond, Leiter der regionalen Kriminalpolizei, hatte mit Carl Krauses Arzt in Oswego und mit Ärzten in der Benjamin-Rush-Klinik in Syracuse gesprochen. Wegen der Schweigepflicht sei es schwierig gewesen, ihnen Informationen zu entlocken, aber ein paar Anrufe aus dem Büro des Gouverneurs hätten sich als hilfreich erwiesen. Carl sei bei drei verschiedenen Gelegenheiten im Benjamin Rush gewesen; der letzte Aufenthalt liege etwas mehr als drei Jahre zurück. Jedes Mal habe man ihn einer Serie von Elektrokrampftherapien unterzogen: zwölf Behandlungen, dreimal die Woche, vier Wochen lang. Sie seien sehr erfolgreich gewesen, und wenn der Erfolg nicht angehalten habe, dann weil er aufgehört hatte, seine Medikamente zu nehmen. Carl behauptete, von den Tabletten habe er sich dumm gefühlt. Seine Tagesdosis bestehe aus 900 mg Lithobid (ein langsam freisetzendes Lithium-Präparat) und 300 mg Lamictal (ein Krampfhemmer, der als Stimmungsstablisator diene). Das heißt, wenn er sie nehmen würde, doch sein Arzt in Oswego sagte, er habe seit April nicht mehr mit Carl gesprochen, und da habe dieser behauptet, es gehe ihm großartig. Er habe einen neuen Arzt, der ihm gefalle, eine wunderbare Frau und einen guten Job. Alles sei bestens.

»Ich habe den Arzt gefragt, was passiert, wenn Carl die Medikamente weglässt«, erzählte Hammond. »Er reagierte zurückhaltend und meinte, das sei vertraulich. Aber dann erklärte er, Carl neige zum ›Ausagieren‹ und habe ›Gewalttätigkeitsprobleme‹.«

Bobby verdrehte die Augen.

Was noch fehlte, waren Berichte über Alice Alessio und Peggy Summers und eine Diskussion des Kojoten-Themas. Doch in diesem Moment flog die Tür auf, und ein Officer des Brewster Police Department platzte herein. Als er Chief Bonaldo sah, lief er zu ihm und flüsterte ihm etwas zu. Bonaldo reagierte, als hätte er eine Ohrfeige bekommen.

»Ein Mädchen wurde im Wald erhängt gefunden.« Der Chief hatte Mühe, mit fester Stimme zu sprechen. »Es könnte sich um Nina Lefebvre handeln. Zwei Jungen mit Luftgewehren haben sie für Zielübungen benutzt.«

Der Regen, der sich schon angekündigt hatte, war jetzt heftig im Gange. Es war einer jener kalten Wolkenbrüche, die anscheinend nur den Zweck haben, das letzte Laub von den Bäumen zu reißen und den Dreck von der Straße zu schwemmen. Der Wind rauschte durch die Äste, und der ganze Wald war in Bewegung, ein Stöhnen und Knarren, das nichts mit Sprache zu tun hatte und trotzdem von Protest erfüllt war.

Das Wasser tropfte Bobby vom Gesicht, als er Nina Lefebvres Leiche anstarrte, die da hin und her schwang und sich bald dahin, bald dorthin drehte. Ihre zerfetzten Füße, von Kojoten zerbissen und von Luftgewehrmunition durchlöchert, wirkten furchtbar weiß unter der dunklen Jeans, als hätte der Regen sie sauber gewaschen. Auf Trauer reagierte Bobby nicht mit Tränen, sondern mit dem Bedürfnis, auf etwas einzuschlagen. Er behielt die Fäuste in den Taschen.

»Schneidet sie runter«, sagte er.

»Wir müssen uns den Boden ansehen.« Frank Montesano war mit seiner Spurensicherungseinheit gleichzeitig mit Bobby am Ende der Whipple Street eingetroffen, und sie waren zusammen in den Wald hineingestapft. Ein Arzt aus der Rechtsmedizin würde bald kommen.

»Das ist mir scheißegal. Schneidet sie ab. Sofort!«

Die Leiche hing an einem in knapp fünf Metern Höhe aus dem Stamm wachsenden Ast. Der Regen hatte Ninas dunkle Ponyfransen geglättet, und sie bedeckten ihre Augen, was ein Segen war, dachte Bobby. Ihr Mund war offen, als hätte sie Durst. Ihre sauberen, sinnlosen Hände schienen zu schweben. Wasser tropfte von den Fingern.

Janie Forsyth lief zum Baum, sprang hoch und packte einen tiefhängenden Ast. Sie zog sich daran hoch, griff nach dem Ast über ihr, und eine Sekunde später saß sie auf dem Ast, an den das Seil geknotet war.

Bobby und Montesano standen darunter. Zehn andere Polizisten hielten sich zurück, um keine Spuren am Tatort zu verwischen. Wahrscheinlich drängte es jeden von ihnen, Janie zur Vorsicht zu ermahnen, aber keiner gab einen Laut von sich. Die Leiche drehte sich weiter hin und her.

Janie hatte ein Taschenmesser, das sie jetzt aufklappte. Sie warf einen kurzen Blick zu den Männern hinunter, die zu ihr heraufstarrten. Sie erinnerten sie an hungrige Vogelbabys. Bobbys nasses schwarzes Gesicht sah fast aus wie ein leerer Fleck, in dem das Weiße seiner Augen schwamm. Janie schob die Klinge zwischen Strick und Ast und fing an zu sägen.

Bobby stand unmittelbar unter der Toten. Ninas Füße schwebten ungefähr einen Meter hoch über dem Boden, und wenn er sich hinaufstreckte, konnte er ihre Taille erreichen. Als das Seil durchschnitten war, fiel Nina ihm entgegen, und er ließ sie auf seine Schulter sacken. Überrascht spürte er, wie schwer sie war. Ihr dickes Sweatshirt war vom Regen durchtränkt. Vielleicht ist es nur das, dachte er. Luftgewehrkugeln fielen zu Boden wie ein kleiner goldener Regenschauer. Bobby ließ Nina heruntergleiten und nahm sie auf die Arme. Als ihr nasses Haar sein Gesicht streifte, dachte Bobby, er müsse schreien. Er achtete darauf, sie nicht anzuschauen; er wollte ihre Augen nicht sehen. Er brachte sie zu einer Trage, neben der die übrigen Polizisten warteten. Das Seil glitt hinter ihm her. Wie eine Schlange, dachten alle.

Bobby blieb noch zwei Stunden im Wald. Er hatte keine Mütze, aber er trug einen Ledermantel. Trotzdem war er völlig durchnässt. Die uniformierten Trooper hatten Regenzeug. Jemand bot Bobby einen Schirm an, doch er lehnte ab. Er hatte das Gefühl, er verdiente, nass zu werden, auch wenn das dumm war. Ihm war kalt, wenn auch nicht halb so kalt wie Nina, nicht mal ein Zehntel so kalt. Jedes Alter war ein beschissenes Alter zum Sterben, aber sechzehn war besonders hart. Nach einer Weile nahm der Rechtsmediziner den Leichnam mit nach Providence, doch es war, als hänge Nina immer noch in der Luft, so sehr, dass Bobby sich bemühte, nicht hochzuschauen. Ihr Handy fehlte, und eine Tasche war nicht gefunden worden. Montesano sagte, es gebe keine offensichtlichen Fußspuren außer Ninas eigenen und denen der Polizisten, aber das stand nicht zweifelsfrei fest. Es gab Pfotenabdrücke. Nasses Laub bedeckte den Boden, und darin würden sich vielleicht noch Spuren finden lassen, nur wären sie schwer zu entdecken. Ninas Tod sah eher nach Selbstmord als nach Mord aus.

»Ich kann es nicht beschwören«, sagte Montesano, »aber alles deutet in diese Richtung.«

Bobby konnte über das, was sich zugetragen hatte, nur spekulieren. Als Nina aus dem Haus geflüchtet war, hatte sie entweder jemanden angerufen, oder sie war auf der Water Street, wo der Hund die Spur verloren hatte, jemandem begegnet. Dann war sie entweder bei dieser Person geblieben oder hatte sich mit jemand anderem getroffen. Irgendwo hatte sie sich das Seil beschafft, irgendwo hatte sie ihr Handy zurückgelassen. Vermutlich enthielt das Telefon ein Adressenverzeichnis und eine Anrufliste. Diese Liste konnte er auch von der Telefongesellschaft bekommen, wenn Nina keine Prepaid-Karte benutzt hatte, wie es viele junge Leute heutzutage taten.

Als Bobby sich diese Möglichkeiten durch den Kopf gehen ließ, kehrte seine Wut zurück. Wer immer mit Nina zusammen gewesen war, hatte nicht versucht – wenigstens nicht hinreichend –, sie vor dem Selbstmord zu bewahren. Hatte diese Person sie sogar ermutigt? Hatte sie den Samstagabend und den ganzen Sonntag mit dieser Person verbracht? Hatte die Person ihr das Seil gegeben und ihr Handy genommen? Das ließe vermuten, dass der oder die Betreffende etwas mit der Vergewaltigung zu tun hatte und sich zu schützen versuchte. In dem Fall, dachte Bobby, war Ninas Tod kein Selbstmord, sondern Mord gewesen, auch wenn ein Gericht das vielleicht anders sehen würde.

Was hatte diese anonyme Person denn zu gewinnen? Fortgesetzte Anonymität. Und wie hatte sie Nina dazu bewegen können, ihr Leben zu beenden? Sie konnte damit gedroht haben, die Vergewaltigung öffentlich zu machen und Ninas Rolle dabei und ihre Bereitwilligkeit hervorzuheben. Vielleicht war Nina auch davon überzeugt gewesen, ihre Freunde zu schützen und ihren Eltern jede Peinlichkeit zu ersparen. Die Person konnte Nina in ihrer Verzweiflung angefeuert haben, wie man einen Läufer bei einem Wettrennen anfeuert.

Man musste sich die Ähnlichkeit zwischen dem, was Nina, und dem, was Peggy Summers passiert war, genauer ansehen: das bizarre Ritual, das Singen und Tanzen, die Halluzinogene, den Mann mit der Totenkopfmaske. Hatte Nina vielleicht geglaubt, sie trage ein Kind des Teufels im Leib?

Ein Trooper rief Bobby, und er schrak zusammen. Die Luftpistole war im Dornengestrüpp gefunden worden, ungefähr fünfzehn Meter weit von der Stelle entfernt, wo Nina gehangen hatte. Nichts deutete darauf hin, dass die Jungen näher herangekommen waren, aber es gab jede Menge Hinweise darauf, wie sie sich bis dorthin durch das Dickicht geschlagen hatten. Davie Bottoms und Alex Milbank saßen auf dem Rücksitz eines Streifenwagens, der im Wendehammer am Ende der Whipple Street parkte. Pflaster klebten auf den Schrammen, die die Dornen in ihren Gesichtern und an den Händen hinterlassen hatten. Sie sprachen nicht, saßen da wie zwei Häuflein Elend. Sie wussten, dass sie von niemandem Mitgefühl erwarten konnten, und sie hatten keine Ahnung, was ihnen bevorstand. Aber sie wussten, dass niemand all das je vergessen würde, weder sie selbst noch sonst jemand.

Als Woody in Dr. Joyce Fullers Büro saß, erfüllte es ihn mit Staunen, wie er je daran gedacht haben konnte, mit ihr ins Bett zu gehen. Nicht, dass sie unattraktiv gewesen wäre, und es lag auch nicht daran, dass sie fünf oder sechs Jahre älter war als er. Sie war nur so ordentlich, so vollendet organisiert, so entschlossen, alles an seinem Platz zu behalten – die Haare auf ihrem Kopf, die Bleistifte auf ihrem Schreibtisch.

»Selbstverständlich gehe ich davon aus, dass Mitarbeiter – im medizinischen Bereich, in der Verwaltung oder anderswo – miteinander schlafen, doch das kommt selten vor. Und es würde die Betreffenden den Job kosten.«

»Wäre ein Arzt in dieser Hinsicht besser geschützt?«

»Niemand wäre davor geschützt. Es wäre ein Verstoß gegen die Krankenhausvorschriften.«

Es war spät am Montagvormittag. Durch die geschlossene Tür hörte Woody, wie der Betrieb der Klinik weiterging – klingelnde Telefone, Lautsprecheransagen, redende und lachende Sekretärinnen.

Woody hatte Dr. Fuller von Dr. Balfour und Alice Alessio erzählt. Wie sich herausstellte, hatte Balfour schon am Morgen mit Dr. Fuller gesprochen. Sie hatte Reggie Adams informiert, den Vorsitzenden des Kuratoriums, der sie gedrängt hatte, die Entlassung Dr. Balfours und Schwester Alessios nicht in die Wege zu leiten, bevor die Polizei jemanden verhaftet hatte und der Täter überführt war. Einstweilen solle die Beziehung zwischen Balfour und Alessio geheim gehalten werden.

»Wenn alles geklärt ist«, sagte Adams, »können sie hinausgeworfen werden.«

Und ich auch, hatte Dr. Fuller gedacht. *Ich werde auch hinausgeworfen, wenn ich nicht vorher kündige.*

»Um die Wahrheit zu sagen«, meinte Dr. Fuller, »ich wundere mich über Dr. Balfour. Es gibt immer ein gewisses Maß an Flirts, und es ist möglich, dass Leute außerhalb des Krankenhauses miteinander verkehren – sexuell, meine ich –, auch wenn es nicht gern gesehen wird. Aber bei Dr. Balfour gab es nie einen Hinweis darauf. Er machte nie den Eindruck, als ob er sich dafür interessiert. Mit Schwester Alessio sieht es natürlich anders aus. Ich bezweifle, dass es für sie das erste Mal war, selbst wenn wir nichts beweisen können. Vielleicht wurde Dr. Balfour noch nie ausreichend in Versuchung geführt. Finden Sie…« Dr. Fuller machte eine Pause. »Finden Sie Alice attraktiv?«

Woody blickte unvermittelt auf. »Sie ist nicht mein Typ.« Alice war gut für einen Quickie, und Woody stand nicht auf Quickies. Aber er hatte keine Lust, Dr. Fuller das zu erklären. »Sie ist keine Frau, zu der man geht, wenn man ein Gespräch führen möchte«, fügte er hinzu und fragte sich, ob er da zu viel sagte. Es wäre einfacher, darüber mit einem Mann zu reden.

»Nein«, sagte Dr. Fuller. »Ich nehme an, Schwester Spandex' Konversationstalente sind gering, ganz gleich, wie ihre anderen Talente aussehen mögen. Haben Sie irgendetwas über dieses arme Baby herausgefunden? Ich glaube, die meiste Zeit muss ich an das Kind denken.«

»Beschreibungen sind im ganzen Land unterwegs. Die kleine Summers war uns keine Hilfe.« Woody entschied, Dr. Fuller nichts von dem Mann mit dem Totenkopfgesicht zu erzählen, doch er nahm an, dass sie bereits davon wusste. »Sie sagt, sie hat keine Ahnung, wer der Vater sein könnte. Und wie steht es mit Ihnen? Fühlen Sie sich besser? Tut mir leid, ich weiß, ›besser‹ ist nicht das richtige Wort.«

Dr. Fullers Lächeln war voll Ironie und Trauer. »Ich möchte Ihnen danken für vorgestern Abend. Ich glaube, ich bemitleide mich nicht mehr, oder doch nur noch ein kleines bisschen, aber meine Schuldgefühle sind allenfalls noch größer geworden. Wie Sie sagten, ich kann immer noch nützlich sein. Ich brauche eine neue Sichtweise auf mich selbst, in der mein Stolz eine geringere Rolle spielt. Nur muss ich so bald wie möglich weg von hier. Ich weiß nicht, ob ich in der Lage bin hierzubleiben, bis jemand verurteilt wird, falls es je dazu kommt.«

Bingo Schwartz war ein Detective der State Police, der oft mit Woody und Bobby Anderson zusammenarbeitete, aber er fühlte sich eingerostet und freute sich auf den Ruhestand, obwohl er erst fünfzig war. Er war seit über fünfundzwanzig Jahren Trooper, und was genug war, war genug. Er hatte Übergewicht und ein steifes Bein, seine Frau hasste ihn, seine Kinder waren im ganzen Land verstreut und – na ja, er brauchte noch mal ein bisschen frischen Enthusiasmus. Ein bisschen *joie de vivre.* Dass er so etwas bei der State Police finden würde, glaubte er nicht, und er beklagte sich nicht darüber. Satt hatte er nur das Cop-Denken, wie er es nannte, die standardisierten Cop-Prozeduren.

Als Bingo noch jung und töricht war, hatte er Opernsänger werden wollen. Da war er sechzehn gewesen, und er hatte wohl nicht mehr als zwei Wochen gebraucht, um einzusehen, dass dies ein unerfüllbarer Wunsch war. Doch Mr. Pasero, der Chorleiter von St. Luke's in Warwick, hatte gesagt, Bingo habe einen natürlichen Bass, und Father Michael hatte zugestimmt. Mr. Pasero hatte Bingo Schallplatten von Ezio Pinza vorgespielt, und die, sagte Bingo sich, hatten sein Leben verändert. Bald konnte er »Some Enchanted Evening« singen, und seine Mutter hatte die Nachbarn ins Wohnzimmer eingeladen, damit sie ihn hören konnten. Eine Frau hatte geweint und gesagt, er sei besser als das Original. Da hatte Bingo geglaubt, er werde berühmt werden.

Dann hatte sich zum Glück die Vernunft durchgesetzt. Bingo hatte weiter im Chor und in örtlichen Aufführungen gesungen, aber das war Amateurkram gewesen. Trotzdem brachte er viele Stunden damit zu, sich Pinza und andere Bässe anzuhören – Samuel Ramey, Jerome Hines, Boris Christoff und den Größten von allen, Chaliapin. Er studierte Chaliapins Rollen und konnte Partien aus *Boris Godunov* singen, aus Gounods *Faust* und Boitos *Mephistofele*. Seine Lieblingsrolle war der Leporello aus Mozarts *Don Giovanni*, und die Arie, die ihm am besten gefiel, war »Madamina, il catalogo è questo«, wo Leporello prahlt, Don Giovanni habe eintausendunddrei Frauen in Spanien gefickt und noch einmal tausend anderswo.

Natürlich würde Bingo im Ruhestand auch kein Sänger mehr werden, auch wenn er vielleicht wieder in einen Chor einträte, doch er würde gern einen Teilzeitjob in einem Theater annehmen, als Kulissenbauer, im Idealfall für Opernaufführungen. Er konnte erstklassig tischlern, und er hatte Freunde am Theater, sogar Sänger, und deshalb war es keine völlig abwegige Ambition. Und er war bescheiden. Wie er gern sagte: »Ich möchte nur ein kleines Hämmerchen schwingen.«

Bingo war unter seinen Kollegen als der »Brummer« bekannt, weil er ständig seine Lieblingsarien vor sich hin sang oder summte. Als er an diesem Montagnachmittag durch den Regen auf dem Gehweg vom Brewster Brew zu Crandall Investments ging, summte er die Arie von den eintausendunddrei spanischen Opfern der Leidenschaft des Don Giovanni.

Bingo war sich dessen kaum bewusst, doch es verschaffte ihm Behagen und sorgte dafür, dass der Weg mehr als ein simples Voranstapfen war. Was den Grund für diesen kurzen Fußmarsch anging, so hatte sich ergeben, dass bei der Suche nach jemandem, der womöglich Nina gesehen hatte, der Name Ronnie McBride erwähnt worden war. Wenn Ronnie im Eingang von Crandall Investments geschlafen hatte, wie er es fast jede Nacht tat, hatte er vielleicht etwas gesehen. Dann stellte sich heraus, dass Ronnie seit letztem Donnerstag nicht mehr da gewesen war.

Deshalb war Bingo Schwartz jetzt auf dem Weg zu George Crandall, dem Chef von Crandall Investments. Bingo hinkte stark, und den Regen spürte er kaum. »Im Winter mag er die Dicken, im Sommer die Dünnen«, sang er auf Italienisch, obwohl niemand es hören konnte. Er trug einen braunen Anzug und einen schwarzen Regenmantel. Auf seinem Kopf saß eine griechische Fischermütze.

George Crandall war geboren und aufgewachsen in Brewster, tat jedoch sein Bestes, um wie ein Wall-Street-Mogul auszusehen, und seine Anzüge waren Imitationen von Fünftausend-Dollar-Originalen. Er war vierzig Jahre alt, und für die meisten Leute war er immer noch Georgie. Wenn er mit jemandem bekannt gemacht wurde, verströmte er wichtige Ernsthaftigkeit, aber dann kicherte er über irgendeine Albernheit oder machte eine dumme Bemerkung, und die ganze Seriosität war beim Teufel.

»Ronnie schläft seit zwei Jahren in meinem Eingang«, erzählte er Bingo. »Seit dem Tod seiner Frau. Er hat ein Haus; er will es bloß nicht benutzen. Er ist nicht ganz richtig im Kopf, aber sanft wie ein Lamm. Ich kenne ihn schon mein ganzes Leben lang. Der Prozess der Trauer läuft bei jedem anders, nehme ich an. Anfangs hat es mich gestört, dass er da draußen schlief. Schließlich ist das *mein* Eingang. Doch dann habe ich mich dran gewöhnt. Er hat ja nichts Böses getan, und er hat keinen Dreck gemacht, von ein paar gelegentlichen Krümeln abgesehen. Morgens um sieben war er weg, mitsamt seinem Schlafsack. Ich weiß nicht genau, wo er dann war, aber tagsüber war er oft in der Bibliothek.«

Bingo fragte sich, worauf das hinauslaufen sollte, doch er war geduldig und hielt es für richtig, die Befragten das Tempo ihrer Geschichte selbst bestimmen zu lassen. Es war immer ein Fehler, sie zu hetzen. Dann wurden sie angespannt.

»Deshalb fing ich am Freitagmorgen an, mir Sorgen zu machen. Ronnies Schlafsack lag noch da. Ich konnte ihn ja nicht in der Eingangsnische liegen lassen, deshalb habe ich ihn mit hineingenommen. Dann habe ich ihn zu West Cleaners gebracht, um ihn waschen zu lassen – reinigen und desinfizieren, besser gesagt. Er war total verdreckt. Ich dachte, Ronnie würde sich freuen. Wäre doch schön, dieser ganze Zitronenduft. Aber Ronnie kam nicht zurück, weder Samstagabend noch Sonntagabend. Da habe ich die Polizei angerufen. Das war hoffentlich in Ordnung.« Crandall lachte nervös.

»Hat er so was schon mal gemacht?«, fragte Bingo.

»Absolut nie. Ich meine, er war mal eine Nacht nicht da, doch dann hat er seinen Schlafsack mitgenommen. Und ich dachte, bei all diesen furchtbaren Geschichten – das gestohlene Baby und die Schlangen –, ich dachte, Vorsicht ist besser als Nachsicht. Ich bin mit Ralph Summers, Peggys Dad, zur Schule gegangen, auch wenn er ein paar Jahre über mir war, und ich habe ihre Mutter kennengelernt, als ich so alt war wie Peggy jetzt. Und dann diese Skalpierung. Ich habe mir sogar vorgestellt, der arme Ronnie könnte skalpiert worden sein. Und jetzt ist Nina verschwunden. Sehen Sie, dass Ronnie ein paar Tage wegbleibt, das ist noch nie vorgekommen.«

Am Montagabend war es um sechs Uhr dunkel, und der starke Regen hatte nicht nachgelassen. Der Wind zerrte weiter an den letzten Blättern, und ein paar Straßen standen unter Wasser. Es war ein Abend, an dem man zu Hause blieb, ein Abend, an dem man das Feuer im Kamin anzündete.

Um acht Uhr fuhren zwei Autos auf der Whipple Street hinaus, vorbei an dem Farmhaus, in dem Schwester Asherah und Schwester Isis wohnten, bis zum Wendehammer, wo sie drehten und langsam zurückkehrten. Als sie beim Farmhaus waren, gingen die Scheinwerfer aus, und die Türen öffneten sich. Vier Männer liefen über den Rasen, zwei weitere blieben am Steuer sitzen und warteten. Wahrscheinlich übertönte das Rauschen des Regens jedes Motorengeräusch. Im Erdgeschoss brannte Licht, hier und da auch im Obergeschoss, aber die beiden Frauen waren nicht zu sehen, doch das war gleichgültig. Schwester Asherahs blauer Prius parkte in der Einfahrt, Schwester Isis' Civic stand in der Garage.

Jeder der Männer trug mehrere Ziegelsteine. Geduckt näherten sie sich den Fenstern, damit man sie nicht sehen konnte. Dann blieben sie stehen, einer stieß einen Pfiff aus, und alle fingen an, die Steine zu werfen. An einem Ziegelstein, der durch ein Fenster fliegt, ist nichts Subtiles. Nichts entwickelt sich, nichts baut sich auf. Die Gewalt ist unmittelbar. Glas krachte und krachte. Ziegelsteine sprangen über den Fußboden und zerbrachen Gegenstände. Die Fenster im Wohnzimmer und im Esszimmer, die Fenster in der Küche – alle zerbrachen. Eine Frau schrie.

Die Männer rannten zurück zu den beiden Autos. Die Türen wurden zugeschlagen. Ein Mann schrie: »Fick dich, Schlampe!« Reifen kreischten, und die Autos rasten schleudernd die Whipple Street hinunter und davon.

ZWÖLF

Es regnete die ganze Nacht und bis in den Morgen hinein, gleichmäßig und ohne nachzulassen. Kurz nach sechs Uhr früh saßen Woody und Bobby Anderson in Woodys Tundra draußen am Strand. Woody hatte die Genehmigung, mit dem Wagen auf den Strand zu fahren, obwohl er kaum angelte, und er war fast bis an die Hochwasserlinie herangefahren. Ajax saß auf dem Rücksitz. Er mochte den Regen nicht und roch nach nassem Hund. Woody hatte Kaffee und Donuts von Dunkin' Donuts besorgt. Es war kaum hell, der Himmel war ein blasses Grau über der Dunkelheit. Die Wellen schienen von nirgendwo hereinzukommen und wurden erst sichtbar, wenn sie sich weiß schäumend brachen. Die Scheibenwischer schlappten träge hin und her.

Woody und Bobby kommunizierten oft in einem entspannten Geflachse, scherzhaft und gut gelaunt. Es war wie eine eigene Sprache, voller Gesten und vielschichtig vibrierend von Ironie, Sarkasmus und Ernsthaftigkeit. Sie hatten sie im Laufe ihrer jahrelangen Zusammenarbeit entwickelt, und nur wenige Leute hatten ein Gespür dafür, die Nuancen herauszuhören, den ernsthaften Sinn in all der Albernheit, oder die Komplexität wahrzunehmen. Bingo Schwartz verstand sie, und es ging ihm auf die Nerven. Frank Montesano verstand sie und fand sie zu eigentümlich mit ihrem Slang, den nur Woody und Bobby verstanden. »Sind wir Bullen«, sagte Bobby etwa. »Sind wir La

Flic«, antwortete Woody dann. »Wir sind Cops« – weiter nichts. Pure Albernheit.

Nachdem Nina Lefebvre erhängt im Wald gefunden worden war, hatte dieses Geplänkel aufgehört. Nicht aus Respekt oder einem Gefühl von Ernst. Dass es aufgehört hatte, war ihnen gar nicht bewusst. Es hatte einfach aufgehört, und wann es wieder anfangen würde – falls überhaupt –, wusste niemand.

»Bist du schon mal auf den Gedanken gekommen«, fragte Woody, »dass es noch ein drittes Mädchen geben könnte, vielleicht sogar ein viertes und fünftes, das ein Kind bekommen hat? Könnte sein, dass sie gar nicht im Krankenhaus entbunden haben.«

»Wie willst du das herausfinden?«

»Für den Anfang, indem ich die Lehrer in den Schulen befrage, denke ich. Vielleicht Ninas Freundinnen. Oder ich fange bei Peggy an.«

Bobby starrte aufs Meer hinaus. Er suchte Trost in der steten Wiederholung der Wellen, aber er fand keinen. Im letzten Mai hatte er sich Woodys Truck geliehen und war mit Shawna und den Kindern herausgekommen, um Steine für den Rand des Weges zwischen Einfahrt und Haus zu sammeln. Runde, vielfarbige Steine mit einem Gewicht zwischen fünf und an die zwanzig Kilo. Ihm kam es vor, als wäre das hundert Jahre her.

»Weißt du, das alles entwickelt sich zu einer ziemlichen Sauerei«, sagte Bobby.

Woody gab keine Antwort. Vor wenigen Minuten hatte er ungefähr das Gleiche gesagt.

In der Nacht zuvor waren sie zu dem Farmhaus gefahren, das den beiden Wiccanerinnen gehörte. Die Polizei hatte bereits mit ihnen geredet, und die Frauen waren dabei gewesen, die Glasscherben zusammenzufegen. Schwester Asherah hatte geweint: ein mächtig tutendes Schluchzen, für das sie sich ständig entschuldigt hatte. Schwester Isis konnte sich nicht erklären, warum jemand sie hassen sollte. »Wir sind doch völlig harmlos«, sagte sie.

Ein paar Leute hatten gesehen, wie die Autos die Straße entlangrasten – viertürige Personenwagen, ein Ford, ein Chevrolet, ein paar Jahre alt, dunkel lackiert. Die Beschreibungen waren ungenau, aber Woody wusste, dass sie genau genug waren. Fred Bonaldo und die Polizei von Brewster hatten den Auftrag, die Autos zu finden, und in ein, zwei Tagen würden die Männer wahrscheinlich festgenommen werden. Da der rechtmäßige Status von Wicca gerichtlich bestätigt war, würden die Männer ernsthaften Ärger bekommen. Man würde sie unter anderem wegen eines hassmotivierten, gewalttätigen Übergriffs vor Gericht stellen. Woody wollte, dass es so schnell wie möglich passierte.

»Diese ganze beschissene Stadt steht vor einer Explosion«, sagte er.

Es war klar, dass die Steinewerfer nicht allein mit ihrer Wut waren, auch wenn sie vorläufig die Einzigen waren, die Gewalt angewandt hatten. Die Nachricht von Ninas Tod hatte sich in der Stadt herumgesprochen, und die Leute wussten bereits von der Vergewaltigung der beiden Mädchen, von den seltsamen Zeremonien im Wald und von der Totenkopfmaske. Viele begrüßten das, was die Männer getan hatten, und Woody und Bobby wussten, dass die Gewalt zunehmen konnte. Deshalb mussten die Männer so rasch wie möglich gefasst werden.

Am Montagnachmittag hatte einer der Polizisten, die den Sumpf absuchten, ein dreieckiges Silberamulett an einer schwarzen Schnur gefunden. Im Inneren des Dreiecks war ein komplizierter Knoten aus weiteren Dreiecken. Woody hatte es Schwester Asherah gezeigt, und sie hatte es erkannt.

»Der Knoten Brighids, der Erhabenen«, hatte sie gesagt. »Die irische Priesterin der Dichter und Heiler. Dieser keltische Knoten überträgt ihre Gaben auf den Träger. Ihr Tag ist der zweite Februar, einer der Sabbate. Für Paganisten ist es das Fest des Imbolc, für Christen das Fest der heiligen Brighid. Sie war eine absolut wunderbare Frau. Ein Vorbild.«

»War sie, Sie wissen schon, gewalttätig?«, hatte Bobby wissen wollen.

»Ganz im Gegenteil. Sie ist die Beschützerin von Haus und Herd.« Schwester Asherah hatte einen Blick auf die Verwüstung ringsum geworfen. »Nicht, dass sie uns besonders geholfen hätte.«

Die Neuigkeit von dem Amulett hatte sich ebenfalls in der Stadt herumgesprochen und diente als weiterer Beweis dafür, dass Hexerei im Spiel war. Als er bei den Frauen saß, stellte Woody sich vor, wie die Leute einander anriefen und sich von dem Amulett im Sumpf erzählten. Woody hatte bereits Bonaldo angerufen und darum gebeten, einen Streifenwagen über Nacht vor dem Haus der Frauen zu postieren. »Und sorgen Sie dafür, dass die Jungs wach bleiben«, hatte er gesagt.

Die beiden Frauen waren Bobby vorgekommen wie verschreckte Hühner, nicht wie Hexen. Als Neopaganistinnen oder Neoheidinnen waren sie Anhängerinnen des Animismus: Sie glaubten, dass jedes belebte Ding, jeder Gegenstand, ob Regen, Wind oder Wolken, eine Seele hatte, die nach dem Tod auf andere Geschöpfe, Pflanzen oder unbelebte Dinge übergehen würde. Sie glaubten an Götter des Waldes und Götter der Fruchtbarkeit, und sie glaubten an die Macht des Matriarchats. Als er mit ihnen sprach und versuchte, dahinterzukommen, wie sie ihn täuschten, hatte Woody nur Selbsttäuschung erkennen können. Aber würde er das Gleiche nicht über alle Gläubigen sagen, gleich welcher Religion sie anhingen? Es war klar, dass die beiden Frauen stundenlang über Wicca reden würden, genau wie die Zeugen Jehovas oder die Mormonen, die von Tür zu Tür gingen und missionierten.

Nach einigem Bohren hatte Woody die Namen anderer Mitglieder ihres Zirkels und einiger Männer und Frauen aus anderen Zirkeln bekommen. Selbst wenn die Polizei sie nicht vernehmen würde, sollten sie doch gewarnt sein und wissen, was passiert war. Nur eine dieser Personen wohnte in Brewster, die anderen lebten verstreut zwischen Westerly und Newport. Trotzdem wollte er dafür sorgen, dass sie alle befragt wurden.

»Wie definieren Sie Matriarchat?«, hatte Bobby gefragt.

Schwester Isis, die im selben Maße dünn war wie Schwester Asherah dick, antwortete bereitwillig. »Ich sehe es – und ich bin sicher, Schwester Asherah wird mir zustimmen – als frauenzentrierte Gesellschaft mit Schwergewicht auf der Göttinnenverehrung. Viele der ältesten Gesellschaften waren matriarchalisch, und viele glauben, die Welt werde ihr natürliches Gleichgewicht wiederfinden, wenn diese Gesellschaften zurückkehren. Weniger Gewalt, wenn Sie wissen, was ich meine.«

Während er Schwester Isis zuhörte, hatte Bobby den Eindruck, dass die Religion der Frauen nichts Gefährliches an sich hatte. Sicher war sie weniger gefährlich als viele der konventionelleren Glaubensrichtungen.

Als sie jetzt im Truck saßen, sagte Woody: »Du erinnerst dich an den Kerl, von dem ich dir erzählt habe – Chmielnicki, im You-You? Vielleicht könntest du nachher mitkommen, und wir reden mit ihm. Es war regelrecht unheimlich, wie er ständig Dinge über mich erraten hat, die stimmten. Jedenfalls könnte er dieses Wicca-Zeug vielleicht halbwegs klarstellen. Du kannst mir nicht einreden, dass Wiccaner mit dem, was wir hier untersuchen, etwas zu tun haben, aber Chmielnicki hat auch von Satanisten gesprochen. Vielleicht sind die es, die wir uns vornehmen müssen.«

Bobby konnte den Blick nicht vom Meer wenden. Im heraufdämmernden Tageslicht konnte er das ferne Grau hinter den Brandungswellen erkennen. »Ich muss immer daran denken, wie das Mädchen abgeschnitten wurde. Als Janie das Seil durchschnitt. Nina ist auf meine Schulter gefallen, und ich spüre immer noch ihr Gewicht. Ich kann es nicht erklären. Sie fühlte sich unglaublich schwer an. Dann berührte ihr nasses Haar mein Gesicht, und ich wäre beinahe durchgedreht. Ich weiß nicht, wie ich es sagen soll – als verschwände meine ganze Welt, alles, was ich liebe. Flog alles einfach aus dem Fenster. Und stattdessen blieb nur Dunkelheit. Das geht mir nicht aus dem Kopf.«

Woody wusste nicht, was er dazu sagen sollte. Bobby und er sprachen nie über emotionale Dinge, sie zeigten niemals Zuneigung und drückten einander nur selten die Hand. Aber nichts davon kam ihnen in den Sinn, als er die Hand ausstreckte und sie dem anderen Mann auf die Schulter legte. Er fühlte nur, dass ihm alle Worte genommen waren und nur seine Hand auf Bobbys Schulter noch helfen konnte. Er ließ sie ein paar Sekunden liegen. Die Wellen rauschten und rauschten.

Hercel McGarty saß am Frühstückstisch und stocherte in seiner orangegelben Lieblingsschale mit den Cheerio-Frühstücksflocken. Ein paar davon schwammen oben auf der Milch, ein paar waren untergegangen. Ein paar hingen zusammen, andere schwammen allein. Er stieß eine mit dem Löffel an, dann noch eine, und sah zu, wie sie dümpelten. Das alles war interessant. Er hatte keinen großen Hunger. Es war Viertel nach sechs, und in einer Stunde würde er zur Schule aufbrechen.

Er hörte, wie seine Schwester im Badezimmer am Ende des Korridors in der Wanne plantschte, während seine Mutter mehrmals fragte: »Bist du sicher, dass du immer noch nicht sauber bist?«

Randy, der Zwergdackel seiner Mutter, saß zu seinen Füßen, und sein Blick schwor heilige Eide, dass er seit mehreren Tagen nichts mehr zu fressen bekommen hatte. Randy liebte Cheerios, aber natürlich liebte er sämtliche Arten von Frühstücksflocken sowie fast alles andere außer Sellerie und Senf.

Draußen war es dunkel, und es regnete stark. Das bedauerte Hercel. Am Abend zuvor hatte Tigs Großmutter ihm ein neues Fahrrad gebracht. Na ja, tatsächlich war es ein sehr altes Fahrrad, doch für Hercel war es neu. »Ein englisches Rad«, hatte Bernie gesagt. Es hatte eine Sturmey-Archer-Dreigang-Nabenschaltung, einen Kettenschutz, einen Dynamo-Scheinwerfer und einen Gepäckträger mit Federklappe über dem hinteren Schutzblech. Das Rad war schwarz, aber ziemlich verrostet, und die Chrombeschichtung auf dem geraden Lenker war narbig und blätterte ab. Beide Schutzbleche waren verbeult. Nur die Reifen waren neu, und die Bremsen funktionierten. Es war ein Raleigh und ziemlich schwer. Bernie hatte erzählt, Barton habe es als Student auf dem College gekauft. »Das war vor ein paar hundert Jahren.«

Hercel war noch nicht damit gefahren, hatte nur in der Garage auf dem Ledersattel gesessen. Er wollte gern damit zur Schule fahren, aber vielleicht würde er es nicht tun. Er hatte nichts dagegen, nass zu werden, doch das Rad sollte trocken bleiben. Schließlich war es ein neues Rad.

Hercel stocherte immer noch in seinen Cheerios, als Carl die Treppe herunterkam: *klump klump klump.* Hercel und sein Stiefvater sahen einander an, ohne etwas zu sagen. Mr. Krause schätzte es nicht, wenn Hercel sprach, bevor er, Mr. Krause, das Gespräch eröffnet hatte. Carl ging zum Kühlschrank und nahm einen großen Virginia-Schinken heraus, von dem er ein paar Scheiben abzuschneiden gedachte. Er aß gern Schinken, und er briet die Scheiben gern in der Pfanne und aß sie mit gebuttertem Toast.

Er legte den Schinken auf das Schneidebrett am anderen Ende des Tisches und schärfte das Kochmesser mit vielleicht zehn Strichen auf dem Wetzstahl. Hercel schaute hin und gleich wieder weg. Carl legte das Messer mit der Schneide oben an den Schinken, beäugte es, positionierte es neu und beäugte es wieder. Langsam zog er das Messer durch den Schinken und schnitt eine dünne Scheibe herunter. Sie schälte sich ab wie ein Holzspan unter dem Hobel. Carl trat zurück und betrachtete sie zufrieden. Dann legte er das Messer wieder an den Schinken, beäugte es erneut und schnitt eine noch dünnere Scheibe ab.

»Verstehst du etwas vom Häuten, Junge?«

Hercel blickte von seinen Cheerios auf. »Nein, Sir.«

Carl sagte nicht sofort wieder etwas. Er legte das Messer erneut an den Schinken und wiederholte den bekannten Vorgang. Er hielt die dritte Scheibe vor die Deckenlampe; sie war so dünn, dass das Licht hindurchschimmerte.

»Ich rede vom Häuten eines Menschen. Davon, einem Mann oder einem Jungen die Haut abzuziehen.« Carl begann mit der vierten Scheibe. »Wusstest du, dass ein Mann eins Komma sieben Quadratmeter Haut am Körper trägt? Aber ein Junge wie du? Ich schätze, da ist es nur knapp ein Quadratmeter. Manche Leute werden gehäutet, wenn sie tot sind, andere, wenn sie lebendig sind, zur Strafe zum Beispiel. Es gibt Bücher, in Menschenhaut gebunden, die jemandem bei lebendigem Leib abgezogen wurde. Du hast doch was übrig für Bücher, Junge. Wie würde dir so eins gefallen?« Carl machte eine kurze Pause vor dem Wort »Junge«.

Hercel starrte das Messer an, das durch den Schinken glitt. »Ich glaube, es würde mir nicht gefallen, Sir.« Er hörte, wie die Badezimmertür geöffnet wurde und seine Mutter sagte: »Ich helfe dir beim Anziehen.« Dann hörte er, wie Lucy durch den Korridor zu ihrem Zimmer rannte.

»Sie können sehr hübsch sein«, sagte Carl. »Wie Kunstwerke. Einem Mann oder einem Jungen die Haut abzuziehen, das ist eine heikle Arbeit. Man will ja nicht ins Fleisch schneiden. Also schneidet man sehr langsam, vielleicht immer nur ein Hundertstel Zoll.« Carl hielt die vierte Schinkenscheibe ans Licht. »Vielleicht weniger. Man will keine dicken Scheiben haben, wenn man ein Buch damit einbindet. Wenn ich einem Mann oder einem Jungen die Haut abziehen sollte, würde ich am Hals anfangen. Ich würde von der einen Seite der Kehle zur anderen schneiden und dann hinten durch den Nacken. Und dann würde ich mich langsam abwärts vorarbeiten. Was glaubst du, wie sich das anfühlt, Junge?«

Hercel hatte einen trockenen Mund bekommen. »Nicht gut, Sir.«

»Nein, nicht gut.« Carl war bei der fünften Scheibe. Die anderen lagen rosig und frisch auf einem Teller. »Ich würde von der einen Schulter zur anderen schneiden. Man braucht ein ordentliches Stück Haut für ein Buch. Keine kleinen Fetzen, die man dann zusammenstückeln muss. Das würde nicht gut aussehen. Was ist dein Lieblingsbuch, Junge?«

Hercel antwortete nicht. Er konnte den Blick nicht von dem Messer wenden.

»Ich habe gefragt, was dein Lieblingsbuch ist.«

Hercel blickte auf. Carl starrte ihn an. Die dunklen Falten auf seinen Wangen sahen aus wie lange Schnitte. »Ich weiß nicht. Ich glaube, *Harry Potter*, Sir.«

Carl lächelte. »Wäre es nicht schön, wenn dein Lieblingsbuch mit einem hübschen, weichen Stück Haut bezogen wäre, Junge?«

Hercel antwortete nicht.

»Ich habe gefragt, ob das nicht schön wäre.«

»Ich glaube nicht, dass es mir gefallen würde, Sir.«

»Woher willst du das wissen, wenn du es noch nicht ausprobiert hast?« Carl lächelte wieder. »Und deine eigene Haut, Junge, wäre die nicht hübsch? Wie würde es dir gefallen, wenn jemand dir die Haut vom Rücken abzieht? Glaubst du, du würdest schreien? Ich wette, du würdest Zeter und Mordio schreien.«

Hercel antwortete nicht. Er stellte sich vor, wie die Haut von seinen Schultern abgezogen wurde und wie sich das anfühlen würde. Er stellte sich vor, wie er schrie.

»Was hast du gesagt, Junge?«

Hercel sprang auf und stieß gegen den Tisch, sodass ein bisschen Milch aus der Schale schwappte und eine Pfütze bildete. »Ich muss gehen, Sir.« Er lief zur Tür.

»Du hast deine Milch verschüttet, Junge«, sagte Carl hinter ihm. »Es ist nicht gut, wenn man seine Milch verschüttet.«

Hercel raffte Jacke und Rucksack an sich und rannte hinaus auf die Veranda. Es sah aus, als regnete es mehr denn je. Er rannte außen herum zur Garage, um sein neues Fahrrad zu holen, sein neues altes Fahrrad. Er wollte es nicht gern nass werden lassen, aber er wollte schneller wegkommen, als Mr. Krause rennen konnte. Als er im Regen durch die Einfahrt fuhr, sah er, dass Mr. Krause ihn durch das Küchenfenster anstarrte.

Am Tag zuvor hatte Woody gedacht, er könne am Dienstag wieder mit Jill Franklin im Brewster Brew frühstücken. Aber als die Ereignisse des Montags sich entfalteten, erkannte er, dass diese Wahrscheinlichkeit immer weiter schrumpfte, und um Mitternacht gab er die Hoffnung vollends auf. Er rief sie an, und als sie sich meldete, wurde ihm klar, dass er sie schon wieder geweckt hatte. Das waren die Dinge, dachte er, derentwegen Susie ihn unsensibel nannte.

»Sie arbeiten aber lange«, sagte sie, und ihre verschlafene Stimme klang gedämpft, als spräche sie durch eine Socke.

Als er sie hörte, malte er sich aus, wie sie im Bett aussah – wie das Zimmer aussah, wie das Bett aussah, was sie anhatte oder nicht anhatte. Es nahm ihm den Atem.

»Ich war den ganzen Abend beschäftigt.« Er erzählte ihr kurz von den Ziegelsteinen, die durch die Fenster der beiden Wiccanerinnen geflogen waren. Während er redete, lauschte er ihrem Atem und stellte sich weiter ihr Zimmer vor. Er hätte sie gern gefragt, ob er vorbeikommen dürfe, aber er brachte den Mut nicht auf. Es war auch eine dumme Idee.

»Das ist ja schrecklich«, sagte sie. »Die armen Frauen.«

»Es könnte noch schlimmer werden.« Er überlegte, was er sonst noch sagen könnte. »Wie geht's Ihrem Sohn?«

»Großartig. Er schläft jetzt übrigens, sonst würde ich Sie mit ihm sprechen lassen. Wir haben uns heute Abend eine DVD angesehen, und er war begeistert. Haben Sie *WALL-E – Der Letzte räumt die Erde auf* gesehen?«

»Wovon handelt er?« Von diesem Film hatte er noch nichts gehört.

»Ein müllverarbeitender Roboter ist das letzte Lebewesen auf der Erde. Er verliebt sich in einen anderen Roboter namens EVE, der in einem Raumschiff aufkreuzt. Eigentlich glaube ich, man kann einen Roboter nicht als Lebewesen bezeichnen. Aber dieser kann sich bewegen und denken und fühlen.«

Es gefiel ihm, ihre Stimme zu hören. »Gibt es Sex?«

»Keinen nennenswerten. Vielleicht wird ein bisschen geölt.«

»Das geht auch. Klingt, als hätten Sie sich gut unterhalten. Ich meine, alles, was anders ist als das, was ich tue, klingt unterhaltsam.«

»Arbeiten Sie denn immer so lange?«

»Das kommt ziemlich selten vor. Nur ist diese Sache ungewöhnlich scheußlich. Ein ganzer Haufen üble Geschichten, die voneinander unabhängig sind. Der Colonel hat Angst, dass alles den Bach runtergehen könnte. Ich meine Colonel Schaeffer. Das ist der Chef der State Police.«

»Also werden wir nicht zusammen frühstücken?«

Wieder verschlug es ihm für einen Moment den Atem. »Leider nicht. Aber ich rufe Sie später an.«

»Das haben Sie letztes Mal auch gesagt.«

Am Dienstagmorgen um acht waren Woody und Bobby Anderson im You-You, um mit Todd Chmielnicki zu sprechen. Sie fanden ihn in seinem kleinen Büro im zweiten Stock. Woody fand, Todd sah aus, als wäre er nie weg gewesen. Seine blauen Augen waren noch blauer als beim ersten Mal. Nach den üblichen Vorstellungen setzte Woody sich auf den Stuhl vor dem Schreibtisch, und Bobby ließ sich auf der Couch nieder. Chmielnickis Schreibtisch war leer, und Woody hatte keine Ahnung, was der Mann getan haben konnte, bevor sie kamen. Er selbst langweilte sich schnell. Wenn er in einem so kleinen Zimmer säße und nicht wenigstens eine Zeitschrift zu lesen hätte, würde er nach kurzer Zeit die Wände hochgehen.

»Sie kennen diese beiden Frauen?«, fragte Bobby. »Schwester Asherah und Schwester Isis? Sie wissen, dass letzte Nacht irgendwelche Kerle ihnen die Fenster eingeworfen haben?«

Chmielnicki stützte die Ellenbogen auf den Tisch, beugte sich vor und legte die Fingerspitzen aneinander. »Ich habe davon gehört. Man hätte damit rechnen können.«

»Wieso?«, fragte Bobby.

»Der Volksverstand nimmt eine kleine Bedrohung und macht daraus eine große. Damit will ich den Volksverstand nicht herabsetzen oder das Ausmaß der Bedrohung kleinreden. Klein ist sie nur, weil es unwahrscheinlich ist, dass viele Leute in Gefahr sind. Vielleicht nur ein paar wenige.«

»Und wissen Sie, wer?«, wollte Bobby wissen. Seine Stimme klang geschäftsmäßig und ließ keinerlei Regung erkennen.

»Woher sollte ich das wissen? Die Entführung des Babys, die Skalpierung, die Vergewaltigung der beiden Mädchen, die Schlangen und die sonderbaren Zeremonien im Wald, der scheinbare Selbstmord des Mädchens. Das lässt eine extreme Bedrohung und einen unmittelbar bevorstehenden gesellschaftlichen Zusammenbruch befürchten. Vor sechs Tagen sah noch alles gut aus. Aber war es auch gut? Stellen Sie sich vor, wie

Termiten sich durch einen Balken fressen, vielleicht einen Balken, der ein Haus trägt. Das Haus stürzt ein, und die Leute sagen, es ist ›plötzlich‹ eingestürzt. Doch es war nicht plötzlich. Es war der nächste Schritt in einem stetigen Prozess. Passiert ist nur, dass dieser Prozess sichtbar wurde. Etwas ist an die Oberfläche gedrungen. Das Gleiche kann man über Brewster sagen: Der Prozess geht weiter, und wir sehen sein Fortschreiten nur, wenn Elemente an die Oberfläche dringen. Sie betrachten die Oberfläche und suchen nach einer Ursache, aber die Ursache liegt in den kreuz und quer verlaufenden Tunneln unter der Erde. Sie suchen nach Hinweisen und erwarten, dass Sie sie in oberflächlichen Manifestationen finden, doch was Sie brauchen, sind keine Hinweise. Sie müssen zu einer Schlussfolgerung kommen. Sie müssen wissen, welche Fragen zu stellen sind.«

»Und welche Fragen würden Sie stellen?«, fragte Bobby.

Woody schaute zwischen Bobby und Chmielnicki hin und her, als verfolge er das Gespräch, aber er hatte kein Verlangen danach, sich daran zu beteiligen. Nie im Leben hätte er so ruhig wie Bobby klingen können.

»Das ist nicht mein Fachgebiet. Ich schätze, ich würde jede dieser Manifestationen untersuchen und alles bis auf das fundamentale Ereignis herunterschälen.«

»Zum Beispiel?«

»Betrachten Sie die Entführung des Babys als reine Entführung. Betrachten Sie sie ohne Schlangen, ohne das Krankenhaus, ohne die Mutter, ohne die Umstände der Geburt.«

Bobby schaute Chmielnicki unverwandt an. Er fand ihn nicht unbedingt sympathisch, war jedoch beeindruckt, und zwar nicht unbedingt von dem, was der Mann sagte, sondern von dessen Selbstgewissheit. Tatsächlich interessierte ihn auch das, was Chmielnicki sagte, aber darüber würde er nachdenken müssen. Er verstand nur, dass nichts damit gewonnen wäre, ihm zu drohen. Chmielnicki mochte vielleicht alles über diese Sache wissen – obwohl Bobby das bezweifelte –, nur würden sie es nicht aus ihm herausbekommen, wenn Chmielnicki nicht freiwillig damit herausrückte.

Woody war weniger beeindruckt, aber der Mann bereitete ihm Unbehagen. Deshalb hatte er Bobby mitgenommen. Er hoffte, Chmielnicki würde in Bobbys Kopf schauen, wie er in seinen geschaut hatte, damit Bobby sah, was Woody störte. Dabei glaubte er natürlich nicht an Telepathie.

»Was ist mit den Satanisten?«, fragte er unvermittelt.

Chmielnicki richtete den Blick seiner blauen Augen in Woodys Richtung. »Was soll mit ihnen sein, Woody?«

»Könnten sie dahinterstecken?«

Chmielnicki gestattete sich ein feines Lächeln. »Ich kenne persönlich keine Satanisten. Es gibt Gerüchte über eine Gruppe, die sich im Wald trifft, doch nichts Konkretes. Vielleicht haben sie damit zu tun, vielleicht auch nicht. Aber, Woody, die Satanisten sind immer unter uns. Das müssen Sie doch selbst wissen, als Polizist.«

»Ich kann Ihnen nicht folgen.«

»Bei den Gnostikern vor zweitausend Jahren waren die Mächte des Guten und des Bösen, Licht und Finsternis, gleich stark. Wie die linke und die rechte Hand: Wenn sie miteinander kämpfen, kann keine den Sieg davontragen. Dieses Paradigma wurde ersetzt durch ein Paradigma, das auf dem Kreis basierte. Im Zentrum steht das absolut Gute: Jesus, Buddha, Mohammed – was Sie wollen. Darum herum in konzentrischen Kreisen: Heilige, religiöse Gestalten, Barmherzige, Philanthropen und so weiter. Noch weiter entfernt vom Zentrum finden wir unsere Freunde und uns selbst. Wir glauben an das, was im Zentrum existiert, aber leider sind wir selbst voller Unzulänglichkeit. Noch weiter außen finden wir die ethisch und moralisch Kompromittierten, die Hedonisten, die Nimmersatten,

Wollüstigen, Gierigen – die, die nur von Appetit und Ego getrieben werden und die andere benutzen oder vernichten, um ihre Ziele zu erreichen. Und in den äußersten Kreisen finden wir die Satanisten, obwohl sie sich selbst nur selten als Satanisten bezeichnen. Vielleicht bezeichnen sie sich nicht einmal als böse, doch ihr Stolz und ihre Selbsttäuschung gestattet ihnen, jede Barbarei zu rechtfertigen. Sie beuten einander und alle andern aus. Was hilft uns, ihnen zu widerstehen? Unser Widerstand rührt aus dem Glauben an das, was im Zentrum steht: eine Vielzahl von Werten, die oft durch einen speziellen Namen symbolisiert werden – Jesus, Buddha, was weiß ich. Diese Werte ermöglichen uns, in einer Gesellschaft und mit uns selbst zu leben, und sie sind es, was diesen äußeren Kreisen fehlt. Sie kennen nur ein Zentrum, und das liegt in ihnen selbst. Sie sind immer unter uns und nähren sich vom Rest. Sie können sie Satanisten nennen oder anders. Sie haben viele Namen.«

Woody hörte zu und versuchte, dem zu folgen, was Chmielnicki da sagte, aber es fiel ihm schwer, analytisch zu denken, denn Chmielnicki ärgerte ihn. Das ganze Gerede war vielleicht nichts als eine Nebelkerze. Er beschloss, es abzukürzen.

»Was für eine Schuhgröße haben Sie?«, fragte er und dachte an die Spuren rings um Hartmanns Ford Focus. Sogar Bobby war von der Frage überrascht.

»Größe zweiundvierzig. Ich nehme an, Sie wollen auch meine Fingerabdrücke?«

»Ganz recht.«

Chmielnicki lächelte wieder. Es wirkte beinahe gütig. »Sie sehen besser aus als neulich, Woody. Das freut mich.«

»Fangen Sie nicht an«, sagte Woody. »Fangen Sie einfach nicht an.«

Während Woody und Bobby Anderson mit Chmielnicki sprachen, gingen Polizisten durch die drei Geschosse des You-You und sprachen mit Lehrern und Schülern. Sie hatten Beschreibungen des Mannes und der Frauen, die Jean Sawyer mit Nina gesehen hatte, und dazu gehörte auch Jeans Eindruck, dass der Mann wie ein Mops und eine der Frauen wie ein Greyhound ausgesehen habe. Sie fragten die Leute ebenfalls, was sie über Wicca, über neopaganistische Gruppen und Satanisten wussten. Jeder Mann wurde nach seiner Schuhgröße gefragt, und wenn sie bei fünfundvierzig lag, nahm man seine Fingerabdrücke.

Natürlich verweigerten einige die Aussage – nicht, weil sie schuldig waren oder irgendetwas wussten, sondern weil es ihnen missfiel, vernommen zu werden. Sie wurden auf das Revier gebracht, wo man ihnen die Fingerabdrücke abnahm und sie in eine Zelle sperrte, in der sie über die Alternativen nachdenken konnten.

Die Daten ihrer Führerscheine wurden zu Protokoll genommen, und auch die Namen und Adressen anderer, die Kurse gaben oder daran teilnahmen. Auch hier gab es Proteste, aber in Anbetracht der Art der Verbrechen wurden sie ignoriert, und wenn jemand weiter protestierte, wurde er ebenfalls zum Revier befördert.

Den Mann zu finden, der aussah wie ein Mops, war nicht schwierig. Bruce Slovatsky, ein Detective der State Police, fragte die Sekretärin am Empfang, ob Nina hier einen Kurs belegt hatte, und erfuhr, dass sie im Sommer in einer Kundalini-Yoga-Gruppe gewesen war und sich für den September wieder angemeldet hatte. Der Lehrer, Sam Lazar, war im Gebäude, und die Sekretärin bat Slovatsky, zu warten, bis sein Kurs zu Ende sei. Stattdessen nahm er Lazar gleich mit zum Revier. *Er sieht wirklich aus wie ein Mops*, dachte er. Weit auseinander liegende Augen, schmale, abwärts gekrümmte Lippen, ein breites Kinn. Unterwegs nannte Lazar die Namen der Frauen, mit denen er an dem betreffenden Samstag zusammen gewesen war, als sie sich mit Nina zu Kaffee und Kuchen im Brewster Brew getroffen hatten. Slovatsky griff zum Telefon, und die beiden Frauen – zwei Yoga-Schülerinnen – wurden aufgetrieben, ins Polizeirevier gebracht und von zwei weiblichen Detectives befragt.

Die eine der beiden, Julie Turner, hatte ein langes, spitzes Gesicht und war groß, dünn und knochig. Alle fanden, sie sehe irgendwie aus wie ein Greyhound. Alle drei waren relativ freundlich und hilfsbereit. Lazar und die beiden Frauen gaben an, Nina nur aus dem Kurs zu kennen, und die beiden Frauen wussten nicht einmal, wie sie mit Nachnamen hieß. Sie hatten sie nur einmal außerhalb des Kurses gesehen, nämlich im Brewster Brew. Nur Lazar sagte, er habe sie zweimal auf der Straße und einmal am Strand gesehen, vielleicht öfter, er sei da nicht sicher. Sie wussten, was Wicca war, aber die einzige Wiccanerin, die sie persönlich kannten, war Schwester Asherah. Sie vermuteten, dass es noch andere gab, hatten jedoch nie darüber nachgedacht. Sie fanden die Vorstellung zu schräg. Sie gaben zu Protokoll, wo sie sich zum Zeitpunkt der einzelnen Geschehnisse aufgehalten hatten, und ließen sich Fingerabdrücke abnehmen. Sam Lazar hatte Schuhgröße dreiundvierzig. In allen Fällen dauerten die Vernehmungen ungefähr eine Stunde, weil die Fragen mehrfach gestellt wurden. Ihre Geschichten waren ziemlich ähnlich. Julie Turner konnte sich kaum erinnern, an jenem Tag Kaffee und Kuchen zu sich genommen hatte. Sie treffe sich mit vielen Leuten zu Kaffee und Kuchen.

Die Daten der drei wurden in den Computer eingegeben, um zu sehen, was sich noch in Erfahrung bringen ließe. Aber die Resultate für alle, die mit dem You-You zu tun hatten, waren spärlich: ein paar unbezahlte Parkzettel, ein Haftbefehl wegen unbezahlter Geschwindigkeitsübertretungen, eine fünf Jahre alte Verurteilung wegen Fahrens unter Alkohol, eine alte Festnahme wegen Ladendiebstahls, eine Bewährungsstrafe wegen Erregung öffentlichen Ärgernisses unter Alkoholeinfluss, unterlassene Unterhaltszahlungen, ein paar schlechte Kreditratings – das war auch schon das ganze Ausmaß der Vergehen, wenn man es so nennen wollte. Keiner der Fingerabdrücke stimmte mit denen aus der Säuglingsstation überein.

Noch einmal wandte man sich an Ninas Freundinnen und fragte sie, was Nina über das You-You geäußert hatte: Es habe ihr gefallen, die Übungen seien anstrengend gewesen, sie habe gefunden, ihre Freundinnen sollten es auch damit versuchen, und so weiter. Peggy Summers bekam Fotos von Sam Lazar und den beiden Frauen vorgelegt. Sie kannte sie nicht. Sie sei nie im You-You gewesen und habe nie irgendeinen Kurs absolviert. »Ich hab keinen Bock auf diesen Scheiß«, sagte sie. »Kommen Sie mal zu sich.«

Die Frauen, deren Namen Schwester Asherah und Schwester Isis den Detectives gegeben hatten, wurden ausfindig gemacht und befragt. Sie gaben weitere Namen zu Protokoll, sowohl von Männern als auch von Frauen. Woody und Bobby Anderson beteiligten sich an diesen Befragungen, und Polizisten fuhren nach Warwick, East Greenwich, Narragansett, Westerly, Stonington und anderen Orten. Das dauerte den ganzen Tag bis in den Abend hinein. Die dritte Wiccanerin in Brewster, Schwester Hathor – auch bekannt als Beverly Arkun – hatte große Ähnlichkeit mit Schwester Asherah und Schwester Isis, nur dass sie sich außerhalb des Zirkels lieber mit Beverly anreden ließ. Am Dienstagabend parkte ein Streifenwagen des Brewster Police Department vor ihrem Haus in der Walcott Street.

Baldo Bonaldo hatte ein kompliziertes Verhältnis zur Stadtbibliothek von Brewster, seit er seine ferngesteuerte Furzmaschine mit dem Speziallautsprecher für gesteigertes Bassvolumen unter Ginger Phelps' Stuhl platziert hatte. Ginger hatte einen Teilzeitjob als Recherche-Bibliothekarin und war, anders als Jill Franklin, die der ferngesteuerten Furzmaschine auch schon zum Opfer gefallen war, völlig humorlos. In der Mittagsstunde arbeitete sie überdies im Brewster Brew, damit Jean Sawyer zum Lunch nach Hause gehen konnte.

Der kleine knopfbetriebene Sender hatte eine Reichweite von fünfzehn Metern, sogar durch Wände. Mit einem Repertoire von fünfzehn verschiedenen Tönen hatte die Furzmaschine eine nahezu symphonische Tiefe. Baldo hatte sie an einem sehr betriebsamen Samstag im vergangenen März gegen Ginger Phelps eingesetzt. Als die tuba-ähnlichen Töne unter dem Stuhl der Bibliothekarin losbrachen, kam es nacheinander zu Ungläubigkeit, Unbehagen und Hysterie, während Ginger herauszufinden versuchte, wer ihr das antat. Sie sah niemanden mit einem schuldbewussten Grinsen, und so packte sie die Maschine, warf sie auf den Boden und trampelte darauf herum. Schwarze Plastiksplitter flogen in alle Richtungen.

Die kurze Stille wurde unterbrochen von den Worten »O nein!«, als Baldo begriff, dass sie seine gute Maschine kaputtgemacht hatte. Er wäre vielleicht immer noch ohne weiteren Ärger davongekommen, wenn er nicht zu Ginger gegangen wäre und sie aufgefordert hätte, ihm den Schaden zu erstatten. Er ging noch in die fünfte Klasse und hatte einen unterentwickelten Sinn für Kausalitäten.

Zur Antwort verbannte Ginger ihn aus der Bibliothek. »Verschwinde und komm nicht wieder her!«

In den folgenden Monaten kam es zu behutsamen Verhandlungen zwischen der Bibliothek und dem kommissarischen Polizeichef Fred Bonaldo, in denen Fred sich bemühte, seinem geliebten Sohn wieder Zugang zu verschaffen. Wie er jedem erklärte, der es hören wollte, stand immerhin Baldos Bildung auf dem Spiel.

Endlich gaben die Bibliothek und Ginger Phelps nach. Mary

Michaels, die Bibliotheksleiterin, war weder rachsüchtig noch grausam. Sie dachte einfach nur praktisch. Abgesehen von der damit verbundenen Peinlichkeit sei die Furzmaschine bei jeder lernbeflissenen Beschäftigung kontraproduktiv. Eine Liste von unvermeidlichen Bestrafungen – Fernsehverbot für ein Jahr, kein Kino, fünfzig Stunden gemeinnützige Arbeit in der Bibliothek (fegen, Papierkörbe ausleeren) – wurde aufgestellt und unterschrieben von Baldo, Chief Bonaldo, Mary Michaels und Ginger Phelps. Danach bekam Baldo wieder Zutritt.

Aber willkommen war er nicht, im Gegenteil, er wurde mit Adleraugen beobachtet. Er war zehn Jahre alt, und die Zukunft sah düster aus. Ein Jahr voller Entbehrungen übertraf die Reichweite seiner Vorstellungskraft. Jede kommende Woche war ein nebelhafter Morast voller Möglichkeiten und Verheißungen.

Am Dienstag nach der Schule radelte Hercel durch den Regen und kam tropfnass in der Bibliothek an. Mitfühlende Bibliothekarinnen rubbelten ihm das Haar mit einem Handtuch trocken und liehen ihm ein Männer-Sweatshirt aus dem Lager für Fundsachen. Seine nassen Sachen wurden über die Heizkörper gehängt, wo sie friedlich dampften.

Hercel hatte die Aufgabe, einen kurzen Aufsatz für die fünfte Klasse zu schreiben – nicht mehr als zwei Seiten –, in dem zehn weitere Rechtschreibvokabeln vorkamen: *Konsequenz*, *suspekt*, *unappetitlich*, *ominös*, *pittoresk*, *melancholisch*, *inkohärent*, *vehement*, *obstinat*, *zirkulieren.* Er hatte beschlossen, darüber zu schreiben, wie Wrestling Brewster, der Gründer der Stadt, von Wölfen gefressen wurde, und hatte vor, sich die Vokabeln auf einen Schlag vom Hals zu schaffen, um dann Gelegenheit zu haben, sich über sein Thema zu verbreiten. In diesem Sinne und mit Hilfe eines Wörterbuchs schrieb er den ersten Satz nieder.

»In der suspekten Dunkelheit eines pittoresken Waldes krochen die unappetitlichen Wölfe mit inkohärentem Knurren aus dem melancholischen Gebüsch.«

Als er in einem Satz fünf Vokabeln erledigt hatte, fühlte er sich berauschend erlöst. Er feierte seinen Erfolg mit einem Ausflug zum Trinkbrunnen. Der befand sich neben dem Mitarbeiterraum, in dem zwei Kannen Kaffee standen, koffeinfrei und normal. Zwischen dem Trinkbrunnen und der Tür zum Aufenthaltsraum stieß er auf Baldo Bonaldo, der überlegte, ob er sich leisten könnte, ein Pulver in die Kaffeekannen zu schütten, das die Bibliotheksmitarbeiterinnen zu »unkontrolliertem Rülpsen« veranlassen würde, wie es auf dem Päckchen versprochen wurde. Würden sie ihn dafür verantwortlich machen?, fragte sich Baldo.

Als er Hercel sah, nahm er ihn beiseite, um ihn um Rat zu fragen.

»Bei dir piept's wohl«, sagte Hercel.

Sie diskutierten in lebhaftem Flüsterton darüber, und Hercel rief Baldo in Erinnerung, was er zu verlieren hatte. Baldo schilderte, wie unwiderstehlich sein Drang sei, und zeigte sich davon überzeugt, dass sie ihn niemals verdächtigen würden.

»Sie werden glauben, sie haben was Falsches gegessen«, meinte er.

»Alle?«, fragte Hercel.

»Rülpsen ist nicht so schlimm wie furzen.«

»›Unkontrollierbar‹ bedeutet, dass man nicht aufhören kann.«

Die Diskussion nahm ihren Fortgang. In den letzten paar Tagen war die Freundschaft zwischen Baldo und Hercel enger geworden, als sie es je gewesen war. Hercel verstand ihn zwar immer noch nicht – das war ein Teil von Baldos Anziehungskraft –, aber er empfand ihn als harmlos, intelligent und gutmütig, allerdings auch als jemanden, der in die Fänge einer Sucht geraten war. Sie einigten sich schließlich darauf, dass Baldo auf den Einsatz des Rülpspulvers in der Kaffeekanne verzichten würde, wenn Hercel ihm dafür einen Trick zeigte.

»Aber ich kann es eigentlich nicht steuern«, warnte Hercel. »Ich weiß nicht, wie es funktioniert.«

»Das ist okay«, sagte Baldo. »Ich meine, super!«

Und so trennten sie sich. Baldo musste ebenfalls einen Aufsatz mit zehn Rechtschreibvokabeln verfassen, und es war ratsam, damit anzufangen. Bevor Hercel sich wieder an die Arbeit machte, nahm er einen gelben Tennisball aus dem Rucksack und legte ihn auf den Tisch.

Dies waren die Fakten, die Hercel bis weit in den Nachmittag hinein beschäftigten:

Am Morgen des 3. November 1762 machte Wrestling Brewster sich auf den Weg in den Great Swamp, um dort Rotwild zu jagen. Der Winter stand vor der Tür, und die häusliche Speisekammer musste aufgefüllt werden. Sein Freund Moses Clinton hatte mitgehen wollen, aber am Abend zuvor hatte Clinton sich beim Holzschleppen den Knöchel verstaucht, und die Konsequenz davon war, dass er nicht laufen konnte. Bekannt für seinen sturen, obstinaten Charakter, machte Wrestling Brewster sich allein auf den Weg, bewaffnet mit seiner Muskete. Es war ein ominöser Entschluss.

Als Brewster an diesem Abend nicht zurückkam, waren die Nachbarn beunruhigt. Einige meinten, man sollte trotz der Dunkelheit hinausgehen, andere wollten bis zum Morgen warten. So stritten sie vehement miteinander, während die Zeit verging. Schließlich entschieden sie sich dafür, bis zum Morgengrauen zu warten.

Bei Sonnenaufgang brachen die Männer auf und folgten Wrestling Brewsters einsamem Weg in den Wald. Am Rande des Sumpfes machten sie eine schreckliche Entdeckung. Brewster war von Wölfen angefallen worden. Seine Kleider waren zerfetzt, seine Muskete lag neben ihm, und von ihm selbst war wenig mehr übrig als die Knochen. Drei Wölfe lagen bei ihm; einer war erschossen, zwei erschlagen. Die Männer sammelten Brewsters Überreste ein, so gut es ging, und kehrten ins Dorf zurück.

Brewster war ein tiefreligiöser Mann gewesen, der schnell mit seinem Tadel bei der Hand war, wenn Nachbarn sich als unzulänglich erwiesen. Wenn jemand nicht zur Kirche ging, erschien Brewster vor seiner Tür und eskortierte ihn. Trinken, Tanzen und ausgelassenes Singen führten zur Festnahme der Übeltäter. Deshalb, und wegen seines Namens – der mit dem Teufel rang –, zirkulierte bald das Gerücht, der Teufel habe die Gestalt von Wölfen angenommen und ihn gefressen.

Gegen vier betrat Detective Bingo Schwartz die Bibliothek, wo er Ronnie McBride zu finden hoffte. Sehr zuversichtlich war er nicht, aber zumindest könnte er Ginger Phelps und Mary Michaels fragen, wann sie ihn zuletzt gesehen hatten. Ronnie war in der vergangenen Nacht nicht in die Eingangsnische von Crandall Investments zurückgekehrt. Bingo Schwartz hatte Ronnies kleines Haus in der Oak Street bereits durchsucht.

»Es ist wie ein Museum da«, hatte er Captain Brotman erzählt, der ihn mit der Suche nach Ronnie beauftragt hatte. »So sauber, dass man vom Fußboden essen könnte. Er hat überall Bilder von seiner toten Frau. Das Bett ist makellos, und zehn Teddybären sitzen nebeneinander auf den Kissen am Kopfende. Unheimlich. Ich hatte das Gefühl, sie starren mich an.«

Als Bingo an Gingers Tisch trat, summte er die letzte Arie des Boris aus *Boris Godunov*, die anfing mit den Worten: »Lebe wohl, mein Sohn, ich sterbe.« Das Regenwetter machte seinem Knie zu schaffen, und er hinkte schlimmer als sonst, aber er lehnte es ab, einen Stock zu benutzen. »Ich bin nicht bereit, mich von den Würdelosigkeiten des Alters erniedrigen zu lassen«, sagte er wohl manchmal. Solche Bemerkungen gehörten zu den Gründen, weshalb seine Frau ihn nicht leiden konnte. Sie fand sie opernhaft, als zitiere Bingo ständig aus irgendeinem Libretto.

Bingo war zwar in Warwick aufgewachsen, kannte Ginger

jedoch seit vielen Jahren. »Hey, Ginger. Haben Sie Ronnie in letzter Zeit gesehen?«

»McBride?« Ginger dachte einen Moment lang nach. »Nicht mehr seit Donnerstag. Warum?«

»Hab nur ein paar Fragen an ihn.«

Ginger war gescheit, und außerdem waren diese Dinge in Brewster Tagesgespräch. »Glauben Sie, er hat gesehen, wie die arme Nina Lefebvre von der Straße weg entführt wurde?«

Bingo beschloss, darauf nicht zu antworten. »Wie kam er Ihnen vor, als Sie ihn gesehen haben?«

»Wie immer. Nicht allzu gut, nicht allzu schlecht. Er hat die Zeitungen gelesen, ist für ein Weilchen weggegangen und dann wiedergekommen. Hat weiter die Zeitungen gelesen und dann ein Nickerchen gemacht. Alles wie immer.«

Bingo wollte gerade fragen, wann Ronnie normalerweise wegging, als ein gelber Tennisball quer durch den Raum schoss, von der Wand abprallte, zur Decke hinaufflog – die mindestens sechs Meter hoch war – und von dort wieder herunterschwirrte. Im nächsten Moment griff Bingo ihn aus der Luft.

»Komisch«, sagte er.

Beim ersten Aufprall hatte Ginger den Blick starr auf Baldo Bonaldo gerichtet, aber der glotzte den Ball ebenso verblüfft an wie alle andern. Ein paar Leute sprangen auf, und die alte Mrs. Muldoon schlug die Hände über dem Kopf zusammen.

»So etwas ist noch nie vorgekommen«, sagte Ginger.

»Nein, das glaube ich.« Bingo steckte den gelben Tennisball in die Manteltasche und ging, und dabei summte er wieder seinen *Boris* vor sich hin: »Hab erreicht die höchste Macht…«

Eine halbe Stunde später schlenderte Baldo beiläufig an Hercels Tisch vorbei. »Du bist gruselig, echt gruselig.«

Hercel blickte nicht von seinem Aufsatz auf. »Zieh mal an meinem Finger«, sagte er nur.

Am Dienstagnachmittag fuhr Vicki Lefebvre zu Brantleys Bestattungsinstitut, um mit Ham Brantley über die Beisetzung ihrer Tochter zu sprechen. Der Leichenbeschauer in Providence hatte Ninas Leichnam noch nicht freigegeben, aber Vicki wollte ihrem Mann zuvorkommen, von dem sie seit fast fünf Jahren geschieden war. Sie hatte Angst, Harold könnte aus reiner Bosheit versuchen, Nina in Groton beerdigen zu lassen, wo er wohnte, und sie fand, da sie das Sorgerecht für Nina gehabt hatte, müsse sie auch das Sorgerecht für Totenandacht und Bestattung haben.

Ham Brantley war ebenfalls dieser Ansicht. Er und Vicki kannten einander seit der Grundschule. Sie gingen freundschaftlich miteinander um, waren aber nicht befreundet, denn Vicki fand es unbehaglich, dass Hammy »mit Toten lebte«, wie sie es ausdrückte. Später, auf der Highschool, war sie sicher gewesen, dass er Tote sogar »anfasste«, und deshalb vermied sie es, bei Turnhallenfeten und auf Schulbällen mit ihm zu tanzen, denn ihr war mulmig dabei, seine Hände »an ihrer Person« zu spüren, wie sie sagte. Wie dem auch sei, in der zehnten Klasse hatte Hammy angefangen, mit Jenny Genoways zu gehen, und schließlich hatte er sie geheiratet. Jenny hatte diese kalten, klammen Hände offenbar gern an ihrer Person gehabt, und daraus schloss Vicki, das jedes Tierchen eben sein Pläsierchen hatte – oder wie man das sonst formulierte. Nach dem Examen waren Vicki und Ham einander nähergekommen, weil es jetzt keine Gelegenheit zu Körperkontakten mehr gab, und Vicki war auch nicht mehr so heikel wie früher.

Sie saßen in Brantleys sorgsam zurückhaltend eingerichtetem Büro, und Vicki erklärte ihm, was sie gern haben wollte.

»Wir sind eigentlich keine Kirchgänger, Ham, obwohl ich katholisch erzogen bin. Aber da ist die Art, wie Nina gestorben ist. Die Polizei sagt, es war Selbstmord – doch das glaube ich keine Minute –, und wenn Father Pete Schwierigkeiten macht, weigert er sich vielleicht, eine Messe in St. John's zu lesen.«

Brantley saß in seinem dreiteiligen Anzug auf einem großen lederbezogenen Stuhl hinter seinem Mahagonischreibtisch. Vicki hatte zwar nie gefunden, dass er besonders gut aussah – seine Augen standen zu dicht zusammen –, aber jetzt fand sie ihn sehr distinguiert mit seinem zurückgekämmten Silberhaar und der angenehmen, beruhigenden Stimme. Sogar sein Gewicht stand ihm gut, und in ihren Augen wirkte er nicht füllig, sondern robust und selbstsicher.

»Ich glaube nicht, dass es dazu kommt, Vicki. Die Kirche ist in diesen Dingen viel liberaler als früher. Doch ich habe eine sehr hübsche konfessionslose Kapelle hier im Hause, die ich dir zur Verfügung stellen kann, wenn du willst.«

Sie sahen sich die Kapelle an, und Vicki fand sie sehr schön.

»Entschuldige die Frage, Vicki, aber dachtest du an eine Einäscherung oder eine Erdbestattung?«

Der Gedanke an eine Einäscherung gefiel Vicki nicht. Es erschien ihr so gewalttätig. Und wenn Nina auf dem Friedhof von Brewster begraben würde, könnte sie immer Blumen auf ihr Grab legen und eines Tages vielleicht sogar neben ihr beerdigt werden, auch wenn es noch viel zu früh war, daran zu denken. Also gingen sie in den Ausstellungsraum, um sich die Särge anzusehen.

»Hast du an eine bestimmte Preisklasse gedacht?«, fragte Brantley. »Ich weiß, wie schwer das alles ist.«

Na ja, Vicki wollte nichts allzu Teures. Sie schwamm ja nicht gerade im Geld.

»Du suchst also etwas ziemlich Billiges?«

»Preiswert« war das Wort, das Vicki im Sinn gehabt hatte. Zwischen »preiswert« und »billig« gab es einen Riesenunterschied, fand sie.

Der Pappelholzsarg kostete 1800 Dollar. Mit der hochglanzpolierten Oberfläche präsentierte er sich warm, aber zurückhaltend, und es war der preiswerteste nach einem Kiefernholzsarg, der oft für Einäscherungen genommen wurde. Umweltfreundliche Pappe war auch zu haben. Andererseits gab es einen eher christlich orientierten Pappelholzsarg mit antikisierter Hardware: handgegossene Darstellungen des Letzten Abendmahls an den Tragegriffen und der Pietà an den Ecken. Er kostete 3200 Dollar. Ein Mahagonisarg aus anderthalb Zoll dickem Holz mit stufenlos einstellbarem Bett und handgenähter Samtpolsterung kam auf 4200 Dollar. Vicki begriff bald, dass »geschmackvoll« und »zurückhaltend« Synonyme für »billig« waren. Sie entschied sich schließlich für einen 4000-Dollar-Sarg aus Mahagoni im Florentiner Design mit dem verstellbaren »Eterna Rest«-Bettsystem in champagnerfarbenem Samt mit passendem Kissen und Überwurf sowie einem zweiteiligen, doppelt verschließbaren Deckel, dessen untere Hälfte während der Aufbahrung geschlossen werden konnte (»wegen des Zustands ihrer armen Füße«). Er hatte außerdem lange Silbergriffe an den Seiten. Vicki wollte Ninas Freunde von der Highschool als Sargträger haben, zumindest einige von ihnen. Es würden Jungen sein. Hammy sagte, er habe noch nie von Mädchen als Sargträgern gehört, obwohl es das wahrscheinlich schon gegeben habe, zum Beispiel in Kalifornien.

Hinzu kamen etliche weitere Ausgaben – für die Benutzung der Kapelle, die Aufbahrung, Totendiener, Blumenschmuck und dergleichen –, und als Vicki fertig war, hatte sie außerdem noch die »Option Unsterblichkeit Online« unterschrieben: Dafür gab es eine Website mit Fotos, Zeichnungen, Kommentaren, Grüßen, Beileidswünschen, Lieblingsliedern und kurzen Geschichten von Ninas Freunden und Verwandten.

Die ganze Zeit blieb Hammy höflich und geduldig und dirigierte sie behutsam, ohne sie zu bedrängen, obwohl ihr nachher dämmerte, dass sie sehr viel mehr bezahlen würde, als sie vorgehabt hatte. Vielleicht konnte Harold die Hälfte ausspucken, der alte Geizkragen. Was noch dazukommen würde, waren das Grab selbst, die Friedhofshalle und der Grabstein. Ham hatte gesagt, er habe Freunde in diesem Bereich, und er versprach, er könne ihr den günstigsten Preis vermitteln. Vicki fand, Hammy habe sich entschieden verbessert, auch wenn ihr mulmig dabei gewesen war, am Anfang und am Ende seine Hand zu schütteln. Die weiche Rundlichkeit erinnerte sie an das Jenseits.

Helen Greene wohnte allein in einem weißen Kolonialhaus mit blauen Fensterläden in der Bucklin Street, das, wie sie oft sagte, viel zu groß für sie war. Sie war siebzig Jahre alt, eine pensionierte Lehrerin und Witwe. Ihr Mann Maurice war vor vier Jahren gestorben. Er hatte Geschichte unterrichtet und war stellvertretender Schulleiter der Brewster Highschool gewesen. Ihre beiden Kinder, ein Sohn und eine Tochter, waren erwachsen. Der Junge war Zahnarzt in Providence, das Mädchen Sozialarbeiterin in Pawtucket. Helen Greene lebte allein, oder doch beinahe.

In ihrem Wohnzimmer hatte Helen sechs Käfige mit Singvögeln: Finken und Kanarienvögel. Sie und das Lesen bildeten ihre hauptsächliche Unterhaltung. Natürlich hatte sie viele Freunde in der Nachbarschaft, und da sie vor vierzig Jahren angefangen hatte, an der Bailey Elementary School zu unterrichten, wohnten viele ihrer früheren Schüler in der Stadt. Vicki Lefebvre und Hamilton Brantley gehörten dazu, aber auch Ronnie McBride und der kommissarische Polizeichef Bonaldo.

Gegen Ende der fünfziger und Anfang der sechziger Jahre, als Helen auf dem College war, hatte sie gern den Zug nach New York genommen und Greenwich Village besucht, um ins Theater zu gehen und in Secondhand-Buchhandlungen herumzustöbern. Neidvoll sah sie das, was sie als Bohème empfand. Einmal hatte sie sogar Charles Mingus in einem kleinen Club spielen gehört, und sie hatte es laut, aber beglückend gefunden. Sie hatte gehofft, sie könnte nach dem Examen selbst ins Village ziehen und zur Bohème gehören, aber stattdessen hatte sie Maurice geheiratet. Nun war sie zwar keine Bohémienne, aber sie trug gern bunte Kleider und Bauernschmuck aus farbenprächtigen Perlen, und sie liebte lange Röcke und bestickte Blusen. Wahrscheinlich war es das, was ihr Ärger einbrachte.

Gehen zehn Uhr am Dienstagabend hielt ein Auto vor ihrem Haus, und zwei Männer rannten über ihren Rasen und warfen Steine in die Wohnzimmerfenster. Einer traf einen Kanarienkäfig, stieß ihn um und versetzte die Vögel in Panik. Eine Männerstimme schrie: »Fick dich, Schlampe!«, und dann liefen die Männer zurück zum Auto und verschwanden mit kreischenden Reifen in der Nacht.

Doch sie hatten sich geirrt. Helen Greene mochte sich ein bisschen so wie Schwester Asherah kleiden, aber sie war keine Wiccanerin. Sie war Methodistin.

DREIZEHN

Mabel Summers, Peggys Mutter, rief früh am Mittwochmorgen auf dem Polizeirevier in Brewster an. Sie hatte ihr Leben lang geraucht, und ihre Stimme war zu einem Gurgeln geworden. »Mein Baby ist weg. Sie ist nicht in ihrem Zimmer.« Es dauerte einen Augenblick, bis man begriffen hatte, dass Mabel von ihrer Tochter Peggy sprach, die siebzehn Jahre alt war.

»Nein, ich weiß nicht, seit wann. Ich habe vor fünf Minuten einen Blick in ihr Zimmer geworfen, und da war sie weg.«

Malone, ein Streifenpolizist, hatte den Anruf entgegengenommen. Er setzte sich sofort mit Chief Bonaldo in Verbindung, der zu Hause Rührei mit Speck aß. Fresssack Hopper hatte Peggys Haus im Auge behalten sollen. Man konnte noch nicht sagen, was mit ihm passiert war, aber Bonaldo hatte eine begründete Vermutung. Er alarmierte die Trooper und ein halbes Dutzend seiner eigenen Polizisten. Dann wischte er sich einen Rest Himbeermarmelade von der Unterlippe und zog sich an. Ihm war, als trage er die Last der ganzen Stadt auf den Schultern.

Zehn Minuten später hielt er vor dem Haus der Summers, wo ihn einer seiner Detectives, Brendan Gazzola, und zwei Streifenpolizisten erwarteten. Gazzola war fünfzig, groß, dürr, ein Kettenraucher mit gelben Fingern, grauer Haut und einem Husten, so laut wie eine leise Harley. Im Augenblick kaute er auf einer Handvoll Nicorette-Kaugummis.

Mabel Summers stand in einem lavendelfarbenen Hausmantel in der Tür. In der Nacht hatte es aufgehört zu regnen, die Sonne stand tief am Himmel, und alles glänzte sauber. Fresssack Hopper saß in seinem Streifenwagen auf der anderen Straßenseite wie ein begossener Pudel und aß etwas. Er winkte Bonaldo zaghaft zu. Bonaldo winkte nicht zurück.

»Sie hat gestern Abend oben in ihrem Zimmer vor ihrem kleinen Fernseher gesessen. Ich habe sie gebeten, den Ton leiser zu stellen, weil Ralph schlafen wollte. Das hat sie getan, und dann hat sie ihn wieder lauter gedreht. Sie war immer eine Rotzgöre – ich weiß nicht, woher sie das hat. Nicht, dass sie nicht ab und zu auch nett sein kann.«

Mabel führte Bonaldo und Gazzola nach oben in Peggys Zimmer. Ralph saß am Küchentisch und aß Pfannkuchen. Als er den kommissarischen Polizeichef sah, sagte er: »Baldy Bonaldo!« Dann wandte er sich wieder seinen Pfannkuchen zu. Ein Tropfen Sirup klebte an einem der Sauerstoffröhrchen in seiner Nase.

Peggys Zimmer war ein Saustall. Kleider und Schuhe lagen verstreut auf dem Boden, und Bonaldo stieg behutsam über einen Stringtanga hinweg. Genau wie bei Nina waren die Wände des Zimmers mit Postern von Sängern tapeziert: Justin Timberlake, Beyoncé, Jay-Z, ein Werbeplakat für das Album *I Am … Sasha Fierce* und – merkwürdig, fand Fred Bonaldo – ein Poster mit dem Fudschijama bei Sonnenaufgang.

»Können Sie sagen, ob etwas fehlt?«, fragte Gazzola.

Mabel zündete sich eine neue Zigarette an. Sie durfte in Peggys Zimmer nicht rauchen, und es bereitete ihr ein boshaftes Vergnügen, sich eine anzuzünden. »Schwer zu sagen. Ihr Rucksack ist weg, da bin ich ziemlich sicher. Normalerweise liegt er da vorn auf dem Stuhl.« Sie deutete auf einen Stuhl neben einem kleinen Schreibtisch.

»Was ist mit einer Jacke oder einem Pullover?«, fragte Bonaldo.

Mabel stocherte mit dem Fuß auf dem Boden herum. »Ihre grüne Jacke ist nicht hier, und ich habe sie unten nicht gesehen. Und ihr blau-gelber Pullover ist auch nicht da, es sei denn, er ist in der Wäsche. Vielleicht fehlen ein paar Shirts, eine Jeans mit aufgeschlitzten Knien. Sie hat eine tadellose Jeans zerschnitten, könnten Sie sich das vorstellen? Ihr iPod ist nicht da.«

»Welche Farbe hat der Rucksack?«, wollte Gazzola wissen.

»Blau. Groß. Ein bisschen vergammelt.«

Als sie gingen, hatten Bonaldo und Gazzola eine Liste von Peggys Freunden – großenteils Namen, die der Polizei schon bekannt waren. Es sah auch so aus, dass Peggy, wenn sie verschwunden sein sollte, freiwillig verschwunden und nicht entführt worden war. Das bedeutete, sie war nicht in Gefahr. Nach kurzer Zeit hatten Trooper im ganzen Staat wie auch in Connecticut und Massachusetts ihr Foto und eine Personenbeschreibung. Sie hatte kein Auto, und es gab keinen Bus, mit dem man Brewster verlassen konnte. Die Züge der Amtrak hielten in Kingston und in Westerly. Es war unmöglich zu sagen, wann sie weggegangen war. Ihre Mutter hatte sie noch gestern Abend um elf in ihrem Zimmer gesehen, also konnte Peggy danach jederzeit verschwunden sein. Sie hatte das Haus nach ihrer Heimkehr aus dem Krankenhaus nur einmal verlassen, und zwar am Abend zuvor, als sie mit ihrer Mutter zu CVS gefahren war. Da hatte sie eine Mütze und eine dunkle Brille getragen, denn sie hatte »keine Lust, einem Haufen Arschlöcher einen Haufen Fragen zu beantworten«.

»Man sollte meinen, sie hätte sich geschämt«, sagte ihre Mutter, »aber davon hat man nichts gemerkt. Ich weiß, ich hätte mich geschämt, wenn ich sie gewesen wäre.«

Fresssack Hopper war keine Hilfe. Er hatte sich gegen Mitternacht eine große Pizza mit Peperoni, Salami und Käse eingefahren und war dann weggeratzt.

Woody Potter erreichte der Anruf wegen Peggy zu Hause. Er hatte noch geschlafen, denn er war wegen der Steine, die durch Helen Greenes Fenster geflogen waren, lange auf gewesen. Ein Mann, der seinen schwarzen Labrador ausgeführt hatte, gab an, die beiden Männer seien mit einem blauen Chevrolet Malibu gekommen, vielleicht vier Jahre alt. »Sie sind gefahren, als wäre es ihnen egal, ob sie jemanden umnieten oder nicht«, sagte er zu Woody. Zwei andere hatten das Auto ebenfalls bemerkt, auch wenn sie nicht wussten, dass es ein Malibu war. Einer sagte aus, der Wagen habe hinten einen Sticker gehabt, aber er habe nicht sehen können, was für einen.

Woody beschloss, Peggy und den Malibu vorläufig Chief Bonaldo zu überlassen. Er frühstückte mit Jill drüben in Wakefield – im historischen Wakefield, wie es sich gern selbst bezeichnet. Sie trafen sich in einem Friendly's in der Main Street. Jill hatte Luke mitgebracht. Er hatte an diesem Tag wegen irgendeiner Lehrerkonferenz keine Schule.

»Wer sind Sie?«, fragte Luke.

»Ich heiße Woody Potter. Ich bin ein neuer Freund deiner Mutter.«

Luke musterte ihn skeptisch, als sähe er nicht ganz ein, weshalb seine Mutter Freunde brauchte. Dann schaute er weg und fing an, mit einem Buntstift auf seinem Tischset zu malen. Er ging in die erste Klasse.

»Ich hab dir doch schon erzählt, wer er ist, Schatz.« Jill sah Woody und dann ihren Sohn an. Hoffentlich würde dieser Morgen nicht so laufen, wie es manchmal vorkam.

»Kann ich Pfannkuchen kriegen?«, fragte Luke. »Und heiße Schokolade mit Schlagsahne?«

Normalerweise erlaubte Jill nicht, dass er Pfannkuchen *und* heiße Schokolade bekam – zu viel Zucker –, aber sie wusste, er bot ihr ein Geschäft an: Er bekam etwas Ordentliches zu essen und würde sich dafür gut benehmen. »Mal sehen«, sagte Jill.

»›Mal sehen‹ bedeutet ›nein‹«, sagte Luke.

Jill warf Woody wieder einen Blick zu, und diesmal lag darin aufkommende Verlegenheit.

»Magst du Hunde?«, fragte Woody. »Ich habe einen in meinem Truck.«

»Beißt er?«

»Nur, wenn du ihm die Finger in den Hals schiebst.«

»Was für ein Hund ist es?«

»Ein Golden Retriever. Stöckchen werfen findet er fast besser als alles andere.«

»Ich kann nicht gut werfen.«

»Dann musst du es irgendwann lernen, oder?«

Die Kellnerin nahm ihre Bestellung auf. Luke bekam seine Pfannkuchen und die heiße Schokolade. Woody bestellte das Gleiche und fragte Luke, ob er Erdbeeren auf den Pfannkuchen haben wollte. Er wollte. Also orderten sie beide noch Erdbeeren dazu. Jill wollte ein Gemüseomelett, und sie schaute Woody und ihren Sohn leicht genervt an. Tatsächlich fühlte sie sich ziemlich wohl. Luke erzählte Woody gerade, dass seine Großeltern keinen Hund ins Haus ließen. »Sie sagen, die haben Bazillen. Hat Ihr Hund Bazillen?«

»Hab noch keine gesehen. Vielleicht ab und zu mal ’ne Zecke.«

»Wie heißt Ihr Hund?«

»Ajax. Nach einem Helden, der der größte, stärkste und mit der dümmste unter den griechischen Helden war.«

»Ist Ihr Hund denn auch dumm?«

»Ich hab den ganzen Sommer über versucht, ihm Lesen beizubringen, aber er rafft’s einfach nicht. Kannst du lesen?«

»Geht so. Meine Mom hilft mir.«

Das Frühstück kam. Luke zählte seine Erdbeeren und stellte fest, dass er drei mehr als Woody hatte. Er war hin und her gerissen zwischen der Möglichkeit, Woody eine abzugeben oder sie alle selbst zu essen. Dann gab er die drei überzähligen seiner Mutter. Während sie aßen, warf er kurze Blicke auf Woody, und wenn er fand, dass Woody und seine Mutter zu viel miteinander sprachen, stellte er eine Frage – Glaubt ihr, dass es im Weltraum noch Menschen gibt? –, oder er zeigte ihr was Cooles, zum Beispiel, wie er aus zehn Geleetöpfchen einen Turm bauen konnte. Woody brachte ihm bei, wie man sich einen Löffel an die Nase hängen konnte. Die Löffel fielen laut klappernd auf die Teller, und die Leute warfen gereizte Blicke herüber.

Nach dem Frühstück lernte Luke draußen auf dem Parkplatz Ajax kennen. Woody musste den Hund zurückhalten, damit er Lukes Gesicht nicht ableckte.

»Er ist groß«, sagte Luke.

»Jep. Ich wette, er ist zehn Kilo schwerer als du.«

»Kann ich auf ihm reiten?«

»Das mögen sie nicht. Da tut ihnen der Rücken weh. Ist es okay, wenn du bei ihm auf dem Rücksitz sitzt, während wir zum Strand fahren?«

»Leckt er mir das Gesicht?«

»Du musst ihn wegschieben und sagen: ›Nein.‹ Er will nur freundlich sein.«

»Warum hat er so viele Haare?«

»Er kriegt gerade sein Winterfell.«

Sie fuhren nach Narragansett Beach. Woody parkte den Wagen und nahm Ajax an die Leine, und sie gingen hinunter bis zum Wasser. Wie die Basslinie eines Liedes klang Woody die Besorgnis wegen der Ereignisse in Brewster ständig in den Ohren.

»In Brewster gibt es einen tollen Strand«, sagte Woody. »Manchmal hat man das Gefühl, man kann bis Frankreich sehen.«

Luke wusste nicht, ob er seine Mutter im Augen behalten oder, so schnell er konnte, am Strand entlangrennen sollte. »Was ist Frankreich?«

»Ein Land. Es gibt ein kleines Gedicht darüber. ›Ich seh Frankreich, seh Franzosen, ich seh Mommys Unterhosen.‹«

»*Müssen* Sie ihm das beibringen?«, fragte Jill lachend.

»Cool«, sagte Luke. »Kennen Sie noch mehr?«

»Na klar. ›Heiner, Rainer, bringt den Eimer. Örrk, slop, bringt den Mopp.‹«

»Sie sind ein sehr gefährlicher Mann«, sagte Jill und sah Luke an. »Okay, Schatz, jetzt lauf los.«

Woody ließ Ajax von der Leine, und der Hund und Luke rannten um die Wette am Strand entlang.

»Er mag Sie«, stellte Jill fest.

»Er mag den Hund. Ich gehöre bloß dazu.«

»Fällt es Ihnen schwer, Komplimente anzunehmen?«

»Jep.«

Jill war daran interessiert zu erfahren, warum Woodys Verlobte ihn zwei Wochen zuvor abserviert hatte. Sie hatte keine Lust, als Lückenbüßerin einzuspringen. Aber statt ihn nach Susie zu fragen, sprach sie von Lukes Vater. »Sein Ehrgeiz bestand darin, als Barkeeper zu arbeiten und sich auf der Skipiste herumzutreiben. In beidem war er sehr erfolgreich.«

Als Woody an der Reihe war, sagte er: »Es gefiel ihr nicht, dass ich Polizist bin. Der unregelmäßige Dienst gefiel ihr nicht. Sie hatte Angst, irgendein Irrer auf dem Highway 95 könnte mich abknallen. Es gefiel ihr nicht, dass ich nicht über meine Gefühle reden wollte. Es gefiel ihr nicht, in der Provinz zu leben. Sie wollte Sozialarbeit studieren und promovieren, und das wollte sie nicht an der University of Rhode Island tun. Und sie wollte ein Kind. Davon abgesehen war sie klasse. So ziemlich jedenfalls. Ach ja, sie kochte nicht gern, und manchmal dachte ich, sie kann Ajax nicht leiden. Sie war ein Katzenmensch, aber als sie auszog, hat sie die Katze dagelassen.« Woody lachte.

»Warum waren Sie dann so lange mit ihr zusammen?«

»Manchmal behält man etwas, weil es besser ist, als nichts zu haben.«

Er erzählte von seiner Ex-Frau Cheryl. Die Scheidung lag über zehn Jahre zurück. »Wir waren Kids, und ich habe viel getrunken. Ich habe *sehr* viel getrunken. Ich war gerade aus dem Irak zurückgekommen und ziemlich im Arsch, ohne zu wissen, dass ich im Arsch war. Zum Beispiel hielt ich alles für beschissen. Das kam mir ziemlich clever vor. Und wenn jemand mich anschrie, weil ich alles für beschissen hielt, dann hielt ich ihn auch für beschissen. Das ging ziemlich lange so. Dann lernte ich Bobby Anderson kennen. Er schrie mich an, weil ich alles für beschissen hielt, und ich hatte nichts dagegen. So wurden wir die besten Freunde. Er sagte dann, ich solle mir einen Hund anschaffen, und das habe ich getan.« Woody lachte. »Vielleicht habe ich die ganze Zeit, als ich alles für beschissen hielt, eigentlich nur einen Hund gebraucht.«

Am späten Mittwochnachmittag erfuhr Bobby Anderson, dass Sheldon Frank, Carl Krauses Psychiater, Anfang Mai aus Brewster weggezogen war, um mit zwei anderen Ärzten in Belmont, Massachusetts, eine Gemeinschaftspraxis zu eröffnen. Und wo war Carl da geblieben?, hatte Bobby sich gefragt.

Mit Hilfe der Polizei in Belmont gelang es Bobby, Dr. Franks Privatnummer herauszubekommen. Am nächsten Morgen rief er ihn an.

»Ich habe dafür gesorgt, dass Carl zu einem Psychiater in Wakefield ging, bevor ich weggezogen bin – zu Dr. Maddox. Ich dachte, er würde Carl gefallen.«

»Und ist Carl hingegangen?«

»Da habe ich leider keine Ahnung. Ich habe ihn so ziemlich aus den Augen verloren, nachdem ich in Belmont war.«

»So ziemlich?«

»Okay – ich habe ihn aus den Augen verloren.«

»Wie würden Sie Carl beschreiben?«

»Oh, er ist okay, wenn er seine Medikamente nimmt. Ohne sie ist er ein bisschen, na ja, labil. Mehr kann ich wirklich nicht sagen. Die Schweigepflicht …«

»Ja, ja«, sagte Bobby und beendete das Gespräch.

Dann wandte er sich an Dr. Timothy Maddox in Wakefield.

»Carl Krause? Nein, ich habe keinen Patienten dieses Namens. Ich erinnere mich, dass Dr. Frank mich im April wegen eines Patienten angesprochen hat, aber ich habe dann nie wieder davon gehört. Es ist schwierig, in diesen Dingen die Übersicht zu behalten. Ich könnte allerdings meine Sekretärin fragen …«

»Schon gut.« Bobby beendete auch dieses Gespräch.

Als Nächstes fuhr Bobby zu dem Craftsman-Bungalow in der Hope Street. Harriet öffnete die Tür und sagte, Carl sei auf der Arbeit. Er könne seine Arbeitszeiten weitgehend selbst bestimmen. Vermutlich sei er drüben in Brantleys Bestattungsinstitut.

»Nimmt Carl seine Pillen?« Bobby hätte beinahe »Klapspillen« gesagt, aber er bremste sich.

»Ich glaube schon. Ich weiß aber, dass er bei seinem Arzt in Wakefield war.«

»Bei Dr. Maddox?« Sie standen vorn auf der Veranda. Bobby sah Lucy durch die Tür. Sie saß auf dem Boden und drohte einer Puppe mit gelben Haaren mit dem Finger.

»Ja, genau.«

»Gibt es da Rechnungen oder Unterlagen?«

»So etwas erledigt Carl immer selbst.«

»Und wie geht es ihm in letzter Zeit?«

Harriet öffnete den Mund, um zu antworten, und schüttelte dann den Kopf. »Ehrlich gesagt, nicht so gut. Ich wollte Dr. Maddox diese Woche anrufen.« Ihre Augen wurden feucht, und Bobby hoffte, sie würde nicht anfangen zu weinen.

»Was heißt ›nicht so gut‹?«

»Er ist launisch. Schreit die Kinder an. Mich übrigens auch.

Das steckt sicher nichts weiter dahinter. Und er schläft oben. Ich ... ich weiß nicht so recht, was ich tun soll. Er spricht nicht mit mir. Zu Beginn des Sommers war er noch wundervoll. Aber dann ... ich weiß nicht ...«

»Hat er je etwas zu der Katze gesagt?«

»Er hat gesagt, er hätte damit nichts zu tun.«

»Haben Sie ihm geglaubt?«

»Ich kann doch nicht alles infrage stellen, was er sagt. Ich meine, er ist mein Mann.«

Bobby fuhr hinüber zum Bestattungsinstitut. Carls Truck sah er nicht.

»Nein, ich habe Carl heute Morgen nicht gesehen«, sagte Brantley. Er trug wieder seinen dreiteiligen Anzug. *Als ob er drin schläft*, dachte Bobby. Sie standen im Eingangsflur des Bestattungsinstituts.

»Er war Sonntag hier«, fuhr Brantley fort. »Da habe ich ihn zuletzt gesehen. Aber er soll morgen früh wieder herkommen. Kann ich ihm etwas ausrichten?«

»Ich hoffe, ich sehe ihn vorher noch. Wie hat er sich benommen?«

»Gut. Wie immer. Stimmt etwas nicht?«

»Nein. Reine Routine. Könnte er drüben in Ihrem Krematorium sein?«

»Das bezweifle ich sehr. Da hat er noch nie gearbeitet.«

Bobby fuhr hinunter nach Hannaquit, um zu sehen, ob Carl in dem Pfahlhaus war, in dem er in der Woche zuvor gestrichen hatte. Doch dort war keine Spur von ihm. Bobby fuhr eine Weile durch die Gegend und hoffte, Carls Truck zu sehen. Aber er sah ihn nirgends. Auf der Rückfahrt nach Brewster überlegte er, ob er Carl in die Fahndung geben sollte. Nur hatte Carl ja nichts *getan*. Noch nicht, jedenfalls. Vielleicht würde er es Chief Bonaldo gegenüber erwähnen, wenn er auf dem Polizeirevier war. Doch dann erfuhr Bobby von Peggy Summers.

Früh am Mittwochmorgen hörte Barton Wilcox das Gebell der beiden Bouviers, Gray und Rags – ein hektisches, wütendes Gebell. Barton wusste, da waren Kojoten.

Bernie war im Krankenhaus, und er war noch im Bademantel. Trotzdem stemmte er sich vom Stuhl hoch und schlurfte mit seinem Gehgestell langsam zur Tür. Draußen sah er zwei Kojoten, die auf die Mauer zuliefen, dicht gefolgt von den beiden Hunden. Die Kojoten waren erst ein einziges Mal bei Tag über die Mauer gekommen, und sie taten es nie, wenn die Hunde Wache hielten, was praktisch immer der Fall war. Aber am meisten überraschte ihn etwas, das er am anderen Ende der Wiese sah. Ein dritter Kojote schleifte ein Schaf zur Mauer. Das bedeutete, dass die beiden anderen ein Ablenkungsmanöver betrieben. Sie hatten einen Plan. Angst durchrieselte ihn.

»Hey, aufhören!«, schrie Barton und wollte loslaufen. Die anderen Schafe wimmelten auf ihre blöde Art durcheinander, verängstigt, aber ratlos. Die Beine des Gehgestells verhakten sich im Gras, und Barton kippte vornüber und landete so hart auf dem Boden, dass es ihm den Atem verschlug.

»Granddad!« Tig kam aus dem Haus gerannt.

Barton winkte sie zurück. »Hol die Flinte und ein paar Patronen! Sei vorsichtig damit.«

Die beiden Hunde balgten sich jetzt mit den Kojoten. Es waren große Kojoten, sicher zwanzig oder dreißig Kilo schwer, doch den Bouviers wären sie nicht gewachsen. Der dritte Kojote zog und zerrte an dem Schaf. Es war eins von denen, die im April geboren waren. Der Boden war nass und kalt vom Regen. Barton richtete sein Gehgestell auf und fing an, sich hochzuziehen.

Die Flinte war eine Remington Pumpgun, Kaliber 12. Als Barton sich aufgerichtet hatte, kam Tig aus dem Haus gerannt. Er nahm die Flinte, lud sie mit zwei Patronen und schob eine dritte in die Kammer. Er zielte auf den Kojoten mit dem Schaf.

Dass er ihn treffen würde, glaubte er nicht – er war zu weit weg –, aber hoffentlich würde er ihm Angst einjagen. Er musste das Gehgestell loslassen, um zu schießen, und als er abdrückte, verlor er das Gleichgewicht und fiel hin. Beim Aufsetzen sah er, dass der Kojote aufgehört hatte, an dem Schaf zu zerren, und sich zweifelnd umschaute. Barton zielte hoch und schoss noch einmal. Der Kojote flüchtete über die Mauer.

Er drehte sich um und erstarrte. »Tig!«

Seine Enkelin rannte auf die Hunde zu. Rags, der eine, hinkte. Einer der Kojoten lag tot auf dem Boden. Drei andere umkreisten jetzt Gray. »Tig!«, schrie er.

Er zog sich an seinem Gehgestell hoch und humpelte ihr nach. Er hatte noch eine Patrone in der Flinte. Der Kojote, der das Schaf gerissen hatte, war wieder da und zerrte an dem Tier, doch darum konnte Barton sich jetzt nicht kümmern.

»Tig, bleib stehen!«

Wenn sie zu nah heranginge, würde einer der Kojoten sie vielleicht angreifen. Barton humpelte weiter, wütend auf das Gehgestell, wütend auf sein Knie. Gray stürzte sich auf die restlichen Kojoten und bekam einen im Nacken zu fassen. Die andern flüchteten in Richtung Sumpf. Der Kojote mit dem Schaf hatte es bis zur Mauer geschafft, aber Barton wollte seine letzte Patrone nicht verfeuern.

Tig war bei Rags angekommen und umarmte ihn. Er hatte Blut am Hinterbein, dunkel glänzend im dichten Fell. Tigs gelbes Sweatshirt bekam rote Flecken davon. Gray stand in der Nähe und bellte. Eine Salve von Kojotengekläff kam von der anderen Seite der Weide. Barton sah, dass der mit dem Schaf verschwunden war. Kojoten waren nicht dumm. Sie wussten, dass sie mit dem, was sie getan hatten, ungeschoren davongekommen waren. Das bedeutete, sie würden wiederkommen. *Nächstes Mal*, dachte Barton, *habe ich das Gewehr, und einen Revolver werde ich auch tragen.* Er hatte einen Colt Python in der Tischschublade in der Diele eingeschlossen, einen .357er Magnum mit einem Acht-Zoll-Lauf. Im Waffenschrank in seinem Arbeitszimmer standen seine Jagdbüchse und ein Zwilling.

Aber wäre es nicht besser, fragte er sich, einfach zu verkaufen und in die Stadt zu ziehen? Ich werde zu alt für diesen Blödsinn.

Tig führte Rags zurück zum Haus. Barton erwartete sie mitten auf der Weide. »Mach das nie. Diese Kojoten fressen dich genauso schnell wie ein verdammtes Schaf.«

»Rags ist verletzt«, sagte sie, als wäre damit alles beantwortet.

»Du bist wichtiger als der Hund.«

Tig hatte da anscheinend ihre Zweifel. Die Kojoten kläfften immer noch. Barton wollte den Tierarzt und einen Nachbarn anrufen, der weiter unten an der Straße wohnte und manchmal für ihn arbeitete, aber er hatte sein Handy im Haus gelassen. Er kam sich vor wie ein alter Trottel, als er im Bademantel mit seinem Gehgestell über die Weide taperte. Tig redete in besänftigendem Ton auf den Hund ein, fast so wie mit einem Baby. Gray blieb an ihrer Seite, sah sich jedoch immer wieder um.

Ich schaffe noch mehr Hunde an, dachte Barton. *Eine ganze Armee von Hunden.*

Als er fast am Haus war, zielte er dahin, wo der Kojote das Schaf über die Mauer geschleift hatte, zielte auf das Kläffen. Dann feuerte er seinen letzten Schuss ab. Diesmal gelang es ihm, das Gleichgewicht zu behalten. Die Kojoten verstummten für einen Moment, dann ging das Kläffen und Knurren weiter, als sie das tote Schaf zerrissen.

Am Mittwochmorgen kam Woody wieder zu spät zur Besprechung, die um elf begonnen hatte, aber das war anscheinend nicht so wichtig. Ohnehin fand er, dass er seine Zeit mit Jill besser verwandt hatte. Trotzdem war ihm Brewster nicht aus dem Kopf gegangen. Er hatte ein unruhiges Gefühl, als wäre eine Erkältung im Anzug, doch dann erkannte er, dass es Angst war. Das war eine ganz neue Regung für Woody. Bei dem Raketeneinschlag im Irak hatte er Entsetzen verspürt, Angst jedoch niemals. Es gefiel ihm nicht, wie sie ihn umklammerte und sein Denken verkorkste.

Die Befragungen der Männer und Frauen, die mit dem You-You zu tun hatten, gingen weiter, ebenso wie die mit den Neopaganisten und -heiden. Mehrmals waren Satanisten erwähnt worden, aber niemand wusste etwas Konkretes. Es waren immer nur Gerüchte. Inzwischen standen fünfzehn Wiccaner unter dem Schutz der Behörden.

Die Suche im Great Swamp ging weiter, auch wenn sie durch den Regen behindert worden war. Ein Inspector von der Kriminalermittlungsabteilung der Umwelt-und Naturparkbehörde gab an, im Hancock Pond, einem Gewässer, das eine halbe Meile weit vom Great Swamp entfernt lag, liege eine kleine Insel, die man über ungefähr zehn aneinander gebundene Bretter erreichen könne. Der Effekt sei, dass man auf nachgiebig federndem Grund durch das Wasser wate. Captain Brotman beauftragte ein paar Leute, sich die Sache genauer anzusehen.

Noch immer wusste man nicht, wer Nina am Samstagabend in der Water Street aufgelesen hatte, falls es jemand getan hatte. Es gab weitere Vernehmungen. Die State Police von Massachusetts und das Boston Police Department bemühten sich immer noch erfolglos, den Mann zu finden, mit dem Hartmann zehn Tage zuvor gesprochen hatte. Immerhin wusste sie inzwischen, dass es jemand war, mit dem Hartmann zu Mittag gegessen hatte.

Chief Bonaldo sprach über Peggys Verschwinden, von dem alle schon wussten, und berichtete, was unternommen wurde, um sie zu finden. Die – von niemandem ausgesprochene – Befürchtung war, dass man sie erhängt im Wald auffinden könnte. Bonaldo erwähnte auch die eingeworfenen Fenster und die

Suche nach den beiden Autos – einem Ford und einem Chevrolet Malibu. Er gab sich zuversichtlich, dass man den Malibu relativ bald finden würde.

»Was meinen Sie mit ›relativ bald‹?«, fragte Brotman.

»Heute. Wir haben mehrere Hinweise.«

»Das will ich hoffen.«

Andere, wie das FBI und der Sergeant der Brewster Police, die mit Leuten im und um das Krankenhaus gesprochen hatten, wussten nichts Neues zu berichten. Alice Alessio hielt sich in ihrer Wohnung versteckt. Zunächst hatten sie gehofft, sie würden schnell etwas finden, aber inzwischen hatten sie sich auf die fundamentale Polizeiarbeit zurückgezogen: Sie sammelten kleine Mosaiksteinchen von Informationen und hofften, dass sie sich zu einem Bild zusammenfügen würden. Dieses Vorgehen stand vor dem Hintergrund der wachsenden Angst in der Stadt, die zum Einwerfen der Fenster geführt hatte. Wenn dabei eine der Frauen in der Nähe der Fenster gewesen wäre, hätte sie womöglich Verletzungen davongetragen. Und stand ein solches Unglück vielleicht noch bevor?

»Kein Unglück«, sagte Captain Brotman. »Eine Katastrophe.«

Bobby erzählte von Carl Krause und dem Umstand, dass sein Arzt im Mai aus Brewster weggezogen war. Carl nehme also vermutlich seine Medikamente nicht mehr. Er habe Carl den größten Teil des Vormittags über gesucht, ihn jedoch nicht gefunden.

»Was hat denn dieser Krause mit all dem zu tun?«, fagte Joe Doyle, der Lieutenant aus South Kingstown.

Bobby kratzte sich am Kopf. »Das weiß ich eigentlich auch nicht. Ich habe einfach das Gefühl, dass er irgendwie damit zusammenhängt. Jedenfalls gerät dieser Kerl außer Kontrolle, und es scheint mir klug zu sein, ihn im Auge zu behalten. Ich bin sicher, dass er die graue Katze aufgehängt hat.«

»Spinnt ihr immer noch mit dieser beschissenen Katze rum?

Wir haben hier Entführungen und Morde aufzuklären, und ihr spinnt mit einer beschissenen Katze rum?« Doyle gab ein sarkastisches Räuspergeräusch von sich und schüttelte den Kopf.

Bobby wollte aufstehen, und Bingo Schwartz hielt ihn beim Arm fest.

Bobby ließ sich auf seinen Stuhl zurückfallen. Er sprach in einem metallischen Flüsterton, als würde eine größere Lautstärke zu wütenden Beleidigungen führen. »Krause ist zunehmend gewalttätig und psychisch instabil. Er hat mich und Bonaldo mit einer Schrotflinte bedroht. Die Schlange gehört seinem Stiefsohn, und er hatte Zugang zu ihr. Ich glaube, er hängt in was Größerem drin.«

»Ist also so 'ne Ahnung, ja?«, sagte Doyle. »Was ist das – afrikanische Intuition?«

Innerhalb einer Nanosekunde war Bobby über den Tisch gesprungen. Nur Bingo, der ihn bei den Knöcheln packte, verhinderte, dass er noch weiter flog. Doyle warf sich nach hinten, sein Stuhl kippte um, und er fiel zu Boden. Alle anderen standen.

»Raus, raus!«, brüllte Captain Brotman. »Alle raus! Sie nicht, Doyle.«

Zwanzig Männer und Frauen gingen hintereinander zur Tür hinaus auf den Gang. Woody und Bingo nahmen Bobby in die Mitte, hielten ihn nicht fest, waren aber bereit zum Zugreifen. Der Letzte schloss die Tür. Ein paar Leute holten sich Kaffee, andere gingen zum Cola-Automaten, und wieder andere blieben weit genug von der Tür entfernt stehen, damit es nicht so aussah, als wollten sie lauschen. Zu dieser Gruppe gehörten Bobby, Woody und Bingo.

Was sie hörten, war jede Menge gedämpftes Gebrüll, ausschließlich von Brotman. Bestimmte Wörter waren zu verstehen; sie reichten von »unverzeihlich« bis »Scheiße im Hirn«. Nach fünf Minuten öffnete Brotman die Tür und rief alle wieder herein. Schweigend betraten die Polizisten den Raum. Niemand schaute irgendjemanden an. Woody warf einen verstohlenen Blick auf Joe Doyle. Der starrte mit puterrotem Gesicht auf die Tischplatte.

Kurz darauf saßen wieder alle, und Brotman stand auf. »Doyle«, sagte er.

Joe Doyle erhob sich. »Es tut mir leid, dass ich das gesagt habe, Bobby. Ich schätze, ich stehe mächtig unter Druck, wie wahrscheinlich alle hier.«

Bobby sah Doyle mit kühlem Blick an. »Entschuldigung akzeptiert.«

Woody wusste, Bobby hätte Doyle lieber ein Veilchen verpasst. Er fragte sich, was aus den Ermittlungen werden würde, wenn sie alle anfingen, übereinander herzufallen. Tja, die Antwort kannte sogar Ajax.

Brotman wandte sich an Bobby. »Finden Sie Carl Krause und fragen Sie ihn nach seinen Medikamenten.«

Als Nächster ergriff Bingo Schwartz das Wort. Er habe Ronnie McBride nicht auftreiben können. Seit Freitag habe ihn niemand mehr gesehen. Er erwähnte, dass er Ronnies Haus durchsucht hatte, und sprach auch von den zehn Teddybären, die in einer Reihe auf den Kopfkissen gesessen hatten.

»Wer ist dieser Typ eigentlich?«, fragte Joe Doyle. Mit dem abwertenden Ton seiner Frage gab er zu verstehen, dass er zwar geschlagen, aber nicht besiegt worden sei.

»Das hier ist eine Kleinstadt«, antwortete Captain Brotman, »und wir haben es mit einer Reihe höchst ungewöhnlicher Vorfälle zu tun. Anscheinend besteht zumindest die Möglichkeit, dass sie in irgendeiner Weise zusammenhängen. Dieser Möglichkeit werden wir bis zum Beweis des Gegenteils nachgehen.«

Als die Besprechung eine halbe Stunde später zu Ende ging, fragte Woody: »Glaubst du wirklich, dass Carl was mit dem verschwundenen Baby zu tun hat?«

»Willst du mich auch beleidigen?«, fragte Bobby halb im Ernst. »Ja, es ist so eine Ahnung. Afrikanische Intuition, geradewegs vom Hexendoktor. Carl hat in irgendeiner Weise damit zu tun. Und ich will sicher sein, dass Hercel nichts passiert. Ich mag ihn. Außerdem habe ich ein absolut mieses Gefühl wegen dieser Kojoten. Es gefällt mir nicht, wie sie die Füße des Mädchens zerfressen haben, und es gefällt mir nicht, wie sie durch diese Stadt laufen, als ob sie ihnen gehört. Das ist nicht die Art von Kojoten.«

Mackie McNamara lebte in einer Welt ohne Grauzonen. Er sah die Dinge schwarz oder weiß, und das war's. Er war kein schlechter Mensch. Er begriff nur nicht, wo das Problem war; er begriff nicht, warum alle herumwuselten wie ein paar alte Hühner. Wenn man ein Problem hatte, regelte man es. Ganz einfach.

Er fuhr Bulldozer bei einer Abrissfirma im Warwick, wohnte jedoch in Brewster, und seine Familie wohnte seit hundert Jahren in Brewster. Jetzt war hier alles im Arsch. Er wohnte mit einer Frau und zwei Kindern in einem relativ neuen Ranchhaus am Rande der Stadt. Auf dem Weg zur Arbeit und zurück hörte er gern Talkradio, und vieles machte ihn stinkig. Er sagte gern, wenn man jeden Tag eine Viertelstunde in der Bibel las, hatte man sie in einem Jahr durch. Er war jetzt bei seinem fünften Bibel-Durchgang, auch wenn nicht ganz klar war, was er dabei gelernt hatte. Er war vierzig Jahre alt.

Als das Baby aus dem Morgan Memorial Hospital gestohlen worden war, hatte Mackie genauso bestürzt reagiert wie alle anderen. Er kannte Ralph Summers – Peggys Vater – praktisch sein Leben lang, und Mabel kannte er auch. Und er hatte Harold Lefebvre gekannt – nicht gut, aber immerhin. Dann war da die Skalpierung und das andere Zeug. Mackie wusste genau, das alles kam aus diesem You-You-Laden. Er mochte keine Lesben und keine Schwulen, er mochte keine Farbigen und keine Linken, und er mochte niemanden, der die Flagge nicht achtete. Was übertrieben ist, denn Mackie kannte spezielle Lesben, Schwule und Schwarze, gegen die er gar nichts hatte. Er hatte nur ein übles Gefühl, und das You-You stand dabei im Zentrum.

Wenn er allein gewesen wäre, hätte man dieses Gefühl einer Gesellschaftsverdrossenheit von der Sorte »Lauter Arschlöcher da draußen« zugeschrieben, aber Mackie hatte einen Haufen Freunde, die genauso empfanden wie er. Manche mehr, manche weniger. Wenn sie bei Tony's, nicht weit von der Water Street, ihr Bier kippten, dachten sie es vielleicht oft. Auf der Arbeit dachten sie es seltener. Im Großen und Ganzen dachten sie, die ganze Stadt ginge den Bach runter. Sie waren nicht dumm, aber sie waren auch nicht sonderlich gebildet. Es war, als habe jeder von ihnen den Teil einer Idee: Legte man sie zusammen, wurde daraus ein vollständiger Gedanke. Jeder hatte eine Abneigung, das Gefühl, dass die Dinge nicht so liefen, wie sie sollten. Brachte man sie zusammen, wurde es zur Gewissheit. Letztlich waren sie keine schlechten Kerle. Sie waren nur sicher, dass die Polizei sich nicht kümmerte. Dass die Polizei ihre Arbeit nicht machte.

Und als sich am Samstag herausstellte, dass Hexen mit diesen Ereignissen zu tun hatten, waren sie empört. Nein, das stimmt nicht ganz. Einzeln waren sie bestürzt, zusammen waren sie empört. Und da sie wie Mackie McNamara die Welt ohne Grauzonen wahrnahmen, wuchs ihre Wut. Nein, auch das ist nicht ganz richtig: Einzeln nahmen sie vielleicht noch Grauzonen wahr, aber nicht zusammen.

Sie waren zu sechst, wobei ihre Namen unwichtig sind, abgesehen davon, dass es lauter Verkleinerungsformen waren: Dickie und Jackie und Chucky. Am Sonntag waren sie stinkig, und am Montag waren sie *richtig* stinkig. Sie waren stinkig, weil die Cops nichts unternahmen. Sie waren stinkig, weil mitten in der Stadt Hexen wohnten. Sie waren stinkig, weil alles immer schlimmer wurde.

Leuchtet es deswegen nicht ein, dass sie Ziegelsteine durch Fenster werfen wollten? Scheiße, sie wollten doch niemanden erschießen. Sie wollten ihnen nur Angst einjagen. Also fuhren sie zu dem Haus am Ende der Whipple Street, zu dem alten Farmhaus, wo Schwester Asherah und Schwester Isis wohnten – schon die Namen waren furchtbar –, und dort taten sie, was sie taten.

Am nächsten Tag waren drei der Männer bestürzt über das, was passiert war. Die Ziegelsteine hatten mehr Schaden angerichtet als erwartet. Ein einzelner Stein ist eine Sache, acht Ziegelsteine sind eine andere. Die anderen drei fühlten sich ziemlich gut. Sie hatten sich gewehrt, hatten getan, was die Cops nicht tun wollten, weil sie zu ängstlich oder zu faul waren. Mackie McNamara war einer von den dreien, und ihm gehörte der blaue Chevrolet Malibu. Auf dem Sticker an der hinteren Stoßstange stand: STOPPT DAS TREIBHAUSGEJAMMER.

Keiner der drei hatte Helen Greene in der Grundschule als Lehrerin gehabt, aber sie wussten, dass sie eine war. Sie wussten auch, dass sie gern lange bunte Röcke und Bauernblusen trug und dazu jede Menge Silberschmuck, der an einer alten Frau eher albern aussah. Genau genommen kleidete sie sich genauso wie Schwester Asherah und Schwester Isis, als gäbe es so was wie eine Uniform für Hexen. Es lag also nahe, dass sie eine war. Diese Krankenschwester, Bernie Soundso, trug die Hexenuniform auch, und sie hatten vor, ihr ebenfalls einen Schrecken einzujagen, sowie sie rausgefunden hätten, wie sie mit Nachnamen hieß. Sie mussten sich nur noch überlegen, wie sie es anstellen wollten. Vielleicht ihre Autofenster einschlagen.

Also waren Mackie, Chucky und Dickie am Dienstagabend, nachdem sie sich mit ein paar Bier geschmiert hatten, zur Bucklin Street hinübergefahren und hatten bei Helen ein paar Steine in die Fenster geworfen. So einfach war das.

Mittwochabend, als Mackie mit seinem Freund Chucky nach der Arbeit in seiner Bude saß, bekamen sie Besuch. Chief Fred Bonaldo, Detective Gazzola und acht Uniformierte fielen über sie her wie bei einer Großrazzia, stürmten mit gezogenen Waffen durch die Tür und brüllten Obszönitäten. So erzählte Fred es hinterher ein Dutzend Mal. »Wir sind über sie hergefallen wie bei einer Großrazzia.« Schade war nur, dass Mackie und Chucky keinen Widerstand geleistet, sondern sich zu den Streifenwagen hatten führen lassen wie ungezogene Hundewelpen, die ins Tierheim sollten.

Der kommissarische Polizeichef Bonaldo rief Captain Brotman an, um ihm die gute Nachricht zu übermitteln. »Die wussten gar nicht, wie ihnen geschah«, sagte er. Als Brotman ihn für seine Arbeit lobte, strahlte Bonaldo wie eine errötende Braut.

Innerhalb einer Stunde saßen alle sechs in einer Zelle auf dem Revier. Noch am Mittwochabend würde man sie in die Erwachsenenhaftanstalt der Strafvollzugsbehörde bringen, einen Komplex von acht Gebäuden in Cranston, wo sie im Aufnahmecenter in Untersuchungshaft genommen werden würden. Wegen der Natur der Anklage – Hassverbrechen und der ganze Rest – würde die Kaution sehr hoch ausfallen, und deshalb würden sie so bald nicht wieder auf die Straße kommen. In der Haftanstalt waren viertausend Männer und Frauen in Minimal-, Normal- und Hochsicherheitstrakten sowie in einem besseren County-Knast untergebracht.

»Wie bei einer Großrazzia«, erzählte Chief Bonaldo seiner Frau Laura.

Aber sie waren keine schlechten Kerle.

Am Mittwoch gegen Mittag wurde Peggy Summers in ihrer grünen Jacke und mit ihrem Rucksack von einem Streifenwagen aufgegriffen, als sie auf der Taunton Avenue in East Providence unterwegs war, einer Stadt der unteren Mittelklasse, Providence gegenüber auf der anderen Seite des Flusses gelegen. Es gab hier mehrere Armenviertel und einen hohen Einwandereranteil, überwiegend Migranten von den Azoren und den Kapverdischen Inseln. Die Polizisten im Streifenwagen fanden es riskant, wenn ein Mädchen hier allein zu Fuß unterwegs war. Außerdem hatten sie Peggys Foto am Armaturenbrett.

Zwei Trooper brachten sie zurück nach Brewster, und um sieben saß sie mit Woody Potter und Beth Lajoie, einem weiblichen Detective der State Police, in einem Büro auf dem Polizeirevier. Peggy hatte Angst, und Brewster war der letzte Ort, an dem sie bleiben wollte.

»Wenn Sie glauben, ich will enden wie Nina, dann haben Sie den Arsch offen.« Peggys strähniges blondes Haar hatte eine Wäsche nötig, ihr Sweatshirt ebenfalls. Tatsächlich, dachte Woody, könnte sie ein längeres Bad in einem Desinfektionsmittel für Schafe vertragen.

Detective Lajoie war tonnenförmig und grauhaarig und hatte das gütige Aussehen einer Kindergärtnerin. Sie hatte außerdem einen schwarzen Gürtel zweiten Grades in Tae Kwon Do. Woody vermutete, dass sie ihn in drei Sekunden auf die Matte legen könnte. »Wir können dich unmöglich beschützen«, sagte sie jetzt zu Peggy, »wenn wir nicht wissen, wovor wir dich beschützen sollen.«

Peggys Proteste, die auf diese Äußerung folgten, verwandelten sich in maßvolles Winseln und Jammern, als ihr einleuchtete, wie recht Detective Lajoie hatte.

Sie bohrte sich einen Finger ins Ohr, drehte ihn hin und her und betrachtete dann, was sie gefunden hatte. »Ich hab ihn gesehen.«

»Wen gesehen, Herzchen?«, fragte Detective Lajoie.

»Einen von den Typen im Wald. Nicht den, der mich gefickt

hat – einen von den anderen. Er hat mitgeholfen, mich festzuhalten. Zuerst hab ich ihn im Krankenhaus gesehen, aber er mich nicht. Dann wieder im CVS. Da hat er mir gedroht.«

»Wie?«, fragte Woody.

Peggy fuhr mit einem Finger quer über ihren weißen Hals. »So«, sagte sie.

»Arbeitet er im Krankenhaus?«

»Ja, klar. Er hatte einen weißen Kittel an.«

»Ein Arzt?«

»*Fuck*, woher soll ich das wissen? Ein weißer Kittel, fertig.«

»Wie sieht er aus?«

»Keine Ahnung. Durchschnittlich. Nicht zu dick, nicht zu dünn, nicht zu groß. Normal eben. Und er hat braune Haare. Nicht jung, das steht fest. Vielleicht so alt wie Sie. Ach ja, und er hat praktisch keine Ohren, so flach kleben die am Kopf.«

Woody rief Dr. Fuller an und bat sie, so schnell wie möglich ins Krankenhaus zu kommen. Er müsse die Personalakten sehen.

Woody, Detective Lajoie und Peggy Summers trafen sich um zehn Uhr mit Dr. Fuller in ihrem Büro. Sie war nicht erfreut, aber sie bemühte sich, es sich nicht anmerken zu lassen. Paul Garcia, ihr Personalleiter, war ebenfalls anwesend. Sie gingen zusammen in Garcias Büro, um sich die Akten anzusehen.

»Wissen Sie, das ist höchst unüblich«, sagte Garcia.

»Mir kommen die Tränen«, sagte Detective Lajoie.

Garcia konzentrierte sich auf die Akten männlicher Weißer im Alter zwischen fünfundzwanzig und fünfzig. Ein paarmal nahm Peggy eine Akte in die Hand, als habe sie den Richtigen gefunden, und legte sie dann wieder hin.

Nach einer halben Stunde griff sie zur Akte von Benjamin Clouston, einem Klinikarzt in der anatomischen Pathologie.

»Das ist er«, sagte sie. »Der Pisser.«

VIERZEHN

Am Mittwochabend wusste Carl Krause, dass etwas nicht stimmte. Er lag vollständig bekleidet im ersten Stock auf seinem Bett und starrte an die Decke. Wieso hatte er gedacht, die Astlöcher bewegten sich? Er schaute sie an, schloss die Augen und schaute wieder hin. Nichts. Und die Katze – was war nur in ihn gefahren? Das war wie die Blackouts, die er hatte, wenn er trank. Dann wachte er morgens auf und fragte sich, wo er seinen Wagen geparkt hatte oder, schlimmer noch, wer das Mädchen war, das da neben ihm schlief. Als könne er sich selbst nicht vertrauen. Er war kurz davor gewesen, Harriet ins Gesicht zu schlagen. Und dieser Job bei Brantley – er musste ihm sagen, dass er den nicht mehr machen konnte. Der Job machte ihn kirre. Und er musste diesen Psychiater anrufen, dessen Namen er von Dr. Frank bekommen hatte. Er musste die Zügel in die Hand nehmen. Das war komisch. Er musste der Boss werden, sein eigener Boss.

Aber wäre es nicht gefährlich, die Tabletten zu nehmen? Wenn er sie nahm, fiel es ihm oft schwer, Dinge mitzukriegen. Sein Kopf war dann wie Watte. Er wurde zu entspannt, zu dumm. Er nahm alles locker, und die Bösen machten Liegestütze auf dem Parkplatz. Sie entspannten sich nie. Manchmal hörte er sie – zum Beispiel hatte er sie in den Bäumen gehört oder manchmal auch auf der Treppe. Was wäre, wenn er da nicht aufgepasst hätte? Scheiße noch mal, er wusste genau, was dann passiert wäre. Zum einen läge er jetzt nicht hier in seinem gemütlichen Bett. Er wäre nirgendwo. Er wäre eine Null in einem Himmel von Nullen. Und sie schleichen sich in einen hinein und machen einen quasi zu ihrem persönlichen Roboter. Das hat er schon gesehen. Bei diesem farbigen Cop, zum Beispiel - bei dem hat er sie im Gesicht gesehen, in den weißen Zähnen. Und wenn er nicht aufgepasst hätte, wäre er jetzt wahrscheinlich im Gefängnis oder tot. Er sah sie sogar in Hercel. Hatte der kleine Scheißer die Cops nicht in den Keller geführt? Sie schwätzten von einer Schlange, aber sie suchten keine beschissene Schlange, sie wollten ihn, und er konnte von Glück sagen, dass er nicht in ihrem Knast gelandet war. Nein, das war kein Glück. Er war cleverer als sie. Zumindest vorläufig.

Den Bösen war es egal, wen sie übernahmen. Sie konnten auch einen Hund oder eine Katze übernehmen. Hatte er das etwa nicht schon gesehen? Und er wusste hundertprozentig, dass sie Tote übernahmen. Er hatte gesehen, wie sie sich bewegten, hatte gesehen, wie sie sich umdrehten und ihn ansahen, als hätte er ihnen das angetan. Den einen Toten hatte er erstechen müssen, um ihn zur Ruhe zu bringen. Er hatte ihm das Messer ins Herz gestoßen. O ja, sie konnten Menschen übernehmen. Hatte er sie etwa nicht nachts draußen vor seinem Fenster gesehen, wie sie auf dem Rasen standen und zu ihm heraufstarrten?

Carl hörte ein Geräusch am seitlichen Fenster. Er drehte den Kopf und schaute hin. Nichts. Als er sich zurückdrehte, fingen die Astlöcher an, sich zu bewegen. Zuerst war er nicht ganz sicher. Er sah sie an, machte die Augen zu und schaute wieder hin. Sie bewegten sich. Über seinem Bett waren neun auf dieser Seite, neun auf der anderen und neun am Ende. Drei, drei, drei, drei. Manchmal waren es zwölf und zwölf. Manchmal sechs, sechs, sechs, sechs. Manchmal waren es Augen, manchmal kleine Türen, manchmal kleine Düsen, die Gas ins Zimmer pumpten. Aber das konnten sie nicht, wenn er sie im Auge behielt. Er musste sie beobachten wie ein gottverdammter Adler. Deshalb musste er aufpassen, dass er nicht einschlief. Dann würden sie nämlich Zeug auf ihn runterpumpen, so was wie Säure. Davon würde seine Haut abblättern, und dann könnte er ein Stück davon packen und abreißen. Sie würden ihn in eine Pfütze verwandeln, in einen Pissfleck.

Carl fing an zu knurren.

Er fühlte, dass seine Finger steif wurden, nur die Spitzen, als ob er Krallen kriegte, kleine Klingen an den Fingerspitzen. Als er knurrte, wurden die Astlöcher langsamer. Er kannte ihre Tricks. Sie waren tückisch, aber sie waren klein. Sie waren fies, aber er wurde mit ihnen fertig. Darum mussten sie abwarten, bis er schlief, abwarten, bis sie sich in seine Kopfgedanken schleichen konnten, in seine Träume, und ihn dazu brachten, dass er wieder heulte, heulte wie ein kleiner Bengel.

Wieder war da ein Geräusch am Fenster an der Seite, ein Stoßen. Er drehte sich um und sah hin. Nichts. Doch sie waren da draußen. Er hatte sie auf dem Rasen gesehen. Er hatte sie auf der Treppe gehört. Jetzt waren sie am Fenster. Die Astlöcher fingen an zu zappeln. Sie wussten, was im Gange war. Das Zappeln war wie ein Kichern. Konnte er sie hören? Er hörte nur den Wind.

Er musste sie austricksen. Sie waren klein, und sie hatten Angst vor ihm. Einer nach dem andern hatten sie Angst vor ihm. Waren sie alle zusammen, würden sie über ihn hinwegrauschen wie eine Flut. Sie wollten ihn zu einem Teil ihres furchtbaren Winselns machen – des Winselns in den Bäumen und des Winselns unter der Tür. Er hörte sie sogar bei Brantley. Er hatte das Ohr auf die Brust eines Toten gelegt und sie in ihm winseln gehört. Er hatte die Hände ins Gedärm eines Toten geschoben und die Vibration gespürt, den kleinen Motor der Toten.

Wieder das Fenster. *Bump, bump.* Carl knipste das Licht aus und stand auf. Er wusste, wie er sie austrickste, er konnte schleichen. In der obersten Schublade der Kommode lag eine kleine Taschenlampe. Manchmal benutzte er sie im Ofenpalast, um in den Ofen zu schauen und nachzusehen, wer noch da war.

Bump, bump.

Carl bewegte sich lautlos. Das Fenster an der Seite war klein, kleiner als die vorderen, ungefähr so groß wie ein normaler Fernsehschirm. Carl kniete am Fenster nieder.

Bump, bump. Carl schaltete die Taschenlampe ein. Dann kippte er rückwärts um und kroch davon, ohne den Blick vom Fenster zu wenden. Es war Ronnie McBride. Seine Nase stieß an die Scheibe, seine Stirn stieß an die Scheibe. Seine Augen waren blöd und grau. Er drehte sich hin und her, als ob er ihn suchte. *Bump, bump.* Ronnie wollte ihn anwinseln. Im Licht der Taschenlampe war die Innenseite von Ronnies Mund grau wie Gipsstaub, und seine Zunge war so grau wie eine von Carls grauen Socken. Ronnie sollte ihn in Ruhe lassen. Er war nicht der Böse hier. Carl schrie und kroch rückwärts bis an die Wand. Es war Ronnies Kopf. Nur der Kopf und ein Stück Hals, das in einem sauberen Schnitt endete. Ronnies Mund stieß gegen die Scheibe, als wollte er einen Kuss, als wollte er seine Lippen auf Carls pressen, als wollte er seine graue Zunge in Carls Mund stecken, tief in Carls Kehle hinunter, um ihm das Leben aus dem Leib zu saugen, wie man den letzten Rest einer Coke durch den Strohhalm saugt, aber es wäre Carl, der durch Ronnies graue Kehle in das Nichts des abgeschnittenen Halses glitt.

Carl rappelte sich hoch. Er musste Ronnies Kopf aus dem Baum reißen und auf dem Gehweg zertreten, ihn zerstampfen, bis er grauer Matsch wäre und die Zunge aussähe wie ein Burger. Carl kippte gegen die Wand, hielt den Lichtstrahl jedoch auf Ronnies Kopf gerichtet, der mit seinen kleinen Küssen an die Scheibe bumste und sich hierhin und dahin drehte. Carl riss die Tür auf und rannte die Treppe hinunter, stolperte, klammerte sich ans Geländer und krachte unten gegen die Wand, sodass ein Bild herunterfiel und das Glas zerbrach.

Eine Lampe brannte neben dem Sessel vor dem Kamin, das Zimmer war leer. Carl stolperte zur Haustür. Er hörte ein Geräusch und fuhr herum.

»Carl.«

Es war das Miststück.

»Carl, wo willst du hin? Es ist nach Mitternacht.« Sie kam ins Wohnzimmer, zögernd, im Nachthemd. Er hörte, wie seine Stiefgören sich rührten.

»Wir müssen reden«, sagte Harriet und kam auf ihn zu. »Ich verstehe nicht, was du tust.«

Carl wusste, sie wollte ihn schwach machen, sie wollte, dass er zum Arzt ging, wollte ihn einsperren. Sie streckte die Hand nach ihm aus.

»Carl, was ist…«

Carl stürzte sich auf sie. Mit einer Hand packte er sie an der Kehle und drückte zu, mit der anderen griff er in ihr Nachthemd. Er schob sie zurück und hob sie hoch. Harriets Augen wurden dick und weiß. Er hörte Schreien aus dem Flur. Carl hob Harriet in die Höhe, und ihre bloßen Füße traten gegen seine Jeans. Ihre Hände flatterten vor ihm. Er hob sie hoch und schleuderte sie an den steinernen Kamin. Sie prallte dagegen, schlug mit dem Kopf an den Sims. Sie fiel auf die eisernen Kaminwerkzeuge und landete krachend auf dem Boden. Carl drehte sich zum Flur um. Er sah seine Stiefkinder und taumelte ihnen entgegen. Er würde zum Wolf werden. Er würde sie fressen.

Bernie Wilcox hatte einen arbeitsreichen Abend. Normalerweise war es mittwochs ruhig in der Notaufnahme, außer im Sommer, aber heute Abend hatte es einen Unfall an der Ecke

Water Street und Route 1 gegeben, vor dem Supermarkt. Schon lange war davon die Rede, die existierende Blinkanlage durch eine richtige Ampel zu ersetzen. Vielleicht würde es jetzt endlich passieren. Gott sei Dank war niemand ums Leben gekommen. Ein Wagen aus Brewster war über die Einmündung hinausgefahren, ohne auf den Verkehr zu achten. Dumme Gören. Natürlich nicht angeschnallt. Jetzt lagen fünf Leute im Krankenhaus. Der Pickup, der aus Charlestown gekommen war, hatte es geschafft, noch schleudernd auszuweichen, sodass er die Kids nicht breitseits erwischte, doch er hatte die Nase ihres Wagens mitgenommen. Wahrscheinlich gehörte der Wagen einem Dad: ein Passat. Der Sanitäter hatte erzählt, das vordere Ende sei abgeschnitten worden wie mit einem Messer: zwei Insassen im Truck, drei im Passat, eine Menge Blut und Knochenbrüche. Knochenzerquetschungen traf es besser. Jedenfalls hatten sie in der Notaufnahme alle Hände voll zu tun gehabt. Die ersten Krankenwagen waren um halb neun angerollt, und Bernie hatte vier Stunden am Stück arbeiten müssen. Jetzt waren sie auf der Intensivstation.

Irgendwann hörte sie, Barton habe angerufen, aber sie war zu beschäftigt, um mit ihm zu reden. Vielleicht würde er aufstehen, wenn sie nach Hause kam, und sie könnten ein paar Worte miteinander reden, vielleicht noch ein Glas warme Milch mit Honig trinken, was er gern mochte. Jedenfalls wäre sie froh, wieder auf der Farm zu sein und sich die Schuhe ausziehen zu können, froh, aus Brewster zu entkommen. Diese armen Frauen, Schwester Asherah, Schwester Isis und Helen Greene. Sie kannte sie alle – nicht gut, aber gut genug, um im Stop & Shop ein paar Worte mit ihnen zu wechseln. Und Nina – sie konnte den Gedanken an das Mädchen kaum ertragen. Sie war froh, auf die Farm und in die Zivilisation zurückzukehren.

Bernie lenkte ihren VW Käfer vom Parkplatz und fuhr die Cottage Street hinunter. Sie sah die beiden, als sie in die Water Street einbog: zwei Kinder, die zwischen zwei Häusern hervorgerannt kamen. Das größere zog das kleinere an der Hand hinter sich her. Was machten sie so spät hier draußen? Hatten sie keine Eltern? Dann schaute sie genauer hin. Der Junge war Hercel McGarty, und das Mädchen musste seine Schwester sein. Wie hieß sie noch? Lucy. Ihre kleinen Schuhe hatten Lichter in den Absätzen, und sie blitzten, wenn sie rannte.

Bernie hielt an und kurbelte das Fenster herunter. »Hercel! Was macht ihr um diese Zeit hier draußen?«

Hercel fing an zu schreien, als er fünf Meter vor dem Wagen war. »Er kommt, er kommt!«

Bernie überlief es kalt. Sie hatte Angst vor dem, was den beiden Angst machte, hatte Angst, weil sie Hercel zum ersten Mal anders als ruhig und gelassen sah. Sie sprang aus dem Auto, so schnell sie es in Anbetracht ihres Umfangs konnte, und klappte ihren Sitz nach vorn, damit die beiden hinten hineinklettern konnten.

Hercel schob Lucy in den Wagen. »Los, los! Ich sehe ihn schon!«

Als Bernie Gas gab, schaute sie in den Rückspiegel. Sie sah einen Schatten da hinten zwischen den beiden Häusern, wo Hercel und Lucy herausgekommen waren. Etwas auf allen vieren, vielleicht ein Kojote. Aber für einen Kojoten war es viel zu groß.

Das Telefon auf Fred Bonaldos Nachttisch klingelte um ein Uhr. Fred hörte es nicht. Nichts drang zu ihm durch, wenn er einmal schlief. Laura hörte es, und sie ließ es nicht endlos lange klingeln, sondern drehte sich um und verpasste ihrem Mann einen Rippenstoß.

»Fred, geh ans Telefon.«

Harvey Lopes vom Revier war dran. »Bei Carl Krause zu Hause ist was passiert.« Bernie Wilcox habe eben angerufen und angegeben, Carl habe seine Frau verprügelt, sie hochgehoben und durch die Gegend geworfen, und dann habe er sich auf die Kinder stürzen wollen. Der Junge sei mit seiner Schwester in sein Zimmer geflohen und habe die Tür versperrt, und dann seien sie aus dem Fenster geklettert. Carl sei aus dem Haus gelaufen und habe sie verfolgt, bis Bernie sie auf der Water Street gesehen habe. Jetzt nehme sie die beiden mit zur Farm.

»Sie sagt, Carl ist auf allen vieren rumgerannt«, berichtete Harvey. »Ich dachte, das wollen Sie wissen.«

Bonaldo hatte beinahe das Telefon fallen lassen. Auf allen vieren? Das wollte er wirklich *nicht* wissen. Er wollte lieber wieder schlafen. Aber er hatte allen auf dem Revier, jedem Cop in Brewster, eingeschärft, sie sollten ihn anrufen, wenn irgendetwas Merkwürdiges oder Kriminelles passierte. Deshalb konnte er niemandem die Schuld geben außer sich selbst. Einen Moment lang dachte er daran, Harvey zu sagen, er solle jemand anderen anrufen – nur wen? War er nicht schließlich hier der Polizeichef? Oder doch wenigstens der kommissarische Polizeichef?

»Ich bin in fünf Minuten da.«

»Musst du wirklich raus?«, brummte Laura auf der anderen Seite des Bettes.

Bonaldo zog sich die Hose an. »Das ist mein Job.«

»Ich dachte, wenn man der Chef ist, schickt man andere Leute.«

Er hätte gern gesagt, das gelte nicht für einen *kommissarischen* Chef. Stattdessen sagte er: »Es ist ein bisschen komplizierter.«

»Armer Kerl«, sagte Laura und kuschelte sich in ihr Kissen. »Du arbeitest zu viel.«

Als Bonaldo bei dem Bungalow an der Ecke Newport und Hope Street ankam, wusste er, dass er die richtige Entscheidung getroffen hatte. Am Randstein standen zwei Streifenwagen der Brewster Police und Bobby Andersons Nissan 370Z.

Tussenkarre nannten die Cops in Brewster den Wagen. Bonaldo war nicht klar, wie Bobby vor ihm hatte da sein können, wenn man bedachte, dass er zehn Meilen weit weg wohnte. Ein Polizist aus Brewster, der rauchend neben seinem Wagen stand, winkte mit der Zigarette in der Hand, und die Glut malte ein rotes S in die Luft.

Bonaldo lief die Stufen zur Haustür hinauf, und Bobby kam ihm entgegen. »Eine ziemliche Sauerei. Die Spurensicherung ist unterwegs, der Rechtsmediziner auch.«

»Und wo ist der Krankenwagen?« Bonaldo hatte angenommen, Harriet sei am Leben, und begriff nicht, warum kein Krankenwagen da war.

Bobby deutete mit dem Kopf hinein zum Kamin. »Sie ist tot. Seit fast einer Stunde.«

Bonaldo fühlte sich, als hätte Bobby ihn geohrfeigt. Er holte tief Luft und ging hinein. Zwei Polizisten, Harry Morelli und Fresssack Hopper, standen mit den Händen in den Taschen an der Treppe. Irgendwoher kam ein schrilles Kläffen.

»Musste den kleinen Hund im Schlafzimmer einsperren«, sagte Fresssack. »Hätte mir fast den Arm abgebissen.«

Dann fiel Bonaldos Blick auf Harriet, die vor dem Kamin lag. Blut umgab ihren Kopf wie ein Heiligenschein. Er ging auf sie zu. Sie starrte ihn mit stumpfen Augen an. Nein, sie brauchte keinen Krankenwagen. Sein Magen drehte sich um. Er holte tief Luft und wandte sich ab. »Wo ist Carl?«

»Weg«, erwiderte Bobby. »Bernie sagt, die Kinder haben ihr erzählt, Carl hätte das getan.«

»Sollten die Kinder nicht hier sein? Wir müssen mit ihnen reden.«

Bobbys Augen wurden härter. »Sie haben eben mit angesehen, wie ihre Mutter von ihrem Stiefvater umgebracht wurde. Carl hat an Hercels Zimmertür gescharrt und geknurrt wie ein Tier. Hercel und Lucy sind hysterisch. Wollen Sie sie wirklich aufs Revier bringen? Bei Bernie sind sie besser aufgehoben.«

Das sah Bonaldo ein. »Und was geschieht wegen Carl?«

»Sie sind der Chief. Sie müssen Ihren Leuten sagen, was sie tun sollen. Detective Gazzola ist mit zwei Wagen unterwegs. Ich habe Lieutenant Hammond angerufen, und der hat in Alton und Exeter Barracks Unterstützung angefordert. Nach Carl wird gefahndet. Hier auf den Tisch stand ein Hochzeitsfoto. Ich habe einen von Ihren Leuten gebeten, Kopien zu machen und sie überallhin zu faxen. Sie haben hoffentlich nichts dagegen.«

»Nein, natürlich nicht.« Bonaldo gefiel Bobbys Ton nicht, und es gefiel ihm nicht, dass Bobby seinen Job übernahm, auch wenn Bobby es wahrscheinlich zehnmal besser konnte als er. »Sonst noch was?«

»Ja, ich habe Woody angerufen.«

Batman und Robin, dachte Bonaldo.

Der Tatortwagen kam. Frank Montesano, Janie Forsyth und Lou Rossetti schleppten Scheinwerfer und Ausrüstung ins Wohnzimmer. »Wir müssen aufhören, uns so zu treffen«, sagte Montesano.

»Ich arbeite dran«, sagte Bobby. Janie Forsyth sah ihn mitfühlend an.

Woody kam fünf Minuten später und wirkte nur halb wach. Er war schnell und mit offenem Fenster gefahren und hatte sich ab und zu ins Gesicht geschlagen, um die Kanne Kaffee zu ersetzen, die er eigentlich brauchte. Er ging quer durch das Wohnzimmer, schaute auf Harriet hinunter und zog den Kopf zwischen die Schultern. »Also deshalb hat Joe Doyle befürchtet, wir könnten unsere Zeit verschwenden?« Woody kochte vor Wut, aber er wusste nicht, was er dagegen tun sollte. Vielleicht einfach nur heftig schlucken und Carl finden.

Noch mehr Leute rollten an. Montesano scheuchte alle aus dem Haus, bis auf sein Team und den Rechtsmediziner.

»Ich schätze, wir sollten uns daranmachen, ihn zu finden«, sagte Woody. »Allmählich wünschte ich, ich hätte Hercel nie kennengelernt. Ich hab's nicht gern, wenn so übles Zeug mir zu nah kommt.«

Bobby sah ihn nur an. Er persönlich war froh, dass er den Jungen kannte. Hercel und Baldo Bonaldo brachten ihn zum Lachen. »Dann mal los«, sagte er.

Carl hockte sich hinter den Minimarkt an der Ecke Water Street und Route 1. Er war die ganzen zwei Meilen aus der Stadt gelaufen und fühlte sich gut. Er war getrabt, er war galoppiert. Jetzt wollte er etwas trinken. Bier bekam man nur in Alkoholgeschäften, und die waren geschlossen. Aber er wusste, hier konnte er etwas anderes kriegen.

Carl hatte gesehen, wer Hercel und Lucy mitgenommen hatte. Er kannte ihren gelben Käfer, wusste, wo sie wohnte. Er würde hingehen und seine Arbeit zu Ende bringen. Eine Schusswaffe hatte er nicht; die Cops hatten ihm seine Flinte weggenommen, aber er hatte ein Messer. Ein Messer war wie eine einzelne Kralle. Er würde sich die Gören schnappen und mit ihnen Schluss machen. Sie waren klein, doch eines Tages würden sie groß sein. Und dann wurden sie gefährlich. Er musste sie erwischen, bevor das passierte. Dann hätte er Frieden im Kopf.

Aber er wollte etwas trinken. Er hatte einen üblen Durst – keinen Wasserdurst, keinen Coladurst. Carl ging an der Seite des Gebäudes herum. Ein Summer ertönte, als er die Ladentür öffnete. Eine dicke Frau saß hinter der Theke und aß Popcorn aus einem Pappeimer. Ihr Kinn glänzte fettig. Sie konnte dreißig oder auch fünfzig sein. Sie sah aus wie eine angeschwollene Zecke.

»Haben Sie von dem Unfall gehört?«, fragte sie.

Carl dachte, sie redete von dem, was er mit dem Miststück gemacht hatte.

»Das war ich nicht«, sagte er.

Die dicke Frau lachte.

Carl nahm zwei mittelgroße Flaschen Listerine – alles, was sie hatten. Er nahm eine Coke und vier Fläschchen Vanilleextrakt – alles, was sie hatten. Daraus würde er sich einen Listy Cooler mixen. Er schnappte sich ein Paket Wonder Bread, um sich nachher damit den Mund sauberzumachen. Er nahm einen Trinkbecher, dann ging er zur Theke. Dort blieb er stehen und sah die dicke Frau an. Sie sah ihn an und schaute weg. Er langte in den Eimer, nahm eine Handvoll Popcorn und stopfte es in den Mund.

»Hey!«, sagte sie.

Carl beugte sich zu ihr hinüber und öffnete langsam den Mund, sodass das halbzerkaute Popcorn über sein Kinn rieselte. Er knurrte.

Die dicke Frau kippte rückwärts von ihrem Schemel und auf den Boden. Sie kroch auf Händen und Knien zur Seite und starrte zu Carl hinauf. »Ich kann in zwei Minuten die Polizei hier haben, glauben Sie's nur!«

Carl warf ein paar Scheine auf die Theke. Schluss mit den Spielchen. Es war Zeit, ein bisschen Babykuchen zu essen. Draußen überquerte er den Highway, ging ein Stück weiter und blieb stehen, um sich seinen Drink zu mixen. Er goss eine Mischung aus Listerine, Coke und Vanille in den Pappbecher. Er trank, würgte und übergab sich. Dann trank er noch ein wenig. Er füllte den Becher noch einmal mit Coke, Listerine und Vanille, und als er jetzt trank, behielt er es bei sich. Er leerte den Becher, trank noch einen und warf ihn weg. Die leeren Flaschen ließ er auf die Straße fallen. Er stopfte sich den Mund mit dem weichen Weißbrot voll, kaute, schluckte und stopfte sich den Mund noch einmal voll. Dann schnürte er los. Die Straße war dunkel, nur an einigen wenigen Häusern brannte die Außenbeleuchtung. Allmählich fühlte Carl sich gut. Nach ein paar Minuten hörte er in der Ferne das Kläffen von Kojoten. Aber die Kojoten kümmerten ihn nicht. Er war ein Wolf. Er hatte eine Kralle.

Auf der Fahrt hinaus zur Farm hatte Bernie sich von Hercel erzählen lassen, was passiert war. Er hatte nicht sofort sprechen können, weil er so schwer atmete. Lucy hatte sich auf dem Rücksitz zusammengekrümmt und weinte unaufhörlich. Hercel weinte auch ein bisschen, doch er bemühte sich, wieder aufzuhören. Er erzählte, wie seine Mutter mit Carl gesprochen hatte, wie sie absolut nett und freundlich gewesen war, und wie Carl sie auf einmal gepackt und gegen den Kamin geworfen hatte. Hercel hatte ihr helfen wollen, aber Carl hatte sich zu ihnen umgedreht und sie angeknurrt. Nur weil er über die Schürhaken gestolpert war, hatte er sie nicht erwischt.

Hercel hatte Lucy in sein Zimmer gezogen und angefangen, Sachen gegen die Tür zu schieben, zum Beispiel das Bett und die Kommode. Dann öffnete er das Fenster. Carl versuchte die Tür aufzubekommen, aber es gelang ihm nicht. Hercel ließ Lucy hinunter in den Garten und befahl ihr, still hocken zu bleiben. Dann kletterte er auf den Fenstersims. Im selben Moment brach Carl durch die Tür und fiel über die Kommode. Hercel sprang hinunter und packte Lucy bei der Hand. Er riss sie hoch, und sie rannten, erst durch den Garten, dann durch ein Loch im Zaun. Sein Knöchel tat vom Freitagabend noch ein bisschen weh, aber das ignorierte er. Sie hörten, wie die Hintertür aufflog und Carl mit seinen großen Füßen polternd die Stufen herunterkam.

Hercel suchte sich einen Weg durch die Gärten und zog Lucy hinter sich her. Er war sicher, dass Carl die roten Blinklichter an ihren Absätzen sehen würde, aber es wäre schlimmer, wenn sie barfuß laufen müsste. Carl blieb auf dem Gehweg, rannte, blieb stehen und spähte zwischen den Häusern hindurch. Einmal fiel Lucy hin und schrie auf. Carl hörte es und kam quer über einen Rasen gelaufen. Er ließ sich auf alle viere fallen und knurrte. Dann fingen Hunde an zu bellen, und Hercel konnte entkommen. Er wagte nicht, an eine Haustür zu klopfen, weil Carl den Leuten vielleicht wehtun würde, wie er ihrer Mutter wehgetan hatte. Wer hätte keine Angst vor Carl? Und es war schwer, Lucy anzutreiben. Sie wollte nicht rennen, sie wollte sich unter einen Busch legen. Sie wollte weinen, und Hercel erlaubte es nicht. Er versuchte zur Water Street durchzukommen. Wenn er das Polizeirevier erreichen könnte, wären sie gerettet. Vielleicht hätte es auch geklappt, wenn Carl sie nicht zwischen zwei Häusern gesehen hätte. Er war ihnen auf allen vieren nachgelaufen. Da hatte Hercel seine Schwester auf die Straße hinausgezogen und Bernies VW gesehen.

Während sie Hercel zuhörte, fing Bernie ebenfalls an zu weinen. Sie wischte sich die Tränen mit den Fäusten ab und rief mit ihrem Handy auf dem Polizeirevier an. Harriet musste verletzt sein; dass sie tot war, wusste Bernie nicht. Diese Konsequenz erschien unvorstellbar.

Nach dem Blinklicht an der Route 1 sah Bernie keine Autos mehr. Hercel kam auf den Vordersitz geklettert. Lucy war gottlob auf dem Rücksitz eingeschlafen.

»Bist du nicht müde?«, fragte Bernie.

»Nur ein bisschen.« Hercel wollte nicht sagen, dass er immer, wenn er die Augen zumachte, Carl vor sich sah, wie er ihre Mutter hochhob und gegen den Kamin schleuderte. Jedes Mal hörte er das Kokosnussgeräusch, mit dem ihr Kopf gegen den Sims schlug, und das klirrende Krachen, als sie auf dem Schürhaken landete. Er hatte zu ihr laufen wollen, aber Carl hatte ihn angeknurrt. Hercel hatte es sogar mit seinem Trick versucht und David sein wollen, wie Carl Goliath war, doch der Trick war unzuverlässig. Er hatte zu viel Angst gehabt und sich nicht konzentrieren können, denn es funktionierte nur, wenn er so angestrengt dachte, dass ihm der Kopf wehtat.

»Glauben Sie, mit meiner Mom ist alles okay?«, fragte er.

Bernie spürte ein eisiges Gefühl im Herzen. »Das können wir nur hoffen.«

»Sie ist bestimmt verletzt, oder?«

»Ein bisschen wahrscheinlich, aber, weißt du, die Menschen sind zäh.«

»Sie hat sich nicht mehr bewegt, nachdem sie gefallen war.«

»Vielleicht hat es ihr den Atem verschlagen. Du bist ja nicht mehr lange geblieben, oder?«

»Carl hat gesagt, er will uns fressen.«

Oh, ihr armen Kinder, dachte Bernie.

Die Scheinwerfer des Käfers erfassten etwas Glänzendes vor ihnen, das sich im nächsten Moment als Augenpaar erwies.

»Kojoten«, sagte Hercel. »Sie warten auf uns.«

Bobby Anderson fand es auffallend, dass Carls roter Ford Pickup noch in der Einfahrt stand. Er war nicht damit weggefahren und auch nicht zurückgekommen, um ihn zu holen.

»Glaubst du, er ist noch in der Stadt?«, fragte er Woody.

Sie standen auf der Vorderveranda des Bungalows. Es war eine klare Nacht, und Woody schaute zum Himmel hinauf und entdeckte das Sternbild Orion. Das bedeutete, dass der Winter fast da war.

»Er ist nicht ganz dicht«, sagte Woody. »Man weiß nie, was er macht.«

»Hast du einen Hund bestellt?« Bobby meinte einen Spürhund von der Staffel.

»Brotman sagt, der Hund sei unterwegs. Könnte in« – Woody sah auf die Uhr – »in zwanzig Minuten hier sein.«

»Bis dahin kann Carl überall sein.«

»Wenn er zu Fuß unterwegs ist, wird der Hund ihn finden.«

Endlich kam ein Krankenwagen, der Harriets Leichnam abholte und in die Rechtsmedizin nach Providence brachte.

Woody erkannte Seymour Hodges, aber anstelle von Jimmy Mooney war jemand anders bei ihm. Woody hatte neulich versucht, mit Seymour über den Irak zu sprechen. Er hatte gedacht, weil er '91 auch da gewesen war, würde Seymour sich vielleicht zugänglicher zeigen. Doch das hatte er nicht getan. »Nicht schön« – mehr hatte er nicht gesagt. Verdenken konnte Woody es ihm nicht. Seymour hatte durchdringend nach Gras gerochen, aber Woody hatte es hingehen lassen. Er hatte selbst gekifft, als er zurückgekommen war. Gekifft, getrunken und Tabletten geschluckt – eine Achterbahn des künstlichen Vergessens. Geholfen hatte es nicht.

»Wo ist Ihr Kollege?«, fragte er Seymour jetzt.

Seymour drehe sich um und sah überrascht, dass Jimmy nicht auf dem Beifahrersitz saß. »Keine Ahnung. Hat wahrscheinlich zu tun.«

Bobby gab Woody einen Rippenstoß. »Fahren wir ein bisschen durch die Gegend.«

»Willst du den Truck nehmen?«

»Mit all den Hundehaaren? Hey, ich liebe Ajax, aber ich möchte ihn nicht anziehen.«

Also quetschte Woody sich in den Z. Nach dem Tundra fühlte es sich an, als kletterte er in einen Sarg. Schwarzlederne Innenausstattung, orangegelb beleuchtete Armaturen und ein blau schimmerndes GPS-Display verwandelten den Sarg in eine Rettungskapsel für Captain Kirk. Der Motor grummelte.

Bobby fuhr ein paar Straßen weit auf und ab, bog dann in die Water Street ein und fuhr nach rechts.

»Wo fahren wir hin?«

»Zu Brantley. Mal sehen, ob da Licht brennt.«

Woody sah ein Licht im Türmchen und ein zweites an der Rückseite der Villa.

»Ich glaube, wir machen mal einen Besuch.« Bobby fuhr um das Haus herum nach hinten und ließ den Motor laut aufheulen. Dann stiegen sie aus. Über die Hintertür spannte sich ein Markisendach. Licht brannte über der alten Remise, die zu einer Dreiergarage umgebaut worden war. Bobby drückte auf den Klingelknopf und hämmerte ein bisschen mit der weichen Seite der Faust an die Tür. Er musste es noch zweimal wiederholen.

Über der Hintertür ging das Licht an, und Brantley spähte durch die Scheibe. Er trug einen dunklen Bademantel. Bobby hielt seine Dienstmarke ans Fenster, und Brantley machte auf. Er sagte nichts, sondern wartete darauf, dass Bobby sprach.

»Haben Sie Carl gesehen?«

Brantley machte ein überraschtes Gesicht, wobei seine dunklen Brauen nach oben wanderten. »Warum um alles in der Welt sollte er hier sein? Es ist fast zwei Uhr morgens.«

»Wir haben Licht gesehen«, sagte Bobby. »Wir dachten, Sie machen noch ein paar Einbalsamierungen in letzter Minute.«

»Ich habe gelesen, wenn Sie es genau wissen wollen.« Brantley hielt ein Buch hoch. Ein Finger klemmte zwischen den Seiten. Eine Biografie von John Adams. »Das hilft mir beim Einschlafen. Jenny besucht Freunde in Stonington, und ich bleibe hier, wenn sie nicht da ist. Stimmt etwas nicht? Warum suchen Sie Carl?«

»Er hat eben seine Frau ermordet«, sagte Woody.

Brantley presste eine Hand vor den Mund. »Warum denn …?«

»Er ist zu Fuß unterwegs«, sagte Bobby. »Carl ist kein Mann mit vielen Freunden, und ich dachte, er hat vielleicht einen Schlüssel.«

»Keiner meiner Mitarbeiter hat Schlüssel, mit Ausnahme meines Assistenten.« Brantley sah immer noch verblüfft aus. »Möchten Sie hereinkommen und sich umsehen?«

Bobby sah Woody an, der den Kopf schüttelte.

»Schon gut, wir lassen Sie weiterlesen.«

Brantley zog die Stirn kraus. Er hielt die Tür immer noch

mit einer Hand auf. »Warum hat er seine Frau ermordet? Harriet, heißt sie so?«

»Er hat aufgehört, seine Medikamente zu nehmen«, sagte Bobby. »Wenn er die nicht mehr nimmt, wird sein Gehirn matschig. Vielleicht war es das. Sonst weiß ich nichts.«

Bobby und Woody gingen zum Wagen zurück. Als Woody die Tür öffnete, zwitscherte sein Handy. Er hielt es ans Ohr und lauschte. Dann sah er Bobby an. »Der Hund ist da.«

Bernie hakte das Tor auf, fuhr durch und sah, als sie es wieder verriegelte, dass jemand auf einem Stuhl vor dem Haus saß. Nicht nur das, die Schafe waren verschwunden. Hoffentlich waren sie in der Scheune. Während sie zum Haus fuhr, erkannte sie, dass die Person auf dem Stuhl Barton war. Er trug seine Daunenjacke und eine gestrickte Matrosenmütze. Sein Gehgestell stand vor ihm, und neben ihm lag einer der Bouviers – Gray, der aufsprang, als er den Wagen hörte. Auf Bartons Knien lag sein Winchester-Repetiergewehr.

»Was um alles in der Welt machst du hier?«, fragte Bernie und stieg aus dem VW. »Weißt du, wie spät es ist?« Hercel war endlich eingeschlafen und erst wieder aufgewacht, als die Tür aufging und sich das Deckenlicht einschaltete.

»Ich hoffe, ich kann einen Kojoten schießen. Rags ist beim Tierarzt. Er war ziemlich zerbissen.«

»Von Kojoten?« In ihrem Kopf begann es zu kreiseln, aber dann dachte sie: *Eins nach dem andern.* »Ich muss diese Kinder ins Bett bringen. Etwas Schreckliches ist passiert.«

Bernie trug Lucy ins Haus und legte sie zu Tig ins Bett. Tig wachte auf, sah Lucy, lächelte und schlief wieder ein, alles innerhalb von fünf Sekunden. Hercel brachte sie in das Bett in der Bibliothek und deckte ihn mit einem Quilt zu. Als sie ins Wohnzimmer kam, saß ihr Mann auf dem Sofa. Sie setzte sich ans andere Ende. Das Gewehr lag auf dem Couchtisch.

»Jetzt erzähl«, sagte Bernie.

»Nein, du zuerst.«

Also erzählte Bernie, wie sie Hercel und Lucy in der Water Street aufgelesen hatte, und von dem Grauen, das sie erlebt hatten. Was mit Carl passiert war, wie Hercel und Lucy aus dem Haus entkommen waren und wie sie die Polizei gerufen hatte. »Ich habe eben noch einmal angerufen, bevor ich hier war«, fügte sie hinzu. »Es ist schrecklich. Harriet ist tot.«

»Er hat sie umgebracht?«

»Nicht so laut. Die Kinder wissen es nicht.«

»Und Carl?«

»Die Polizei sucht ihn.«

Jetzt erzählte Barton seiner Frau, was im Laufe des Tages mit den Kojoten passiert war. Wie sie über die Mauer gekommen waren und ein Schaf gerissen hatten. »Sie hatten einen Plan. Ich konnte es nicht fassen.« Tig sei auf die Weide gelaufen, und er habe versucht, ihr zu folgen. »Der Tierarzt sagt, Rags wird sich erholen, aber sie haben ihn ins Hinterbein gebissen. Ich habe Tom angerufen« – den Nachbarn an der Straße – »doch der ist mit seiner Familie in Disney World. Ich kapiere nicht, warum er so was Albernes tut. Jedenfalls wollte ich Gray nicht allein draußen lassen. Die Kojoten würden ihn fressen, wenn er allein ist, und wenn ich ihn im Haus behalte, laufen sie überall herum ...«

»Also hast du ihm den Babysitter gemacht.«

»So ungefähr.«

»Und du hast vor, die ganze Nacht draußen zu bleiben?«

»Das weiß ich noch nicht. Ich hatte vor, dich um Rat zu fragen.«

»Sind die Tiere alle drinnen? Dann hol Gray auch herein. Du kannst doch nicht bis morgen früh da draußen sitzen, du dummer alter Mann.« Es klang zärtlich, wie sie es sagte.

»Vielleicht hast du recht.«

»Natürlich habe ich recht.« Bernie stand auf.

Barton stemmte sich am Gehgestell hoch. Die Winchester hängte er sich an einem Riemen über die Schulter und humpelte zur Tür. Als er sich hinausmanövriert hatte, sah er Gray, der am anderen Ende der Weide an der Mauer entlanglief. Über der Mauer brannten vier Lampen, und weitere hingen über der Vorder- und Hintertür, an der Scheune und am Tor. Der Wind hatte zugenommen, und das umherwirbelnde Laub sah aus wie Fledermäuse, die auf und ab flatterten. Irgendwoher kam Kojotengebell. Mit dem linken Ohr hörte Barton sehr viel besser als mit dem rechten, daher drehte er sich immer in die falsche Richtung, wenn er ein Geräusch identifizieren wollte. Er pfiff nach dem Hund. Gray blieb stehen und schaute zu ihm herüber. Barton musste noch einmal pfeifen, bevor der Hund zum Haus getrottet kam. Beide wussten, dass die Kojoten näher kamen.

Woody, Bobby Anderson, vier Trooper und zwei Cops aus Brewster folgten dem Deutschen Schäferhund und seinem Hundeführer hinaus bis zur Hope Street, und dann führte der Hund sie zehn Minuten lang die eine Straße hinauf und die andere hinunter und schließlich durch den kurzen Durchgang zwischen zwei Häusern zur Water Street. Der Hund hieß Rainer.

»Bernie sagt, sie hat ihn hier draußen gesehen«, bemerkte Bobby. »Wir hätten zuerst hierher kommen sollen.«

Woody war nicht so sicher. »Sie sagt, sie hat einen großen Schatten auf allen vieren gesehen.«

»Ja, aber wer soll das gewesen sein außer dem Irren?«

»Wir waren nicht sicher«, sagte der Hundeführer, ein Trooper namens Rocco Durante. »Er könnte denselben Weg zurück genommen haben.« Der Hund wohnte bei Durante zu Hause. Bobby hatte schon mit den beiden zusammengearbeitet. Hund

und Mann waren so gut aufeinander eingespielt, dass es schien, als wären sie telepathisch miteinander verbunden.

Der Schäferhund lief die Water Street hinauf in Richtung Route 1 und zerrte so heftig an der Leine, dass Durante ihm im Laufschritt folgen musste. Ein Streifenwagen des Brewster Police Department mit Chief Bonaldo und einem Fahrer fuhr langsam hinterher. Bonaldo sagte sich immer wieder, wenn er ein richtiger Polizist wäre, würde er da draußen mitrennen. Aber das genügte nicht, um ihn dazu zu bringen, es tatsächlich zu tun.

Nach einer halben Stunde waren sie bei dem Minimarkt. Die dicke Frau saß immer noch hinter der Theke. Carl würde sie nicht so bald vergessen. »Er hat von meinem Popcorn genommen. Und er hat mich angeknurrt.« Sie sagte aus, Carl habe zwei Flaschen Listerine, vier Flaschen Vanilleextrakt, eine Coke und ein Wonder Bread gekauft. »Den Kassenbeleg hat er hiergelassen. Ich habe ihn, wenn Sie ihn sehen wollen.«

Woody hielt es für möglich, dass Carl am Blinklicht versucht hatte, ein Auto anzuhalten, doch der Hund nahm die Spur wieder auf und überquerte den Highway. Hier war es dunkler, aber die Polizisten hatten Taschenlampen. Nach hundert Metern fanden sie die leeren Flaschen Listerine, Vanille und Coke, den Pappbecher, das offene Paket Wonder Bread und die Pfütze von Carls Erbrochenem.

Fred Bonaldo kam zu ihnen. »Sammeln Sie die Sachen ein und untersuchen sie auf Fingerabdrücke?«

»Hey, das ist eine Superidee«, sagte Bobby. »Und, Fred, wollen Sie nicht die Kotze aufwischen, damit wir die DNA feststellen können?«

»Ich weiß, wo er hinwill.« Woody ignorierte das alles. »Er ist unterwegs zu Barton Wilcox' Farm.«

»Na, da hat es keinen Sinn, zu Fuß zu gehen.« Bobby wandte sich dem Streifenwagen zu.

Bernie aß gern noch etwas, bevor sie zu Bett ging, und deshalb machte Barton ihr Rührei. Hercel stand auf und sagte, er könne nicht schlafen, also machte Barton ihm auch ein paar Eier mit Toast und Speck und für Hercel und sich selbst noch ein Glas warme Milch dazu. Bernie bevorzugte einen kleinen Jack Daniel's. Der war beruhigend nach einem hektischen Abend, und der Himmel wusste, dass sie einen gebrauchen konnte.

Zum Essen setzten sie sich an den Tisch. Bernie und ihr Mann suchten sich ein langweiliges Gesprächsthema, um nicht über das zu reden, was ihnen am meisten auf der Seele lag, denn sie wollten Hercel nicht beunruhigen. Bernie erzählte von einem Schal mit einem Navajo-Muster, an dem sie webte. Barton liebte die Webarbeiten seiner Frau, aber er fand das Thema so langweilig, dass er kurz davor war, einzuschlafen, vornüberzukippen und mit der Stirn in sein Rührei zu klatschen. Dann hörte er die Kojoten, lauter jetzt. Gray stand auf und fing an zu bellen.

»Sie sind wieder da.« Barton kam mühsam auf die Beine und rückte sein Gehgestell zurecht. Die Winchester lehnte an der Wand.

Bernie versuchte erfolglos, den Hund zur Ruhe zu bringen. »Du weckst die Mädchen.«

Hercel lief zum Fenster und beschattete die Augen, um durch die Scheibe sehen zu können. Barton humpelte zur Tür. »Du bleibst hier«, befahl er Hercel, aber während er versuchte, den Hund festzuhalten, damit er nicht hinauslief, schlüpfte Hercel zur Tür hinaus. Draußen blieb er stehen. Barton kam zu ihm und wollte etwas sagen, starrte dann jedoch nur über die Weide. Er hob das Gewehr an die Schulter.

Die Kojoten waren über die Mauer gekommen und attackierten etwas beim Tor, umkreisten es, sprangen vor und wurden zurückgeschleudert. Es waren ungefähr sechs, und sie machten eine Menge Lärm, kläfften und knurrten. Dann ertönte ein schrilles Japsen. Sie kämpften mit einem vierbeinigen Tier, das viel größer war als sie und immer wieder nach ihnen schlug. Aber es war gar kein Tier und auch nicht vierbeinig.

»Das ist Mr. Krause«, sagte Hercel und trat einen Schritt hinter Barton.

Carl kauerte ein paar Schritte weit vom Tor entfernt. Er wusste, wo er war, aber er wusste nicht mehr, *wer* er war – besser gesagt, er war ein Wolf, er war immer ein Wolf gewesen, und er hatte eine scharfe Kralle. Angst gehörte nicht zum Geschäft eines Wolfs. Er knurrte tief in der Kehle. Er stach und schlitzte, und die Kojoten hatten Angst vor ihm, doch das hielt sie nicht ab. Carl wusste nicht, wer er gewesen war, bevor er ein Wolf war. Er hatte eine Erinnerung an die Stadt, wusste, dass schlimme Dinge passiert waren, aber er wusste kaum noch, was vor dem Minimarkt und der dicken Frau mit dem Popcorn gewesen war. Er erinnerte sich an den Listy Cooler. Er erinnerte sich, dass er durch die Dunkelheit geschnürt war und dann die Kojoten aufgetaucht waren. Zuerst waren sie neben ihm hergeschnürt, dann hatten sie angegriffen und versucht, ihn bei den Hinterbeinen zu packen. Einer bekam seine Kralle zu spüren, die anderen wichen zurück und überlegten sich die Sache, doch dann kamen sie wieder. Carl wusste nicht, was hinter ihm lag, er wusste nur, wohin er wollte. Er sah die Gesichter der beiden Kinder vor sich. Der Gedanke an sie ließ seine Zunge dick und nass werden.

Dann hatte er die Farm erreicht, umringt von den Kojoten. Er war über die Mauer gesprungen und gestürzt.

Barton hatte das Gewehr an der Schulter, war sich aber unsicher, ob er schießen sollte. Die Kojoten und der Mann waren ineinander verkeilt und bildeten eine schnell kreiselnde Spirale. Die Kojoten sprangen, und der Mann fuhr herum und stach nach ihnen. Barton dachte immer wieder: *Kojoten beneh-*

men sich nicht so. Das Kläffen und schrille Jaulen und das Knurren des Mannes bildeten einen furchtbaren Chor, eine dunkle Musik. Immer wenn der Mann sich umdrehte, sprangen die Kojoten vor, und mindestens einer hing für eine Sekunde an seiner Jacke. Dann schüttelte der Mann sie wieder ab, und ein anderer schnappte nach seinem Bein. Der Mann trat, verlor das Gleichgewicht und fiel.

In diesem Moment schoss Barton, und der Schuss war das lauteste Geräusch im ganzen Wald. Die Winchester war relativ langsam. Es dauerte einen Augenblick, zu repetieren, die Hülse auszuwerfen und eine neue Patrone aus dem Magazin in die Kammer zu laden, und dazu musste man den Finger vom Abzug nehmen. Barton legte neu an und schoss noch einmal. Der erste Schuss hatte nicht getroffen, doch jetzt jaulte ein Kojote auf und flog zu Boden. Die anderen Kojoten ließen von dem Mann ab, der auf allen vieren kauerte, und bewegten sich auf die Mauer zu. Barton schoss noch einmal und traf wieder nicht. Dann verschwanden die Kojoten. Waren einfach weg. Der Mann blieb auf allen vieren.

»Er muss verletzt sein«, sagte Barton.

Hercel konnte sich nicht vorstellen, dass Carl verletzt war. Er war zu niederträchtig, um verletzt zu werden.

Barton humpelte voran. »Hey, Carl, alles in Ordnung?« Er wollte Carl auffordern, die Hände zu heben, aber zuerst wollte er sehen, wie Carl reagierte.

Unvermittelt rannte der Mann, immer noch auf allen vieren, zur Mauer. Dieses Rennen auf allen vieren beunruhigte Barton mehr als alles andere, und es verblüffte ihn so sehr, dass er nicht daran dachte, zu schießen. Der Mann verschwand über die Mauer.

Es dauerte eine halbe Stunde, bis der Streifenwagen mit Woody und Bobby erschien, aber fünf Minuten vorher hatte Woody angerufen. Bernie war eben dabei gewesen, ins Bett zu gehen. Barton hatte beschlossen, mit seiner Winchester sitzen zu bleiben, und Bernie hatte keine Lust mehr, mit ihm zu diskutieren. Barton hatte das Gehgestell vor sich hergeschoben und war zur Mauer gegangen, und dort hatte er einen toten Kojoten gefunden. Aus dem Wald kam kein Laut. Durchaus möglich, dass Carl nur ein paar Schritte weit entfernt war.

Barton beruhigte die beiden Detectives. Alle seien wohlauf, nur einer seiner Hunde sei an diesem Tag verletzt worden. Bonaldo starrte den toten Kojoten an und stieß mit dem Fuß gegen den Kadaver. Halb erwartete er, das Tier würde wieder aufspringen. Bösartige Kojoten gehörten nicht zu den Dingen, für die er dieses Amt angetreten hatte. Zwischen bösartigen Kojoten und dem Tragen einer Polizeiuniform bei der Parade am Memorial Day war ein himmelweiter Unterschied.

Rocco Durante und Rainer, der Deutsche Schäferhund, erschienen wenig später, ebenso wie die Trooper und die Brewster Police. Der tote Kojote war eine große Ablenkung für den Hund, aber Durante zog ihn weg, und nach ein paar Augenblicken hatte er Carls Spur dort wiedergefunden, wo er über die Mauer gesprungen war.

Der Schäferhund folgte der Fährte mit den Männern im Schlepptau in den Sumpf. Die Jagd wurde mühsamer, je schlammiger der Weg wurde. Die Männer trugen keine Stiefel, und ihre Kleidung schützte sie nicht vor den Dornen. Als der Weg ins Wasser führte, verlor Rainer die Witterung vollends.

FÜNFZEHN

Am Mittwochabend gegen halb zehn hatten Woody Potter, Detective Lajoie und zwei Streifenpolizisten aus Brewster vor dem Haus des von Peggy Summers identifizierten Pathologen Benjamin Clouston gestanden. Clouston bewohnte ein gemietetes kleines Haus aus dem neunzehnten Jahrhundert in der Ballou Street, fünf Straßen weit vom Krankenhaus entfernt. Die Jalousien waren geschlossen, und im Haus war es dunkel. In der Einfahrt stand kein Auto. Woody klopfte, klingelte und klopfte auch an die Hintertür. Die Streifenpolizisten versuchten, durch die Fenster zu spähen. Woody klopfte und klingelte noch ein paarmal, und dann ging er mit Detective Lajoie zu den Nachbarn links und rechts. Einen mussten sie wecken. Sie erfuhren, dass Clouston freundlich war, aber für sich blieb. Er wohnte seit ungefähr einem Jahr dort. Manchmal war die Musik ein bisschen laut, doch das war alles.

Eine Nachbarin erinnerte sich, dass Clouston am Dienstagmorgen weggefahren war. Nein, er habe kein Gepäck bei sich gehabt. Clouston fuhr einen silbermetallic-farbenen Toyota Solara, Baujahr 2008. Die Polizisten klopften noch einmal an Cloustons Tür und zogen dann ab. Am nächsten Morgen würde Woody sich einen Durchsuchungsbeschluss für das Haus beschaffen. Ein Detective in Zivil saß die ganze Nacht in seinem Auto vor dem Haus. Cloustons Solara war in Rhode Island registriert, und sein Kennzeichen wurde an die Polizei gegeben.

Woody war nach Hause gefahren, und um Mitternacht war er eingeschlafen. Um ein Uhr fünfzehn weckte ihn der Anruf von Bobby, der ihm von dem Mord an Harriet berichtete. Er zog sich wieder an, und bald war er mit den anderen auf der Farm, suchte nach Carl und folgte dem Spürhund in den Sumpf. Auch als der Hund die Spur verloren hatte, stapften sie noch weiter und hofften, er werde sie wiederfinden. Gegen halb fünf stellten sie die Suche für diese Nacht ein. Um acht wollten sie wieder anfangen, wenn Carl bis dahin nicht anderswo gefunden würde. Um fünf lag Woody wieder zu Hause im Bett.

Um halb sieben rief Jill Franklin an. »Frühstück?« Ihre Stimme klang vergnügt und herzlich.

Grunzend bahnte Woody sich seinen Weg zurück zur Sprache. »Gern.«

»Um sieben im Brewster Brew?«

»Das lässt sich machen. Übrigens habe ich schlechte Nachricht.« Woody schwieg kurz; ihm graute vor dem, was er jetzt sagen würde. »Hercel McGartys Mom wurde gestern Abend ermordet.«

Jill zog zischend die Luft durch die Zähne ein und antwortete nicht sofort. »Der arme Junge. Das tut mir so leid.«

»Es wird noch schlimmer. Sein Stiefvater hat es getan. Und Hercel hat es mit angesehen. Seine Schwester übrigens auch.«

»Mr. Krause? Wie furchtbar.«

»Wollen Sie immer noch frühstücken gehen?«

»Natürlich.« Aber die Fröhlichkeit in ihrem Ton war verschwunden. »Wo ist Hercel jetzt?«

»Draußen bei Bernie und Barton Wilcox. Sie haben die Schafe –«

»Ich kenne die beiden. Ich habe mal einen Artikel über sie für die *Times & Advertiser* geschrieben.«

Wenig später, als Woody auf Brewster zufuhr, überholte ihn ein Pressehubschrauber. Das brachte nicht seine beste Seite zum Vorschein. *Geier*, dachte er. Tatsächlich war schon einer gelandet, und fünf Übertragungswagen standen vor dem Polizeirevier. Woody dachte an Baldo Bonaldo, den er am Dienstag gesehen hatte, wie er mit einer Nackenspoiler-Perücke mit dunklen Ponyfransen aus der Bibliothek gekommen war. *Vielleicht sollte ich mir das Ding ausborgen*, dachte Woody, *damit die Reporter mich nicht erkennen.*

Als Woody die Water Street hinauffuhr, sah er einen TV-Truck vor dem Brewster Brew, und die fünf Personenwagen gehörten vermutlich Reportern. Er wollte da nicht hinein.

Aber als er den Fuß vom Gas nahm, kam eine Gestalt zwischen den geparkten Autos hervor und winkte. Jill Franklin. Woody bremste so plötzlich, dass Ajax vom Rücksitz rutschte. Er stieß die Tür auf, und Jill sprang herein. Sie hatte eine Papiertüte in der Hand.

»Wow. Sie sollten den Laden ›Brewster Zoo‹ nennen. Ich habe zwei schwarze Kaffee, Creamcheese und drei Bagels.«

»Wieso drei?«

»Einen für Ajax. Fahren wir runter zum Strand. Sie sehen müde aus. Die Säcke unter Ihren Augen haben schon ihre eigenen kleinen Säcke.«

»Vielen Dank.«

»Ich finde sie nett.«

Er sah sie überrascht an, und sie lächelte. Er wollte zurücklächeln und spürte, wie seine Wangen knarrten. *Charmant wie ein Zementblock*, dachte er und richtete seine Aufmerksamkeit auf die Straße. Auf der Fahrt zum Strand erzählte er, was sich in der Nacht ereignet, und auch, was er von Peggy Summers erfahren hatte. Jill machte schmale Augen, als strahlten diese Neuigkeiten in einem grellen Licht. Ihre Bestürzung nahm zu, und als Woody ihr von Hercel berichtete, kamen ihr die Tränen. Er musste daran denken, wie er bei ihren ersten Begegnungen versucht hatte, ihr Informationen vorzuenthalten. Jetzt kippte er ihr alles in den Schoß. Aber es war schlimmer, denn er sah den Schmerz in ihrem Gesicht, als wären seine Worte ein Gift, das er in ihren Körper pumpte.

»Es tut mir leid«, sagte er. »Ich sollte das alles für mich behalten. Es ist mir zuwider, und ich sollte daran gewöhnt sein. Ich stopfe Ihnen übles Zeug in den Kopf.«

Jill wischte sich mit dem Handrücken über die Augen und runzelte die Stirn. »Ich kann schon selbst entscheiden, was ich aushalte und was nicht. Haben Sie sich an solche Sachen wirklich gewöhnt?«

Etwas bewegte sich am Straßenrand. Woody drehte den Kopf zur Seite und dachte, es wäre ein Kojote, doch es war nur eine stöbernde Hauskatze. *Ich brauche eine Pause*, dachte er.

»Vielleicht habe ich inzwischen Schwielen«, sagte er. »Man sieht schlimme Sachen, das gehört zum Job. Ich gewöhne mich hoffentlich niemals vollständig daran, aber meine Sorge ist, dass es so, wie es mich berührt, auch andere Leute berühren kann. Das Gift, meine ich. Das ist eines der Dinge, die mit Susie passiert sind.« Woody lachte betrübt. »Sie hat irgendwann aufgehört, mich zu fragen, ob ich einen schönen Tag gehabt hätte.«

Jill kraulte Ajax' Ohren. »Da brauchen Sie sich meinetwegen keine Sorgen zu machen.«

Woody machte ein zweifelndes Gesicht. Die Sonne stand noch tief am Himmel, und sie schaute blinzelnd hinein, aber ihr ganzes Gesicht war hell, und ihr blondes Haar glänzte. Er hätte gern seine Hand auf ihre gelegt, aber er behielt beide Hände am Lenkrad.

Woody fuhr dahin, wo er am Dienstagmorgen mit Bobby Anderson gewesen war. Da war der Himmel grau gewesen, und die Wellen waren hoch gegangen. Heute war es sonnig, das

Wasser war glatt, und die Wellen waren keinen halben Meter hoch. Jill nahm die Kaffeebecher aus der Tüte und stellte sie in die Becherhalter. Dann strich sie den Creamcheese auf einen einfachen Bagel und gab ihn Woody. Er war gerührt von dem leisen Gefühl von Häuslichkeit, das sein Herz mit einer allgemeinen Sehnsucht erfüllte. Zugleich war er froh, dass Kaffee und Bagel ihn daran hinderten, weiterzusprechen. Stattdessen sah er zu, wie die Möwen einander beiseite drängten. Auch Jill aß und schaute dabei auf das Wasser hinaus. Eigentlich hätte Woody gern mit ihr über die Geschehnisse gesprochen, über Carl und über die Kojoten. Aber er fand immer noch, dass sie die grausigen Einzelheiten nicht zu hören brauchte.

Stattdessen näherte er sich dem Thema auf indirektem Wege. »Ich dachte immer, Ratlosigkeit und Unwissenheit wären das Gleiche – das heißt, wenn ich überhaupt darüber nachdachte. Doch in den letzten Tagen bin ich darauf gekommen, dass Ratlosigkeit auch das *Resultat* von Unwissenheit sein kann. Der Typ im You-You würde so was als Modifikation bezeichnen.« Woody erzählte kurz von Todd Chmielnicki, ohne zu erwähnen, dass Chmielnicki ihm in den Kopf geschaut hatte. »Jedenfalls, um mit der Unwissenheit fertigzuwerden, um klar zu sehen, muss man die Ratlosigkeit beseitigen, die Modifikation. Zum Beispiel, wenn man jemandem zuhört, kann man ihn nicht richtig hören, während man Zorn oder Zweifel empfindet oder so. Das sind auch Modifikationen. Ich versuche herauszukriegen, was in Brewster passiert, und ich sehe nur Verwirrung. Sie steht wie eine Mauer zwischen mir und meiner Unwissenheit. Ich muss zu der Unwissenheit an sich zurückkommen, damit ich etwas dagegen tun kann. Vielleicht kriege ich immer noch nichts raus, aber meine Chancen sind größer.«

Jill überlegte einen Moment. »Ich glaube nicht, dass ich sehr oft ratlos bin, doch das liegt sicher daran, dass mein Leben nicht kompliziert genug ist.«

Als sie zu Ende gefrühstückt hatten, machten sie mit Ajax einen kleinen Spaziergang. Woody sagte sich immer wieder, er habe keine Zeit, mit einem hübschen Mädchen spazieren zu gehen, aber er entschied, dass er sich zehn Minuten leisten konnte.

Die Flut hatte den höchsten Stand fast erreicht, daher mussten sie durch den weichen, trockenen Sand gehen. Ihr Schritt war unsicher, und sie stießen immer wieder mit den Schultern aneinander. Sie hätten in größerem Abstand nebeneinander hergehen können, taten es jedoch nicht. Ajax lief voraus, kam zurück und lief wieder voraus. Immer, wenn Woodys Schulter Jill berührte, knisterte ein kurzer Funke in seinem Gehirn.

Während Woody am Donnerstagmorgen am Strand spazieren ging, fuhr Bobby Anderson mit Harriets Zwergdackel Randy zu Wilcox' Farm hinaus. Der Hund wog weniger als fünf Kilo – ein Kurzhaardackel, großenteils schwarz, aber mit braunen Pfoten und einer braunen Schnauze. Er stand auf dem Beifahrersitz und hatte die Vorderpfoten auf das Armaturenbrett gestellt, als freute er sich über diese Autofahrt. Als die Polizei am frühen Morgen mit ihrer Arbeit in Carls und Harriets Haus fertig gewesen war, hatte einer der Streifenpolizisten den Hund mit zum Revier genommen, bis das Tierheim öffnete. »Ist ja kein Pitbull oder so was«, sagte er dauernd. »Wir haben doch jede Menge Platz.«

Als Bobby um halb acht ins Revier kam, nachdem er sich durch die Phalanx von Reportern, Fotografen und Leuten mit kleinen Diktiergeräten gekämpft hatte, fand er Randy im Büro der Detectives, wo er mit Käsecrackern und Kartoffelchips gefüttert wurde.

Bobby beschloss, den Hund zu befreien. Er hatte ohnedies zu Hercel fahren wollen, um zu sehen, wie es ihm ging, und er musste sich draußen mit der Hundestaffel treffen. Ein zweiter

Hund war hinzugezogen worden und sollte am Eingang zum Great Swamp anfangen, ungefähr drei Meilen weit von der Farm entfernt. Außerdem wollte Bobby mit Barton über Kojoten reden und sich ein Bild von ihnen machen. Er war nicht wie Woody, ließ sich von diesem Scheiß nicht kirre machen. Es brachte ihn nicht dazu, über die Grundfragen menschlicher Existenz zu grübeln. Woody musste lernen, gelassener zu werden. So sah Bobby es wenigstens. Aber zu den Kojoten fiel ihm nichts ein.

Barton hatte die Schafe wieder auf die Weide getrieben – »Sie müssen ja schließlich fressen, oder?« – und saß auf seinem Stuhl vor dem Haus mit der Winchester auf den Knien und einer Wolldecke um die Schultern. Hercel saß daneben auf dem Boden und spitzte mit einem Schweizer Armeemesser einen Stock an – »schnitzeln« nannte Barton das. Der Bouvier umkreiste die Schafe und hielt sie locker zusammen.

Als Bobby den Minidackel aus dem Z hob, lachte Barton. »Ist das mein neuer Schäferhund?«

Aber Hercel stürzte auf den Hund zu und nahm ihn auf den Arm. Er weinte nicht, war jedoch kurz davor. Sein ganzes Leben war in Scherben gegangen, und nur der Hund war geblieben. Er lief ins Haus, um ihn Lucy und Tig zu zeigen.

»Nett von Ihnen, dass Sie ihn hergebracht haben«, sagte Barton.

Bobby ließ sich neben dem alten Mann in die Hocke sinken und schaute über die Weide. Hohe Bäume ragten ringsum hinter der Mauer in die Höhe. Die Schafe – jetzt waren es noch neunundzwanzig Stück – schienen die Aufmerksamkeit des Bouviers zu akzeptieren. Ein halbes Dutzend Gänse pickte sich Leckerbissen aus dem Gras. Es war still bis auf ein paar Vogelstimmen – man hörte eine Krähe und einige Elstern, und ein Rotkehlchen gab ein klickendes, zirpendes Geräusch von sich und warnte seine Kollegen vor der getigerten Katze, die sich auf der Stufe vor dem Haus sonnte.

»Hübsch haben Sie's hier«, stellte Bobby fest.

Ein banger Unterton schlich sich in Bartons Stimme. »Ich weiß nicht, wie lange ich es noch halten kann. Ich hinke auf einem Bein herum, und einer meiner Hunde ist ausgefallen. Wenn die Kojoten über die Mauer kommen, genügt auch ein halbes Dutzend Hunde nicht mehr. So, wie sie gestern Abend auf Krause losgegangen sind, hätten sie ihn umbringen können. Sie haben Angst vor dem Gewehr, aber ich kann ja nicht gut jede Nacht Wache halten, und was hat es für einen Sinn, die Schafe in der Scheune zu halten? Ich bin zu alt, um Fort Apache zu spielen.«

»Ein Sergeant von der Naturschutzbehörde hat mir erzählt, dass sie Beschwerden kriegten: Haustiere verschwinden, Leute werden bedroht. Haben Sie eine Ahnung, was dahintersteckt?«

Barton lachte. »Bernie hat ein paar Wiccaner-Freundinnen, die behaupten, das wären Gestaltwandler. Es gibt eine Menge Zaubersprüche und Methoden, sich in einen Wolf zu verwandeln, aber es ist fraglich, ob sie funktionieren. Andererseits ist Krause knurrend auf allen vieren rumgerannt. Bei ihm würde ich allerdings sagen, dass es sich um einen Fall von klinischer Lykanthropie handelt. Das ist eine Art Schizophrenie. Frank Norris hat einen Roman über einen Mann geschrieben, der sich in einen Wolf verwandelt: *Vandover und die Bestie.* Daran hat Krause mich erinnert. In Zentralasien gibt es eine Menge Werwolf-Mythen, doch da handelt es sich um hundsköpfige Menschen, nicht um so was wie Gray oder den armen Rags. In einer deutschen Studie über Lykanthropie, die vor ein paar Jahren erschienen ist, werden mehr als dreißig Fälle beschrieben, aber die meisten Probanden waren keine Wölfe, sondern Tiger, Vögel und Katzen, sogar Frösche und Bienen.«

»Sie haben sich kundig gemacht.«

»Nur ein bisschen leichte Internet-Lektüre in der Nacht. Allerdings gibt es ein Problem, wenn man diese Kojoten als

Gestaltwandler bezeichnen will. Kommen Sie und bringen Sie das Gewehr mit.«

Barton wuchtete sich an seinem Gehgestell hoch und machte sich auf den Weg zur Scheune. Drinnen auf dem Boden lag etwas Klobiges unter einer blauen Plane.

»Ziehen Sie die mal weg«, bat Barton.

Bobby packte die Plane an einer Ecke und zog. Darunter lag ein toter Kojote.

»Die Naturschutzbehörde will ihn heute Morgen abholen. Der Punkt ist: Wenn Sie einen Werwolf oder einen Gestaltwandler töten, sollte er eigentlich wieder seine menschliche Gestalt annehmen.« Barton stieß mit dem vorderen Bein seines Gehgestells gegen den Kadaver. »Das da ist ganz und gar ein Kojote. Oder doch fast.«

Die Farbe des Tieres war eine Mischung aus Schwarz, Braun und Grau. Hundeähnlich, aber kein Hund. »Er ist groß. Was heißt ›fast‹?«

»Westliche Kojoten wiegen zwischen fünfzehn und zwanzig Kilo. Dieses Prachtstück wiegt über dreißig. Tatsächlich ist es überhaupt kein Kojote. Das ist ein Coywolf. Sehen Sie, wie gedrungen er ist? Ich nehme an, er stammt von kanadischen Rotwölfen ab. Die Sache ist nur die: Bei Coywölfen haben Sie es mit einer ganz anderen Tierart zu tun – sie sind größer, hungriger, aggressiver. Trotzdem greifen Rotwölfe aber normalerweise keine Menschen an. Das ist mehr was für Grauwölfe.«

»Und was wollen Sie damit sagen?«

»Coywölfe könnten vielleicht über die Mauer springen und ein Schaf reißen, aber die hier sind viel aggressiver. Das sind Coywölfe plus noch etwas anderes. Nur weiß ich nicht, was das sein könnte.«

Detective Beth Lajoie hatte die Eigenschaften eines guten Polizisten: Sie handelte langsam, bedächtig und stur. Sie würde keine Drogendealer durch dunkle Hinterhöfe jagen und über Zäune springen, dafür gab es jede Menge jüngere Trooper, die auf so etwas erpicht waren. Sie hatte zwei Ehemänner und zwei Kinder hinter sich gelassen und lebte jetzt, mit fünfundvierzig, allein mit drei Katzen namens Wynken, Blynken und Nod. Sie praktizierte Tae Kwon Do, ihr Hobby war der Bürgerkrieg, und sie hatte die ruhige Art eines Menschen, der im Frieden mit sich selbst lebt. Doch das war eher Kunst als Leben. Es war der Käse, der die Maus in die Falle lockte.

Die Maus, für die Detective Lajoie sich an diesem Donnerstagmorgen interessierte, war Peggy Summers. Lajoie trug braune Mokassins zu einem smaragdgrünen Hosenanzug, was schrecklich aussah, und eine dicke gelbe Kordelkette, die einen grünen Streifen an ihrem Hals hinterließ, wenn sie sie zu oft trug. Das war nicht ihr übliches Outfit; sie wollte sich auf eine Weise kleiden, die Abscheu und Überlegenheitsgefühle weckte. Sie wollte nicht bedrohlich wirken. Sie warf noch einen beifälligen Blick in den Spiegel, ging dann hinaus zu ihrem grauen Mazda 6 und fuhr nach Brewster zu dem schmalen, holzverkleideten Haus in der Williams Street.

Peggy war in ihrem Zimmer, sah sich eine Wiederholung von *General Hospital* an und rauchte.

»Ich habe mir Sorgen um dich gemacht, Peggy«, sagte Detective Lajoie. »Ich dachte, ich sehe mal nach dir.«

Peggys Blick strich über Detective Lajoies ausgewählte Garderobe, wie sie mit einem Lappen über eine staubige Fläche streichen würde. Dann wandte sie sich wieder dem Fernseher zu. »Und was sehen Sie?«

»Eine unglückliche junge Frau.« Detective Lajoie setzte sich auf einen Stuhl neben dem Bett. Der Aschenbecher auf dem Nachttisch war voller Zigarettenstummel.

»Sie wären auch unglücklich, wenn Sie in diesem Dreckloch leben müssten.«

»Wir glauben, du bist vielleicht in Gefahr.«

»Und warum schleifen Sie mich dann wieder hierher zurück?«

»Wir müssen abwägen, was für dich am besten ist, weiter nichts. Möchtest du spazieren fahren? Ein bisschen frische Luft schnappen?«

»Nein, mit Ihnen bestimmt nicht.«

Detective Lajoie warf einen Blick auf den Fernseher. Zwei Schwestern sprachen mit gedämpfter Stimme über einen gut aussehenden Arzt.

»Sag mal, Peggy, hast du je daran gedacht, Krankenschwester zu werden?«

»Igitt. Mit Bettpfannen und dem ganzen Scheiß? Niemals.«

»Und was möchtest du mit deinem Leben anfangen?«

»Von hier abhauen. Vielleicht nach Kalifornien. Ich hab eine Freundin in Sacramento.«

»Diese ganze Geschichte muss schrecklich für dich sein.«

»Es gefällt mir nicht, dass die Leute mich löchern, und es gefällt mir nicht, dass ich in diesem Haus eingesperrt werde.«

»Du kannst dafür sorgen, dass es schneller vorbei ist, indem du uns hilfst.«

»Ach ja? Wie denn?«

»Ich glaube, dass im Wald außer dir und Nina noch andere Mädchen misshandelt wurden.«

»Darüber weiß ich nichts.«

Detective Lajoie hörte einen scharfen Unterton in Peggys Stimme. Es klang hastig. »Bist du sicher? Plausibel wäre es schließlich. Könnte sein, dass ein Mädchen zu Hause entbunden hat. Hast du vielleicht von einer gehört? Sie könnte gesagt haben, sie hätte eine Fehlgeburt gehabt. Vielleicht wussten die Leute auch nicht, dass sie schwanger war. Manche Mädchen können das gut verbergen. Es muss auch nicht hier in Brewster gewesen sein – vielleicht in Wakefield oder in Narragansett. Weißt du da von jemandem?«

»Ich weiß einen Scheißdreck.«

»Denk nach, Peggy. Wenn du hier rauswillst, dann ist das der Weg. Ich will dir doch nur helfen.«

»Ja, darauf wette ich.« Peggy starrte den smaragdgrünen Hosenanzug an. Aber ihr Ton hatte sich verändert; sie klang ruhiger.

»Weißt du, wenn du mir sagst, was ich wissen will, müssten wir dich nicht zu Hause einsperren. Wir könnten dich irgendwo in einem schönen Hotel unterbringen. Da hättest du Zimmerservice und Platz. Wahrscheinlich sogar einen Pool im Haus. Nur ein Wort, und du kriegst alles.«

Peggy hatte sich wieder zum Fernseher umgedreht. Detective Lajoie schaute auf ihre Hände und überlegte, ob sie vielleicht auch noch ein paar billig aussehende Ringe brauchte, um noch erbärmlicher auszusehen. Peggy setzte sich auf.

»In was für einem Hotel denn? In ein Days Inn will ich nicht.«

»Sag's mir, Peggy. Was würdest du dir aussuchen?«

»Ich will ins Hotel Viking, in eine Suite. Und ich will eine Pediküre.«

Detective Lajoie machte ein mütterliches Gesicht. »Ich wüsste nicht, warum sich das nicht machen ließe.«

Peggy nagte an ihrem Daumennagel und betrachtete ihn dann. »Da gibt's ein Mädchen drüben in Wakefield, die hat letzten Juni ein Kind gekriegt. Die Leute wussten nicht, dass sie schwanger war. Ich weiß nicht, wie sie heißt oder ob sie zur Schule geht. Sie hat bei ihrem Dad gewohnt.«

Woody und Lajoie hatten angenommen, dass es sich bei anderen Müttern im Teenageralter um Mädchen mit nur einem Elternteil und ohne Geschwister handeln würde, denn so gäbe es kaum Zeugen. Und es würden Mädchen wie Peggy und Nina sein, schlechte Schülerinnen mit wenigen Freunden.

»Sonst noch was?«

»Ist das nicht genug?« Lajoie antwortete nicht, und Peggy

starrte auf den Bildschirm. »Aber ich glaube nicht, dass man sie auf die Insel rausgeschleppt hat. Sie wurde einfach gefickt, und dann hat man das Baby geholt. Vielleicht ist sie sogar dafür bezahlt worden, die glückliche Schlampe. Ihren Nachnamen kenne ich nicht.«

»Und woher weißt du das?«

»Jemand hat im Wald darüber geredet. Ich weiß nicht genau, wer. Vielleicht der Typ, den ich im CVS gesehen habe. Ich habe nur ein paar Worte mitgekriegt. Er hat sie Marge oder Margery genannt, ›die Lockere‹. Kann ich jetzt ins Hotel?«

Am Donnerstagmorgen sprach Bingo Schwartz im Kriminalderzernat des Providence Police Department mit Eric Degroot. Bingo war zu dem Schluss gekommen, dass Ronnie McBride nicht in Brewster war, und hatte deshalb seinen Suchradius vergrößert.

»Diese Obdachlosen sind wie Zugvögel«, sagte Detective Degroot. »Im Sommer im Norden, im Winter im Süden. Die haben einen richtigen Rundkurs. Ich meine, die Bettler, die Typen, die irgendeinen billigen Scheiß auf der Straße verscheuern, die im Müll wühlen und Pfandflaschen sammeln. Diejenigen, die nur arm sind, bleiben meistens an Ort und Stelle, und die Verrückten auch.«

»Mein Mann hat ein tadelloses Haus«, sagte Bingo. »Er schläft in dieser Eingangsnische bloß, weil er es möchte. Hat was mit seiner Trauer zu tun. Er kann sie nicht verarbeiten.«

Degroot zuckte die Achseln. Er kannte Schwartz seit zwanzig Jahren, und Bingo war immer schon der »Brummer« gewesen. Wenn er nicht sprach, summte er vor sich hin. Wahrscheinlich würde er noch im Sarg vor sich hin summen. »Dann ist dein Mann ein Verrückter«, sagte er.

»Habt ihr oft welche, die einfach verschwinden? Die verschollen sind?«

»Die haben ja keinen festen Wohnsitz. Die meisten haben nicht mal Papiere, es sei denn, sie hätten eine Sozialversicherungskarte oder einen gefälschten Ausweis. Wie gesagt, sie kommen und gehen. Wenn wir einen mal eine Zeit lang nicht sehen, ist das weiter keine große Sache. Meistens ist er im Sommer wieder da.«

»Oder tot.«

»Kann auch sein. Alkies sind ziemlich empfindlich. Wenn sie tot sind, liegt es meistens am Suff. Es kommt vor, dass ein paar Typen einen Penner zusammenschlagen, randalierende Teenager zum Beispiel. Das erleben wir hin und wieder, und einer oder zwei sind im Laufe der Jahre dabei umgebracht worden. Hat dein Mann Feinde?«

Bingo kratzte sich am Bauch und dachte plötzlich wieder an seine Pensionierung. »Glaub ich nicht. Er hat abends gegen zehn seine Türnische bezogen, und morgens um sieben war er wieder weg. Er hat nicht gebettelt und niemanden behelligt.«

»Komisch«, sagte Degroot. »Aber was soll's, verdammt? Er ist erst eine Woche weg. Der taucht wieder auf. Du weißt doch, wie das ist.«

»Das hat er noch nie getan. Er ist ein Penner mit strikten Gewohnheiten. Ich meine, er ist nicht mal ein Penner. Er ist exzentrisch.«

»Ein Bekloppter. Wie man so sagt: Die Stadt kennt eine Million Geschichten.«

»Aber nicht Brewster.« Bingo stand auf. »Denk mal für mich drüber nach. Warum sollte er verschwinden? Angenommen, da ist was faul – warum sollte sich jemand die Mühe machen? Entführung, Erpressung, Mord – das ergibt keinen Sinn. Aber irgendwo gibt's einen Grund.«

Degroot stand ebenfalls auf. Er war schlanker als Bingo und zwei Handbreit größer. Und er hatte noch alle seine Haare.

»Ich werde mich umhören. Wenn wir davon ausgehen, dass da etwas faul ist, hat vielleicht jemand eine Idee.«

Eine Viertelstunde später war Bingo auf dem Interstate 95 unterwegs nach New London. Dort wollte er die gleichen Fragen einem Detective stellen, den er auch schon seit ungefähr zehn Jahren kannte: Kommt es bei euch vor, dass Obdachlose einfach endgültig verschwinden? Bingo kannte die Antworten schon, wie er auch gewusst hatte, was Degroot sagen würde. Was er brauchte, war Hilfe bei den Fragen.

Laut lief eine CD: Samuel Ramey sang die Pfeif-Arie aus Boitos *Mephistofele* – »Ich bin der Geist, der stets verneint…« –, die Arie, in der Mephistofele den Faust verlockt, seinen Horizont zu erweitern, seinen Gelüsten freien Lauf zu lassen und sich ein bisschen satanisches Vergnügen zu gönnen. Bingo liebte sämtliche Faust-Versionen: Berlioz, Boehmer, Boito, Busoni, Gounod, Lutz, Pousseur, Prokofjew, Schnittke, Spohr und Strawinsky. Als Polizist sah er sich selbst als einen Erforscher menschlicher Versuchungen. Was bringt einen Menschen dazu, auf der Suche nach Freuden, die er sich nicht leisten kann, das Gesetz zu brechen? Bingo stellte diese Frage neben seine andere Frage: Warum sollte Ronnie McBride verschwinden? Irgendwie gab es zwischen diesen beiden Fragen einen Kausalzusammenhang: Wenn dies, dann das. Er brauchte ihn nur zu finden.

Sobald Woody am Donnerstagmorgen seinen Durchsuchungsbeschluss in den Händen hielt, schnappte er sich Chief Bonaldo, Detective Gazzola und Officer Morelli und fuhr hinüber zu Benjamin Cloustons Haus in der Ballou Street. Bonaldo und Gazzola hatten eigentlich etwas anderes vorgehabt, und Morelli hatte gehofft, irgendwo ein Nickerchen halten zu können. Woody hatte sie, wie Bobby es nannte, mit »toten Augen« angestarrt. Diesen Blick bekam er immer, bevor er anfing loszubrüllen. In Woodys Augen hatte Clouston oberste Priorität, es sei denn, Fred *Fucking* Bonaldo wollte, dass Brewster explodierte wie ein verdammter Pickel am Arsch eines Teenagers.

»Na ja«, hatte Bonaldo gesagt, »wenn Sie es so ausdrücken wollen…« Dann hatte er noch eine Bemerkung über Woodys negative Einstellung gemacht, was ihm gleich den nächsten furchterregenden Blick eingebracht hatte.

Ein Schlosser öffnete Cloustons Haustür. Woody trat ein und schnupperte. Diele und Wohnzimmer waren erfüllt vom süßlichen Duft eines frisch gereinigten Motelzimmers. Auf dem Teppich sah man noch die Spuren des Staubsaugers, und alles war an seinem Platz, harmlos wie in einem Musterhaus für einen Markt mit geringer Nachfrage.

»Hier ist schon jemand durchgegangen«, sagte Woody, nachdem er sich das Erdgeschoss angesehen hatte.

»Kleider und andere Sachen sind noch hier«, sagte Bonaldo. »Sogar seine Zahnbürste.«

»Und was sagt Ihnen das?«

Bonaldo überlegte. »Jemand anders hat aufgeräumt?«

»Genau.«

Das Sechs-Zimmer-Haus war ordentlich und sparsam eingerichtet. An der Wand im Wohnzimmer hingen Fotos von Waldszenen. Die braune Ledercouch stand vor dem Flachbildschirm, der mit einer Bose-Anlage verbunden und durch einen beigefarbenen Teppich davon getrennt war. Das Bett war gemacht, das Geschirr gespült, alle Kleider hingen ordentlich im Schrank, und unter dem Bett lauerten keine Wollmäuse. Aus einem kleinen Arbeitszimmer schaute man in den Garten, und der Schreibtisch war leer bis auf Stifte, Papier und Büroklammern. Computerkabel waren vorhanden, aber kein Computer. In den beiden Schubfächern des Aktenschranks fanden sich lediglich Unterlagen zu Cloustons Toyota, zu dem Bose Lifestyle Home Entertainment System und zu dem 42-Zoll-

Sony-Plasma-Flatscreen-Fernseher sowie eine Mappe mit Hausgeräte-Garantien und eine mit der Aufschrift »Mein Trip nach Las Vegas«. Die Bücher waren lauter Bestseller des Techno-Spionage-Genres. Die DVDs waren Cary-Grant-Komödien, ein bisschen James Stewart und ein wenig Katherine Hepburn.

Woody rief Frank Montesano und sein Spurensicherungsteam an. »Die ganze Hütte muss nach Fingerabdrücken abgesucht werden. Alles, was ihr finden könnt.«

Woody, Bonaldo, Morelli und Detective Gazzola gingen hinaus, um zu warten. Gazzolas nikotinverklebte Lunge pfiff wie eine kaputte Ziehharmonika. Er steckte ein Nicorette-Kaugummi in den Mund und zündete sich eine Zigarette an.

»Sieht schlecht aus für Clouston.« Woody nahm Abstand von Gazzolas Zigarette. Er schaute zwei Eichhörnchen zu, die einander über die Äste einer Eiche jagten, und fragte sich, wie ihr Gefühlsleben aussehen mochte. Wahrscheinlich kannten sie keine Sorgen.

Für Bonaldo als Makler wirkte das Haus wie zum Verkauf herausgeputzt und als wären sämtliche Mängel überpinselt worden. »Wieso?«

»Ich bezweifle, dass er hier sauber gemacht hat. Also warum ist es passiert?«

Gazzola trat seine Zigarette aus und überlegte, ob er sich sofort eine neue anzünden sollte. »Er könnte eine Freundin haben. Dann hat er vielleicht Sachen bei ihr. Von allem eine zweite Garnitur.«

»Vielleicht.« Aber Woody glaubte es nicht.

Im Laufe des Vormittags wurden Cloustons Freunde und Bekannte ermittelt, zuerst im Krankenhaus, und als Woody gegen elf dort ankam, erhielt er eine Liste von Leuten, mit denen er reden musste, angefangen mit Dr. Joyce Fuller. Woody ging in ihr Büro. Sie war nicht kühl zu ihm, doch nichts ließ erkennen, dass sie einander schon begegnet waren.

»Mr. Clouston ist seit fast einem Jahr hier, und wir können von Glück sagen, dass wir ihn bekommen haben. Sein Fachgebiet ist die chirurgische Pathologie. Er untersucht Testresultate und trägt kritische Informationen über Stadium und Resektionskantenstatus chirurgisch entfernter Tumore zusammen. Er ist dem Pathologen unterstellt und verbringt viel Zeit am Mikroskop. Aber er hat auch Erfahrung mit radiologischen Techniken – Ultraschall, CT, MRT.«

»Und warum können Sie von Glück sagen, dass Sie ihn bekommen haben?« Dr. Fullers Büro ließ Woody an Cloustons Haus denken: makellos und anonym. Ein Foto ihres Vaters in Uniform stand auf dem Schreibtisch, und an der Wand hingen drei gerahmte Diplome.

»Clouston ist erstklassig ausgebildet, und in einem kleinen Krankenhaus wie diesem muss er mehrere Hüte tragen. Er könnte woanders viel mehr Geld verdienen. Aber er liebt das Meer. Das ist unser großes Verkaufsargument. Er geht angeln – Brandungsfischen hauptsächlich –, hat jedoch auch ein kleines Boot. Und er schwimmt. Letzten Sommer hat er mir Fische mitbringen wollen. Leider bin ich Vegetarierin.«

»Was verdient er hier?«

»Ich weiß nicht, ob ich Ihnen das sagen kann.«

»Sie können.«

Sie starrten einander an, und Dr. Fuller schaute weg. »Ungefähr achtzigtausend.«

»Können Sie etwas über sein Aussehen sagen?« Woody hatte ein Foto von Clouston, doch er ließ sich gern von anderen Leuten Beschreibungen geben.

»Er sieht ziemlich durchschnittlich aus, trägt eine Brille, hat einen normalen Haarschnitt – braunes Haar. Er hat sehr flach anliegende Ohren; das ist ein Merkmal. Wenn Sie ihn von vorn anschauen, sind sie kaum zu sehen.«

»Groß, klein?«

»Durchschnittlich. Sie würden ihn wahrscheinlich nicht bemerken, wenn Sie ihn nicht suchen. Abgesehen von diesen Ohren.«

»Mit wem hat er Umgang?«

»Keine Ahnung. Ich interessiere mich nie für das Privatleben der Angestellten.«

Als Nächstes sprach Woody mit Leuten, die mit Clouston zusammenarbeiteten - mit Sanitätern, Ärzten, Schwestern. Er sei still, aber freundlich, hieß es. Niemand schien eine Abneigung gegen ihn zu haben, aber gute Freunde hatte er auch nicht.

»Kein Partylöwe?«, fragte Woody eine Radiologin namens Betsy Safarian.

Safarian schaute ihn mit verständnislosen Augen an und platzte dann los. »Ich habe ihn auf der Weihnachtsparty letztes Jahr tanzen sehen«, sage sie lachend. »Er sah aus wie ein Zinnsoldat, so steif.«

Einen der Ärzte, die mit Clouston zusammenarbeiteten, kannte Woody: Dr. Herb Serpa, Dermatologe.

Im Jahr zuvor hatte Woody sich einen gutartigen Grützbeutel, eine Trichilemmalzyste, aus dem Rücken schneiden lassen. Das Ding hatte ausgesehen wie ein blutiges Wachtelei. Dr. Serpa hatte es entfernt und gesagt: »Sie haben Glück. Ich habe schon welche gesehen, die waren so groß wie ein Gänseei.« Das fand er komisch. »Gänseei«, hatte er wiederholt.

»Ich war mit Benny mal Streifenbarsche angeln«, erzählte Dr. Serpa. »Wir haben jeder einen gefangen, der sich lohnte, und ein paar Winzlinge, die wir zurückgeworfen haben. Er hat ein kleines Boot, das mir nicht so gut gefiel. Ich kam mir vor wie eine Möhre, die in der Suppe dümpelt. Benny ist kein großer Redner, das steht fest, aber er versteht sein Handwerk, und er kann angeln. Sagen Sie mir, was wichtiger ist. Um diese Jahreszeit angelt er oft in der Brandung. Haben Sie am Strand nachgesehen?«

»Gute Idee.« Woody unterdrückte ein Gähnen. »Wissen Sie, mit wem er befreundet ist oder was er sonst noch so treibt?«

»Ich sehe, dass er ab und zu mit Leuten redet. Ich bin nicht gern neugierig. Niemand hat etwas gegen ihn. Benny ist gut in dem, was er tut. Er hat eine Stanzbiopsie an Ihrer Zyste vorgenommen, wenn ich mich recht entsinne. Er könnte in einem Spitzenlabor oder in einer größeren Klinik arbeiten. Leute wie er machen ein Haus erstklassig.«

»Sonst noch was?«

Dr. Serpa schwieg kurz. »Ach ja – als wir das letzte Mal angeln waren, hat er etwas von einem Trip nach Atlantic City erwähnt. Die meisten Leute fahren da zum Spielen hin, wie Sie sich denken können, aber er war auch angeln. Hat jedoch nichts gefangen.«

»Hat er vom Spielen gesprochen?«

»Nein, nur vom Angeln.«

»Nennen alle ihn Benny?«

»Benny? Hm, das weiß ich eigentlich nicht. Habe nie darüber nachgedacht.«

Woody sprach auch mit Dr. Jonathan Balfour. Wie Dr. Fuller ließ er nicht erkennen, dass er Woody schon einmal begegnet war. Er schaute ständig auf seine Uhr und tappte mit dem Fuß auf den Boden, sodass Woody ihn am liebsten den ganzen Tag festgehalten hätte.

»Wir sind zwei- oder dreimal zusammen zum Lunch gegangen. Auch mal Kaffee in der Stadt. Hauptsächlich, um über Untersuchungsergebnisse zu sprechen. Er angelt gern, wie ich mich erinnere. Ich habe seit meiner Kindheit nicht mehr geangelt. Mein Dad schleifte uns immer zu seinem Boot hinaus, und Clouston wollte mich mit zum Angeln nehmen. Doch das fällt mir im Traum nicht ein.«

»Wieso nicht?«

»Jedes Mal, wenn mein Dad uns mit rausnahm, bin ich seekrank geworden und habe über die Reling gekotzt. Ich steige so schnell nicht wieder in ein Boot.«

»Hat er Frauen? Freundinnen?«

»Nicht, dass ich wüsste. Natürlich redet er mit Frauen, aber da ist mir nichts aufgefallen.«

»Auch nicht Schwester Spandex?«

Balfour warf ihm einen wütenden Blick zu. *Aha*, dachte Woody und gönnte sich einen leisen Sarkasmus. *Er erinnert sich also doch an mich.*

»Nein, auch nicht Schwester Spandex. Clouston ist einer von diesen selbstgenügsamen Typen, die mit ihrer eigenen Gesellschaft absolut zufrieden sind. Ein Glück für sie, habe ich immer gedacht. Man findet das manchmal bei Leuten, die ihr Leben lang in ein Mikroskop starren.«

»Hat er jemals erwähnt, dass er nach Atlantic City oder nach Las Vegas gefahren ist?«

»Nie. Ich hatte auch nie den Eindruck, dass er auf Showgirls steht.«

»Und wie ist es mit Glücksspiel?«

»Kann ich mir nicht vorstellen.«

Balfour sah wieder auf die Uhr. Bei Vernehmungen beneidete Woody oft Bobby Anderson, der seinen Charme ein- und ausschalten konnte wie eine Lampe. Bobby fiel es leicht, jemanden davon zu überzeugen, dass er Mitgefühl mit ihm hatte, Anteil nahm und wusste, sein Gegenüber wurde unfair behandelt. Manchmal war das aufrichtig, manchmal nicht, doch Bobby benutzte es stets als Werkzeug, und dieses Werkzeug hatte Woody nicht. Sein Charme ging kaum über ein Hallo hinaus. »Kannst du nicht wenigstens freundlich *gucken*?«, hatte Susie immer gesagt.

Den Rest des Tages verbrachte Woody mit weiteren Befragungen, aber er erfuhr nicht mehr als das, was er schon in den ersten Gesprächen erfahren hatte. Jedes Mal hatte er auch gefragt: »Haben Sie eine Ahnung, weshalb Clouston plötzlich verschwinden könnte?« Niemand hatte darauf eine Antwort, und niemand hatte gewusst, dass Clouston wegfahren wollte. Tatsächlich nahm die Arbeit für Woody ständig zu.

Er hatte Bonaldo aufgetragen, sich um Cloustons Vergangenheit und seinen familiären Hintergrund zu kümmern. Bonaldo delegierte diese Arbeit an andere. Am Spätnachmittag hatte er herausgefunden, dass Clouston in Haslett, Michigan, aufgewachsen war und an der University of Michigan studiert hatte. Er hatte dort ein Magisterexamen in Medizintechnik erworben und zwei Jahre später promoviert. Seine Mutter, die immer noch in Haslett wohnte, gab an, ihr Sohn rufe ungefähr viermal im Jahr an und schicke auch Geld. Selbst wenn sie es »eigentlich nicht« brauche, sei sie froh darüber. Ben habe erst Allgemeinarzt werden wollen, sagte sie, doch dann sei er zu dem Schluss gekommen, er wolle nicht, dass »ein Haufen bedürftiger Patienten ihm die Ohren volljammerte«, und er habe keine Lust gehabt, seine Zeit als Assistenzarzt zu verschwenden. Sie habe ihren Sohn seit etwa fünf Jahren nicht mehr gesehen, aber solange er glücklich sei, spiele alles andere keine Rolle.

Clouston hatte einen älteren Bruder, der als Buchprüfer in Seattle lebte. Sie sprachen ungefähr dreimal im Jahr miteinander, zu Weihnachten und an ihrem jeweiligen Geburtstag. Einmal hatte der Bruder Ben in Albany besucht, als er dort in einem Labor arbeitete. Es war eine Geschäfts- und Vergnügungsreise gewesen, und Ben war es offenbar großartig gegangen. Der Bruder war sieben Jahre älter und hatte das College beendet, als Ben elf war. Bis dahin waren sie über drei Jahre hinweg zu etlichen Footballspielen der University of Michigan gegangen. »Ich weiß, das hat ihm gefehlt, als ich dann weg war. Er hat die Wolverines wirklich geliebt.«

Fresssack Hopper wusste, dass er kein großer Polizist war; das heißt, dieses Wissen flackerte leise in seinem Hinterkopf. Aber er machte sich nichts daraus. »Ich muss schließlich essen, oder?« Das sagte er so oft, dass er es auf ein T-Shirt hätte drucken lassen können. In dieser Frage steckte die Ansicht, sein Bedürfnis, Essen auf den Tisch zu bringen, hätte Vorrang vor ethischen Erwägungen – beispielsweise, wie gut er seine Arbeit als Polizist machte. Doch die Frage brachte auch seine Liebe zu Snacks auf den Tisch. Wie der Philosoph von der Philosophie besessen ist, so war Fresssack Hopper besessen von Hungerattacken. Er wog hundertfünfundvierzig Kilo, aber das stand ihm gut, fand er. Es ließ ihn aussehen wie einen Football-Stürmer, wie Wesley Britt von den Patriots, der auch hundertfünfundvierzig Kilo wog. Britt war allerdings einen Kopf größer als er.

Alles in allem gesehen, war Fresssack Hopper der Polizist, der auf der Straße stand und den Verkehr um Kanalarbeiter und Asphaltierer herumleitete. Er war groß, man sah ihn leicht, und wenn ein Auto ihn anfuhr, tat es wahrscheinlich nicht weh. Fresssack Hopper wusste das, und auch wenn es ihm nicht das Gefühl von Sinnhaftigkeit schenkte, definierte es doch seinen Platz im Department. Außerdem war er ein Cousin von Laura Bonaldo, eine Beziehung, die an Bedeutung gewann, als Bonaldo zum kommissarischen Polizeichef ernannt wurde. Deshalb war Fresssack Hopper stinkig, als Bonaldo ihn dem Team zuwies, das sich die Insel im Hancock Pond ansehen sollte. Er wusste, es war die Strafe dafür, dass er Mist gebaut hatte, als er Peggy Summers im Auge behalten sollte. Und, jawohl, so was war schon öfter vorgekommen. Das leugnete er ja gar nicht. Aber wenn er im Streifenwagen saß, jemandes Haustür anstarrte und wartete, dass sich dort etwas tat – na ja, dann bekam er eben Hunger.

Das Dumme draußen auf dem Land war, dass es kein Fastfood gab. Das galt noch mehr für die Insel im Hancock Pond, wo er durch ein Gewässer vom Festland getrennt war. Fresssack Hopper mochte Wasser höchstens zum Baden und vielleicht ab und an zum Trinken. Die positive Wirkung, fand er, wurde stark übertrieben.

Vorteilhaft an dieser Insel war nur, dass sie sich nicht im Great Swamp befand, der aus Matsch bestand, so weit das Auge reichte. Dort machte man sich nass und sank ein, und das Problem bei einem Gewicht von hundertfünfundvierzig Kilo war, dass man desto tiefer einsank. »Verdammt, ich könnte bis nach China einsinken«, sagte er zu seiner Frau. *Je eher, desto besser*, dachte seine Frau.

Deshalb war Fresssack Hopper froh, dass er nicht mit den Hunden drüben im Sumpf unterwegs sein musste, wo sie diesen Irren jagten. Man hatte ja nicht mal eine Wahl, wenn man im Sumpf unterwegs war, sondern musste dem verdammten Hund folgen. Herrgott, vielleicht war Carl Krause gar nicht mehr im Sumpf. Aber sie würden da durch den Matsch waten, bis die Hunde aufgäben. Die verdammten Hunde hatten kein Problem mit dem Matsch. Das war auch so etwas, das Fresssack Hopper an Hunden nicht mochte.

Obwohl es ihn also stinkig machte, auf der Insel herumlaufen zu müssen, war er doch nicht so stinkig, wie er es gewesen wäre, wenn er durch den Sumpf hätte latschen müssen. Und hier auf der Insel hatte einer der Trooper, Jason Soundso, schon eine kleine Figur aus Stroh und Zweigen gefunden, ungefähr zwanzig Zentimeter groß, mit abstehenden Armen. Man konnte nicht sagen, was sie zu bedeuten hatte. Eine Puppe eben. Sie hatte neben der Asche eines großen Feuers gelegen. Ein Detective meinte, wahrscheinlich habe jemand sie verbrennen wollen, aber entweder war sie vergessen worden, oder jemand hatte sie ins Feuer werfen wollen und nicht getroffen. Das alles klang nach einem Haufen Stuss. Doch dem Trooper, der die kleine Puppe gefunden hatte, klopften alle auf die Schulter.

Und dann fand ein anderer Trooper, an dessen Namen sich Fresssack Hopper nicht erinnern konnte, diese verrückten Spuren. Sie sahen aus wie Hufabdrücke von einer Ziege, waren jedoch größer, und sie konnten nicht von einer Ziege stammen, weil es nur die Hinterhufe waren, und welche Ziege tanzte denn die ganze Zeit auf den Hinterhufen herum? Und schwer musste das Biest gewesen sein, denn die Abdrücke waren tief in den Boden gedrückt. Hopper konnte sich keinen Reim darauf machen, aber den Detective hatte es so sehr beunruhigt, dass er seinen Boss anrief, und bald, sagte er, würde die Kriminalpolizei da sein und ein paar Leute von der Spurensicherung. Doch der springende Punkt war: Der Trooper, der die Abdrücke gefunden hatte, kassierte ebenfalls eine Runde Schulterklopfen.

Deshalb hielt Fresssack Hopper jetzt die Augen offen, denn wenn diese Typen alles Mögliche fanden und er nicht, würde Bonaldo denken, Hopper hätte schon wieder Mist gebaut, was aber gar nicht stimmte. Es war, als ob diese beiden Trooper ihn absichtlich in ein schlechtes Licht setzten, und auch das war schon vorgekommen.

Die Insel war geformt wie ein Hasenkopf mit zwei Ohren: zwei Halbinseln, jeweils ungefähr zweihundert Meter lang. Die Überreste des Feuers waren da gefunden worden, wo die Nase des Hasen wäre. Doch das wusste Hopper nicht. Er wusste nur, dass er durch die Bäume auf beiden Seiten Wasser sehen konnte, und weiter vorn, wo der Landstreifen schmaler wurde, sah er noch mehr Wasser. Er stocherte im Gebüsch, schleifte die Füße durch das Laub und hoffte, noch mehr solche kleinen Puppen zu finden. Dabei war er so sehr auf seine Füße konzentriert, dass er nicht auf das achtete, was vor ihm lag, bis er beinahe darüber gestolpert wäre. Er bekam einen Heidenschrecken.

»Hey, hier drüben!«, schrie er. »Ich hab was gefunden!«

An einem Baumstamm lehnte mit ausgestreckten Beinen

eine Leiche, ein toter Mann, dem die Brille auf der Nase heruntergerutscht war und der die Augen geschlossen hatte, als ob er schliefe. Seine Ohren lagen so dicht am Schädel, dass Hopper zweimal hinschauen musste, um sicher zu sein, dass sie nicht abgeschnitten worden waren. Aber das Wichtigste – und das begriff sogar Fresssack Hopper – war das runde Loch mitten in der Stirn.

SECHZEHN

Carl war verletzt. Hinterbeine und Schultern waren von Zähnen zerfetzt und zerbissen, seine Hose war blutig, seine Jacke zerrissen. Im Wald war es stockdunkel. Er stolperte gegen Bäume und wurde von Ästen gestoßen. Dornen zerkratzten ihm Hände und Gesicht, dann fiel er vornüber ins Wasser. Er drehte sich auf den Rücken, und die Kälte betäubte ihn. Es tat gut. Der Himmel war klar, der Mond noch nicht aufgegangen. Die Sterne waren heller, als er sie vorher gesehen hatte. Die Milchstraße war eine weiße Pfütze. Er hörte keinen Laut; die Kojoten waren weg. Er trieb auf dem Rücken, bis er fast das Bewusstsein verlor, aber das durfte er nicht zulassen. Er rollte sich herum und stellte sich auf. Das Wasser reichte ihm bis an die Taille. Er plantschte hindurch, watete am Ufer entlang, fiel immer wieder hinein. Er wusste, sie würden mit einem Hund kommen. Nördlich von ihm lag die Außenstelle der Fisch- und Wildtierbehörde im Great Swamp, eine Ansammlung von Gebäuden und Garagen, vielleicht eine, vielleicht zwei Meilen weit entfernt. Er blieb im Wasser, ging jedoch weiter nach Norden.

Nach einer halben Stunde stieg er ans Ufer und kämpfte sich zwischen den Bäumen hindurch, stolperte, fiel hin, stand wieder auf. Er schmierte sich Schlamm auf die Beine, um das Blut zu stoppen. Wieder rissen die Dornen an ihm. Es brachte ihn zum Lachen, wie der Wald versuchte, ihn zurückzuhalten.

Noch eine halbe Stunde später sah er weit vor sich zwischen den Bäumen die Außenbeleuchtung der Hütten. Er strauchelte und fiel auf den Bauch, dann lief er auf allen vieren weiter. Er war ein Wolf. In solchen Augenblicken fühlte er sich am besten, fühlte sich stark. Zu anderen Zeiten konnte er sich nicht erinnern, wo er war oder was er tat. Dann blieb er stehen und sah sich im Dunkeln um. Es war, als wäre er blind. Bei solchen Gelegenheiten hatte er Angst. Er kauerte sich mit dem Rücken an einen Baum und schlang die Arme um die Knie. Er wimmerte. Wusste nicht, was stimmte und was nicht. Erinnerte sich an Dinge aus ferner Vergangenheit, keine großen oder sentimentalen Dinge. Erinnerte sich, wie er an einem Sommermorgen in Oswego auf dem Gehweg entlanggegangen war und wie weiß die Häuser ausgesehen hatten. Erinnerte sich an die würzigen Gerüche, an den Geruch des Sees. Aber dann änderte es sich in seinem Kopf, und er wurde wieder stark. Er schlug sich, schlug seine eigene Schwäche und kroch weiter. Nichts war so stark wie er.

Er fand einen Geräteschuppen und brach ihn auf. Drinnen roch es nach Farbe und Terpentin. Auf Händen und Knien tastete er sich herum, beschnüffelte und berührte Dinge. Als er einen Stapel Abdeckplanen fand, zog er sie um sich herum. Dann schlief er ein bisschen.

Als er aufwachte, kam die Angst zurück. Sie fahndeten nach ihm. Die Hunde würden seine Spur finden. Carl sprang auf und stieß gegen eine Aluminiumleiter, die an der Wand hing. Sie schaukelte scheppernd an ihrem Haken. Er fand den Weg zur Tür und stieß sie auf. Es war vielleicht eine halbe Stunde vor Sonnenaufgang, der Himmel war grau, und Sterne waren nicht zu sehen. Seine Kleider waren noch nass, und er fror wieder. Er ließ die Tür offen und fing an, den Schuppen zu durchwühlen.

Zehn Minuten später hatte er einen Overall, Gummistiefel und eine Yankees-Kappe gefunden. Er setzte die Kappe auf, wickelte die Stiefel in den Overall und verließ den Schuppen. Wer war er jetzt? Er war Carl mit der Kralle. Die, die ihn verfolgten, dachten, er wäre auf der Flucht. Doch sie würden schon noch sehen, wer hier wen jagte. Sie würden seine Schritte hinter sich hören. Wie schnell sie sich umdrehen würden – aber nicht schnell genug. Er hatte Kojotenblut gekostet. Jetzt wollte er etwas Süßeres.

Er ging den Weg zum Wasser zurück. Inzwischen konnte er etwas sehen, obwohl die Sonne noch hinter dem Horizont stand. Er watete durch das Wasser den Weg zurück, den er gekommen war. Überall waren Knäuel aus Zweigen und Ranken, abgebrochene Äste, Haufen von nassem Laub, eine Biberburg aus Stöcken und Schlamm. Manchmal reichte das Wasser weit über seine Taille herauf, und er drohte zu stürzen. Er hielt den Overall und die Stiefel über den Kopf. Nach ungefähr einer Meile bewegte er sich auf die Uferböschung zu. Als das Wasser weniger als knietief war, legte er den Overall auf einen umgestürzten Baumstamm und zog sich aus. Sein T-Shirt behielt er. Er tauchte es ins Wasser, wrang es aus und tauchte es noch einmal hinein. Dann drehte er es zusammen, bis kein Tropfen mehr herauskam, und legte es auf den Overall. Er hatte vorher gefroren, doch jetzt war es noch schlimmer. Nackt bis auf die Yankees-Mütze, rollte er Kleider, Schuhe und Jacke zusammen und schob sie ins Wasser und unter den umgestürzten Baumstamm. Er zog das nasse T-Shirt, den Overall und die Stiefel an und kletterte die Böschung hinauf. Im Wald fand er einen Pfad. Er wandte sich nach Süden und fing an zu laufen, um warm zu werden. Er fühlte sich wieder gut. Die Stiefel waren ihm zu groß und schlappten an seinen Füßen.

Als er am Worden Pond ankam, ging er am Ufer entlang durch das Gestrüpp, bis er das alte Bootshaus sah. Dreißig Schritte davor zog er Stiefel, Overall und T-Shirt wieder aus und ging nackt ins Wasser. Er blieb in Ufernähe, und als er am Bootshaus angekommen war, arbeitete er sich außen herum nach vorn. Die Planken waren morsch, und ein paar waren eingebrochen. Er tauchte unter und kam drinnen wieder hoch. Der Overall war nur ein bisschen nass; er hatte ihn hochgehalten, so gut es ging. Die aufgehende Sonne schoss Lichtsplitter durch die Ritzen in den Bretterwänden und funkelte auf dem Wasser. Carl kletterte auf den verrotteten Boden hinauf und zog sich wieder an. Er schob welkes Laub und vermoderte Holzsplitter zusammen und machte sich ein Bett, ein Nest. Er würde ein bisschen schlafen und dann warten, bis es dunkel wurde.

Nachdem Detective Lajoie sich von Peggy Summers verabschiedet hatte, fuhr sie ins Büro und machte sich an die Arbeit. Als Erstes veranlasste sie, dass Peggy aus dem Haus ihrer Eltern abgeholt wurde. Im Hotel Viking in Newport hatte sie schon angerufen; der Polizeitarif für eine Suite betrug zweihundert Dollar pro Nacht. Ein Schnäppchen, wie man ihr sagte. Die Pediküre kostete noch einmal fünfzig. Detective Lajoie beschloss, Captain Brotman nicht sofort etwas davon zu sagen. Sie würde warten, bis sie etwas Gutes ausgegraben hätte, und auf Platz eins ihrer Liste stand dieses Mädchen, Marge oder Margery. Wenn sie in Wakefield wohnte, ging sie auf die South Kingstown High, das war die größte Chance, die Detective Lajoie hatte. Vielleicht – und das war ein winziges Vielleicht – war sie auch auf der Narragansett Highschool. Aber um so ein winziges Vielleicht konnte Detective Lajoie sich nicht kümmern. Die South Kingstown High lag in der Columbia Street, in einem Wohngebiet, ungefähr drei Meilen Luftlinie weit vom Great Swamp entfernt. Lajoie begab sich geradewegs zur Verwaltung und verlangte den Schulleiter zu sprechen. Die Sekretärin – dunkelhaarig, dreiundzwanzig, rundlich – erklärte, Dr. Jacobs empfange heute keine Besucher.

»Ist er in seinem Büro?«

»Ja, aber er empfängt niemanden. Er hat Berge von Papierkram zu erledigen.« Die Sekretärin konnte den Blick nicht von Detective Lajoies smaragdgrünem Hosenanzug wenden. Sie blinzelte, als ob ihr die Augen davon wehtäten.

Nach Auffassung ihrer Kollegen kannte Detective Lajoie zwei Varianten des Auftretens: die einfühlsam gütige und die brutale. Sie beugte sich über die Theke, um etwas zu flüstern, und die Sekretärin lehnte sich nach vorn. »Hör zu, du lächerliches Miststück, ich kriege ihn in einer Sekunde zu sehen, oder ich drehe dir den beschissenen Hals um.«

Die Sekretärin fuhr zurück, und ihr Mund formte ein kreisrundes O. »Ich rufe die Security.«

»Herzchen, ich *bin* die Security.« Lajoie zeigte ihren Dienstausweis. »Ich hetze Ihnen das gesamte South Kingstown Police Department auf den Hals, wenn Sie nicht tun, was ich sage.«

Zwei Minuten später stand Detective Lajoie im Büro des Schulleiters. Sein Schreibtisch war von Papier bedeckt. »Sie haben Ms. Henry Angst eingejagt«, stellte er fest.

Detective Lajoie zuckte mit einer Schulter. »Ja, ja. Sie haben hier eine Schülerin namens Marge oder Margery, sechzehn oder siebzehn Jahre alt, wohnhaft in Wakefield bei ihrem Vater. Kann sein, dass sie die Schule geschmissen hat. Ich brauche Nachnamen und Adresse.«

Der Schulleiter nahm die Brille ab, putzte sie und setzte sie wieder auf. »Das wäre leider ein Verstoß gegen unsere Datenschutzbestimmungen.«

Detective Lajoie beugte sich vor und nahm den Telefonhörer ab. »Wie kriege ich eine Leitung nach draußen?«

Wie eine sanfte Brise die Oberfläche eines Teiches kräuselt, huschte ein nervöser Tremor über die Züge des Schulleiters. »Was haben Sie vor?«

»Ich werde Ihre beschissene Schule dichtmachen.«

Margery Kelly, siebzehn Jahre alt, wohnte bei ihrem Vater Phillip in der Jennifer Lane. Detective Lajoie stieg in ihren Mazda 6 und fuhr hinüber. Sie war zwanzig Minuten in der Schule gewesen. South Kingstown Highschool Rebels nannten sie ihre Mannschaft. Rebels, ha! South Kingstown Waschlappen hätte besser gepasst.

Phil Kelly wollte nicht mit der Polizei sprechen, aber er traute sich nicht, das zu sagen. Er war dünn, nervös, fünfundvierzig Jahre alt und hatte schütteres, mausfarbenes Haar. Den smaragdgrünen Hosenanzug fand er zu grell, als steche ihm jemand absichtlich Nadeln in die Augen. »Möchten Sie ein Glas Orangensaft oder Wasser? Ich trinke selbst leider keinen Kaffee.«

Sie setzten sich in Kellys Wohnzimmer. Es war schäbig, aber sauber. Das einzige Bild an der Wand war ein gerahmtes Schwarz-Weiß-Foto von Kellys Eltern, die vor einem Baum standen. Auch sie sahen schüchtern aus. In einer Vitrine waren zwanzig deutsche Bierkrüge ausgestellt. Kelly und Detective Lajoie saßen einander gegenüber in zwei zusammengehörigen Kunstledersesseln. Lajoie hatte in den Modus »einfühlsame Güte« geschaltet und ein Lächeln aufgesetzt, das mit Trauer marmoriertes Mitgefühl vermittelte. Kelly hatte ihr bereits erzählt, dass »Maggie« Ende August ausgezogen war und das Baby mitgenommen hatte. Das Baby hieß Connor.

»Maggie hat mir nie gesagt, wer der Vater war, und ich glaube, sie hat mich belogen, was den Geburtstermin anging. Ich war zu Besuch bei meiner Mutter in Danbury, als das Kind zur Welt kam. Eine Hebamme ist ins Haus gekommen. Als ich zurückkam, war das Kind da. Ein wunderschöner Junge mit strahlend blauen Augen. Ich habe ihn immer versorgt, wenn Maggie unterwegs war, und ihn gefüttert. Mit dem Fläschchen natürlich.« Kelly hatte eine hohe Tenorstimme und arbeitete bei der Sovereign Bank in der Datenerfassung.

»Wissen Sie, wo sie hin ist?«

»Nach New York oder Philadelphia – sie hat aus beiden Städten angerufen. Dem Baby gehe es gut, sagte sie, und sie hat mir sogar Geld geschickt, ein paar hundert Dollar für Heizöl.«

»Was arbeitet sie?«

»Ich glaube, sie kellnert. Hat sich nicht ganz klar ausgedrückt.« Kelly nestelte an einem losen Faden am Ärmel seines Pullovers.

»In einem Restaurant?«

»Ich glaube.«

»Hat sie früher schon in Restaurants gearbeitet?«

»Nein, es ist das erste Mal.«

»Und wie viel Geld hat sie Ihnen geschickt?«

Kelly zog an dem Faden. »Fünfhundert Dollar.«

»Wann?«

»Gegen Ende September.«

»Nicht schlecht für eine Kellnerin, die sich selbst und ein Baby ernähren muss. Und sie ist zu jung, um in einer Bar zu arbeiten.« Detective Lajoie verstärkte den Ausdruck von Mitgefühl und sanfter Trauer. »Mr. Kelly, ich frage Sie ungern, aber glauben Sie, Ihre Tochter könnte etwas mit Prostitution zu tun haben?«

Kelly machte ein jammervolles Gesicht. Eine andere Antwort brauchte Detective Lajoie nicht.

Carl verließ das Bootshaus um halb fünf, als die Sonne schon tief am Himmel stand. Viel geschlafen hatte er nicht. Er hatte gefroren, und seine Wunden taten weh. Eine entzündete sich bereits, das spürte er daran, wie sie glühte. Ein paarmal hatte er fernes Hundegebell gehört. Seine Stimmung schwankte zwischen Wut und Angst, aber meistens war er wütend gewesen, hatte sich seine Feinde vor Augen gerufen und sich ausgemalt, was er mit ihnen tun würde. Er würde Hercel und Lucy aufhängen, wie er die Katze aufgehängt hatte. Er würde Stücke aus ihnen herausbeißen, und er würde sie begraben, wo man sie nie mehr finden würde. Er würde sie in den Sumpf schleifen und sie unter einen versunkenen Holzklotz stopfen und zusehen, wie die Luftblasen heraufkamen, bis sie aufhörten. Die Freude, die ihm solche Bilder bereiteten, war eine beinahe sexuelle Lust. Was den alten Mann anging, wollte er dessen Gewehr haben, um eine Rechnung in der Stadt zu begleichen. Und wenn sich die Gelegenheit ergeben sollte, würde er diesen farbigen Cop erschießen. Er würde ihm die schwarze Haut abziehen und sich daraus ein Paar Socken machen. Solche Pläne hatten Carl fast den ganzen Tag beschäftigt. Er hatte sogar einen Plan für den Schäferhund.

Er arbeitete sich nach Südosten vor. Krähen flatterten in den Bäumen herum. Sie sagten den Kojoten, wo sie ihn finden würden, das wusste Carl. Er spürte, dass alles ihn hasste. Sogar die Bäume hassten ihn. Es gefiel ihm, so gehasst zu werden. Das machte ihn stark. Er dachte weit zurück in seine Vergangenheit und sah die Gesichter von Leuten, die ihm etwas angetan hatten. Er stellte sich vor, wie er sie mit seiner Kralle durchbohrte, wie er sie biss. Immer noch, wenn auch nur kurz, kamen Augenblicke der Panik, in denen er sich fragte, was er hier tat. In diesen Augenblicken fühlte er sich winzig. Dann wollte er sich auf den Boden legen und zu einer Kugel zusammenrollen. Aber nie für lange.

Um halb sechs kam Carl bei der Mauer an. In der letzten halben Stunde hatte er die Kojoten gehört. Sie kamen näher. Er hatte seine Kralle noch, doch dann hob er einen dicken Ast auf und schlug damit auf einen Stein, bis er ein knapp meterlanges Stück abgebrochen hatte. Er schwang es ein paarmal hin und her. Das war sein Baseballschläger. Er würde ein paar Home Runs schlagen. Aber natürlich nicht mit Bällen, sondern mit Köpfen. Sie würden platzen wie alte Kürbisse. Er würde jeden Kopf zerschlagen, der ihm in die Quere käme. Sie sollten nur sehen.

Carl war gerade über die Mauer gestiegen, als der Bouvier anfing zu bellen und auf ihn zukam. Das machte ihm keine Sorgen. Im Gegenteil, es machte ihn froh. Geduckt lief er auf das Haus zu, mit langen, ausgreifenden Schritten. *Klomp klomp* machten die großen Gummistiefel. Er konnte es kaum erwarten, dass der Hund ihn erreichte. Das Wasser lief ihm im Munde zusammen.

Sie begegneten einander auf halbem Wege zwischen Mauer und Haus. Als der Hund sprang, schwang Carl seinen abgebrochenen Ast, seinen Baseballschläger, und traf den Hund. Home Run Nummer eins. Der Hund fiel winselnd zu Boden und versuchte aufzustehen. Carl schlug noch einmal zu. Home Run Nummer zwei. Carl lief weiter auf das Haus zu. Etwa jetzt würde der alte Mann sein Gewehr holen. Carl gedachte, vorher da zu sein.

Barton plagte sich mit der Haustür, hielt das Gehgestell aufrecht und legte die Winchester von einem Arm auf den anderen. Er wusste nicht, wo die Kinder waren. Als er die Haustür öffnete, wurde ihm bewusst, dass Gray nicht mehr bellte. Im selben Moment krachte Carl in ihn hinein wie ein Güterzug in ein Dreirad. Barton flog rückwärts zu Boden. Er hob den Kopf, und Carl ließ seinen Baseballschläger auf ihn heruntersausen. Home Run Nummer drei. Carl hob das Gewehr auf und machte sich auf die Suche nach Hercel und Lucy.

Die Kinder waren in der Scheune gewesen, um nach Gänseeiern zu suchen, aber sie hatten aufgehört, als sie Gray bellen hörten. Hercel ging zur Scheunentür und sah, wie Carl über die Weide auf den Bouvier zulief. Er schob Tig und Lucy hinter sich zurück. Dann schlug Carl den Hund zu Boden. Hercel hörte sogar, wie der Knüppel traf. Seine Angst war so groß, dass er die Zähne fest zusammenbeißen musste, um nicht laut zu schreien. Carl verschwand aus seinem Gesichtsfeld, und einen Augenblick später hörte er das Krachen, als Barton unter Carls Aufprall zu Boden ging – allerdings wusste Hercel nicht, was das Krachen zu bedeuten hatte. Einen winzigen Moment lang glaubte er, Barton hätte Carl niedergeschlagen, er hätte ihn gefangen genommen und fesselte ihn jetzt. Vielleicht hatte er ihn sogar getötet. Doch dann hörte Hercel, wie Türen zugeschlagen wurden, und er hörte das Knurren.

Hercel rannte in der Scheune nach hinten und suchte nach einem Versteck. Aber würde Carl nicht in der Scheune suchen, wenn er sie im Haus nicht fand? Konnte Hercel dafür sorgen, dass Lucy still blieb? Und selbst wenn – würde Carl sie nicht trotzdem finden? Er blieb stehen und presste die Hände an die Schläfen. Er versuchte, mit seiner Willenskraft etwas zu bewegen, irgendetwas: einen Ball, einen Lappen, eine Handvoll Stroh. Er richtete seine Gedanken darauf, etwas anzustoßen und fliegen zu lassen. Doch nichts passierte. Die Angst störte seine Konzentration, und er dachte dauernd daran, dass er sich beeilen musste und nicht warten durfte.

Tig stand in der Scheunentür und hielt Lucy bei der Hand. »Er zerschlägt alles Mögliche da drin. Und ich weiß nicht, wo Granddad ist.« Sie schwieg einen Moment lang. »Hercel, ich hab wirklich Angst.«

Hercel wusste, dass er eine Entscheidung treffen musste. Er durfte jetzt nicht auch noch Angst haben. »Wir laufen in den Wald. Wir gehen hinten aus der Scheune raus und sehen zu, dass sie zwischen uns und dem Haus ist. Und dann laufen wir außen rum zur Straße.«

»Und was ist mit den Kojoten?«

»Vielleicht ist es noch zu früh für sie. Ich nehme irgendeine Waffe mit.«

Tig machte ein zweifelndes Gesicht, und Lucy sah aus, als wollte sie anfangen zu heulen. Das Krachen und Klirren im

Haus ging weiter, ein gleichmäßiges, gewalttätiges Schmettern und Dröhnen.

»Was sollen wir sonst tun, Tig?«

Sie kniff die Augen zu und ging mit Lucy durch die Scheune nach hinten. Die kleinen roten Lichter in den Absätzen von Lucys Turnschuhen blinkten. Hercel rannte los und suchte nach einer Waffe, aber der Gedanke kam ihm lächerlich vor. Wie sollte er mit Carl kämpfen?

Er fand einen großen Schraubenzieher und eine Gartenschaufel. Das war beinahe komisch. Tig rief immer wieder: »Beeil dich, beeil dich!« Wenn er mehr Zeit hätte, dachte Hercel, könnte er eine bessere Waffe finden, eine Mistgabel vielleicht. Mit Schraubenzieher und Schaufel rannte er zur Hintertür der Scheune.

Draußen liefen sie auf die Mauer zu. Immer wieder stolperten sie. Das Krachen hörte auf, und einen Augenblick später wurde eine Tür zugeschlagen. Hercel und Tig hatten Lucy in die Mitte genommen, hielten sie bei den Händen und zogen sie so schnell mit sich, dass die Füße des Mädchens kaum noch den Boden berührten.

»Halt, halt, ihr tut mir weh!«

»Sei still«, drängte Hercel.

Sie waren fast an der Mauer, als Carl schrie: »Ich sehe euch, ihr kleinen Scheißer!«

Sofort danach knallte ein Schuss. Die Kugel prallte schwirrend von der Mauer ab. Der nächste Schuss klang anders, dumpfer. Hercel dachte kaum darüber nach. Er half Lucy über die Mauer.

»Gray liegt da hinten auf der Weide!« Tig hatte ihre Stimme kaum noch unter Kontrolle.

Ein dritter Schuss fiel. Das war wieder das Gewehr. Hercel und Tig kletterten über die Mauer, zogen Lucy auf die Beine und rannten in den Wald. Sie hörten keine Schüsse mehr. Sie waren sicher, dass Carl über die Weide lief. Sie waren sicher, dass sie seine Schritte hörten. Hercel ließ die Schaufel fallen. Der Schraubenzieher steckte in seinem Gürtel. Sie rannten weiter. Hercel hörte das ferne Kläffen von Kojoten. Bald sah man nur noch das rote Blinken von Lucys Schuhen.

Captain Brotman setzte die Besprechung seiner Task Force für sechs Uhr an, auch wenn er wusste, dass einige Leute es nicht schaffen würden. In der Stadt wimmelte es von Fernsehteams, Radio- und Zeitungsreportern. Major Lancelotti, stellvertretender Superintendent und Außendienstchef, hatte schon zweimal angerufen, und einmal Colonel Schaeffer, der Chef der State Police. Als Nächstes rechnete Brotman mit einem Anruf des Gouverneurs. Er hoffte immer noch, dass es ein Scherz war, doch eigentlich war es keiner mehr, denn die ganze Sache ließ ihn von Minute zu Minute schlechter aussehen. Missgeschicke nagten an ihm, als würde er von Schwänen zu Tode geknabbert. Fernseh- und Rundfunksender fragten sich, warum die Polizei nicht mehr getan hatte, und das *Providence Journal* hatte einen kritischen Leitartikel gebracht. Immer wenn Brotman das Revier betrat oder verließ, fielen sie über ihn her. Die Entdeckung der Leiche Benjamin Cloustons und der anderen Sachen auf der Insel war das Sahnehäubchen auf der Torte, aber noch während ihm dieser Gedanke durch den Kopf ging, fragte er sich, wieso er glaubte, dass es nicht noch schlimmer werden konnte. Als er eine Stunde zuvor zum Polizeirevier gekommen war, hatte ein Reporter ihm die Frage zugerufen, ob Brotman die Absicht habe, die Nationalgarde hinzuzuziehen. Am liebsten hätte Brotman seine vorzeitige Pensionierung beantragt, doch er wusste, dass er gefeuert werden würde, bevor er die Formulare ausgefüllt hätte.

Als Woody in den Besprechungsraum kam, hatte er den Eindruck, Brotman sei um zehn Jahre gealtert. Er wirkte weniger groß, weniger imposant. Von der beruhigenden Ausstrahlung, die er in der vergangenen Woche gezeigt hatte, war nichts mehr zu spüren. Er nickte Woody zu, und der nickte zurück.

Hoffentlich gibt er nicht mir die Schuld an irgendwas, dachte Woody, und dann wurde ihm klar, dass hier alle das Gleiche dachten, angefangen mit Brotman. *Leute, suchen wir den Sündenbock.*

Bobby kam eilig herein und setzte sich Woody gegenüber an den Tisch. Er sah Woody an und zwinkerte. Woody fand, dass Bobby aufreizend vergnügt aussah.

Bingo Schwartz kam herein und summte irgendetwas Grauenhaftes vor sich hin. Woody sah mindestens zehn Männer und Frauen, die gute Lust hatten, Schwartz zu sagen, er solle damit aufhören. Woody ging es genauso. Dann dachte er: *Wird Zeit, dass ich mit meinen Atemübungen anfange.*

Detective Lajoie trug den schlimmsten Hosenanzug, den Woody jemals gesehen hatte, und dazu passend eine entsetzliche Goldkette und entsetzliche goldene Ohrringe. Detective Gazzola starrte sie mit erhobenem Bleistift und offenem Mund an. Schließlich riss er seinen Blick von ihr los wie einer, der sich von einem Autounfall abwendet. Captain Brotman erwog, eine Bemerkung zu dem smaragdgrünen Hosenanzug zu machen, ließ sich ein paar Möglichkeiten durch den Kopf gehen und entschied sich für Schweigen.

Der kommissarische Polizeichef Bonaldo stürmte herein. »Sorry, sorry.« Er stolperte und stieß gegen den Stuhl des FBI-Agenten, der ihn anfuhr: »Muss das sein …?«

»Sorry, sorry!« Bonaldo nahm Platz und betupfte sich mit einem grauen Taschentuch die Stirn. Er sah Woodys Blick und lächelte nervös – wie ein kleiner Junge, dachte Woody, der zum Schulleiter gerufen worden ist. Er wollte wegschauen, aber dann lächelte er zurück. Seine Wangenmuskeln machten ein Geräusch wie eine knarrende Tür.

So kamen sie einzeln und zu zweit herein, bis sechzehn Personen am Tisch saßen. Glücklich sah keiner aus, auch wenn Detective Lajoie ein selbstzufriedenes Gesicht machte. *Wahrscheinlich klopft sie sich selbst auf die Schulter, weil sie diesen Hosenanzug so günstig gekriegt hat,* dachte Woody. Wenn das noch eine Woche so weitergeht, werden wir uns gegenseitig erschießen. Einen Augenblick lang hörte man nichts als das Summen der Leuchtstoffröhren.

Captain Brotman stand auf und starrte unbewegt auf ein Blatt Papier auf dem Tisch. Er räusperte sich. »Benjamin Clouston wurde durch einen einzelnen Schuss in die Stirn getötet, abgefeuert aus Hartmanns Neun-Millimeter-Browning. Die Patronenhülse, die auf dem Boden gefunden wurde, passt zu der Winchester-Munition in Hartmanns Schachtel. Das Projektil hat das Gehirn durchschlagen und ist Gott weiß wo gelandet. Als Clouston gefunden wurde, war er seit etwa vierundzwanzig Stunden tot. Sein Toyota Solara stand auf dem Parkplatz einer Sportanlage in Tuckertown, ungefähr eine halbe Meile weit von der Insel entfernt. In der Umgebung der Leiche und auf dem Weg zwischen ihr und dem Ufer fanden sich Abdrücke von Timberland Pro Terrenes der Schuhgröße fünfundvierzig sowie die Hufabdrücke einer Ziege, aber einer abnormal großen Ziege, die auf den Hinterbeinen ging. Zwei zwanzig Zentimeter lange Strohpuppen wurden außerdem gefunden. Die Asche des Feuers wird noch gesiebt. Bisher wurden mehrere möglicherweise menschliche Knochenfragmente isoliert. Diese Informationen hat ein Officer des Brewster Police Department an die Öffentlichkeit gegeben. Mr. Bonaldo, möchten Sie dazu einen Kommentar abgeben?«

Niemandem im Raum entging das Wort »Mister«, schon gar nicht dem kommissarischen Polizeichef Fred Bonaldo. »Da gibt's weiter nicht viel zu sagen. Ein Polizist hat ein paar Freunde angerufen, und die haben mit weiteren Leuten telefoniert. Vor Kurzem kamen die ersten Anrufe von Reportern, die wissen wollten, ob das mit den Ziegenspuren stimmte. Wir haben keinen Kommentar abgegeben.«

»Wer war der Polizist?«, fragte Joe Doyle, der Lieutenant aus South Kingstown.

Bonaldo sah sich um, als suche er einen schnellen Fluchtweg. »Officer Frank Hopper.«

»Der, den sie Fresssack Hopper nennen?«, fragte Doyle.

Bobby Anderson schnaubte kurz, aber niemand sonst fand etwas Lustiges dabei.

»Ja, ich glaube, manche Leute nennen ihn so.«

»Hat er Sie nicht schon bei anderen Gelegenheiten hängen lassen? Einmal sollte er Alice Alessio im Auge behalten, und einmal hat er Peggy Summers überwacht. Richtig?«

»Er war nur ganz kurz weg, um sich was zu essen zu holen.«

Niemand äußerte sich. Wie Bobby später sagte: »Wir haben Bonaldo in seinem eigenen Fett braten lassen und nur zugehört, wie er brutzelte, knackte und zischte.«

Formal gesehen hatte ein Polizist aus einem anderen Zuständigkeitsbereich, selbst wenn er ein Lieutenant war, nicht das Recht, so mit einem Polizeichef zu sprechen. Aber es war gar nicht so sehr das, was er da sagte, sondern vielmehr die Verachtung, mit der er es sagte.

Joe Doyles rotes Gesicht wurde noch ein bisschen röter. »Haben Sie ihn entlassen?«

»Na ja, ich wollte ihn suspendieren.«

Doyle fing an zu brüllen. »Scheiße, den sollte man rausschleifen und am nächsten Baum aufhängen!«

»Reißen Sie sich zusammen, Doyle!«, schrie Brotman. »Halten Sie den Mund oder machen Sie, dass Sie rauskommen! Und Sie, Bonaldo, Sie bleiben, wo Sie sind!«

Fred Bonaldo war aufgesprungen und wollte aus dem Raum flüchten. Langsam setzte er sich wieder hin. *Chaos draußen*, dachte Woody, *und Chaos drinnen.*

Lange blieb es still. Niemand wollte etwas sagen. Schließlich fragte Bobby: »Captain, wie erklären Sie die Ziegenspuren?«

»Gar nicht. Die Leute in der Stadt sagen, es war der Teufel. Das möchte ich lieber nicht glauben. Die kriminalpolizeiliche Ermittlungseinheit hat die Insel durchkämmt, bis es dunkel wurde. Zwei Mann aus der Rechtsmedizin der Universität waren dabei. Sie haben dann aufgehört, bis Scheinwerfer aufgestellt waren. Vielleicht haben sie inzwischen wieder angefangen – ich weiß es nicht. Ich brauche Ihnen nicht zu sagen, dass Officer Hoppers Redseligkeit uns die Arbeit nicht leichter macht.«

Wieder war es kurz still, und dann, sagte Bobby nachher, »flippte Brotman aus«. »*Fuck*, ist Ihnen klar, was das heißt, Bonaldo?« Er bremste sich und schaute auf die Tischplatte. Joe Doyle grinste schmal und niederträchtig. Bonaldo, fand Bobby, sah aus wie eine Schildkröte, die den Kopf in den Panzer ziehen möchte, aber der Hals klemmt, und sie kriegt Glubschaugen und macht gurgelnde Geräusche. Was Bonaldo anging, so fragte der sich, ob dies der richtige Moment wäre, um zu erklären, dass Officer Hopper ein Cousin seiner Frau war. Ob er sich nun von Brotman anschreien ließ oder von seiner Frau und deren ganzer Familie – na, das kam auf eins raus, fand er.

»Was ist das mit diesen Strohpuppen, Sir?«, fragte Gazzola.

Captain Brotman nickte einem der Ermittler von der Naturparkbehörde zu.

»Sie werden benutzt, wenn man jemanden mit einem Zauberbann belegen will«, erklärte der Ermittler. »Die Puppe vertritt die Person, die man verflucht. Wenn man den Fluch ausgesprochen hat, wirft man sie ins Feuer.«

Ein bisschen Sauerstoff wurde aus dem Raum gesogen. Keiner schaute den anderen an. Es war nicht so, dass Woody an Flüche und Voodoo-Puppen und dergleichen glaubte, aber es gefiel ihm nicht, wenn andere es taten.

»Was Benjamin Clouston betrifft«, fuhr Brotman dann fort, »seine Fingerabdrücke waren unter denen, die auf der Säuglingsstation gefunden wurden. Doch er kann aus völlig legitimen Gründen dort gewesen sein. Möchten Sie noch etwas hinzufügen, Woody?«

»Ja, Sir.« Woody nahm sich zusammen und referierte das wenige, das er von Cloustons Nachbarn und Kollegen erfahren hatte. »Er hat Ausflüge nach Las Vegas und Atlantic City unternommen. Ich habe sein Foto und eine Personenbeschreibung sowie seine Kreditkartendaten an die dortigen Polizeibehörden geschickt. Wie sieht seine Spielervergangenheit aus? Wie oft war er da? Ich habe einen Dringlichkeitsvermerk gemacht und die gleichen Angaben an die Casino-Einheit der State Police von Connecticut geschickt, um herauszufinden, ob Clouston auch in Foxwoods und Mohegan Sun gespielt hat. Irgendwann am Mittwoch wurden sein Computer und seine Unterlagen aus dem Haus geschafft. Die Spurensicherung hat absolut nichts gefunden. Aber die Klinik hat sein Gehalt auf ein Konto bei der Bank of America überwiesen. Die Abteilung für Finanzkriminalität ist dabei, seinen Kreditkartenaktivitäten nachzugehen.«

Als er fertig war, fragte Bobby: »Kannst du genauer sagen, was er im Krankenhaus zu tun hatte?«

Woody beschrieb Cloustons Aufgaben als Facharzt für Pathologie. »Alle sagen, er sei erstklassig in seinem Job gewesen und hätte anderswo mehr Geld verdienen können. Außerdem ist er gern angeln gegangen.«

»Und was«, fragte Bobby, »sucht ein Top-Tischmann in Brewster?«

»Wie bitte?«, fragte Captain Brotman.

»Tischmann – so hieß früher der Assistent eines Pathologen, der Anatomietechniker. Das ist die geschönte Bezeichnung. In den alten Zeiten arbeitete der Tischmann mit dem Coroner oder dem Pathologen am Autopsietisch. Er musste die Organe herausnehmen und wiegen und die Leiche nachher wieder zunähen, damit sie für Mom und Pop präsentabel war.«

Diese Perle der Weisheit mussten die Polizisten kurz verdauen. Bonaldo rutschte auf seinem Stuhl hin und her und überlegte, ob er aufzeigen sollte, doch dann redete er einfach los. »War dieser Mann mit Ham Brantley bekannt? Sie wissen schon, von Brantleys Bestattungsinstitut?«

»Warum sollte er?«, fragte Joe Doyle nach einem kurzen Moment.

Das hatte Bonaldo befürchtet. »Na ja, sie hatten halt beide mit Toten zu tun. Kann doch möglich sein.«

Captain Brotman ließ nicht erkennen, dass er gehört hatte, was Bonaldo sagte. Er forderte Bobby auf, über Carl Krause zu reden.

»Sie erinnern sich«, sagte Bobby – er konnte sich diese Erwähnung nicht verkneifen –, »Krause ist die Ablenkung, die Lieutenant Doyle so große Sorge bereitet hat …«

Captain Brotman unterbrach ihn. »Lassen Sie es gut sein, Bobby.«

Bobby berichtete von Carls Zusammenbruch und dem Mord an Harriet und erzählte, wie Carl die Kinder verfolgt hatte. Carl habe geknurrt und sei auf allen vieren gelaufen. Es war, als hielten alle Anwesenden den Atem an. Bobby ließ nichts aus. Er erzählte, wie Bernie die Kinder gerettet hatte, und beschrieb den Einsatz der Hundestaffel, die dicke Frau im Minimarkt, Carls Kampf mit den Kojoten, Barton Wilcox und seine Winchester und Carls Flucht in den Sumpf, wo der Hund die Fährte verloren hatte.

»Heute früh haben sie die Suche mit zwei Hunden wieder aufgenommen und seine Spur gefunden, wo er aus dem Wasser gekommen ist. Sie führte zu einem Geräteschuppen, in dem er einen Teil der Nacht verbracht hat. Heute in aller Frühe hat er ihn wieder verlassen, und die Hunde haben die Spur erneut verloren, weil er durch das Wasser weitergegangen ist.«

Bobby trug vor, was er über Kojoten und Coywölfe erfahren und was man ihm über Gestaltwandler erzählt hatte. Woody verlagerte sein Gewicht auf dem Stuhl. Das Thema Gestaltwandler genügte, um ihm wütend zu machen.

»Das ist lauter Blödsinn«, unterbrach er schließlich. »Wir müssen das ganze Drumherum entfernen und uns das entführte Baby ansehen. Es gibt keine Gestaltwandler und Werwölfe und Vampire. Es gibt keine schwarze Magie und keine weiße und keine graue Magie. Diese blöden Zaubersprüche funktionieren nicht. Wir müssen zu dem Baby zurück! Wenn diese Sache geklärt ist, wird der ganze Rest von allein klar.«

Bleib ruhig, mein Freund, dachte Bobby. *Bleib ganz ruhig.*

Fast allen im Raum war bewusst, dass sie es mit einer Diskrepanz zu tun hatten: Es gab Dinge, von denen sie wussten, dass sie wahr waren, und andere, von denen sie glaubten, dass sie wahr sein könnten. Sie wussten, dass Woody recht hatte, aber sie hatten Mühe, sich dessen auch sicher zu sein. Erst die Schlangen, dann die Skalpierung – jedes Ereignis war schockierender als das vorige, und wie Woody schon am ersten Abend gesagt hatte: In diesem Wust von Barbarei war das Baby in Vergessenheit geraten.

Das FBI erklärte, man suche mit unverminderter Energie nach dem Baby, bisher jedoch ergebnislos. Auch über Hartmanns Aktivitäten in Massachusetts habe man nichts in Erfahrung gebracht, aber man suche weiter nach Leuten. Mehrere Detectives hatten Wiccaner befragt, doch über potenzielle Satanisten hatten sie nichts herausbekommen können. »Trotzdem«, sagte einer: »Ich wette, die gibt's da draußen irgendwo.«

Die Hälfte der Anwesenden, erkannte Bobby, hielt es Woodys Warnung zum Trotz für möglich, dass die Ereignisse in Brewster eine übernatürliche Ursache hatten.

Bingo Schwartz hatte mit einigen Detectives von Providence bis New London gesprochen, ohne einen Hinweis auf Ronnie McBride zu finden. Der Obduktionsbericht über Nina Lefebvre ergab, dass sie mit an Sicherheit grenzender Wahrscheinlichkeit Selbstmord begangen hatte. Andere ergriffen das Wort, und weitere Ideen machten die Runde.

»Bobby und ich haben noch mit einem anderen Typen gesprochen«, sagte Woody. »Höchstwahrscheinlich auch ein Irrer. Er meinte, es sei falsch, sich vorzustellen, dieses ganze Zeug passiere plötzlich. Wahrscheinlich, meinte er, war es unter der Oberfläche schon geraume Zeit im Gange, und wir würden unsere Zeit verschwenden, wenn wir uns mit den kleinen Details abgeben, die hier und da nach oben kommen. Er sagt, wir müssten Rückschlüsse auf die Ursache ziehen. Die Sache ist ja die, dass jeder von uns *weiß*, es ist so. Wir müssen einsehen, dass es der falsche Rückschluss ist, den Fall den Satanisten in die Schuhe zu schieben. Jemand organisiert diesen ganzen Satanistenquatsch. Jemand tut es, damit wir etwas anderes nicht beachten, zum Beispiel das Baby.«

Detective Lajoie hob die Hand und wackelte mit den Fingern. Sie hatte drei neue Ringe mit dicken Klunkern aus grünem und gelbem Glas, die aber auch aus Plastik sein konnten. Sie war im gütigen Modus und lächelte freundlich. »Ich würde gern ein paar Worte sagen, wenn ich darf.«

Falls irgendjemand sie noch nicht angesehen hatten, lag es wahrscheinlich an dem grünen Hosenanzug. Sie hatten alle so getan, als wäre sie nicht anwesend.

»Peggy Summers hat sich mir anvertraut«, sagte Detective Lajoie. »Ich musste sie allerdings bestechen, doch dazu komme ich später.« Sie erzählte, wie sie von Maggie Kelly erfahren und den Namen und die Anschrift des Mädchens in der South Kingstown Highschool bekommen hatte. Sie habe mit dem Vater des Mädchens gesprochen, und er habe ihr von dem Jungen namens Connor erzählt. Das Mädchen sei zu Hause ausgezogen und habe dem Vater aus New York und Philadelphia Geld geschickt.

»Ich glaube nicht, dass es dem Baby gut geht«, sagte Lajoie, »und ich glaube auch nicht, dass sie es über die Staatsgrenze gebracht hat. Ich glaube, sie hat es verkauft. Und ich glaube – wie übrigens auch ihr Dad –, dass sie entweder in New York oder in Philly auf den Strich geht. Ich habe ihr Foto und ihre Personendaten mit Dringlichkeitsvermerk in beide Städte geschickt. Was Peggy Summers angeht, die wohnt jetzt in einer Suite im Hotel Viking für zweihundert Kröten pro Nacht. Also sollten wir diesen Megamüll sortieren, bevor unser Zwergstaat pleitegeht.«

Detective Lajoie lehnte sich zurück und hielt ihre neuen Ringe ins Licht, um zu sehen, wie sie glitzerten. Allen im Raum war klar, dass sie die Einzige war, die etwas von Wert herausbekommen hatte, und Detective Lajoie war froh, dass sie es wussten.

Als Bobby und Woody die Besprechung eine halbe Stunde später verließen, hatten sie beide das Gefühl, sie wären durch eine Recyclingpresse gewandert und als kleine Würfel ausgespuckt worden.

»Ich brauche Urlaub«, sagte Woody.

Weiter kamen sie nicht, bevor sein Handy klingelte. Bobby beobachtete Woodys Gesicht. Es wurde nicht wütender, sondern trauriger.

»Barton Wilcox ist mit dem Krankenwagen unterwegs in die Klinik. Er wurde niedergeschossen und wird vielleicht nicht am Leben bleiben. Ein Trooper ist bei der Farm vorbeigefahren, um nach dem Rechten zu sehen, und da war das Tor zertrümmert, und die Schafe liefen frei herum. Der Hund ist zu Boden geschlagen worden, die Kinder sind nirgends zu finden, und Bartons Wagen ist gestohlen – ein Volvo-240-Kombi. Wir müssen davon ausgehen, dass es Carl war, und jetzt ist er bewaffnet. Die Hundestaffel ist unterwegs, und vielleicht können sie seine Spur aufnehmen. Aber wenn Carl die Kinder hat, sind sie am Arsch.«

Barton lag auf dem Boden, bewusstlos und blutend, nachdem Carl ihn niedergeschlagen hatte. Carl wollte noch einmal auf ihn einschlagen, doch dann sah er Harriets Zwergdackel hinten im Flur. Der Dackel starrte ihn an, und Carl sprang auf und schleuderte seinen Knüppel auf den Hund, ohne zu treffen. Der Knüppel prallte von der Wand ab, und der Hund floh in ein Zimmer.

Das Farmhaus hatte eine zentrale Treppe, um das die Zimmer im Erdgeschoss ein Viereck bildeten. Als Carl hinter dem Hund herlief, flüchtete der sich von einem Zimmer ins andere, versteckte sich unter einer Couch, bis Carl vorbeigelaufen war, und rannte dann wieder vor ihm her. Carl hatte seinen Knüppel aufgehoben und zertrümmerte, was an seinem Weg lag: Vasen, kleine Tische, Glas, Fenster – alles, was er zertrümmern konnte. Nach fünf Minuten war der Hund verschwunden. Das Krachen wurde zu einem misstönenden Strom, einem ununterbrochenen Getöse, während Carl von einem Zimmer ins andere stürmte.

Aber was er wollte, war Hercel. Hercel und das Mädchen. Er wollte sie würgen, und endlich hörte er auf sein eigenes Verlangen und holte das Gewehr. Barton lag auf dem Boden, wo er hingefallen war. Seine Stirn war blutig. Carl schaute gar nicht hin. Er raffte das Gewehr an sich und lief zur Treppe. Sicher würde er Hercel in einem Zimmer dort oben finden.

Carl zertrümmerte weiter Möbelstücke und zerschlug Glas, doch er fand weder Hercel noch das Mädchen. Von Tig wusste er nichts. Sein Blick fiel aus dem Fenster, und jetzt sah er die Scheune im schwindenden Licht. Da war Hercel. Carl war sicher.

Als Barton die Augen öffnete, wusste er nicht, was passiert war oder wo er war, ob er tot war oder lebendig. Er wusste nur, dass sein Kopf wehtat. Dann schmeckte er das Blut, das über seine Wange in seinen Mund rann. Langsam drang in sein Bewusstsein, dass Carl schrie und knurrte und alles zertrümmerte, während er von einem Zimmer ins andere lief. Barton versuchte sich zu bewegen, aber er konnte es nicht. Sein Colt lag im verschlossenen Dielentisch, doch der Schlüssel war in der Schreibtischschublade in seinem Arbeitszimmer. Dann sah er die Winchester auf dem Teppich in der Diele. Er tat nichts. Er dachte nur daran.

Carl kam in die Diele gelaufen, warf einen Blick auf Barton, packte das Gewehr und polterte die Treppe hinauf.

Barton versuchte, sich Stück für Stück unter Kontrolle zu bringen. Er konnte eine Hand bewegen. Er konnte einen Arm bewegen. Er stemmte sich hoch und fiel wieder zurück. Er versuchte es noch einmal und sackte wieder zusammen. Er versuchte es immer weiter.

Nach ein paar Augenblicken kam Carl wieder die Treppe heruntergesprungen. »Ihr kleinen Scheißer, ihr kleinen Scheißer!«, wiederholte er und knurrte dann. Er lief zur Haustür und stolperte über das Gehgestell. Er trat dagegen und trat dann gegen den kleinen Tisch, sodass er umfiel.

Kaum war Carl zur Tür hinaus, kroch Barton zu dem Tisch. Die Schublade war immer noch verschlossen. Barton schlug mit der Faust gegen ihren Boden. Das Holz war dünn, nicht dick wie die eichene Tischplatte. Der Revolver polterte drinnen herum. Barton schlug immer wieder gegen den Boden der Schublade. Das Holz bekam einen Riss und brach dann. Barton schlug noch einmal dagegen.

Carl spähte über die Weide hinaus und sah die roten Lichter an Lucys Turnschuhen. »Ich sehe euch, ihr kleinen Scheißer!«, schrie er, hob die Winchester an die Schulter und schoss. Aber das war zu hastig; er wusste, es war zu hastig. Die Kugel prallte von der Mauer ab. Er zog den Repetierhebel zurück und warf die Hülse aus.

Diesmal zielte er, bis er sicher war, dass er Hercel im Visier hatte. In diesem Moment schoss Barton Wilcox auf ihn. Die Revolverkugel fetzte durch Carls linke Schulter und kam auf der anderen Seite wieder heraus. Im ersten Moment wusste er nicht, dass auf ihn geschossen worden war. Er spürte keinen Schmerz. Er wusste nur, dass sein Arm nicht mehr gehorchte. Er drehte sich um und sah, wie Barton den Revolver spannte. Carl hob die Winchester mit dem rechten Arm und feuerte auf den alten Mann. Barton zuckte und rollte herum.

Jetzt begann Carls Schulter zu schmerzen. Er fühlte das warme Blut, das unter dem Overall über seine Haut lief. Er ging weiter über die Weide. Seine Knie waren weich wie Gummi. Von den Kindern war nichts mehr zu sehen, und er wusste, dass er sie nicht einholen konnte. Er wandte sich Bartons Kombi zu, der neben dem Haus parkte. Carl war noch nicht fertig. Er riss die Tür auf und ließ sich auf den Sitz fallen. Der Zündschlüssel steckte. Barton Wilcox sagte immer: »Wer kommt schon hier hereinspaziert und klaut ein altes Auto? Ich lasse den Schlüssel lieber da, wo ich ihn finden kann.«

Carl setzte zurück und nahm Kurs auf das Tor. Er hatte weder die Kraft noch die Lust, es zu öffnen. Er trat das Gaspedal herunter und schaltete in den zweiten Gang. Der Motor heulte auf. Wahrscheinlich fuhr er vierzig Meilen pro Stunde, als der Kombiwagen durch das Tor brach. Seine Schulter tat jetzt sehr weh. Auf dem Beifahrersitz lag ein rosa Kinderpullover. Carl schob ihn unter den Overall und drückte ihn auf das Loch in seiner Schulter. Er wartete darauf, dass er sich wieder gut fühlte. »Ich bin noch nicht fertig«, sagte er immer wieder.

SIEBZEHN

Zuerst sah es nicht so aus, als kämen die Kojoten näher, dann taten sie es doch. Hercel, Tig und Lucy waren in den Wald geflohen, und jetzt wusste Hercel nicht mehr, wo sie waren. Er wusste nicht mehr, wo Norden und wo Süden war, wo die Straße entlangführte und wo das Haus lag. Es war fast dunkel. Lucy wollte nicht mehr rennen, sie wollte sich hinlegen. In seiner Frustration wollte Hercel schreckliche Dinge sagen: »Carl will dich fressen!« Er war selbst schockiert und sagte nichts. Er schaute umher, aber überall sah es gleich aus. Anfangs sah er über sich noch die kahlen Äste, doch es wurde immer dunkler, und die Äste verschwammen ineinander. Sie stolperten immer wieder, und Zweige peitschten ihre Gesichter. Rennen konnten sie nicht mehr. Sogar das Gehen war schwierig.

Tig weinte, aber sie ließ Lucys Hand nicht los. Im Geiste sah sie Gray auf der Wiese liegen, und sie wusste, dass Barton etwas Schreckliches zugestoßen war. Noch nie zuvor war sie bedroht worden, und die Angst war wie ein furchterregendes Geschöpf in ihrem Kopf. Es war, als lebe sie das Leben eines anderen Menschen.

»Sie kommen«, sagte Hercel.

Er brauchte nicht zu erklären, wen er meinte. Tig hörte sie auch. Sie versuchten wieder zu rennen, und dann rutschte Tig ins Wasser. Sie hielt Lucys rechte Hand, Hercel hielt ihre linke. Tig klammerte sich fest an Lucy, ohne es zu merken, und das

Kind fing an zu schreien. Hercel zog auf der anderen Seite, und einen Moment lang zerrten beide an ihr. Tig fiel hin, keuchte einen Moment lang und rappelte sich wieder auf. Hercel kniete neben seiner Schwester und tätschelte ihr beruhigend den Rücken. Er stellt sich vor, wie die Kojoten ihrem Weinen lauschten. Sie würden kichern und mit den Pfoten in ihre Richtung zeigen. Endlich verstummte Lucy. Jetzt hörte Hercel die Kojoten auch vor ihnen, erwähnte es jedoch nicht.

In einer kleinen Kette liefen sie weiter. Sie hielten sich vom Wasser fern und versuchten, sich nicht in Ranken und Dornen zu verheddern. Je dunkler es wurde, desto heller leuchteten die roten Blinklichter an Lucys Absätzen.

»Sie kommen näher, nicht wahr?«, fragte Tig. Eigentlich war es keine Frage.

»Ich glaube, ja.« Hercel wusste, dass die Kojoten inzwischen längst hätten über sie herfallen können, und er fragte sich, warum sie es noch nicht getan hatten. Vielleicht spielten sie irgendein abscheuliches Spiel.

Er hielt Ausschau nach einem Baum, auf den sie klettern könnten, aber er sah die Bäume erst, wenn sie direkt davor standen, und die Äste waren immer zu hoch. Hercel wusste, dass er sich allein an einem Baumstamm hochziehen könnte, doch dann müsste er Tig und Lucy zurücklassen. Er zog den Schraubenzieher aus dem Gürtel. Das sah albern aus, fühlte sich aber gut an.

Bald kamen sie überhaupt nicht mehr weiter. Die Kojoten waren rings um sie herum, auch wenn Hercel sie noch nicht sehen konnte. Ihr Kläffen klang eifrig und angeberisch.

»Was ist mit den Steinen da?«, fragte Tig.

Links von ihnen, im letzten Dämmerlicht, auf einer Lichtung abseits des Wassers, sah Hercel einen Haufen Steine. Keine eingestürzte Mauer, sondern ein rundes Dutzend Felsbrocken auf einer Böschung. Hercel folgte Tig und Lucy, als sie darauf zugingen, doch er wusste, es war hoffnungslos. Selbst wenn sie sich zwischen den Steinen verkriechen könnten, würden die Kojoten sie herausziehen, wie eine Möwe eine Muschel aus ihrer Schale zupft. Als sie auf der Lichtung waren, sah er die ersten Sterne. Bald würde es stockfinster sein. Er hob einen kleinen Stein auf, dann noch einen. Wenn sie sich zwischen die Brocken duckten, würden die Kojoten sie vielleicht nicht sehen. *Was für eine blöde Idee*, dachte Hercel. Aber was konnten sie sonst tun?

Während sie sich mit dem Rücken an die Felsen drückten, waren die Kojoten sehr nah, nur konnte Hercel sie immer noch nicht sehen. Als er dann einen Schatten sah, warf er einen Stein, der harmlos zu Boden kullerte. Beim nächsten Mal warf er kräftiger, und der Stein prallte gegen einen Baum. Nein, er musste sich konzentrieren. Er musste seine Angst zum Schweigen bringen. Das Kläffen wurde lauter, und es klang wie Gelächter.

Hercel blieb auf dem Boden sitzen, fand noch einen Stein und dann noch zwei. Er machte ein bisschen Platz auf der Erde neben sich und legte sie zusammen. Er hörte Lucy wimmern, aber er bemühte sich, es zu ignorieren. Tig machte ein Geräusch und warf einen Stein, wie Mädchen Steine werfen – nicht sehr gut. Mit dem Schraubenzieher malte Hercel einen Kreis um seine drei Steine. Dann zog er die Spitze des Schraubenziehers um den Kreis herum, wieder und wieder, und immer schneller, als verrührte er Eier in einer Schüssel, wenn er seiner Mutter beim Kuchenbacken half. Bei dem Gedanken an seine Mutter verließ ihn die Konzentration, und er musste sich zusammenreißen.

»Hercel, ich sehe sie!«, rief Tig. »Tu etwas!«

Hercel fuhr mit der Spitze des Schraubenziehers im Kreis herum und konzentrierte sich. Wieder und wieder, schneller, immer weiter. Der Schraubenzieher fräste sich in die Erde.

Alles Schlechte in seinem Kopf – die Angst, die Trauer, die schlimmen Bilder seiner Phantasie –, eins nach dem andern schob er beiseite. Er hörte ein Geräusch, und es war kein Kojote, kein Stein, der zu Boden fiel. Es war nicht der Wind. Es war ein Rauschen. Die Spitze des Schraubenziehers folgte dem Kreis. Hercel starrte sie an, und je schneller er sie kreisen ließ, desto lauter wurde das Rauschen. Ein Klicken und Scharren kam dazu. Er blickte nicht auf.

»Hercel, das Laub weht um uns herum! Und Stöcke!«

Das hätte vom Wind kommen können, aber es ging kein Wind – nur der Wind, den das Laub machte, als er immer schneller im Kreis um den Felsbrocken wirbelte, an den die Kinder sich drückten. Ein Zweig wurde hochgerissen und mischte sich unter das Laub, dann noch einer und ein dritter, und bald kreisten Dutzende von Zweigen auf und ab zwischen den Blättern, die um die Steinblöcke wirbelten. Ein kleiner Stein stieg auf, noch einer, und die kreisende Masse von Laub und Erde, Zweigen und Steinen wurde dichter und schwirrte und klapperte, und die ganze Zeit starrte Hercel auf den Boden und folgte mit der Spitze des Schraubenziehers dem Kreis, der sich in die Erde gefräst hatte, und wenn seine Hand ab und zu um einen Zoll von der Kreisbahn abwich, tat sich in der strudelnden Masse einen Moment lang eine Beule auf, und das Rauschen, Knistern und Knattern wurde lauter, das Geschnatter von Steinchen und kleinen Bröckchen, das Hercel und die Mädchen umgab wie eine senkrechte Röhre, wie eine Windhose, so dicht, dass jemand, der außen davor gestanden hätte, nur eine rotierende Wand gesehen hätte.

Doch dann flutete Dunkelheit in Hercels Kopf wie Wasser in eine Schüssel, und er sackte zusammen. All die Millionen kleinen Stückchen und Bröckchen flogen mit einem letzten Krachen und Prasseln auswärts zwischen die Bäume, und der Lärm hörte auf.

Als er zu sich kam, schüttelte Tig ihn und rief seinen Namen. »Hercel, Hercel!« Er sprang auf und spähte in die Dunkelheit. Die Kojoten waren weg.

»Alles ist durch die Luft geflogen«, sagte Tig. »Das hat ihnen Angst gemacht. Was war das? Warst du das, Hercel? Was ist passiert?«

Hercel lehnte sich an den Felsblock und legte den Arm um Lucys Schultern. Sie hatte aufgehört zu wimmern. »Ich weiß nicht, was das war«, sagte er. »Ich bin ohnmächtig geworden. Wir haben einfach Glück gehabt.« Aber Hercel wusste ganz genau, was es gewesen war.

Sie schmiegten sich aneinander, um sich warm zu halten. Es hatte keinen Sinn, weiterzuwandern. Inzwischen war es stockdunkel geworden, und sie würden früher oder später ins Wasser fallen. Sie mussten bis zum Morgen bleiben, wo sie waren, und darauf hoffen, dass die Kojoten nicht zurückkamen.

Hercel war halb eingedöst, als er Gebell hörte. Angst durchströmte ihn, doch dann begriff er, dass es ein Hund war, kein Kojote. Ein Hund von der Staffel, der ihre Spur verfolgte. Und er kam näher.

Seymour Hodges und Jimmy Mooney saßen im Krankenwagen hinter dem Dunkin' Donuts und bedienten sich aus einer Schachtel mit gemischten Donuts und zwei großen Bechern Kaffee mit Sahne und Extrazucker. Es war zwar erst neun Uhr, aber sie waren den ganzen Abend unterwegs gewesen: abholen, transportieren, ausladen. Zuletzt hatten sie Barton Wilcox abgeholt und mit Blinklicht und Sirene ins Morgan Memorial transportiert. Seymour hatte ihn hinten versorgt und Jimmy angeschrien, er solle schneller fahren, doch Jimmy hatte keine Lust, den Löffel abzugeben, weil er breitseits in einen Lastwagen raste. Er war eilig, aber nicht hastig gefahren, so sah er die Sache.

»Meinst du, der alte Knabe kommt durch?« Jimmy hatte den Mund voll Ahorn-Creme.

Seymour antwortete nicht.

»Ich habe gefragt, ob du meinst –«

»Ich hab's gehört. Woher soll ich das wissen, verdammt?«

»Du hast doch schon öfter Leute mit Bauchschuss gesehen.«

»Aber keine alten Leute. Zumindest ist die Kugel glatt durch ihn durchgegangen, das ist schon mal gut. Manchmal ist es 'ne echte Sauerei, sie rauszupulen. Als ob du einen Käfer aus den Haferflocken gräbst. Sehr schmutzig.« Seymour konzentrierte sich auf den Joint, den er drehte.

»Immerhin ist es das Tüpfelchen auf dem i für den Job bei Digger. Carl arbeitet da jetzt nicht mehr.«

»Ich habe den Job schon.«

»Ja, aber es ist trotzdem das Tüpfelchen auf dem i. *Fuck*, in Carls Gehirn muss es zugehen wie am Vierten Juli – ein Feuerwerk mit Heulern und Raketen, reingestreut wie Salz und Pfeffer.«

Seymour inhalierte den halben Joint auf einmal. Nach ein paar Augenblicken krächzte er: »Was hast du mit ihm gemacht?«

»So dies und das.« Jimmy beschloss, Seymour nichts von dem kleinen Streich mit Ronnie McBrides Kopf an Carls Fensterscheibe zu erzählen.

»Was denn zum Beispiel?«

»Hab ihn ein bisschen auf Touren gebracht, das ist alles. Hast du mal von dem Ofenpalast in Schweden gelesen, wo sie mit den Toten den Laden heizen? Der Typ recycelt die Wärme, damit es schön gemütlich ist. Zahlt keinen Cent für Heizöl. Jetzt hat er vor, Häuser in der Stadt zu beheizen. Je mehr Tote du brätst, desto mehr Wärme produzierst du. Leuchtet ja ein. Das ist gemeint, wenn man von Ökologie redet, oder? Wenn ich irgendwann mal Diggers Ofenpalast leite, könnten wir halb

Hope Valley beheizen. Oder einer könnte seine Tante Betty braten und die Wärme für sein Haus benutzen. Was meinst du? Da ist echt Geld zu machen. Im Moment verschwindet die ganze Wärme im Himmel, für umsonst. Hey, Seymour, bist du noch wach?«

Seymour hielt den letzten Rest seines Joints zwischen den Fingern und versuchte sich nicht zu verbrennen. Wenn die Glut ausgegangen war, würde er den Stummel essen. »Ja, ja.«

»Kriegst du es hin, für Digger zu arbeiten?«

»Klar. Wieso nicht?« Er steckte den Stummel in den Mund.

»Es kann schon irgendwie unheimlich werden.«

Seymour rutschte auf dem Sitz hin und her und machte es sich bequem, um ein Nickerchen zu halten. »Auch nicht schlimmer als das, was ich im Irak gesehen hab. War ich schon, kenn ich schon.«

Larry Rodman hatte den kleinen Graphitschmelztiegel auf seinem Herd mit zwölfkarätigen Trauringen gefüllt. Er zündete seinen Acetylenschweißbrenner an und klappte die Maske herunter. Er würde sich einen kleinen Goldbrei kochen und ihn in eine Barrenform gießen. Nichts, was er nicht schon getan hatte, doch diesmal waren es alle Ringe. Er hatte sogar die Diamanten aus den Verlobungsringen herausgebrochen und in eine Streichholzschachtel gelegt. Man brauchte kein Atomwissenschaftler zu sein, um zu wissen, dass seine Zeit in Brewster zu Ende ging – vielleicht morgen, vielleicht übermorgen, aber sie ging zu Ende. Er würde sein Gold einschmelzen, seine Sachen packen und die Fliege machen.

Im Polizeifunk hatte Larry gehört, dass Carl irgendeine Frau umgebracht hatte. Er hätte Digger sagen können, dass er mit Carl einen Fehler beging. Manche Typen vertrugen den Stress nicht. Sie platzten wie Luftballons. Larry hatte es schon öfter gesehen, und er hatte nicht vor, die Fetzen abzukriegen.

Der ganze Risikofaktor war himmelhoch getrieben worden. Die Leute wurden gierig, kriegten nie genug. Larry begnügte sich mit etwas Gold, einer Handvoll Diamanten. Er war nicht der Typ für dicke Autos. Er trank nicht, er spielte nicht, seine Bedürfnisse waren bescheiden.

Was noch blieb, war ein bisschen Arbeit im Ofenpalast, ein paar unerledigte Kleinigkeiten. Dann würde er seine Gerätschaften zusammenpacken. Er musste die Stadt vor Halloween verlassen. Bevor das Feuerwerk losging.

Woody war bei der Hundestaffel gewesen, die Hercel und die Mädchen gefunden hatte. Er war hundertprozentig sicher gewesen, dass sie tot waren: Entweder hatten die Kojoten sie erwischt, oder Carl hatte sie verschleppt. Als er Hercel rufen hörte, waren ihm die Tränen gekommen. Das hatte ihn beinahe ebenso schockiert wie die Erkenntnis, dass die Kinder wohlauf waren. Er hatte nicht mehr geweint, seit er so alt war wie Lucy, und er wusste nicht genau, wie er das fand.

Er trug Lucy den ganzen Weg zurück zu Bartons Farm. Sie war nicht verletzt, aber sie fror. Tig versuchte ihm irgendeine Geschichte vom Wind zu erzählen, von einem Wind wie ein Tornado, der gerauscht und gerauscht und die Kojoten erschreckt und sie vertrieben hatte. Sinn ergab das alles nicht, und Woody nahm an, sie hatte geträumt. Hercel ging neben ihm her und sagte nichts.

Woody ließ die Kinder nicht ins Haus, denn die Diele war voll von Bartons Blut, und Carl hatte die ganze Einrichtung zertrümmert. Anscheinend hatte er alles zerschlagen, was er zerschlagen konnte. Die große Frage war, was man mit Hercel und den Mädchen machen sollte. Bernie war bei Barton im Krankenhaus, und die Kinder konnten nicht allein bleiben. Man beschloss, sie zu Fred Bonaldo zu bringen. Hercel und Baldo waren Freunde, und Bonaldos Frau Laura sagte, natürlich seien sie willkommen. Sie hatte angefangen zu weinen, als Woody erzählte, was passiert war. Woody hatte das Gefühl, die ganze Stadt müsste weinen. Irgendwie war es ihre Pflicht.

Also ging Woody noch einmal ins Haus, um ein paar Sachen zu packen. Tig hatte ihm sagen müssen, wo alles war. Es war merkwürdig, das Unterzeug von kleinen Mädchen einzusammeln. Ein Nachbar kümmerte sich um die Schafe, und morgen würde Bernie entscheiden, was mit ihnen passieren sollte.

Polizisten aus den Nachbarstädten wurden hinzugezogen, um bei der Suche nach Carl zu helfen. Carl hatte Bartons dunkelblauen 1992er Volvo-240-Kombi gestohlen, und jetzt wurde in drei Staaten nach dem Wagen gefahndet, nicht ohne den warnenden Hinweis darauf, dass Carl bewaffnet und gefährlich war. Woody beteiligte sich an der Suche, was bedeutete, dass er den Funk überwachte und zu Orten fuhr, die Carl vielleicht aufsuchen würde. Seine erste Station war der Craftsman-Bungalow an der Ecke Hope und Newport. Er parkte am Randstein und stieg aus. Das gelbe Flatterband der Polizei spannte sich immer noch um den Garten und vor der Vorder- und Hintertür. Niemand zu Hause.

Als Nächstes fuhr er zu Brantleys Bestattungsinstitut. Unterwegs sah er zwei Kojoten, die auf dem Gehweg entlangschnürten. Er hupte, und sie huschten zwischen den Häusern davon. In den vorderen Fenstern des Bestattungsinstituts brannte Licht und in den Turmfenstern auch. Woody hielt in der Einfahrt und ging quer über den Rasen zur Eingangstür. Sechzehn kanellierte Säulen trugen das Verandadach, das sich um das Haus herumzog. Woody klopfte und klingelte. Es war elf Uhr.

Brantley war nicht entzückt. »Weshalb nehmen Sie immer an, dass Sie Carl hier finden?«

»Er ist bewaffnet, und er ist ein Killer. Ich dachte, das würden Sie wissen wollen.«

»Ja, aber er ist nicht hier. Vielleicht möchten Sie hereinkommen und sich umsehen.«

Woody wurde allmählich wütend. Er wollte sagen, dass Carl soeben beinahe drei Kinder umgebracht habe, doch das ließ er bleiben. »Nicht nötig. Rufen Sie uns einfach an, wenn Sie was sehen.«

Er ging zu seinem Truck zurück. Brantley war genau der Typ, dachte er, der den Colonel anrufen würde, wenn er sich über einen Trooper ärgerte.

Er beschloss, zu Howard Phelps zu fahren, dem Inhaber der Installations- und Heizungsfirma, der Carl entlassen hatte. Aber als er aus Brantleys Einfahrt fuhr, bekam er einen unerwarteten Anruf.

»Woody, hier ist Todd Chmielnicki. Chief Bonaldo hat mir Ihre Nummer gegeben, nachdem ich ihn davon überzeugt hatte, dass es wichtig ist.«

»Wollen Sie wieder meine Gedanken lesen?« Woody war sauer, weil Bonaldo die Nummer herausgegeben hatte.

Chmielnickis Lachen klang, als reibe jemand trockene Hände aneinander. »Nichts dergleichen, und vielleicht wissen Sie ja auch schon Bescheid. Der einunddreißigste Oktober ist Samhain, das keltische Fest zum Sommerende, mit dem die dunkle Hälfte des Jahres anfängt. Es ist der wichtigste Sabbat, nicht nur für Wiccaner, sondern für alle Neopaganisten und für Satanisten.«

»Sie meinen Halloween? Wo ist das Problem?«

»Samhain ist der Ursprung von Halloween. Es ist das Fest der Toten, an dem man Knochen ins Feuer wirft. Früher gehörten Tier- und Menschenopfer dazu. Für die Wiccaner ist es das Erntedankfest. Man sucht die Antwort zu Fragen über künftige Ereignisse mit Methoden, die von Zaubersprüchen bis zum Äpfelschnappen reichen. Bei den Satanisten ist es ein bisschen düsterer. Sie stellen einem Messingkopf Fragen über die Zukunft.«

»Was meinen Sie mit ›Messingkopf‹?«

»Meistens ist es ein Schädel, der mit einer dünnen Messingschicht überzogen ist.«

Woody schwieg kurz und versuchte sich etwas so Verrücktes vorzustellen. Dann fragte er: »Wird das zu einem Problem in Brewster?«

»Die Wiccaner könnten in Gefahr sein. Die Satanisten – ich weiß es nicht. Für vieles von dem, was hier passiert, könnte man Satanisten verantwortlich machen, oder Leute, die so tun, als wären sie Satanisten. Wenn das zutrifft, könnten sie Samhain nutzen, um noch größere Ablenkungen zu produzieren.«

»Und was ist ihre eigentliche Absicht?«

»Woody, Sie sind der Polizist. Ich bin der Schüler. Aber wenn sie Ablenkungen produzieren wollen – wie die Schlange eine Ablenkung war –, dann wissen wir beide, dass eine Absicht dahintersteckt. Und der Mord an Clouston lässt vermuten, dass sie Angst haben. Wurde er nicht umgebracht, um ihn zum Schweigen zu bringen?«

Woody fragte sich, ob Chmielnicki nur zufällig darauf gekommen war. »Daran arbeiten wir noch.«

»Dann wünsche ich Ihnen Glück. Aber vergessen Sie Samhain nicht. Wir stehen kurz davor.«

»Moment mal. Was ist, wenn nichts passiert?«

»Die örtlichen Wiccaner und andere Gruppen feiern es jedes Jahr. Wenn nichts passiert, hat das also auch eine Bedeutung.« Die Leitung war tot.

»Arrogantes Arschloch«, sagte Woody so laut, dass Ajax aufstand und ihn anschaute.

Ein paar Minuten später, Woody war gerade bei Howard Phelps' Haus angekommen, klingelte sein Telefon wieder. Diesmal war es Bobby Anderson. »Wir haben Bartons Wagen am Strand gefunden. Er steckte im Sand fest. Sieht aus, als hätte Carl damit ins Wasser fahren wollen. Es gibt Fußspuren vom Wagen zum Wasser. Rate mal, wen ich noch angerufen habe.«

»Die Kriminalpolizeiliche Ermittlungseinheit.«

»Genau.«

Der Volvo war nach rechts geschleudert und bis an die Kotflügel in den Sand eingegraben. Das Gelände ringsum war mit gelbem Flatterband abgesperrt. Das Scheinwerferlicht der Streifenwagen wurde von den Wellen zurückgeworfen, die sich zehn Meter weit draußen brachen und weiß und rauschend heranrollten. Das Rauschen schwoll an und wieder ab.

»Der ganze Vordersitz ist voll Blut«, sagte Bobby. »Es muss von Carl stammen. Die Spur zum Wasser ist ziemlich klar im festen Sandboden, aber wenn die Flut kommt, werden wir sie verlieren. Montesano sollte seinen Arsch schleunigst hierher bewegen.«

Vielleicht war Carl ins Meer gegangen. Möglich war es, doch es war natürlich nur das, was Woody in einer solchen Klemme vielleicht getan hätte. Andererseits, was sollte Carl sonst tun? Aber der Mann war verrückt. Man konnte nie mit Sicherheit voraussagen, was er tun würde.

Woody und Bobby standen neben dem Tundra, und Woody erzählte von Chmielnickis Anruf.

»Und was hast du jetzt vor?«, fragte Bobby.

»Ich denke, ich werde mehr Leute hinzuziehen. Die Straßen in den Great Swamp kontrollieren. Fällt dir sonst was ein? Vielleicht treibt Lajoie das dritte Mädchen auf, oder wir finden eine Spur zu Cloustons Mörder. Ich wünschte nur, wir könnten den Schlamassel bis Halloweeen aufklären. Wir sollten noch mal mit den Wiccanern reden.«

Woody berichtete, wie er Hercel und die Mädchen im Wald gefunden und was er empfunden hatte, als er Hercels Stimme hörte. »Verdammt, ich war so erleichtert, dass ich beinahe losgeheult hätte. Tut so was ein abgebrühter Bulle? Mir blieb die Stimme weg, und ich hatte Tränen in den Augen.«

»Scheiße«, sagte Bobby, »das passiert mir mindestens einmal im Monat. Ist nichts Neues.«

Die beiden lehnten sich an die Haube des Tundra, die noch warm vom Motor war. »Glaubst du, Carl ist auch für den ganzen Rest verantwortlich? Für das entführte Baby, für den Mord an Hartmann? Scheint mir ziemlich viel für einen einzelnen Mann zu sein.«

»Clouston könnte ihm geholfen haben. Doch ich bezweifle, dass Carl für irgendetwas davon verantwortlich ist. Er ist niederträchtig genug, aber zu wirr im Kopf. Zu ernsthafter Planung wäre er nicht fähig. Er ist impulsgesteuert. Irgendetwas hat er jedoch damit zu tun. Ich weiß nur noch nicht, was.«

Montesano und sein Team kamen gegen Mitternacht und schleppten ihre Scheinwerfer an den Strand. Die Flut war im Anmarsch, aber vier oder fünf Fußabdrücke waren noch sichtbar. Ob sie Blutflecken finden würden, war eine andere Frage. Woody ging ihnen entgegen. Der Wind war stärker geworden, und es war kälter.

»Ich habe komplizierte Neuigkeiten für Sie.« Montesano drehte den Rücken in den Wind und schlug seinen Kragen hoch.

»Was?«

»Die Asche, die wir auf der Insel ausgegraben haben, an der Feuerstelle. Und die Knochenfragmente. Der Bericht von den Eierköpfen an der Uni ist gekommen. Ein paar der Knochen sind menschlich.«

Schneegestöber wehte spät am Donnerstagabend durch Brewster. Ein Mann, der mit seinem Hund unterwegs war, oder jemand, der aus dem Fenster ins Licht einer Straßenlaterne schaute, hätte gesehen, wie es von Westen herantrieb, und gedacht, es wäre noch zu früh für den Winter. Als Vorboten winterlicher Unwetter war es manchen nicht willkommen, andere dagegen, hauptsächlich die Kinder, sahen es mit Begeisterung. Baldo Bonaldo, der Hercels und der Mädchen wegen so spät noch auf war, schaute aus dem Fenster und rieb sich die Hände. Mit Schnee konnte man jede Menge Streiche spielen.

Nur die hartnäckigsten Blätter hingen noch an den Bäumen. Wind und Regen hatten in den letzten paar Tagen gründliche Arbeit geleistet, und den ganzen Tag über hatte man den Lärm der Laubbläser gehört. Früher hatten die Leute das Laub natürlich am Straßenrand zusammengeharkt und dann verbrannt, und nicht wenige in Brewster wünschten sich, das wäre immer noch so. Es fehlte ihnen, mit der Harke vor dem Feuer zu stehen und gedankenvoll das Laub in die Mitte der Glut zu schieben. Der Rauchgeruch des brennenden Laubes fehlte ihnen. Laubbläser hatten nichts Romantisches an sich, doch das galt für vieles heutzutage – für Computer, Handys, Videospiele. Die Liste war lang.

Aber in dieser Nacht war kaum jemand mit seinem Hund unterwegs, und wer aus dem Fenster schaute und so jemanden sah, hielt ihn für tollkühn. Forderte er das Unheil nicht geradezu heraus? Die Morde an Hartmann, Clouston und Harriet Krause weckten bei vielen die Befürchtung, sie könnten die Nächsten sein. Welchen Bodensatz von Schuldgefühlen rührten diese Todesfälle auf? Gottesfürchtige Männer und Frauen verschlossen Türen und Fenster und ließen angstvoll die Jalousien herunter. Maud Lord befürchtete, jemand könnte sie erschießen, weil sie die aufgehängte Katze gefunden hatte. Jean Sawyer vom Brewster Brew lag neben ihrem Mann im Bett und versuchte ihren Liebesroman zu lesen, aber sie konnte nur daran denken, wie der Wind das Haus knarren ließ. Oder war es *nicht* der Wind?

Schwester Asherah und Schwester Isis in ihrem Farmhaus am

Ende der Whipple Street hörten die Geräusche und wussten, dass das Unheil unterwegs war, auch wenn vor dem Haus ein Streifenwagen parkte. Beide befürchteten, der Polizist könnte eingeschlafen sein, bis Schwester Asherah ihm schließlich einen Becher Kaffee und ein Stück Schokoladenkuchen vorbeibrachte. Und rührte er es an? Nie im Leben! Er hatte von Hexen gelesen und wusste, was passieren konnte, wenn man ihr Essen aß. Er würde das ganze eklige Zeug dem kriminaltechnischen Labor an der Uni übergeben.

Ginger und Howard Phelps spielten wieder bis tief in die Nacht hinein Gin Rommée und verbrachten ungewöhnlich viel Zeit damit, in ihre Karten zu starren. Die warme Milch in ihren Gläsern wurde kalt. Das Telefon stand in Reichweite. Dachten sie an ihre Karten? Natürlich nicht. Ginger lauschte auf das Knacken und Schnalzen, das immer durch das Haus ging, wenn der Heizboiler sich einschaltete – Geräusche, die sie bisher nie gestört hatten. Howard dachte zum tausendsten Mal, dass er Carl Krause gar nicht hätte einstellen sollen, und wenn doch, dann hätte er ihn nicht feuern dürfen. Vielleicht hätte er Carl dafür bezahlen können, dass er ging, aber er hätte ihn nicht wütend machen dürfen. Wahrscheinlich war es einer der Gründe, weshalb Carl durchgedreht war. Ja, vielleicht war es der einzige Grund. Und würde Carl sich dann nicht rächen wollen?

In diesem Augenblick hörten sie ein lautes Krachen aus dem Salon. Ginger schrie auf. Howard sah einen Schatten. Das Fenster zerbrach, Glasscherben prasselten klirrend zu Boden. Ginger griff nach dem Telefon, Howard versuchte es ihr aus der Hand zu reißen, und sie kämpften um den Apparat, weil jeder die Notrufnummer wählen wollte. Ein Glas Milch wurde umgestoßen, und ihre Spielkarten flatterten auf den Linoleumboden. Endlich war die Nummer gewählt, und beinahe sofort waren die Streifenwagen unterwegs.

Fresssack Hopper wohnte mit seiner Frau und vier Söhnen in

einem kleinen Haus in der Periwinkle Street am Stadtrand. Alle waren rundlich oder schwer – das Wort »dick« benutzten sie nicht. Sie hatten ein bisschen zu lange den Kopf in den Kühlschrank gesteckt, konnte man sagen. Hopper sah gern Late-Night-TV und trank dazu ein paar Bier. Über Jay Leno musste er grinsen. Und ein paar der hübschen weiblichen Gäste mit ihren tief ausgeschnittenen Kleidern brachten seine ganze Körpermitte zum Vibrieren.

Aber heute Nacht bemerkte Fresssack Hopper die hübschen Mädchen kaum. Einerseits empfand er wütenden Groll gegen Freddie, weil er ihn suspendiert hatte. Schön, vielleicht hatte er den Toten auf der Insel und diese komischen Zirkusziegenspuren ein, zwei Leuten gegenüber erwähnt, die er schon sein Leben lang kannte. Und hatten sie nicht rauf und runter geschworen, es niemandem weiterzuerzählen? Also war nicht er der Schuldige. Zumindest sah er es nicht so.

Andererseits beunruhigte ihn der Wind in den Bäumen. Heute Nacht machte er wirklich großen Lärm. Als Hopper klein war, vielleicht fünf oder sechs Jahre alt, hatte sein Vater ihm erzählt, der Wind sei in Wirklichkeit nicht der Wind, sondern das seien die Geister der kürzlich Verstorbenen, der bösen Menschen, die jetzt in die Hölle hinuntergeweht wurden. Fresssack Hopper hatte es nie vergessen. Tatsächlich dachte er sogar jetzt daran, statt auf die Promi-Titten zu starren. War dieser Clouston kein böser Mensch gewesen? Vielleicht war er es, der da draußen herummährte. Nicht, dass Hopper diesen Quatsch noch glaubte.

In diesem Moment hörte auch er ein lautes Krachen und Splittern vom Esszimmerfenster, das er durch die Doppeltür zum Flur gerade noch erkennen konnte. Er hatte hundertprozentig gewusst, dass so was passieren würde. Ist es da ein Wunder, dass seine Glock in Reichweite auf dem kleinen Fernsehtisch neben seinem Budweiser lag?

Fresssack Hopper packte die Pistole, und in der Sprache des später verfassten Polizeiberichts hieß es, er »gab mit dieser Waffe sieben Schüsse ab«. Einfacher gesagt, ballerte er siebenmal gegen die Wand des Nachbarhauses. Sein Nachbar hieß Charlie Mitzorelli. Und es war nur gut, dass der alte Charlie sein Haus genau wie das schlaue Schweinchen in der Kindergeschichte aus Ziegelsteinen gebaut hatte, denn sonst wären die sieben .45er Kugeln glatt durch die Wand gefahren wie ein heißes Messer durch die Butter.

Es war halb zwei, als Woody endlich nach Hause fuhr. Er hatte schon eher fahren wollen, doch dann waren auf dem Revier lauter Notrufe eingegangen. Es war ein Albtraum gewesen. Bei den ersten vier hatte es sich um regelrechte Einbrüche gehandelt, das heißt, jemand hatte ein Fenster im Erdgeschoss mit der Brechstange aufgehebelt, und dabei war das Fenster zerbrochen.

Als Nächstes rief eine Flut von Leuten an, die *glaubten*, bei ihnen werde eingebrochen. Vermutlich waren diese Leute von den ersten vier angerufen worden. Streifenwagen aus Brewster und von der State Police rasten mit heulenden Sirenen in der Stadt umher. Wer das Glück gehabt hatte zu schlafen, schlief bald nicht mehr. Das führte zu einer dritten Welle von Anrufen, und Chief Bonaldo erbat zusätzliche Hilfe aus Charlestown und South Kingstown.

Wieder rief Woody die Kriminalermittler an, die ohnehin noch am Strand dabei waren, eine Tonne Sand aufzusaugen, der im Labor der Universität auf Blutspuren untersucht werden sollte. Das Labor hatte so viel zu tun, dass der Gouverneur Forensiker aus Massachusetts angefordert hatte. Das war ein Vorteil des Lebens in einem Ministaat: Solche Probleme landeten im Handumdrehen ganz oben.

Woody hatte geholfen, ein paar der Anrufe aus der zweiten und dritten Welle zu beantworten. Er war kreuz und quer durch Brewster gegondelt, bis er zu dem Schluss kam, dass das alles Blödsinn war. Nichts als Hysterie allenthalben. Das alles passierte nur, weil etwas *anderes* passierte, etwas, wovon diese eingeschlagenen Fenster ablenken sollten. Er rief im Krankenhaus an, um sich zu vergewissern, dass ausreichende Sicherheitsmaßnahmen ergriffen worden waren, und er sorgte dafür, dass die Polizei ein Auge auf Wiccaner und andere hatte, die in Gefahr sein konnten. Dann fuhr er noch ein bisschen herum, doch die einzigen Fahrzeuge, die er sah, waren Polizeiautos und ein Krankenwagen. Woody dachte: *Soll Fred Bonaldo sich darum kümmern. Ich fahre jetzt nach Hause.*

Aber er fuhr nicht nach Hause. Das heißt, er fuhr den halben Weg nach Carolina, bog dann nach rechts ab und nahm Kurs auf Wakefield. Er fühlte sich zu einsam, um nach Hause zu fahren, und die Ereignisse in Brewster brachten ihn durcheinander. Es war wie in einem Science-Fiction-Film, wenn die Untertassen landen: Überall herrschte totale Panik.

Woody hatte nur eine ungefähre Vorstellung davon, wo Jill wohnte, wusste jedoch, dass er sie finden würde. *Heute Nacht*, sagte er sich, *bin ich ein verdammter Spürhund.*

Jill öffnete ihm die Tür und zog einen weißen Frotteemantel fester um sich zusammen. Sie sah nicht überrascht aus, legte den Kopf schräg und fragte: »Kaffee?«

»Keinen Kaffee.«

Er griff an ihren Hinterkopf, packte sie an den Haaren – nicht zu fest – und küsste sie auf den Hals, während er sie in die Diele drängte und die Tür mit dem Absatz zustieß. Ihr Hals roch nach Schlaf und süßen Sachen. Er versuchte, alles in den Mund zu bekommen, und trat dann einen Schritt zurück. »Soll ich aufhören?«

»Hör nicht auf.«

Sie schafften es nicht bis ins Schlafzimmer, sondern zogen

einander schon im Wohnzimmer aus. Er riss ihr das Nachthemd herunter. Sie fiel auf die Knie, löste seinen Gürtel, zog den Reißverschluss auf und nahm seinen Schwanz in den Mund. Seine Hose rutschte herunter, und die Pistole in ihrem Halfter landete dumpf auf dem Teppich. Er fiel auf Jill und fing sich mit den Händen ab. Einen Moment lang versuchte er, die Schuhe abzustreifen, und gab dann auf. Sie saugten sich aneinander fest, stülpten die Münder auf alles, was sie finden konnten, bis sie beide glitschig von Speichel waren. Sie rollten über den Boden und warfen den Couchtisch um. Dann packte sie seinen Schwanz und schob ihn in sich hinein. Erst saß sie rittlings auf ihm, dann rollten sie sich herum, und als Nächstes nahm er sie wie ein Hund von hinten, und sie rollten sich wieder herum wie ein einziges, rastloses Lebewesen, bis er sich schließlich auf sie schob und es losgehen konnte. Als sie fertig waren, lagen sie auf dem Teppich und rangen nach Atem. Woodys Ellenbogen waren wund, und seine Knie ebenfalls. *Der Teppich ist rau*, hätte er beinahe gesagt, aber er schwieg. Jetzt, da er Gelegenheit zum Sprechen hatte, wusste er nicht, was er sagen sollte.

Jill stand auf und streckte die Hand aus, um ihm auf die Beine zu helfen. Im matten Licht starrte Woody in ihre Augen, die ihn anstarrten. Das Weiße dieser Augen umrahmte dunkle Seen, in die er aus großer Höhe hineinschaute. Eine Sekunde lang hatte er Angst zu fallen, doch dann schlang sie die Arme um ihn und führte ihn ins Schlafzimmer. Seine Hose knüllte sich um die Knöchel. Sie gab ihm einen Stoß, und er kippte rückwärts auf das Bett. Sie zog ihm Schuhe und Strümpfe aus, kroch auf ihn, und sie taten das Ganze noch einmal, nur langsamer. Er hob die Hände an ihre Brüste. Das Kopfbrett schlug gegen die Wand.

Danach lagen sie nebeneinander, ihre Hände berührten sich, und sie sprachen nicht. Beide überlegten, ob sie etwas sagen sollten, und ließen sich mögliche Sätze durch den Kopf gehen, aber nach dem, was passiert war, klang jeder Satz so banal, dass keiner von beiden es über sich brachte, das Schweigen zu brechen. Jill stellte sich vor, dass sie vielleicht nie wieder etwas sagen würden, dass jetzt Jahre vergehen würden, vielleicht ihr ganzes Leben, während sie sich nur noch mit Handzeichen und Grunzlauten verständigten. Darüber musste sie lachen.

»Was lachst du?«, fragte Woody.

Sie erzählte es ihm.

»Na, dann habe ich das Eis wohl gebrochen«, stellte er fest.

Sie lachte wieder, setzte sich rittlings auf ihn und fing an, sein Gesicht zu küssen – seine Nase, seine Augen, seine Stirn und seinen Mund –, und er hielt ihre Brüste in den Händen, umfasste die Warzen mit zwei Fingern und streichelte sie mit den Daumen. Schließlich zog er sie auf sich herunter, rollte sich über sie, vergrub wieder das Gesicht an ihrem Hals und biss sanft in ihre Haut.

Eine halbe Stunde später saßen sie am Küchentisch und aßen Rührei. Ajax war aus dem Truck hereingeholt worden und schlief auf dem Fußboden. Woody war so müde, dass er sich fühlte, als habe er seinen Körper verlassen.

»Wenn du einschläfst, fällst du mit dem Gesicht auf deinen Teller«, warnte Jill. »Du kannst meine Zahnbürste benutzen, wenn du willst. Ich glaube, wegen Bazillen brauchst du dir keine Sorgen zu machen, alles in allem betrachtet.«

Jill zeigte ihm das Bad. Lukes Spielsachen standen aufgereiht auf den Wannenrand: *Star Wars*-Figuren, kleine Rennautos und eine gelbe Gummiente. Jill drückte Zahnpasta auf die Bürste. »Den Rest musst du selbst machen. Musst du pinkeln?«

»Geht schon.«

Sie führte ihn zum Bett, und er ließ sich hineinfallen. Sie legte sich neben ihn und zog die Decke hoch. »Ich hoffe, wir bleiben lange zusammen.«

Woody hob den Kopf eine Handbreit über das Kopfkissen. »Das würde mir gefallen«, sagte er.

Der kommissarische Polizeichef Fred Bonaldo legte in der Donnerstagnacht hundert Meilen zurück, und das nur in Brewster. Tatsächlich fuhr Harry Morelli, und Bonaldo machte sich Sorgen. Zwanzig Polizisten hatten Dutzende von Befragungen durchführen müssen, um festzustellen, dass es nur vier Zwischenfälle gegeben hatte. Der ganze Rest – beobachtete Gespenster, Schattengestalten und Kojotenmeuten sowie gehörte Geräusche von klirrendem Glas, Schreien, Kojotengeheul und Schüssen (von Fresssack Hoppers kurzfristiger Panik abgesehen) – konnte einem kollektiven Wahnsinn zugeschrieben werden. Trotzdem hatte es Zeit gekostet. Und jeder, mit dem er gesprochen hatte, beklagte sich ausführlich darüber, dass Fred den Fall noch nicht aufgeklärt hatte. Einige hatten ihn angeschrien, und Paulie Webster, die er seit dem zweiten Schuljahr kannte, hatte versucht, ihn auf die Nase zu boxen. War das etwa die Arbeit eines Polizeichefs?

In einer Stadt, in der die Menschen einander immer schon gekannt hatten und gutwillig und friedlich zusammenlebten, fand Bonaldo es schockierend, zu sehen, wie schnell das alles beiseite gewischt werden konnte. Nachbarn verdächtigten Nachbarn. Deborah Dove, die Leiterin der Bailey Elementary School, wollte ihre Schule schließen. Tommy Cathcart wollte keine Post mehr zustellen. Chucky Stubbs, Herrgott noch mal, wollte das Tierheim dichtmachen. Leute verließen die Stadt. Sogar die Freimaurer fingen an, sich gegenseitig zu misstrauen.

Brewsters einzige Waffenhandlung machte Riesengeschäfte mit Gewehren, Schrotflinten und Pistolen. Ein Mann kaufte eine Armbrust. Jerry Kowalski, dem die Waffenhandlung gehörte, sagte zu Bonaldo: »Hey, Freddie, ich gebe dir fünf Prozent von meinem Umsatz, wenn du die Sache noch zwei Wochen am Laufen hältst. *Fuck*, danach setze ich mich zur Ruhe.«

Bonaldo hatte nicht gelacht. Wegen dieser lächerlichen Einbrüche, bei denen nicht einmal jemand in irgendein Haus eingedrungen war, würden die Leute morgen vor Kowalskis Laden Schlange stehen, und zwar rund um den Block. Es war nur eine Frage der Zeit, wann ein verrückter Bürger einen anderen verrückten Bürger über den Haufen schoss. Bewies das nicht schon die Tatsache, dass Fresssack Hopper mit seiner Glock sieben Kugeln in Charlie Mitzorellis Hauswand gefeuert hatte? Jetzt wollte Charlie sich auch eine Waffe besorgen.

»Und wenn er mich erschießt?«, hatte Hopper gefragt.

»Würde dir ganz recht geschehen.« Dann hatte Bonaldo sich entschuldigt. Fresssack Hopper war Lauras Cousin, und da war es gut, wenn es so wenig böses Blut wie möglich gab.

Gegen halb vier in der Frühe informierten die Kriminalermittler Bonaldo, dass die Fußspuren vor den eingeschlagenen Fenstern bei zwei der vier Häuser von Timberland Pro Terrenes der Größe 45 mit leicht abgenutzten rutschfesten SafeGrip-Gummisohlen stammten. Vor Hoppers Fenster war das Gras zu hoch, deshalb hatte man keine Spuren gefunden.

Bonaldo warf die Hände in die Höhe. Hatte er nicht gewusst, dass es so kommen würde?

Er rief Woodys Handy an. Eine Frau meldete sich, und Bonaldo nannte seinen Namen. »Ich muss sofort mit Woody sprechen.«

»Tut mir leid, er ist nicht erreichbar. Möchten Sie eine Nachricht hinterlassen?«

Das kam überraschend. Wer war diese Person? »Wer sind Sie?«, wollte Bonaldo wissen.

»Ich bin Woodys Mutter.«

Bonaldo war verdattert. Er hatte nicht gewusst, dass Woody überhaupt eine Mutter *hatte*. Was sollte er sagen? »Tja, äh, sagen Sie ihm, er soll mich so bald wie möglich anrufen. Es geht um Timberland Pro Terrenes, Größe fünfundvierzig.«

»Das muss ich mir aufschreiben«, sagte die Frau.

Im Laufe der nächsten Viertelstunde fuhr dieses kurze Gespräch in Bonaldos Kopf Karussell. Brewster ging in Flammen auf, und Woody besuchte seine Mom?

Er hatte mit weiteren Leuten gesprochen, und weitere Leute hatten sich beschwert, weil Fred »nichts tat«. Eine andere alte Freundin, Ricki Donovan, die er schon seit dem Kindergarten kannte, hatte ihn angeschrien: »Freddie, du ruinierst die verdammte Stadt! Du musst deinen Arsch hochkriegen und etwas *tun*!«

Danke, Ricki.

Harry Morelli setzte Bonaldo um fünf vor seinem Haus ab. »Schlafen Sie ein bisschen, Freddie. Sie haben morgen wieder einen langen Tag.«

Bonaldo sagte Gute Nacht. Er hatte es eigentlich nicht gern, wenn seine Leute ihn Freddie nannten; es klang respektlos. Aber heute Nacht war es ihm egal. Wie sollte er Respekt erwarten, wenn er sich selbst nicht respektierte? Er ging den Weg zur Tür hinauf. Das Haus war dunkel. Sogar das Verandalicht brannte nicht. Vielleicht war Laura aus irgendeinem Grund wütend auf ihn. War sie vielleicht sauer, weil die drei Kinder hier untergebracht worden waren? Aber dazu hatte sie ein zu gutes Herz. Die Kinder hatten etwas Furchtbares erlebt, und als er den armen Hercel gesehen hatte, war ihm fast das Herz gebrochen. Der Junge hatte versucht, tapfer zu sein, obwohl er alles Recht der Welt hatte, zu heulen wie ein Baby.

Bonaldo legte die Hand auf das Geländer und tastete sich die Verandastufen hinauf. Dann öffnete er die Windfangtür und wühlte in der Tasche nach seinem Schlüssel. Es war eine goldene Regel: Wenn er in die rechte Tasche griff, war der Schlüsselbund in der linken, griff er in die linke, war er in der rechten. Die Tür war weiß, und als Bonaldo die Schlüssel endlich gefunden hatte, sah er, dass etwas im Holz steckte, vielleicht ein Messer oder ein Dolch. Das Licht von der Straße blinkte auf der Klinge. Um das Messer herum war etwas Dunkles. Er streckte die Hand aus, berührte es und riss sofort die Hand wieder weg. Es fühlte sich pelzig an. Und dann merkte er, dass es wie etwas Totes roch.

Er wollte die Tür aufschließen und das Licht anknipsen, aber entweder traf er das Schlüsselloch nicht, oder er hielt den Schlüssel verkehrt herum. Das dunkle, pelzige Ding wurde immer größer, je länger er es anschaute.

Endlich hatte er die Tür geöffnet und knipste das Licht an. Das dunkle Ding war ein Bündel glänzendes braunes Haar. Bonaldo wusste sofort, was er da sah: Hartmanns Skalp.

Der kommissarische Polizeichef Fred Bonaldo presste die Hände an den Mund, um nicht laut zu schreien. Er durfte die Kinder nicht wecken. Aber Bonaldo konnte nicht anders. Er schrie wie am Spieß.

ACHTZEHN

Jill Franklin gab die Aufsicht über Woodys Handy am Freitagmorgen um sechs wieder ab. Dabei war ihr Luke behilflich, ihr Sohn, der ins Schlafzimmer gestürmt kam, auf das Bett sprang und ein paarmal auf und ab hüpfte, bevor ihm klar wurde, dass seine Mutter einen Gast hatte.

»Wer 's 'n das? Ist das der Mann, bei dem Ajax wohnt?«

»Er heißt Woody«, sagte Jill. »Weißt du noch?«

»Ach ja, Woody.« Luke hüpfte noch ein bisschen. Wenn Ajax ihn mochte, war Woody vermutlich okay.

Woodys Handy klingelte, und Jill reichte es ihm. Er hatte das linke Auge bereits geöffnet und überlegte, ob er das rechte auch aufmachen sollte. In den letzten vier Tagen hatte er insgesamt vielleicht zehn Stunden Schlaf bekommen. Bobby war dran.

»Ich habe Neuigkeiten für dich.«

Woody setzte an zu erwidern, er wolle sie nicht hören, aber Bobby redete hastig weiter. »Jemand hat Ernest Hartmanns Skalp an Fred Bonaldos Haustür genagelt, und zwar mit einem Athame. Fred hat ihn vor einer Stunde entdeckt. Er ist total neben sich.«

Woody fuhr so schnell hoch, dass Luke beinahe auf den Boden gefallen wäre. Er bekam das Bein des Jungen gerade noch rechtzeitig zu fassen. Jill hatte gehört, was Bobby sagte, und schlug die Hand vor den Mund. »Mit einem was?«, fragte Woody.

»Mit einem Athame. Das ist ein Zeremoniendolch, den moderne Hexen verwenden. Dieser hier hat einen Dreifachmond auf dem Griff und drei Runen auf der Klinge. Weißt du, was sie bedeuten?« Bobbys Stimme klang wie eine straff gespannte Saite – eine Roboterstimme.

Woody war so wirr im Kopf, dass es wehtat, auch nur zwei Gedanken zusammenzufügen. Jill kniete vor ihm auf dem Bett und sah ihn sorgenvoll an. Ihr Bademantel stand halb offen, und Woody konnte ihren Nabel sehen. Er hatte das Gefühl, seine Prioritäten waren völlig im Eimer. Er hatte das Gefühl, er sollte Bobby sagen, dass er kündigte. »Was sind Runen?«, fragte er.

»Wikingerschrift, Druidenlettern, woher soll ich das wissen, verdammt? Alte Buchstaben mit magischen Kräften. Diese Runen hier bedeuten Mann, Schlange und Feuer. Bingo hat den Dolch vor einer Viertelstunde Schwester Asherah gezeigt. Sie sagt, es sei ein Athame. Interessierst du dich nicht für den Skalp?«

»Ich sollte vielleicht lieber kommen«, sagte Woody.

Zehn Minuten später saß er mit Ajax im Truck. Jill hatte ihm Kaffee gemacht, doch für etwas anderes hatte er keine Zeit mehr. Er fühlte sich wie ein überlastetes System mit einem Gehirn voll durchgebrannter Synapsen. Er wusste, er sollte analysieren, was vor ihm lag, aber stattdessen liefen seine Gedanken im Kreis herum, während er sich an jeden seiner Augenblicke mit Jill erinnerte und versuchte, sie alle noch einmal zu erleben. Es hatte ihn verblüfft. Er bemühte sich, im Geiste heraufzubeschwören, wie ihre Haut sich anfühlte, wie ihre Augen aussahen – ihren Geruch, die Berührung ihrer Hand und das Gefühl ihres Bauchs an seinem. Staunend schüttelte er den Kopf und spürte, er sollte umkehren und wieder zu ihr fahren. Zum Teufel mit Brewster. Zumindest konnte er sie anrufen und sich versichern lassen, dass die letzten fünf Stunden wirklich passiert waren. Er hatte Angst, sie könnte sich verändern, er könnte sie nachher wiedersehen und feststellen, dass sie ein anderer Mensch war. Dass sich der Boden unter seinen Füßen aufgetan hatte, während es für sie ein One-Night-Stand gewesen war.

Er rief im Morgan Memorial an, um sich nach Barton Wilcox zu erkundigen, und sprach mit Bernie, die auf der Intensivstation war.

»Er lebt. Das ist das Beste, was man sagen kann. Eine Prognose gibt es noch nicht. Es sieht nicht gut aus. Ach, Woody, Sie sollten ihn sehen. Er sieht furchtbar aus. Ich bin seit Jahrzehnten Krankenschwester, aber ich kann ihm nicht helfen. Ich kann nur seine Hand halten.«

Woody hörte ihr zu und spürte, wie Jill in einen anderen Teil seines Gehirns zurückwich. Albernerweise hätte er Bernie gern erzählt, dass er die Nacht mit einer wunderbaren Frau verbracht hatte. Er war empört über einen so egozentrischen Gedanken.

»Kopf hoch, Bernie. Ich komme später vorbei, wenn ich kann.« Er holte tief Luft. »Es tut mir leid, Bernie. Das alles ist so schrecklich, dass ich nicht weiß, was ich sagen soll. Mir ist scheußlich zumute, und dabei ist mir klar, dass es nicht zu vergleichen ist mit dem, was Sie empfinden. Ich würde alles tun, um zu helfen, ich weiß nur nicht, was ich tun kann.«

»Kümmern Sie sich um die Kinder und fangen Sie dieses durchgeknallte Arschloch, das auf meinen Mann geschossen hat.«

Woody fand Bobby Anderson, Bingo Schwartz und Detective Brendan Gazzola in einem kleinen Büro mit einem Schreibtisch, drei Stühlen und einem Schuhkarton. Die Gesichter der drei Polizisten ließen Woody an die Verlierer in einer Quizsendung denken, die sich bemühten, das Beste aus ihrem Schicksal zu machen. Auf dem Polizeirevier war das Rauchen verboten, und Gazzola warf seine Nicorette ein, als wären es Gummibärchen. Bingo summte vor sich hin.

Als er Woody sah, schüttelte Bobby den Kopf. »Diese Stadt ist komplett im Arsch.«

Woody warf einen Blick in den Schuhkarton. Was darin lag, sah aus wie das Nest für ein Rotkehlchen, das man vor der Katze gerettet hat: bräunliches Stroh, in dem der Vogel es warm hat. Er erkannte, dass es Ernest Hartmanns Skalp war, und wich zurück. »Bah«, sagte er.

»Eine brillant formulierte kritische Einschätzung.« Bobby schlug sich mit der flachen Hand an die Stirn. »Warum bin ich nicht darauf gekommen?«

»Was hat das hier zu suchen?«

»Gleich kommt einer aus der Rechtsmedizin und holt es ab. Aber das Kriminallabor will es auch sehen, wahrscheinlich aus morbider Neugier. Was wollen sie da finden? Fingerabdrücke? Ich persönlich finde, es sollte so bald wie möglich wieder mit Hartmann vereint werden, bevor irgendein Superschlauer es an den Zirkus verkauft.«

Was Chief Bonaldo anging, so war er, als er Hartmanns Skalp mit der Hand berührt hatte, »komplett ausgeflippt«. Die drei Detectives konnten es ihm nachfühlen. Keiner von ihnen hätte geschworen, dass es ihm nicht genauso gegangen wäre. Der Nachteil war, dass Bonaldos Geschrei die Nachbarn geweckt hatte und alle auf die Straße gerannt waren – einer mit einem Gewehr in der Hand –, um herauszufinden, was der Lärm sollte. Und natürlich hatten sie einem Haufen anderer Leute erzählt, dass »der Skalp des ermordeten Typen mit einem Satanistendolch an Freddies Tür genagelt« worden war.

»Wenn Baldy das Maul gehalten hätte«, sagte Bobby, »ging's uns sehr viel besser. Die halbe Stadt verlangt jetzt Polizeischutz. Die Leute haben so viel Angst, dass sie ihre Hunde im Haus pinkeln lassen.«

»Was ist mit diesem Messer, oder was es sonst ist?«, fragte Woody.

Bobby zuckte die Achseln. »Soweit ich sehe, ist es ein ganz normaler Wald-und-Wiesen-Satanistendolch.«

»Montesano hat ihn ins kriminaltechnische Labor gebracht«, sagte Bingo. »Er glaubt nicht, dass Fingerabdrücke dran sind. Schwester Asherah sagt, es sei eins der magischen Werkzeuge für Wicca, neben Stäben und Kelchen. Sie benutzen den Athame, um einen magischen Kreis zu zeichnen. Dann stehst du im Kreis, und die Dämonen stehen draußen. Oder man benutzt ihn, um auf irgendeine Weise Energie zu schaffen. Schwester Asherah würde immer noch davon erzählen, wenn ich nicht abgehauen wäre. Das Wichtigste ist vielleicht, dass er üblicherweise nicht benutzt wird, um etwas zu schneiden. Andererseits war das Ding ziemlich scharf.«

»Das heißt, Hartmann könnte damit erstochen worden sein?«

»Das will der Rechtsmediziner herausfinden.«

»Gibt es Opern mit Hexen?«, fragte Bobby.

»Bei Verdi kommen ein paar vor, bei anderen Komponisten aber auch«, antwortete Bingo. »Früher kriegte man kaum mal eine Oper ohne Hexe und vielleicht noch mit 'nem Zigeuner.«

»Was ist mit diesen Buchstaben?«, fragte Woody. Hartmanns Skalp sah aus wie antikes Haar an einem braunfleckigen Stück Pergament. Es kam aus einer ganz anderen Welt als der, in der Jill Franklin lebte.

»Runen«, sagte Bobby. »Die Tatsache, dass sie Mann, Schlange *und* Feuer bedeuten, scheint auf einen Zusammenhang mit dem Fall hinzuweisen. Und die Rechtsmedizin arbeitet immer noch an dem Umstand, dass ein paar der Knochenteile in der Asche der Feuerstelle auf der Insel menschlicher Herkunft sind.«

Bingo kratzte an einem grauen Fleck am Revers seines braunen Jacketts. »Schwester Asherah sagt, das Wort ›bonfire‹ für ein großes Feuer käme ursprünglich von ›bone-fire‹, also Knochenfeuer. An Halloween verbrannten die alten Kelten Knochen, um böse Geister abzuwehren. Sie hat mir gesagt, wie das Fest heißt, aber ich hab's vergessen.«

»Samhain«, sagte Woody. »Das ist morgen Abend.«

»Könnte ein Problem werden«, meinte Bobby.

Detective Gazzola fing an zu husten. Eine lange Reihe von schleimrasselnden, feucht keuchenden Krächzern brachte Farbe in sein Gesicht. »Ich fühle mich überfordert. Ich habe keine Ahnung von diesem Scheiß, und ich weiß nicht, wo ich anfangen soll. Ich renne herum, sammle die Einzelteile ein und weiß nicht mal, was sie bedeuten.« Er fing noch einmal an zu husten.

Die andern schwiegen. Ihnen allen ging es kaum anders.

»Ach ja«, ergänzte Bobby, »Montesano sagt, sie hätten keine Spur von Carls Blut im Sand gefunden. Sie sind noch nicht fertig, und vielleicht findet sich noch was, aber allmählich fragen wir uns, was es bedeutet, wenn es gar nicht Carl war, der den Wagen am Strand gelassen hat.«

Wieder schwiegen alle. Jeder bemühte sich, nicht den Skalp anzuschauen, sah ihn dann doch an und wandte den Blick wieder ab. Sie konnten nicht anders.

»Okay, Gazzola, ich habe einen Job für Sie.« Woody trug dem Detective auf, ein Foto von Hamilton Brantley zu beschaffen und dann aus dem Krankenhaus Fotos von Leuten zu besorgen, die zugaben, Clouston gekannt zu haben. »Nehmen Sie sich ein paar Leute, die Cloustons Nachbarn die Bilder zeigen. Vielleicht finden wir einen Zusammenhang.«

Bingo hatte vor, seine Suche nach Ronnie McBride fortzusetzen, und Bobby wollte in den Great Swamp fahren und mit Gail Valetti sprechen, der Kojotenexpertin.

»Mit diesem Biest?«, fragte Woody. »Ich dachte, die reißt mir den Kopf ab.«

Bobby machte ein seliges Gesicht. »Wir hatten einen wunderbaren kleinen Plausch am Telefon. Sie sagte, ich könne sie gern besuchen, solange ich meinen aufdringlichen Freund nicht mitbringe. Damit bist du gemeint.«

Woody verdrehte die Augen. »Wieso gibst du den Scheißjob bei der Polizei nicht auf und gehst in die Politik? Mit diesem Hochglanzgrinsen könntest du der erste schwarze Senator für diesen Staat werden.«

Sie flachsten noch ein bisschen herum, und Woody merkte, dass die Stimmung sich geändert hatte, wie das Wetter sich manchmal ändert. Er spürte einen Hauch von Optimismus inmitten ihrer Frustration. Wie Gazzola sagte, sie hatten einen Haufen Einzelteile, aber Woody spürte, dass sie sich zusammenfügen würden wie eine zerbrochene Vase, deren Scherben wieder zusammenwuchsen.

»Ich fahre rüber zu Brantley.«

Wieso?«, fragte Bobby.

»Du erinnerst dich an Bonaldos Bemerkung über Clouston und Brantley, die wir für blöd hielten?«

»Ja«, sagte Gazzola. »Er sagte, sie hätten beide mit Toten zu tun.«

»Ich denke, es ist einen Besuch wert«, sagte Woody. »Wir sehen uns später.«

»Wann treffen wir vier uns das nächste Mal«, sagte Bingo, »bei Regen, Donner, Wetterstrahl?«

Gazzola grunzte. »Carl Krause ist nicht der einzige Irre hier.«

Als Woody fünf Minuten später seinen Truck in die Einfahrt des Bestattungsinstituts steuerte, sah er Seymour Hodges, der dabei war, die Scheibe in der Hintertür zu erneuern. Er parkte neben der Remise und ging hinüber zu Seymour, der ihn entweder nicht gesehen hatte oder ignorierte. Es war ein frischer Herbsttag, und der Himmel war so blau wie eine Maya-Kachel. Dicke Wolken zogen nach Osten. Im Ahorn schimpfte eine Elster auf eine unsichtbare Bedrohung.

»Was ist mit dem Fenster passiert?«, fragte Woody.

Seymour warf ihm einen Blick zu und fuhr dann fort, die verbliebenen Scherben aus dem Rahmen zu schlagen. »Ist kaputtgegangen.«

»Ja, das hab ich mir schon gedacht. Wie ist es denn passiert?«

»Kinder vielleicht.« Seymour war stämmig und rothaarig, und seine Augen hatten die gleiche Farbe wie der Himmel. Seine Nase sah zerquetscht aus, doch ob er so zur Welt gekommen war oder ob sie ihm jemand zerschlagen hatte, war nicht zu erkennen. Er trug Arbeitsstiefel, Jeans und ein dunkles Sweatshirt mit Farbklecksen.

»Hat Brantley Anzeige erstattet?«

»Digger sagt, die Cops hätten zu viel zu tun.«

»Hat jemand versucht einzubrechen?«

»Keine Ahnung. Ist kaputt, mehr weiß ich nicht.«

Woody merkte, wie er sich warm lief. Seymour wollte in Ruhe gelassen werden, und gerade deshalb bekam Woody immer mehr Lust, ihn weiter zu löchern. »Ich wusste nicht, dass Sie für Brantley arbeiten. Wann haben Sie angefangen?«

»Vor Kurzem.«

»Vor Kurzem war wann?«

»Diese Woche.«

»Dann sind Sie Carls Nachfolger?«

»Könnte man wohl so sagen.«

»Haben Sie Carl in letzter Zeit mal gesehen?«

»Nein, seit ungefähr einer Woche nicht mehr.«

»Werden Sie auch im Krematorium arbeiten, wie Carl?«

»Da müssen Sie Digger fragen.«

Seymour arbeitete weiter mit dem Rücken zu Woody, warf nur ein- oder zweimal einen Blick über die Schulter.

»Ist Brantley im Haus?«

»Nein.«

»Sondern?«

»Draußen im Ofen... draußen im Krematorium.«

»Was wollten Sie gerade sagen?«

»Nichts.«

»Sagen Sie's schon.«

»Ofenpalast. So nennt Larry es. Aber Digger hat es nicht gern.«

»Wer ist Larry?«

»Der Chef im Ofenpalast, wenn Digger nicht da ist.«

»Haben Sie gekifft?«

Seymour drehte sich um, schaute auf Woodys Schuhe und hob den Blick dann zu seinem Gesicht. Das Weiße in seinen Augen war rosarot. »Aus medizinischen Gründen.«

»Ach ja?«

»Wegen dem Irak.« Seymour wandte sich wieder dem Fenster zu.

»Hat ein Arzt es Ihnen verschrieben?«

»Nicht ausdrücklich.«

»Was haben Sie im Irak gemacht?«

»Den üblichen Kram. Sie wissen schon.«

Einen Moment lang hatte Woody große Lust, ihn nach Drogen zu filzen und dann aufs Revier zu bringen, aber das war sein Zorn, der da sprach. Seymour reparierte hier nur eine Glasscheibe. Das war nicht gerade ein Kapitalverbrechen.

»Ich nehme an, Sie wissen nicht, wie lange Brantley im Ofenpalast sein wird?«

»Keine Ahnung.«

Nur um Seymour zu piesacken, fragte Woody: »Hat Carl Krause diese Scheibe eingeschlagen?«

Wieder drehte Seymour sich langsam um. »Weshalb zum Teufel sollte Carl eine verdammte Scheibe einschlagen?«

»War nur 'ne Frage.« Woody ging zu seinem Truck zurück und bemühte sich, seine Überraschung zu verbergen. Er war beinahe sicher, dass Seymour log, und er beschloss, zum Ofenpalast zu fahren.

Fred Bonaldo hatte den Ehrgeiz, gemocht zu werden. Seine Leidenschaft für Paraden und Uniformen war ein Teil dieses Ehrgeizes. War es möglich, einen Kerl in Uniform nicht zu mögen? Was Paraden anging, so versuchte er immer, an der Spitze mitzugehen, und wenn er in der Kapelle festhing, war er der Kerl mit der Basspauke. Als kommissarischer Polizeichef trug er zwar nur selten seine Uniform, aber er achtete darauf, seinen blauen Anzug anzuziehen, der Ähnlichkeit mit einer Uniform hatte. Seine Brille, fand er, gab ihm ein intellektuelles Aussehen, sein Kahlkopf ließ Reife ahnen, und sein gewölbter Bauch verriet Würde. Er hatte ein Lächeln für jeden, küsste Babys, streichelte kleine Hunde. Alles, dachte er, war an seinem Platz, damit man ihn mochte und respektierte. Und trotzdem war er ein kläglicher Versager.

Und wer war daran schuld? Dieses verdammte Baby und diese verdammte Schlange. Sie waren die Nägel im Sarg seines Ehrgeizes.

Bonaldo hatte eine Leidenschaft für Diagramme – Organisationsdiagramme, ansteigende Profitdiagramme –, und so hatte er auch ein Diagramm seines unausweichlichen Aufstiegs vom kommissarischen zum ständigen Polizeichef. Dabei berücksichtigte er sogar denkbare Rückschläge und Perioden des langsamen Fortschritts. Schließlich konnte er ja nicht erwarten, dass es ständig steil bergauf ging. Das wäre ihm unbescheiden vorgekommen.

Vielleicht wäre er mit dem verschwundenen Baby und der Schlange noch fertiggeworden, aber jetzt passierte immer mehr und das Schlimmste – oder beinahe das Schlimmste – waren diese Besprechungen mit Captain Brotman. Sie waren dazu angelegt, ihn in ein schlechtes Licht zu setzen. Joe Doyle, der

Lieutenant aus South Kingstown, konnte ihn nicht ausstehen, und die anderen mochten ihn nicht besonders.

Doch das alles war nicht mehr wichtig. Der kommissarische Polizeichef Fred Bonaldo hatte, metaphysisch gesprochen, das Handtuch geworfen. Er hatte seinem Ehrgeiz Lebewohl gesagt. Er würde mit Freuden ins Immobiliengeschäft zurückkehren. Und er wusste genau, in welchem Augenblick der Umschwung stattgefunden hatte: als er die Hand auf diesen pelzigen Skalp gelegt hatte. In diesem Moment war es ihm wie Schuppen von den Augen gefallen. Natürlich hatte er geschrien. Es war absolut naheliegend gewesen, zu schreien.

Das waren die Gedanken, die Bonaldo durch den Kopf gingen, als er am Freitagmorgen an seinem Schreibtisch saß. Er hatte sich nicht um den Job beworben, damit man ihm eine Scheißangst einjagte. Natürlich hatte er nicht eine Sekunde geschlafen, und wegen seiner Schreierei waren auch viele andere um ihren Schlaf gebracht worden, und mehrere Leute hatten die Notrufnummer gewählt. Im Handumdrehen waren Polizisten aufgekreuzt und hatten ihren kommissarischen Chef bei einem hysterischen Anfall angetroffen. Niemand machte ihm Vorwürfe, zumindest nicht ins Gesicht. Darauf wäre es aber nicht mehr angekommen. Jetzt nicht mehr.

Bonaldo war klar, dass er den Kram nicht einfach hinschmeißen konnte. Er würde sich bedeckt halten. Er würde im Büro bleiben. Er würde Zuständigkeiten delegieren. Als Carl die Flinte auf ihn richtete, hätte Bonaldo wissen sollen, dass er eine harte Wegstrecke vor sich hatte. Tja, jetzt wusste er es.

In diesem Augenblick öffnete die Tür sich einen winzigen Spaltbreit, und eine Frau schlüpfte in sein Zimmer. Sie war groß – über eins achtzig – und sehr schlank, und sie trug ein langes, eng anliegendes schwarzes Kleid mit einem V-Ausschnitt. Sie hatte ein schmales Gesicht mit einer geraden Nase, schmalen Lippen und einem zierlichen Kinn. Ihr schwarzes

Haar hing locker über die Schultern. Sie trug einen schwarzen Lidschatten, schwarzen Lippenstift, und sogar ihr Nagellack war schwarz. Ihre Haut hatte die Farbe von Pergament.

Bonaldo beäugte sie angstvoll.

Die Frau glitt auf seinen Schreibtisch zu. Ihre Füße schienen sich kaum zu bewegen. Sie runzelte nicht die Stirn, lächelte aber auch nicht. Sie legte die langen schmalen Hände auf die Schreibtischplatte und beugte sich vor. Bonaldo bemühte sich, nicht in ihren Ausschnitt zu spähen. Doch da war nichts zu sehen – nur Dunkelheit.

Die Frau sprach im Flüsterton. »Ich bin Satanistin«, sagte sie.

Chief Bonaldo klappte den Mund zu und fing an, die Tasten an seiner Gegensprechanlage zu drücken, als wäre er Horowitz und spielte Liszt. Er brauchte Unterstützung.

Detective Beth Lajoie erfuhr spät am Donnerstagnachmittag, dass Maggie Kelly Anfang September in New York wegen Prostitution verhaftet worden war. Das nächtliche Schnellgericht hatte ihr eine minderschwere Straftat zur Last gelegt, sie hatte eine Geldbuße gezahlt und war zehn Stunden nach der Festnahme wieder auf der Straße gewesen. Seitdem hatte sie entweder Glück gehabt, oder sie war sauber geblieben. Wahrscheinlich Ersteres, hatte ein Detective der Sittenpolizei South Manhattan gemeint.

Detective Lajoie erklärte, Maggie Kelly stehe in dem Verdacht, ihr Baby verkauft zu haben, und sie müsse so bald wie möglich mit ihr sprechen. Sie schilderte kurz, was sich in den letzten Tagen in Brewster zugetragen hatte, woraufhin der Kollege versprach, sich sofort darum zu kümmern. Er hatte in der *Post* auch schon einen Artikel über Brewster gelesen. »Kommt ja knüppeldick da«, sagte er.

Jetzt, am Freitagmorgen, war Lajoie auf dem Weg zu Alice Alessio. Sie hatte sich gegen ihren smaragdgrünen Hosenanzug entschieden und trug dunkelgrauen Flanell, und ihr einziger Schmuck bestand aus einem Paar kleiner Perlenohrringe. Das war ihr Lehrerinnen-Outfit: achtbar, unbedrohlich, freundlich. Ein Haufen Stuss, wenn man Lajoie fragte.

Um sieben Uhr klopfte sie an die Tür von Alices Wohnung. Sie hoffte, dass Alice noch schlief. Alice war vorübergehend von ihrem Job im Krankenhaus beurlaubt, aber alle nahmen an, man werde sie entlassen, wenn der Fall aufgeklärt war. Lajoie hatte eine Tüte mit zwei Bechern Kaffee und vier Donuts aus dem Dunkin' Donuts dabei.

Sie musste mehrmals klopfen, doch dann öffnete Alice die Tür. Sie trug einen babyblauen Flanellschlafanzug und sah aus wie ein Wrack.

»Morgen!«, sagte Lajoie. »Sie trinken ihn hoffentlich mit Sahne. Die haben einfach welche reingetan.« Sie hielt Alice den Pappbecher entgegen, und die musste danach greifen, damit er nicht zu Boden fiel. Als Alice zurücktrat, kam Lajoie ihr nach und schloss die Tür. »Wie schön, dass ich Gelegenheit habe, Sie kennenzulernen, Alice. Ich habe so viel von Ihnen gehört.«

Alice machte ein verwirrtes Gesicht. Schließlich war sie gerade erst aufgewacht. »Sind Sie von der Polizei?«

»Detective der State Police, genau gesagt. Unterhalten wir uns?« Sie führte Alice in die Küche und ließ sie an dem kleinen Tisch Platz nehmen. Dann nahm sie einen ziemlich sauberen Teller vom Abtropfgitter, legte die Donuts darauf und stellte ihn mit ein paar Papiertüchern auf den Tisch. »Hunger?«

Woody hatte Lajoie beauftragt herauszufinden, wer eigentlich wen verführt hatte: Balfour Schwester Spandex oder umgekehrt. Dr. Fuller hatte gesagt, Dr. Balfour sei anscheinend immun gegen die gelegentlichen Flirtversuche der Schwestern gewesen, aber Woody wollte es genau wissen.

»Kann sein. Warum sind Sie hier?« Alice war nicht nur verwirrt, sie war deprimiert. Sie zupfte am Kragen ihres Pyjamas.

Detective Lajoie sah sie nachdenklich an. »Wissen Sie, Alice, Sie sollten wirklich Ihr Augen-Make-up abwaschen, bevor Sie schlafen gehen. Sonst sehen Sie morgens aus wie ein Waschbär. Haben Sie etwas von Dr. Balfour gehört?«

Alice betupfte ihre verschmierten Augen mit einem Papiertuch. »Angerufen hat er nicht.«

»Dieser Flegel. Nach allem, was Sie für ihn getan haben. Trinken Sie Ihren Kaffee, Alice, bevor er kalt wird.« Lajoie nippte an ihrem eigenen Becher, um zu zeigen, wie es ging.

Alice nahm ein Schlückchen Kaffee. Sie hatte keine Ahnung, wer diese Frau war oder was sie wollte, aber sie hatte seit mehreren Tagen mit niemandem außer ihrer Mutter gesprochen und war jetzt kurz davor, die Wände hochzugehen.

»Sagen Sie, Alice, ich habe mich gefragt, was für eine Beziehung Sie zu Dr. Balfour hatten. Wie ist sie entstanden? Haben Sie ihn angesprochen oder er Sie?«

Alice brach ein Stück aus einem glasierten Donut, betrachtete es und steckte es in den Mund. Sie wollte abnehmen, aber wenn sie Depressionen hatte, war das der falsche Moment. »Er mich. Ich war überrascht. Ich meine, ich hatte ihn für schwul gehalten. Er hatte sich bis dahin nie für die Mädchen interessiert. Wir hatten zwar schon ein paarmal miteinander gesprochen, aber nicht *so*, wenn Sie wissen, was ich meine.«

Alice erzählte von einigen kurzen Unterhaltungen, die sie im Laufe von zwei Wochen mit Dr. Balfour geführt hatte. Als ihr sein Interesse bewusst geworden war, hatte sie sich ebenfalls interessiert gezeigt. »Ich dachte wirklich, er mag mich. Er hat mich wie aus Versehen berührt oder gestreift, und wir haben uns für ein, zwei Minuten in ein leeres Zimmer verdrückt. Er wollte nicht, dass jemand was davon erfährt. Deshalb hat er sich auch außerhalb der Klinik nicht mit mir getroffen. Irgendwann war ich zu allem bereit. Zum ersten Mal hat er mich vor zwei Wochen auf einer Toilette gefickt. Hastig und nicht besonders schön. Ich meine, es war toll, aber die Hastigkeit war nicht besonders schön. Ich hatte Angst, erwischt zu werden, mehr seinet- als meinetwegen. Ich wusste nicht mehr, was ich machen sollte. Und dauernd ging das Wasser an. Am Waschbecken war so ein Hahn mit Bewegungssensor, und ich wurde ständig angespritzt. Ich war klatschnass.«

Lajoie beschloss, den Wasserhahn mit dem Bewegungssensor zu ignorieren. »Wann haben Sie ihn das letzte Mal gesehen?«

»Vorgestern, als ich seine Wohnung verlassen habe.« Alice hob den Daumen an die Lippen und fing an, am Nagel zu kauen. »Er hat gesagt, er will mich nicht mehr sehen.«

»Hat er gesagt, warum?«

»Er hat einen Witz daraus gemacht.«

»Was hat er gesagt?«

»›Der Kick ist nicht mehr da.‹« Alice senkte den Kopf. »›Ich will dich nicht, das ist alles.‹«

Detective Lajoie behielt ihr freundliches Lächeln bei. »Ist so was denn auch mit anderen Ärzten vorgekommen?«

Alice wollte darauf nicht antworten. Sie war verlegen. Aber Lajoie ließ nicht locker.

»Da war Dr. Stone, im letzten März. Wir haben's auch auf der Toilette getan. Jetzt ist er im Providence Hospital. Ist einfach abgehauen.«

Sie beschrieb die dreiwöchige Beziehung, die heimlichen Treffs, seine Angst vor dem Ertapptwerden. Zweimal war er nach Anbruch der Dunkelheit zu ihr in die Wohnung gekommen.

»Und war er derjenige, der angefangen hat?«, fragte Lajoie. »Wie Dr. Balfour?«

Alice wurde rot. »Nein, eigentlich nicht. Überhaupt nicht, ehrlich gesagt. Ich habe ihn wissen lassen, dass ich, äh, bereit war. Und zuerst war es eine orale Sache, wissen Sie, quasi da unten.« Sie zeigte an sich hinunter. »Aber dann kam er doch in Fahrt. Zumindest, bis er Angst kriegte.«

Die beiden saßen eine Zeit lang schweigend da, knabberten an ihren Donuts und tranken Kaffee.

»Sagen Sie, Alice«, fuhr Lajoie schließlich fort, »haben Sie vielleicht den Ehrgeiz, einen Arzt zu heiraten?«

Alice fing an zu weinen. »Inzwischen ist es mir wirklich egal. Ich bin fünfunddreißig Jahre alt, und ich würde jeden heiraten, solange er nett ist.«

Bingo Schwartz verbrachte einen entspannten Vormittag. Er hatte einen Haufen Telefongespräche zu führen und entschied, das ginge in einem weichen Sessel im Brewster Brew genauso gut wie im Auto oder auf seinem harten Stuhl auf dem Revier. In Jeans Radio lief WGBH aus Boston, und klassische Musik war fast so gut wie Oper, vorausgesetzt, sie spielten nicht Ravels *Boléro*, denn der machte ihn verrückt.

Er rief sämtliche Polizeibehörden im Radius von hundert Meilen an, von Boston und Worcester bis hinunter nach New Haven und Bridgeport, und sprach mit den Detectives dort – mit denen er größtenteils schon gesprochen hatte – über vermisste Obdachlose. Jetzt wollte er wissen, ob ihnen zu diesem Thema noch etwas eingefallen war. Doch es war schwer festzustellen, ob ein Obdachloser vermisst wurde. Manche bekamen Sozialversicherungsschecks oder Medikamente, andere hatten regelmäßig Kontakt mit Therapeuten oder Bewährungshelfern. In solchen Fällen konnte ein versäumter Termin etwas bedeuten, aber meistens waren auch hier mehrere nötig, bevor jemand anfing, sich Gedanken zu machen. Fast alle Reviere kannten Obdachlose, die vielleicht verschwunden waren, allerdings konnten sie auch wieder auftauchen, und das geschah nicht so selten. Und nach einer gewissen Zeit gerieten diese Leute in Vergessenheit.

Zwischen seinen Telefonaten malte Bingo sich die Bühnenbilder aus, die er bauen würde, wenn er in Rente ging, was er lieber heute als morgen täte, wie er jetzt dachte. An diesem Freitagmorgen arbeitete er an der Szene gegen Ende von *Don Giovanni*, in der der Don in die Hölle geschleift wird. Sollte der Boden sich auftun und Flammen hervorspeien - meistens rote und orangegelbe Seidenstreifen, die von einem Ventilator zum Flattern gebracht wurden -, oder würde er einen Dämon vom Schnürboden herunterschweben lassen, der Don Giovanni mit den Klauen packte? Bingo neigte zu der zweiten Option, denn die hatte er noch nie gesehen, aber sie erforderte einen akrobatischen Dämon, und der Trick bestünde darin, den Don nicht auf die Bühne fallen zu lassen, denn in Wirklichkeit war er ein Bariton, der viel Geld dafür bekam, diesen Part zu singen.

In diesem Augenblick bekam Bingo einen Anruf von Eric Degroot aus Providence, mit dem er am Donnerstag gesprochen hatte.

»Ich habe an deinen Obdachlosen gedacht, an den Verrückten«, sagte Degroot. »Ich weiß nicht, ob ich dir erzählt habe, dass ich mal einen Hund hatte, der vor fünf Jahren verschwunden ist. Maxie, ein netter kleiner Beagle.«

Bingo wartete ab. Er hatte gelernt, abzuwarten und nicht zu fragen: »Was hat denn das mit irgendwas zu tun?« Auch wenn er es dachte.

»Ich habe ihn ein Weilchen gesucht, aber nichts. Irgendwann dachte ich, Maxie ist von einem Auto überfahren und in eine Mülltonne geworfen worden. Er ist viel rumgelaufen, weißt du, doch er ist immer zurückgekommen. Und dann, ein paar Monate später, haben wir einen Kerl geschnappt, der Hunde klaute. Er gehörte zu einer Bande, die gestohlene Hunde an die Pharmaindustrie verkaufte, für Tierversuche. Höchstwahrscheinlich hatten sie Maxie an eine Arzneimittelfirma verscherbelt, wo er Zigarren rauchen musste oder so was. Und vielleicht ist das ja auch mit deinem Obdachlosen passiert. Er ist an die Pharmaindustrie verkauft worden.«

Bingo hatte Zweifel. »Ein Typ wie er? Ich kann mir nicht vorstellen, dass der viel wert ist.«

»Vielleicht nicht, nur ist das wie bei dem Unterschied zwischen einem Auto und den Ersatzteilen. Du kaufst einen Ford für zwanzigtausend, aber wenn du ihn in lauter Einzelteilen zusammenkaufst, kostet er hunderttausend. Also haben sie deinen Obdachlosen vielleicht stückchenweise verscherbelt. Keine Ahnung. War bloß so ein Gedanke.«

Wie Bingo die Sache sah, war das sein erstes wichtiges Gespräch an diesem Tag, auch wenn es auf den ersten Blick nicht so wichtig aussah. Er musste darüber nachdenken.

Das zweite wichtige Gespräch ergab sich gegen Mittag, als Bingo einen Detective der Massachusetts State Police anrief, mit dem er ebenfalls schon am Donnerstag gesprochen hatte. Frank Schnell, der Detective, hatte nichts Neues über vermisste Obdachlose zu berichten, aber er hatte auch Informationen über Ernest Hartmann gesammelt.

»Ich habe da was, das Ihnen helfen könnte«, sagte Schnell. »Vor zehn Tagen hat Hartmann sich mit Tommy Meadows getroffen. Der ist Ermittler bei der Gesundheitsbehörde. Ich weiß nicht, worüber sie gesprochen haben, und Meadows macht Urlaub in Europa. Er soll in ungefähr einer Woche zurückkommen. Ich habe ihm eine E-Mail geschickt, aber er antwortet nicht. Er arbeitet an einem Haufen verschiedener Projekte, sagt sein Chef, doch bei einem davon geht's um Körpermakler. Gefällt Ihnen das?«

Bingo wollte sich im Sessel aufrichten und warf dabei sein Notizbuch zu Boden. »Ja, aber was ist das?« Ihm fielen zu diesem Wort nur weiße Sklaven ein.

»Das Gleiche wie Immobilienmakler, nur für Körperteile. Der Makler bezieht Leichen aus einer Klinik oder aus dem Leichenschauhaus, sogar aus dem Bestattungsinstitut, und verkauft sie an Forschungsfirmen, die praktische Seminare anbieten. Wenn eine Klinik zum Beispiel eine Leiche hat, der sie die Haut abgezogen haben, um brandverletzte Patienten zu behandeln, ist der Rest möglicherweise noch brauchbar. Also wird er vielleicht verkauft. Die medizinischen Fakultäten in Massachusetts kriegen an die fünfzehntausend Leichen im Jahr. Das ist mehr, als sie brauchen, und deshalb machen sie ein paar Tauschgeschäfte. Und hier kommt der Makler ins Spiel.«

»Autoersatzteile«, sagte Bingo.

»Was?«

Bingo wiederholte Degroots Analogie mit den Autoersatzteilen.

»Ja, so sieht's aus«, sagte Schnell. »Ein Makler kann bis zu hunderttausend Riesen für einzelne Körperteile kassieren, obwohl er die ganze Leiche für nur fünftausend von einer Gewebebank gekauft hat. Oder er kriegt sie umsonst, als Gewebespende. Es gibt Tausende von diesen Übungsseminaren. Der Punkt ist, dass eine Leiche Herkunftspapiere haben sollte, bloß wird das nicht so streng gehandhabt, wie es sein sollte. Angenommen, Sie wollen ein neues chirurgisches Instrument verkaufen, und jetzt haben Sie einen Haufen Ärzte und Chirurgen, die es ausprobieren wollen. Da veranstaltet ein Vertreter so ein Seminar, und der ist nicht allzu heikel, was die Herkunft der Leichenteile angeht. Das könnte ein Problem sein. Jetzt weiß ich nicht, ob Leichenteile die Verbindung zwischen Hartmann und Meadows bilden, doch wenn ja, interessierte Meadows sich vielleicht für die Herkunftspapiere. Wir müssen uns nur noch ein, zwei Wochen gedulden, dann wissen wir mehr.«

Aber Bingo glaubte nicht, dass Brewster noch ein, zwei Wochen würde warten können.

Wenn Bobby Anderson über die Staatsgrenze fuhr, was in Rhode Island schnell passieren konnte, hatte er immer das Gefühl zu schwänzen. Er fuhr ein bisschen schneller und schob den Sitz ein bisschen weiter zurück. Dann konnten Gangster eine Bank ausrauben, und er würde einfach vorbeifahren. Dachte er wenigstens.

Am Freitagmorgen war er auf dem Weg zu Vasa Korak, einem Professor der University of Connecticut, der im Naturpark-Management-Programm unterrichtete. Der Mann wohnte draußen in der Einöde bei North Ashford, eine halbe Stunde weit entfernt im Norden der Universität. Für Bobby waren das siebzig Meilen auf schmalen Straßen, die ihm Gelegenheit gaben, seine Kurventechnik zu üben.

Er hatte Koraks Namen von Gail Valetti, der Kojotenlady aus dem Great Swamp. Es wäre unzutreffend, wenn man sagen wollte, er habe sich eingeschleimt, wie Woody es ihm vorgeworfen hätte, aber er hatte seinen Charme aufgedreht. Er hatte ihr erzählt, wie faszinierend er Kojoten finde, ihre Intelligenz und ihre Anpassungsfähigkeit in jeder Umgebung, und dann hatte er seine Besorgnis über Berichte von aggressivem Verhalten der Kojoten zum Ausdruck gebracht. Auch Valetti waren diese Berichte in letzter Zeit zu Ohren gekommen, und so war es eine Besorgnis, die sie teilten.

»Ich kenne jemanden, der mehr über Kojoten weiß als irgendjemand sonst«, hatte Valetti gesagt, »und das ist ein Professor an der UConn. Er züchtet sie sogar.«

Und so kam es, dass Bobby jetzt unterwegs war.

Die Wegbeschreibung führte ihn zur Cemetery Road und dann über einen Waldweg zum Lost Pond Brook. Gerade als Bobby dachte, die Bodenwellen würden ihm den Auspuff abreißen, und er umkehren wollte, kam er um eine Kurve herum und sah Vasa Koraks Farm vor sich. Beim Näherkommen hörte er Kojoten kläffen.

Korak war knapp zwei Meter groß. Er hatte einen kahlrasierten Schädel und einen dichten kastanienbrauen Schnauz- und Kinnbart. Nach Bobbys Schätzung war er ungefähr fünfunddreißig Jahre alt und wog einiges über hundert Kilo. Er trug Jeans und ein hellblaues Arbeitshemd. Seine Stimme war tief – ein wandelnder Basslautsprecher, dachte Bobby.

»Waren Sie das, der angerufen hat? Was für ein Polizist fährt denn einen Z?«

»Ein Polizist mit einem anspruchsvollen Geschmack.«

Sie gaben einander die Hand. Koraks war doppelt so groß wie Bobbys, eher eine Pranke als eine Hand. Anscheinend hatte er Lust, Bobby die Finger zu zermalmen, aber Bobby mochte keine Machospielchen und ließ sich nichts anmerken. Koraks Augen waren ebenfalls kastanienbraun. Er lachte unvermittelt und ließ Bobby los.

»Sie wollen also mein Rudel sehen?«

In einem großen Zwinger neben der Scheune waren sechs Kojoten. Zwei standen auf den Hundehütten, die anderen vier sprangen am Maschendraht der Tür hoch. Alle kläfften und jaulten, doch sie meinten nicht Bobby, sondern Korak.

Der große Mann betrat den Zwinger, schloss die Tür hinter sich und ließ sich auf den Zementboden fallen. »Es gab einen Ringkampf«, erzählte Bobby später, als er mit Woody sprach. »Sie sprangen auf ihn, und er warf sie runter. Es waren große Biester, an die dreißig Kilo schwer. Ich dachte, sie fressen ihn, aber er lachte, und sie lachten auch, irgendwie. So ein freundschaftliches Kläffen. Sanft waren die allerdings nicht. Sie haben Korak das Gesicht zerkratzt und Korak so ins Ohr gebissen, dass es blutete.«

Nach fünf Minuten maßvoller Gewalttätigkeit stand Korak auf. »Wollen Sie es auch mal versuchen?« Er lachte dröhnend.

»Heute nicht, danke. Ich bin nicht passend angezogen.«

Korak öffnete die Tür, und ein graubrauner Kojote lief auf

Bobby zu, sprang ihn an, legte ihm die Vorderpfoten auf die Brust und packte seine Krawatte mit den Zähnen. Das Fell an seinem Hals war schneeweiß. Bobby hoffte, er würde ihn nicht erschießen müssen.

»Das ist Svetlana, die zivilisierteste. Sie möchte mit Ihnen spazieren gehen. Geben Sie ihr eins aufs Ohr, und sie lässt Sie in Ruhe. Seien Sie nicht zu sanft, sonst hält sie Sie für ein Weichei.«

Bobby schlug Svetlana mit der flachen Hand auf den Kopf. Das schien ihr zu gefallen, doch sie ließ wenigstens von ihm ab. Bobbys Hundert-Dollar-Seidenkrawatte war in Fetzen. Svetlana sprang Korak an, und er knuffte sie weg. Sie legte sich zu seinen Füßen auf den Boden.

»Und woher haben Sie Ihr Rudel? Von Ebay?«

Korak rieb sich den Schädel. »Das hat ungefähr fünf Jahre gedauert. Ich habe mit ein paar Leuten von der Naturschutzbehörde eine Kojotenstudie gemacht. Wir haben ein Dutzend eingefangen und den Weibchen ein Halsband mit einem Sender angelegt. Sie sind einmal im Jahr heiß, im Januar oder Februar. Die Tragzeit dauert neun Wochen. Also haben wir versucht, ihr Nest zu lokalisieren. Die Welpen sind ziemlich hilflos. Ihre Augen öffnen sich erst nach zwei Wochen, und sie werden drei Wochen gesäugt. Wenn man sie prägen will, muss man es innerhalb dieser Zeit machen. Wir hatten Glück. Wir fanden einen Wurf in der Nähe von Woodstock – zehn Welpen –, aber es war ziemliche Arbeit, sie zu holen. Die Mutter hatte sich mit ihnen unter einer Scheune verkrochen. Wir haben die sechs frechsten genommen. Dann habe ich bei ihnen gesessen, hab sie handgefüttert, mit ihnen geheult, mit ihnen geschnüffelt, mit ihnen gebalgt – und so sind wir ein Rudel geworden. Mein einziger Fehler war, sie ins Haus zu lassen. Wir waren zwar Kumpels, doch das bedeutete nicht, dass sie zahm waren. Sie haben die Bude verwüstet – Vorhänge abgerissen, auf den Fußboden gepinkelt und geschissen und die Möbel zerfetzt, alles innerhalb einer Viertelstunde. Ich dachte, meine Frau bringt mich um. Jetzt spielen wir draußen, und sie treiben es rau. Ich musste schon genäht werden, an der Schulter, am Bein, am linken Arm. Aber ich beiße zurück. Gibt nichts Besseres als einen Mundvoll Kojotenfell. Ich bin nicht sanft, sie sind nicht sanft. Doch sie respektieren mich. Ich bin der Boss Dog.«

Während Korak erzählte, brachte er Svetlana zurück in den Zwinger, dann ging er mit Bobby zum Farmhaus und in die Küche. Seine Frau, sagte er, unterrichte Wasserwirtschaft im Fachbereich für natürliche Ressourcen und Umwelt an der UConn.

»Sie ist heute unterwegs und watet durch die Sümpfe«, sagte Korak. »Heute Nachmittag kommt sie zurück, voll Matsch und Zecken. Da muss ich sie draußen mit dem Schlauch abspritzen.«

»Klingt nach einem glücklichen Familienleben.«

Bobby nahm einen Becher starken Kaffee in Empfang und berichtete dann von Brewster und seinem Kojotenproblem. Der Tisch, an dem sie saßen, war ein runder Hackklotz. Die Sonne flutete durch die geblümten Baumwollvorhänge über der Spüle.

»Mein alter Herr hat mir Geschichten von gestaltwandelnden Wölfen in Sibirien erzählt«, sagte Korak, »aber er hat nicht daran geglaubt, und ich auch nicht. Jemand hat sich an Ihren Kojoten zu schaffen gemacht. Meine sind ein paarmal abgehauen. Dann laufen sie eine Zeit lang im Wald herum, doch sie kommen immer zurück. Ihre sind anscheinend besser trainiert. Ich schätze, das kriegt man hin, wenn man sich die Zeit nimmt.«

»Kennen Sie Leute, die welche züchten?«

»Eigentlich nicht. Ich meine, wir haben keinen Club. Es gibt jemanden in Krumville, New York, der sie züchtet, und er hat mal von jemand anderem gesprochen, der irgendwo nördlich von Albany wohnt. Aber das macht eine Menge Arbeit. Ihre Kojoten hören sich ziemlich bösartig an. Macht mich wütend, dass jemand so was aus ihnen macht.«

Bobby entschied, dass es ihm nicht gefallen würde, wenn Korak wütend auf ihn wäre. »Können sie dazu abgerichtet werden, bösartig zu sein?«

»Wahrscheinlich können Sie jedes Tier bösartig machen, sogar ein Kaninchen. Nur dürfte es schwierig sein, sie bösartig zu machen und trotzdem unter Kontrolle zu halten. Ich habe allerdings Studien über Hunde auf Drogen gelesen, und auf YouTube können Sie sich Videos mit Hunden auf LSD ansehen – irgendein Arschloch, der will, dass Fifi sich amüsiert. Hunde reagieren wie Menschen, nur schlimmer: Downers machen sie schläfrig, und Uppers machen sie nervös. Wenn diese Kojoten auf Drogen sind, dann wahrscheinlich auf Amphetaminen. Kojoten sind ziemlich scheu. Die östlichen sind die aggressivsten, und man kann sich immer die Frechsten aus einem Wurf aussuchen. Ich schätze, man kann sie auf Aggressivität züchten, und Amphetamine würden verstärkend wirken. Meth und Koks auch. Wer das tut, muss ein ziemlich herzloses Arschloch sein.«

»Aber es wäre möglich?«

»Was sind Ihre Alternativen? Sie haben Gestaltwandler, oder Sie haben von Natur aus aggressive Kojoten, oder Sie haben gezähmte Kojoten, die abgerichtet wurden. Sinn ergibt nur Nummer drei.«

Hamilton Brantleys Krematorium lag in Hope Valley abseits der Skunk Hill Road am Rande des Arcadia-Naturparks – fünftausend Hektar Waldland. Ein großes, eingeschossiges Gebäude aus Hohlblocksteinen und Beton mit einer Laderampe an der linken Seite. Nur ein großer Schornstein, umgeben von einem Drahtgitter, ließ ahnen, wozu das Gebäude diente.

Die Fenster bestanden aus Glasbausteinen. *Reingucken verboten*, dachte Woody. Auf einem Schild über dem Eingang stand WASHINGTON COUNTY KREMATORIUM. Darüber hing eine winzige Überwachungskamera. Bevor Woody feststellen konnte, ob die Tür verschlossen war, ging sie auf, und Brantley winkte ihm freundlich entgegen.

»Seymour hat mich angerufen und Bescheid gesagt«, erklärte Brantley. »Willkommen in meinem bescheidenen Etablissement.« Er lachte und schüttelte Woody die Hand. »Möchten Sie einen Rundgang machen? Leider gibt es hier keinen Zuschauerraum wie in manchen Krematorien, aber der steht als Nächstes auf meiner Liste der Verbesserungen. Haben Sie etwas Spezielles auf dem Herzen, wobei ich Ihnen helfen kann?«

Brantley führte ihn in ein kleines Büro mit einem großen Fenster, durch das man in das Krematorium hineinschauen konnte. An der Wand hing ein Flachbild-LCD-Monitor, der viergeteilt war, sodass man die Bilder von vier Außenkameras sehen konnte. Direkt vor dem Fenster stand der Ofen, ungefähr so groß wie ein Ford-Lieferwagen und mit einer Edelstahlfront. Ein Hebetisch mit einem offenen Sarg aus Wellpappe stand daneben. Ein Mann mittleren Alters beugte sich darüber und tat etwas mit der Leiche, die in einen Leichensack aus Plastik verpackt war. Alles an ihm war grau: die schütteren Haare, das T-Shirt, die Hose, die Haut. Woody stellte sich vor, dass er von der Asche der Toten gefärbt war, nur gefielen ihm solche frivolen Gedanken nicht, und er schob auch diesen beiseite.

»Das ist Larry«, sagte Brantley. »Er führt den ganzen Betrieb praktisch allein.«

»Was macht er da?«

»Kann ich nicht sagen – vielleicht schneidet er einen Schrittmacher heraus, oder er nimmt Ringe und anderen Schmuck ab. Herzschrittmacher explodieren im Ofen und richten eine ziemliche Sauerei an. Da müssen wir aufpassen. Wir finden aber auch Kunden mit Handys, iPods, Autoschlüsseln und allem möglichen Zeug. Das wandert alles zurück zur Familie, oder wir werfen es weg. Ich glaube, ich habe noch nie erlebt, dass jemand einen Schrittmacher zurückhaben wollte.«

»Kunden?«

Brantley lehnte sich in seinem Sessel zurück und verschränkte die Finger vor dem Bauch. »Ein kleiner Scherz bei uns. Selbstverständlich behandeln wir unsere Kunden mit dem größten Respekt, doch wie Sie selbst sicher wissen, entwickelt jeder Beruf seine eigene Sorte Humor, und der ist vielleicht nicht immer besonders geschmackvoll. Zum Beispiel nennt Larry den Betrieb den Ofenpalast.«

»Habe ich gehört«, sagte Woody. »Kennen Sie die Bezeichnung Tischmann?«

Brantleys Lächeln wurde ein bisschen härter. »Eine altmodische Bezeichnung. So, wie man Polizisten früher *Pigs* nannte. Tischmänner haben hauptsächlich in Leichenschauhäusern gearbeitet. Heute würde man sie wohl Bestattungskosmetiker nennen. Aber Ihr Besuch hat doch sicher wichtigere Gründe?«

Woody stand am Fenster und sah Brantley an, behielt jedoch auch Larry im Auge. »Ich habe mich gefragt, ob Sie Benjamin Clouston kannten, der vorgestern ermordet wurde. Er hat als Pathologe im Krankenhaus gearbeitet.«

Brantley machte ein nachdenkliches Gesicht und schüttelte dann den Kopf. »Das kann ich eigentlich nicht behaupten, obwohl ich natürlich von dem Mord gelesen habe. Absolut furchtbar. Wir haben mit dem Krankenhaus wenig zu tun, abgesehen von gelegentlichen Abholungen.«

»Kunden?«

»Ganz recht. Haben Sie eine Ahnung, wer ihn umgebracht hat?«

»Noch nicht.«

»Ich nehme an, es gibt einen Zusammenhang mit den anderen Ereignissen. Wer hätte gedacht, dass Brewster von Satanisten heimgesucht wird? Die Leute haben schreckliche Angst. Ich kenne ein paar, die schon die Stadt verlassen haben.«

»Gut für Ihr Geschäft, nehme ich an.« Woody hatte nicht sarkastisch sein wollen und begriff zu spät, dass diese Bemerkung sarkastisch geklungen hatte.

Brantleys Lächeln verschwand. »Die Lebenden sind uns sehr viel lieber als die Toten. Über dieses Thema machen wir keine Scherze. Darf ich Ihnen einen Rundgang anbieten?«

Er führte Woody ins Krematorium und sprach über Filter, Wärmerückgewinnungsventilation, Etagenöfen und luftgesteuerte Mehrfachkammeranlagen. Woodys Aufmerksamkeit galt mehr dem Raum an sich, der streng funktional war, warm und staubig. *Ist das Staub*, dachte er, *oder Asche? Und wenn es Asche ist, stammt sie dann von Brantleys »Kunden«?* Er sah, dass der Mann, der in dem Leichensack wühlte, keine Handschuhe trug.

»Die Kammer, der sogenannte Muffelofen, bietet Platz für einen zweihundertfünfundzwanzig Kilo schweren Leichnam.« Brantley lachte leise. »Alles, was schwerer ist, muss stückweise hinein. Die Temperatur rangiert zwischen neun- und zwölfhundert Grad. Das sind achthundert mehr als in einem Pizzaofen. Aber unsere Kunden brauchen ein bisschen länger als eine Pizza. Es dauert eine Stunde, eine achtundsechzig Kilo schwere Person zu verbrennen. Was wiegen Sie? Achtzig? Ich würde Ihnen eineinviertel Stunde geben. Nicht schlecht, um drei Kilo Asche und Knochensplitter aus Ihnen zu machen.« Wieder dieses leise Lachen. »Aber kommen Sie, ich mache Sie mit Larry bekannt. Wenn das hier der Ofenpalast ist, muss er der Fürst sein.«

Larry drehte sich um, als er seinen Namen hörte. Er lächelte nicht und zeigte auch sonst keinen Ausdruck. Sein Blick war leer. Das graue Gesicht war übersät von alten Aknenarben. Er hatte eine Fledermaus auf den rechten Unterarm tätowiert, oder vielleicht einen Adler. Er streckte Woody die Hand entgegen.

Woody schaute die Hand an und dachte daran, wie sie gerade noch mit der Leiche hantiert hatte. Er begriff, dass Larry ihn mit einer unangenehmen Herausforderung konfrontierte. Als er aufblickte, sah er, dass sogar Larrys Augen grau waren. Das alles dauerte nicht mehr als eine Sekunde. Woody schüttelte ihm die Hand.

»Warum steht ›Kopf‹ oben auf dem Deckel?« Woody bemühte sich um demonstrative Entspanntheit zwischen dem Händedruck und dem, was als Nächstes kam. Er verspürte einen beinahe überwältigenden Drang, sich die Hände zu waschen. »Kommt es darauf an, wie sie hineingehen?«

»Selbstverständlich. Der Brustbereich braucht am längsten. Deshalb haben wir eine spezielle Flamme direkt über dem Herzen. Das ist beinahe romantisch, finden Sie nicht auch? Larry wird diesen alten Knaben in ein paar Minuten in die Brennkammer schieben, und vielleicht haben Sie Lust, dabei zuzusehen. Im Oktober fängt die Grippesaison an, da nimmt die Zahl unserer älteren Kunden zu. Ich habe immer gefunden, es müsste heißen, der Oktober sei der grausamste Monat, aber andererseits gefällt mir auch der April.«

Brantley reichte Woody eine Edelstahlpfanne, ungefähr einen halben Meter lang und dreißig Zentimeter breit. »Larry fegt die Asche und Knochenreste hier hinein und durchsucht sie nach Metall, das ihm vielleicht entgangen ist, und nach größeren Fragmenten, die zerkleinert werden müssen, bevor sie in die Knochenmühle kommen.« Er klopfte mit den Fingerknöcheln an eine zylindrische Trommel auf einem Metallsockel mit einer Schublade. »Das ist im Grunde nichts weiter als eine übergroße Küchenmaschine. Die Klingen zermahlen Fragmente und größere Stücke in dreißig Sekunden zu Asche. Man kann sie in eine Urne schütten, in Schmuckstücke einschließen – Halskettenanhänger, Armbänder, Schlüsselanhänger –, ins All schießen oder ins Meer streuen. Was immer Sie bevorzugen, obwohl wir Ihnen natürlich gern eine hübsche Urne verkaufen. Gut, jetzt zeige ich Ihnen den Kühlraum.«

Woody wünschte, Brantley wäre weniger enthusiastisch. Andererseits fragte er sich, warum der Mann so war. Vielleicht war er stolz auf seinen Betrieb, vielleicht war er auch angespannt. Doch wenn das der Fall war, woher kam dann die Anspannung? »Trägt Larry nie Handschuhe?«

»Handschuhe? Daran habe ich nie gedacht. Larry!«, rief er. »Der Detective will wissen, ob du jemals Handschuhe trägst.«

Larry war eben dabei, den Pappsarg zu verschließen. Er sah Woody an und zuckte die Achseln. Digger Brantley lachte. »Ich schätze, er bevorzugt die direkte Methode.«

»Und was hat Carl Krause hier getan?«

»Hausmeisterarbeiten hauptsächlich. Er war eine große Hilfe, wenn etwas kaputtging. Es tut mir so leid um seine Frau. Und die armen Kinder!«

»Warum hat er letzte Nacht versucht, bei Ihnen einzubrechen?«

»Bei mir? Sie meinen, im Bestattungsinstitut? Das hat er nicht getan.«

»Die Scheibe in der Hintertür war eingeschlagen. Seymour hat gesagt, das war Carl.«

Brantley lachte laut. »Seymour sagt, Sie hätten sich nach Carl und dem zerbrochenen Fenster erkundigt. Sie haben einen boshaften Humor, Detective.«

Der begehbare Kühlraum war schätzungsweise sechs mal dreieinhalb Meter groß. Auf beiden Seiten befanden sich vierstöckige Regalborde, und an der hinteren war eine Belüftungsanlage mit drei großen, geräuschvollen Ventilatoren. Eine einzelne Lampe hing über der Tür. Der Metallboden war staubig, und die grünen Regalborde waren rostnarbig. Ein Kasten Budweiser stand unter dem Regal auf der rechten Seite. Auf den Borden stand ein Dutzend Pappsärge. *Wartende Kunden*, dachte Woody. Er konnte seinen Atem sehen.

»Nicht sehr hübsch, fürchte ich.« Brantley hob die Stimme, um den Lärm der Ventilatoren zu übertönen. »Aber durchaus funktional, und außer uns sieht es niemand. Wir bedienen ungefähr zwanzig Bestattungsunternehmen, und das bedeutet, wir haben mindestens zehn Kunden pro Tag. Noch mehr in der Grippesaison. Die Temperatur ist die gleiche wie in einem normalen Kühlraum für Fleisch oder Bier. Wir können unsere Kunden hier etwa einen Monat lang aufbewahren, schätze ich. Die Böden der Pappsärge sind flüssigkeitsresistent, doch gelegentlich leckt einer. Die meisten kommen innerhalb von einem oder zwei Tagen in den Ofen.«

Woody war in der Tür stehen geblieben, und Brantley stand hinter ihm. Woody war außerstande, seine finsteren Gedanken zu vertreiben. Er hatte die Bestattung seiner Eltern organisiert, und beide waren eingeäschert worden. Er stellte sich vor, wie sie in solchen Pappsärgen in einem solchen Kühlraum lagerten und auf ein solches Feuer warteten. *Gelegentlich leckt einer*, dachte er.

Er hörte ein Geräusch hinter sich und drehte sich um. Brantley war dabei, die Tür des Kühlraums zu schließen. Sofort schob Woody einen Fuß in den Spalt und verhinderte, dass die Tür ins Schloss fiel.

Brantley zog die Tür wieder auf und lachte. »Kleiner Scherz von mir«, sagte er.

NEUNZEHN

Ihr Name war Molly Geier, doch sie zog es vor, sich Vultura nennen zu lassen. Streng genommen war sie keine Satanistin, sondern eine Generationale Dämonolatorin, was bedeutete, dass die Dämonologie seit Generationen in der Familie lag. Dämonolatoren waren theistische Satanisten, wie Presbyter oder Evangelikale Protestanten waren. Ihr Flüstern klang wie Sandpapier, und sogar ihr Zahnfleisch war schwarz. Dem kommissarischen Polizeichef Fred Bonaldo jagte sie eine Heidenagst ein.

Vultura wusste das, und es wärmte ihr das Herz.

Bonaldo saß an seinem Schreibtisch, flankiert von den Detectives Brendan Gazzola und Sarah Muller. Auch den beiden gefiel Vultura nicht.

Vultura war dreißig, und sie war ihr Leben lang Dämonolatorin gewesen. Zwar stand Satan im Mittelpunkt ihrer Religion, aber als Dämonolatorin richtete sie ihre Gebete an Leviathan, den Fürsten des Schmerzes, und an Belial, den Engel der Feindseligkeit. In ihrer Kindheit hatte ihre Familie dämonologische Festtagsriten praktiziert, hatten Altäre für bestimmte Dämonen errichtet und das Haus mit Amuletten geschmückt. Jetzt gehörte sie einem Zirkel in New Haven an. Ihr Streben richtete sich auf Astralreisen, sie verstand sich auf magische Wortquadrate, und sie ließ Fred Bonaldo wissen, sie könne ihn in eine Kröte verwandeln.

Bonaldo bezweifelte dies, zumindest ein wenig, doch er hatte nicht vor, es darauf ankommen zu lassen. Vulturas bloße Anwesenheit brachte sein gesamtes Glaubenssystem ins Wanken. Bonaldo war das, was man als generationalen Republikaner bezeichnen könnte. Er sah die Menschen in Kategorien der Parteizugehörigkeit, liberal oder konservativ in subtilen Abstufungen, ähnlich den Strichen an einem Thermometer, und er war davon überzeugt, jeder im South County lasse sich nach dieser simplen Methode einstufen. Was diese Überzeugung erschütterte, war die Erkenntnis, dass Vultura in seinem Diagramm nicht vorkam. Herr im Himmel, wahrscheinlich ging sie nicht mal zur Wahl. Und falls man von einer Parteizugehörigkeit sprechen konnte, wollte Bonaldo darüber gar nichts Genaueres wissen.

Vulturas schwarzes Kleid war am Oberschenkel geschlitzt, und als sie vor Bonaldo und seinen Detectives Platz nahm, schlug sie ein langes Bein über das andere. Detective Sarah Muller fand, das Bein zucke wie der Schwanz einer Albinoratte. Vulturas Pupillen waren so schwarz, dass Detective Gazzola vermutete, sie wäre auf Drogen. Vultura beschrieb ihnen die Natur Leviathans und zitierte aus dem Buch Hiob, und die drei Polizisten lauschten vorgebeugt.

Sein Niesen glänzt wie ein Licht;
seine Augen sind
wie die Wimpern der Morgenröte.
Aus seinem Munde fahren Fackeln,
und feurige Funken schießen heraus.
Aus seiner Nase geht Rauch
wie von heißen Töpfen und Kesseln.
Sein Odem ist wie eine lichte Lohe,
und aus seinem Munde gehen Flammen.
Auf seinem Hals wohnt die Stärke,
und vor ihm her hüpft die Angst.

Gazzola war nicht beeindruckt. Er hatte wenig Phantasie, und Vultura passte nicht in seine Weltsicht, die ohnehin eher eng war. Was sie da präsentierte, war Schall und Rauch, wenn man ihn fragte. »Wie landet ein Mädchen aus New Haven bei einer perversen Party auf der Insel?«, fragte er.

Vulturas Lächeln kräuselte kaum die Mundwinkel. Sie erzählte von Chatrooms für schwarze Magie, Message Boards, Vampir-Websites, Satanisten-Blogs, YouTube, Facebook, MySpace, Twitter und Skype. In Online-Verzeichnissen waren Tausende von Zirkeln und verwandten Gruppen in der ganzen Welt aufgelistet, und so fand Vultura Kontakt zu Dämonolatoren in einem Dutzend Ländern. Sie bloggten, tauschten Profile und Bilder, studierten die Kalender der Ereignisse des Weges zur Linken, wo sie sich trafen und miteinander vergnügten. Überschneidungen mit den Cybergoth- und Rivethead-Subkulturen waren unvermeidlich, aber die tat sie als Schwindel ab. Sollte jedoch ein Sabbat, ein Esbat, eine Dunkle Versammlung oder ein Heavy-Metal-Konzert in einem Dreihundert-Meilen-Radius um New Haven angekündigt werden, so wusste Vultura davon.

»Zu manchen gehe ich, zu manchen nicht. Kommt darauf an, wie böse es ist.«

Mit *böse*, begriff Bonaldo, meinte sie *gut*. Er hörte mit Staunen, dass satanistische Zirkel Websites hatten, dass man Videos von ihren diabolischen Riten auf YouTube sehen konnte und dass es Online-Versandgeschäfte für Hexereibedarf gab, bei denen man Athame, fliegende Besenstiele, Mäntel, Zaubersprüche, Zaubermittel, Voodoo-Puppen und dergleichen bestellen konnte. Fred Bonaldo hatte erst vor Kurzem angefangen, E-Mail zu benutzen – für ihn ein reines Wunderwerk. Jetzt erkannte er, dass er gerade mal an der Oberfläche gekratzt hatte.

»Und warum sind Sie heute Morgen hier?«, fragte er und behielt seinen monoton metallischen Tonfall bei.

»Ich habe das Foto dieses Typen in der Zeitung gesehen. Der da ermordet worden ist. Das war ein totaler Spinner.«

Die Versammlung auf der Insel war ein heiliges Erntefest zur Vorbereitung auf Samhain, und dazu gehörten Tanz, Gesang, Bannsprüche und Sex-Magie, bei der man, wie Vultura erklärte, nicht einfach vögelte, sondern den Orgasmus zurückhielt, sodass sich seine ganze Macht nach innen wandte. »Da geht es nicht um Lust, sondern darum, den Orgasmus mit Hilfe von Milliarden christischen Atomen in einen Träger spiritueller Essenz zu verwandeln. Aber man zwingt niemanden. Ich meine, ich wusste nicht, dass das Mädchen vergewaltigt werden würde.«

Zwanzig Leute hatten sich in West Kingston getroffen und waren ein paar Meilen weit zu einer Stelle gefahren, von der man sie durch den Wald zu einer unter Wasser liegenden Brücke brachte, die auf die Insel führte. Die Brücke war fünf, sechs Meter lang und bestand aus verbundenen Planken. Fackeln säumten den Weg, an dessen Ende ein großes Feuer brannte. Die Leute trugen Mäntel und Kapuzen, und der Hohepriester, das Oberhaupt des Zirkels, trug eine Totenkopfmaske. Sie beschrieb einen Gottesdienst unter der Leitung des Hohepriesters auf der Grundlage von Rufen und Antworten, der zunehmend leidenschaftlicher geworden war und durch Schreie, Ohnmachtsanfälle und Augenblicke dämonischer Besessenheit untermalt wurde. Vultura bestritt, dass Drogen oder Alkohol im Spiel gewesen seien. »Vielleicht ein paar Pilze«, sagte sie. Sie selbst habe es nicht gern, wenn irgendwelche Stimulantien zwischen sie und ihr Bewusstsein des Einen träten. Clouston, sagte sie, habe dem Hohepriester assistiert und sei der »Dunkle Diakon« genannt worden. Über den Priester selbst konnte sie wenig sagen, nur dass er ungefähr eins achtzig groß gewesen sei, schlank und »athletisch«, schätzungsweise zwischen dreißig und vierzig. Die Mäntel und die relative Dunkelheit hätten es schwierig gemacht, die Gesichter der Leute zu sehen. Manche seien ihr bekannt vorgekommen, aber sie sei nicht sicher.

»Würden Sie jemanden wiedererkennen?«, fragte Muller.

»Vielleicht.«

Bonaldo glaubte nicht, dass sie die Wahrheit sagte, doch er wusste nicht, was er da tun sollte. Er würde mit Woody darüber sprechen müssen. Die ganze Sache war so beunruhigend, dass er überhaupt nicht mehr klar denken konnte. Er fühlte sich vollkommen überfordert.

Bis 1980 hatten die Polizisten aus Brewster in einer Baseball-Liga gespielt, die gleich nach dem Zweiten Weltkrieg gegründet worden war. An den Wänden des Büros hing ein Dutzend Fotos der Siegermannschaften – eifrig lächelnde, Baseball liebende Cops, die für die Kamera posierten. Inzwischen waren sie alle tot oder alt, aber die ferne gute Laune verlieh dem Raum immer noch ein bisschen Wärme. Als Bonaldo jetzt mit Vulturas Worten im Kopf diese Bilder anschaute, spürte er, wie groß die Distanz war. Dabei ging es nicht um die Kluft zwischen Gesundem und Ungesundem; es war eine metaphysische Ferne. Viele dieser Baseballspieler waren die Väter und Onkel seiner Freunde. Als er sich fragte, was sie von Vultura, der Generationalen Dämonolatorin, halten würden, konnte Fred Bonaldo nur seufzen.

Vultura erklärte, es seien keine Knochen ins Feuer geworfen worden. Sie habe auch keine Strohpuppen gesehen, aber sie sei früher auf Weidenmann-Festivals gewesen. Man verbrannte einen aus Weidengerten geflochtenen Mann und warf Knochen ins Feuer. Das gehörte zu Samhain, dem Erntefest am Ende des Sommers, das verantwortungslose Ignoranten mit dem Allerheiligenabend verwechselten. Was den großen Ziegenbock mit den gespaltenen Hufen anging, so vermute sie, dass Bonaldo sie auf den Arm nehmen wolle.

»Wenn der da gewesen wäre, würde ich mich daran erinnern.

Die ganze Sache drehte sich um das Mädchen. Darum waren wir gekommen. Die Leute haben gerufen und gesungen, und es war sehr laut. Dann merkte ich, dass das Mädchen schrie. Das war kein Theater, sie hat wirklich geschrien. Der Diakon, dieser Clouston, hat sie am Boden festgehalten, und andere haben ihm geholfen. Sie haben ihre Arme und Beine festgehalten. Dann hat der Mann mit der Totenkopfmaske sie gefickt. Das schien zum Fest zu gehören, sogar das Schreien, aber Clouston war zu grob. Ich meine, das Mädchen war ja nur ein Mädchen. Glauben Sie mir, das war nicht das, was ich mir vorgestellt hatte.«

Ein paarmal erwähnte sie, dass der heutige Tag, der 31. Oktober, Samhain sei, und dass überall in Neuengland Feste gefeiert werden würden. »Heute ist die große Partynacht. Sie sollten Ihre Hüte festhalten.«

Am Samstagmorgen waren Hercel, Lucy und Tig mit Baldo im Spielzimmer der Bonaldos. Baldo hatte häusliche Arbeiten zu erledigen – er musste Laub harken, seine Sachen waschen und sein Zimmer aufräumen –, aber Laura Bonaldo wusste, es wäre unmöglich, ihn dazu zu bringen, wenn seine Freunde im Haus waren. Außerdem hatte es angefangen zu regnen, und so musste das Laubharken verschoben werden. Ein Streifenwagen parkte in der Einfahrt; Fresssack Hopper saß im Wohnzimmer und drehte Daumen. Er hätte gern ferngesehen, doch Laura erlaubte es nicht. Er meinte, es wäre okay, denn er würde vom Dienst suspendiert werden und sei sowieso nur aus Gefälligkeit gegenüber der Familie hier. Laura sei schließlich seine Cousine.

»Wenn es dir nicht passt«, sagte Laura, »kannst du ja gehen.«

Woodys Golden Retriever war auch im Spielzimmer. Woody hatte Ajax dagelassen, damit er den Kindern Gesellschaft leistete. Laura, die sich etwas darauf zugute hielt, dass ihr Haus immer hundefrei gewesen war, hatte mit Entsetzen reagiert, aber sie hielt den Mund. Immerhin rief sie den Kammerjäger an und vereinbarte einen Termin zur Begasung. In ihren Augen waren Hunde genauso schlimm wie Satanisten, doch für den unwahrscheinlichen Fall, dass Carl Krause immer noch frei herumlief, gab sie ausnahmsweise ihre Erlaubnis.

Baldo Bonaldo brachte Lucy Tischtennis bei. Ihm war klar, dass er damit allen einen Gefallen tat, denn Lucy hatte keine Chance, es zu lernen. Sie war erst fünf. Jedes Mal, wenn sie den Ball traf, segelte er quer durch den Raum, und Baldo musste unter die Stühle kriechen, um ihn zu finden. Nicht mal der Hund wollte da hinterherlaufen.

Ajax hatte sich bei Tig und Hercel auf dem Boden zusammengerollt und spendete ihnen den einzigen Trost, den die Kinder akzeptierten. Immer wenn Tig an ihren Großvater dachte, wollte sie weinen, aber es war unmöglich, *nicht* an ihn zu denken. Hercel ging es genauso, wenn er an seine Mutter dachte. Ja, wenn er sie auch nur für eine Sekunde vergaß, wurde er wütend auf sich selbst, weil er sie vergessen hatte. Beide Kinder konnten sich nicht vorstellen, jemals über den Punkt hinauszukommen, an dem sie jetzt waren. Zu ihrer Trauer kam die lauernde Angst vor den Kojoten und dem, was da im Wald passiert war. Wenn Tig einen Hund bellen hörte, erstarrten ihre Muskeln. Sie war sicher gewesen, dass sie sterben würde, und auch wenn sie nur eine nebelhafte Vorstellung vom Tod hatte, war sie doch überzeugt gewesen, dass sie gefressen werden würde. Die Sache mit den wirbelnden Steinen war ihr absolut rätselhaft.

Hercels Trauer und die Erinnerung an das Grauen wurden verstärkt durch eine Erschöpfung, wie er sie noch nie empfunden hatte. Mit der Spitze des Schraubenziehers im Kreis herumzufahren, hatte ihm die letzten Kräfte geraubt. Er wollte schlafen, aber er konnte es nicht. Wenn er die Augen schloss, sah er furchtbare Dinge: Carl, wie er Harriet gegen den Kamin schleuderte, und die Kojoten. Dann riss er die Augen auf, und die Erschöpfung kam zurück. Er konnte nur die Finger in Ajax' dichtes Fell schieben und zur Faust ballen, und dann fing alles wieder von vorn an.

Baldo hatte Mitleid mit seinen Freunden und versuchte ihren Schmerz zu teilen. Sein eigener Schmerz war eher persönlicher Art. Heute war Halloween. Für einen Trickster wie ihn hatte Halloween einen Wert, der den Wert, den Samhain für Vultura hatte, weit überstieg. Trotzdem hatte seine Mutter ihm verboten hinauszugehen. Es sei zu gefährlich. Wenn er brav wäre, würde sie ihn vielleicht zu der Halloween-Party mitnehmen, die Father Pete in St. John's veranstaltete. Baldo war entsetzt. Halloween war das Gegenteil von Kirche. Und hatte Father Pete nicht gesagt, wenn Baldo seine Furzmaschine noch einmal mit in die Kirche bringe, werde er, Father Pete, ihn kreuzigen? Also trauerte Baldo und schmiedete Fluchtpläne.

Ein paarmal kam Laura leise die Treppe herunter und sah nach den Kindern. Sie hatte ihnen etwas zu essen und Videos angeboten, hatte ihnen angeboten, sie absolut überallhin zu fahren. Von all dem hatten sie nichts gewollt. Sie zermarterte sich das Hirn und überlegte, was sie tun konnte. Vielleicht würde eine ordentliche Dosis Schlaftabletten helfen, die sie für eine Woche schlafen ließe. Aber so etwas würde sie nicht im Traum tun, und als sie sie jetzt mit dem Hund sah, bekam sie ein schlechtes Gewissen bei dem Gedanken daran, dass sie Ajax nicht ins Haus hatte lassen wollen.

Auf der Rückfahrt von Brantleys Krematorium hatte Woody mit einem Trooper gesprochen, den er beim Glücksspieldezernat New Jersey kannte und dem er Cloustons Personenbeschreibung geschickt hatte. Bis jetzt war Clouston als Besucher der Pokertische im Borgata identifiziert worden. Der Trooper konnte noch nicht sagen, wie oft Clouston in dem Casino gespielt hatte, aber er war doch oft genug da gewesen, um in Erinnerung zu bleiben. Wie viel Clouston gewonnen oder verloren hatte, wusste der Trooper auch nicht. Indessen erinnere man sich, dass Clouston kürzlich bei einem $350-plus-$50-»No Limit Hold 'Em« dabei gewesen sei, und sein Name stehe nicht auf der Liste der Gewinner. Aus den Casinos in Las Vegas und Connecticut hatte Woody noch nichts gehört, doch er hatte genug erfahren, um zu vermuten, dass Clouston ein »Geldthema« hatte, wie Woody es nannte.

Anschließend fuhr er zu Cloustons Haus in der Ballou Street, wo Detective Gazzola schon eine halbe Stunde früher eingetroffen war. Inzwischen waren Polizisten damit beschäftigt, Cloustons Nachbarn Fotos zu zeigen. Gazzola stand kettenrauchend auf Cloustons Veranda und erzählte Woody von dem Gespräch mit Vultura. »Ein furchterregendes Weib«, sagte er. »Schieben Sie den Schwanz in diese schlimme Schlampe, und er ist weg.«

Sie standen unter dem Verandadach, weil es regnete, aber der Wind wehte ihnen die Tropfen ins Gesicht. Die Polizisten, die in ihren langen, wasserabweisenden Wendemänteln von Tür zu Tür gingen, erinnerten Woody an Mönche. Harry Morelli kam langsam den Weg zum Haus herauf. Er beeilte sich nie – nicht, weil er faul war, sondern weil er fand, es wäre unter seiner Würde. Wassertropfen hingen an den Spitzen seines Seehundschnauzbarts.

»Bis jetzt hat niemand Brantley erkannt«, sagte er, »obwohl sie natürlich wissen, wer er ist. Doch zwei haben diesen anderen Kerl identifiziert.«

Er blieb auf der Veranda stehen und blätterte langsam in einem kleinen Stapel Fotos, während er gleichzeitig versuchte, sie vor dem Regen zu schützen. Woody bemühte sich, ihn nicht anzuschreien, weil es so lange dauerte. Endlich hatte Morelli das richtige Bild gefunden und hielt es hoch. »Hier ist es.«

Es war Dr. Jonathan Balfour.

»Zwei Personen haben ihn erkannt?«

»Ja, und mehr als einmal. Ist anscheinend mehr als einmal hier gewesen.«

Woody wandte sich an Gazzola. »Fahren Sie zum Krankenhaus und holen Sie ihn. Nehmen Sie sich ein paar Leute mit und bringen Sie ihn aufs Revier. Rufen Sie mich an, wenn Sie ihn haben.«

Woody ging zu den Streifenpolizisten, die bei den Nachbarn anklopften, und wies sie an, sich auf Balfour zu konzentrieren. Dann rief er Bingo und Bobby Anderson an und berichtete ihnen, was er erfahren hatte. Bingo war auf dem Weg zu Brantleys Bestattungsinstitut, und Woody sagte ihm, er könne sich die Mühe sparen, Brantley sei im Krematorium.

Bobby beschrieb Professor Vasa Koraks Kojotenfarm. »Der Typ lässt sie praktisch durch den Reifen springen. *Fuck*, jetzt läuft's!«

Auch Woody hatte das Gefühl, ein Ende wäre in Sicht. Er wollte Jill anrufen und ihr davon erzählen, wollte ihr sagen, bald gebe es nichts mehr, das ihn daran hindern könnte, sie zu sehen. Das Verlangen danach, sie anzurufen, war ein brennendes Gefühl in seinem Bauch. Die Polizisten, die von Tür zu Tür gingen, ließen ihn an Süßigkeiten sammelnde Halloween-Kinder denken. Er rief Captain Brotman an.

Detective Beth Lajoie hatte Dr. Stone in seinem Krankenhaus in Providence ausfindig gemacht und ihn gefragt, ob er Alice Alessio auf einer Toilette im Morgan Memorial gefickt habe. Sie hoffte, die Sache am Telefon erledigen zu können, aber wenn Dr. Stone den Hintern nicht hochbekäme, würde sie blitzschnell nach Providence hinauffahren.

Wer weiß, womit Dr. Stone beschäftigt war, als Lajoies Anruf ihn störte? Höchstwahrscheinlich rettete er gerade ein Menschenleben. *Pech*, dachte Lajoie.

Auf ihre Frage reagierte Dr. Stone mit absolutem Schweigen. Lajoie hörte Krankenhausgeräusche im Hintergrund. Schließlich sagte sie: »Ich warte.«

»Woher weiß ich, dass Sie das sind, was Sie zu sein behaupten?«

Detective Lajoie sagte, er könne bei der State Police anrufen, und dort werde man bestätigen, wer sie sei. Danach könne er sie zurückrufen. »Aber sollten Sie in zehn Minuten *nicht* zurückrufen, schicke ich zehn Trooper, die zu Ihnen reinstürmen, egal, was Sie gerade tun, und Sie ins Hauptquartier bringen. Dies ist eine Ermittlung in einem Mordfall, Doktor, und ich habe hier Priorität. Möchten Sie wirklich, dass die Leute sehen, wie Sie strampelnd und schreiend aus Ihrer Klinik geschleift werden? Überhaupt, wer sonst weiß denn, dass Sie Schwester Spandex gefickt haben? Schwierigkeiten kriegen Sie nur, wenn Sie jetzt Theater machen. Ich will bloß wissen, ob Sie den Anfang gemacht haben oder ob die Schwester sich an Sie rangemacht hat. Ist das einfach genug? Wer hat angefangen?«

»Das war sie.«

Wer hätte das vermutet?, dachte Lajoie. »Erzählen Sie mir mehr.«

Dr. Stone beschrieb die dreiwöchige Beziehung, die mit Oralsex auf der Toilette angefangen hatte. »Sie hat immer weiter geflirtet, aggressiv geflirtet, und schließlich habe ich einfach aufgehört, Widerstand zu leisten.« Doch seine Angst sei geblieben, und als der Kick nachgelassen habe, sei er von heute auf morgen in Urlaub gegangen. Danach habe er eine Stelle in der Notaufnahme des Providence Hospital angenommen. »Ich war dann nur noch eine Woche im Morgan Memorial, und da konnte ich ihr aus dem Weg gehen. Sie hatte gedroht, eine Szene zu machen, und sie behauptete sogar, sie sei wahrscheinlich schwanger. Ich bin halb gestorben vor Angst.«

»Danke«, sagte Lajoie. Es war Zeit, mit Dr. Balfour zu sprechen.

Gegen Mittag holte Bingo Schwartz einen Trooper in Alton Barracks ab und fuhr mit ihm zu Brantleys Krematorium. Er wollte Brantley fragen, was er über Körpermakler wisse. Das hielt er für eine subtile Methode, um herauszufinden, ob Brantley etwas mit ihnen zu tun hatte. Detective Frank Schnell von der Massachusetts State Police hatte erklärt, jemand könne seinen Leichnam für Forschungszwecke spenden, und der Leichnam könne dann zuerst in ein Bestattungsinstitut gebracht werden, und dieses könne Aufbahrung und Totenandacht durchführen oder den Leichnam direkt an den Körpermakler weiterleiten. Wenn Tommy Meadows von der Gesundheitsbehörde sich für Brewster interessierte, dann interessierte er sich, dachte Bingo, vielleicht für Brantley.

Den Trooper, Rodger Legros, nahm er mit, weil er nicht allein hingehen wollte, aber zum einen glaubte er nicht, dass es gefährlich werden würde, und zum anderen: Wenn es etwas zu finden gab, dann wollte Bingo derjenige sein, der es fand.

Mit fünfzig und nach mehr als fünfundzwanzig Jahren als Trooper hatte Bingo es immer noch nicht zum Corporal gebracht. Bei der State Police wurde man nach Verdiensten befördert, und so mancher ging als einfacher Trooper in den Ruhestand. Bingo wollte noch ein Jahr Dienst tun, nicht länger. Er scharrte mit den Hufen bei dem Gedanken an seine zukünftigen Projekte. Die Gedanken, die er sich im Brewster Brew über die Szene in *Don Giovanni* gemacht hatte, wo der Don in die Hölle geschleift wird, wollte er später in sein Notizbuch schreiben. Er würde Skizzen für mögliche Bühnenbilder machen und Aquarelle malen. Zu Hause hatte er eine Schublade voll mit solchen Szenen aus ungefähr zwanzig Opern. Aber das waren nur Fingerübungen. Ihm war klar, dass er niemals eine Anstellung als Bühnenbildner bekommen würde. Wie er allen sagte: »Ich möchte mich nur nützlich machen.« Er würde mithelfen, die Kulissen aufzubauen, und wenn es darauf ankäme, würde er umsonst arbeiten. Sein einziger Wunsch war, ein kleines Rädchen in dem großen Getriebe zu sein.

Doch wenn Bingo seine Zeit als Trooper mit einem großen Erfolg beschließen könnte, würde er sich insgesamt noch besser fühlen. Man würde bei der Verabschiedung ein paar gute Worte über ihn sprechen und ihm sagen, man werde ihn vermissen. Er wollte, dass seine Frau so etwas hörte. Nicht, dass es sie dazu bringen würde, ihn zu mögen – dafür war zu viel Wasser den Bach hinuntergeflossen –, aber es würde ihr klarmachen, dass er als State Trooper geschätzt worden war.

Bingo hatte keine Erwartungen in Bezug auf das, was er vielleicht von Brantley erfahren würde, er hatte nur das Gefühl, dass er da eine kleine Spur hatte. Er hatte eine Spur, und er wollte sie mit niemandem teilen.

Was Trooper Rodger Legros anging, so hatte der nichts Besseres zu tun, als Raser auf dem Highway 95 zu stoppen, und deshalb kam er gern mit, auch wenn es bedeutete, dass er den Fahrer spielen musste. Die Oper mochte er nicht, und er hoffte, Bingo würde nicht anfangen zu summen, auch wenn das, wie er wusste, unumgänglich war. Zumindest würde man es beim Motorengeräusch des Streifenwagens, dem Klatschen der Scheibenwischer und dem Prasseln des Regens auf dem Dach nicht so gut hören. Legros war dreißig Jahre alt und seit fünf Jahren verheiratet. Seine Frau hieß Sally, und sie hatten zwei Kinder.

»Was gibt's Neues in Brewster?«, fragte Legros. Er war beim Krankenhaus im Einsatz gewesen, als das Baby geraubt wurde, war jedoch seitdem nicht wieder da gewesen.

»Sie rechnen mit viel Betrieb heute Nacht. Wir haben Halloween.«

»Soll ja Schnee geben. Werden die Kids um die Häuser ziehen?«

»Der Bürgermeister hat es nach achtzehn Uhr verboten. In der Turnhalle gibt es eine Veranstaltung, und in ein paar Kirchen finden Partys statt. Aber die meisten Eltern behalten ihre Kinder zu Hause.«

»Das Ganze ist Hexerei, stimmt's? Oder Teufelsanbetung?«

»Wahrscheinlich versucht da eher jemand, auf die krumme Tour ein paar Kröten zu machen.«

Zwei Autos standen vor dem Krematorium. Legros hielt neben ihnen an.

»Sehen Sie sich den Rauch an«, sagte er. »Da geht jemand zu seinem Schöpfer.«

Bingo äußerte sich dazu nicht. Er fand das Gebäude hässlich: Hohlblocksteine und ein Flachdach. Allerdings konnte er sich nicht vorstellen, wie ein »hübsches« Krematorium aussehen würde. Hinter dem Krematorium begann der endlose Wald des Arcadia-Naturparks. Bingo bemerkte die kleine Überwachungskamera über dem Eingang. Er öffnete die Tür und trat ein.

Manchmal stößt man auf einen Anblick, der so schockierend ist, dass man das Gefühl hat, die Synapsen schalten sich zu ihrem eigenen Schutz ab. Bingo grunzte. Vor ihm auf einem Tisch lag Ronnie McBrides Kopf. Sein Mund war mit Lippenstift beschmiert. Ein Mann stand davor und schminkte ihn, legte Lidschatten und Rouge auf. Bingo kannte diesen Mann – Jimmy Soundso, ein Notfallsanitäter. Musik lief, aber Bingo erkannte nicht, dass es Musik war: Es war die Heavy-Metal-Band War of Ages, und sie spielten »All Consuming Fire«. Der Sänger knurrte, und die Musik war laut.

Trooper Legros war Bingo gefolgt und prallte gegen ihn, als Bingo so plötzlich stehen blieb. Dann sah auch er den Kopf. »Ach, du große Scheiße!«

Jimmy hörte seine Stimme und blickte auf. Er wusste, dass es jetzt Ärger geben würde. »Larry!«

Bingo machte ein paar Schritte vorwärts. Er bemühte sich nach wie vor zu verstehen, was Ronnie McBrides Kopf auf dem

Tisch zu suchen hatte, aber was immer es sein mochte, ihm war klar, dass es nichts Legales war. Bingo trug eine Sig P229 in einem verdeckten Halfter auf der rechten Hüfte. Er schlug sein Jackett zurück, um sie zu erreichen.

Da erschien ein zweiter Mann – Bingo registrierte ihn als einen grauen Mann – auf der anderen Seite des Ofens. Er hielt eine schwarze Pistole in der Hand, und Bingo erkannte die Browning Hi-Power.

»*Fuck you*, Jimmy!«, schrie der Mann. »Du solltest den Monitor im Auge behalten! Jetzt sieh dir an, was du gemacht hast!«

»Vorsicht!«, rief Legros und stieß Bingo zur Seite.

Im selben Moment hob der zweite Mann – Larry – die Pistole und schoss. Legros flog nach links, und seine Knie knickten ein. Sein Hinterkopf war an der Wand verspritzt.

Bingo beging den Fehler, zu ihm hinzuschauen. Als er sich wieder umdrehte, hatte der graue Mann sich ihm zugewandt. Den Schuss hörte Bingo gar nicht mehr.

Maud Lord hatte Angst. Das an sich fand sie interessant, denn so schnell fürchtete sie sich nicht. Angefangen hatte es mit einem ängstlichen Flackern, als sie die tote Katze gefunden hatte, und seitdem war es gewachsen, bis sie sich schließlich nicht mehr traute, das Ocean Breezes zu verlassen, und sich nicht einmal mehr aus ihrem Zimmer wagte. Am Samstag war es so schlimm geworden, dass sie Bobby anrief.

Er war eben von Vasa Korak zurückgekommen, fummelte jetzt auf einem Polizeicomputer mit Google Maps herum und suchte auf der Karte nach Orten in der Nähe von Brewster, wo jemand Kojoten züchten könnte, ohne dass die Leute es merkten. Barton Wilcox' Farm war ein solcher Ort. Barton würde so etwas nicht tun, aber die Farm war zu drei Seiten vom Great Swamp umgeben und dadurch abgeschieden genug. Dann hatte Woody angerufen und ihm unter anderem von seinem Besuch im Krematorium erzählt. »Ein hässlicher Laden«, hatte Woody gesagt, »direkt am Rand von Arcadia, mitten im Nirgendwo.«

Bobby fing an, über den Naturpark Arcadia nachzudenken, der nördlich von Hope Valley über ein paar Meilen hinweg an den Interstate 95 grenzte. Arcadia war viermal so groß wie der Great Swamp – von einem Ende zum anderen fast zehn Meilen lang, und die Umgebung war weit weniger dicht bevölkert. Das war Stoff zum Nachdenken.

Aber in diesem Nachdenken unterbrach ihn Maud Lord mit ihrem Anruf.

Je größer ihre Angst wurde, desto ohnmächtiger fühlte sie sich. »Erinnern Sie sich an mich?«, fragte sie.

»Guten Tag, Mrs. Lord. Wie könnte ich Sie vergessen? Gibt es neue Entdeckungen?«

»Ich habe schreckliche Angst, und ich weiß nicht, was ich dagegen tun soll.«

Also beschloss Bobby, beim Ocean Breezes vorbeizufahren.

Maud Lord bewohnte eine Zwei-Zimmer-Wohung im Anbau hinter dem Hauptgebäude, der sechzehn solche kleinen Wohnungen enthielt. Es war ganz hübsch und mit den besten Möbeln aus Mauds Besitz eingerichtet. Allerdings gab es einen eingebauten Nachteil. Wie Maud sagte: »Für mich geht es nur noch in eine Richtung.« Ihr graute vor dem Tag, da man sie in ein einzelnes Zimmer verlegen würde. Selbst mit fünfundneunzig stellte sie sich gern vor, dass sie noch ein paar Möglichkeiten zur Auswahl haben würde. Es war keine Zukunft der unbegrenzten Gelegenheiten, aber sie hatte doch das Gefühl, noch zwei oder drei Entscheidungen treffen zu dürfen. Wäre sie erst in einem einzelnen Zimmer, wäre es damit vorbei.

Während sie auf Bobby wartete, kochte sie Kaffee und stellte einen Teller selbst gebackene Butterplätzchen hin. Sie bürstete sich das Haar, zog ihren blauen Pullover an und legte eine Halskette mit Smaragden und Brillanten um. Sie war vielleicht fünfundneunzig und verängstigt, doch sie hatte trotzdem vor, ein bisschen zu flirten.

Wenig später klopfte Bobby einen fetzigen Wirbel an ihre Tür, und sie rief: »Ist offen!«

»Hey, Mrs. Lord, Sie sehen toll aus. Das ist eine schöne Halskette.« Er wusste nicht genau, ob er ihr die Hand schütteln oder sie auf die Wange küssen sollte, aber dann küsste er sie einfach auf die Wange, die sich sehr weich anfühlte. Vielleicht errötete Maud Lord ein wenig. Sie blieb neben ihrem antiken runden Sockeltisch aus Eichenholz stehen, den ihr erster Mann 1935 gekauft hatte.

Sie setzten sich, und Maud goss den Kaffee ein. Bobby nahm Sahne und Zucker. Seine Charme-Maschine lief zwar auf Hochtouren, war jedoch sehr fein abgestimmt. Seine Aufmerksamkeit konzentrierte sich vor allem auf Mauds Angst. Nur ihr Mund lächelte, alles andere in ihrem Gesicht verriet ihre Not.

»Und?«, fragte Bobby und nahm sich ein Plätzchen.

»Hier sterben zu viele Leute. Ich weiß ja, dass sie es tun sollen, aber hier liegt ein statistischer Fehler vor.«

Bobby konnte nicht sagen, ob er ihr glaubte oder nicht; er neigte wohl eher dazu, ihr zu glauben. Schließlich mochte er Maud Lord. »Welche Erklärung hat die Heimleiterin?«

»Sie sagt, es liegt am Alter, aber das ist nicht der Grund. Das ist nur Geschwätz.«

Maud Lord lebte seit fast zehn Jahren in ihrer kleinen Wohnung. Sie kannte jeden, der im Ocean Breezes arbeitete, und sie kannte viele der Bewohner. Auch wenn sie sich nie mit dem hartnäckigen Appetit des Todes hatte abfinden können, hatte sie sich doch an seinen Kalender gewöhnt – so und so viele starben im Sommer, so und so viele im Winter und so weiter.

Das alles erklärte sie Bobby. »Diesen Monat sind zu viele gestorben, und letzten Monat auch. Da stimmt etwas nicht.«

Jede Nacht, so schien es, kam der Krankenwagen und holte

jemanden ab, und manchmal kam er mehr als einmal. Ob jemand lebte oder tot war, erkannte man daran, ob der Krankenwagen die Sirene einschaltete oder nicht.

»Sie fahren die Straße da draußen hinunter«, sagte Maud, »und wecken mich jedes Mal. Vorgestern Nacht sind drei Leute gestorben. Eine davon war Julie Fiore. Wir hatten am Abend noch zusammen gegessen, und sie war ein Bild der Gesundheit. Und die anderen waren zwar krank gewesen, aber nicht lebensbedrohlich. Das kommt mir unnatürlich vor.«

Bobby sah es anders, nur hatte er auf diesem Gebiet natürlich keine Erfahrung. Maud Lord hingegen beobachtete die Abgänge mit Adleraugen. Sie hatte schließlich ein persönliches Interesse.

»Das war in welcher Nacht?«, fragte er.

»Donnerstag. Ich weiß, dass es Donnerstag war, weil überall in der Stadt Polizeiautos herumfuhren und ich kein Auge zugetan habe.«

Wenn ein Bewohner starb, kam ein Arzt aus der Klinik, um den Totenschein auszustellen. War vorher nichts anderes vereinbart worden, wurde der Leichnam zu Brantleys Bestattungsinstitut gebracht.

»Kommt da ein spezieller Arzt?«, wollte Bobby wissen.

»Ich versuche schon den ganzen Nachmittag, mich an seinen Namen zu erinnern. Er fängt mit B an.«

»Dr. Jonathan Balfour?«

Maud Lord strahlte. »Sie sind so clever! Ich *wusste*, es war richtig, Sie anzurufen.«

»Und der kommt jedes Mal?«

»Natürlich nicht, aber er kommt öfter als jeder andere.«

»Ist Dr. Balfour mit jemandem vom Personal besonders befreundet?«, fragte Boby. »Mit einer Frau vielleicht?«

Mauds Augen glänzten. »Da wäre Margaret Hanna. Sie ist Krankenschwester.«

»Ob sie jetzt wohl Dienst hat?«

Maud schüttelte den Kopf. »Sie arbeitet nur nachts.«

Detective Beth Lajoie hasste den Regen. Sie hasste die Tropfen, die ihr in den Nacken liefen. Sie hasste ihre nassen Füße. Während ihres 1998 begonnenen fünfjährigen Einsatzes beim Dezernat für Finanzkriminalität hatte sie mitgeholfen, einen Mann zu verhaften, der eine Million unterschlagenes Geld versteckt hatte, um davon in Brasilien zu leben. Lajoie verurteilte das Verbrechen, bewunderte jedoch die Zielsetzung. Wenn sie so viel Geld hätte, würde sie nach San Pedro de Atacama in der Atacama-Wüste umziehen. Dort war es fünfzigmal trockener als im Death Valley. So sehr hasste sie den Regen.

Als sie jetzt von ihrem Wagen zum Eingang der Notaufnahme rannte, hielt sie sich eine Zeitung über den Kopf, damit ihre Haare nicht nass wurden. Fast so sehr wie den Regen hasste sie das Rennen. Sie bekam davon mächtig schlechte Laune. Sie ging zur Aufnahmetheke und klopfte mit dem Knöchel darauf. »Wo finde ich Dr. Balfour?«

Die junge Frau hinter der Theke machte ein erschrockenes Gesicht, aber so reagierten viele Leute auf Detective Lajoie. »Ich weiß nicht genau, wo er im Moment ist.«

Lajoie legte ihre Dienstmarke auf die Theke. »Die Worte ›ich weiß nicht genau‹ gefallen mir nicht. Ich will *genau* wissen, wo Balfour ist, und wenn Sie es mir nicht sagen können, treiben Sie jemanden auf, der es kann.«

Innerhalb von zehn Minuten stand fest, dass Dr. Balfour nicht im Hause war. Niemand wusste, wo er hingegangen war. Dann stellte sich heraus, dass Detective Gazzola eine halbe Stunde zuvor hier nach Balfour gesucht hatte. Das teilte die junge Frau in der Notaufnahme der groben Polizistin mit.

»Warum haben Sie mir das nicht gleich gesagt?«, fragte Lajoie.

Die junge Frau schaute weg. »Sie haben nicht danach gefragt.«

Manchmal war Beth Lajoies Lächeln furchterregender als ihr Stirnrunzeln. »Ich wünsche Ihnen noch einen wirklich schönen Tag«, sagte sie.

Dr. Jonathan Balfour besaß in der Ash Street eine große Eigentumswohnung im Erdgeschoss eines Hauses mit einem grünen Mansardendach. Eine säulengeschmückte Veranda reichte um die gesamte Frontseite. Balfours Wohnung betrat man durch einen Eingang an der Seite. Lajoie läutete und klopfte, wartete und klopfte noch einmal. Über der Haustürtreppe war ein kleines Vordach, aber es war nicht groß genug, um sie trocken zu halten. Balfours Fenster waren mindestens einen Meter achtzig hoch. Durch das nächstgelegene spähte Lajoie in ein Wohnzimmer, das sie an einen Raum im Museum denken ließ: schöne Antiquitäten, nicht vollgestopft, alles an seinem Platz. Zwei Ohrensessel mit Knopfpolster standen rechts und links vor einem Kamin mit grünen und gelben Kacheln.

»Hübsch, der Kram«, sagte Detective Lajoie. Sie lief zur Haustür zurück und wartete weiter. Sie erwartete auch einen Anruf von einem Detective des Sittendezernats Manhattan South, mit dem sie über Maggie Kelly gesprochen hatte. Der Detective hatte am Morgen angerufen und gesagt, er habe einen Hinweis auf den Wohnort des Mädchens. »Ich schicke Ihnen eine Schachtel Pralinen«, hatte Lajoie gesagt.

Der Detective hatte abgewehrt. »Mein Cholesterinspiegel reicht bis knapp unter die Haarspitzen.«

Lajoie liebte Zufälle, und sie liebte Glückstreffer. Sie liebte das Eintreten des absolut Unerklärlichen. Nur glaubte sie an nichts dergleichen. Am besten gefiel ihr, was ein Lehrer auf der Polizeischule gesagt hatte. Er hatte Louis Pasteur zitiert: »Auf den Gebieten der Beobachtung bevorzugt das Glück den Verstand, der vorbereitet ist.« Von diesem Grundsatz hatte sie sich in ihren Jahren als Trooper leiten lassen. Deshalb war sie jetzt nicht überrascht, als der Detective aus Manhattan anrief und berichtete, er habe Maggie Kelly in Gewahrsam genommen.

»Aber ein Baby hatte sie nicht bei sich«, sagte er, »und sie redet nicht.«

Detective Lajoie dachte einen Moment lang nach. Es war erst vier Uhr, doch die schwere Wolkendecke erweckte den Eindruck, es wäre schon viel später. Sie hasste den Gedanken daran, dass in der nächsten Woche die Zeit umgestellt werden würde. Dann würde sie sich fühlen wie in Alaska. San Pedro de Atacama war nicht nur sehr trocken, es war dort auch sehr hell.

»Sagen Sie ihr, Sie wüssten, dass Dr. Balfour das Baby entbunden hat. Jonathan Balfour.«

»Wird gemacht.«

Während Lajoie wartete, fragte sie sich, wie es wohl wäre, eine Wohnung zu haben, die so hübsch war wie Dr. Balfours. Ihre eigene Dreizimmerwohnung sah aus wie eine billige Suite im Holiday Inn, aber ohne die kleinen Fläschchen mit Shampoo, Conditioner und Lotion. Selbst wenn sie ein Bild kaufte, um es aufzuhängen, war es am Ende immer ein hässliches Bild. Sie hatte das Talent nicht, das wusste sie. Sie hatte es einfach nicht.

»Okay, ich hab's ihr gesagt«, meldete der Detective.

»Und?«

»Sie hat eine Scheißangst bekommen.«

»Verhaften Sie sie. Ich kümmere mich um die Auslieferung.«

»Mit welcher Begründung? Weil sie ihr Baby verkauft hat?«

»Genau.«

Woody erreichte Balfours Wohnung in der Ash Street, als Detective Lajoie mit ihrem Mazda 6 eben aus der Einfahrt fuhr. »Er ist nicht zu Hause!«, rief sie.

Woody parkte am Randstein und kam zu ihrem offenen Seitenfenster.

»Sie werden nass«, sagte sie. »Steigen Sie ein.«

Er stieg ein, und sie redeten. Sie erzählte ihm von Maggie Kelly, und er berichtete, was Bobby über Kojoten in Erfahrung gebracht hatte.

»Wir werden ihnen den Schwanz am Boden festnageln!«, verkündete Lajoie beglückt.

»Vielleicht.« Er war oft überrascht von Lajoies Ausdrucksweise, besonders wenn sie gekleidet war wie eine Grundschullehrerin.

»Können wir Balfour in die Fahndung geben?«

»Ich werde Brotman fragen«, sagte Woody, »aber ich bezweifle es. Wir haben noch nichts Konkretes.«

»Und wie wär's mit einem Durchsuchungsbeschluss für seine Wohnung?«

»Das könnte gehen. Was, glauben Sie, würden wir da finden?«

»Mit etwas Glück eine Totenkopfmaske.«

Woody bezweifelte, dass Balfour derart nachlässig wäre.

»Was Neues über Carl Krause?«, fragte Lajoie.

»Kein Wort.«

»Wahrscheinlich ist er inzwischen in Mexiko.«

»Wieso in Mexiko?«

»Kühle Köpfe gehen nach Kanada. Die Irren zieht es in den Süden. Ist immer so. Haben Sie das noch nie bemerkt?«

Hatte er nicht. Als er wieder in seinem Truck saß, rief er Captain Brotman an. Der war bereit, einen Durchsuchungsbeschluss zu beantragen, wollte jedoch von einer Fahndung nichts wissen. »Schließlich ist der Mann Arzt«, sagte er, und einen Moment lang war es still. Brotman und Woody wussten beide, dass es völlig egal war, ob einer Arzt war oder nicht.

»Passen Sie auf«, sagte Brotman. »Wenn wir ihn bis morgen

nicht gefunden haben, bin ich mit der Fahndung einverstanden.« Er war indessen schon jetzt bereit, diverse Polizeibehörden im South County zu alarmieren.

Brotman berichtete Woody sodann von Bingos Gespräch mit Frank Schnell, einem Detective der State Police Massachusetts, in dem es um Körpermakler gegangen war. »Einige solcher Leichen kommen aus Bestattungsinstituten. Wir haben keine Ahnung, ob es das war, wofür Hartmann sich interessierte, und der maßgebliche Ermittler befindet sich im Ausland, aber es könnte da eine Verbindung zu Hamilton Brantley geben. Ich habe versucht, Bingo anzurufen, doch er meldet sich nicht. Wissen Sie, wo er ist?«

Woody wusste es nicht.

Als dieses Telefonat beendet war, versuchte er Bingo anzurufen, aber ohne Erfolg. Das beunruhigte ihn. In den letzten zehn Jahren war Woodys Abhängigkeit von Handys immer größer geworden. Bingo, Lajoie, Bobby Anderson und andere mochten Antworten auf hundert verschiedene Fragen suchen, doch ihre Handys verbanden sie miteinander. Sie konnten miteinander Kontakt aufnehmen und Informationen teilen – sogar Lajoie, die einen mit ihrer Unabhängigkeit zur Weißglut treiben konnte. Zusammen bildeten sie eine verknüpfte Intelligenz, zumindest im besten Fall. Dass er Bingo nicht erreichen konnte, bereitete Woody Unbehagen.

Er war zu Balfours Wohnung gefahren, weil Bobby ihn angerufen und ihm erzählt hatte, was er von Maud Lord gehört hatte. Starben im Ocean Breezes wirklich mehr Leute als sonst? Woody startete den Motor. Vielleicht sollte er sich noch mal mit Brantley unterhalten.

Im Bestattungsinstitut fand die Totenfeier für Frances Crenner statt, die Mutter Jack Crenners, des Eigentümers von Crenner Millwork, einer Firma für Holzbauteile. Auf beiden Straßenseiten parkten Reihen von Autos. Ein Polizist lenkte den

Verkehr. Gruppen von Regenschirmen bewegten sich die Treppe hinauf und hinunter. Auf der einen Seite der langen Vorderveranda standen vier oder fünf Männer und rauchten. Woody überlegte, ob er Brantley stören sollte, doch dann stellte er den Truck hinten bei der Remise ab und ging um das Haus herum nach vorn. Er trug einen langen dunklen Regenmantel, aber keine Mütze, und sein kurzes Haar klebte am Kopf.

An der Vordertreppe näherte sich ihm ein Mann mittleren Alters. Er kam Woody bekannt vor, nur wollte ihm der Name nicht einfallen. Freundlich sah der Mann nicht aus.

»Sie sind Woody Potter, oder? Der Staatspolizist? Wann hört ihr auf, hier herumzuspielen, und fangt die Leute, die uns verrückt machen? Diese Hexenmeister oder wen auch immer? Der Einzige, der gezeigt hat, dass er Eier in der Hose hat, ist Mackie McNamara, und den habt ihr eingebuchtet.«

Woody brauchte einen Augenblick, um sich zu erinnern, dass McNamara einer der Männer war, die Ziegelsteine in Schwester Asherahs Fenster geworfen hatten. Ein halbes Dutzend Antworten kam ihm in den Sinn, und jede einzelne konnte ihn in Schwierigkeiten bringen.

»Wir tun, was wir können«, sagte er schließlich.

»Ach ja? Na, das reicht nicht. Warum sperrt ihr niemanden ein?«

Woody ging an ihm vorbei zur Treppe. War die Sorge des Mannes nicht verständlich? Wieso wurde er so wütend? »Ich kann nur sagen, was ich schon gesagt habe. Wir tun, was wir können.«

»Bullshit!«

Woody blieb mit dem Rücken zu dem Mann stehen und überlegte, ob er sich umdrehen sollte. Er konnte durch die Tür in den Flur schauen und sah Brantley, der dort mit Jack Crenner sprach. Brantleys Stirn war teilnahmsvoll gerunzelt. Woody drückte die Tür auf.

Vermutlich bedauerte Brantley, ihn hier zu sehen, doch das ließ der Bestatter sich nicht anmerken. Sein dunkelblauer Anzug war höchstwahrscheinlich ein anderer als der, den er zuvor im Krematorium getragen hatte. Sicher hatte er einen ganzen Schrank voll blauer Anzüge. Das nach hinten gekämmte Silberhaar sah aus, als wäre es am Schädel festgeleimt.

»Sie sind durchnässt«, flüsterte er. »Ich hole Ihnen ein Handtuch.«

»Das geht schon.« Woody zog den Regenmantel aus.

»Sie holen sich den Tod.« Brantley nahm ihm den Mantel ab und führte ihn in die Garderobe. »Neuigkeiten von Carl?«

In dem großen Raum rechts vom Flur waren ungefähr fünfzig Leute versammelt. Auf einem Podest am hinteren Ende sah Woody den Sarg, der mit einem dunkel-kastanienbraunen Tuch behängt war. Die vordere Hälfte des Deckels war aufgeklappt. »Ich höre, er ist nach Mexiko geflohen.«

Brantley zog ein zweifelndes Gesicht. »Na, ich hoffe, Sie fassen ihn so bald wie möglich.« Er verstummte, als eine hochgewachsene Frau auf ihn zukam. Sie war etwa fünfundvierzig, hatte kurzes schwarzes Haar und trug ein dunkelgrünes Kleid. Sie bewegte sich schwerelos wie eine Tänzerin, und Woody fand sie ziemlich schön. Sie flüsterte Brantley etwas ins Ohr und gab ihm einen Kuss auf die Wange. Dann lächelte sie Woody zu und ging die breite Treppe hinauf.

»Ist das Ihre Frau?«, fragte Woody. »Sie ist sehr attraktiv.«

»Jenny ist meine Königin. Sie kennt die Crenners schon ihr ganzes Leben lang, und sie wollte der Familie ihr Beileid aussprechen.«

»Die Königin des Ofenpalastes«, sagte Woody, ohne nachzudenken.

Brantleys Gesicht wurde hässlich vor Wut. Eher ein Muskelkrampf, kein Gesichtsausdruck. Im nächsten Moment war die nichtssagende Liebenswürdigkeit wieder da. »Mit diesem Teil meines Lebens hat Jenny wenig zu tun. Sie kommt selten her. Womit kann ich Ihnen diesmal behilflich sein, Detective?«

Woody ging auf den Sarg zu. Brantleys Reaktion hatte ihn überrascht, und er musste sie erst verdauen. Die meisten Leute im Raum waren älter und sprachen gedämpft miteinander. Brantley folgte ihm.

»Wenn im Ocean Breezes jemand stirbt«, sagte Woody, »wird er dann hierher gebracht?«

»Er könnte auch jederzeit woandershin. Wir haben schließlich kein Monopol. Aber wir sind das einzige Bestattungsinstitut in Brewster.«

»Was passiert mit jemandem, der seinen Leichnam der Universität hinterlässt?«

»Wenn jemand unerwartet stirbt und wenn er ein Organspender ist, geht der Leichnam an die Universität. Wenn der komplette Leichnam an die Uni geht, kommt er oft vorher hierher. Manchmal wünscht die Familie eine Totenandacht. Der Leichnam kann jedoch auch direkt zu der betreffenden Einrichtung gebracht werden, und die Familie hält ihre Gedenkfeier zu einem späteren Zeitpunkt ab. Da kann jeder Fall anders sein. Und natürlich muss der Leichenbeschauer in allen Fällen zustimmen.«

Mrs. Crenner lag mit gefalteten Händen im Sarg. Ein Rosenkranz war um die Finger geschlungen. Sie trug ein dunkles Kleid und musste Mitte achtzig gewesen sein, als sie gestorben war. Mit Rouge und Make-up sah sie aus wie ein Inbild der Gesundheit. Die untere Hälfte des Sargdeckels war geschlossen.

»Haben Sie ihr Schuhe angezogen?«, fragte Woody.

»Mein Gott, wie können Sie so etwas fragen?«

Woody zuckte die Achseln. »Schuhe, Socken – sie könnte von der Taille abwärts nackt sein. Woher soll man das wissen?«

»Was für eine grässliche Vorstellung. Ich finde das kein bisschen komisch.«

Woody wandte sich vom Sarg ab. Brantley war anscheinend ernsthaft empört.

»Sie arbeiten im Ocean Breezes mit Dr. Balfour zusammen?«

»Manchmal. Wir arbeiten mit mehreren Ärzten zusammen.«

»Ich dachte, er übernimmt den größten Teil der Arbeit da drüben.«

»Ich glaube, er hat nachts oft Rufbereitschaft, aber ich bin nicht der, den Sie danach fragen sollten. Wie gesagt, wir arbeiten mit mehreren Ärzten.«

»Ich habe gehört, dass im Ocean Breezes diesen Monat ungewöhnlich viele Männer und Frauen gestorben sind.« Sie waren auf dem Weg zurück in den Flur. Brantley nickte Leuten zu, die er kannte, klopfte einem Mann auf die Schulter, drückte einem anderen die Hand.

»Danach sollten Sie sich im Ocean Breezes erkundigen – oder übrigens auch im Rathaus.«

»Führen Sie keine Akten?«

»Doch, natürlich, aber einige der Verstorbenen sind zu anderen Firmen gebracht worden, oder in die Klinik, wenn sie Körperspender waren.«

»Welche Beziehung unterhalten Sie zu Körpermaklern?«

»Fragen Sie mich das im Ernst?« Brantley war entrüstet. »Das alles läuft über das Krankenhaus. Wir sind zu klein, um uns damit zu befassen. Allerdings kommt es vor, dass ein Leichnam zu uns kommt, nachdem ein Makler fertig ist mit dem … was auch immer.«

»Mit dem Ausschlachten?«

Brantley nickte.

»Sind Sie mit Balfour befreundet?«

Brantley sah ihn überrascht an. »Ich bewundere ihn, und wir gehen freundlich miteinander um, doch das ist auch alles. Als

Arzt hat er die Verpflichtung, Kranke zu heilen, gegen Krankheiten zu kämpfen und das Leben zu verlängern. Ich, na ja, ich arbeite am anderen Ende der Dinge.«

»Ich würde gern Ihre Unterlagen für den Oktober sehen.«

Sie waren im Flur angekommen, und Brantley blieb stehen. »Jetzt? Also wirklich, Woody. Ich bin äußerst beschäftigt. Sehen Sie die vielen Leute nicht? Ich sollte mich gar nicht mit Ihnen unterhalten. Schließlich sind hier viele, die meiner Aufmerksamkeit bedürfen.«

»Ich möchte sie sehen.«

Brantley schien nicht wütend zu sein, aber sein Gesichtsausdruck war eingefroren. »Dann besorgen Sie sich einen Durchsuchungsbeschluss, und Sie können sie am Montag sehen.«

»Sie sind gut«, sagte Woody. »Sie sind wirklich gut.«

Bobby war auf dem Weg zu Margaret Hanna, der Krankenschwester aus dem Ocean Breezes, als Woody ihn anrief und ihm sagte, er solle zu Brantleys Krematorium fahren, bevor sie dort Feierabend machten, und sich die Einäscherungsunterlagen für den Oktober ansehen. Er brauche die Namen der Verstorbenen, die in Brantleys Bestattungsinstitut gebracht worden seien. Einerseits war Bobby darüber leicht verärgert, andererseits fand er Woodys Anfrage interessant. Woody riet ihm, ein paar Trooper mitzunehmen, doch Bobby sparte sich die Mühe. Es würde nur Zeit kosten, welche zusammenzutreiben.

Er fuhr auf dem 138 in Richtung Skunk Hill Road. Es war nur wenig Verkehr, aber kurz vor der Wyoming überholte ihn plötzlich ein rotes Sportcoupé. Seine Reaktion darauf fand auf zwei Ebenen statt. Als Trooper war ihm klar, dass der Fahrer die vorgeschriebene Höchstgeschwindigkeit um mindestens dreißig Meilen pro Stunde überschritten hatte. Als Fahrer eines 370Z spürte er, wie sein Wettbewerbsinstinkt erwachte. Bobby gab Gas. Es regnete noch immer.

Als das rote Coupé auf der Wyoming vor der Ampel anhielt, sah er, dass es ein Audi TTS war. In jüngeren Jahren – als Teenager vielleicht – hätte er sich versucht gefühlt, ein Rennen mit ihm zu fahren, aber mit fünfunddreißig wusste er, dass das keine gute Idee war. Doch der Wagen fuhr in seine Richtung, und als er hinter der Ampel geradeaus und dann nach rechts in Richtung Skunk Hill Road fuhr, blieb Bobby dicht hinter ihm. Dann hatte der Fahrer ihn offenbar bemerkt, denn er beschleunigte plötzlich. Bald waren nur noch die Schlusslichter zu sehen, und dann nicht mal mehr die. Bobby nahm den Fuß vom Gas. Aus dem Regen wurde Graupel.

Damit war die Geschichte von dem roten Audi jedoch nicht zu Ende, denn als Bobby in die lange Zufahrt zum Krematorium einbog, sah er, dass der TTS vor dem Gebäude parkte und der Fahrer dabei war, sich aus dem Vordersitz zu falten. Bobby hielt neben ihm an und erkannte den großen, schlanken jungen Mann mit den dichten blonden Haaren. Jonathan Balfour.

»Ich könnte Ihnen einen Strafzettel verpassen – so, wie Sie gefahren sind«, sagte Bobby, als er ausgestiegen war. Ein Licht brannte über dem Eingang zum Krematorium. Der Wald lag im Dunkeln. Noch ein weiteres Auto parkte auf dem kleinen Platz.

Balfour lachte. »Wenn ich gewusst hätte, dass ein Trooper in diesem Z sitzt, hätte ich ihm ein Rennen angeboten. Was führt Sie hier heraus?« Er streckte die Hand aus, und Bobby schüttelte sie.

»Ich wollte mir die Einäscherungsunterlagen ansehen. Und Sie?«

»Sagt man nicht, große Geister denken oft gleich? Ein alter Knabe namens Jason Thomas ist letzte Woche im Ocean Breezes verstorben. Dr. Percival hat den Totenschein ausgestellt, und ich wollte sehen, was er geschrieben hat. Jason war mein Patient.«

»Hätten Sie Percival nicht einfach fragen können?«

»Er ist übers Wochenende verreist, und ich kann ihn nicht erreichen. Habe ich Ihren Wagen nicht heute am Ocean Breezes gesehen?«

»Maud Lord ist eine gute Freundin von mir. Ich wollte sehen, wie es ihr geht.«

»Sie ist ein zäher alter Vogel. Und wie lautet noch das andere Klischee ...? Sie wird uns alle überleben.« Balfour lachte wieder. »In ihrem Fall würde ich darauf wetten.« Er öffnete die Tür und hielt sie Bobby auf.

»Maud sagt, sie habe Sie oft im Haus gesehen. Haben Sie ein Verhältnis mit Margaret Hanna?«

Balfour ging hinter Bobby, als die beiden Männer das Krematorium betraten. Bobby wollte ihn nicht im Rücken haben und drehte sich deshalb ein wenig zur Seite.

»Marge ist ein tolles Mädel, aber unser Verhältnis geht nicht über ein gelegentliches Plaudern hinaus. Ihr Trooper habt nichts als Sex im Kopf. Ihr müsst ein langweiliges Leben führen.«

Im Krematorium war es hell und überheizt. Vor dem Ofen stand ein Mann mittleren Alters in einem grauen T-Shirt bewegungslos wie eine Statue. Sein Mund war halb offen, und er hielt einen langstieligen Schrubber in der Hand. Etwas an ihm war sonderbar, aber Bobby war auf Balfour konzentriert. Die Geschichte mit Jason Thomas und Dr. Percival glaubte er nicht, und er überlegte, ob er Woody anrufen sollte. Dann beschloss er, Balfour noch ein bisschen zu reizen.

»Mehrere Leute haben Sie identifiziert, nachdem Sie Clouston besucht haben. Ich dachte, Sie kennen ihn kaum. Verbergen Sie da noch eine Beziehung? Schwester Spandex, Margaret Hanna, Benjamin Clouston – anscheinend hüpfen Sie da herum wie ein Häschen ...«

Bobby brach mitten im Satz ab und starrte auf den Boden. Er

war fast überall staubig, nur vor ihm war eine Stelle, die kürzlich gewischt worden war. Die gesäuberte Fläche reichte bis zu der Hohlblockwand neben der Tür. Balfour beobachtete ihn. Bobby ging zu der Wand und berührte sie. Auch die Wand war kürzlich abgewaschen worden, zumindest dieser Teil. Dann sah er zu seinen Füßen einen rötlichen Fleck. Bobby ließ sich auf ein Knie sinken. Er hörte einen schnellen Schritt und wollte sich umdrehen. Dann explodierte sein Kopf.

ZWANZIG

Schnee an Halloween, matschiger, schwerer Schnee von einer Temperatur dicht über dem Gefrierpunkt. Die Straßen sind glitschig von diesem Brei und kreuz und quer von Reifenspuren überzogen. Die letzten paar Blätter an den Bäumen sind schwer von Flocken, so groß wie Daumennägel. Schnee sammelt sich auf den Telefondrähten und fällt klatschend auf die Straße. Wer in der Nähe steht, wenn der Schnee landet, springt einen halben Meter hoch in die Luft. Die Leute sind ziemlich angespannt. Schließlich ist Halloween.

Bis sechs Uhr gehen ein paar Kinder von Haus zu Haus – »Süßes oder Saures!« –, durchnässte Hexen, Gespenster in triefenden weißen Laken, tropfende Monster. Jedes Kind hat zwei oder drei nasse Erwachsene als Bodyguards bei sich. Aber Schlag sechs verschwinden sie alle wie Vampire im Morgengrauen. Ohnehin haben nicht viele Häuser die Verandabeleuchtung eingeschaltet, und die wenigen Leute, die Bonbons herausgeben, haben ebenfalls Bodyguards.

Jean Sawyer hat das Brewster Brew schon frühzeitig geschlossen. Ihr Haus liegt im Dunkeln, und es sieht aus, als wäre niemand da, doch sie und ihr Mann sind oben im Schlafzimmer. Sie haben die Jalousien geschlossen, sehen fern, und der Ton ist leise gestellt. Ginger und Howard Phelps sitzen ebenfalls bei geschlossenen Jalousien im Schlafzimmer. Sie spielen Gin Rommée, aber es fällt ihnen schwer, sich zu konzentrieren.

Im Moment würde ihnen sogar das Quartettspielen Mühe machen. Fresssack Hopper sitzt in seinem Wohnzimmer vor dem Fernseher und hat seine Schrotflinte quer auf den Knien liegen. Pech für jedes Kind, das an *seine* Tür klopft.

Im You-You ist heute Abend niemand. Wegen des Wetters sind alle Kurse abgesagt, und die Leute sind froh über diese Ausrede. Die Restaurants sind leer, und in den Bars sind nur noch ein paar Hartgesottene. Bürgermeister Hobart leitet die Halloween-Party in der Turnhalle der Highschool, zu der nur ungefähr zwanzig Kids aufgekreuzt sind. Zu Father Petes Party in der Kirche kommen fünfundzwanzig, wenn auch nicht alle gleichzeitig. Die, die ein Auto haben, fahren nach Westerly oder Wakefield. Brewster ist tot.

Im Krankenhaus hat die Notaufnahme zusätzliches Personal angefordert. Schwester Spandex hat angeboten, kostenlos zu arbeiten, aber Oberschwester Tabby Roberts hat dankend abgelehnt. Draußen sollte ein Krankenwagen stehen, doch der ist nicht gekommen. Niemand weiß, was Seymour und Jimmy treiben. Dr. Joyce Fuller ist in ihrem Büro und hat vor, die ganze Nacht zu bleiben. Sie hofft, dass nichts passieren wird, aber wenn doch, will sie sich nicht unvorbereitet erwischen lassen. Helen Greene, die Methodistin, deren Fenster von Mackie McNamara eingeworfen worden ist, verbringt das Wochenende bei Freunden in Mystic. Schwester Asherah und Schwester Isis feiern Samhain irgendwo außerhalb des Staates.

Die meisten Leute haben sich zurückgezogen und warten auf das Tageslicht, nur nicht die Polizei – die ist in voller Stärke unterwegs: Ein Dutzend Streifenwagen fährt durch die Straßen, und die Detectives der Stadt verfolgen ein Dutzend Spuren. Manches ist in einem kleinen Staat einfacher. Captain Brotman arbeitet mit den Juristen der Staatsanwaltschaft zusammen, um den bürokratischen Aufwand zu verringern. Detective Gazzola hat den Stadtsekretär ins Rathaus kommen lassen und geht mit ihm die Sterbefälle der Monate September und Oktober durch. Als Bobby Anderson berichtet hat, dass Donnerstagnacht im Ocean Breezes drei Bewohner gestorben seien, ist Woody eingefallen, dass in derselben Nacht jemand versucht hat, mit dem Stemmeisen die Häuser gesetzestreuer Bürger aufzubrechen. Überall ist die Polizei herumgelaufen, und niemand hat einen Gedanken daran verschwendet, was im Ocean Breezes vorgehen könnte. Woody ist sicher, dass das kein Zufall war.

In einer Großstadtregion in einem großen Staat kann es ein paar Tage dauern, einen Durchsuchungsbeschluss zu bekommen, aber Beth Lajoie war schon um sieben wieder bei Dr. Balfours Wohnung. Ihr Antrag war vom Colonel der State Police geradewegs hinauf zum Gouverneur gegangen. »Nein, es handelt sich nicht um eine Schnitzeljagd«, hatte der Colonel gesagt. Das Puzzle füge sich zusammen, ein Ende sei in Sicht.

Zuerst sahen Lajoie und die Kriminaltechniker sich enttäuscht, als sie die Durchsuchung vornahmen. Die fünf Zimmer der Wohnung waren, wie sie es ausdrückte, »quietschsauber«. Niemand hatte damit gerechnet, eine Waffe offen herumliegen zu sehen, wenn es auch nett gewesen wäre.

Doch auf dem Boden eines Wäschekorbs, unter einem Haufen Unterwäsche, fand Corporal Montesano ein dunkles Sweatshirt. Er hatte einen Handscheinwerfer dabei, der alles zum Glitzern brachte.

»Dieses Sweatshirt ist voller Hundehaare«, stellte er fest.

Das Sweatshirt sah aus wie eins von Woodys Shirts, wenn er sich mit Ajax gebalgt hatte.

Detective Lajoie zeigte auf die Haare, die im Schein der Lampe schimmerten. »Ich wette, das sind Kojotenhaare. Bringen Sie das ins Labor. Wenn ich mich irre, fresse ich meinen Regenhut.« Sie trug einen »Black Diamond«-Südwester aus dickem schwarzem Gummi. Es sah albern aus, wie sie ihn über die Ohren herunterzog, aber wie sie sagte: »Er tut, was er soll.«

Die zweite Entdeckung war dramatischer. Lajoie sah sich in einem Gästezimmer um und öffnete achtlos einen Kleiderschrank.

Vor ihr stand eine grauhaarige Frau in einem blau geblümten Kleid.

Lajoie schrie und taumelte zurück. Es war ihr erster Schrei in siebzehn Jahren als Trooper.

Montesano kam mit der Waffe in der Hand hereingestürzt. Als er die alte Frau in der Schranktür stehen sah, hätte er beinahe ebenfalls geschrien.

Inzwischen hatte Detective Lajoie sich wieder gefasst. »Das ist eine Schaufensterpuppe«, sagte sie.

Montesano richtete seine Lampe auf die Figur und genierte sich, weil er nicht sofort gesehen hatte, dass es eine Puppe war. Vielleicht hatte er sich durch die graue Perücke und die Großmutterbrille täuschen lassen, von den schwarzen, hochgeschlossenen Schnürschuhen der alten Lady.

»Hat mir einen Scheißschrecken eingejagt«, gestand Lajoie.

Zehn Minuten später telefonierte sie mit Woody und erzählte ihm alles. Warum hatte Balfour eine alte Lady als Schaufensterpuppe in seinem Kleiderschrank? Aus medizinischen Gründen, zu Unterrichtszwecken, oder war es ein Witz? Sie sprachen kurz darüber, und dann erinnerte Woody sich an die Frage, die er Hamilton Brantley gestellt hatte, als sie vor Frances Crenners offenem Sarg standen. »Haben Sie ihr Schuhe angezogen?«

Diese Assoziation veranlasste ihn, Captain Brotman anzurufen. »Hey, Captain, glauben Sie, ich könnte ein paar Verstorbene auf dem Friedhof von Brewster exhumieren?«

Er war sicher, dass er mindestens in einem der Särge dort Teile von Schaufensterpuppen finden würde.

Woody hatte Vollgas gegeben, nachdem er Brantley im Bestattungsinstitut verlassen hatte. Er hatte mit einem Detective beim Dezernat für Finanzkriminalität gesprochen und veranlasst, dass man dort Brantleys und Balfours Bankkonten unter die Lupe nahm. Er hatte eine ganze Reihe von Telefonaten geführt, um etwas über Samhain-Feiern in der Umgebung herauszufinden, und er hatte mit der Naturschutzbehörde über Kojoten gesprochen.

Außerdem hatte er einen Besuch bei Barton Wilcox im Krankenhaus gemacht, war in dessen Zimmer auf der Intensivstation hinaufgegangen und hatte dort Bernie getroffen.

»Waren Sie die ganze Zeit hier? Sie brauchen Ihren Schlaf.«

»Ich habe ein bisschen gedöst. Und wo soll ich auch sonst hin?«

Barton war entweder bewusstlos, oder er schlief, aber zumindest waren seine Vitalparameter besser geworden. Er sah immer noch aus wie tot, fand Woody, wenn auch nicht mehr *ganz* so tot.

»Brauchen Sie etwas?«, fragte Woody.

Bernie schüttelte den Kopf. »Was machen die Kinder?«

Die seien noch bei Bonaldo, sagte Woody, und Laura sei bei ihnen. »Sie sind ziemlich traurig, aber in Sicherheit.«

»Das ist die Hauptsache. Ich habe den kleinen Dackel mitgenommen. Er ist in meinem Auto. Zu Tode erschrocken, das arme Vieh. Ich bringe ihn hinüber zu Laura, wenn ich Gelegenheit dazu habe.«

Als Nächstes machte Woody sich auf die Suche nach Margaret Hanna, die Nachtschwester aus dem Ocean Breezes. Bobby hatte ihretwegen ein paar Fragen aufgeworfen. Doch sie war nicht zu Hause, und sie war auch nicht zum Dienst erschienen.

»Das passt nicht zu ihr«, sagte ihre Vorgesetzte. »Sie ist immer zuverlässig. Ich habe jemanden gesucht, der für sie einspringt, aber wer hat Lust, in einer solchen Nacht nach Brewster zu kommen. Ich habe schon sechs Leute angerufen.«

»Vielleicht kann ich helfen«, sagte Woody und gab ihr Schwester Spandex' Telefonnummer. Alice war sofort bereit zu kommen. Es würde ihr helfen, den Schlamassel zu vergessen, in den sie geraten war.

Irgendwann am frühen Abend rief er Jill an und sagte ihr, er könne nicht vorbeikommen – er habe zu viel zu tun. »Sehe ich dich denn später?«, fragte sie.

»Das hoffe ich wirklich.« Schwören wollte er es jedoch nicht.

Sie erkundigte sich nach Hercel und Lucy und erfuhr, dass sie bei Laura Bonaldo waren. »Vielleicht fahre ich mal rüber«, sagte sie. »Luke ist bei meinen Eltern. Die entwickeln sehr viel mehr Begeisterung für Halloween als ich.«

Woody rief außerdem Bingo zweimal und Bobby einmal an, aber keiner meldete sich. Er versuchte es bei Bobbys Frau Shawna, doch die hatte nichts von ihm gehört. Bei diesem Gespräch saß Woody in seinem Truck und fuhr durch die Water Street, und jetzt hielt er an. Wieder erkannte er, dass er sich durch grelle Ereignisse von dem hatte ablenken lassen, was wirklich wichtig war. Wo war Bobby? Er begann herumzutelefonieren, und die Einzigen, die als Verstärkung zur Verfügung standen, waren Beth Lajoie und Bruce Slovatsky, mit siebenundzwanzig Jahren der Jüngste unter den Detectives. Er bestellte die beiden zum Revier, wo er sich mit ihnen treffen würde.

Es gab ein Paradox, das ihm Kopfzerbrechen bereitete und ihm manchmal in den Sinn kam, wenn er allein war und beispielsweise mit einem kleinen Whisky vor dem Kamin saß. Die Augenblicke, die ihm in seinem Leben als Trooper die größte Angst einjagten, in denen er oder seine Freunde sich in höchster Gefahr befanden, weil eine Menge Dinge kurz davor waren, außer Kontrolle zu geraten, sodass das Adrenalin ihm die Schädeldecke hob – das waren die Augenblicke, die ihm am besten gefielen. *Fahre ich ab auf Nervenkitzel?*, fragte er sich. *Setze ich Dinge aufs Spiel, damit ich ihn bekomme?* Sicher war er nie.

Als Bobby Anderson wieder zu sich kam, dachte er, er sei tot. Er fror. Noch nie hatte er so sehr gefroren. Sein Kopf tat weh. Er konnte nichts sehen, und er wusste nicht mal, ob seine Augen offen oder zu waren. Er hob die Hand und stieß dabei an eine glatte Fläche dicht über ihm. Er drückte dagegen, aber sie gab nur ein, zwei Fingerbreit nach. *Ich bin in einer Kiste*, dachte er, *Nein, in einem Sarg.*

Bobby presste die Hände auf die Brust und bemühte sich, nicht zu schreien. Er drückte die Augen so fest zusammen, dass ihm die Wangen wehtaten. Er bohrte die Finger so tief in die Handflächen, dass die Nägel ihm die Haut aufschnitten. Auf diese Weise versuchte er sich zu entspannen – ein kleiner Schmerz, um sich von dem großen Grauen abzulenken. Er hörte ein Tosen, das er nicht identifizieren konnte. War er wirklich unter der Erde? Nein, er konnte noch atmen; es war stickig, aber er konnte atmen. Er lockerte die Finger und öffnete die Augen.

Er blieb ruhig liegen und versuchte nachzudenken. Langsam streckte er die Arme aus und betastete die Seitenwände des Sarges. Sie waren glatt und aus Holz. Er klopfte mit den Knöcheln dagegen, und es gab ein hohles Geräusch. Er überlegte, was das bedeuten könnte. Auf jeden Fall bedeutete es, dass er nicht unter der Erde war. Er schob eine Hand an der Seitenwand entlang, bis sie oben ankam. Als er drückte, ließ sich der Deckel ein wenig anheben. Er befühlte die Oberkante und merkte, dass er sie ein kleines Stück weit nach innen biegen konnte. Es war dicke Pappe, erkannte er. Er lag in einem Pappsarg mit einem losen Deckel aus Pappe. Er verschränkte die Arme wieder auf der Brust und dachte noch ein wenig nach. Er wollte immer noch schreien. *Fuck*, er wollte einen hysterischen Anfall bekommen. Aber das würde er nicht zulassen.

Bobby zwängte die Arme hinter den Kopf zur oberen Wand des Sarges und drückte dagegen, bis seine Füße das untere

Ende berührten. Über seinem Kopf waren jetzt ungefähr fünfzehn Zentimeter Platz. Er winkelte die Knie an, was noch einmal fünf Zentimeter einbrachte, und presste die Fäuste gegen das Kopfende. Dann stieß er sich hart mit den Füßen ab. Das untere Ende wölbte sich leicht nach außen. Er trat fester. Dann entspannte er sich keuchend und dachte wieder nach. *Anders geht es nicht*, dachte er. *Das ist der einzige Ausweg.*

Er presste mit den Füßen gegen die untere und mit den Fäusten gegen die obere Wand und fing an zu drücken und zu stoßen, zu drücken und zu stoßen. Der Pappsarg kam ins Wippen, und das Ende wölbte sich nach außen. Bobby presste stärker, und das Ende wölbte sich weiter. Er entspannte sich wieder.

Ich muss hier rauskommen, dachte er.

Er drückte. Er stampfte mit den Füßen gegen die untere Wand. Als er merkte, dass sie einen Fingerbreit nachgab, rutschte er ein Stück weiter nach unten, um den Druck aufrechtzuerhalten. *Schluss mit Ausruhen*, befahl er sich. Er presste, bis er dachte, er müsse gleich platzen. Er schwitzte, schwitzte und fror gleichzeitig. Die Pappwand wölbte sich noch ein bisschen und brach dann abrupt auf.

Bobby schob sich mit den Armen nach unten, rutschte hinunter und trat die Pappe zur Seite, bis seine Füße über den Rand baumelten. Zappelnd schlängelte er sich zu der Öffnung hinunter. Die Seitenwände des Sarges waren glatt, seine Finger fanden keinen Halt und rutschten ab, aber als er die Knie durch die Öffnung geschoben hatte, konnte er sich wippend und wackelnd weiterschieben.

Unvermittelt rutschte er über die Kante. Er versuchte sich zusammenzurollen und landete krachend auf dem Boden. Er war vielleicht anderthalb Meter tief gefallen. Der Sturz hätte ihn beinahe erledigt, und vielleicht wurde er noch einmal bewusstlos. Als er wieder einen klaren Kopf hatte, bewegte er behutsam Arme und Beine, um zu sehen, ob er sich etwas gebrochen hatte. Er berührte seinen Hinterkopf, wo ihn der erste Schlag getroffen hatte. Es tat weh, und er fühlte eine blutverkrustete Beule. Er hatte Schmerzen, aber sonst war alles okay. Er stand auf. Noch immer konnte er nichts sehen, und er fror wieder.

Seine Pistole, eine Sig P229 wie Bingos, war nicht mehr da. Brieftasche, Handy und Schlüssel waren ebenfalls weg. Auch seine Uhr. Sein anthrazitgrauer Nadelstreifenanzug war aus Merinowolle, und die Jacke spendete wenigstens ein bisschen Wärme. Er kontrollierte die Taschen: Sie waren leer. Handschellen, Stifte, Notizbuch – alles weg.

Aber er hatte Licht. An einer Gürtelschlaufe hing eine Photon-Mikrolampe, so groß wie ein Vierteldollar. Woody hatte sie ihm geschenkt. »Hier«, hatte er gesagt. »Ich hab ein Dutzend davon. Da sind sie billiger.« So war Woody. Er würde niemals zugeben, dass er dir etwas schenkte, weil er dein Freund war.

Bobby hakte die Lampe los. Wenn er daraufdrückte, verströmte die kleine LED ein fahles Licht, und wenn er losließ, erlosch sie wieder. Bobby fing an, seine Gefängniszelle zu untersuchen. Er sah eine Stahltür, die verschlossen war, und darüber eine Lampe. Der Lichtschalter war offenbar draußen. Bobby hämmerte an die Tür. Der Lärm war so laut wie der andere Lärm, der von den Ventilatoren kam.

Nach ungefähr einer Minute gab er auf und sah sich um. Er war nicht in einer Gefängniszelle, sondern in einem Kühlraum. Zu beiden Seiten der Tür waren Regale angebracht, und in der hinteren Wand befanden sich drei Ventilatoren. Auf den vier Regalborden standen zwölf Särge wie der, in dem er gelegen hatte. Bobby hatte immer noch den Drang zu schreien. Es war, als hätte er ein kleines Wesen in sich, das eine Scheißangst hatte. Er befahl ihm, die Klappe zu halten.

Er fing an, auf der Stelle zu joggen, um sich warm zu halten. Er starrte die Särge an und fragte sich, was darin sein mochte.

Tote Menschen wahrscheinlich. Vielleicht auch jemand wie er, jemand mit einer Scheißangst. Er ging an das eine Regal und zog an den Särgen, um zu sehen, ob sie voll waren. Jemand zu Hause? Zwei schienen leer zu sein, sieben voll, und einer war irgendwas in der Mitte. Er rüttelte an dem in der Mitte, und etwas rollte darin herum. Bobby joggte weiter auf der Stelle und fragte sich, was dieses spezielle Geräusch verursacht haben konnte. Dann zog er den Sarg auf den Boden. Was immer darin war, rumpelte und rollte herum.

Bobby hob den Deckel und leuchtete mit seiner Mikrolampe hinein.

Er hatte Carl Krause gefunden. Oder zumindest einen Teil von ihm.

Aber es war noch schlimmer. Carls Lippen waren zu einem Grinsen hochgesteckt. Er trug Lippenstift und Rouge, und seine Augen waren offen. Er sah vergnügt aus, mit Wimperntusche und Lidschatten. Irgendwie kokett. Bobby ließ den Deckel fallen und wich zurück. Sein Licht ging aus, und er drückte es wieder an. Noch einmal musste er sich zusammenreißen, um nicht auszurasten.

Er klappte den Deckel wieder auf und hockte sich hin. Carl war geschminkt wie eine Transe. Es sah aus, als wäre jemand richtig sauer auf ihn gewesen, und dieser Jemand hatte einen Witz aus Carl gemacht, eine Kreuzung aus Bozo, dem Clown, und Mae West. Bobby klappte den Deckel herunter, ging zur Tür und hämmerte dagegen. Dann legte er ein Ohr an den Stahl. Das Tosen der Ventilatoren übertönte alles andere, aber ihm war, als hörte er Musik. Ein Bass dröhnte. Er hämmerte noch ein Weilchen an die Tür und gab dann auf, wenigstens vorläufig. Vielleicht sollte er sich lieber die anderen Särge ansehen. Er brauchte eine Minute, um den nötigen Mut dazu aufzubringen.

In dem ersten lag eine alte Frau. Bobby musste an das denken, was Maud Lord über die jüngsten Todesfälle im Ocean Breezes gesagt hatte. Er hatte den Sarg ungefähr zwei Drittel herausgezogen und schob ihn jetzt zurück.

Er zog den zweiten Sarg um ein Drittel heraus und hob den Deckel. Das Licht seiner kleinen Lampe fiel auf einen schwarzen Stiefel. Bobby biss die Zähne zusammen. Er kannte diesen Stiefel – besser gesagt, er kannte solche Stiefel. Er hatte sie als uniformierter Trooper jahrelang selbst getragen. Was da im Sarg lag, wollte er nicht sehen, aber ein alter Mann war es nicht, das wusste er. *Hör auf zu winseln*, befahl er sich und zog den Sarg ganz heraus. Er fiel schwer auf den Boden, landete schief, und der Deckel flog ab. Im Sarg lag Rodger Legros. Er hatte ein rundes Loch in der Stirn. Aber das war nicht alles. Sein rechtes Bein fehlte. Es war an der Hüfte amputiert worden.

Bobby ging zur Tür und lehnte sich an. Was hatte Legros hier gewollt? Bobby wollte nicht weitermachen. Es lohnte sich nicht. Legros war seit sechs Jahren Trooper gewesen. Bobby hatte bei ihm zu Hause Spaghetti gegessen. Er hatte mit Legros' Kindern gespielt. Wieder musste er sich selbst anschreien. *Du sentimentales Arschloch!* Jetzt schrie er wirklich laut, lauter noch als die Ventilatoren. Er schrie, bis ihm der Hals wehtat. *Wenn jemand mich hier hört*, dachte er, *hält er mich für verrückt.*

Im Lauf der nächsten Viertelstunde zog Bobby noch fünf weitere Särge aus dem Regal. Er warf einen Blick hinein und schob sie dann gegen die hintere Wand. Alle enthielten alte Leute, denen Körperteile fehlten – Beine, Arme, innere Organe. Bobbys Wut war beinahe groß genug, um alle anderen Regungen beiseite zu fegen, aber die Angst war noch da und nagte an ihm. Er zog den letzten Sarg herunter, den schwersten. Krachend landete er auf dem Boden, und der Deckel flog herunter.

Bingo Schwartz hatte die Hände auf der Brust gefaltet. Seine Augen waren halb offen. Er hatte ein Einschussloch in der Stirn. Bobby fiel neben ihm auf die Knie. Dass er weinte, merkte er erst, als er die Tränen kalt auf den Wangen fühlte. Er streckte die Hand aus und drückte Bingo die Augen zu. Bobby kannte Bingo, seit er Trooper geworden war. Er hatte alles Mögliche von ihm gelernt. Er hatte sich über ihn lustig gemacht, hatte Witze über sein Gebrumm gerissen. Dieser ganze Scheiß-Opernkram. Sie waren keine Freunde, aber sie gingen freundlich miteinander um. Teils bedauerte Bobby jetzt, dass sie nicht doch Freunde gewesen waren, und teils bedauerte er, dass er Bingo jemals kennengelernt hatte. Vielleicht wäre es leichter, wenn Bingo ein Fremder gewesen wäre.

Bobby starrte ihn an, bis ihm die Knie wehtaten und die Kälte sich tief in seinen Magen grub. Dann ging er wieder zur Tür und hämmerte dagegen.

Laura Bonaldo wusste nicht, wann Baldo sich aus dem Haus geschlichen hatte. Er hatte sich als Vampir verkleidet, mit einem schwarzen Umhang und einer über den Kopf gestülpten Vampirmaske mit langen schwarzen Haaren, blutunterlaufenen Augen und langen Eckzähnen. Er hatte es zur Halloween-Party in St. John's angehabt, und Father Pete hatte ihn gezwungen, es auszuziehen, weil es den kleinen Kindern Angst einjagte. Laura ging hinunter ins Spielzimmer. Hercel und Tig saßen noch mit dem Hund zusammen. Lucy schaute sich die DVD von *Sound of Music* an. Julie Andrews sang von all ihren Sorgen und davon, Angst zu haben. »Kinder, habt ihr Baldo gesehen?« Nein, hatten sie nicht. Sie hatten ihn nicht mal weggehen sehen.

Das erste Haus, das Baldo besuchte, war das Haus der Murrays nebenan. Es schneite noch immer, und seine Spuren waren die einzigen auf dem Gehweg. Baldo kannte die Murrays schon sein ganzes Leben lang, also nicht besonders lange. Er klingelte.

Heather Murray öffnete die Tür und machte einen Satz. Es war acht Uhr, und sie hatte nicht mehr mit Halloween-Besuchern gerechnet. Die Maske war schrecklich – ein schmales, graues Gesicht, schwarz umrandete, blutunterlaufene Augen und diese Eckzähne. Andererseits war Baldo noch nicht ganz anderthalb Meter groß, und sein schwarzes Cape war von Schneeflocken gesprenkelt.

»Baldo, bist du das?«

»Süßes oder Saures!«

»Weiß deine Mutter, dass du draußen unterwegs bist?«

»Na klar. Bin doch bloß nebenan.«

Mrs. Murray hatte keine Süßigkeiten gekauft, weil ihr Mann gesagt hatte, die Sammelei sei abgesagt worden. Aber sie hätte sich denken können, dass Baldo aufkreuzen würde. Jetzt fand sie nichts als eine Tafel dunkle Ghirardelli-Schokolade, die sie sich für ihr postmenstruales Syndrom aufgehoben hatte. »Iss sie nicht vor dem Schlafengehen, Schatz«, sagte sie. »Sonst bleibst du wach.«

»Werd ich nicht.« Baldo sprang die Stufen hinunter. »Danke.«

Sie blieb noch lange genug in der offenen Tür stehen, um zu sehen, wie Baldo die Straße hinunterlief. Er ging also nicht nach Hause. Vielleicht sollte sie Laura anrufen.

Im nächsten Haus brannte kein Licht, und im übernächsten auch nicht. Baldo beschloss, sich weiter hinauszuwagen.

Streifenwagen fuhren in den Straßen von Brewster auf und ab. Baldo sah auch einen, aber die Polizisten sahen ihn nicht. Er war klein und flink, und die Polizisten waren schläfrig und gelangweilt.

Ein paar Straßen weiter hielt ein weißer Chevy-Lieferwagen im Hinterhof des You-You in der Water Street. Ein Mann sprang heraus, lief zur Hecktür und riss sie auf. Dann ging er zur Seite. Nach ein paar Augenblicken sprang ein Kojote in den Schnee herunter und fing an herumzuschnüffeln, dann ein zweiter und ein dritter. Sie schnüffelten an der Mauer entlang und trabten dann los, und ihre Spuren blieben im Schneematsch zurück. Kurz nach acht rief Heather Murray bei Laura Bonaldo an. »Laura, du lässt Baldo auf Halloween-Runde gehen? Ich bin sehr überrascht.«

Woody war schon auf dem Revier, als Lajoie und Bruce Slovatsky eintrafen. Er warf jedem der beiden eine kugelsichere IIIa-Kevlarweste zu. Seine trug er bereits. Sie hatte vorn eine Tasche für die harte Traumaplatte, doch Woody sparte sich die Mühe.

Der kommissarische Polizeichef Fred Bonaldo sah vom Flur aus zu, wie Lajoie und Slovatsky die Schutzwesten anzogen. Er hoffte, man werde ihn nicht auffordern mitzukommen. Er hatte noch nie eine Kevlarweste getragen, außer um sie vor dem Spiegel anzuprobieren. Er war ein stattlicher Mann. Eine Weste nutzte ihm nichts. Er brauchte etwas von der Größe eines Wasserboilers.

Slovatsky hatte dichtes schwarzes Haar, das auf halber Höhe der Stirn begann. Sein Linksscheitel war ein weißer Strich, der über den Schädel nach hinten führte, und sein Haar glänzte von Gel. Er war Bodybuilder. Die Schutzweste bedeutete wahrscheinlich, dass man ihn nicht auffordern würde, seine Muskeln zu benutzen. Das sah er mit gemischten Gefühlen.

Lajoie trug ihre Weste unter einem Gore-Tex-Parka. »Gehen wir auf eine Halloween-Party?«

»Hey, Bonaldo«, rief Woody.

Bonaldo zuckte zusammen. Er wusste, wenn er mitginge, würde er ganz sicher erschossen werden.

»Nehmen Sie Hamilton Brantley fest und durchsuchen Sie das Bestattungsinstitut. Sie suchen nach Teilen von Schaufensterpuppen. Glauben Sie, das können Sie behalten? Und gehen Sie nicht allein.«

Bonaldo ignorierte die Unhöflichkeit. Schließlich stand Woody unter starkem Stress.

»Mit welcher Begründung?«

»Mordverdacht.«

»Sind Sie sicher? Ich kenne Ham schon mein ganzes Leben lang.«

Woody stürzte sich nicht auf Bonaldo, ging jedoch sehr schnell auf ihn zu. Was er auch vorgehabt hatte, er überlegte es sich anders, als er noch zwei Handbreit von Bonaldos Nase entfernt war. »Tun Sie's einfach«, sagte er leise.

Sie nahmen den Tundra, und Slovatsky krümmte sich auf dem kleinen Rücksitz zusammen. Die Straßen waren glatt von Schnee und Eis. Woody hatte den Allradantrieb zugeschaltet, aber wenn er auf eine Eisfläche geraten sollte, würde er trotzdem Pirouetten drehen wie ein Schlittschuhläufer.

»Können Sie mir sagen, wo wir hinfahren?«, fragte Slovatsky.

»Zum Ofenpalast.«

Lajoie drehte sich um und tätschelte Slovatsky das Knie. »Keine Sorge, Herzchen. Er meint nur das Krematorium.«

Streuwagen waren unterwegs, die ersten in dieser Jahreszeit, sonst gab es wenig Verkehr. Woody hatte ein rotes Blinklicht mit einem Magnetboden. Er setzte es auf das Dach und steckte das Kabel in den Zigarettenanzünder. »Jetzt sind wir offiziell«, sagte er und erklärte Lajoie und Slovatsky, warum sie zum Krematorium fuhren.

»Bobby ist heute Nachmittag dahin gefahren. Seitdem habe ich nichts mehr von ihm gehört, und auch sonst niemand. Ich weiß nicht, ob er da ist, aber da werden wir anfangen.«

Je weiter sie sich von der Küste entfernten, desto kälter wurde es. Der Schnee fiel dichter. Die Tannen standen wie große weiße Säulen zu beiden Seiten der Straße. Woody fuhr schnell, obwohl das Heck des Wagens ein paarmal auszubrechen drohte. Jedes Mal, wenn das passierte, sagte Lajoie: »Upps.«

Woody hätte sie gern angefaucht, nur war das Dumme bei

Lajoie, dass sie dann immer sehr viel lauter zurückfauchte. *Sie hat keinen Sinn für Verhältnismäßigkeit*, dachte er.

Das Krematorium war ungefähr fünfzehn Meilen weit von Brewster entfernt. Als sie bei der Skunk Hill Road waren, schneite es heftig, und der Schnee lag schon ungefähr fünfzehn Zentimeter hoch und saß wie kleine weiße Türmchen auf Zaunpfählen und Briefkästen. Woody bog in die lange Zufahrt zum Krematorium ein. Der Fahrweg lag wie ein weißes Band zwischen den Bäumen. Seit zwei Stunden war hier kein Auto mehr durchgefahren. Woody legte zehn Meter im Schritttempo zurück, schaltete dann die Scheinwerfer aus und fuhr weiter. Zwischen den Bäumen schimmerte das Licht über der Eingangstür des Krematoriums. Er fuhr bis an das freie Gelände um das Gebäude heran und hielt an. Drei Autos standen auf dem kleinen Parkplatz. Sie waren schneebedeckt, aber Bobbys 370Z war leicht zu erkennen: eine schnittige, flache Silhouette. Rauch stieg aus dem Schornstein des Krematoriums.

»Da ist eine Kamera über der Tür«, sagte Woody. »Wenn jemand vor dem Monitor sitzt, weiß er schon, dass wir da sind.«

»Und wie kommen wir da rein?«, fragte Slovatsky.

Woody überlegte kurz. »Wie eine Tonne Backsteine.«

»Sehe ich genauso«, sagte Lajoie.

Als Woody das Revier verlassen hatte, fing Bonaldo an, Leute zusammenzutrommeln, die ihn zum Bestattungsinstitut begleiten sollten. Er bemühte sich, die Sache als Spezialeinsatz zu sehen. Dann könnte er sich im Hintergrund halten und zuschauen, wie das Team das Problem löste. Aber Brantley wirkte nicht sehr gefährlich. Lieutenant Damon Constantino meinte, es komme nicht infrage, dass Bonaldo ein Spezialeinsatzkommando hinausbeorderte. Damit würde er sich lächerlich machen. Bonaldo betrachtete Lieutenant Constantino machmal als »das Kreuz, das ich zu tragen habe«, und dann wieder sah er ihn als »Stachel in meinem Fleische«. Tatsächlich war Constantino ein tüchtiger Polizist, der einen großen Teil des Alltagsbetriebs auf dem kleinen Revier organisierte. Nur war es, als sagte Constantino jedem Tag einmal: »Wenn Sie das tun, machen Sie sich lächerlich.« Was er damit sagen wollte, wusste Bonaldo genau: Er war *kommissarischer*, kein *richtiger* Polizeichef. Constantino ging ihm auf die Nerven.

Also musste Fred Bonaldo sich mit sechs Mann zufriedengeben. Egal – er und Brantley waren immer freundschaftlich miteinander umgegangen. Brantley war ein Jahr älter als Bonaldo, und Bonaldo kannte ihn von Kindesbeinen an. Er hatte zu ihm aufgeschaut. In Bonaldos zweitem Jahr auf dem College war Brantley ein Examensstudent gewesen, hatte ein schönes Auto und eine hübsche Freundin mit großen Titten gehabt. Jenny Genoways hatte sie geheißen und war Captain der Cheerleader-Truppe gewesen. Heute hieß sie Jenny Brantley. Wie hätte Bonaldo da nicht zu ihm aufschauen sollen? Und jetzt sollte er ihn wegen Mordes verhaften? Für Bonaldo war das ein Riesenproblem.

Als er gerade dabei war, das Gebäude zu verlassen, rief Laura ihn auf dem Handy an. »Dein Sohn ist auf Halloween-Tour gegangen«, sagte sie. »Du musst dich darum kümmern.«

Das war eine komplizierte Aussage. Bonaldo und seine Frau hatten drei Söhne, aber Baldo, der jüngste, war der einzige, den Laura »deinen Sohn« nannte. Die beiden anderen waren »unsere Söhne«. Das kam daher, dass Baldo eine Miniaturnachbildung seines Vaters war. Nichts an ihm sah aus wie bei seiner Mutter. So, wie Zeus die Göttin Athene geboren hatte – sie war voll entwickelt aus seinem Kopf entsprungen –, so schien auch Fred Bonaldo seinen Sohn Baldo ganz allein zur Welt gebracht zu haben.

Der zweite Teil der komplizierten Aussage war unausgesprochen, aber klar: »Fred, das Leben deines Sohnes ist in Gefahr.«

Für Bonaldo schrumpfte Hamilton Brantleys Bedeutung zusammen.

Die Einsatzzentrale informierte die Wagen, die in Brewster Streife fuhren, und wies sie an, nach Baldo Bonaldo Ausschau zu halten. Mehrere Bestätigungen kamen zurück, jedoch auch eine Meldung, man habe sich um ein Problem mit Tieren zu kümmern.

»Hier sind viele Kojoten unterwegs heute Abend«, meldete ein Officer.

Bonaldo schickte Constantino zu Brantley und lief selbst in die Garage, um sich einen Wagen zu holen. Aber alle Polizeifahrzeuge waren im Einsatz, und deshalb musste Bonaldo seinen eigenen schwarzen Chevy TrailBlazer nehmen. Als Bonaldo so eilig hinauslief, rutschte er auf dem verschneiten Weg aus und wäre beinahe hingefallen. Es war ein scheußlicher Abend, an dem man eigentlich nur am Kamin sitzen konnte. Trotz aller Angst und Sorge musste Bonaldo beeindruckt zur Kenntnis nehmen, dass Baldo sich in seinem Trachten nach Süßigkeiten in solches Wetter hinauswagte.

Als Hercel McGarty hörte, wie Laura mit ihrem Mann telefonierte, dachte er das Gleiche. Auch er war hin und her gerissen. Wenn Baldo sein Freund sein sollte, hatte Hercel dann das Recht, in der Behaglichkeit von dessen Haus zu sitzen, während dieser Freund vielleicht in Not geriet? Wenn man zehn Jahre alt ist, gibt es in solchen Fragen keine Grauzonen. Vernünftig war es, im Haus zu bleiben. Hercel sah, wie das Wetter draußen war. Er hatte kein Verlangen danach, in den Schnee hinauszulaufen. Dennoch, dachte er, wäre es feige, hier zu bleiben, auch wenn das nicht bedeutete, dass er es für mutig hielt, Baldo suchen zu gehen. Er wusste nur, ihm würde unbehaglich dabei sein, einfach im Haus zu bleiben. Es gab keine Argumente, es war bloß ein Gefühl. Er sprach mit niemandem darüber und sagte nicht einmal Tig etwas, aber er versuchte, Ajax mitzunehmen. Die Hintertür lag auf halber Höhe der Treppe, wenn man von der Küche ins Spielzimmer hinunterging. Hercel rief Ajax, und der kam auch ganz bereitwillig, doch als der Hund das Wetter sah, weigerte er sich hinauszugehen, und trottete wieder nach unten. Ajax war kein Idiot.

Also lief Hercel allein hinaus. Er trug eine Wolljacke und seine »Red Sox«-Kappe, aber der Wind war fies, und der Schnee blieb an seiner Jacke hängen, sodass er nach ein paar Minuten aussah wie ein Schneemann. Gut daran war, dass er Baldos Spuren sehen konnte, obwohl sie zunehmend vom Schnee verweht wurden. Wenigstens wiesen sie ihn in die richtige Richtung. Außerdem rannte Hercel, während Baldo niemals rannte. Schlecht war, dass Hercel ein Kläffen hörte, und er wusste, es war ein Kojote.

Inzwischen fuhr Bonaldo in den Straßen seiner Nachbarschaft auf und ab. Zwei Streifenwagen kreuzten ebenfalls durch die Gegend, während Lieutenant Constantino und seine Leute zu Brantleys Bestattungsinstitut fuhren. Dort war alles dunkel und fest verschlossen. In der Einfahrt waren keine Reifenspuren zu sehen. Constantino fuhr weiter zu Brantleys Privathaus in der James Street. Auch hier war alles dunkel. Er rief die Einsatzzentrale an und ließ die Fahndung ausschreiben. Dann erkundigte er sich bei Captain Brotman nach Durchsuchungsbeschlüssen. Auch Constantino kannte Brantley schon fast sein ganzes Leben lang, aber er hatte ihn noch nie besonders gemocht. Brantleys Hände waren zu weiß.

Etwa zur selben Zeit steuerte Detective Lajoie Woodys Tundra in hohem Tempo über das verschneite Grundstück auf die Tür des Krematoriums zu. Dann riss sie das Lenkrad herum, sodass der Truck sich im Halbkreis um die eigene Achse drehte. Krachend legte sie den Rückwärtsgang ein und fuhr rückwärts auf die Tür zu. Woody saß neben ihr und hoffte, sie würde den

Wagen nicht umkippen. Um die Genehmigung für das Fahren am Strand zu bekommen, hatte Woody einen Erste-Hilfe-Kasten, eine Schaufel und ein Abschleppseil in den Wagen legen müssen. Für die Schaufel hatte er Pläne, aber das Wichtigste war das Nylon-Abschleppseil mit einer Belastbarkeit von bis zu fünfzehn Tonnen.

Als der Tundra noch drei Meter weit von der Tür entfernt war, sprangen Woody und Slovatsky hinaus. Slovatsky hatte das Seil, Woody die Schaufel. Slovatsky schlang das Seil über die Anhängerkupplung. Woody sprang hoch und schlug mit der Schaufel die Überwachungskamera herunter. Dann legte er das andere Ende des Seils um die Türklinke. Er stieß einen Pfiff aus, und Lajoie gab Gas. Ein lautes, reißendes Geräusch ertönte.

Wie Lajoie später erzählte: »Die Tür ist rausgeflogen wie ein Stück Pappe.«

Woody und Slovatsky stürmten hinein. Woody hörte Musik, ein disharmonisches, zusammenhangloses Plärren. Im Raum war es halb dunkel und heiß. Ventilatoren drehten sich. Larry wartete am Ofen. Er hielt die Browning Hi-Power in beiden Händen und zielte auf die Tür. Woody fiel Larrys Gesicht auf. Es zeigte keine Spur von Emotion.

Woody und Larry schossen gleichzeitig. Slovatsky grunzte und taumelte zurück. Larry stand da wie erstarrt, als hätte zum ersten Mal in seinem Leben etwas seine Aufmerksamkeit erregt. Er begann zu fallen. Links von Woody bewegte sich etwas, und er schoss noch einmal.

»Nicht schießen, nicht schießen! Ich bin unbewaffnet. Larry hat mich gezwungen hier zu bleiben. Ich habe nichts getan!«, schrie Jimmy Mooney. Woody verstand ihn kaum im Lärm der Heavy-Metal-Musik. Er schrie immer weiter, bis Woody ihm befahl, die Klappe zu halten und sich mit den Händen auf dem Rücken auf den Boden zu legen. Er warf einen Blick hinüber zu

Larry, der bewegungslos auf dem Boden lag. Seine Augen waren offen, doch er würde nie wieder etwas sehen. Woody hatte noch nie jemanden getötet. Er wollte sich übergeben, stieß aber stattdessen die Pistole mit dem Fuß zur Seite, tastete dann Jimmy Mooney ab und legte ihm Handschellen an.

Lajoie kniete neben Slovatsky, der vor Schmerzen das Gesicht verzog. Er hatte ein Prelltrauma davongetragen, verursacht von der Einwölbung der Schutzweste durch den Aufprall eines Projektils. Einfacher gesagt: Die siebte Rippe auf der linken Seite war gebrochen.

Die Musik kam von einem iPod, der mit zwei kleinen Lautsprechern und einem Subwoofer verbunden war. Das Stück war »Seed of Filth« von Six Feet Under. Wäre das Schlagzeug nicht gewesen, hätte Woody nicht gewusst, dass es sich um Musik handelte. Er riss den iPod ab, warf ihn zu Boden und zertrat ihn.

»Danke«, sagte Lajoie.

Jetzt war es still bis auf den Lärm der Ventilatoren und das gedämpfte Tosen des Ofens. Weil die Eingangstür aufgebrochen war, wurde es schnell kalt. Dann hörte Woody ein dumpfes Hämmern, und einen Moment später erkannte er, dass es aus dem Kühlraum kam. Er rannte hin und stieß die Tür auf.

Bobby kam herausgetaumelt. »Mein Gott, ich dachte, ich gehe ein da drin! Wieso hast du so lange gebraucht?« Er schlang die Arme um den Oberkörper. »Ich bin fast erfroren.«

Woody war sicher gewesen, dass Bobby tot war. Am liebsten hätte er ihn umarmt, aber stattdessen schüttelte er ihm die Hand. Da umarmte Bobby ihn und hielt ihn einen Moment lang fest.

»Bingo ist da drin«, sagte Bobby. »Legros auch. Beide tot. Ziemlich scheußlich.«

Woody schaltete das Licht im Kühlraum ein und ging hinein. Als er Bingo sah, hätte er Larry am liebsten noch einmal erschossen. Er senkte den Kopf und wartete darauf, dass das

Grauen vorbeiging. Es ging nicht vorbei, doch es ließ ein wenig nach. Er wünschte, er hätte Bingo mehr gemocht.

Beth Lajoie rief die Spurensicherung und den Rechtsmediziner an. Dann ließ sie einen Krankenwagen für Slovatsky kommen. »Warum sollen Sie nicht stilvoll fahren?«, meinte sie. Als Letztes informierte sie Captain Brotman.

Woody riss Jimmy an den Haaren hoch. Je grober, desto besser, dachte er. »Was brennt da im Ofen?«

»Schaufensterpuppen, sonst nichts. Lauter Puppen.«

»Wie schaltet man ihn ab?«

Jimmy sagte es ihm. »Ich wusste nicht, dass Larry diese Polizisten erschießen würde. Ich hatte keine Ahnung. Ich wollte weg, aber Larry sagte, dann bringt er mich um. Er erschießt mich und verkauft mich.«

Eine Kiste mit Puppenteilen wartete darauf, verbrannt zu werden. Jimmy erzählte, Brantley benutze sie bei Beerdigungen. Er verkaufe Beine, Arme, sogar ganze Oberkörper, und ersetze sie durch Teile von Schaufensterpuppen.

»Wer hat Carl umgebracht?«, fragte Bobby. Er stand neben dem Ofen, um sich zu wärmen.

»Weiß ich nicht. Ich nicht. Seymour hat ihn von Brantley hergebracht. Vielleicht war es Seymour, vielleicht auch Brantley. Seymour sagte, Carl hätte versucht einzubrechen. Er hatte eine Waffe. Ein verdammter Irrer.«

Bobby war immer noch durchgefroren bis auf die Knochen. »Wer hat Carl das ganze Zeug ins Gesicht geschmiert?«

»Ich habe geübt. Sie wissen schon, Kosmetik. Das lernt man in der Schule. Ronnie McBride auch – ich habe sie hübsch gemacht. Aber ich habe sie nicht umgebracht. Sie würden sich doch freuen, wenn sie wüssten, dass sie so gut aussehen. Carl wahrscheinlich nicht. Das Arschloch.«

»Du hast doch ein Arschloch im Kopf«, sagte Bobby. »Wo ist Balfour?«

»Er hat ein Haus hier in der Nähe, eine Farm. Er wollte die Leichen mit dem Lieferwagen abholen, hat sich's dann aber wohl anders überlegt. Er hat Larry angerufen und ihm gesagt, er soll alles verbrennen. Sie wollten die Kurve kratzen.«

»Und ich?«, fragte Bobby.

»Erst hat Balfour gesagt, wir sollten Sie im Kühlraum lassen, bis Sie erfroren sind. Die haben angenommen, Sie würden da drin sterben, und dann wollten sie Sie ausschlachten. Frische Teile, wissen Sie? Dann hat Balfour angerufen und gesagt, Larry soll Sie erschießen und verbrennen. Larry war unglücklich darüber, Sie einfach abzuknallen. Gutes Geld dem schlechten hinterherwerfen, nannte er es.«

»›Frische Teile‹«, sagte Bobby. »Das muss ich unbedingt Shawna erzählen.«

»Das ist eine Goldmine. In diesem Gebäude lagern Teile, die sicher eine Million Dollar wert sind. Sehen Sie den Gefrierschrank da drüben? Der ist voll mit Haut. Genug, um ein ganzes Haus damit zu tapezieren.«

Jimmy plapperte weiter über das Vermögen, das da zu machen sei. Bobby vermutete, dass Jimmy ein Speedfreak war. Sein zwanghaftes Geschwatze war amphetaminbeschleunigt, und die Worte sprangen aus seinem Mund wie Lemminge von der Klippe.

Woody ließ sich von Jimmy Mooney beschreiben, wo Balfour wohnte: in einem Farmhaus ungefähr sechs Meilen weit nördlich an der Hazard Road, unmittelbar am Rand von Arcadia. Jimmy bot ihm an, eine Karte zu zeichnen. Er war zu allem bereit, aber er würde nicht mitkommen. »Balfour ist noch gruseliger als Larry«, sagte er. »Als ob er ein König wäre, wissen Sie? Er glaubt, er hat ein Recht auf all das. Und er hat diesen Cops die Pistolen abgenommen.«

Woody sah Bobby an. »Fühlst du dich einigermaßen? Wir müssen Balfour schnappen.«

Detective Lajoie rief Bonaldo an und wollte wissen, ob er Brantley verhaftet habe. Stattdessen erreichte sie Constantino, der ihr sagte, Brantley sei nirgends zu finden, und Bonaldo sei auf der Suche nach seinem Sohn. »Der fette Bengel macht seine Halloween-Runde, und in der Stadt wimmelt's von Kojoten.«

Es wurde immer schwerer, Baldos Spuren zu folgen. Jemand hatte seinen Hund ausgeführt, jemand anders hatte am Straßenrand geparkt und war in ein Haus gegangen, und die Spuren dieser Leute durchkreuzten Baldos Fußabdrücke auf dem Gehweg. Deshalb kam Hercel nur langsam voran, und immer wenn er einen Polizeiwagen sah, musste er hinter einem Baum verschwinden, was ihn ebenfalls aufhielt. Er konnte Baldo nur suchen, wenn er seine Gedanken auf ihn und nichts anderes konzentrierte. Sonst würde er anfangen, an die Kojoten zu denken, an seine Mutter oder an Carl Krause, und dann wollte er einfach nur aufgeben. Ein paarmal hatte er Kojotenspuren gesehen. Sie hatten nur den Gehweg überquert; es war nicht so, dass sie Baldo verfolgten oder so was. Jedenfalls noch nicht.

Als Hercel in die Market Street einbog, stellte er fest, dass Baldos Spuren klarer wurden, und an der nächsten Ecke sah er eine kleine Gestalt am anderen Ende des Blocks. Er erkannte, dass Baldo in einem weiten Kreis gegangen und jetzt wieder auf dem Heimweg war. Hercel rief ihn und lief schneller. Das Kläffen der Kojoten wurde lauter.

Baldo wartete. Als Hercel angerannt kam, fragte er: »Wo ist dein Kostüm?«

Hercel war verblüfft über Baldos Vampirmaske, aber er sparte sich die Antwort auf die Frage. »Was fällt dir ein? Hier draußen ist es gefährlich. Hörst du die Kojoten nicht?«

Baldo lauschte. »Ich dachte, das sind Hunde. Willst du eine Tafel Schokolade? Sind nicht viele Leute zu Hause, oder sie verstecken sich. Die Ausbeute ist spärlich.«

»Nimm diese beschissene Maske ab. Ich kann so nicht mit dir reden.«

Baldo wollte nicht, und sie stritten sich eine Weile. Erst als Hercel wütend wurde, nahm Baldo die Maske ab. Hercel war erleichtert. Im trüben Licht sah die Maske so echt aus, dass er schon befürchtet hatte, es wäre vielleicht gar nicht Baldo.

Als er ihn ohne die Maske sah, sagte Hercel: »Du bist ein Idiot.« Das war keine Beleidigung, sondern eher der Hinweis auf eine liebenswerte Unzulänglichkeit. »Komm, wir müssen rennen.«

»Mir tun die Füße weh.«

»Okay, dann bleib hier und lass dich von den Kojoten fressen.«

Baldo versuchte es mit einem langsamen Trab. Er begriff nicht, weshalb Hercel so ein Theater machte. Bis nach Hause waren es doch nur zwei Blocks.

Aber manchmal gehen die Dinge eben nicht so einfach, und ein paar Augenblicke später sahen Hercel und Baldo zwei Kojoten durch den Schnee auf sich zukommen, mitten auf der Straße. Trotz seiner wunden Füße war Baldo bereit zu rennen, doch Hercel zog ihn vom Gehweg zum nächsten Haus. Das Haus lag im Dunkeln, und der Weg zur Tür war nicht frei geschaufelt. Hercel drückte den Daumen auf die Klingel.

Die Kojoten blieben vor dem Haus stehen. Zunächst schien es, als wären sie an den Jungen nicht interessiert, sondern nur ein bisschen neugierig, aber dann kamen sie ein paar Schritte näher heran.

Baldos Angst wurde größer. »Benutz deinen Trick!«

Hercel drückte wieder auf den Klingelknopf und antwortete nicht.

»Benutz ihn!«, rief Baldo. »Du musst!«

»Ich kann nicht«, sagte Hercel wütend. »Ich hab's nicht mehr. Es ist kaputtgegangen.«

»Das glaube ich nicht. Wie kann es kaputtgehen? Wenn du es nicht benutzt, werden wir gefressen!«

»Kapierst du nicht? Ich hab's nicht mehr!«

In diesem Augenblick ging das Licht an, und die Tür wurde geöffnet. »Ihr Bengel!«, sagte eine Frau wütend. »Seht ihr nicht, dass alles dunkel ist? Was um alles in der Welt macht ihr denn hier?« Dann sah sie die Kojoten auf der Straße und schnappte nach Luft. »Du meine Güte! Kommt sofort rein. Und putzt euch die Füße ab. Ihr habt Schnee an den Schuhen.«

Die Frau war grauhaarig und trug einen blauen Bademantel. »Du bist doch der kleine Bonaldo, oder? Der Unruhestifter. Wag ja nicht, hier etwas zu versuchen. Ich rufe deine Mutter an. Sie muss ja krank vor Sorge sein. Wahrhaftig, ihr seid dumm wie Bohnenstroh, alle beide.«

EINUNDZWANZIG

Im September, als Brewster noch friedlich und ein bisschen langweilig gewesen war, hatte Jill Franklin für die *Brewster Times & Advertiser* eine Geschichte über das Ocean Breezes geschrieben. Sie hatte mit einigen Bewohnern geplaudert, unter anderem mit Maud Lord, und ein paar Mitarbeiter interviewt. Eine davon war Margaret Hanna gewesen, die Nachtschwester. Margaret war eine lebhafte und vielleicht übertrieben freundliche Person – eine von denen, die Angst haben, man könnte sie nicht mögen, und sich deshalb allzu große Mühe geben, doch gemocht zu werden. Auf Jill hatte das oft die gegenteilige Wirkung, aber sie blieb freundlich oder bemühte sich doch wenigstens, und höchstwahrscheinlich wurde Margaret nie bewusst, dass ihre übertriebene Warmherzigkeit am Ende nur Kälte hervorrief.

Margaret war anscheinend erfreut über die Story, als sie gegen Ende des Monats erschien, und vielleicht war sie tatsächlich erfreut, doch Leute wie Margaret gaben sich auch so, wenn sie in Wirklichkeit dachten: *Warum hat sie nicht mehr über mich geschrieben?* Jill war sich dessen bewusst, und das Resultat war Unbehagen. Sie wusste, was immer sie täte, Margaret wäre enttäuscht. Aber in den Wochen nach Erscheinen des Artikels traf sie Margaret manchmal beim Einkaufen oder im Restaurant, und Margaret zeigte sich jedes Mal überschwänglich dankbar. Dann natürlich, gegen Ende Oktober, wurde Jill entlassen.

Deshalb war sie überrascht, als sie an Halloween auf der Fahrt nach Brewster zu Hercel einen unerwarteten Anruf von Margaret Hanna bekam. Und sie war gleich noch einmal überrascht, als Margaret nicht lossprudelte. Sie hatte Angst.

»Ich muss Sie sofort sehen«, sagte Margaret. »Ich habe Ihnen etwas zu erzählen.«

Margarets Stimme klang so verändert, dass Jill im ersten Moment nicht sicher war, ob es dieselbe Person war. Sie fragte Margaret, worüber sie reden wolle.

»Das kann ich Ihnen am Telefon nicht sagen. Können wir uns nicht irgendwo treffen? Das wird eine fabelhafte Story für Sie. Wirklich ein Riesenknüller.«

Jill erzählte nicht, dass sie entlassen worden war. Ihr fiel auf, wie angstvoll Margaret klang, und sie wusste, wenn es sich wirklich lohnte, aus Margarets Informationen eine Story zu machen, würde Ted Pomeroy sie auch drucken, obwohl er sie eine Woche zuvor gefeuert hatte. Sie verabredeten ein Treffen in Tony's Bar in der Spruce Street, gleich um die Ecke von der Water Street.

»Das Wetter ist scheußlich«, sagte Jill. »Sind Sie sicher, dass Sie nicht noch warten wollen?«

»Es muss heute Abend sein«, beharrte Margaret.

Zwei Stunden später saßen sie in einer der hinteren Nischen bei Tony. In der Bar waren noch zehn andere Gäste, neun davon Männer. Die meisten sahen aus wie das, was Jills Vater als »harte Kunden« bezeichnete. Im Fernsehen lief ein Footballspiel.

Margaret orderte einen Cosmo, und Jill nahm ein Budweiser.

»Kommen Sie oft her?«, fragte Margaret. »Ich nie. Na ja, ich war mal zum Lunch hier. Fettig, wissen Sie? Meine Kleider haben den ganzen Tag danach gerochen.«

Margaret hatte strähniges blondes Haar, an dem sie die ganze Zeit herumfummelte, es um einen Finger wickelte oder zurückstrich. Sie war schätzungsweise Ende zwanzig, und sie trug einen dunklen Regenmantel über einem grünen Rollkragenpullover. Ihr Gesicht war ständig in Bewegung, teils aus Nervosität, teils weil sie munter erscheinen wollte. Sie gehörte zu den Frauen, die Servietten zerrissen, die Etiketten von Bierflaschen abpulten und mit Zuckerpäckchen spielten. Jill hätte gern gesagt, sie solle sich entspannen, aber dann erklärte Margaret: »Ich habe Angst, dass sie mich umbringen.«

Jill zog den Kopf zwischen die Schultern. »Wer ist ›sie‹?«

»Dr. Balfour, zunächst mal – in ihm habe ich mich komplett getäuscht.«

Der Geschichte, die jetzt folgte, entnahm Jill, dass Balfours Beziehung zu Margaret genauso aussah wie die zu Schwester Spandex: Er lenkte sie ab, während nebenan etwas Schreckliches passierte – nur, dass das Opfer in diesem Fall kein Baby, sondern ein alter Mensch war.

»Jedes Mal, wenn ich mit ihn zusammen war, ist jemand verstorben, was mir jedoch erst am Donnerstag klar wurde, als drei Leute gestorben sind, drei *gesunde* Bewohner. Ich meine, ›gesund‹, wenn man das Alter berücksichtigt. Dr. Balfour war gerade zurück zum Krankenhaus oder sonstwohin gefahren, und wir haben ihn angerufen, und er ist wiedergekommen. Volle drei Mal.«

Auch Jill erinnerte sich, dass in dieser Nacht in mehrere Häuser in Brewster eingebrochen worden und die Polizei in der ganzen Stadt herumgefahren war.

»Ich weiß, ich werde verhaftet, aber die Leute sollen wissen, was passiert ist. Man darf einfach nicht glauben, was er sagt.«

»Selbst wenn dann alle wissen werden, wie Sie sich benommen haben?«

»Selbst dann. Sie verstehen nicht. Er ist böse. Ich habe von diesen Satanisten in der Zeitung gelesen. Was sie da auf der Insel getan haben. Ich bin sicher, er ist einer von denen.«

Inzwischen hatte Jill einen kleinen Digitalrecorder auf den Tisch gelegt. »Seit wann läuft das mit ihm?«

»Ich hatte mich eine Woche vorher von Marty McGuire getrennt. Na ja, er hatte mit mir Schluss gemacht. Da kam Dr. Balfour seit ungefähr zwei Monaten ins Ocean Breezes. Wir hatten uns gegrüßt und so weiter, nur war er nie besonders nett zu mir. Eines Nachts kam er und fand mich weinend im Büro. Er wollte wissen, was los war, und dann …« Margaret zögerte, als suche sie nach dem richtigen Wort.

»Dann hat er Sie getröstet?«

»So fing es an, ja. Ich war so wütend auf Marty, dass ich mich von Dr. Balfour überall begrabschen ließ. Ich war den ganzen Sommer über mit Marty zusammen gewesen. Wir hatten davon gesprochen, uns zu verloben. Doch das mit Dr. Balfour … wir haben nichts wirklich Körperliches gemacht, über das bloße Anfassen hinaus. Ich meine, wir waren ja im *Büro.* Da hätte jemand hereinkommen können.«

»Und wann ist es dann passiert?«

Margaret machte ein verlegenes Gesicht. »In der nächsten Nacht. Da war ein leeres Zimmer.«

Sie erzählte, sie habe Dr. Balfour danach zwei- oder dreimal die Woche gesehen. *Gesehen* – das war ihre Formulierung, nicht *gefickt.* Nicht mit ihm *Sex gehabt* oder *geschlafen.* Sie hatte ihn »gesehen«. Und in diesen Nächten waren oft alte Leute gestorben. Natürlich, sie waren alt, und viele waren krank oder schwach, oder sie »ließen nach«. Sie wären jedenfalls bald gestorben, und nachts passierte es öfter als tagsüber. Sie gingen schlafen, sie atmeten immer langsamer und hörten dann auf. Das war's. Margaret war nicht auf die Idee gekommen, es könnte etwas mit Dr. Balfour zu tun haben. Manchmal war er da, wenn es passierte, manchmal kam er dann auch später. Jedenfalls stellte er den Totenschein aus. Die meisten Verstorbenen wurden zu Brantley gebracht, und keiner von ihnen war Organspender.

»Ich fand dabei nichts Merkwürdiges. Das heißt, allmählich fand ich es doch. Es wurden mehr, und immer in den Nächten, in denen Dr. Balfour und ich uns sahen. Als Donnerstagnacht drei Bewohner starben, dachte ich endgültig, da stimmt was nicht, und ich fragte mich, ob es was mit Dr. Balfour zu tun haben könnte. Ich meine, zuerst kam das mit dem Baby, dann der arme Kerl, der skalpiert wurde, dann Ronnie McBride und die Sache mit den Satanisten und die Kojoten. Und Dr. Balfour, der tauchte nachts einfach auf und rief vorher nicht mal an. Als ob er mich benutzte. Also habe ich zu ihm gesagt, ich glaubte, es sei seine Schuld, dass so viele Bewohner verstarben, und er sei es, der sie sterben ließ. Ich war nicht sicher, ich war nur wütend auf ihn, aber ich fand, es war ein allzu großer Zufall, er und diese alten Leute, die da starben. Er hat nur gelacht, hat mich dabei jedoch komisch angesehen. Er sah nicht aus, als ob er mich sehen wollte. Ich meine, er wollte mich nicht. Er hat mich sozusagen irgendwie taxiert. Dann habe ich ihn gefragt, was eigentlich mit all den Toten passiere, und da hat er wieder gelacht und gesagt, ich würde zu viele Illustrierte lesen. Er hat gelacht, aber es war nicht echt. Wissen Sie, diese medizinischen Unternehmen, die kaufen Gelenke und Skalpe und Sehnen, die kaufen alles, sogar Fingernägel. Und Körperbanken und Gewebebanken, die sind auch so – sie haben Verwendung für jedes kleinste Teilchen. Und ich glaube, da sind unsere Bewohner gelandet. Sie sind nicht einfach hingeschieden. Sie wurden zerstückelt und überallhin verschickt. Ich finde, darüber sollten Sie was schreiben, darüber und über Dr. Balfour.«

Jill dachte ans College und an den Streit unter den Studenten über die Frage nach dem Urheber des Zitats: »Es rast die Hölle nicht wie ein verschmähtes Weib.« Die meisten glaubten, es sei von Shakespeare, aber Jills Freund Charlie Larkin sagte, es sei William Congreve, und vollständig heiße es: »Es zürnt der Himmel nicht wie Liebe, die zu Hass ward, es rast die Hölle nicht wie ein verschmähtes Weib.« Sie fand, damit war Margaret Hanna gut zusammengefasst.

»Ich wette, er hat mich nie gemocht. Ihm haben nur die Blowjobs gefallen«, fuhr Margaret fort. »Das hat er mir heute Nachmittag gesagt. Er hat gesagt, Sex mit mir sei wie kaltes Hammelfleisch. Nur, dass er ›ficken‹ gesagt hat. Mich zu ficken sei wie kaltes Hammelfleisch. Und dann hat er gelacht und gesagt, wenn ich jemandem erzählen würde, was ich mir da ausgedacht hätte, dann würde ich meinen Job verlieren und vielleicht sogar ins Gefängnis kommen. Na, von mir aus komme ich eben ins Gefängnis. Ich will, dass Sie darüber schreiben. Ich will, dass die Leute über ihn Bescheid wissen.«

Das Bild, das Margaret von Dr. Balfour zeichnete, war das eines Mannes mit Anspruchsdenken. Was er sich wünschte, glaubte er auch zu verdienen. In seinen Augen waren Alice Alessio und Margaret Hanna zwei dumme Frauen. Warum sollte er sie nicht benutzen? Die alten Leute, die er umgebracht hatte, wären sowieso demnächst gestorben. Er hatte die Sache nur beschleunigt. Margaret hatte es so nicht gesagt, doch Jill zählte eins und eins zusammen, und zum Teil schloss sie es auch aus dem, was Woody ihr schon erzählt hatte.

»Er wollte, dass ich zu dieser Sache im Wald ging, zu dieser Party. Ich hatte in jener Nacht Dienst, aber ich wollte sowieso nicht hingehen. Es war kalt, und es klang so sonderbar. Das war diese Satanistenparty. Ich weiß es genau. Bei anderen Gelegenheiten beschrieb er gern die schrecklichen Dinge, die er in der Zeitung gelesen hatte, von Leuten, die getötet und in die Luft gesprengt worden waren, wie im Irak oder solchen Gegenden. Das Geschäft des Teufels, nannte er das. Nach einiger Zeit wurde mir klar, dass er das gar nicht schlecht fand, sondern gut. Gestern habe ich es noch zu ihm gesagt, ich habe gesagt, er finde das alles gut. Da hat er wieder gelacht und gefragt: ›Wer ist der Stärkste?‹ Ich habe ihn gefragt, was er damit meinte, aber er hat nicht geantwortet. Und da wusste ich, dass er Satanist ist.«

Es kam noch mehr. Margaret erzählte, wie sie in Brewster aufgewachsen war, sie erzählte von Männern und Beziehungen, die schlecht gelaufen waren. Sie erzählte von Alice Alessio und Peggy Summers und Nina Lefebvre, die sie alle kannte. Nicht gut, aber sie kannte sie. Bei Nina Lefebvre hatte sie sogar als Babysitter gearbeitet, als sie auf der Highschool gewesen war. Doch ganz gleich, worüber sie redete, sie kehrte immer wieder zu Dr. Balfour und zu der Tatsache zurück, dass er sie benutzt hatte.

Ein paar Männer kamen in die Bar, stampften mit den Füßen und schüttelten den Schnee von ihren Jacken. Ein paar andere gingen. Pfützen bildeten sich auf dem Boden. Die, die neu hereinkamen, machten Bemerkungen über das Wetter und über die glatten Straßen. Ein Mann erzählte, er habe einen Kojoten in seinem Garten gesehen, und ein anderer berichtete, sein Nachbar habe auf einen Kojoten geschossen. Zwischendurch hörte Jill das Rumpeln des Schneepflugs.

Margaret unterbrach ihre Erzählung immer wieder und sah sich im Lokal um. Wenn Leute hereinkamen, beobachtete sie sie zweifelnd, und Jill sah die Angst in ihrem Blick. Margaret trank ihren Cosmo aus und bestellte sich noch einen – eine blutrote Flüssigkeit in einem Martini-Glas. Nicht blutrot, dachte Jill. Rot wie Cranberry-Saft. Sie hatte noch ein halbes Bier.

»Warum glauben Sie, dass er Sie umbringen wird?«

»Weil er es gesagt hat. Nicht ausdrücklich. Aber er hat gesagt, er würde dafür sorgen, dass ich es mir anders überlege. Dazu gebe es Mittel und Wege. Und er hat gesagt, ich würde eine gute Tat tun. Erst habe ich das nicht verstanden, doch dann sind mir die Körpermakler eingefallen. Er meinte damit, sie werden mich zerschneiden und verkaufen. Das weiß ich genau.« Margaret schlug die Hände vors Gesicht. Jill berührte ihren Arm.

»Wer ist ›sie‹?«, fragte sie.

»Hamilton Brantley und die Leute, die bei ihm arbeiten. Mr. Brantley ist ein paarmal im Ocean Breezes gewesen, wenn Leute gestorben waren. Er und Dr. Balfour haben miteinander gesprochen. Dr. Balfour besorgt die Leichen, und Ham Brantley verkauft sie. Das ist eine Partnerschaft.«

Margaret beschrieb die Männer, die bei Brantley arbeiteten, von denen sie allerdings nur Jimmy Mooney kannte, weil sie mit Jimmys Schwester Linda befreundet gewesen war.

Jill war nicht gleich überzeugt, doch je länger sie darüber nachdachte, desto plausibler klang das alles. Margaret hielt es jedenfalls für wahr.

Was als Nächstes passierte, passierte nicht sofort. Und es war das Gegenteil eines glücklichen Zufalls, was immer das sein mag. Vielleicht war es einfach Pech. Vielleicht hatte das Reden über Brantley und die anderen auch in deren Ohren geklungen wie ein Rufen. Jedenfalls kam Seymour Hodges nicht sofort in die Bar, aber schon bald. Jill sah ihn zuerst. Sie kannte ihn nicht, doch er kam ihr bekannt vor. Tatsächlich hatte sie ihn in der Nacht gesehen, als das Baby aus dem Krankenhaus gestohlen worden war. Seymour hatte in dem Krankenwagen gesessen, der vor der Notaufnahme stand. Dass Margaret den Mann kannte, wurde ihr auch erst klar, als Jill sie anschaute. »Sie wurde weiß wie ein Laken«, erzählte Jill später.

Margaret zog den Kopf ein und warf Jill einen Blick zu. Sie saß mit dem Rücken zur Tür, und vielleicht wäre alles gut gegangen, wenn sie nicht in Panik geraten wäre. Aber vielleicht hätte Seymour sie so oder so gesehen. Er suchte sie ja schließlich, und vielleicht hatte er trotz des Schnees ihren Wagen auf dem Parkplatz erkannt.

»Das ist der, der die Toten im Ocean Breezes abgeholt hat«,

sagte Margaret. »Er arbeitet für Dr. Balfour. Er und Jimmy Mooney.«

Jill berührte Margarets Arm noch einmal. »Bleiben Sie ruhig sitzen. Nicht umdrehen.«

Margaret senkte den Kopf. Jill sah, dass sie weinte. Sie beobachtete, wie Seymour an den Tresen ging und etwas zu dem Barkeeper sagte, der daraufhin ein Bier aus dem Kühlschrank nahm. Seymour sah sich um – ein stämmiger junger Mann in einer Sanitäterjacke. Einen Moment lang ruhte sein Blick auf Jill, dann wandte er sich ab.

»Ich muss weg«, sagte Margaret.

Bevor Jill antworten konnte, war Margaret aufgesprungen und lief zu einem Gang am hinteren Ende des Raums. Dort waren die Toiletten, aber auch der Hinterausgang. Hoffentlich würde Seymour denken, Margaret wolle zur Toilette. Doch Jill sah, dass er plötzlich hinauslief.

Einen Moment lang war sie wie gelähmt. Dann rannte auch sie zum Hinterausgang. Draußen rutschte sie im Schnee aus und fing sich nur mit Mühe wieder. Der Parkplatz lag neben der Bar. Seymour hatte Margaret schon gepackt und stieß sie in einen kleinen SUV. Er schlug sie mit irgendeinem Gegenstand.

»Hey!«, schrie Jill. Sie rannte quer über den Platz, rutschend und stolpernd. Seymour saß schon am Steuer. Jill schrie: »Haltet sie auf!«, was Unsinn war, denn kein Mensch war zu sehen.

Der SUV schleuderte durch den Schnee und raste vom Parkplatz.

Der kommissarische Polizeichef Fred Bonaldo kochte vor Wut. Er begriff nicht, wie Baldo, sein eigen Fleisch und Blut, so dämlich sein konnte. Es war eine Sache, nach nebenan und vielleicht noch ein Haus weiter zu gehen, um ein paar Süßigkeiten zu sammeln, aber Baldo war spurlos verschwunden. Heute

Abend war es gefährlich draußen. Er hätte längst nach Hause kommen müssen.

Während Bonaldo mit seinem Chevy TrailBlazer durch Brewster fuhr, sah er mehrere Kojoten, jedoch keine Menschen, nur Polizisten in ihren Streifenwagen. Baldo war dick und würde ein schönes Abendessen für die Kojoten abgeben. Der kommissarische Polizeichef schlug sich mit der flachen Hand an die Stirn: Woran dachte er nur? Alles, was ihn kümmerte, war die Sicherheit seines Sohnes. Er war wütend, sonst gar nichts, und alles war vermasselt.

Und als Bonaldo durch die Water Street zurückfuhr, rief Laura an. Baldo sei zu Hause. Ihm sei nichts passiert. Mrs. Klimek, die um die Ecke wohnte, habe angerufen. Baldo und Hercel hätten vor ihrer Haustür gestanden, und auf der Straße seien Kojoten gewesen. Sie habe bei Laura angerufen, mehr als einmal, doch die Leitung sei besetzt gewesen. Also habe Mrs. Klimek sie selbst nach Hause gefahren. Jetzt säßen Baldo und die drei anderen Kinder in der Küche und äßen Süßigkeiten, als wäre nichts passiert. Fred solle nach Hause kommen und ihnen eine Standpauke halten.

»Darauf kannst du wetten, dass ich nach Hause komme!«, schrie Fred Bonaldo. »Und die kriegen mehr als nur eine Standpauke …«

»Sei nicht zu hart, Fred.«

Fred hörte nicht zu. Er trat das Gaspedal seines TrailBlazer herunter und schleuderte im Zickzack durch die Water Street. Er riss das Lenkrad herum und schoss seitwärts durch den Schnee. Während er noch versuchte, wieder auf Geradeauskurs zu kommen, sah er, wie ein SUV vom Parkplatz neben Tony's Bar kam, »rausgerast, ohne nach rechts und links zu schauen«, wie Bonaldo später den Reportern erzählte.

Bonaldo trat auf die Bremse, aber der TrailBlazer rutschte weiter seitwärts, ohne auch nur ein bisschen langsamer zu werden. Im letzten Moment riss Bonaldo die Hände vors Gesicht. Er prallte seitwärts gegen das Vorderende des SUV und stieß ihn über den Randstein zurück, sodass er gegen die Wand von Phelps' Installationsfirma krachte und dort stehen blieb. So kam es, dass es dem kommissarischen Polizeichef Fred Bonaldo gelang, Seymour Hodges zu fassen und eine Art Held zu werden.

Beth Lajoie brachte Jimmy Mooney mit Jimmys eigenem Wagen zum Revier, mit einem 1990er Honda Civic, der seinen Eltern gehört hatte. Jimmy redete die ganze Zeit, und wegen des Schnees konnte Lajoie nur dreißig fahren. Sie fühlte sich wie in Sibirien.

»Digger Brantley hat gesagt, ich könnte mir einen BMW kaufen, meinen eigenen BMW, vielleicht einen Roadster. Er hat gesagt, ich könnte mir einen BMW Roadster und einen BMW SUV leisten. Haben Sie eine Ahnung, wie viele Mädels Sie mit einem BMW kriegen können? Die krabbeln einem zu den Fenstern rein. Nicht bei dem Roadster, sondern bei dem SUV. Ich würde sie wegjagen müssen. Nicht alle, aber doch ein paar.«

Abgesehen von Jimmys speedbefeuertem Geschnatter war Beths Lajoies Zähneknirschen das einzige Geräusch.

»Digger sagte, ich hätte ein Händchen dafür, die Toten zurechtzumachen. Er meinte, die kommen zur Himmelspforte, und Petrus sagt: ›Mannomann!‹, einfach nur so: ›Mannomann!‹ Er sagte, ich mache sie schön, wissen Sie – also, schön für die Verhältnisse von Toten. Schöne Tote eben, nicht schöne Leute. Digger meinte, ich könnte mich ganz sicher zum Digger-Assistenten hocharbeiten, dann zum Digger-Partner und schließlich zum Voll-Digger. Er würde mir den Laden für einen Pappenstiel überlassen. Für 'n Apfel und 'n Ei, hat er gesagt. Er wollte sich zur Ruhe setzen, einfach aussteigen aus dem Geschäft, mit seiner Alten in die Karibik oder sonstwohin ziehen und da Preisgänse züchten, die großen mit den goldenen Eiern.

Er und seine Alte sind verrückt nach dem Strand. Digger sagt, er wälzt sich einfach gern im Sand. Selbst wenn er nur mit der Zehenspitze ins Wasser geht, ist er schon mordshappy. Er hat so ein kleines Ferienhaus in Hannaquit, wo er …«

»Was?« Beth Lajoie war plötzlich hellwach.

»Ich habe gesagt, selbst wenn er bloß mit der Zehenspitze …«

»Nicht das. Das Ferienhaus – du hast gesagt, er hat ein Ferienhaus in Hannaquit.«

»Ja, nichts Tolles, nur vier Zimmer und 'ne Küche, ein Stückchen hinter Otto's Clam Shack in der Beach Street. Aber es steht am Wasser, wissen Sie, was ich meine? Ich meine, das Wasser ist einfach unschlagbar, oder? Ich meine, das ist Wasser …«

»Sag mir genau, wo es ist.«

Jimmy sagte es ihr.

Beth Lajoie übergab Jimmy an Lieutenant Constantino, schnappte sich Detective Gazzola und ein paar Cops und fuhr mit ihnen nach Hannaquit. Es war kälter geworden, und die Schneedecke reichte wie eine weiße Wand vor ihnen bis an den Strand. Sie hatten die beiden Ford Explorer des Brewster Police Departments genommen, sonst wären sie gar nicht durchgekommen.

Brantleys Ferienhaus war eine bescheidene, mit gelben Planken verkleidete Keksschachtel, und auf der Tafel vor dem Haus stand CRAZY DAZE. Aber das Grundstück war rund zweitausend Quadratmeter groß, und das Ganze musste eine Million wert sein. Brantleys BMW stand in der Einfahrt unter einer Schicht Schnee.

Die Polizisten parkten auf der Straße und blockierten die Einfahrt. Sie stapften durch den Schnee zum Haus. Sie waren zu sechst. Alle trugen Schutzwesten, und die vier Streifenpolizisten hatten Helme aufgesetzt. Lajoie hielt ihre Sig P229 in der einen Hand und eine Taschenlampe in der anderen. Das Bild von Bingo Schwartz, wie er mit auf der Brust gefalteten Händen und einem Loch in der Stirn in dieser verdammten Kiste lag, leuchtete in ihrem Kopf wie ein blinkendes Neonlicht. Sie dachte daran, wie oft sie ihn wegen seiner Summerei angeschrien hatte, und wünschte, sie hätte es nicht getan.

Im Haus brannte Licht; es war das einzige beleuchtete Haus in der Beach Street. Bis auf Crazy Daze war Hannaquit eine Geisterstadt. Detective Gazzola paffte eine Zigarette nach der anderen und mampfte sein Nicorette. Detective Lajoie wollte gerade eine sarkastische Bemerkung über ihre Teilnahme an seiner Beerdigung machen, als sie sah, dass die Tür an der Seite des Hauses weit offen stand. Die sechs Polizisten blieben stehen, überdachten die Möglichkeiten, die sich ihnen boten, und gingen weiter. Lajoie knipste ihre Taschenlampe aus.

Sie versammelten sich an der Fliegentür. Auf den drei Holzstufen waren ein paar Fußspuren, die bereits unter dem Schnee verschwanden. Gazzola wollte nicht als Erster hineingehen, und die Streifenpolizisten auch nicht. Das war auch nicht nötig. Lajoie mochte eine Figur wie ein Brot haben, aber sie war flink auf den Beinen. Schließlich hatte sie einen schwarzen Gürtel zweiten Grades. Sie spähte durch die Drahtgittertür ins Wohnzimmer. Dies war der Augenblick, den sie hasste und zugleich liebte – der Augenblick zwischen Handeln und Nichthandeln. Sie stieß die Tür auf, sprang ins Haus und schwenkte die Pistole im weiten Bogen hin und her. In Polizeifilmen schrien die Cops dann immer »Alles klar!«, aber diesen Schwachsinn konnte Lajoie nicht ertragen. Das Zimmer war leer. »Ist okay«, sagte sie zu Gazzola.

Drei der Zimmer waren leer, die Tür zum vierten war geschlossen. Die Wände im Haus waren kiefernholzgetäfelt. Die Möbel stammten aus den fünfziger Jahren, und der Couchtisch vor dem Sofa war aus einem Hummerkorb gemacht. An den Wänden hingen Aquarelle mit Meerespanoramen: Morgendämmerungen auf dem Ozean mit Fischerbooten in satten Farben. Lajoie erkannte, dass Brantleys Frau Jenny sie gemalt hatte.

Die Polizisten versammelten sich vor der geschlossenen Tür und lauschten. Sie hörten nur den Wind draußen. Nach ungefähr zehn Sekunden hatte Lajoie keine Lust mehr herumzustehen, und trat die Tür auf. Sie sprang hindurch, die Waffe mit beiden Händen vor sich ausgestreckt.

Das Zimmer war leer bis auf eine tote Frau, die auf dem Bett lag.

Lajoie starrte sie an und empfand Atemnot. Es war wie ein Bild.

»O Gott«, sagte ein Polizist hinter ihr.

Jenny Brantley lag auf einer Tagesdecke aus pinkfarbener Chenille. Sie trug ein knöchellanges, lavendelblaues Kleid. Ihr kurzes, dunkles Haar war sorgfältig gebürstet, die schmalen weißen Hände waren über den Brüsten gefaltet. Ihre Fingernägel waren leuchtend rot, die Augen geschlossen. Um den Hals lag eine Weißgoldkette mit Saphiren. Lajoie legte ihre Hand an die Wange der Frau. Sie war kalt. Jenny Brantley war so sorgfältig geschminkt, als ginge sie zu einer Party. Sie war barfuß, aber ein Paar schwarze hochhackige Pumps stand auf dem Flechtteppich.

»Glauben Sie, er hat sie umgebracht?«, fragte Gazzola.

Die tote Frau sah unversehrt aus. Lajoie zuckte die Achseln. Sie konnte den Blick nicht von Jenny Brantley wenden und wünschte, sie hätte eine Kamera dabei. Sie zwang sich wegzuschauen. An den Schlafzimmerwänden hingen weitere Meereslandschaften. Lajoie sah ein gerahmtes Farbfoto, auf dem Brantley und seine Frau nebeneinanderstanden. Er trug einen Smoking und sie das Kleid, das sie jetzt anhatte. Glücklich sahen sie aus, erfolgreich und verliebt.

»Das war's«, sagte Lajoie. »Das glückliche Paar ist ernstlich im Arsch.«

Sie verließ das Schlafzimmer und ging durch die Seitentür hinaus ins Freie. Mit der Taschenlampe leuchtete sie auf dem Schnee herum, bis sie Brantleys Fußabdrücke gefunden hatte. Jetzt waren es eher Dellen als Fußabdrücke, aber Lajoie konnte sie bis an den Strand hinunter verfolgen. Der Nordostwind ließ den Schnee über die flachen Dünen wirbeln und zerrte an ihrer Jacke. Im Licht ihrer Lampe funkelte das wilde Gestöber. Die Wellen krachten und wisperten, krachten und wisperten. Nach ein paar Augenblicken sah sie Brantley am Rand des Wassers stehen.

Lajoie näherte sich vorsichtig. Brantleys silbernes Haar wehte im Wind. Er trug nur einen Anzug, und ihm musste kalt sein. Seine Hände hingen leer herab. Lajoie blieb hinter ihm stehen und berührte seine Schulter.

»Wir wollten glücklich sein.« Brantley drehte sich nicht um. Es war, als spräche er mit dem Meer. Lajoie wurde klar, dass er ihr Licht gesehen hatte. Sie beugte sich vor, um ihn zu hören. »Wir hätten letzte Woche weggehen sollen, wie sie es wollte. Balfour hat es immer wieder hinausgeschoben. Ich hätte nie auf ihn hören sollen.«

Sie schauten beide aufs Wasser hinaus. Dann fragte Lajoie: »Woran ist sie gestorben?«

»Schlaftabletten, nehme ich an. Ich habe sie auf der Couch im Wohnzimmer gefunden. Sieht sie nicht schön aus?«

Brantley hatte sie zwei Stunden zuvor entdeckt. Er hatte ihr das Kleid angezogen, sie geschminkt und ihr die Halskette angelegt. Dann hatte er sie zum Bett getragen und die schwarzen Pumps auf den Teppich gestellt. Er hatte ihr die Nägel lackiert.

»Ich wünschte, ich könnte malen wie sie. Ich hätte sie gemalt, wie sie jetzt ist. Ich wünschte, sie hätte gewartet. Es war immer noch Zeit wegzugehen. Alles war bereit. Ich habe sogar ein Haus am Strand gekauft. Ein schönes Haus. Es hat auf sie gewartet, das habe ich ihr gesagt. ›Es wartet auf dich‹, habe ich gesagt. Doch sie war zu weich. Auch das habe ich an ihr geliebt.«

»Wir müssen jetzt gehen«, sagte Lajoie.

»Ich weiß. Ich wusste, Sie würden bald kommen. Ich wollte ins Wasser gehen, aber ich habe Angst bekommen. Ist das nicht lächerlich? Ich wünschte, man würde mir erlauben, sie vorzubereiten und die Bestattung zu übernehmen. Ich würde ihr mit eigenen Händen eine Gruft bauen, die größte Gruft in Brewster. Das werde ich natürlich nicht dürfen. Doch was macht das auch? Es ist vorbei.«

Woody und Bobby Anderson fuhren mit dem Tundra zu Balfours Farm. Wie Bobby zugab: »Der Z ist scheiße bei Schnee.«

Nach etwa vier Meilen kamen sie zur Hazard Road. Dr. Balfours Farm zu finden, war nicht schwer, wenn man wusste, wo man suchen musste – ein Feldweg ohne Briefkasten, der jetzt unter fünfzehn Zentimetern Schnee verschwunden war. Trotzdem waren noch Reifenspuren zu erkennen. Wie Bobby nicht ganz ohne Neid bemerkte, war Balfours Audi TTS vielleicht der einzige Sportwagen mit Allradantrieb.

Im Farmhaus brannte Licht, und bei der Scheune und am Zwinger ebenfalls. Ein weißer Chevy-Lieferwagen und Balfours Audi parkten vor dem Haus. Legros' Streifenwagen der State Police stand vor der Scheune. Woody hatte die Scheinwerfer ausgeschaltet. Er hielt seine Pistole schon in der Hand und hatte das Fenster heruntergedreht. Jimmy hatte gesagt, Balfour habe Bingos Waffe genommen, und Rodger Legros' Pistole hatte er auch. Laut Bobby waren weitere Trooper unterwegs. Er hatte sie angefordert, aber die meisten Polizisten waren noch in Brewster beschäftigt. Es war Halloween, und Kojoten streunten umher.

Woody fuhr den Tundra auf die andere Seite des Chevy, dann sprangen Bobby und er heraus. Bobby sah, dass die Zwingertür offen stand. Der Zwinger schien leer zu sein, nicht mal Spuren waren zu sehen. Drei kahle Ahornbäume standen im Garten, voller Schnee auf der einen Seite, schwarz auf der anderen.

Sie gingen um den Lieferwagen herum zum Haus. Keiner der beiden trug Stiefel. Der Wind heulte, und vielleicht hatte er das Motorgeräusch des anrollenden Trucks übertönt. Das hofften sie zumindest. Die Schneeflocken flogen beinahe horizontal durch die Luft. Woody trug seine Schutzweste, Bobby nicht, also ging Woody voran. Das dichte Schneetreiben wehte wie ein Vorhang zwischen ihnen und dem Farmhaus. Sie mussten sich die Flocken aus den Augen wischen.

Von Dr. Balfour war nichts zu sehen, als plötzlich Schüsse fielen. Kugeln trafen den Lieferwagen. Woody konnte nicht erkennen, woher sie kamen. Er ließ sich auf das Knie fallen und feuerte blindlings.

»Er ist hinter dem Baum!«, schrie Bobby.

Woody sah den Mündungsblitz von Balfours Pistole und erwiderte das Feuer. Weitere Kugeln schlugen in den Lieferwagen ein. Eine Windbö trieb noch mehr Schnee vor sich her, und der Baum war kaum mehr als ein Schatten. Woody sah das Mündungsfeuer und sonst nichts – keine Gestalt, nicht mal einen Arm. Man konnte Balfour höchstens mit einem Glückstreffer erwischen. Sie mussten zurück zum Truck. Dann merkte Woody, dass Bobby aufgehört hatte zu schießen. Er blickte über die Schulter und sah, dass Bobby bewegungslos am Boden lag. Vielleicht schrie er Bobbys Namen, das konnte er nachher nicht mehr sagen. Er rannte zu seinem Freund. Balfour feuerte, ohne zu treffen.

Bobby lag auf dem Rücken und schaute hinauf in den fallenden Schnee. Woody warf sich zwischen ihm und Balfour zu Boden. Dicke Schneeflocken schmolzen auf Bobbys Gesicht.

»Alles okay«, sagte Bobby. »Ich ruhe mich nur aus.«

Woody strich ihm den Schnee von der Stirn. Er sprach leise und war im Wind nur schwer zu verstehen. »Sag nichts. Du bist getroffen.«

»Ja, hatte ich befürchtet. Ich weiß nicht, Woody – lass mich hier nicht sterben. Ich dachte, ich sterbe in dem beschissenen Kühlraum, also lass mich jetzt nicht hier sterben. Ich will nach Hause.«

»Du stirbst nicht«, sagte Woody. Hoffentlich hatte er recht.

»Am Arsch.«

Woody schoss noch zweimal in Balfours Richtung und fing dann an, Bobby hinter den Lieferwagen und zum Tundra zu ziehen.

»Das tut weh.« Bobbys Stimme war nur noch ein Flüstern.

»Wo hat er dich erwischt?«

»Keine Ahnung, weh tut's überall. Vielleicht Schulter oder Lunge, da ist es am schlimmsten. Und vielleicht habe ich mir das Bein verrenkt.«

Als sie hinter dem Lieferwagen waren, hob Woody seinen Freund hoch und trug ihn zum Truck. Er setzte Bobby hinein, behutsam und ohne irgendwo anzustoßen.

»Jetzt mache ich dir überall Blut auf die Sitze. Ich hab doch gesagt, du sollst Leder kaufen. Das kommt davon, dass du nie auf mich hörst.«

»Mein Gott, kannst du nicht mal die Klappe halten? Du musst aufhören zu reden.«

Woody hatte gerade die Beifahrertür zugeschlagen, als er hörte, wie der Audi ansprang. Stolpernd kam er um den Lieferwagen herum, aber der Audi raste schon schleudernd auf die Zufahrt zu. Woody schoss zweimal hinterher, ohne zu treffen, und rannte zurück zum Tundra. Unterwegs fiel er hin und rappelte sich wieder auf.

Als Woody den Truck in die Zufahrt gesteuert hatte, waren

die Heckleuchten des Audi nicht mehr zu sehen. Er trat das Gaspedal ganz herunter, und der Truck schoss mit wild durchdrehenden Rädern voran.

»Fahr nicht gegen einen Baum«, flüsterte Bobby. »Ich könnte mir was tun.«

Woody schaltete die Innenbeleuchtung ein. Dann langte er mit der rechten Hand nach hinten, während die Linke am Lenkrad blieb, und tastete auf dem Boden nach dem Erste-Hilfe-Kasten. Als er ihn gefunden hatte, versuchte er ihn aufzuklappen.

»Gib her.« Bobby nahm ihm den Kasten aus der Hand und riss sein Hemd auf. »Es ist die Lunge. Da kommen rosa Bläschen raus. Willst du gucken?«

»Ich muss fahren.« Woody hatte kein Verlangen danach, hinzuschauen. Er hatte Angst, es könnte furchtbar sein.

»Ehrlich gesagt, mir geht's beschissen. Ich quatsche und quatsche. *Fuck*, was ist los mit mir? Kommt mir vor, als ob ich nicht mehr existiere, wenn ich nicht quatsche. Wahrscheinlich habe ich einen Schock. Höre ich mich an, als hätte ich einen Schock? Wenn ich sterbe, kriege ich einen verdammten Orden. Was für eine Kacke.«

Die Spuren des Audi führten auf der Hazard Road nach links. Woody beschleunigte bis an die Grenze zwischen Fahren und Kreiseln, zwischen Tempo und Crash. Das Heck brach immer wieder in Richtung Graben aus. Die Lichter des Audi konnte er immer noch nicht sehen, doch seit einer ganzen Weile war kein Schneepflug mehr vorbeigekommen, und er konnte den Reifenspuren folgen. Trotzdem wurde er einfach nicht schnell genug. Woody rief die Einsatzleitung an und meldete, was passiert war. Streifenwagen und ein Rettungswagen waren unterwegs. Nach ungefähr vier Meilen bogen die Spuren in die Skunk Hill Road ein. Die Bäume zu beiden Seiten waren schemenhafte weiße Schatten. Balfour wollte offensichtlich zum Interstate 95, aber ihm musste klar sein, dass er keine Chance hatte. Aus dem ganzen Staat waren Streifenwagen unterwegs.

Die Straße wurde schmal, und der Schnee lag höher. Herabwehende weiße Schleier reflektierten das Licht der Scheinwerfer, und Woody konnte kaum noch fünfzehn Meter weit sehen. Wenn sie im Graben landeten, würde Bobby ganz sicher sterben. Die Scheibenwischer klatschten hin und her. Er sah nirgends Licht, überall nur Bäume. Bobby redete nicht mehr, und Woody schaute zu ihm hinüber, um zu sehen, ob er noch atmete. Er wusste nicht, was er tun würde, wenn Bobby sterben sollte. Vielleicht würde er dann verrückt werden. Dummes Zeug ging ihm durch den Kopf – Zeug, das er hatte sagen wollen und nie gesagt hatte. Er dachte an etwas, und dann dachte er: *Das ist ein Klischee.* Er dachte an etwas anderes – zum Beispiel daran, dass er Bobby hätte sagen sollen, wie gern er ihn hatte –, und dann dachte er, auch das wäre ein Klischee. Wenn Bobby sterben sollte, würde Woody ganz sicher den Dienst quittieren. Er würde kein Trooper mehr sein wollen.

Dann sah er Blinklichter vor sich – zwei, nein, drei Polizeiautos, vielleicht mehr, und dahinter ein Rettungswagen. Sie standen. Woody trat pumpend auf die Bremse. Es hatte einen Unfall gegeben. Der Audi stand quer auf der Straße. Er hatte einen Streifenwagen gerammt, und beide waren dabei herumgerissen worden. Woody drückte den Schalthebel in Parkstellung, noch bevor der Wagen richtig stand. Der Truck rutschte noch ein Stück, aber Woody war schon hinausgesprungen.

»Sanitäter, sofort!«, schrie er. »Bobby ist verletzt!«

Männer kamen im Laufschritt mit einer Trage auf ihn zu. Sie durch den Schnee zu schieben, war unmöglich. Bobby wurde auf die Trage gelegt.

Der Streifenwagen hatte die Straße versperrt, und Balfour war vor wenigen Augenblicken dagegengeprallt. Einen Trooper hatte es umhergeschleudert, und ein zweiter Streifenwagen war gegen den ersten gerutscht. Alle waren durcheinander.

Obwohl der Audi Schrott war, hatte Balfour herauskriechen können. Er hatte auf den Streifenwagen geschossen und die Frontscheibe zerschmettert, und dann war er in den Wald gerannt. Die Trooper hatten nicht sehen können, ob er verletzt war, aber im Schnee war Blut. Woody schnappte sich die Taschenlampe und lief den Fußspuren nach. Zwei Trooper waren ungefähr fünfzig Meter vor ihm und warteten, bis er sie eingeholt hatte. Er fiel immer wieder hin.

»Es ist schwierig, die Spur durch das Gestrüpp zu verfolgen«, sagte der eine. »Irgendwo da vorn muss er sein.«

Sie stapften weiter. Keiner von ihnen war diesem Schnee entsprechend angezogen. Sie fielen hin und standen wieder auf. Sie blieben im Dornendickicht hängen. Balfour entkam immer weiter. Nach einer halben Stunde gab Woody auf.

»Wir müssen eine Suche organisieren und das ganze Gelände ringsum absperren. Die Straßen werden heute Nacht dicht sein.«

Quer durch Arcadia bis zur nächsten Straße waren es zwei Meilen.

»Er könnte tot sein da drin«, meinte ein Trooper.

»Hoffentlich«, sagte Woody.

Es war Mitternacht geworden. Sie machten kehrt und gingen zurück. Der Rettungswagen war inzwischen weg, aber ein Abschleppfahrzeug war gekommen, und noch ein paar Streifenwagen hatten sich eingefunden. Captain Brotman stellte einen Suchtrupp zusammen und befahl Woody, nach Haus zu fahren. Jetzt konnten andere übernehmen. Woody stieg in den Tundra und schaffte es, um die Streifenwagen herumzufahren, ohne in den Graben zu rutschen. Dann nahm er Kurs auf Brewster.

Als er wieder normal atmen und einen klaren Gedanken fassen konnte, rief er Jill an. Er ging davon aus, dass sie zu Hause war. Sie war jedoch im Morgan Memorial bei Margaret, die bei dem Unfall verletzt worden war – nicht schlimm, aber es reichte.

»Das war's«, sagte Woody. »Es ist vorbei.«

Sie fing an, ihm etwas zu erklären, doch er konnte nicht zuhören.

»Bobby ist verletzt. Sie bringen ihn ins Krankenhaus. Ich muss da hin. Ich weiß noch nicht, ob ich nachher zu dir kommen kann. Jedenfalls war's das.«

Er trennte die Verbindung und fuhr zum Krankenhaus. Er wusste nicht, dass Jill dort auf ihn warten würde. Er fuhr dahin zurück, wo alles angefangen hatte.

EPILOG

Zwei Wochen später war der Indian Summer zurückgekehrt, und hier und da blühte sogar noch einmal der Löwenzahn. So ist es in Neuengland im Herbst und im Frühling; auf Schneestürme folgen warme Tage, und dann schneit es wieder. Das Wetter macht sich lustig. Ein strahlender Sonntag, und Laubbläser und Rasenmäher waren im Einsatz. Die Leute brachten ihre Gärten in Ordnung, bevor es richtig schneite.

Es war der 15. November, ein wichtiger Tag für Brewster, denn an diesem Tag fanden ein paar Tagesausflügler auf ihrer Wanderung zum Mount Tom Dr. Jonathan Balfour oder das, was von ihm übrig war. Er war am Rand eines Teichs durch das Eis gebrochen und stecken geblieben. Tiere hatten an ihm gefressen, wahrscheinlich Kojoten. Ob die Tiere ihn totgebissen oder erst später an ihm genagt hatten, ließ sich schwer sagen. Zwei Pistolen lagen neben ihm auf dem Boden, noch mit Patronen darin. Vielleicht hatten seine eigenen Kojoten ihn auf dem Heimweg von Brewster angefallen. Manche nannten das »ausgleichende Gerechtigkeit«. Manche meinten: »Wer andern eine Grube gräbt…«

Jean Sawyer im Brewster Brew war vermutlich die Erste, die sagte: »Genau wie Wrestling Brewster. Der Teufel hat ihn geholt.« Danach sagten das viele Leute. Der Vergleich hatte eine historische Ironie von der Sorte, die den Leuten gefiel, und er wurde in Brewster zu einem Klischee.

Woody besuchte Barton und Bernie Wilcox an diesem Sonntag auf der Farm. Barton lag noch immer auf dem Ruhesessel in seinem Arbeitszimmer fest, aber immerhin war sein neues Knie fast vollständig geheilt. Das Aufregendste in diesen Tagen war sein Gebrüll mit der Krankengymnastin.

Einer seiner Hunde war auf dem Wege der Besserung, der andere war tot. Bernie hatte Urlaub genommen. Hercel und Lucy wohnten bei ihnen, bis ihr Vater, Hercel McGarty Sen., entschieden hatte, wie es weitergehen sollte. Bernie hoffte, die Kinder würden bei ihnen bleiben können. Das wäre das Beste für alle.

»Die haben Brewster also als ihre private Farm benutzt«, meinte Barton. »So, wie ich eine Schaffarm habe.«

»In etwa«, sagte Woody. »Wahrscheinlich werden wir nie erfahren, wie viele Verstorbene durch ihre Hände gegangen sind. Wir haben zehn Särge exhumiert, und in sechs davon waren Puppenteile. Über die Babys weiß ich nichts. Balfour war in allen Fällen der Vater, so viel können wir immerhin vermuten. Darum ist die Plazenta verschwunden. Sie enthielt seine DNA. Wahrscheinlich gab es noch mehr Babys, von denen wir nichts wissen. Und wir wissen auch nicht, ob sie noch leben oder tot sind. So oder so würden sie einen hohen Preis erzielen. Brantley sagt, er weiß nichts darüber, aber die meiste Zeit sagt er gar nichts. Es interessiert ihn nicht, behauptet er. Er kommt nie mehr aus dem Gefängnis, sagt er – wozu also die Mühe? Leck mich am Arsch, das ist seine Grundhaltung. Das FBI ermittelt gegen die Unternehmen, die bei ihm gekauft haben. Das Finanzdezernat ebenfalls. Diese Firmen stecken tief in der Scheiße. Darum ging es schon bei den Ermittlungen des Gesundheitsinspektors aus Massachusetts, und darüber hatte er mit Hartmann gesprochen. Hartmann hatte für Donnerstag einen Termin mit Brantley vereinbart. Deshalb haben sie Angst bekommen. Sie dachten, Hartmann wisse mehr, als er wirklich wusste. Deshalb haben sie ihn umgebracht. Das Skalpieren war nur ein Ablenkungsmanöver.«

»Und was hat Hartmann gewusst?«, fragte Barton.

»Sehr wenig, nehme ich an, aber er wollte von Brantley die Unterlagen zu mehreren Leichnamen sehen, die an einen Körpermakler in Massachusetts geliefert worden waren. Brantley und Balfour hatten vor, ihren Betrieb zu schließen, sie wollten neue Identitäten annehmen und von dem Geld leben, das sie auf irgendwelchen Offshore-Konten gebunkert hatten. Das nimmt zumindest das Finanzdezernat an. Jedenfalls sind sie in Panik geraten. Sie waren zu habgierig, und deshalb sind sie mehr Risiken eingegangen und länger geblieben, als gescheit war. Was Clouston anging, dem traute Balfour nicht. Clouston hatte beim Pokern im Casino ein Vermögen verloren und verlangte mehr Geld.«

»Und wie geht's Bobby?«, wollte Bernie wissen.

»Besser. Über Weihnachten bleibt er noch zu Hause. Seine Lunge ist kollabiert, und ich weiß nicht, wie lange er krankgeschrieben sein wird. Fast beneide ich ihn um die freie Zeit. Er wäre aber beinahe gestorben.«

Halb fünf nachmittags, und in der Stadt ist es dunkel, doch die Leute sind noch unterwegs, führen ihre Hunde aus oder gehen spazieren – ganz anders als vor zwei Wochen, als Brewster aussah wie eine Geisterstadt. Wenn man vor dem You-You steht, hört man das dumpfe Stampfen und Grunzen einer Übungsgruppe. Das Brewster Brew hat bis achtzehn Uhr geöffnet. Jean Sawyer ist die inoffizielle Sprecherin der Stadt geworden und erzählt von den Verheerungen, auch wenn es selten den Tatsachen entspricht. Sie gibt der Geschichte einen romantischen Dreh. »Ham Brantley hat es aus Liebe getan«, sagt sie. »Dr. Balfour war ein sexuelles Raubtier, der all diese Mädchen nur ausgenutzt hat. Ich bin froh, dass er es nie bei *mir* versucht hat!« Sie bedauert, dass sie Benjamin Clouston nicht kannte. Jedenfalls kann sie sich nicht erinnern, aber vielleicht hat sie ihn schon mal auf der Straße gesehen. »Spielsucht«, sagt sie. »Das ist genauso schlimm wie Whiskey. Sie mussten ihn zum Schweigen bringen.« Die Polizei ist zu dem Schluss gekommen, dass Larry der Mörder war, doch es kann auch Balfour gewesen sein.

Die Laune bessert sich, und man hat weniger Angst. Manche sagen, es sei gar nicht so schlimm gewesen, man habe vieles übertrieben. Aber einige verbringen immer noch unruhige Nächte. Panikreaktionen haben stark zugenommen.

Auch Maud Lord hat ein paar Geschichten zu erzählen. Sie besucht Bobby im Krankenhaus, das ist Teil ihres Morgenspaziergangs geworden. Sie hat gewusst, dass in der Stadt sämtliche Sicherungen durchbrennen würden, hat es in dem Augenblick gewusst, als sie die aufgehängte Katze gesehen hatte. All diese netten alten Leute, die so schnell ins Grab gebracht worden sind, und Schlimmeres – hat sie es Bobby nicht gesagt? Und sie ist sicher, wenn man Dr. Balfour nicht gestoppt hätte, wäre sie die Nächste auf seiner Liste gewesen. Und dann wären ihre einzelnen Körperteile in zwanzig verschiedene Staaten gewandert.

Margaret Hanna arbeitet natürlich nicht mehr im Ocean Breezes. Man hat sie nicht angeklagt, aber sie muss in der Stadt bleiben, bis die Grand Jury entschieden hat, wie es mit ihr weitergehen soll. Bis jetzt ist ihre einzige Strafe ein gebrochener Arm, eine Verletzung, die sie bei Bonaldos Zusammenstoß mit Seymours SUV davongetragen hat.

Jetzt sitzen zwei neue Männer in dem Krankenwagen vor der Klinik. Sie behaupten, sie hätten Seymour und Jimmy nicht gekannt, doch das ist schwer zu glauben. Zumindest in Tony's Bar müssen sie sich gesehen haben. Seymour und Jimmy sind drüben in der Justizvollzugsanstalt. Nie im Leben werden sie eine Kaution stellen dürfen. Jimmy sagt, er habe nur Befehle befolgt. Seymour sagt: »Leck mich!«

Schwester Spandex ist weggezogen, und Dr. Fuller hat gekündigt. Man wird sie bald ersetzt haben, und Dr. Balfour ebenfalls. Fresssack Hopper ist nicht mehr bei der Polizei. Wenn Freunde ihn fragen, wo er jetzt arbeitet, sagt er, er müsse noch überlegen. Das bedeutet, er kann sich nicht entscheiden zwischen Bau- und Supermarkt.

Der kommissarische Polizeichef Fred Bonaldo ist immer noch kommissarischer Polizeichef, aber die Suche nach einem Nachfolger ist im Gange. Dass er Seymour Hodges allein gefasst hat, war ein Riesenerfolg, auch wenn er als Erster zugeben würde, es sei nur ein Unfall gewesen. Um die Wahrheit zu sagen, er würde gern wieder ins Immobiliengeschäft zurückkehren. Diesen Polizeikram hält er für überschätzt, auch wenn er die Hoffnung hegt, noch zum Ehrenpolizisten oder *Cop Emeritus* ernannt zu werden, damit er bei den Paraden mitmarschieren kann.

Manche Veränderungen sind sehr geringfügig. Ginger und Howard Phelps haben mit Gin Rommée aufgehört und spielen jetzt Scrabble. Peggy Summers hat sich in einer Kosmetikschule angemeldet. Maggie Kelly wartet auf die Auslieferung aus New York.

Am Sonntagnachmittag, nach seinem Besuch bei Barton und Bernie auf der Farm, ist Woody hinüber nach Wakefield zu Jill Franklin gefahren. Sie verbringen viel Zeit miteinander. So ist bei der ganzen Katastrophe auch Gutes herausgekommen. Manchmal übernachtet er bei ihr, manchmal sie bei ihm, und manchmal machen sie eine Atempause. Ihm ist wohler mit sich selbst, und manchmal fällt ihm auf, dass er schon eine ganze Weile nicht mehr an Susie gedacht hat. Diese schlimmen neun Tage empfindet er als langgezogenen Albtraum, und in ein paar Jahren wird er sie als die Zeit sehen, in der er Jill kennengelernt hat. So kann er diese Tage nie ganz vergessen.

»Ich habe dir doch gesagt, das ganze Satanismus-Zeug ist Blödsinn«, wird er zu Bobby sagen. »Gestaltwandlung, das ist ein Haufen Quatsch, genau wie Fliegende Untertassen und Gespenster – Geschichten, die sich die Leute erzählen, um ihr Leben interessanter zu machen. Sogar bei Hypnose habe ich meine Zweifel. Und Telepathie? Dieser Chmielnicki hat meine Gedanken nicht gelesen. Er hat mir nur ins Gesicht gesehen.«

Bobby hört ihm grinsend zu. Er weiß, dass Woody ihm was vormacht, auch wenn es stimmt, was er sagt. »Wirst du demnächst noch mal zu Chmielnicki gehen?«

Woody schüttelt den Kopf. »Ich will's ja nicht drauf ankommen lassen.«

Hercel hat eine Woche lang in der Schule gefehlt, aber jetzt geht er wieder hin. Er wohnt draußen auf der Farm, hängt jedoch trotzdem mit Baldo herum. Er mag ihn, auch wenn er nicht weiß, warum. Nichts davon leuchtet wirklich ein. Er weiß nur eines: Wenn Baldo seine Furzmaschine an ihm ausprobiert, kriegt der eins auf die Rübe.

Hercel fährt mit Bernies altem Dreigangfahrrad, aber er war damit noch nicht in der Stadt. Es wird zu früh dunkel. Immerhin sind weniger Kojoten unterwegs. Balfours Kojoten, das heißt, die zwei, die noch übrig waren, sind zu seiner Farm und in ihren Zwinger zurückgekehrt. Leute von der Naturparkbehörde haben sie abgeholt, und es heißt, sie kämen in den Zoo.

Woody war zu Vasa Koraks Farm in North Ahsford gefahren. Der Professor von der University of Connecticut hatte Bobby erzählt, er habe von anderen Leuten gehört, die Kojotenwelpen aufgezogen hätten, und Woody wollte wissen, wie diese Leute hießen. Na ja, einer habe in Krumville, New York gewohnt, und einer in der Nähe von Albany. Wie sie hießen, habe er vergessen, sagte Korak. Vielleicht habe er es auch nie gewusst.

Nach mehreren frustrierenden Fehlschlägen erfuhr Woody,

dass Balfour vor einigen Jahren in der Notaufnahme des Albany Medical Center gearbeitet hatte. Und aus der Personalabteilung dieser Klinik bekam er die Information, Balfour habe auf einer kleinen Farm ein paar Meilen weit östlich von Petersburg gewohnt, einem Dorf vor der Grenze nach Massachusetts und Vermont.

Also beschloss Woody, einen Ausflug zu machen. Es war Indian Summer, die Luft war frisch, der Himmel blau. Natürlich wollte er nicht mit dem Tundra fahren. Der verbrauchte zu viel Benzin. Die Alternative bestand darin, Bobby zu besuchen, der inzwischen wieder zu Hause war. Der Arzt hatte gesagt, er dürfe noch nicht Auto fahren, und Woody verließ sich auf Bobbys Großzügigkeit. Trotzdem musste er ordentlich betteln, bevor Bobby sich bereit fand, ihm den Z zu leihen. Schließlich hatte Woody ihm zweimal das Leben gerettet, auch wenn man sagen konnte, dass Woody derjenige war, der es in Gefahr gebracht hatte. Bobby stellte nur eine einzige Bedingung: Katzen und Hunde durften unter keinen Umständen in das Auto. Schon gar nicht Ajax.

Woody fuhr am Samstagmorgen los und nahm Jill mit. Sie fuhren nordwärts durch Hartford und Springfield und dann auf dem Massachusetts Turnpike nach Westen. Wie in einer stillschweigenden Übereinkunft erwähnten sie die Ereignisse in Brewster nicht. Stattdessen unterhielten sie sich über das Skilaufen. Jill hatte in Boulder als Skilehrerin gearbeitet, und jetzt wollte sie Woody Unterricht geben, der noch nie auf Skiern gestanden hatte und auch nicht den Ehrgeiz hatte, es zu lernen. Aber Jill wollte es, und die Sache erforderte ausführliche und ernsthafte Diskussionen.

Zweimal beschleunigte Woody den Z, wenn der Verkehr dünner war, auf hundertzwanzig Meilen. Beide Male versäumte er es, Jill zu warnen, sodass sie nach Luft schnappte.

Die Farm lag westlich der Green Mountains an einem

Hang – zwanzig Hektar Wiesen, umgeben von Bäumen. Der Eigentümer hieß Jamison und war Maler. »Kunstmaler, kein Anstreicher«, sagte er. »Ich könnte im Leben kein Haus anstreichen. Ich habe Angst vor Leitern.« Jamison hatte eine Frau, zwei Töchter und zwei bellende schwarze Labradors. Er war um die vierzig und trug sein graues Haar zu einem Pferdeschwanz gebunden, der halb über den Rücken reichte. Er erinnerte sich recht gut an Balfour, aber an die Kojoten erinnerte er sich besser.

»Das waren große Biester. Er hat den Zwinger aufgemacht, und sie sind herumgerannt. Ich musste die Mädchen im Truck lassen, und meine Frau auch. Sie griffen mich an und schwenkten ab, wenn Balfour pfiff. Haben mir eine Scheißangst eingejagt, und ich konnte Balfour ansehen, dass ihm das gefiel. Es gefiel ihm, dass ich Angst hatte. Ich habe ihm gesagt, er solle die verdammten Tiere wieder in den Zwinger sperren, oder das Geschäft wäre geplatzt. Da hat er zweimal gepfiffen, und sie sind zurückgelaufen, einfach so. Als sie zu kläffen anfingen, hat er noch mal gepfiffen, und sie waren still. So was hab ich noch nie gesehen. Er hatte sie vollständig unter Kontrolle.«

»Waren sie freundschaftlich miteinander, er und die Kojoten?«, fragte Woody. »Irgendwie liebevoll?«

»Kein bisschen. Sie hatten Angst vor ihm, und sie haben getan, was er sagte. Er war der Alpharüde.«

Baldo hat Hercel die ganze Zeit weiter wegen seines Tricks gelöchert. Hercel geht es auf die Nerven, aber er redet nicht darüber. Er findet nicht, dass es Baldo etwas angeht.

Am Montag in der Lunchpause sucht Baldo im Pausenraum nach Hercel. Baldo hat einen neuen Kugelschreiber, der aussieht wie eine lange braune Kackwurst mit einer Schreibspitze am Ende, sehr realistisch. Er kann es nicht erwarten, dass jemand ihn fragt, ob er einen Stift ausleihen kann. Nur würde niemand, der Baldo kennt, sich von ihm einen Stift leihen, denn der könnte mit Juckpulver bestreut sein oder laut furzen.

Als Hercel sich sein Tablett holt, kommt Baldo hinterher. »Wie hast du beim Rechtschreibtest abgeschnitten? Hast du Lust, heute bei mir zu übernachten? Sollen wir was machen? Willst du was Cooles sehen?« Bei einer Konversation besteht Baldos Strategie darin, zahlreiche Fragen zu stellen und darauf zu hoffen, dass eine davon beantwortet wird.

Hercel redet nicht gern im Gehen, und er mag keine Fragen. Er entzieht sich jedem Gruppendruck. Als er Tig sieht, nimmt er Kurs auf ihren Tisch, obwohl das dazu führen kann, dass die anderen ihn aufziehen und behaupten, Tig sei seine Freundin und so weiter.

Baldo sieht, wo er hinwill. »Willst du dich zu einem Mädchen setzen?« Baldo hat Tig gern, nur würde er das niemals öffentlich zeigen. Hercel antwortet nicht. »Okay«, sagt Baldo, »ich hole mein Tablett und setze mich zu euch. Nur um dich zu beschützen.«

»Wie meint er das?«, fragt Tig, als Hercel sich hinsetzt.

»Er will mich vor dir beschützen.«

Das finden sie komisch. Sie sind beide in der Fünften, aber sie geht in eine andere Klasse als die Jungen. Tig kennt Baldo seit der Zweiten, und schon damals hat er nur Dummheiten gemacht. In der Woche, die sie bei ihm zu Hause verbracht hat, ist sie zu dem Schluss gekommen, dass er vielleicht doch nicht so doof ist, wie sie dachte. Trotzdem hat er letzte Woche einen Gummiwurm unter ihre Spaghetti geschmuggelt.

Einmal während dieser schlimmen Zeit hat sie Hercel gefragt, ob Baldo sein Freund sei.

»So 'ne Art Freund«, hat Hercel geantwortet, und dann hat er sich korrigiert. »Nein, er ist mein Freund.« Wenn ihm die richtigen Worte eingefallen wären, hätte er gesagt, manchmal könne man sich seine Freunde nicht einfach aussuchen. Aber Hercel hasst komplizierte Gespräche.

Baldo lässt sich bei Hercel und Tig am Tisch nieder und zeigt ihnen seinen neuen Kackwurststift. Die beiden reagieren gebührend angeekelt und können sich nicht vorstellen, dass jemand so etwas haben will. Baldo hingegen kann sich nicht vorstellen, dass jemand so etwas *nicht* haben will.

Hercel und Tig unterhalten sich über Hunde. Barton will zwei neue Schäferhunde kaufen, und er hat ein Paar Pyrenäenberghunde im Auge, die er hoffentlich diese Woche abholen kann. Baldo stört es, dass er an diesem Gespräch nicht beteiligt ist, deshalb sagt er nach einer Weile: »Hast du Tig je von deinem Trick erzählt?«

»Nein.« Hercel wirft ihm einen unfreundlichen Blick zu.

»Was ist das für ein Trick?«, fragt Tig.

»Was Blödes.« Er sieht Baldo an. »Ich bin heute Morgen freihändig gefahren, ungefähr dreißig Meter, fast jedenfalls.«

Baldo weiß, dass sich hier Hercels Strategie des subtilen Ausweichens widerspiegelt. Sie haben schon oft über das Freihändigfahren diskutiert, und dass Hercel es heute Morgen geschafft hat, ist ein kleiner Triumph. Baldo selbst ist kein großer Radfahrer.

Hercel berichtet, wie er auf die Straße vor dem Tor der Farm gefahren ist, wo er immer übt. Jeden Tag ist er freihändig ein Stückchen weiter gekommen. Baldo freut sich für ihn, aber so interessant findet er das Thema nicht.

Also fällt er Hercel ins Wort. »Was ist mit dem Trick?«

Hercel ignoriert ihn.

»Wovon redet er?«, fragt Tig. »Kannst du wirklich einen Trick?«

»Das ist kein Trick. Aber egal – ich rede nicht darüber.«

»Warum nicht?«, fragt Baldo. Es wird Zeit, in die Klasse zurückzugehen.

»Darum nicht. Also sieh dich vor.«

Der Tisch ist übersät von Krümeln, Papierservietten, einem Dutzend grünen Erbsen, acht Maiskörnern, zwei Gurkenscheiben und vier Fritten. Nicht weiter schlimm – es ist das, was man in einer Grundschul-Cafeteria vorfindet. Bailey Elementary hat drei Pausen, und dies ist die dritte.

Baldo lässt nicht locker, und auch Tig stellt eine oder zwei Fragen nach dem Trick. Hercel starrt auf die Tischplatte. Er ist kurz davor, richtig wütend zu werden. Jemand, der jetzt genau hinschaut, könnte sehen, wie sich ein paar Zuckerkörnchen in Bewegung setzen. Baldo macht eine Bemerkung über Freunde und dass sie keine Geheimnisse voreinander haben dürfen. Er tut es mit einem quengelnden Unterton. Ein paar Krümel und zwei Erbsen fangen an zu rollen, eine Fritte rutscht langsam voran, eine Gurkenscheibe klappt herum und wird dann schneller, die Erbsen fangen an zu hüpfen – und alles bewegt sich auf Baldo zu, rollt über die Tischkante und fällt ihm auf den Schoß wie Tonnentaucher an den Niagarafällen.

Als die zweite Gurkenscheibe auf seine Jeans klatscht, merkt Baldo es endlich. »Hey, ich weiß, was du da machst! Hör auf!«